LOS SECRETOS
DEL CÓDIGO

LOS SECRETOS DEL CÓDIGO

La guía no autorizada a los misterios detrás de *El Código Da Vinci*

Editado por Dan Burstein

EDITORA A CARGO: *Arne de Keijser*

EDITORES CONTRIBUYENTES: *John Castro, David A. Shugars, Brian Weiss*

EDITORES DE CONSULTA: *Peter Bernstein y Annalyn Swan/A.S.A.P. Media*

ASOCIADOS INVESTIGATIVOS: *Jennifer Doll, Kate Stohr, Nicole Zaray*

TRADUCCIÓN: *Agustín Pico Estrada y Julio Sierra*

Planeta

Obra editada en colaboración con Grupo Planeta - Argentina

Título original: *Secrets of the Code*
The Unauthorized Guide to the Mysteries Behind
The Da Vinci Code

Traducción: Agustín Pico Estrada y Julio Sierra
Mapas e ilustraciones del glosario: © 2004, Jaye Zimet
Diseño de portada: Mario Blanco / Lucía Cornejo
Imagen de portada: *La última cena*. Leonardo Da Vinci, c. 1495-1498
Fotografía del autor: Julie O'Connor

Reimpresión exclusiva para México de:
Editorial Planeta Mexicana, S.A. de C.V.
Avenida Insurgentes Sur núm. 1898, piso 11
Colonia Florida, 01030 México, D.F.

Primera edición (Argentina): septiembre de 2004
ISBN: 950-04-2585-8

Primera reimpresión (México): septiembre de 2004
ISBN: 970-690-643-6

Impreso en los talleres de Litográfica Ingramex, S.A. de C.V.
Centeno núm. 162, colonia Granjas Esmeralda, México, D.F.
Impreso y hecho en México-*Printed and made in Mexico*

www.editorialplaneta.com.mx
www.planeta.com.mx

CALIDAD
ISO 9000
CERTIFICADA
Certificado No. 02-2082

Para Julie,
que cada día representa el espíritu de la femineidad
sagrada en mi vida.

Índice

Parte II
Ecos del pasado oculto

Parte III
Mantener el secreto de los secretos

Parte III
Bajo la pirámide

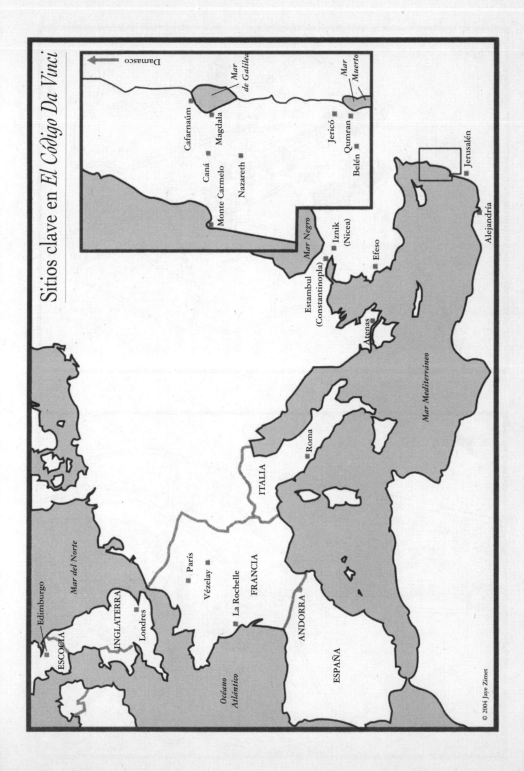

Sitios clave en *El Código Da Vinci*

Damasco

Mar de Galilea

Mar Muerto

Cafarnaúm

Magdala

Caná

Monte Carmelo

Nazareth

Jericó

Qumran

Belén

Jerusalén

Alejandría

Mar Negro

Iznik (Nicea)

Estambul (Constantinopla)

Efeso

Atenas

Mar Mediterráneo

Roma

ITALIA

Mar del Norte

Edimburgo

ESCOCIA

INGLATERRA

Londres

París

Vézelay

La Rochelle

FRANCIA

ANDORRA

ESPAÑA

Océano Atlántico

© 2004 Jaye Zimet

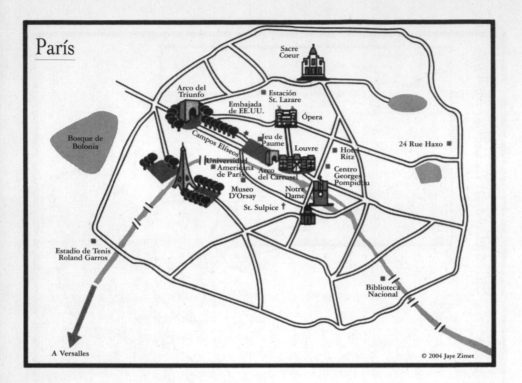

Paris

Sacre Coeur
Arco del Triunfo
Estación St. Lazare
Embajada de EE.UU.
Ópera
Bosque de Bolonia
Campos Elíseos
Jeu de Paume
Louvre
Hotel Ritz
24 Rue Haxo
Universidad Americana de París
Arco del Carrusel
Centro Georges Pompidou
Museo D'Orsay
Notre Dame
St. Sulpice †
Estadio de Tenis Roland Garros
Biblioteca Nacional
A Versalles

© 2004 Jaye Zimet

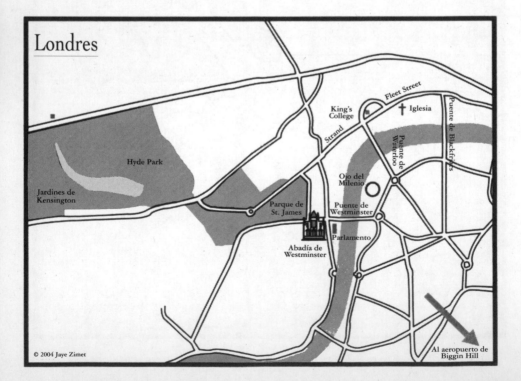

Londres

Fleet Street
King's College
Iglesia †
Puente de Blackfriars
Strand
Puente de Waterloo
Hyde Park
Ojo del Milenio
Jardines de Kensington
Parque de St. James
Puente de Westminster
Parlamento
Abadía de Westminster
Al aeropuerto de Biggin Hill

© 2004 Jaye Zimet

Nota del Editor

Los secretos del Código: la guía no autorizada a los misterios detrás del Código Da Vinci es un compendio de pensamientos y escritos originales, extractos de muchos libros, sitios web y revistas y entrevistas con escritores y estudiosos clave y en actividad en sus respectivos campos. Al trabajar con una gama tan amplia de materiales fuente, incluyendo la transcripción de textos antiguos, hemos tendido a regularizar la ortografía y las convenciones con respecto a nombres en nuestra obra, dejando intactas las ortografías y convenciones que aparecen en los diversos extractos que se han hecho de otros libros o materiales. En algunos casos hemos renumerado las notas al pie para facilitar la lectura.

El lector atento disfrutará algunas de las variaciones que se han hecho en este libro. Por ejemplo, las referencias al nombre Leonardo da Vinci dentro del texto siguen la convención que la historia del arte le ha asignado a Leonardo, pero cuando su nombre se reproduce como parte del título del *Código Da Vinci*, la *D* se hace mayúscula, tal como aparece en el libro de Dan Brown. Siempre que ha sido posible, hemos intentado dejar el material original de otras fuentes intacto, aun a riesgo de caer en inconsistencias.

Hemos tenido especial cuidado en destacar los materiales de distintos tipos, de modo de que quede claro cuándo estamos haciendo extractos de obras previamente publicadas y cuándo proveemos nuestra escritura original y hablamos con nuestra voz editorial. Los lectores notarán que nosotros, los editores, hablamos en las introducciones a capítulos, discusiones insertadas, preguntas en entrevistas, textos al margen, recuadros, títulos y notas explicatorias entre paréntesis. Las contribuciones de invitados, entrevistas y extractos de materiales previamente publicados se identificarán claramente con líneas agregadas y/o advertencias de derechos de autoría y permisos para su empleo. Si involuntariamente no hemos explicado el origen del material o de algún otro modo hemos identificado erróneamente cualquiera de las piezas de este texto, los editores pedimos disculpas desde ya.

A lo largo del libro hemos procurado dar con selecciones y extractos de cuerpos de obras mucho más amplios de modo de darles a nuestros lectores una rápida idea del contenido de cierto libro o de las opiniones de cierto experto. Tomar estas decisiones editoriales y dejar tanto material en el piso de la sala de edición fue increíblemente difícil. Queremos agradecerles a todos los autores, editores, periódicos, sitios web y expertos que pusieron a nuestra disposición sus contenidos para la elaboración de este libro. Y queremos incitar a los lectores a que adquieran los libros de donde se tomaron los extractos, visiten los sitios web mencionados y sigan a la multitud de ideas a las que estas páginas hacen referencia a partir de sus fuentes originales.

Las exigencias de nuestra agenda de producción hicieron imposible incluir ciertas entrevistas y extractos, así como también bibliografías, cronología y materiales de índice. Esperamos poner algunos de esos elementos en nuestro website: www.secretsofthecode.com.

Introducción
Buscando a Sofía

Como muchos de ustedes, di con *El Código Da Vinci* de Dan Brown en el verano de 2003. Ya era número uno en la lista de bestsellers del *New York Times*. Pasó un buen tiempo en mi mesa de luz, junto a docenas de otros libros sin leer, pilas de revistas, presentaciones de negocios que debía reseñar, y todos los otros típicos elementos que compiten por una porción de nuestra mente en el complejo, caótico mundo de información intensiva en que vivimos.

Y un día tomé *El Código Da Vinci* y comencé a leer. Leí toda la noche, fascinado. Literalmente no podía dejarlo. Es una experiencia que he tenido a menudo, pero no tan frecuentemente en esa época de mi vida, pues estaba por cumplir cincuenta años. En un momento, en torno a las cuatro de la mañana, mientras leía la explicación que le da Leigh Teabing a Sophie Neveu sobre por qué y cómo ve a María Magdalena en la *Última Cena*, salí de la cama y saqué los libros de arte de los estantes de nuestra biblioteca. Miré la pintura de Leonardo que ya había visto, por supuesto, cientos de veces. *¡Sí, realmente parece que hubiera una mujer sentada junto a Jesús!* pensé.

Por la mañana, ya concluido el libro, me sentí más desafiado intelectualmente que lo que me había sentido con ningún libro en mucho tiempo. Quería saber qué era cierto y qué no, qué era realidad y qué ficción, qué era especulación informada y qué era pura fantasía literaria. En cuanto abrió mi librería local, estuve allí, tomando un café con leche y husmeando entre las docenas de libros mencionados o a los que se aludiera en *El Código Da Vinci: Santa Sangre, Santo Grial, La Revelación Templaria, Los Evangelios Gnósticos, La mujer con la jarra de alabastro, La biblioteca de Nag Hammadi*, y muchos más. Descubrí con sopresa que había docenas de libros recientes sobre María Magdalena, la cultura de la Diosa, la femineidad sagrada, las raíces del cristianismo y sobre cómo la Biblia fue escrita y codificada, así como los Evangelios gnósticos y otros Evangelios alternativos. Encontré que había estanterías enteras llenas de libros ocultistas referidos a las tradiciones templarias, sociedades secretas y sobre muchos lugares mencionados en *El Código Da Vinci*, incluyendo a Rennes-le-Château en Francia y la Capilla Rosslyn en Escocia. Dejé el negocio llevando conmigo cientos de dólares en libros y me fui a casa a absorber todo ese material, sólo para descubrir más tarde que Dan Brown tiene un website que incluye una bibliografía.

Durante semanas continué comprando libros que descubrí que eran relevantes para *El Código Da Vinci*. Devoré el nuevo libro de Elaine Page, *Más allá de la creencia*, con mis ojos ya abiertos al universo de las escrituras alternativas por su pionero libro de 1979, *Los Evangelios Gnósticos*. Descubrí un mundo de estudiosos expertos en copto, griego, hebreo y latín, que habían traducido y analizado meticulosamente documentos antiguos para discernir nueva información y descubrir nuevas interpetaciones posibles de los eventos descriptos en la Biblia. Leí todos los libros de Baigent, Leigh y Lincoln, Lynn Picknett y otros que han estado explorando durante años el mismo rico filón que Dan Brown. Me empapé del ricamente detallado libro sobre María Magdalena de Susan Haskins, quien documentó dos mil años de mito y metáfora sobre la mujer que Dan Brown sugiere que fue la esposa de Cristo.

Redescubrí libros que ya había leído: la poderosa biografía *Moisés,* de Jonathan Kirsch, en la cual intentó dilucidar la verdadera historia de la vida de Moisés de pasajes oblicuos del Antiguo Testamento, incluyendo fascinantes referencias a la idea de que Miriam no era hermana de Moisés, como dice la Biblia, sino una sacerdotisa con un culto propio, que tuvo su propio papel en la liberación de los esclavos judíos de Egipto. Releí el siguiente pasaje: "Algunos estudiosos sugieren que Miriam es real, pero Moisés es inventado. Otros sugieren que ambos existieron pero que no eran en realidad hermano y hermana; Miriam, sugieren, fue sacerdotisa y profetisa por derecho propio", quien fue en última instancia refundida en el relato bíblico como "hermana" de Moisés en una suerte de corrección política narrativa antigua. Tal vez este inveterado hábito de los redactores bíblicos —cambiar los parentescos, refundir los hechos realizados por mujeres con aquellos realizados por hombres, cambiar las formas tempranas de la historia para hacerlas coincidir a necesidades políticas posteriores— se manifestó en la forma en que los redactores del Nuevo Testamento editaron la historia de Jesús, María Magdalena y de los otros integrantes de su círculo.

Releí la obra de Umberto Eco *El Péndulo de Foucault* (una parodia y pastiche literario de un material ocultista muy próximo al empleado en *El Código Da Vinci*). Más adelante, Eco les diría a los entrevistadores de *Jesús, María y Da Vinci* (el especial de *ABC News* dedicado a explorar la tesis de Dan Brown) que las premisas de *El Código Da Vinci* estaban basadas en cuentos de hadas del siglo XIX equivalentes a Pinocho y a Caperucita Roja —"teorías erróneas", tan falsas como creer que la tierra es plana.

Volví a sumergirme en el clásico de 1960 de Norman O. Brown, *El cuerpo del amor*, uno de mis favoritos en un período anterior de mi vida, con su brillante síntesis de los mitos y arquetipos referentes a la femineidad sagrada y al papel de las ideas míticas en la creación de la conciencia occidental. Muchas de las citas de campos interdisciplinarios y diversas culturas recopiladas por Brown parecían directamente vinculadas a los intereses simbológicos de Robert Langdon. Langdon ve *cálices* y *hojas* como símbolos universales de lo femenino y lo masculino. Y los ve en todas partes: desde la adopción de la Estrella de David de seis puntas en la antigua historia judía a la interrelación en el espacio vacío entre Jesús y quien está sentado junto a él en *La última cena*, hasta las pirámides de I. M. Pei en el Louvre, que apuntan hacia arriba y hacia abajo. Según arguye Norman O. Brown, "Todas las metáforas son sexuales; hay un pene en todo objeto convexo y una vagina en todo objeto cóncavo". Langdon también habría apreciado las frecuentes invocaciones que Brown hace de Yeats al intentar comprender cómo la unidad sagrada dividida en macho y hembra podía algún día ser reunificada: "Nada puede estar aislado o entero/ si no ha sido dividido".

Revisé el bestseller de 1965, *El complot pascual*, que recuerdo que fue leído y discutido por mis padres. La copia usada que adquirí tenía estas interesantes palabras impresas en la solapa: "*El complot pascual* afirma —y presenta detallada evidencia de la Biblia y de los recién descubiertos Rollos del Mar Muerto— que Jesús planeó su propio arresto, crucifixión y resurrección, que planeó para que lo drogaran en la cruz, de modo de fingir que estaba muerto, de modo de poder ser ocultado en forma segura para cumplir con las profecías mesiánicas... Nunca antes una autoridad tan eminente ha presentado una hipótesis tan cuestionadora, ni la ha sustentado con evidencia tan irrefutable". Una vez más, *déjà vu* para los lectores del bestseller de Dan Brown cuarenta años más tarde.

Leí *La última tentación de Cristo* de Nikos Kazantzakis, de hace medio siglo, y vi la adaptación fílmica que hizo Martin Scorsese, que no había visto. Estas obras ciertamente mostraban una vívida imagen de una posible relación romántica entre Jesús y María Magdalena (o, según el caso, entre Willem Dafoe y Barbara Hershey).

Mientras absorbía estos libros y manuscritos y continuaba hablando a amigos sobre sus experiencias al leer *El Código Da Vinci* (*CDV*), se me ocurrió la idea de unir todas estas puntas en un único volumen, de modo que otros lectores y entusiastas del *CDV* pudieran aprovechar el mismo cuerpo de crítica y conocimiento que yo exploraba. Así nació la idea para este libro.

Poco después de que me decidiera a excavar este material con la idea de crear una guía no autorizada para el lector de la novela, leí un informe que aseveraba que había aproximadamente noventa títulos en las librerías que estaban vendiéndose más debido a la cercanía de su temática a la de *CDV*. Me di cuenta de que había otros lectores embarcados en exactamente la misma busca que yo, reafirmando así mi instinto y mi deseo de crear este libro. Afortunadamente, Gilbert Perlman y sus colegas de CDS compartían mi visión y estaban dispuestos a mover cielo y tierra para respaldar la publicación de este libro en un ciclo temporal lo suficientemente acelerado como dar el contexto relevante a los miles de lectores que adquieren *El Código Da Vinci* cada día.

En mi trabajo habitual como capitalista de riesgo, nuestra firma a menudo oye interesantes pero descabelladas afirmaciones sobre nuevas tecnologías e innovaciones. A continuación, llevamos a cabo los "debidos procedimientos" para evaluar tales afirmaciones. Lo que queremos ver es si, bajo toda la bambolla, hay un negocio real que pueda ser desarrollado con éxito. Nuestro enfoque suele comenzar con una lista de preguntas.

Mi investigación con respecto a *El Código Da Vinci* fue en cierto modo similar. Ésta era mi lista inicial:

- ¿Qué sabemos realmente sobre María Magdalena? ¿Era una prostituta, según la representó la tradición cristiana? Si no lo era, ¿por qué fue representada de ese modo durante tanto tiempo en la historia de la Iglesia, y por qué el Vaticano cambió de idea en la década de 1960?

- ¿Existe evidencia real de que Jesús y María Magadalena hayan estado casados? Cuando la narración evangélica en el Nuevo Testamento habla de una mujer que unge los pies de Jesús con aceites aromáticos y luego los seca con su pelo, ¿se trata de María Magdalena o de otra María, quien puede realmente haber sido una prostituta reformada? Y si fue María Magdalena quien realizó tales actos, ¿se trata de actos rituales que expresan respeto o de metáforas de relaciones sexuales?

- El *Evangelio de Felipe* encontrado en Nag Hammadi, ¿realmente dice que Jesús solía besar a María Magdalena en la boca? Y, si la que tenemos es la traducción correcta con las palabras correctas, ¿es esto también una metáfora? ¿O es una referencia real a una relación romántica?

- ¿Es posible que Jesús y María Magdalena hayan tenido un hijo, originando así un linaje que haya continuado hasta tiempos modernos? ¿Cuán válidas son las leyendas respecto de la huida de María Magdalena a Francia? ¿Puede su progenie haber sido la base de los reyes merovingios? ¿Y qué decir de los cultos de la "Virgen negra" en Francia y en otros lugares? ¿Es posible que María Magdalena haya sido una negra de Egipto o Etiopía?

- ¿Fue el Jesús histórico esencialmente un rabino, maestro o dirigente espiritual judío, y, en su condición de tal, sería posible y aun probable que haya estado casado? ¿O ya entonces había una tradición de celibato y ascetismo entre los dirigentes judíos varones?

- ¿Es posible que María Magdalena fuese una figura espiritual importante por derecho propio, como compañera romántica y/o esposa de Jesús, y que fuera la persona que él designó para dirigir su movimiento tras su propia muerte? ¿Existe un registro histórico de discusiones y celos por parte de los apóstoles varones sobre el papel de María Magdalena? ¿Es plausible desde algún punto de vista la afirmación del *CDV* de que Jesús fue "el primer feminista"?

- ¿Son creíbles —o al menos tan creíbles como los evangelios oficiales— los Evangelios Gnósticos y otras escrituras alternativas? ¿Relatan una historia significativamente diferente de la oficial? ¿Qué aportan a nuestra comprensión del ambiente intelectual y filosófico de los primeros pocos años de la Era Común?

- Los dirigentes de la Iglesia de Roma, de Constantino hasta el papa Gregorio, ¿llevaron a cabo un ataque concertado sobre las escrituras y creencias alternativas? ¿Editaron con objetivos políticos lo que llegó a ser el canon aceptado? ¿Refundieron a María Magdalena con otra María de los Evangelios que era, de hecho, una prostituta?

- Estos tempranos padres de la Iglesia, ¿calumnian a María Magdalena al acusarla de prostituta como parte de un intento de mayor escala para ocultar el legado arcaico de cultos de la Diosa en el cristianismo y como medio de suprimir el papel de las mujeres en la Iglesia?

- Los gnósticos ¿practicaron rituales sexuales sagrados? ¿Hay una tradición de *hieros gamos* originada en Egipto que recorre Grecia, el cristianismo primitivo y desde allí se transmite a los templarios y a los miembros del priorato de Sion?

- ¿Quiénes eran los templarios y qué pueden haber encontrado al excavar el Templo del Monte durante las cruzadas?

- ¿Cómo ganaron los templarios poder e influencia y cómo los perdieron? ¿Existe alguna evidencia de que los templarios hayan encontrado el Santo Grial?

- ¿Hay evidencia de que los templarios u otras sociedades de la época hayan creído que el Santo Grial no estaba vinculado a un cáliz o copa de vino, sino a María Magdalena, sus reliquias, documentos sobre su papel en la Iglesia primitiva, su progenie y el futuro del linaje Jesús-María?

- ¿Es el priorato de Sion una verdadera organización histórica? De ser así, ¿continuó en forma ininterrumpida hasta la Francia moderna, involucrando a grandes figuras que *CDV* alega fueron grandes maestros: Leonardo, Victor Hugo, Claude Debussy, Jean Cocteau, etcétera?

- ¿Qué ocurre en la Iglesia de hoy en lo que respecta a la reevaluación de la doctrina, la reconsideración de principios fundamentales y del papel de las mujeres? ¿Por qué películas como *La Pasión* generan tantas pasiones? ¿Cómo responde la Iglesia a los abusos sexuales y otros escándalos, y qué nos dice la historia sobre lo que puede ocurrir al respecto? ¿Qué es el Opus Dei y qué papel desempeña en la Iglesia Católica?

❧ Leonardo da Vinci ¿ocultó mensajes simbólicos secretos en *La última cena* y otras obras? Y ¿*La última cena* representa a una mujer, María Magdalena, sentada a la derecha de Cristo más bien que al apóstol varón Juan?

En este volumen, el lector encontrará materiales que tratan todas estas preguntas y más. Los materiales incluyen extractos de libros, periódicos, sitios web, artículos originales, comentarios y entrevistas con estudiosos, expertos y pensadores que han trabajado sobre aspectos de estas cuestiones durante años. Mi sincera esperanza es que los lectores encuentren estas fuentes tan útiles para el proceso de formular sus propias ideas y conclusiones como yo las encontré para las mías.

Antes de que el lector se interne en los pasillos de lo que me gusta llamar la "biblioteca de Sofía" de este volumen, quisiera compartir una serie de observaciones respecto de por qué pienso que *El Código Da Vinci* ha causado tanta impresión entre el público lector y por qué resuena tan hondamente con el *zeitgeist* contemporáneo.

1) *CDV* es una novela de *ideas*. Se puede decir lo que uno quiera acerca de los pedestres diálogos y los elementos increíbles de la trama, pero Dan Brown ha incluido grandes y complejas ideas, así como minúsculos detalles y fragmentos de pensamientos intrigantes en su novela de misterio-acción-aventura y asesinato. Nuestra cultura está hambrienta de oportunidades de alimentar la mente colectiva con algo más que comida chatarra intelectual. Aun entre los escritores más elevados, más literarios, son pocos los que están escribiendo novelas que traten de grandes conceptos filosóficos, cosmológicos o históricos. Y entre quienes así lo hacen, la mayor parte de los libros que producen son simplemente demasiado inaccesibles aun para el lector sofisticado y educado promedio. Dan Brown nos ofrece un increíble surtido de ideas y conceptos fascinantes. Podemos compartirlas sin prerrequisitos académicos. Abrimos la primera página y nos encontramos con Saunière, que se tambalea por la Gran Galería del Louvre a las 22:46 y a partir de ahí nos vemos arrastrados a la acelerada cacería de carroñeros de Brown a través de la historia de la civilización occidental. Nunca necesitamos hacer ningún ejercicio mental pesado si no queremos, pero para quien quiera seguir el hilo de las ideas, la novela deja palabras clave a cada paso.

2) Como *Ulysses* de James Joyce, *CDV* se desarrolla esencialmente en un período de veinticuatro horas. Como *Finnegans Wake*, concluye donde comienza. Está claro que Dan Brown se toma muy en serio la forma literaria. Tal vez juegue más rápido y más laxamente con los hechos que lo que a muchos les gusta, pero su habilidad para comprimir extensos argumentos intelectuales y

religiosos en secuencias sonoras fácilmente comprensibles es una forma de arte. No quiero decir con esto que *CDV* sea "gran literatura". No estoy seguro de si va a pasar la prueba del tiempo, por más popular que sea ahora. Pero nuestra sociedad debería apreciar más de lo que lo hace el arte que hay en los grandes novelistas de misterio, espionaje y acción-aventura. Como se verá, Dan Brown pertenece a este tipo de artista literario.

3) Nuestra cultura materialista, tecnológica, científica, excedida de información siente hambre no sólo del atractivo intelectual de las grandes ideas, sino de un sentido de misión y sentido. La gente busca recuperar su sensibilidad espiritual o, al menos, un contexto para sus vidas. *CDV*, al igual que las novelas de Harry Potter que le son paralelas en este mismo *zeitgeist*, es un clásico viaje heroico (sólo que en este caso, la heroína no sólo es un socio en igualdad de condiciones, sino que es más importante que el héroe). *CDV* puede ser leído como una *Odisea* moderna que atraviesa mitos, arquetipos, lenguaje simbólico y prácticas religiosas. Los personajes no sólo impedirán que los más preciosos secretos caigan en manos equivocadas, en el proceso llegarán a conocer su ser, identidad y lugar en el mundo.

4) Como en otros momentos de la historia —los días legendarios de Arturo, las Cruzadas, el siglo XIX— vivimos en una era en la que la fantasía de la busca del Santo Grial se ha renovado. Esto es cierto en el sentido estrecho del amplio florecimiento de nueva literatura sobre el Santo Grial de la historia cristiana. Dan Brown emplea abundantemente este corpus de obras ocultistas, *New Age* y misteriosas. Pero también florece la busca del Santo Grial en el sentido más amplio y metafórico. Las búsquedas del desciframiento de los secretos del genoma humano, ir a Marte, tratar de entender el Big Bang y de reducir las comunicaciones a bits digitales inalámbricos —todas son, a su modo, búsquedas del Santo Grial. Tal vez se trate de un poco de milenarismo atrasado: cuando hace pocos años ocurrió el verdadero cambio de milenio, quienes estudian las tendencias se sorprendieron por la poca fiebre milenarista que se vio. Pero luego vino el *shock* del 11 de septiembre, actos de terrorismo apocalípticos, guerras en Afganistán e Irak, explosiones de violencia en todo el Oriente Medio, todo ello acentuado por el extremismo religioso y una retórica sobre fieles-infieles propia de la era de las Cruzadas. A fin de cuentas, el nacimiento de nuestra nueva era ha comenzado a tomar un aspecto milenarista. *CDV* se dirige directamente a esta veta al extraer los elementos de su trama de hace mil y dos mil años —el nacimiento de la era cristiana y las Cruzadas. En un notable libro aparecido poco después de *CDV*, *El Santo Grial: Imaginación y Creencia*, el principal historiador medievalista británico, Richard Barber, rastrea el papel del Santo Grial como disparador de la fantasía artística desde Wagner a T. S. Eliot a Monty Python. También rastrea el empleo de la frase *Santo Grial* en diarios líderes que habitualmente no gastan mucho tiempo en asuntos religio-

sos. Según Barber, el *New York Times* mencionó al Santo Grial sólo 32 veces en
1995-96, y 140 en 2001-2. El *Times* de Londres elevó su puntaje de Grial de
14 en 1985-86 a 171 en 2001-2; *Le Figaro* de 56 en 1997-8 a 113 en 2001-2.

5) Las mujeres forman una parte importante de los lectores del *CDV*. Dan
Brown ha rescatado a María Magdalena de la acusación de pecado, penitencia y
prostitución. En el libro, aun la inteligente y sofisticada Sophie Neveu considera que María Magdalena es una prostituta hasta que Langdon y Teabing le
demuestran que no es así. Me atrevo a jugarme y adivinar que mucha más gente se enteró de que María Magdalena no era una prostituta a través de *El Código Da Vinci* que por las aclaraciones oficiales de la Iglesia en la década de 1960.
Ser considerada como una mujer caída durante catorce siglos es una reputación
difícil de superar. Pero el *CDV* ha desplazado la corrección eclesial de la prover-
bial página 28 de la tercera sección a la primera plana de la conciencia pública.
No sólo eso. *CDV* alega que María Magdalena era mucho más que "no era prostituta". Según la estimación de la novela era una figura fuerte e independiente,
patrocinadora de Jesús, cofundadora de su movimiento, la única que cree en él
en sus momentos difíciles, autora de su propio Evangelio, su compañera romántica y madre de sus hijos. Para los millones de mujeres que se sienten dejadas
de lado, discriminadas o rechazadas en las Iglesias de cualquier fe en la actualidad, la novela es una oportunidad de ver la primitiva historia religiosa bajo una
luz completamente diferente. Del mismo modo en que las mujeres han encontrado nuevas y pioneras heroínas femeninas en todos los campos desde las ciencias hasta las artes, pasando por los deportes, en los últimos treinta años, *El Código Da Vinci* abre los ojos de todos a una visión sorprendentemente nueva sobre
el poderoso papel de las mujeres en el nacimiento del cristianismo. Estos temas
han sido centrales en la escuela de teología de Harvard y en otros centros intelectuales, pero es *CDV* el que ha llevado esta perspectiva a la atención de las
mujeres (y hombres) educados que no pertenecen al mundo académico. Para las
mujeres católicas en particular —muchas de quienes llevan largo tiempo sin-
tiéndose amargadas por la posición de la Iglesia contra el aborto, la anticoncep-
ción, el divorcio y el sacerdocio femenino— este libro ilumina la forma en que
la mitad femenina de la ecuación humana puede haber sido suprimida por razones políticas con el ascenso del poder centralizado, institucionalizado, de la
Iglesia romana. Hay hechos —hechos reales, verificables— que se presentan en
CDV relatando una historia que no mucha gente conoce. Por ejemplo, no había prohibición con respecto al sacerdocio femenino, y el celibato masculino en
el sacerdocio no se convirtió en regla hasta seis siglos después de Cristo. Además, no sólo María Magdalena fue una figura importante en los Evangelios tradicionales. Hay muchas otras mujeres principales mencionadas por nombre,
muchas de las cuales han sido un enigma para el público hasta años recientes.
Por supuesto que la Virgen María, madre de Jesús, ha tenido desde hace mucho

seguidores hondamente devotos. En años recientes, ha emergido como una figura eclesial aún más importante —una tendencia estimulada por el papa Juan Pablo II. Pero la nueva visión de María Magdalena que Dan Brown pinta —poderosa, fuerte, independiente, inteligente, portaestandarte del cristianismo hasta mucho después de la muerte de Cristo y, sí, sexy— hace de María Magdalena un personaje mucho más accesible y humano para contemplar que la distante, santa, perfecta Virgen María.

6) En una época en que crecen el fundamentalismo y el extremismo religioso en el mundo, *CDV* ofrece un estudio importante de la cultura occidental. En primer lugar, realza la diversidad y el medio ambiente intelectual que existían en el mundo judeocristiano hace dos mil años —diversidad y ambiente que fueron suprimidos más tarde por las campañas antiheréticas de la Iglesia. Sugiere que algunas de las ideas paganas y orientales que llegaron al pensamiento del Mediterráneo oriental pueden haber tenido valor y validez. Al recordarnos las Cruzadas y la Inquisición, así como las intensas batallas ideológicas referidas a la interpretación, y en contraste con el filme de Mel Gibson, *La Pasión de Cristo*, de 2004, que busca presentar una versión de *la* verdadera forma en que esos eventos bien conocidos transcurrieron, el *CDV* desafía al lector a imaginar lo que siempre oyó o creyó, pero puede *no* ser cierto a fin de cuentas. La novela sugiere una multitud de conspiraciones y mundos clandestinos: el gran ocultamiento y conspiración de la Iglesia oficial para erradicar al Priorato de Sion, la conspiración de secretos del propio Priorato, la conspiración del Opus Dei para ganar poder dentro de la Iglesia, y la conspiración homicida del Maestro destinada a dar a conocer su propia versión de la verdad. Al hacerlo, el *CDV* critica en forma implícita la intolerancia, la locura que invoca el nombre de Dios y la de todos aquellos que creen que sólo hay un verdadero Dios, una sola verdadera fe y una sola forma verdadera de practicar la devoción religiosa.

7) Al recurrir a hallazgos arqueológicos recientes —como los textos de Nag Hammadi y los Rollos del Mar Muerto— y hacer un análisis desde el punto de vista de la historia del arte de Leonardo y otros pintores, de la interpretación de símbolos y de la criptografía, *CDV* entreteje varias hebras originadas en los informes científicos y arqueológicos de nuestros tiempos. Al hacerlo, la novela esboza los elementos de la mayor historia de detectives jamás contada: vivimos en una era en que se está descubriendo auténtica evidencia sobre los orígenes humanos, así como sobre los orígenes de las ideas y creencias. El viaje de autodescubrimiento de Sophie es en realidad análogo al que nosotros llevamos a cabo. Tal vez Sophie descienda directamente de Jesús, pero todos nosotros descendemos de personas que habitaron la tierra en esa época, pensaron esos pensamientos, practicaron esas costumbres. Lograr compartir los atisbos que pueden haber experimentado los filósofos gnósticos que se sentaban en el

desierto hace dieciséis o dieciocho siglos es una experiencia sorprendente. Estamos descifrando en forma simultánea los códigos de nuestro ADN biológico y de nuestro ADN cultural. Con las nuevas investigaciones y nuevas herramientas científicas, bien podríamos enterarnos de lo que Leonardo nos trataba de decir —si es que estaba tratando de decirnos algo.

8) La idea de que Robert Langdon es un *simbologista* —especialidad académica que parece haber sido inventada por Brown— y que Langdon tiene un don tan notable para explicar los signos y símbolos es otro aspecto del atractivo del libro. Nos estamos alejando a toda velocidad de la edad de Gutenberg hacia el mundo de medios interactivos con base en la red. Es una transición desde un mundo de pensamiento jerárquico, literal, estructurado, racional a una sopa futurista de imagen, idea, movimimiento, emoción, aleatoriedad e interconexión. En cierto modo, estamos retrocediendo en el tiempo hacia un período en que los signos y símbolos visuales eran mucho más importantes. Los iconos de la pantalla de la computadora son la reencarnación de las pinturas rupestres de Francia. El hecho de que Dan Brown esté sintonizado con los ricos significados y datos que entran en nuestras vidas desde fuentes no literales, no racionales, es una parte crítica de la experiencia de leer este libro. De hecho, el *CDV* es similar a la experiencia que Langdon describe cuando afirma que, para él, ver un filme de Disney es como "ser asaltado por una avalancha de alusiones y metáforas". El personaje de Langdon, como se señala en otra sección de este libro, es una atractica mezcla de Indiana Jones y Joseph Campbell. El hecho de que Brown haya esparcido códigos, símbolos y anagramas en todo el libro hace que éste sea más interesante e interactivo para quienes participamos de la experiencia.

9) Conspiración, secreto, privacidad, robo de identidad, la tecnología y sus problemas —éstos son temas presentes en todos los libros de Dan Brown y muy apropiados a nuestros tiempos. Leer el *CDV* estimula el pensar y discutir sobre todos estos temas. La Iglesia moderna en Estados Unidos ocultó aberrantes casos de abuso sexual durante años; el presidente de Estados Unidos puede haber lanzado una invasión a un país extranjero basándose en evidencia fraguada sobre la existencia de armas de destrucción masiva; ejecutivos de compañías como Enron y Worldcom engañaron a sus accionistas y a los reguladores respecto de muchos miles de millones de valores inexistentes. Uno no puede leer el *CDV* sin oír ecos de estos incidentes contemporáneos de mentiras y ocultamientos —con la verdad que surge al final.

¿El Código Da Vinci es realidad o ficción? Mi objetivo principal es darle al lector los materiales para que llegue a su propia conclusión. Quiero dejar perfectamente claro que no tengo ningún conocimiento previo de los temas que

trata *El Código Da Vinci*. Tengo un intenso interés y una persistente curiosidad sobre estos temas, pero carezco de credenciales académicas, religiosas o artísticas. Me veo ante todo como uno más de los lectores de esta novela. Me interesé en estas ideas y me dediqué a investigarlas con mayor profundidad, a encontrar a los expertos más reputados que pudieran ser entrevistados, a identificar las fuentes más atractivas, y a unificar todo en un único y manuable volumen diseñado para lectores interesados y curiosos.

Sin embargo, como hombre de negocios, creo que les debo a mis lectores al menos un resumen ejecutivo. Mi conclusión personal es que la novela es una obra de ficción fascinante y bien ejecutada, que contiene interesantes fragmentos de hechos poco conocidos y desafíos al pensamiento estimulantes aunque altamente especulativos. La forma de leerlo que le da más valor es considerándolo un libro de ideas y metáforas —un cuaderno de apuntes, al estilo de Leonardo, que ayuda al lector a pensar a través de su propia filosofía, cosmología, creencia religiosa o crítica.

Tras estas advertencias, permítaseme ofrecer una rápida hojeada de mis conclusiones personales respecto a la cuestión de "realidad versus ficción". Hay al menos dos partes muy distintas en la respuesta a esa cuestión. Por ejemplo, hay muchos antropólogos, arqueólogos y otros expertos que avalarían los conceptos básicos de la argumentación presentada en el *CDV* respecto a la femineidad sagrada. Hay abundante literatura académica seria que arguye que antes del surgimiento del monoteísmo judeocristiano, muchos sistemas de creencias politeístas y paganos tendían a prestarle tanta atención a las diosas como a los dioses, así como a la naturaleza espiritual y divina del sexo, la procreación, la fertilidad y el nacimiento. En forma similar, la cuestión de no confundir a María Magdalena con la prostituta del Nuevo Testamento, o en el tema de otorgarle a María un papel mucho más importante en los momentos fundacionales del cristianismo que lo que se ha enfatizado hasta ahora, ha generado un amplio corpus de trabajos académicos independientes, así como investigaciones de eruditos religiosos y teólogos que llegan a las mismas conclusiones. Por supuesto que ningún académico serio se lanzará a dar por sentada una conclusión para la que no haya evidencia dura, de modo que no encontraremos muchos académicos convencionales *convencidos* de que Jesús y María estaban casados. Pero sí encontraremos muchos académicos serios y académicos —y aun teólogos— abiertos a la *posibilidad* de una relación romántica entre ambos.

Así, buena parte de lo que *El Código Da Vinci* tiene para decir sobre el papel de la femineidad sagrada en la prehistoria, María Magdalena, el cristianismo primitivo, la diversidad del pensamiento de hace dos mil años, la subsiguiente consolidación de la Iglesia romana —la mayor parte de esta discusión al menos comienza a partir de los trabajos de estudiosos serios y de fragmentos de evidencia real, como los hallazgos de Nag Hammadi. Dan Brown interpreta estos materiales de la forma más espectacular, exagerada, funcional a un argumento posible. Claro que hace eso: se trata de una novela. Pero las raíces de las ideas para estos temas me parecen válidas.

De cualquier modo, a medida que avanzamos a toda velocidad por el relato, *El Código Da Vinci* continúa siendo una historia fascinante, pero cada vez se aleja más de la erudición seria. La historia temprana de las Cruzadas y los Templarios, tal como se presenta, no desentona con la óptica que prevalece actualmente. Pero cuando llegamos a temas tales como la sinonimia entre el Santo Grial y María Magdalena y el real linaje de Jesús, del imperecedero compromiso del priorato de Sion con el espíritu de la femineidad sagrada o al argumento de que *La última cena* es un mensaje en código de Leonardo da Vinci referido a la verdadera historia de Jesús y María, o que el Priorato continuó hasta la época moderna con una cadena ininterrumpida de grandes maestros que va de Leonardo a Pierre Platard, ha dejado atrás la erudición covencional. Se ha zambullido en el mundo de los mitos medievales y *New Age*. Casi todo ello está reciclado a partir de leyendas y creencias documentadas por otros autores a lo largo de las pocas últimas décadas. Buena parte del material cae tan por debajo de los estándares para la evidencia de credibilidad científica que ni siquiera vale la pena discutirlo en términos de historia o de hechos. Para algunos, se trata de un montón de paparruchas ocultistas. Para mí, y tal vez para otros muchos, son paparruchas en términos de historia, pero es un material fascinante para la narración y el folclor, inagotablemente fascinante para discutirlo desde el punto de vista de los mitos, metáforas y de nuestro ADN cultural.

Muchos comentadores discuten sobre la representación que Dan Brown hace sobre la doctrina religiosa y la doctrina cristiana. De hecho, muchos otros libros que ofrecen al lector una crítica del *CDV* desde el punto de vista religioso están siendo escritos y publicados. Os invito a leer también ese material. Pero si Dan Brown tiene razón o no desde el punto de vista teológico no es el foco de este libro, aunque hemos presentado algunos argumentos que siguen esas líneas. En vez, he elegido enfatizar las ideas y metáforas y las interconexiones entre ambas que pueden discernirse cuando se dialoga con respecto a este libro. No es mi deseo entrar en polémicas ni ser crítico o irrespetuoso respecto de las creencias religiosas de nadie. Tampoco es mi deseo criticar o defender las obras fuente en que se basa el *CDV* y cuyos extractos se dan a conocer en estas páginas. El hecho de presentar esos materiales no significa que yo crea que lo que afirman sea cierto. Sólo significa que ustedes deberán oír los argumentos y tomar su propia decisión.

Lo que sigue en *Los secretos del Código* es una compilación de ideas y opiniones originadas en un amplio espectro de pensadores. Este libro está diseñado para ayudar al lector en su búsqueda de conocimiento y percepción personal —*Sofía*, si les parece bien.

Quiero ser más claro que el agua: *El Código Da Vinci* es una novela. Es una diversión. Es algo para disfrutar. Parte del disfrute es, para mí, seguir sus hebras e ideas, perseguir sus interconexiones. De eso trata el presente libro.

Dan Burstein
Abril, 2004

LIBRO I

El drama
de la Historia
femenina,
la Historia
masculina
y la Herejía

Parte I

María Magdalena
y la femineidad
sagrada

1 MARÍA MAGDALENA

De cómo una mujer de peso fue convertida en prostituta por la historia masculina

Cristo la amaba más que a todos los discípulos y acostumbraba besarla {en la boca} frecuentemente. Los otros discípulos se escandalizaban y expresaban su desaprobación. Le dijeron "¿Por qué la amas más que a todos nosotros?" El Salvador les respondió diciendo, "¿Por qué no os amo como la amo?"
—EVANGELIO DE FELIPE.

María Magdalena es, en muchos sentidos, la estrella del *Código Da Vinci*, y es apropiado que ella sea el punto de partida de la odisea de exploración del presente libro en las historias y misterios de la novela de Dan Brown. ¿Pero quién era esta mujer que desempeña un papel tan decisivo en momentos críticos de los Evangelios tradicionales? Está claro que es uno de los acompañantes más allegados al Jesús itinerante. En el Nuevo Testamento, se la menciona por nombre doce veces. Está entre los pocos seguidores de Jesús presentes en el momento de su crucifixión y se ocupa de él después de muerto. Es la persona que, tres días después, regresa a su tumba y la persona a quien el Jesús resucitado se aparece por primera vez. Cuando aparece, la instruye —de hecho, le otorga poderes— para que difunda las noticias de su resurrección y se convierta, en efecto, en el más importante de los apóstoles, la portadora del mensaje cristiano a los otros apóstoles y al mundo.

Este relato es el que hacen las narraciones autorizadas del Nuevo Testamento. Si se estudian las narraciones alternativas —varias escrituras perdidas y los Evangelios gnósticos— se verá en seguida que hay sugerencias de que María Magdalena y Jesús pueden haber tenido una relación extremadamente estrecha, una relación íntima de marido y mujer. Se verá que ella puede haber sido una dirigente y pensadora por derecho propio a quien Jesús confió secretos que no compartió siquiera con los apóstoles varones. Puede haberse visto involucrada en una celosa rivalidad con los otros apóstoles, algunos de los cuales, en particular Pedro, pueden haber desdeñado su papel en el movimiento debido a su sexo, y haber encontrado que su relación con Jesús era problemática. Puede haber representado una filosofía más humanista e individualizada, tal vez más cercana a la que realmente predicó Jesús que a la que llegó a ser aceptada por el Imperio Romano en tiempos de Constantino como el pensamiento cristiano oficial, estandarizado y convencional.

Tal vez la forma en que mejor se la conoce en la historia es como prostituta. ¿Jesús simplemente la perdonó —y ella simplemente se arrepintió y cambió de conducta— para ilustrar los tradicionales principios cristianos sobre el pecado, el perdón, la penitencia y la redención? ¿O no fue en absoluto una prostituta, sino una rica patrocinadora financiera y partidaria del movimiento de Jesús, de quien, en el siglo VI, el papa Gregorio declaró que era la misma que otra María Magdalena de los Evangelios, que era, ésta sí, una prostituta? Y cuando el papa Gregorio refundió deliberadamente a las tres Marías de los Evangelios en una ¿lo hizo para marcar deliberadamente a María con el estigma de la prostitución? ¿Se trató de un inocente error de interpretación en una edad oscura en que se contaba con pocos documentos originales y el lenguaje bíblico era una mescolanza de hebreo, arameo, griego y latín? ¿La Iglesia necesitaba simplificar y codificar los evangelios y destacar los temas del pecado, la penitencia y la redención? ¿O fue una estrategia mucho más maquiavélica (un milenio antes de Maquiavelo) para arruinar la reputación de María Magdalena ante la historia y, al hacerlo, destruir los últimos vestigios de la influencia de los cultos paganos de la diosa y de la "femineidad sagrada" sobre el cristianismo primitivo, para socavar el papel de las mujeres en la Iglesia y sepultar el costado más humanista de la fe cristiana?

¿Llegó aún más lejos? Cuando el papa Gregorio con la letra escarlata de la prostitución marcó a María Magdalena —quien seguiría siendo oficialmente una prostituta reformada por los siguientes catorce siglos— ¿comenzó un gran ocultamiento para negar el casamiento de Jesús y María Magdalena y, en última instancia, el linaje real, sagrado, de su descendencia?

¿Su descendencia? Bueno, sí. Si Jesús y María Magdalena se casaron o al menos tuvieron una relación íntima bien pueden haber tenido uno o varios hijos. ¿Y qué ocurrió con María Magdalena después de la crucifixión? La Biblia calla, pero en el área del Mediterráneo, de Éfeso a Egipto, hay leyendas y tradiciones que afirman que María Magdalena y su hijo (o hijos) escaparon de Jerusalén y finalmente se asentaron para vivir como evangelistas. Los relatos más interesantes son los que hacen que termine su vida en Francia… un tema que Dan Brown recoge e integra a la trama del *Código Da Vinci*.

No es sorprendente que María Magdalena, que representa la temática del pecado y la redención, la Virgen y la puta, la penitencia y la virtud, los fieles y los caídos, haya sido siempre una figura destacada en el arte y la literatura. En los autos sacramentales, la primera forma de teatro producida en Europa, hace más de mil años, era representada por fieles de sexo masculino. Y desde entonces, ha sido una figura constante en el arte eclesial. En tiempos mucho más recientes, Dan Brown no ha sido el único autor en sentirse fascinado por María Magdalena ni el primero en destacar la temática de su posible romance con Jesús. Nikos Kazantzakis postuló una relación romántica entre ambos en su novela *La última tentación de Cristo* hace más de cincuenta años (mucho antes de que Martin Scorsese lo convirtiera en filme en la década de 1980 e hiciera surgir el tema una vez más). William E. Pipps trató buena parte de estos temas en su libro *¿Jesús estuvo casado?* hace más de treinta años. La ópera rock *Jesucristo Superstar*, otra obra que tiene más de treinta años, también da por sentado que existe una relación romántica entre Jesús y María Magdalena. Dado el interés de nuestra sociedad por los papeles que se adjudican a los sexos, las mujeres como dirigentes y todas las permutaciones del amor, el matrimonio y el sexo que uno pueda imaginar, la "nueva" María Magdalena encaja justo y *El Código Da Vinci* llega justo a tiempo.

En las páginas de este capítulo, algunos de los principales expertos mundiales en María Magdalena discuten y debaten diferentes versiones respecto de quién puede haber sido ella en la historia; el significado de su papel en los Evangelios tradicionales, y cómo el Evangelio gnóstico y otros Evangelios alternativos pueden aumentar nuestra capacidad para conocerla hoy. Algunos expertos están interesados en entresacar su significado basándose exclusivamente en el contenido de la Biblia. Otros quieren profundizar y enriquecer el debate con nueva evidencia y nuevas interpretaciones. Aun otros se enfocan menos en lo que dicen los textos y mucho más en el significado de María Magdalena en el contexto del arquetipo, el mito y la metáfora.

Cada aspecto susceptible de ser discutido se ha incorporado al debate sobre Magdalena en el siglo XXI. ¿Era originaria de Magdala, sobre el mar de Galilea, y por lo tanto, era probablemente judía? ¿O provenía de una ciudad del mismo nombre en Egipto o en Etiopía? ¿Era rubia o de cabello castaño rojizo, tal como se la solía representar en el medioevo o era una negra de África? ¿Era nacida y criada en las costumbres y forma de vida de Tierra Santa o era una extraña, como a veces se representa también a Jesús? ¿Era muy rica y podía financiar los movimientos de Jesús con sus medios personales? ¿Por qué sabemos que era rica? ¿Porque venía de una próspera ciudad pesquera? ¿Porque el aceite de nardos, la esencia que empleó para ungir a Jesús era considerado un caro artículo de lujo? ¿Porque parece haberse ocupado de proveer de comida y alojamiento a Jesús y a sus seguidores, que habían renunciado a todos los bienes de este mundo? Dado que es sólo una de las muchas mujeres que parecen haber sido patrocinadoras de Jesús ¿qué se sabe respecto de las otras mujeres, muchas de las cuales son mencionadas por nombre? ¿Descendía ella de la casa de Benjamín, del mismo modo que algunos relatos sugieren que Jesús descendía de la casa de David, y habrá sido su casamiento políticamente importante por unir a esos dos clanes? De todas formas ¿hubiese sido normal que Jesús se casase? A fin de cuentas, la mayor parte de los rabinos del medio judío de aquel entonces se casaban y en el Nuevo Testamento, María Magdalena y muchos de sus seguidores llamana "rabboni" a Jesús. Si era un rabino judío ¿no se habría esperado de él que se casase? ¿Por qué habría Jesús de practicar el celibato, cuando el lenguaje bíblico está lleno de instigaciones a "ser fructífero" y "crecer y multiplicarse"?

En la escena en los Evangelios en que María Magdalena unge a Jesús con ungüentos perfumados de un jarro de alabastro y le lava los pies con sus lágrimas, secándoselos con su cabello —¿se trata de ella o de otra María? Si se trata de María Magdalena ¿estas acciones indican respeto ceremonial o son metáforas de relaciones sexuales? Y si se trata de relaciones sexuales ¿es una alusión a su antigua vida como prostituta? ¿Es una pista que indica que Jesús y María Magdalena estaban casados? ¿Se trata de una metáfora poética no sólo de sus relaciones sexuales sino de relaciones sexuales con una carga especial, sagradas, tal como las prácticas de *hieros gamos* (matrimonio sagrado) que pueden provenir de aun anteriores culturas giregas, minoicas y egipcias? ¿Podía tratarse de una "prostituta" en el sentido de que en algunas culturas antiguas, los hombres realizaban actos sexuales con "prostitutas del templo" para acceder a experiencias religiosas extáticas, divinas, místicas? Las bodas de Caná, descriptas en el Nuevo Testamento ¿son realmente una descripción metafórica del casamiento de María Magdalena y Jesucristo, y, a la vez, se originan en el Cantar de Salomón en el Antiguo Testamento? Y, a su vez, esas historias, ¿tienen orígenes aún más antiguos, los que Carl Jung y Joseph Campbell verían como arquetipos universales y mitos de unidad sagrada entre macho y hembra, de la necesidad de integración y de la necesidad de amor —no sólo de amor en el sentido que le da el Nuevo Testamento, sino también amor de carne y hueso, erótico, humano?

¿Existen textos sagrados y otros documentos que arrojen luz sobre la verdadera historia de lo que ocurrió en Israel en tiempos de Cristo y sobre lo ocurrido entre Jesús, María Magdalena y sus seguidores? ¿Puede ser que documentos y reliquias referidos a esos sucesos hayan sido enterrados bajo el

Templo del Monte en Jesusalén y haberse transformado en el Santo Grial que buscaban los cruzados? ¿Es posible que los templarios hayan encontrado ese material, lo hayan sacado de Tierra Santa y lo hayan llevado a Francia durante el medioevo? Y si ese material alguna vez se encuentra —sea en una cavidad bajo la Capilla Rosslyn en Escocia o bajo la pirámide del Louvre, o en algún otro lugar ¿cambiaría en forma fundamental la historia y las creencias cristianas con el mismo grado de influencia que tuvieron los Evangelios Gnósticos y los Rollos del Mar Muerto?

Dan Brown ha hecho una notable tarea al referirse a todos estos temas en el *El Código Da Vinci*. En un puñado de páginas, en medio de un enigma de asesinatos, de una novela de detectives, se las compone para referirse a los temas clave arriba señalados y a muchas cosas más... en particular a la posibilidad de que Leonardo da Vinci haya conocido y entendido la verdadera historia de Jesús y de María Magdalena y por ello haya incluido a María Magdalena en *La última cena*. Además, la imagen de Pedro mirando de reojo y bajando su mano en un movimiento cortante, como de hoja, quiere expresar, según *El Código Da Vinci*, la animosidad entre Pedro y María Magdalena y con respecto al futuro de la Iglesia. En la novela, Sophie Neveu les pregunta a sus maestros nocturnos, Teabing y Langdon, "¿Ustedes están diciendo que la Iglesia Cristiana debía ser llevada adelante por una mujer?"

"Ése era el plan", dice Teabing, "Jesús fue el primer feminista y su intención era que el futuro de Su Iglesia quedara en manos de María Magdalena".

Uno puede darse cuenta de por qué los temas de *El Código Da Vinci* hacen que la gente hable, discuta, investigue —por más improbables que sean algunos aspectos de la trama y por más vuelta a tejer o hilar algunos fragmentos de la tela entera que hacen que parezca religiosa. En este capítulo, oímos a una amplia gama de expertos que opinan sobre distintos aspectos del debate sobre María Magdalena. Algunos, como Lynn Picknett y Margaret Starbird forman parte de las fuentes originales de ideas que nutrieron al *Código Da Vinci*. Si bien sus ideas están en el extremo del espectro, siempre son desafiantes y hacen pensar. Autoridades como Susan Haskins, Esther de Boer, Deirdre Good, Karen King y Richard McBrien son académicos de buenas credenciales que han pasado años estudiando los detalles más recónditos de la información disponible sobre María Magdalena y temas relacionados con ella. Todos creen que ha sido maltratada por la historia. No comparten las ideas más extremas sobre ella, pero trabajan en forma consciente para crear una nueva visión de una María Magdalena, matizada y multifacética, que recupere su justo lugar en la historia. Katherine Ludwig Jansen y Kenneth Woodward son más conservadores. Pero hoy, aun los conservadores están dispuestos a asignarle un papel espectacularmente más destacado en la historia a María Magdalena que el de la visión tradicional de la Iglesia.

Comenzamos la discusión con una nota centrada y convencional de la revista *Time*, originada en la extraordinaria fascinación que produjeron María Magdalena y *El Código Da Vinci* en 2003.

María Magdalena: ¿santa o pecadora?

POR DAVID VAN BIEMA, INFORME DE LISA MCLAUGHLIN

Extraído de la revista *Time*, agosto 11 de 2003, © 2003 Time Inc. Reproducido con permiso.

La bella criptógrafa y el robusto profesor universitario huyen de la escena de un atroz asesinato que no cometieron. En medio de su fuga, para la que socialmente emplearán un carro blindado, un avión de reacción privado, dispositivos de vigilancia electrónica y sólo la cantidad necesaria de violencia inevitable para mantener las cosas interesantes, nuestros héroes buscan al único hombre que tiene la clave no sólo para exonerarlos sino de un misterio que podría cambiar el mundo. Para ayudarse a explicársela, el lisiado, jovial, fabulosamente rico historiador sir Leigh Teabing les señala una figura de un célebre cuadro.

"¿Quién es ella?" preguntó Sophie.
"Ésa, querida", repuso Teabing, "es María Magdalena"
Sophie se volvió. "¿La prostituta?"
Teabing aspiró brevemente, como si la palabra hubiese sido un insulto personal. "Magdalena no era tal cosa. Esa desgraciada mala interpretación es el legado de una campaña de desprestigio lanzada por la Iglesia primitiva".

Los lectores en vacaciones, pasando una página tras otra, tienden a saltearse los puntos más sutiles sobre la historia de la Iglesia en el siglo VI. Tal vez pueda decirse que ellos se lo pierden. *El Código Da Vinci* de Dan Brown es uno de esos especiales conspirativos hipercafeinados, con capítulos de dos páginas donde se describe el pelo de los pesonajes como "color borgoña". Pero Brown, quien hacia el final del libro ha logrado incluir a María Magdalena en forma intrincada y más bien afrentosa en su trama, ha estudiado bien el procedimiento para llevar adelante una trama aparentemente descabellada. No sólo ha reclutado a uno de los pocos personajes del Nuevo Testamento que el lector puede imaginar luciendo un traje de baño (al fin y al cabo, generaciones de Viejos

Maestros la han pintado en *topless*). Ha elegido un personaje cuyo verdadera identidad es tema de debate tanto en la teología como en la cultura popular.

Hace tres décadas, la Iglesia Católica Romana admitió calladamente lo que los críticos afirmaban desde hacía siglos: la representación habitual de Magdalena como prostituta reformada no está respaldada por el texto de la Biblia. Una vez libre de esta premisa siniestra y limitativa y exhibiendo distintas proporciones de erudición y fantasía, los académicos y entusiastas han postulado diversas Magdalenas alternativas: una rica y honrada patrocinadora de Jesús, una apóstol por derecho propio, la madre del hijo del Mesías y aun su sucesora como profeta. La riqueza de posibilidades ha inspirado un aluvión de literatura, académica y popular, incluyendo el bestseller histórico de Margaret George *María, llamada Magdalena* de 2002. Y ha ganado para María Magdalena nuevos seguidores entre los católicos que ven en ella un poderoso modelo femenino y un posible argumento contra un sacerdocio excluyentemente masculino. La mujer de la que tres Evangelios coinciden en que fue la primera testigo de la resurrección de Cristo está experimentando, a su modo, un renacer. Al decir de Ellen Turner, quien fue anfitriona en una celebración alternativa de la santa en su fiesta tradicional del 22 de julio: "María [Magdalena] fue vapuleada por la Iglesia, pero sigue allí, esperándonos. Si podemos dar a conocer su historia, podemos llegar a dilucidar qué era realmente Jesús".

En 1988, el libro *María Magdalena; una mujer que demostró su gratitud*, parte de una serie sobre mujeres bíblicas y un producto bastante típico de su era, explicaba que su protagonista "no era famosa por las grandes cosas que hizo o dijo, sino que ha quedado en la historia como una mujer que verdaderamente amaba a Jesús con todo su corazón y no tenía vergüenza de demostrarlo, aunque otros la criticaran". Ciertamente, esto hace parte de su currículum habitual. Muchas Iglesias cristianas le dan importancia como ejemplo del poder de Cristo para salvar aun a los más caídos, y del poder del arrepentimiento. (La palabra inglesa *maudlin* [que designa a quien tiene el "vino triste" o que demuestra afecto de una forma "estúpida y llorosa"] deriva de su fama de penitente lacrimosa). Siglos de educación católica también han establecido su reputación de entrecasa como la chica mala para quien se cumplió la esperanza de todas las chicas malas, la seductora salvada, quien figura no sólo en las ardorosas imaginaciones de los estudiantes de escuelas parroquiales sino como patrona de las instituciones para mujeres descarriadas, como por ejemplo las sombrías lavanderías administradas por monjas que aparecen en el nuevo filme *Las hermanas Magdalenas*...

El único problema es que resulta que no era tan mala, sino que sólo ha sido interpretada de esa manera. María Magdalena (su nombre se refiere a Magdala, una ciudad en Galilea) aparece por primera vez en el Evangelio de Lucas como una de las muchas mujeres, aparentemente ricas, a quienes Jesús cura de la posesión (fue librada de siete demonios) y que se unen a él y a sus apóstoles y "los proveen con sus recursos". Su nombre no vuelve a aparecer hasta la crucifixión, que ella y otras mujeres presencian desde el pie de la cruz, pues los discípulos varones han huido. Por la mañana del Domingo de Pascua, visita el sepulcro de Jesús, sola o con otras mujeres y descubre que está vacío. Se entera —en tres Evangelios, por ángeles, en uno, por el propio Jesús— de que ha resucitado. La narración de Juan es la más espectacular. Está sola ante la tumba vacía. Le avisa a Pedro y a un discípulo no identificado; sólo este último parece comprender que ha tenido lugar la Resurrección, se van. Magdalena se encuentra con Jesús, quien le pide que no se apegue a él, sino que "vaya con los fieles y les diga que he ascendido hasta donde está mi Padre… mi Dios". Según las versiones de Lucas y Marcos, esta situación tuvo visos farsescos: Magdalena y otras mujeres tratan de alertar a los hombres, pero "sus palabras les parecieron un relato ocioso, y no las creyeron". Por fin, entraron en razón.

A pesar de las discrepancias, la impresión final es la de una mujer de peso, valiente, inteligente y leal que desempeña un papel crucial —tal vez insustituible— en el momento en que el cristianismo se define. Entonces ¿de dónde sale todo el material jugoso? La imagen de María Magdalena se distorsionó cuando dirigentes de la Iglesia primitiva identificaron su nombre con el de las otras muchas mujeres menos distinguidas a quienes la Biblia no se refiere por nombre o se refiere sin patronímico. Una es la "pecadora" que aparece en Lucas bañando los pies de Jesús con sus lágrimas, los besa y los unge con un ungüento. "Sus muchos pecados le han sido perdonados, pues amó mucho", dice él. Otras incluyen a la María de Betania de Lucas y a una tercera mujer no identificada, quienes ungen de una forma u otra a Jesús. La confusión fue oficializada por el papa Gregorio Magno en 591: "La que Lucas llama la pecadora y Juan llama María [de Betania], creemos que es la María de quien fueron, según Marcos, expulsados siete demonios", declaró Gregorio en un sermón. Este enfoque devino en enseñanza de la Iglesia, aunque no fue aceptada por los ortodoxos ni por los protestantes que se separaron del catolicismo más adelante.

¿Qué llevó al Papa a hacer su declaración? Una teoría sugiere que se trató de un intento de reducir la cantidad de Marías —hubo una refundición similar de los personajes llamados Juan. Otra afirma que la mujer pecadora simplemente fue añadida para proveer antecedentes con los que no se contaba para una figura de importancia tan obvia. Otras culpan a la misoginia. Sea cual haya sido el motivo, el efecto del proceso fue drástico y, desde una perspectiva feminista, trágico. El que Magdalena haya sido testigo de la Resurrección, en lugar de ser aclamado como un acto discipular en cierto modo superior al de los varones, fue reducido en última instancia a un relato conmovedor pero mucho menos central acerca de la redención de una pecadora arrepentida. "Se trata de un patrón habitual" escribe Jane Schaberg, profesora de estudios religiosos y femeninos en la universidad de Detroit Mercy y autora de *La Resurrección de Magdalena*, publicada el año pasado, "la mujer poderosa privada de su poder, recordada como una puta o algo parecido". Para resumir, Schaberg inventó el término "prostitutificación".

En 1969, en un equivalente litúrgico a la letra chica y como parte de una revisión general de su misal, la Iglesia Católica separó oficialmente a la mujer pecadora de Lucas, María de Betania de María Magdalena. Sin embargo, las noticias tardaron en llegar a la congregación. (A ello contribuyó el que la heroica actitud de Magdalena en la tumba aún se omite de la liturgia del Domingo de Pascua y en cambio ha quedado relegada a mitad de la semana). Y, en el ínterin, más estudiosos han atizado el fuego de quienes ven su eclipse como una conspiración chovinista. Los historiadores del cristianismo están cada vez más fascinados por un grupo de seguidores tempranos de Cristo, conocidos en conjunto como los gnósticos, algunos de cuyos escritos fueron descubiertos hace sólo cincuenta y cinco años. Y a los gnósticos les fascinaba Magdalena. El llamado Evangelio de María [Magdalena], que puede ser de fecha tan temprana como 125 d.C. (es decir, unos cuarenta años posterior al Evangelio de Juan) afirma que ella recibió una visión privada de Jesús, que luego transmitió a los discípulos varones. Este papel es una usurpación del rol de intermediario que los Evangelios canónicos adjudican normalmente a Pedro, y María lo representa exhibiendo una gran irritación al preguntar "¿[Jesús] habló con una mujer sin que yo me enterara?" El discípulo Levi la defiende diciendo "Pedro, siempre has sido irascible... Si el Salvador la hizo digna, ¿quién eres tú para rechazarla? Sin duda, el Salvador la quiere bien. Es por eso que la amaba a ella más que a nosotros".

Ésas son palabras fuertes, en especial si uno recuerda que el papado basa su autoridad en la de Pedro. Por supuesto, los Evangelios Gnósticos no son la Biblia. De hecho, existe evidencia de que la Biblia fue estandarizada y canonizada justamente para excluir tales libros, que los primitivos dirigentes de la Iglesia consideraban heréticos por razones que nada tenían que ver con Magdalena. Aun así, las feministas se han apresurado a citar a María tanto como evidencia de la importancia que tuvo Magdalena en los primeros tiempos, al menos en ciertas comunidades y como el subproducto virtual de una olvidada batalla de los sexos en la que los padres de la Iglesia eventualmente prevalecieron sobre gente que nunca tuvo la oportunidad de llegar a ser conocida como "madres de la Iglesia". "Creo que fue una lucha de poder" dice Schaberg, "y los textos canónicos con que contamos [hoy] vienen de los vencedores".

Schaberg va aún más lejos. En su libro, regresa a Juan desde la óptica de los escritos gnósticos y pretende haber dado con "los fragmentos de la aseveración" de que Jesús puede haber percibido a Magdalena como su sucesora en lo profético. Esta postura, hasta el momento, no es compartida por nadie. Pero es una muy buena ilustración en que cualquier recuperación de Magdalena como "ganadora inevitablemente conmueve lo que se da por sentado hoy sobre la dirigencia masculina de la Iglesia. Después de que el papa Juan Pablo II prohibiera en 1995 aun la discusión del sacerdocio femenino, citó "el ejemplo registrado en las Sagradas Escrituras de que Cristo eligió a sus Apóstoles exclusivamente entre hombres…" Este argumento se podría ver debilitado a la luz de la "nueva" Magdalena, a quien el Papa mismo le ha reconocido el título, alguna vez proscripto de "Apóstol de los Apóstoles". Chester Gillis, decano del departamento de Teología de la Universidad de Georgetown, dice que los católicos convencionales aún piensan que la ausencia de María Magdalena de muchas escenas bíblicas en la que figuran discípulos varones, específicamente en el ritual similar a la ordenación representado por la Última Cena, descarta la posibilidad de que sea un precedente sacerdotal. Sin embargo, Gillis está de acuerdo en que su re-estimación "sin duda respalda la idea de una presencia más fuerte de las mujeres en la Iglesia".

En tanto, la combinación de la reformulación del pensamiento católico con las revelaciones gnósticas ha reanimado especulaciones más osadas con respecto a Magdalena, como la que considera una boda Jesús-Magdalena. "Ninguna otra figura", nota Schaberg "ha tenido una vida posbíblica tan vívida y singular"). El Evangelio gnóstico de Felipe describe a Magdalena como "aquella que llamaba compañero a [Jesús]" y afirma que él "solía besarla [en la boca]". La mayor parte de los eruditos rechaza la unión Jesús-Magdalena pues ésta encuentra poco eco en los Evangelios canónicos si se quita de ellos a las falsas Magdalenas. Pero satisface una profunda expectativa narrativa: que el macho alfa tome una compañera, que haya un *yin* para el *yang* que representa Jesús o, según han sugerido algunos neopaganos, que una diosa tenga su dios. Martín Lutero creía que Jesús y Magdalena estaban casados y también lo creía así el patriarca mormón Brigham Young.

La noción de que Magdalena esperaba un hijo de Jesús en el momento en que éste fue crucificado arraigó especialmente en Francia, que ya contaba con una tradición que la hacía inmigrar a ese país en un bote sin gobernalle, llevando consigo el Santo Grial, el cáliz empleado en la Última Cena, donde su sangre cayó después. Muchos reyes franceses promovieron la leyenda de que descendientes del hijo de Magdalena fundaron la línea merovingia de la monarquía europea, historia revivida por Richard Wagner en su ópera *Parsifal*, y también con respecto a Diana, Princesa de Gales, de quien se afirmaba que tenía sangre merovingia… La idea de que Magdalena misma era el Santo Grial —el receptáculo humano para el linaje de Jesús— emergió en un besteller de 1986, *Santa Sangre, Santo Grial*, que inspiró *El Código Da Vinci* de Dan Brown. Cuando Brown afirmó hace poco que "María Magdalena es una figura histórica cuyo momento ha llegado", quería decir que se trata de una figura con una rica filigrana mítica…

Sexo sagrado y amor divino
Una reconceptualización radical de María Magdalena

POR LYNN PICKNETT

Este extracto está tomado de *María Magdalena* de Lynn Picknett. Aparece por permiso de Carroll & Graf Publishers, un sello del Avalon Publishing Corp. Copyright © Lynn Picknett 2003. Lynn Picknett es una escritora, investigadora y conferencista sobre fenómenos paranormales, ocultismo y misterios históricos y religiosos.

¿Quién era la misteriosa María Magdalena, tan cuidadosamente minimizada hasta el propio margen exterior del Nuevo Testamento por quienes escribieron los Evangelios? ¿De dónde venía, y qué hizo que fuera tan amenazadora para los hombres de la naciente Iglesia Romana?

En *La Revelación Templaria*... escribo acerca de la perdurable controversia que rodea a este personaje bíblico axial:

La identificación de María Magdalena, María de Betania (la hermana de Lázaro) y una "pecadora no identificada" que unge a Jesús en el Evangelio de Lucas siempre ha sido motivo de caldeado debate. Desde temprano, la Iglesia Católica decidió que estos tres personajes eran el mismo, aunque cambió de posición en fecha tan reciente como 1969. La identificación de María como prostituta se origina en la *Homilía 33* de Gregorio I, pronunciada en 591 a. de C. en la que declaró:
"De modo que creemos que la que Lucas llama la mujer pecadora y Juan llama María, es esa María de quien, según Marcos, fueron expulsados siete demonios. ¿Y qué significaban esos siete demonios sino todos los vicios? Está claro, hermanos, que esa mujer había empleado ese ungüento para perfumar sus carnes para actos prohibidos".
La Iglesia Ortodoxa Oriental siempre ha considerado a María Magdalena y María de Betania como personajes independientes.

La Iglesia Católica siempre ha demostrado astucia en su presentación de María Magdalena, reconociendo su valor como modelo para las mujeres sin esperanzas que controlaba, como en el caso de las lavanderas de Magdalena. Como escriben David Tresemer y Laura-Lea Cannon en su prefacio a la traducción (1997) de Jean-Yves Leloup del gnóstico *Evangelio de María Magdalena*:

Sólo en 1969 la Iglesia Católica rechazó la clasificación que hizo Gregorio Magno de Magdalena como una puta, admitiendo así su error —aunque la imagen de María Magdalena como puta arrepentida ha sobrevivido en las enseñanzas públicas de todas las vertientes cristianas. Al igual que una pequeña fe de erratas sepultada en las últimas páginas de un diario, la corrección de la Iglesia ha pasado desapercibida, mientras que el incorrecto artículo original continúa influyendo a los lectores.

Pero tal vez sería excesivamente apresurado disociarla de toda sospecha de "prostitución" en un exceso de celo moderno por rehabilitarla. Muchos investigadores han señalado que los "siete diablos" que se afirma que fueron expulsados de ella pueden ser una referencia alterada a siete guardianes de las puertas del mundo inferior en los misterios paganos y que pueden dar una pista con respecto a cuáles fueron sus auténticos antecedentes. De hecho, en el mundo pagano existían las llamadas "prostitutas de templo", mujeres que literalmente encarnaban y transmitían la sagrada "sabiduría de las putas" mediante el sexo trascendente: está claro que fuera de su propia cultura serían consideradas poco más que mujeres de la calle, especialmente entre los discípulos varones, imbuidos por las constricciones morales y sexuales de la Ley judaica, en Tierra Santa...

La palabra que escoge Lucas para describir el estatus moral de Magdalena es muy interesante: es *harmartolos*, que describe a quien ha trasgredido la ley judía, lo cual no necesariamente implica prostitución. Es un término que se origina en la arquería, que significa no dar en el blanco y puede referirse a alguien que por una u otra razón no mantiene su observancia religiosa —o no paga los impuestos, posiblemente por no ser verdaderamente judía.

A María de Betania se la describe con cabello sin recoger o sin cubrir, cosa que no haría jamás ninguna mujer judía de Judea que se respete, pues ello representa licencia sexual, como lo sigue representando para los judíos ortodoxos y los musulmanes en el Medio Oriente actual. De hecho, María limpia los pies de Jesús con su cabello —una acción curiosamente íntima, por no decir iconoclástica, como para que una mujer desconocida la lleve a cabo en público. Los discípulos deben de haberlo percibido como algo absolutamente escandaloso...

Una mujer daba motivo de divorcio por el hecho de aparecer en público con el cabello suelto —tan aberrante se consideraba ese pecado— y aquí María de Betania, una mujer "harmartolos", una que no acierta en la diana judía o está fuera de la ley religiosa, parece totalmente indiferente a la condena que pueda provocar con sus actos. Más significativo aún, no sólo Jesús no la regaña por su violación de la ley judía, sino que la felicita tácitamente al reprender a quienes critican su conducta.

Ambos actúan como extranjeros en tierra extranjera: no es raro que no sean comprendidos, en particular por los Doce quienes, según se nos dice una y otra vez, no comprenden las enseñanzas de Jesús ni el motivo mismo de su misión. Tal vez María de Betania sea una extranjera, pero parece compartir una suerte de secreto privado con Jesús —y ambos son extraños para los demás.

Si la unción no era una costumbre judía, entonces ¿a qué tradición pertenecía? En su época existió un ritual *pagano* sublimemente sagrado en el que la cabeza y los pies —y también los genitales— del escogido para un destino muy especial eran ungidos. Se trata de la unción del rey sagrado, en la cual la sacerdotisa escogía al hombre señalado y lo ungía, antes de hacerlo cargo de su destino en un rito sexual conocido como *hieros gamos* (matrimonio sagrado). La unción era parte de la preparación ritual a la penetración en el transcurso del rito —que no tenía las mismas ramificaciones emocionales y legales que la forma de casamiento más habitual— en el cual el sacerdote-rey era inundado del poder del dios, mientras que la sacerdotisa-reina era poseída por la gran diosa. Sin el poder de la mujer, el rey escogido nunca podría reinar y carecería de poder... Éste era el significado original del "sacro casamiento" (*hieros gamos*)...

El concepto de casamiento sagrado es esencial para comprender a Jesús y su misión y su relación con la mujer más importante de su vida —por no mencionar a dos hombres altamente significativos... La persistente imagen de María de Betania/María Magdalena como puta comienza a tener sentido cuando uno se da cuenta de que este ritual es la expresión definitiva de lo que los historiadores victorianos llamaron "prostitución en el templo" —claro que dados su arrogante e hipócrita puritanismo y su represión sexual, ello no debería sorprendernos— aunque el término original para la sacerdotisa practicante era *hierodule* o "sirvienta sagrada". Sólo a través de ella un hombre podía obtener conocimiento de sí mismo y de los dioses. En el epítome de la tarea de la sirvienta sagrada, el *hieros gamos*, el rey es santificado y escogido —y por supuesto, inmediatamente después de la unción bíblica, Judas traiciona a Jesús y la maquinaria para su destino final, a través de la crucifixión, se echa a andar...

El casamiento sagrado era un concepto familiar para los paganos de la época de Jesús: se llevaban a cabo versiones de éste en muchos otros cultos del dios-que-muere-y-resucita, como el de Tammuz (de quien había un templo en Jerusalén por entonces) y el dios egipcio Osiris, en cuyo cuerpo muerto su consorte Isis insufló vida durante el tiempo suficiente para concebir el hijo mágico de ambos, el dios del coraje, Horus, de cabeza de halcón. De hecho, Tresemer y Cannon afirman en forma inequívoca que: "Su aparición con óleos especiales para ungir a Jesucristo la coloca en la tradición de los sacerdotes y sacerdotisas de Isis, cuyos ungüentos se empleaban para lograr la transición que los llevaba más allá del umbral de la muerte conservando la conciencia".[1]

---

1. Leloup, págs. xx-xxi.

De hecho, esto la ubica en la tradición chamánica de Egipto, que ahora es reconocida en forma unánime…

En todas las versiones del casamiento sagrado, el representante de la diosa, bajo la apariencia de su sacerdotisa, se unía sexualmente al rey escogido antes de que éste fuera sacrificado. Tres días después, el dios recobraba la vida y la tierra volvía a ser fértil…

Está claro que esta mujer que ungió a Jesús era muy especial, una gran sacerdotisa de alguna antigua tradición pagana —¿pero era también María Magdalena, tal como lo afirmó la Iglesia hasta 1969?… Consideremos los indicios referidos a la verdadera naturaleza de la misteriosa mujer conocida como la Magdalena.

¿Dónde quedaba Magdala?

Esta enigmática mujer, quien era tan obviamente una parte central de la misión de Jesús, es llamada en la Biblia "María Magdalena" o simplemente "la magdalena", lo cual transmite la permanente sensación de que quienes escribieron los Evangelios suponían que los lectores sabían de quién se trataba y reconocieran su nombre de inmediato… Este análisis de comienzos del siglo XX da una interpretación ampliamente convencional que aún hoy se acepta en forma generalizada:

> María Magdalena probablemente se llama así por la ciudad de Magdala o Magadan… hoy día Medjdel, de la que se afirma que significa "una torre". Quedaba a poca distancia de Tiberíades y se la menciona… en conexión con el milagro de la multiplicación de los panes. Una antigua atalaya aún marca ese punto. Según las autoridades judías, era famoso por su riqueza y por la corrupción moral de sus habitantes.[2][3]…

De hecho, en ninguna parte del Nuevo Testamento se dice de dónde provenía María, lo que ha llevado a eruditos y fieles a dar por sentado que venía de las márgenes del lago de Galilea —aunque debe decirse que hay más razones de peso para creer que tenía otro origen: que tal vez era de veras una exótica extranjera. De hecho… existe evidencia persuasiva de que el propio Jesús no era de esa región, aunque el dar por sentado de que era un judío de Galilea está tan arraigado que se toma por hecho indiscutible…

De hecho, no hay necesidad de meterla a la fuerza en un marco galileo, pues hay al menos otras dos posibilidades intrigantes para su lugar de origen: aunque no había una "Magdala" en Judea en ese entonces, había un Magdolum en

2. Edersheim, vol. i, pág. 571.
3. *A Dictionary of the Bible: Dealing with its language, literature and contents including the Biblical theology*, edited by James Hastings, M.D.A., Edimburgo, 1900, pág. 284.

Egipto —apenas cruzando la frontera— que probablemente sea el Migdol que menciona Ezequiel. Había una grande y floreciente comunidad judía en Egipto en ese entonces, particularmente centrada en el gran puerto marítimo de Alejandría, un bullente crisol de muchas razas, nacionalidades y religiones, donde Juan el Bautista tenía su base y donde tal vez la Sagrada Familia huyó para escapar a las depredaciones de los hombres de Herodes… Si la Magdalena realmente provenía de la ciudad egipcia de Magdolum, ello puede dar un indicio de por qué fue tan marginada —a fin de cuentas, a pesar de la excitante mezcla de naciones y religiones en la Galilea de ese entonces, la naturaleza humana siempre ha sido suspicaz hacia los extranjeros y los evangelios dejan claro que había pocos que tuviesen una actitud más aislacionista que Simón Pedro, al menos al comienzo de su misión…

Como sea, si la Magdalena era una *sacerdotisa* de Egipto, ello habría multiplicado por mil la hostilidad de los varones judíos hacia ella. No sólo era una mujer franca, independiente y rica, ¡sino que además tenía autoridad pagana!… Debe de haber habido grandes reservas y con respecto a los sacerdotes extranjeros que se acercaban al grupo…

Tal vez había otra razón por la cual la Magdalena fue tan mal tratada por los seguidores masculinos de Jesús. Aunque puede haber vivido en Egipto —después de todo, sabemos que el Bautista y el propio Jesús vivieron allí por muchos años— tal vez no provenía originalmente de allí. De hecho, puede ser significativo que durante muchos años hubo una Magdala en Etiopía… Esta saliente rocosa ahora se llama Amra *Mariam* (María): aunque los etíopes de hoy reverencian a la Virgen María más bien que a María Magdalena, estas designaciones de lugares indican que hay una larga asociación con esta última en esta área, tal vez —lo que es impensable para muchos— que pueda haberse tratado de su lugar de nacimiento o su hogar.

Que tuviese origen etíope sin duda la habrá hecho muy exótica y tal vez perturbadora para los integrantes aislacionistas —como Simón Pedro— de la misión de Jesús. Aunque los revisionistas políticamente correctos de hoy así lo afirmen, el Imperio Británico no inventó el racismo: si la Magdalena era *negra*, franca, rica y sacerdotisa pagana — además de, como mínimo, la más allegada aliada de Jesús— los Doce bien pueden haberse sentido a la deriva en un mar de emociones primarias, originadas en el miedo a lo otro, a lo desconocido, al verla…

¿Esposa de Cristo?

La obviamente estrecha relación entre la Magdalena y Jesús ¿se originaba en que eran legalmente esposo y esposa como algunos —primariamente Baigent, Leigh y Lincoln en su libro de 1982 *Santa Sangre, Santo Grial*— han afirmado? Si lo eran, hay un muy extraño silencio al respecto en el Nuevo Testamento, pues a pesar de lo que crean los cristianos (especialmente los católicos) de hoy, los sacerdotes y rabinos de Tierra Santa *debían* casarse, pues abstenerse de la procreación era (y aún es, entre los judíos ortodoxos) considerado un insulto a Dios. De hecho, el celibato era censurado por los ancianos de la sinagoga, y también, tal vez, hubiese despertado murmuraciones referidas a desviadas lujurias entre la congregación. De haber sido Jesús un rabino judío, habría sido muy extraño que *no* estuviese casado, pero, si hubiera tenido una esposa, sin duda habría sido mencionada —como "Miriam, esposa del Salvador", o "María, la esposa de Jesús". No hay ni una frase que pueda ser siquiera remotamente interpretada como una alusión a una cónyuge legal, pero ¿esto es así porque tal persona no existía, o porque su esposa era conocida, pero producía un disgusto tan intenso y a tan gran escala que quienes escribieron los Evangelios canónicos decidieron ignorarla? ¿O porque se casaron en una ceremonia no reconocida por los judíos? Pero, si, como sugieren tan abrumadoramente los Evangelios Gnósticos, Jesús y Magdalena eran amantes apasionados y comprometidos, ¿por qué no habían de darle una base legal a su relación?...

Aparte de la posibilidad de que existiese algún tipo de proscripción legal referida a su amor —por ejemplo, que fuesen parientes cercanos o que estuvieran casados legalmente con otra persona en ese momento— parece haber pocos motivos para que no tomaran un mutuo compromiso público. ¿Puede ser que esta renuncia a atar el nudo haya sido porque, de hecho, no eran en absoluto judíos en el sentido generalmente aceptado de la palabra y, por lo tanto, no se podían casar en la sinagoga? Y es significativo que a las sacerdotisas paganas, aun las que tenían que ver con el sexo sagrado se les requería que fuera de su función se mantuvesen célibes y solteras...

La Conexión Francesa

Existen diversas leyendas que aseveran que María Magdalena viajó a Francia (o Galia, como se llamaba por entonces) tras la crucifixión junto a un variado grupo de personas, incluyendo una muchacha de servicio llamada Sara, María Salomé y María Jacobi —supuestas tías de Jesús— además del rico José de Arimatea, propietario de la tumba donde Jesús yació hasta su resurrección y san Maximino (Maximus) uno de los setenta y dos discípulos más cercanos a Jesús y primer obispo de Provenza. Aunque los detalles de la historia difieren según las versiones, parece ser que Magdalena y quienes la acompañaban se vieron obligados a huir de Palestina en condiciones que distaban de ser perfectas —su bote tenía vías de agua, carecía de gobernalle, remos y vela, como resultado, se afirma, de un sabotaje deliberado por parte de algunas facciones locales. Aun dando margen a la habitual exageración propia de la consolidación de un mito —el estado ruinoso del bote parece

harto inverosímil— dada la descripción que hacen los Evangelios Gnósticos
de la frágil situación entre María y Simón Pedro, no es difícil aventurar una
presunción con respecto a la identidad posible y aun probable de al menos
uno de los conjurados a quien le habría gustado que ella y sus compañeros
fuesen a dar al fondo del mar. A la luz de la leyenda del bote con vías de agua,
es estremecedor recordar las palabras de María en *Pistis Sophia*: "temo a Pedro, pues me amenazó y odia a nuestro sexo". Pero sea quien fuera el que trató de matarlos, sobrevivieron milagrosamente, se dice que al ir a dar a la salvaje costa de lo que hoy es Provenza...

La historia afirma que llegaron a tierra (por lo cual indudablemente se sintieron agradecidos, dado que venían chapoteando en grandes cantidades agua
de mar desde hacía semanas) en lo que hoy es la ciudad de Saintes-Maries-de-
la-Mer en la Camarga, en los humedales donde el Ródano se encuentra con el
Mediterráneo. Tres Marías —Magdalena, María Jacobi y María Salomé— son
el objeto de gran reverencia en la imponente iglesia que se alza como un ma-
jestuoso navío de entre las marismas que la rodean, mientras que en la cripta
hay un altar dedicado a Sara la Egipcia, la supuesta muchacha negra sirvienta
de Magdalena, hoy la muy amada patrona de los gitanos, quienes convergen
sobre la ciudad para su fiesta anual del 25 de mayo. Rodeada de miles de devotos adoradores, la estatua de Sara se lleva en procesión al mar, donde se la
moja ceremonialmente. Como en el medioevo se consideraba que los gitanos
eran egipcios (egipcios= egiptanos= gitanos) tenía sentido que ellos venerasen
a esta muchacha originaria de ese país. De hecho, el color de su piel y el hecho
de que Egipto fuese conocido como la tierra de "*Jem*" o la negrura pueden ser
muy significativos. A juzgar por la forma en que el Nuevo Testamento divide
a una mujer en tres —la Magdalena, María de Betania y la "pecadora" no identificada— tal vez también las varias mujeres en el bote que hacía agua sean
también meramente distintos aspectos de una mujer...

La mujer del pote de alabastro
María Magdalena y el Santo Grial

POR MARGARET STARBIRD

La mujer del pote de alabastro: María Magdalena y el Santo Grial copyright ©1993 por Margaret Starbird. Reproducido con permiso de Bear & Company, una división de Inner Traditions
International, www.innertraditions.com. Margaret Starbird tiene una maestría de la universidad de Maryland y ha estudiado en la universidad Christian Albrechts de Kiel, Alemania, y en
la Escuela de Teología de Vanderbilt. También es autora de *La Diosa en los Evangelios*.

He llegado a sospechar que Jesús celebró un matrimonio dinástico secreto con María de Betania y que ella pertenecía a la tribu de Benjamín, cuyo legado ancestral era la tierra que rodea la Ciudad Santa de David, Jerusalén. Un matrimonio dinástico entre Jesús y una hija real de la casa de Benjamín habría sido percibido como una posibilidad de salvación por el pueblo de Israel durante el período en que sufrieron como nación ocupada.

El primer rey ungido de Israel, Saúl, pertenecía a la tribu de Benjamín y su hija Michol era esposa del rey David. A lo largo de la historia de las tribus de Israel, las tribus de Judá y Benjamín eran los aliados más allegados y leales. Sus destinos estaban entrelazados. Un matrimonio dinástico entre la heredera benjaminita de las tierras que rodeaban a la Ciudad Santa y el mesiánico Hijo de David habría sido atractivo para la fundamentalista facción de los zelotes de la nación judía. Hubiera sido percibido como señal de esperanza y bendición en la hora más negra de Israel.

En su novela *El Rey Jesús*, el mitógrafo del siglo XX Robert Graves sugiere que el linaje y el casamiento de Jesús permanecían ocultos para todos con excepción de un círculo selecto de dirigentes monárquicos. Para proteger el linaje real, este matrimonio habría sido mantenido oculto de los romanos y de los tetrarcas herodianos y, tras la crucifixión de Jesús, la protección de su esposa y familia hubiese sido un compromiso sagrado para los pocos que conocían su identidad. Toda referencia al matrimonio de Jesús habría sido deliberadamente oscurecida, eliminada o erradicada. Pero la mujer encinta del ungido Hijo de David habría sido la portadora de la esperanza de Israel —la portadora del Sangraal, la sangre real.

Magdal-eder, la torre del rebaño

En el capítulo 4 del profeta hebreo Miqueas, leemos una bella profecía referida a la restauración de Jerusalén, cuando todas las naciones hagan rejas de arado de sus espadas y se reconcilien bajo Dios. A partir del versículo 8 dice:

> Y tú, oh [Magdal-eder], atalaya del rebaño,
> ¡Oh fortaleza de la hija de Sion!
> Tu antiguo dominio te será devuelto;
> reina será la Hija de Jerusalén.
> ¿Por qué lloras?
> ¿Acaso no tienes rey?
> ¿Ha muerto tu consejero para que te duelas
> como parturienta?
> Retuércete de dolor, oh Hija de Sion,

como parturienta,
pues debes dejar la ciudad y acampar en campo abierto.

Es probable que las referencias originales a María Magdalena en la tradición oral, las "pericopes" del Nuevo Testamento fuesen mal comprendidas antes de ser confiadas a la escritura. Sospecho que el epíteto "Magdalena" pretendía ser una alusión a la "Magdal-eder" de Miqueas, la promesa de la restauración de Sion después del exilio. Tal vez la más temprana referencia verbal que asocia el epíteto "Magdala" al nombre de María de Betania no tuviera nada que ver con una poco conocida ciudad de Galilea, como se sugiere, sino que fuera una referencia deliberada a esas líneas de Miqueas, a la "atalaya" o "fortaleza" de la hija de Sion que fue forzada al exilio político.

El topónimo *Magdal-eder* literalmente significa "torre del rebaño", en el sentido de un punto elevado empleado por un pastor como atalaya desde donde vigilar sus ovejas. En hebreo, el epíteto "Magdala" significa literalmente "torre" o "elevado, grande, magnífico". El significado es especialmente relevante si la María así designada fuera de hecho esposa del Mesías. Se habría tratado del equivalente hebreo a llamarla "María la Grande" y se referiría a la vez al profetizado regreso al reinado de "la hija de Jerusalén" (Miq. 4:8).

Según la antigua leyenda francesa, la exiliada "Magdal-eder", la refugiada María que busca asilo en la costa meridional de Francia es María de Betania, la Magdalena. La forma temprana de la leyenda francesa registra que María "Magdalena", viajando con Marta y con Lázaro de Betania, llegó en bote a la costa de Provenza en Francia. Otras leyendas le atribuyen a José de Arimatea ser el custodio del Sangraal, del que he sugerido que podría tratarse del *real linaje de Israel* más bien que un cáliz literal. El recipiente que contenía ese linaje, el cáliz arquetípico del mito medieval debe de haber sido la esposa del ungido rey Jesús.

La imagen de Jesús que emerge de esta historia es la de un líder carismático que encarna los papeles de profeta, sanador y Mesías-Rey, un dirigente ejecutado por el ejército de ocupación romano y cuya esposa y linaje fueron secretamente sacados de Israel por sus leales amigos y trasplantados a Europa occidental para esperar el fin de los tiempos y el cumplimiento de la profecía. Los amigos de Jesús, quienes creían tan fervientemente que él era el Mesías, el Ungido de Dios, habrían percibido la preservación de su familia como un deber sagrado. El recipiente, el cáliz que encarnaba las promesas del Milenio, el "Sangraal" de la leyenda medieval era, he llegado a creer, María Magdalena...

Pero la tradición que deriva de [otra] antigua leyenda francesa de la costa mediterránea nos cuenta que... José de Arimatea era el custodio del "Sangraal" y que el niño que iba en el bote era egipcio, lo que significa literalmente "nacido en Egipto". Parece posible que tras la crucifixión de Jesús, María Magdalena haya considerado necesario huir para proteger a su niño aún nonato al refugio más próximo. El influyente amigo de Jesús, José de Arimatea, bien puede haber sido su protector.

Si nuestra teoría es correcta, el niño realmente *nació* en Egipto. Egipto era el tradicional lugar de asilo para los judíos que veían amenazada su seguridad en Israel; desde Judea se llegaba fácilmente a Alejandría y allí había comunidades judías bien establecidas en tiempos de Jesús. Es muy probable, el refugio de emergencia para María Magdalena y José de Arimatea fue Egipto. Y luego —años más tarde— dejaron Alejandría y encontraron un refugio aún más seguro en la costa de Francia.

Los estudiosos de la arqueología y la lingüística han encontrado que los topónimos y leyendas de un área determinada contienen "fósiles" del pasado remoto local. La verdad puede haber experimentado cambios y "embellecimientos" y las historias pueden resultar resumidas tras años de contarlas, pero subsisten trazas de la verdad en forma fósil, enterradas en los nombres de personas y lugares. En la ciudad de Les-Saintes-Maries-de-la-Mer en Francia hay un festival cada año entre el 23 y el 25 de mayo en honor a Santa Sara Egipcíaca, también llamada Sara Kali, la "Reina Negra". Un estudio atento revela que este festival, que se originó en la Edad Media, se celebra en honor de una niña "egipcia" que acompañó a María Magdalena, Marta y Lázaro y llegó con ellos en una pequeña embarcación que atracó en esta localidad aproximadamente en el año 42 d.C. La gente parece haber dado por sentado que, dado que la niña era "egipcia", su piel debe de haber sido oscura y, llevando más allá la interpolación, debe de haber sido sirvienta de la familia de Betania, a falta de otra explicación razonable para su presencia.

El nombre Sara significa "reina" o "princesa" en hebreo. La leyenda local afirma, además, que esta Sara era "joven", apenas una niña. De modo que tenemos, en una pequeña ciudad costera de Francia, un festival anual en honor de una muchacha joven de piel oscura llamada Sara. El fósil de esta leyenda es que la niña se llame "princesa" en hebreo. Una hija de Jesús, nacida tras la huida de María a Alejandría, habría tenido unos doce años para el momento del viaje a Galia que la leyenda registra. Ella, como la princesa del linaje de David, es *simbólicamente* negra, y "pasa desapercibida en las calles" (Lám. 4:8). La Magdalena misma era el "Sangraal", en el sentido de que era el "cáliz" o recipiente que una vez llevó la sangre real *in utero*. La negrura simbólica de la Amada en el Cantar de los Cantares y de los príncipes davidianos se extiende a esta María oculta y a su hija...

En síntesis, los dos reales refugiados de Israel, madre e hija, pueden lógicamente ser representados en el arte europeo primitivo como una madre e hija ocultas, de piel oscura. Las Vírgenes Negras de los santuarios tempranos de Europa (siglos V a XII) pueden haber sido venerados como lugares consagrados a esta otra María y su hija, el Sangraal, que José de Arimatea llevó a la seguridad de la costa de Francia. El símbolo de un varón de la real casa de David sería una vara floreciente o cubierta de pimpollos, pero el símbolo de la mujer sería el cáliz —la copa o recipiente que contenía la real sangre de Jesús. ¡Y eso es exactamente lo que se afirma que era el Santo Grial!

María Magdalena
Modelo para las mujeres de la Iglesia

ENTREVISTA CON SUSAN HASKINS

Susan Haskins es autora de *María Magdalena: Mito y Metáfora*. Un extracto de ese libro de 1993 se incluye después de la entrevista.

Para usted ¿quién fue la verdadera María Magdalena?

La verdadera María Magdalena es la figura de los Evangelios: la principal seguidora femenina de Cristo quien, junto a las otras mujeres mencionadas por Lucas, financiaba y contribuía a los gastos del grupo itinerante. Estuvo presente en su crucifixión, fue testigo de ésta y, según el Evangelio de Juan, fue una de los pocos privilegiados, junto a la Virgen María, la esposa de Cleofás y San Juan en estar al pie de la cruz. Fue testigo de cómo el cuerpo fue puesto en el sepulcro de José de Arimatea; fue allí al alba con una o dos de las otras Marías para llevar ungüentos. En el Evangelio de Juan fue ella sola la primera a la que se le apareció Cristo tras su resurrección y fue ella sola la primera que recibió de él el mensaje de la nueva vida cristiana. En una adición tardía al Evangelio de Marcos, se afirma que siete diablos fueron expulsados de ella. No tenemos idea de qué aspecto tenía. En el arte medieval y también más tarde es representada con cabello largo rojo o dorado, pero ello se debe a que el cabello rubio era el atributo de la belleza femenina ideal. No sabemos cómo era su vida. Se da por sentado que como ella, junto a otras seguidoras, sostenía al grupo "con sus propios medios", era de edad madura —entre las otras mujeres había algunas casadas, otras separadas— y comparativamente próspera e independiente. De modo que estoy de acuerdo con quienes la consideran patrocinadora y sostén de Jesús.

¿Qué representaciones de María Magdalena se han repetido a lo largo de la historia? ¿Alguna de ellas coincide con la teoría de Dan Brown en El Código

Da Vinci, *que afirma que puede haber estado casada con Jesús y haber tenido un hijo de él?*

La teoría de Dan Brown de que María Magdalena puede haber estado casada con Jesús y tenido un hijo de él tiene una larga historia. Se hizo particularmente pública con *Santa Sangre, Santo Grial* y fue continuada por el obispo Spong y otros. ¡Ya en el siglo XVI Lutero parece haber creído que ella tenía una relación sexual con Cristo! Como no existe evidencia concreta ni de un casamiento ni de un hijo, yo no le daría crédito a esta hipótesis.

¿Por qué la Iglesia representó a María Magdalena como prostituta durante tantos años? ¿Fue simplemente víctima de la mala suerte de ser confundida con todas las otras Marías del Nuevo Testamento, o hubo alguna clase de juego sucio?

La Iglesia representó a María como prostituta debido a los diversos comentarios de los Evangelios hechos por los primitivos padres de la Iglesia, quienes intentaron dilucidar quiénes eran cada uno de los personajes de los Evangelios. Hay muchas mujeres llamadas María en el Nuevo Testamento, lo cual se presta a confusiones. Como la primera mención que Lucas hace de María Magdalena es aquella en que ella sigue a Cristo desde Galilea con las otras mujeres, y como los discípulos varones pusieron a continuación su relato sobre la mujer no identificada, designada como pecadora y perdonada por Cristo en casa del fariseo, el papa Gregorio Magno (595 d.C.) refundió estas dos figuras, así como la de María de Betania. Aunque la mujer es denominada "pecadora", se da por sentado que el suyo era un pecado de la carne, aunque la palabra *porin* con que se la describe no significa "prostituta". Hacer de María Magdalena una prostituta arrepentida disminuía su papel de primera apóstol, que si no fuera por eso sería un papel extremadamente poderoso e importante. No podemos saber con certeza si hubo o no juego sucio, pero ciertamente hubo política eclesiástica. La Iglesia primitiva tuvo sacerdotisas y obispos mujeres, pero en el siglo V el papel de sacerdote no estaba permitido para las mujeres, aunque existen monumentos funerarios en Italia meridional que demuestran que había mujeres que continuaban desempeñando funciones sacerdotales. Disminuir el papel de María Magdalena al de penitente y prostituta la pone a la par de Eva, cuya sexualidad y sexo eran considerados responsables de la Caída por la jerarquía eclesiástica masculina.

¿Cree que Jesús y María Magdalena pueden haber estado casados?

Personalmente, no creo que Jesús y María Magdalena hayan estado casados. Es innegable que existía una relación importante entre ellos, pero, ¿iba más allá del hecho de que era su principal discípula femenina? A la gente, la idea le atrae por muchas razones: en los Evangelios —y aún más en los

Evangelios Gnósticos— existe esta relación enigmática, de la que el matrimonio sería una progresión lógica. Los rabinos están casados a menudo, si no siempre, de modo que se ha sugerido que Cristo también debe de haberlo estado, aunque nada en los Evangelios lo sugiera. No existe evidencia de un hijo, y el vínculo merovingio es muy improbable.

¿Cómo encaja el personaje de María Magdalena en El Código Da Vinci *con otros personajes de sistemas religiosos más antiguos? ¿Existe una mujer comparable a María Magdalena en las culturas griega, egipcia, judía o pagana/tribal?*

El Código Da Vinci es interesante por su tema narrativo: la figura de la diosa, suprimida por la Iglesia primitiva. El tema de la resurrección se encuentra en sistemas de creencias egipcios, sumerios y cristianos: Isis y Osiris, Ishtar y Tammuz, María Magdalena y Cristo. María Magdalena puede ser vista como la diosa cristiana.

¿Qué cree usted que nos cuenta el Evangelio de Felipe sobre la relación entre Jesús y María Magdalena y acerca de las rivalidades con Pedro por el control de la iglesia?

El *Evangelio de Felipe* es considerado por los estudiosos como una alegoría de la relación entre Cristo y su Iglesia, su amor por su Iglesia. Elaine Pagels ve el antagonismo entre Pedro y María Magdalena como —si recuerdo bien— una metáfora del antagonismo existente entre la Iglesia primitiva que se desarrollaba en los siglos II y III, basada en una jerarquía de obispos, diáconos y sacerdotes y el gnosticismo, que valoraba la inspiración y el conocimiento, sin intermediación de la Iglesia. Pedro también estaba celoso de María Magdalena por cuestiones de diferencias entre los sexos.

¿Por qué María Magdalena era uno de los pocos que estaban presentes en la crucifixión? ¿Por qué puede ser que ella haya asistido y otros discípulos no? ¿Y qué importancia tiene que María Magdalena haya sido la primera en ver a Jesús tras la resurrección?

Es interesante que María Magdalena haya sido uno de los pocos que estaban presentes en la crucifixión. Pero ello sólo ocurre en el relato de Juan; en los otros, la presencia de lejos, junto a las demás mujeres. No sabemos quién editó los textos de los Evangelios ni por qué son sólo aproximadamente idénticos, pero presumiblemente se originan en distintas tradiciones orales. Las discípulas estaban allí, pero no los discípulos, pues los varones se habían asustado, en particular Pedro, quien negó a Jesús tres veces. Que Jesús se le haya aparecido a María Magdalena antes que a nadie más después de la resurrección es, o debería ser, de la máxima importancia para los cristianos, pues la piedra angular del cristianismo es la promesa de la vida perdurable —el mensaje mismo que Cristo le da para que ella lo transmita al mundo. Tanto en el sistema judío como en el helénico había un prejuicio masculino que no permitía que las mujeres fueran testigos, y que por lo tanto les daba a los discípulos varones reclamar para sí el derecho de dar la noticia de la resurrección. Pero, claro, puede verse como igualmente importante —en lo que hace a la edición del Canon, la apologética del cristianismo y la política eclesial— que la iglesia le negara ese papel y mantuviera la premisa de que "tú eres Pedro y sobre esta piedra fundaré mi Iglesia".

¿Por qué es el tema de María Magdalena tan atractivo en sí mismo?
Es una bella imagen de una mujer independiente que sigue a un predicador carismático y ofrece un marco teológico y ético a sus seguidores. También es dinámica: es guía y modelo de fidelidad. A diferencia de los discípulos varones, es testigo de la crucifixión. Es valiente. Va sola, o con otros, al sepulcro al alba. Se encuentra con Cristo. Cristo es igualitario. Sana a las mujeres de sus males sin críticas ni estigmatizaciones sociales —la "pecadora" en Lucas; la samaritana, la mujer con el problema de la sangre, la mujer sorprendida en adulterio, María Magdalena y sus siete diablos. Se le aparece antes que a nadie a una mujer, María Magdalena, tras su resurrección y le da a una mujer, María Magdalena, el papel de difundir el mensaje cristiano de la vida perdurable.

Ha representado al pecador redimido desde el siglo VI y por ese motivo ha sido un modelo para todos los cristianos, hombres y mujeres. Su proximidad a Cristo ha sido motivo de fascinación desde comienzos del cristianismo; su culto floreció a partir del siglo XI. Representa la mujer falible redimida, además de su papel de intercesora ante Dios. El renovado interés en ella que existe en nuestra época se debe en parte al feminismo, particularmente a los recientes estudios sobre el papel de la mujer en la religión y en la reafirmación de su derecho al sacerdocio, que les ha sido negado durante diecisiete siglos. María Magdalena, como primera apóstol y discípula es el modelo para las mujeres de la Iglesia, católica y protestante, y en la sinagoga.

En cuatro extractos del libro seminal de Susan Haskins, *María Magdalena: mito y metáfora*, vemos un ejemplo de la visión de la autora sobre el papel de las apóstoles mujeres, cómo se describe la relación entre María y Cristo en el *Evangelio de Felipe*, cuál puede haber sido la exacta relación entre Jesús y María Magdalena y dónde fue María tras la crucifixión —y como hay ciudades francesas que han desarrollado miniindustrias basadas en la veneración a María Magdalena. Susan Haskins no tiene pelos en la lengua, y presenta su caso en forma despojada:

Así se completó la transformación de María Magdalena. Desde la figura de los evangelios con un papel activo como heraldo de la Vida Nueva —Apóstol antes que los Apóstoles— devino en puta redimida y en modelo cristiano del arrepentimiento: una figura manejable, controlable, una efectiva arma de propaganda contra su propio sexo.

María Magdalena
Mito y metáfora

POR SUSAN HASKINS
Copyright © 1993 por Susan Haskins. Usado con permiso.

De Única Magdalena

Sabemos muy poco de María Magdalena. La imagen predominante que tenemos de ella es la de una bella mujer de largos cabellos dorados que llora por sus pecados, la encarnación misma de la inmemorial ecuación entre belleza femenina, sexualidad y pecado. Durante casi dos mil años, la concepción tradicional de María Magdalena ha sido la de una prostituta que, al oír las palabras de Jesucristo, se arrepintió de su pecaminoso pasado y dedicó el resto de su existencia a amarlo. Aparece en incontables imágenes devocionales, de capa escarlata y cabello suelto, hincada ante la cruz o sentada a los pies de Cristo en casa de María y Marta de Betania, o como la mismísima bella prostituta, reclinada a sus pies, con un pote de ungüento a su lado, en casa del fariseo. Su solo nombre evoca imágenes de belleza y sensualidad, pero cuando buscamos a este ser en el Nuevo Testamento, buscamos en vano. Todo lo que sabemos verdaderamente de ella se origina en los cuatro evangelios, unas pocas, breves referencias que dan una visión inconsistente y hasta contradictoria. Estos elusivos reflejos convergen, sin embargo, en cuatro aspectos salientes: que María Magdalena fue una de las seguidoras de Cristo, que estaba presente en la crucifixión, que fue testigo —de hecho, según el Evangelio de San Juan, *la* testigo— de su resurrección y que fue la primera a la que se encargó el supremo ministerio, el de proclamar el mensaje cristiano. Ella trajo el conocimiento de que, mediante la victoria de Cristo sobre la muerte, la vida perdurable se ofrecía a todos los creyentes...

Uno de los aspectos más llamativos del relato de los evangelios es el papel que se da a las seguidoras de Cristo como patrocinadoras y testigos de los eventos de la primera Pascua. Su fe y su tenacidad fueron reconocidas por los primitivos comentaristas cristianos, pero más adelante fueron relegados al segundo plano a medida que nuevos énfasis e interpretaciones reducían su importancia. La verdadera importancia de su testimonio fue mayormente ignorada, mientras que la propia María Magdalena fue recreada en el siglo VI como un personaje totalmente distinto que se puso al servicio de la jerarquía eclesiástica. Esta reformulación por parte de los primitivos Padres de la Iglesia ha distorsionado nuestra visión de María Magdalena y de las otras mujeres; debemos, pues, regresar a los evangelios para verlas con más claridad.

Marcos nos cuenta que María Magdalena se contó entre las mujeres que, cuando Cristo estaba en Galilea, "lo seguían y le *servían*" (cursiva del autor, 15:41, ver también Mateo, 27:55). "Servir" es una traducción del verbo griego *diakonein*, servir o atender. También es la raíz de la palabra "diácono", que establece la importante función dada a las mujeres de ese grupo de discípulos de ambos sexos. Lucas, quien también nos dice que el grupo había sido parte del entorno de Cristo por un considerable tiempo antes de la crucifixión (8:1-4), corrobora su papel de servicio y lo amplía con las palabras "con sus bienes" (v.3). A menudo se ha dado por sentado que éste era un papel doméstico, ya que las vidas de las mujeres en la sociedad judía del siglo I estaban circunscriptas a su tradicional ambiente hogareño. Llevaban a cabo tareas como moler harina, amasar y cocer el pan, lavar la ropa, alimentar a los niños, hacer las camas y trabajar con lana. Hasta la época moderna se ha dado por sentado que el papel de las mujeres entre los seguidores de Cristo era meramente doméstico, y por ende menos importante, una asunción que sólo ha sido cuestionada en fechas recientes por los estudiosos. Pero "de sus propios bienes" indica que las mujeres aportaban sus recursos para permitirles a los predicadores itinerantes llevar adelante su trabajo. Aunque se sabe que las mujeres ayudaban a rabinos con dinero, bienes y comida, su participación en la práctica del judaísmo era ínfima. Aunque se les permitía leer la Torah durante los servicios de su congregación, se les impedía recitar lecciones en público para "salvaguardar el honor de la congregación".

En el siglo I d.C., se cita la afirmación de un tal Rabbi Eliezer quien dijo: "¡Mejor quemar las palabras de la Torah que confiarlas a una mujer!".[1] Fue en buena parte por esta misma razón que, en la sinagoga misma, hombres y mujeres se sentaban separados. Estaban restringidas a una galería superior, no podían usar la filacteria —la pequeña caja de cuero con versículos del Nuevo Testamento atada a la cabeza y el brazo con lazos de cuero— o desempeñar

---

1. Mishnah Sotah 3,4, citado en Leonard Swindler, *Biblical Affirmations of Woman* (*Afirmaciones Bíblicas de la Mujer*), Filadelfia, 1979, p. 163.

funciones litúrgicas. Su exclusión del sacerdocio estaba basada en su supuesta impureza durante la menstruación, tal como se definía en la reglamentación del Templo (Levítico 15), un tabú que también fue invocado por la iglesia cristiana y empleado hasta hace poco tiempo como poderosa arma contra el ingreso de las mujeres en las funciones eclesiásticas. El sacerdote, según Levítico 21 y 22 debía estar limpio y santificado en todo momento para poder ofrecer el sacrificio. Aun así, se permitía a las mujeres ser profetisas, como lo atestigua el Nuevo Testamento y como ocurrió en la época de Cristo, como lo demuestra el caso de Ana, hija de Fanuel (Lucas 2:36-8).

La frase de Lucas tiene especial significado en ese contexto, pues sugiere que las seguidoras de Cristo eran centrales a la totalidad del grupo, pues eran quienes donaban sus propiedades e ingresos para proveer a Cristo y sus discípulos con los medios de vivir cuando viajaban por el campo predicando y curando. A su vez, esto arroja más luz sobre las mujeres, ya que su capacidad de disponer de su dinero presupone que eran independientes en lo financiero, y posiblemente también que eran de edad madura, lo que queda corroborado por la afirmación de que una de las Marías es "madre de Santiago", presumiblemente en referencia al apóstol (Marcos 15:40 y 16:1). Aún más importante es la reciente sugestión en el sentido de que, aunque se da generalmente por sentado que las discípulas no predicaban, en lo que diferían de sus contrapartidas masculinas, bien puede haber sido que lo hicieran, pues el término "seguir" empleado por Marcos para describir a aquellos que estaban presentes en la crucifixión —"que tambien, cuando estaba en Galilea, lo seguían y servían" (15:41)— se empleaba en un sentido técnico que implica plena participación, tanto en la creeencia como en las actividades de predicación itinerante, tal como se atestigua en los relatos de los Actos y en las cartas de Pablo sobre la participación de las mujeres. En ninguna parte de estos textos hay indicación alguna de que Cristo considerara la contribución de las mujeres como inferior o subalterna a la de los discípulos varones. De hecho, podría argumentarse que la contribución de las mujeres durante y después de la crucifixión, demuestra mayor tenacidad en la creencia y coraje, aunque no necesariamente mayor fe, que las demostradas por los varones que huyeron. A diferencia de los once discípulos de sexo masculino, quienes temieron por sus vidas, las discípulas continuaron siguiéndolo, estuvieron presentes en la crucifixión, fueron testigos del entierro, descubrieron la tumba vacía y, como verdaderas discípulas, fueron recompensadas con las primeras nuevas de la resurrección y, en el caso de María Magdalena, con el primer encuentro con Cristo resucitado.

La falta de interés de Cristo por las convenciones de su época y su deseo de alterar radicalmente ciertos mandatos sociales quedan claros en la forma en que trató a las mujeres, como lo demuestra el importante hecho de que formaron parte de su séquito. Si bien las mujeres podían asistir financieramente a los rabinos, ciertamente era inusual que acompañaran a los predicadores en calidad de discípulos itinerantes. Cristo también aceptó en el grupo a la clase de mujeres que Lucas describe como curadas de "espíritus malignos y enfermedades" (8:2-3) que de no haber sido así podían haber sido consideradas excluidas sociales. De las pocas mujeres de la comunidad que son identificadas por nombre, una, Juana, está o ha estado casada con Chuza, el senescal de Herodes y debe, por lo tanto, haber dejado a su familia y a la corte real para seguir a Cristo. Tal vez deba ser notado que la referencia al estatus social de mujer casada de Juana tiene como efecto determinar aún más claramente el de María Magdalena: de las mujeres que se describen, ella es la única a quien no se define por su relación con un hombre, como esposa, madre o hija; y es la única a la que se identifica por su lugar de nacimiento. Por lo tanto, se la presenta como mujer *independiente*: ello implica que debía de tener algunos recursos que le permitieran la elección de seguir y respaldar a Cristo...

Los "siete diablos" a que se refieren tanto Lucas como Marcos fueron motivo de especulación para los primitivos comentaristas cristianos; el vínculo de aquéllos con los "espíritus malignos y enfermedades" que se adscriben a alguna de las mujeres bien puede haber llevado a que fuesen identificados con los siete pecados capitales. Se ha sugerido que María Magdalena era la más conocida de esas mujeres porque "su curación había sido la más espectacular", pues que hubiera siete demonios indicaría "una posesión de malignidad extraordinaria".[2] Sin embargo, en ninguna parte del Nuevo Testamento se considera que la posesión demoníaca sea idéntica al pecado.[3] Que la condición de María Magdalena pueda haber sido psicológica, es decir, considerada como locura más bien que moral o sexual, nunca parece haber sido considerado por los primitivos comentaristas bíblicos, aunque preocupó a quienes buscaron interpretarla a partir del siglo XIX. A fin de cuentas en la historia del hombre poseído por demonios no está implícito que su "espíritu impuro" (Lucas 8:26-39) sea sexual... La señora Balfour, la notoria evangelista del siglo XIX fue una de las primeras en negar que los males de María Magdalena fueran otra cosa que desórdenes psicológicos y más recientemente J.E. Fallon ha escrito que más bien que un estado de pecado, probablemente sufriera de "un desorden nervioso violento y crónico".

A la atribución que se le hace de los ambiguos "siete diablos" se une la desventaja putativa de su lugar de origen: el segundo nombre de María Magdalena, *Magdalini* en griego, significa que provenía de El Mejdel, un próspero pueblo pesquero en la margen noroeste del lago de Galilea, cuatro millas al norte de Tiberíades. Su aparente notoriedad durante los primeros siglos del cristia-

2. Ben Witherington III, *Women in the Ministery of Years* (*Las Mujeres en el Ministerio de Jesús*), 1984, pág. 117
3. Si bien en Juan 8:46-9 se compara en forma directa el ser pecador con el estar poseído por un demonio.

nismo —fue destruido en 75 d.C. por su infamia y por la conducta lienciosa de sus habitantes— puede haber ayudado en fecha más tardía a colorear el nombre y la reputación de la propia María Magdalena.[4] (Hoy, un herrumbroso cartel le informa al turista que pasa por allí que Magdala o Migal, fue una floreciente ciudad hasta el fin del período del Segundo Templo y que fue también el lugar natal de María de Magdala, quien "siguió y sirvió" a Jesús.

Puede argüirse que ninguno de los citados elementos ofrece base suficiente por sí mismo para probar que María Magdalena era una pecadora o una prostituta. De hecho, tales aseveraciones nunca habrían circulado —al menos tanto como lo hicieron— si no se la hubiese confundido con otros personajes femeninos de los evangelios, algunos de los cuales son descriptos explícitamente como pecadores; y una de quienes, por su historia, parece haber sido una prostituta. Para comentaristas posteriores, y en un ambiente eclesiástico que se atrincheraba cada vez más en su idea de celibato, el hecho de que fuese mujer sólo había servido para acreditar esa identificación errónea. De este modo, los siete diablos que la poseían adquieren los estigmas morales y sociales, las monstruosas proporciones, de la lujuria y la tentación —vicios que los primitivos comentaristas cristianos del Génesis asociaban con la Mujer— que se les adjudicaron. María Magdalena, principal discípula, primera apóstol y amiga bienamada de Cristo, se transformaría en una puta arrepentida...

Compañera del Salvador

Su estrecha relación con Cristo se enfatiza en el *Evangelio de Felipe*, donde se la describe como una de las "tres que siempre acompañaban al Señor: María su madre, su hermana y Magdalena, aquella a quien llamaba su compañera. Su hermana y su madre eran, ambas, María. Y la compañera del Salvador es María Magdalena". La palabra griega *koinonos* empleada para describir a María Magdalena, aunque a menudo es traducida como "compañera", se traduce más correctamente como "pareja" o "consorte", una mujer con la que el varón tiene relaciones sexuales. Dos páginas más adelante hay otro pasaje que amplía con imaginería sexual la relación ya descrita:

> Pero Cristo la amaba más que a todos los discípulos y acostumbraba besarla [en la boca] frecuentemente. Los otros discípulos se escandalizaban y expresaban su desaprobación. Le dijeron "¿Por qué la amas más que a todos nosotros?" El Salvador les respondió diciendo, "¿Por qué no os amo como la amo?"

4. J. E. Fallon, "Mary Magdalen" ("María Magdalena"), NCE, vol. IX, pág. 387.

El amor erótico ha sido a menudo el vehículo empleado para expresar experiencias místicas, tal vez más notablemente en la gran epitalámica el *Cantar de los Cantares*, que describe con la más sensual y voluptuosa de las imaginerías lo que ya los rabinos interpretaban como una alegoría del amor de Yahvé por Israel y que los primitivos comentaristas cristianos interpretaron como amor de Cristo por la Iglesia, por el alma cristiana —a veces personificada en María Magdalena— y por la Virgen María. En el *Evangelio de Felipe*, la unión espiritual entre Cristo y María Magdalena está expresada en términos de sexualidad humana; también es una metáfora de la reunión de Cristo y la Iglesia que tiene lugar en el tálamo matrimonial, lugar de la plenitud o *pleroma*. Mientras que el tratado en sí se ocupa de asuntos sacramentales y éticos, su tema principal es la ida, común a muchos escritos cristianos gnósticos y posteriores, de que las penurias de la humanidad se originan en la diferenciación de los sexos provocados en la separación de Eva de Adán, que destruyó la unidad andrógina primaria expresada en Génesis 1:27, que siempre sería anhelada por el espíritu gnóstico. Según explica el autor del *Evangelio de Felipe*: "Cuando Eva aún estaba en Adán, la muerte no existía. Cuando se separó de él, la muerte apareció. Si llega a ser uno otra vez, y retorna a su ser primitivo, ya no existirá la muerte". El *Evangelio de Felipe* usa el tálamo nupcial como metáfora de la reunificación de "Adán" y "Eva", que haría que las polaridades de varón y mujer quedaran abolidas y que la androginia o estado espiritual tendría lugar con la llegada de Cristo, el Prometido.[5] La relación entre Cristo y María Magdalena simboliza la unión espiritual perfecta. Sin embargo, según sus adversarios, algunos gnósticos ponían en práctica estos conceptos eróticos y participaban de orgías sexuales que eran reescenificaciones profanas del ritual cristiano: según Epifanio, los gnósticos tenían un libro llamado las "Grandes Cuestiones de María" donde se representaba a Cristo como alguien que había revelado a María Magdalena obscenas ceremonias que cierta secta debía llevar a cabo para obtener la salvación. Indignado, escribió:

Pues en las Cuestiones de María denominadas "Grandes"... aseveran que él [Jesús] le dio a ella [María] una revelación, llevándola aparte a una montaña y orando; y sacó de sí mismo una mujer y comenzó a unirse a ella y al hacerlo, juran, mientras tomaba a aquella que de él había salido demostró que "así debemos hacer, para que la vida sea nuestra"; y cómo María, avergonzada, se arrojó al suelo y que él la alzó diciéndole: "¿por qué dudaste, mujer de poca fe?".[6]

5. Wesley W. Isenberg, introd. *Evangelio de Felipe*, *NHL*, pág. 13.
6. Epifanio (*Panarion* 26.8. 2-3), citado en H.-Ch. Puech "Evangelios Gnósticos y documentos relacionados" en *NTA*, vol. 1, págs. 338-9.

Esta secuencia del *Evangelio de Felipe* puede ser vista en dos distintos niveles, uno que simboliza el amor de Jesús por la Iglesia —representada por la persona de María Magdalena— y otro que representa una situación histórica en que ella representa el elemento femenino de la Iglesia. Como se ha visto, el trato preferencial que María Magdalena recibe de Cristo tanto en el *Evangelio de María* como en el *Evangelio de Felipe* origina celos entre los otros discípulos, particularmente Pedro. En el *Pistis Sophia*, uno de los pocos tratados encontrados antes de los escritos de Nag Hammadi, una discusión parecida se entabla entre María y Pedro, quien se queja en nombre de los discípulos varones de que María domina la conversación referida a la caída de Pistis Sophia desde el reino de la Luz y no los deja hablar a ellos. Jesús lo regaña. Luego, María le dice a Jesús que teme a Pedro "pues me amenazó y odia a nuestro sexo". (Jesús le dice que cualquiera que esté inspirado por el espíritu divino puede dar un paso adelante y hablar, implicando así que la inspiración anula la diferenciación sexual y reiterando el tema de la androginia presentado en el *Evangelio de Felipe*). Se ha sugerido que el antagonismo de Pedro hacia María Magdalena puede reflejar la histórica ambivalencia de los dirigentes de la comunidad ortodoxa para con la participación de las mujeres en la Iglesia. Pero para fines del siglo II, los principios igualitarios que define el Nuevo Testamento y a los que San Pablo adhería en ese contexto, han sido descartados en favor de un retorno al sistema patriarcal del judaísmo que los antecedió. De modo que a nivel de interpretación histórica, los textos gnósticos pueden haberse referido a la tensión política en la Iglesia primitiva. Una situación que se deduce de los sinópticos, cuando los discípulos no creen el testimonio de las mujeres sobre la resurrección, y en la omisión por parte de Pablo de los testigos femeninos de la resurrección, pero que nunca es mencionada en forma directa por los cristianos ortodoxos es la supresión del elemento femenino en el seno de la Iglesia que comenzó a tener lugar gradualmente a partir del siglo II.

La muy vilipendiada Magdalena

La genuina humanidad de Cristo y por lo tanto su sexualidad han sido objeto de muchos estudios serios en las últimas tres décadas. A diferencia de las imágenes del Renacimiento, que centraban su atención en sus genitales para enfatizar su humanidad, recientemente el problema ha sido cómo tratar su sexualidad en el contexto de su existencia humana. La sugerencia de que puede haber estado casado, como es probable que haya sido el caso para un rabino de su época, ha llevado a un escritor, como vimos, a conjeturar que podría haber estado casado con María Magdalena. Así lo argumentó el teólogo protestante William E. Phipps en su libro *Was Jesus married? The Distortion of Sexuality in the Christian Tradition* (*¿Jesús estuvo casado? La distorsión de la sexualidad en la* *tradición cristiana*), publicado por primera vez en 1970 y reeditado en 1989. Sugiere que el casamiento con María Magdalena puede haber tenido lugar durante la segunda década de la vida de Cristo; llevando aún más lejos la hipótesis, dice que ella puede haberle sido infiel y que Cristo, por su inalterable amor, puede haberla perdonado. Esta experiencia, según Phipps, habría hecho que Cristo fuese mucho más comprensivo hacia la naturaleza del divorcio y el amor, *agape*, y lo haya convencido de rechazar toda idea de divorcio. La "intrigante conjetura" de Phipps puede ser tomada, pues, como una adjudicación a María Magdalena de la capacidad de influir hasta cierto punto en la apreciación de las relaciones humanas que tuvo Cristo, tema que ha sido retomado recientemente, con mucha menos autoridad, por otros escritores más populares. Un libro publicado en 1992, *Jesus, the Man* (*Jesús, el hombre*), de la doctora Barbara Thiering, llega a pretender que María Magdalena no sólo estuvo casada con Jesús, sino que lo abandonó tras la crucifixión (a la que él sobrevivió durante treinta años) tras tener una hija y dos hijos suyos. Al parecer, Cristo se volvió a casar después de esto. La autora, catedrática en la escuela de teología de la Universidad de Sydney, basa sus afirmaciones en una nueva interpretación de los Rollos del mar Muerto.

La idea de que María Magdalena puede haber estado casada con Cristo y haber tenido hijos con él se vuelve a ventilar en *Holy Bloods, Holy Grail* (*Santa Sangre, Santo Grial*) [de Baigent, Leigh y Lincoln], una de las más estrambóticas manifestaciones del interés popular de fines del siglo XX tanto por la historia de Cristo como por las teorías conspirativas. A continuación de una crucifixión fingida, en la cual Jesús o es bajado de la cruz en estado de narcolepsia o es reemplazado por Simón de Cirene, su familia se ve obligada a huir de aquellos que, como San Pedro, no eran parte de la conjura y están empeñados en preservar la reputación de Cristo como Mesías. María Magdalena, junto a su hermano Lázaro y otros, llega al sur de Francia, ella como portadora del *Sang Graal* o Santo Grial, que los autores interpretan como la santa sangre de Cristo en forma de su hijo o hijos. Una vez establecidos en la comunidad judía del sur de Francia, la familia se casa con los reyes merovingios, y transmite su legado a través de Godofredo de Bouillon (quien casi llega a rey de Jerusalén), la casa de Lorena, los Habsburgo y el siempre misterioso, pero siempre presente Priorato de Sion, que custodia el secreto, cualquiera que éste sea, de todo el asunto (y que además pretende crear un estado europeo unificado, con un descendiente de Cristo y, claro, de María Magdalena como rey), que, se rumorea, está escondido cerca de la ciudad de Rennes-le-Château, cuyo párroco Saunière ha descubierto documentos codificados en la iglesia y ha construido la misteriosa Torre de Magdala para alojar su biblioteca. Sin tomarse ni un respiro, los autores distorsionan para sus propósitos cualquier información que caiga en sus manos, y el libro no ofrece nuevos atisbos de la figura histórica de María Magdalena sino que se contenta con intentar reunir pruebas para algunas de las leyendas más rebuscadas que se han acumulado en torno a ella en el transcurso de los siglos, empleando como principio rector la idea de que donde hay humo hay fuego…

[En un análisis denso, complejo y brillante, Susan Haskins relata la multifacética historia de cómo llegó a ser tan prominente en Francia el culto a María Magdalena. Sigue las huellas del amplio arco de mitos y leyendas que hace que María deje Jerusalén y se dirija hacia todas partes —Éfeso, donde hubo durante mucho tiempo un culto griego de la diosa centrado en Diana y donde se cree que se dirigió la Virgen María (aún hoy, se muestra a los visitantes la casa donde supuestamente vivió); treinta años como ermitaña en el desierto egipcio; aún Northumbria, en Inglaterra, donde ella, José de Arimatea y el Santo Grial se ligaron a las leyendas de Avalon y del rey Arturo. Pero en la Francia medieval surgió una industria de fabricación de pruebas de origen que demostraban cómo María Magdalena llegó allí y habitó allí. El fascinante relato de creación humana de mitos, fraude y credulidad que cuenta Susan Haskins es digno hasta de los lectores del *Código Da Vinci*. Si a usted le parece que Pierre Plantard y los legajos secretos son un fraude, o si le parece que de Baigent, Leigh y Lincoln —o, por cierto, Dan Brown— han jugado demasiado rápido y demasiado fácil con la historia, debería ver todo lo que hicieron abades, obispos y nobles con iniciativa durante las Cruzadas: inventaron reliquias vinculadas a María Magdalena —cabellos, lágrimas. Trajeron supuestos objetos sagrados de Tierra Santa, ganaron mucho dinero con el tráfico de reliquias y les sacaron todo lo que pudieron en su calidad de presuntas panaceas. También inventaron peregrinaciones, festivales y algunas de las primeras producciones de teatro al aire libre, todo lo cual aportó dólares del turismo y el comercio exterior e interior a pequeñas ciudades francesas. Y cada vez que se invocaban el nombre y la imagen de María Magdalena como penitente, solía tratarse de una excusa para festividades licenciosas. Según relata Haskins:]

Las Grandes Heures *de Vézelay*

En los siglos XII y XIII, crecieron las grandes peregrinaciones a los santuarios más famosos, que atraían a vastas multitudes que esperaban experimentar curaciones, ser libradas de demonios y otras manifestaciones de la intervención divina. Éstos no eran, sin embargo, los únicos propósitos de estas festividades, pues la disolución y la licencia solían acompañar a las reliquias de marras… Parece ser que abundaban los casos de seducción y las alcahuetas trabajaban a vista y paciencia de todos. Pero… al ayuntamiento local no le habría gustado nada abolir esta peregrinación, pues tales procesiones les proporcionaban grandes beneficios a las ciudades, pues los peregrinos debían ser alimentados y alojados y, de todas formas, parece ser que tal decadencia era parte de la ocasión.

Los peregrinos llegaban de todas partes de Francia para tocar la tumba de María Magdalena en Vézelay; algunos venían hasta de Inglaterra para ser curados, perdonados y exorcizados de sus demonios en ese lugar sagrado. Y con los fieles, llegaban los comerciantes, siempre dispuestos a aprovecharse de los piadosos...

[El culto de María Magdalena era tan poderoso, y a su espíritu se le adjudicaban tales poderes de intercesión ante Dios que a María se le daba crédito por todo, desde llevar la paz a Borgoña hasta lograr que caballeros muertos volviesen a cabalgar. Bulas papales promulgadas por Lucio III, Urbano III y Clemente III confirmaron todas que el cuerpo de María Magdalena reposaba, de hecho, en la ciudad francesa de Vézelay. Pero ¿cómo llegó de Jerusalén a Francia, y qué hizo en los años que pasó allí? Haskins continúa la historia así:]

Quedaba en pie, sin embargo, la incómoda cuestión de cómo había llegado el cuerpo de María Magdalena a descansar en Borgoña, tan lejos de su Judea natal. Se reverenciaba su tumba, pero aunque se afirmaba que el cuerpo de la "bendita Magdalena" reposaba en la iglesia del monasterio, nadie lo había visto nunca y no había un relato adecuado de cómo llegó allí a Palestina tras la ascensión. En el siglo XI, la simple respuesta que se daba a estas cansadoras preguntas se "resumía en pocas palabras", tal como señala en forma bastante malhumorada un documento emitido en Vézelay. "Para Dios, que hace lo que quiere, todo es posible. Nada es imposible para él si decide hacerlo por el bien de los hombres". Cuando esta respuesta resultó no ser satisfactoria, el narrador relata cómo María Magdalena se le apareció junto a la tumba diciendo "soy yo, aquella que tanta gente cree que estoy aquí". A aquellos que dudaban de la existencia del cuerpo de Magdalena se les advertía sobre los castigos divinos que habían caído sobre otros que dudaron. Una excusa para no exhibir los restos aparece en un manuscrito de fines del siglo XII donde se relata la ocasión en que Godofredo [abate de Vézelay] tomó personalmente la decisión de sacar las reliquias de Magdalena de la pequeña cripta donde fueron encontradas para ponerlas en un precioso relicario. La Iglesia se vio súbitamente envuelta en espesas tinieblas, y la gente que estaba allí huyó aterrada, todos los presentes sufrieron; y de ahí en más se decidió dejar de lado toda idea de abrir la santa tumba ya que estaba claro que tales actos provocaban la ira del cielo. Lo único que se necesitaba era fe, les decían los monjes de Vézelay a los peregrinos dubitativos.

Documentos emitidos por la abadía en el siglo XIII para justificar su pre-

En busca del tiempo perdido

El famoso bollo francés conocido como magdalena está asociado a María Magdalena. Esta cruza de galleta y pastel se hace tradicionalmente con huevos, manteca, harina y azúcar. La acción de morder una magdalena y los nostálgicos recuerdos así evocados son el disparador de la larguísima memoria de Proust *En busca del tiempo perdido*. La leyenda afirma que las monjas de un convento en la ciudad de Commercy inventaron o perfeccionaron la magdalena, y que vendieron más tarde la receta a pasteleros comerciales por una suma fabulosa que les permitiera mantenerse después de que su convento fuese abolido como consecuencia de la revolución francesa. Las magdalenas se difundieron por toda Francia, pero se hacían en cantidades particularmente grandes para la festividad de María Magdalena, el 22 de julio.

tensión de poseer las reliquias de María Magdalena relata cómo la fe de los peregrinos había declinado tanto que estaba claro para los monjes que tenían que inventar algo que hiciera creíbles sus pretensiones. A partir de ese momento, la abadía produjo un aluvión de material hagiográfico en el cual emergió un nuevo elemento de la historia de Magdalena. Relatos, a menudo contradictorios, contaban cómo su cuerpo llegó, no directamente de Palestina, sino de algún lugar de Provenza donde había sido enterrada entre los años 882 y 884 y cómo un "santo robo" por parte de un tal Aléaume había sido perpetrado para llevar los preciosos despojos hasta su lugar de descanso final...

Sin embargo, la historia más difundida era que había llegado por mar, como lo hicieron otros santos y apóstoles que llegaron a Francia, acompañada por Maximino —según el primer relato— uno de los setenta y dos discípulos (pues, como anotó secamente Duchesne, "una mujer no podía venir sola, pues siempre necesitará ayuda"). Desembarcaron en Marsella y allí predicaron el evangelio. Según este relato, nuestra santa se transforma una vez más en la *apostola apostolorum* quien, tras ser la primera apóstol de los evangelios, ahora, al llegar a Francia predicando, continuó su carrera apostólica, convirtiendo de paso al príncipe pagano de Marsella. (Pero un relator monacal posterior, al recordar que la disciplina eclesiástica no se inclinaba a patrocinar el apostolado femenino, claramente sintió que era su deber explicar discretamente cómo una mujer podía haber llegado a tomar parte en esas actividades apostólicas y por lo tanto masculinas, y prefirió relatar cómo María Magdalena no había predicado, sino que se había retirado en soledad).[7] Según esta misma leyenda, Maxi-

7. Baoudouin de Gaiffier, "Hagiographie bourguignonne", *Anlaecta Bollandiana*, vol. LXIX, 1951, pág. 140.

mino devino más adelante en primer obispo de Aix. María Magdalena había muerto antes que su compañero, quien la sepultó y fue luego sepultado junto a ella. Un altar especial en la iglesia de San Salvador en Aix fue dedicado a Maximino y María Magdalena en su calidad de primeros fundadores de la ciudad, que también pretendía haber sido evangelizada en el siglo I. Una cédula falsa, con la pretendida fecha del 7 de agosto de 1103 se refiere a esta consagración, fue escrita por el arzobispo y los canónigos de la iglesia a fines del siglo XII para respaldar sus afirmaciones de que los huesos de sus ilustres fundadores aún estaban en la tumba donde los de Vézelay decían haber llevado a cabo su *furtum sacrum*.

Una versión posterior, que recuerda la relación de Magdalena con Lázaro y Marta, relata la huida de la familia desde Palestina durante la persecución judía —en el transcurso de la cual, como amigos cercanos de Cristo, eran objetivos prioritarios— su viaje por mar y su llegada a Aix. En ésta, Lázaro es el primer obispo de Provenza, Marta vivió en Tarascón, donde venció a la malvada tarasca, el dragón, y donde luego murieron todos; los huesos de Lázaro y de María Magdalena habían sido llevados a Borgoña, pero los de Marta habían permanecido en Provenza, donde fueron "descubiertos" en 1187.

Para el siglo XIII, existía una alarmante variedad de versiones sobre el viaje de María Magdalena, algunas que hacían figurar a Maximino, a veces a Lázaro y a Marta, a veces a Sidonio y Marcelina, la sirvienta de Marta, y en las que a veces evangelizaban Marsella y la Galia inferior. Pero los resultados eran uniformes: las reliquias estaban ahora en Vézelay, a donde habían sido llevadas por Badilon en un heroico robo "santo"...

Sin las rivalidades monásticas de la Edad Media y la peregrinación a Vézelay, tal vez María Magdalena nunca hubiera llegado a ser tan popular. Sin las pretensiones de los monjes de San Maximino y su consecuente adopción por los dominicos, el concepto de la Magdalena penitente que pasó treinta años en el desierto, pudo no haber llegado nunca a Italia, donde apareció en los elementos litúrgicos y en los frescos pintados en iglesias y monasterios de toda la península a partir del siglo XIII. A través de Carlos de Anjou, rey de Nápoles y Sicilia, la idea de María Magdalena fue llevada a Nápoles y a través de alianzas matrimoniales entre su casa real y la de España, llegó también a la península ibérica. Y el movimiento fundado en su nombre en la Alemania de 1225 para el rescate moral de prostitutas y mujeres caídas, que creció hasta tener inmensas proporciones en la Edad Media, y sobrevivió bajo diversas formas hasta comienzos del siglo XX, tal vez jamás habría existido de no ser por las pretensiones por parte de Vézelay de tener las reliquias de la más amada e ilustre penitente de la cristiandad.

[En el siguiente extracto, De Boer investiga con enfoque meticuloso y riguroso lo que se puede extraer de la evidencia textual que suministran los Evangelios y otros documentos históricos sobre María Magdalena. Tiene muchos atisbos respecto a quién puede haber sido María Magdalena, de dónde puede haber venido y qué clase de relación puede haber tenido con Jesús. Pero en última instancia, sus conclusiones son más medidas que las de otros expertos cuyos puntos de vista se presentan en este libro, insistiendo en no dar el último y tentador salto si no existe evidencia dura para hacerlo.]

María Magdalena
Más allá del mito

Por Esther de Boer

Extraído de *Mary Magdalene: Beyoud the Myth* (*María Magdalena, más allá del mito*), por Esther de Boer. Empleado con permiso de Trinity Press International. Copyright © 1997 por Meinema. Traducción Copyright © 1997 por John Bowden. Esther de Boer estudia teología en la universidad libre de Amsterdam y ahora es ministra de las Iglesias Reformadas Holandesas en Ouderkerk aan de Amstel.

¿María también fue exiliada en forma deliberada al segundo plano en la Edad Media debido al papel que se le adjudicaba a la mujer? Vale la pena recordar el momento preciso en que María Magdalena devino oficialmente penitente.

Antes del Concilio de Trento (1545-1563) aún existían santorales que no le atribuían a María Magdalena un papel en particular o que la conmemoraban como primera testigo de la resurrección del Señor. Las costumbres locales para celebrar su fecha diferían entre un lugar y otro. Sin embargo, bajo la autoridad del Concilio, se produjeron libros litúrgicos unificados para toda la Iglesia Católica Romana. Así fue cómo apareció el Misal Romano en 1570. En ese primer misal obligatorio, se le da a María Magdalena el calificativo de "penitente". En este caso, el misal no se limitaba a recoger la imagen de María Magdalena difundida por Gregorio Magno y otros. Esta imagen emergía también de la Iglesia de la Contrarreforma. Contra la Reforma y su doctrina de la gracia, la Contrarreforma enfatizaba la doctrina de la penitencia y los merecimientos. Aquí, María Magdalena podía desempeñar un importante papel como penitente favorecida por excelencia.

El Segundo Concilio Vaticano (1962-1965) encargó una revisión del Misal Romano que se publicó en 1970. La lectura del Evangelio de la festividad de María Magdalena en la versión revisada del Misal es Juan 20.1-18. En ella, el encuentro de María Magdalena con el Señor Resucitado es central. Ya no se emplea la palabra "penitente". La explicación que desarrolla el Misal actual es:

María Magdalena era una de las mujeres que siguieron a Jesús en sus viajes. Estaba allí cuando murió y fue la primera en verlo tras su resurrección (Marcos 16.9). La veneración hacia ella comenzó a difundirse en el mundo occidental sobre todo en el siglo XII.[1]

De modo que puede decirse que se hizo pasar oficialmente a María Magdalena como penitente durante cuatrocientos años... Cualquiera que busque a María Magdalena se sentirá decepcionado ante la escasa luz que sobre ella arrojan las fuentes primitivas. Quién era Magdalena antes de conocer a Jesús, qué vida llevaba, qué edad tenía, cómo llegó a convertirse, qué ocurrió con ella después: las fuentes más antiguas sólo nos permiten adivinar.

Esto nos trae a una primera encrucijada en nuestra búsqueda. ¿Qué conclusiones debemos sacar del hecho de que los evangelistas nos cuenten tan poco?... La respuesta más obvia sería que los evangelistas decían que cualquier información ulterior al respecto no tenía importancia para la historia de la creencia en Jesús que querían contar...

Al leer las noticias sobre muertes y nacimientos en los diarios uno se encuentra rara vez con los nombres "Magdalene"o "Magdalena". Sin embargo, aparecen derivados de éstos, como Magda o Madeleine. De modo que podría suponerse que "Magdalena" es un nombre de pila. Pero esto no es así. Los cuatro Evangelios del Nuevo Testamento nunca hablan de María Magdalena, el nombre al que estamos habituados, sino de María la Magdalena. El Evangelio de Lucas lo enfatiza aún más, al hablar de María "llamada la Magdalena" (Lucas 8.2). El agregado "la Magdalena" tiene el propósito de aclarar de qué María se trata. Es la María que viene de Magdala.

María Magdalena: su nombre nos da una representación del medio del que provenía.

La ciudad de Magdala no es mencionada en el Nuevo Testamento, al menos en el Nuevo Testamento que estamos acostumbrados a leer. Pero el Nuevo Testamento nos ha llegado a través de distintos manuscritos y en algunos de ellos, sí figura Magdala, en una versión de Marcos (8.10) y una de Mateo (15.39). Éstos dicen Magdala donde el texto oficial dice respectiva-

1. Consejo Nacional Holandés para la Liturgia, *Altaarmissaal voor de Nederlandse kerkprovincie*, 1978, 864.

mente Dalmanutha y Magadan. Éstos son topónimos que los estudiosos no han logrado identificar con precisión. Si Marcos y Mateo realmente querían decir Magdala, éste es el lugar al que Jesús y los discípulos cruzaron después de que él alimentara a cuatro mil personas con siete hogazas y unos pocos pescados.

Allí, en la región de Magadan/Dalmanutha o Magdala, los fariseos le pidieron una señal del cielo "para tentarlo" (Mateo 16.1-4; Marcos 8.11-13). Si es que podemos obtener algo de esos datos del Nuevo Testamento, es que en la región de Magdala había escribas y que se podía llegar allí navegando.

Ha habido una larga discusión sobre la posible ubicación de Magdala. La literatura rabínica deja claro que debemos buscar a Magdala en las cercanías de Tiberíades, sobre el mar de Galilea.

Hoy día, al norte de Tiberíades se alza la pequeña ciudad de Mejdel. El nombre puede ser un eco del de Magdala. Ésta es una suposición que encaja estrechamente con los testimonios de antiguos peregrinos que ubican a Magdala entre Tiberíades y, al norte, Cafarnaúm.

Hay informes de peregrinajes entre los siglos VI y XVII. Sin excepción, atestiguan que Magdala quedaba a la misma distancia de Tiberíades que de Tabga, un punto próximo a Cafarnaúm. Los peregrinos mencionan la casa de María Magdalena, que podía ser visitada y la iglesia que la emperatriz Helena construyó en su honor en el siglo IV. En el relato de su viaje, Ricoldus de Monte Cristo (1294) nos dice que la iglesia ya no estaba en uso a fines del siglo XIII. Escribe:

> Luego llegamos a Magdala... la ciudad de María Magdalena junto al mar de Gennesaret. Estallamos en llanto, sollozamos al ver una iglesia espléndida, completamente intacta, pero que se usaba como establo. Luego cantamos allí, y allí proclamamos el evangelio de la Magdalena.[2]

Si de hecho Magdala se alzaba en el lugar de Mejdel, entonces Jesús *debe* haber estado ahí. La ciudad estaba en el camino que lleva de Nazareth, el pequeño pueblo donde se crió Jesús (a unas veinte millas de Magdala) a Cafarnaúm, donde vivió más adelante.

Cafarnaúm quedaba a unas seis millas de Magdala. No es impensable que Jesús conociera bien la ciudad. Como sea, parece posible que haya enseñado y tal vez curado gente allí, como relata el Evangelio de Marcos:

> Y fue por toda Galilea, predicando en sus sinagogas y expulsando demonios (Marcos 1.3 9; ver Mat. 4.23 y Lucas 8.1-3)...

---

2. Manns, "Magdala" (n. 4), 335.

También se desprende de la literatura rabínica que Magdala tenía una sinagoga. Al lado de ésta había una *beth ha-midrash*, una escuela para la aplicación de la sagrada escritura (sin duda, a comienzos del siglo II, tal vez antes)...

En un *midrash* de Lamentaciones 2.2 que comienza con las palabras "El Señor ha destruido sin piedad todas las moradas de Jacob", Magdala es citada como ejemplo. Los sabios hacen una extensa descripción de la devoción de esa ciudad. Había 300 puestos donde se podían comprar los pájaros necesarios para la purificación ritual. Y el impuesto religioso destinado a Jerusalén pesaba tanto que debía ser llevado en carro. Sin embargo, la ciudad fue devastada. ¿Por qué? Mientras que las respuestas a esa pregunta para el caso de las otras dos ciudades son respectivamente "desunión" y "brujería", para Magdala se cita como razón al "adulterio" (Ika Rabbah II, 2,4). De modo que la ciudad no sólo estaba asociada a la devoción sino al adulterio...

¿Debemos, pues, pensar en una María de Magdala que se dedicaba a complacer a hombres venidos de todas partes? La única referencia a promiscuidad sexual en Magdala... está en el [ya citado] *midrash* de Lamentaciones. Los sabios dan el "adulterio" como motivo de la destrucción de Magdala. Sin embargo, el adulterio se menciona en un contexto de devoción. A pesar de esta devoción, Magdala fue devastada a causa del adulterio. No hay una razón obvia para asociar a María Magdalena en particular con el adulterio, al igual que no hay una razón especial para describirla como especialmente devota debido a la devoción existente en Magdala.

Como sea, podemos usar su nombre para sugerir la atmósfera general de Magdala. Ésta era la atmósfera de una ciudad comercial sobre una ruta internacional, en la cual gente de toda clase se encontraba en el mercado. Era la atmósfera de una ciudad próspera que debía sufrir bajo la ocupación y la oposición a ésta, a la violencia y agitación política producidas por la ocupación. Era también la atmósfera de una ciudad tolerante, en la que las culturas judía y helenística eran conocidas desde dentro.

María Magdalena le debe su nombre al nombre hebreo de la ciudad. Se la llama específicamente María de Magdala y no María de Tariquea. Ello refuerza la impresión de que era judía...

Los Evangelios del Nuevo Testamento coinciden en afirmar que María Magdalena era una de los que seguían a Jesús. No era la única mujer; había otras. Los Evangelios no nos dan una indicación precisa con respecto a cómo llegó a ocurrir esto...

Ser discípulo de Jesús y pertenecer al pequeño grupo de sus seguidores permanentes tenía consecuencias de largo alcance para la vida cotidiana, especialmente para una mujer. Seguir a Jesús significaba viajar, dejar todo atrás y seguirlo. Significaba vivir en la pobreza y la simplicidad que uno había escogido. Significaba tratar con los otros discípulos, ricos y pobres, de la ciudad o del cam-

---

María, María

María es el nombre de mujer más común en Estados Unidos. De acuerdo con las estadísticas del censo, más de tres millones de mujeres estadounidenses —casi el tres por ciento de las mujeres de Estados Unidos— se llaman María.

---

po, fueran éstos zelotes, recaudadores de impuestos o pescadores. Significaba abstenerse del sexo. Significaba ponerse en una posición peligrosa ante judíos y romanos. María Magdalena debió aceptar todo esto para poder seguir a Jesús...

¿Qué impulsó a María Magdalena a seguir a Jesús? Habrá caído bajo el hechizo de su autoridad, como les ocurrió a muchos otros. Pero podemos decir aún más en vista de lo que hemos llegado a saber de ella hasta ahora.

Había crecido en una ciudad en la que la ocupación romana, la oposición a ésta y el sufrimiento que traía eran tangibles. Ello puede haberla hecho receptiva precisamente al elemento no violento, espiritual y curativo del reino de Dios, representado en Jesús.

Había crecido en un sitio donde las culturas judía y helenística convivían. También había crecido con gente de distintos países y de diferentes religiones que iba a Magdala a comerciar. Puede haberla vuelto receptiva al énfasis de Jesús en la actitud de las personas, en su vida interna y en la forma en que realmente actuaban más allá de las diferencias externas. Y esto puede haberla hecho receptiva a la convicción de que Dios tiene piedad de todos sin distingos, pues Dios es un Dios de toda la creación: el Dios de los humanos también es el Dios de la naturaleza, que era tan rica y abundante precisamente en los alrededores de Magdala.

María Magdalena venía de la ciudad de Magdala, junto al mar de Galilea; era un centro de comercio sobre una ruta internacional, donde gente de todas las costumbres y religiones se encontraba en el mercado. Era una próspera ciudad donde se comerciaba en pescado salado, tintes y una selección de productos agrícolas. Era una ciudad tolerante, en la que tanto la cultura judía como la helenística se conocían desde dentro. Era una ciudad fortificada en un emplazamiento estratégico, en un área que sufría mucho bajo la ocupación romana y la oposición a ésta. En contraste, la naturaleza de la región era rica y abundante. Lo más probable es que María Magdalena fuese de origen judío. Sin embargo, no se la define por sus vínculos familiares, como ocurre con las otras Marías de los cuatro Evangelios. Se la define por su ciudad de origen, Magdala. Desde que fue joven estuvo familiarizada con la violencia, con la pobreza y la riqueza, con la injusticia, con distintas culturas y religiones, todo ello en un ambiente natural espléndido y extraordinariamente fértil. En un momento dado, comenzó a seguir a Jesús. No es inconcebible que lo haya conocido en la sinagoga de Magdala. El Evangelio de Lucas es el único que relata cómo Jesús la libró de siete demonios. No sabemos precisamente qué es lo que ello nos dice con respecto a ella, fuera de que el contacto con Jesús debe de haber sido liberador y edificante para ella. Juan la describe como una de las allegadas más cercanas a Jesús. Estuvo al pie de la cruz junto a su familia. Basándonos en la descripción que hace Marcos de las mujeres que estaban en la crucifixión, y basándonos en los relatos de la resurrección que dan Lucas y Juan, llegamos a la conclusión de que María Magdalena debe de haber pertenecido al pequeño círculo de discípulos que eran seguidores permanentes de Jesús. Estaba bajo el impacto de su autoridad y de su mensaje de la llegada del reino de Dios. Estaba bajo el impacto de sus enseñanzas: de la importancia que él le daba a la buena disposición en las personas más bien que al buen comportamiento externo, y también del énfasis que ponía en la sobreabundante bondad de Dios, que no se limitaba a algunos, sino que era para todos.

Los evangelistas mencionan a María Magdalena en su relato sobre Jesús porque ella es la testigo clave de su muerte, de la sepultura de su cuerpo, de la tumba vacía y de la revelación que la acompaña. Hemos visto que su presencia en la tumba de Jesús fue una demostración de coraje ante las autoridades romanas y judías.

Es notable que Marcos, Lucas y Juan inviten al lector a comparar a María Magdalena con Pedro. En Marcos, se la pone en el mismo nivel que Pedro; en Lucas, Pedro es claramente más importante que María Magdalena, mientras que en Juan, Pedro palidece en comparación con ella…

Mientras que los padres de la Iglesia posteriores y las dos ramas de la Iglesia enfatizan la distancia entre María Magdalena y Jesús, los otros escritos muestran la intimidad que había entre ambos.

Esto ya comienza en la Carta de los Apóstoles. Al igual que en el Evangelio de Lucas, la historia de las mujeres sobre la resurrección no es creída. Sin embargo, en contraste con Lucas, han recibido del propio Señor la orden de hablar. Según aquél, María Magdalena y María la hermana de Marta van de a una. Cuando aun así no las creen, el Señor se les aparece a los once discípulos. Sin embargo, no está solo, sino que lleva a las dos Marías con él. Van juntos. De modo que con esta solidaridad, el Señor muestra que tenían razón. En el Evangelio de Tomás, Jesús promete darle guía especial a María Magdalena. En respuesta a la solicitud de Pedro de excluirla del círculo de los discípulos, dice:

Yo mismo la guiaré para hacer un varón de ella, para que ella también se transforme en espíritu viviente como vosotros los varones. Pues toda mujer que se haga varón entrará en el reino de los cielos (Evangelio de Tomás, Logion 114).

El *Evangelio de Felipe* dice que María Magdalena fue llamada compañera de Jesús. Junto a María, madre de Jesús y a su hermana, está siempre junto a él. El autor escribe:

El Salvador amaba a María Magdalena más que a todos los discípulos y acostumbraba besarla en la boca frecuentemente (*Evangelio de Felipe*, 63.34-35).

No debemos entender este "besar" en el sentido sexual, sino en el sentido espiritual. La gracia que intercambian aquellos que se besan hace que renazcan. Ello se describe en un pasaje anterior del Evangelio:

Si son muchos los hijos de Adán, aunque mueren, cuántos más serán los hijos del hombre perfecto, que no mueren, sino que continuamente vuelven a nacer... Son nutridos por la promesa de ingresar en lo alto. La promesa viene de la boca, pues la Palabra proviene de allí y ha sido nutrida por la boca y ha sido hecha perfecta. Los perfectos conciben mediante un beso y dan vida. Es por ello que nos besamos unos a otros. Recibimos la concepción de la gracia que tenemos entre nosotros (Evangelio de Felipe, 58.20-59.6).

María Magdalena se vuelve fructífera merced a la gracia que está en Cristo. Recibir su gracia la hace nacer de nuevo.

La distancia entre Jesús y María Magdalena en los padres de la Iglesia posteriores es la distancia entre la pecadora y Dios. La intimidad que demuestran los escritos aquí mencionados es la intimidad de maestro y alumna...

Llegamos a la conclusión de que María Magdalena era una alumna valiente y persistente, como queda claro por el hecho de que parece haber sido uno de los pocos que estaban presentes en la crucifixión y en la sepultura y también porque regresó después a la tumba...

El hecho de que María Magdalena fuese una mujer influyó nuestra búsqueda de muchas formas. Comenzó ya con las fuentes más primitivas. Notamos que ante todo los primeros tres Evangelios del Nuevo Testamento demostraron ambigüedad hacia las discípulas. Deben ser mencionadas como testigos, pero la forma en que se las presenta es abrupta y contenida. Comparamos eso con la visión no muy positiva que tenían los romanos y los judíos de las mujeres como testigos. Vimos también que el hecho de que hubiese discípulas no puede haber sido visto con simpatía. Tanto la tradición judía como la legislación romana promulgaban que la maternidad era el único contenido digno de la vida de una mujer. Tampoco el Evangelio considera en ninguna parte que María Magdalena ni las otras mujeres fuesen verdaderas discípulas, a no ser que se las incluya en el plural masculino "discípulos". Sin embargo, en la literatura de los padres de la Iglesia y los Evangelios que no pertenecen a la Biblia, sí aparece la forma femenina de la palabra "discípulo".

El hecho de que María Magdalena fuera una mujer hizo posible que los padres de la Iglesia la representaran como la contrapartida de Eva, la mujer que trajo el pecado al mundo. Para los padres de la Iglesia, María Magdalena es la "nueva Eva"; puede traer el mensaje de la redención. De modo que parece estar casi a la par de Cristo, quien es considerado el nuevo Adán. Sin embargo, esto no es cierto de ninguna manera. Desde Orígenes a San Agustín, se enfatiza la distancia entre ambos...

En algunos escritos, Pedro es la personificación de la forma ortodoxa de ver a la mujer. María Magdalena le teme "porque odia a nuestro sexo" y tiene miedo de María; teme que esta "nueva Eva" se vuelva influyente. "Que María parta", dice, "pues las mujeres son indignas de la Vida" y les pregunta a los hermanos "¿Vamos a volvernos para escucharla? ¿Ha elegido ella estar por encima de nosotros?"

Podemos preguntar de qué modo el hecho de que María Magdalena fuese una mujer tuvo un papel para ella misma. ¿Uno de los motivos que tuvo para acercarse a Jesús fue la forma abierta en que éste trataba con las mujeres? No he encontrado textos que confirmen esta conjetura. Además, según el Diálogo del Salvador, es una participante que no expresa divergencia en la discusión doctrinal acerca de si "las obras de la femineidad" deben ser destruidas. No reacciona cuando Mateo cita, adjudicándolas al Señor, las palabras, "Orad donde no haya mujeres". La otra pregunta que sigue manteniendo ocupada a la gente a lo largo de los siglos es si María Magdalena, como mujer, se sintió atraída por Jesús. No hemos dado con textos que lo indiquen...

"*El Código Da Vinci* emplea la ficción como medio para interpretar la oscuridad histórica..."

ENTREVISTA CON DEIRDRE GOOD

Deirdre Good es profesora de Nuevo Testamento en el Seminario Teológico General de la Iglesia Episcopal de Nueva York. Se doctoró en la Escuela de Teología de Harvard. Recientemente, ha dado muchas charlas sobre María Magdalena y *El Código Da Vinci*.

¿Quién fue la verdadera María Magdalena y cómo fue su vida?

Según el Evangelio de Lucas, fue una acomodada seguidora y discípula de Jesús, a quien él libró de siete demonios. Su nombre sugiere su origen: Magdala, una ciudad sobre la costa de Galilea conocida en tiempos romanos por el salado de pescado. Migdal está apenas al norte de Tiberíades. Era una en un grupo de discípulas que fueron a la tumba al alba del tercer día tras la muerte de Jesús, tal vez a llevar especias. Según muchos relatos evangélicos, a las mujeres se les apareció un ángel que les dijo: "¡Resucitó!". Según el Evangelio de Juan, ella tuvo una visión de Jesús resucitado. Esto hace que sea profeta y apóstol. No sabemos qué aspecto tenía, pero ciertamente contamos con representaciones suyas en el arte de Oriente y Occidente cristianos y en los misterios sacramentales medievales.

Como estudiosa de los orígenes cristianos, puedo identificar a María Magdalena en los Evangelios de Lucas, Juan, en el texto suplementario de Marcos y en los extracanónicos *Evangelios de Tomás, María, Felipe, Pedro*, y en los posteriores *Pistis Sophia* y *Salmos Maniqueos*. En Juan, 20, Jesús la llama por su nombre semítico: ¡Mariam! Ella lo reconoce y le dice: ¡Rabboni! En unos pocos textos (el final suplementario de Marcos; *Evangelio de María; Evangelio de Tomás; Pistis Sophia*) los otros apóstoles (especialmente Pedro) le son hostiles, y su testimonio no es creído. Pero otros apóstoles (Levi) la defienden. Así que en la tradición cristiana es la apóstol de los apóstoles. En los *Salmos Maniqueos*, Jesús le recuerda el encuentro que tuvieron en ocasión de la resurrección y le confirma que debe ir con los demás discípulos, en particular Pedro.

¿Qué le parece la representación de María Magdalena en El Código Da Vinci?

Lo que hace *El Código Da Vinci* es emplear la ficción para interpretar la oscuridad de la historia y llenar los espacios vacíos. Éste es un enfoque que fue empleado con éxito por otros —mejores— novelistas, por ejemplo Charles Dickens. Es un enfoque digno de ser explorado, si se deja de lado la afirmación de Brown de que lo que escribe es cierto. Así, la afirmación de que Jesús y María Magdalena estaban casados es una ficción destinada a expresar la singularidad de su relación. Sin embargo, Jesús también tuvo relaciones especiales con otros —por ejemplo, el "Discípulo Amado" del Evangelio de Juan y con Pedro, entre otros. De modo que uno debe preguntar si la afirmación de Brown de que Jesús y María Magdalena estaban casados no será una forma limitante de describir la particular relación del hombre Jesús con la mujer María Magdalena. Si uno da por sentada esta particularidad restringida, uno comienza a buscarla en todas partes. De hecho, no está en *La Última Cena* de Da Vinci, pues los histo-

riadores del arte que han observado los estudios de las figuras que el artista dibujó para preparar la obra, identifican la figura que está a la derecha
de Jesús con Juan. Juan siempre es representado joven e imberbe.

¿Por qué cree que hoy existe tanto interés por María Magdalena?
El renovado interés por María Magdalena coincide con la aparición de la
investigación feminista en el área de los orígenes del cristianismo —hoy
establecida como una disciplina creíble por derecho propio— sobre el papel de las mujeres y el tema de la diferencia entre los sexos como construcción cultural. A ese respecto, el descubrimiento y la publicación de textos
coptos originales de Nag Hammadi en inglés han estimulado el interés por
el material primitivo no canónico entre aquellos que se interesan por la ca-
tegorización por sexos y en las mujeres. El éxito del libro de Elaine Pagel,
Los Evangelios gnósticos y la difusión de estos textos de Nag Hammadi vía
Internet ha dado acceso a un nuevo corpus de material. La investigación de
todo el material histórico referido a María Magdalena hizo surgir la cuestión del papel de las mujeres en los movimientos cristianos primitivos. María Magdalena era identificada claramente como una destacada apóstol y
profetisa.

*Usted ha investigado los nombres y significados comparados de María Magdalena
en el Nuevo Testamento y de Miriam en el Antiguo Testamento. ¿Cuál es su tesis
al respecto?*
Creo que hay una conexión de nombre y de función entre la Miriam de la
Biblia hebrea y tanto María Magdalena como María. Ése es el argumento
de mi nuevo libro, *Mariam, the Magdalen, and the Mother* (*Mariam, la Magdalena y la Madre*), que será publicado en 2005 por Indiana University
Press. El nombre Miriam en la traducción griega de la Escritura hebrea es
Mariam. Esta forma del nombre se emplea para describir a las mujeres a
quienes Gabriel habla en Lucas 2 y a la mujer a quien Jesús se le aparece
en el huerto en Juan 20. Además, al igual que Miriam la profetisa, la madre de Jesús alaba a Dios (en el cántico conocido como *Magnificat*) por el
cambio de destino que Dios ha realizado en el pasado. También anticipa lo
que Dios logrará por intermedio de su hijo, Jesús, descripto en el Evangelio de Lucas. El papel profético de la madre de Jesús continúa en el *Protoe-
vangelio* de Santiago, uno de los relatos no canónicos del nacimiento.
Al igual que a Miriam, a María Magdalena no le creen cuando proclama
su visión del Señor resucitado, sin duda porque es mujer. En última instancia es reivindicada. Este episodio resuena en la experiencia de la mayor
parte de las mujeres que se han sentido llamadas al sacerdocio.

¿Qué tiene para comentar con respecto a la temática de celibato versus matrimonio vigente en la época bíblica?

En Mateo 19:12, en una discusión sobre el matrimonio y el divorcio, Jesús les dice a sus discípulos:

Pues hay eunucos que nacieron así del vientre de su madre y hay eunucos que son hechos eunucos por los hombres, y hay eunucos que a sí mismos se hicieron eunucos por causa del reino de los cielos. El que sea capaz de recibir esto, que lo reciba.

Algunos comentaristas interpretan este pasaje como una recomendación de celibato. Y cuando el celibato llegó a ser visto como un estado más elevado que el matrimonio en la tradición cristiana posterior, Jerónimo pudo interpretar que "Cristo ama a las vírgenes más que a las que no lo son". Los comentaristas modernos han tendido a continuar con esta óptica interpretando este pasaje como una invitación al celibato para algunos o vinculándolo en forma explícita a la enseñanza de Pablo en 1 Cor. 7, donde se recomienda el celibato con preferencia al matrimonio. Pero en el Evangelio de Mateo, los eunucos, a la manera de quien toma una actiud humilde, sea hombre o mujer, renuncian a ser "grandes" o a ejercer autoridad sobre los demás. Dado que en Mateo 20:26-7 se equipara el pertenecer a la comunidad mateana con ser un sirviente o esclavo, podemos desarrollar la tesis de que el eunuco, en la comunidad mateana, es un sirviente perfecto. Los eunucos de la comunidad mateana, al renunciar voluntariamente a la honra que les confieren su propia familia, bienes y riquezas sólo son leales al reino. A la pregunta de Pedro: "He aquí, nosotros lo hemos dejado todo y te hemos seguido. ¿Qué, pues, tendremos?", Jesús les ofrece estatus y poder no en este mundo, sino el próximo: "…en la regeneración, cuando el Hijo del Hombre se siente en el trono de su gloria, vosotros que me habéis seguido también os sentaréis sobre doce tronos, para juzgar a las doce tribus de Israel. Y cualquiera que haya dejado casas, o hermanos, o hermanas, o padre, o madre, o mujer, o hijos, o tierras, por mi nombre, recibirá cien veces más, y heredará la vida eterna" (19:27-30).

Muchos creen que en el fragmentario Evangelio de Felipe *se dice que Jesús solía besar a María Magdalena en la boca. ¿Cree que eso es cierto? Y, de ser así, ¿qué significa?*

De hecho, el *Evangelio de Felipe* está en mucho mejor estado que el *Evangelio de María*. Aunque ambos fueron publicados en la misma colección, *La biblioteca Nag Hammadi en inglés*, presuponen diferentes mundos simbólicos. Por ejemplo, no deberíamos dar por sentado, porque el *Evangelio de Fe-*

lipe hable de hombres y mujeres, que se refiere a hombres y mujeres reales. El *Segundo Apocalipsis de Santiago* afirma que Jesús llamó a Santiago su bienamado y le concedió una comprensión profunda de cosas que los otros no supieron. Tanto en el *Segundo* como en el *Tercer Apocalipsis de Santiago*, Jesús y Santiago se besan y abrazan para indicar la relación especial que los une. En el llamado *Evangelio secreto de Marcos*, Jesús le revela el secreto del reino de Dios a un joven a quien ama. En el texto copto del siglo IV *Pistis Sophia*, Felipe, Juan, Santiago y Mateo, junto a Mariamne (María) son descriptos como amados por Jesús. Ello probablemente indique su capacidad para la percepción espiritual. Es fácil imaginar que los demás hubieran estado celosos de personas como ésas.

Crítica a la teoría conspirativa referida al papa Gregorio

ENTREVISTA CON KATHERINE LUDWIG JANSEN

Katherine Ludwig Jansen es profesora asociada de Historia en la Universidad Católica. Es autora de The Making of Madalena: *Preading and Popular Devotion in the lather middle Age* (*La construcción de Magdalena: predicación y devoción popular en la baja Edad Media*).

Como Esther de Boer, Jansen enfatiza los textos que vienen de los documentos bíblicos aceptados y de la historia eclesiástica oficial. Arguye contra la tesis del ocultamiento y presenta su tesis sobre el papa Gregorio y la jerarquía eclesiástica en el tema de María Magdalena, el pecado y la penitencia. Por otro lado, también llega a la conclusión de que la Edad Oscura puede haber sido más esclarecida que la nuestra en un aspecto: se entendía que María Magdalena, mujer, era apóstol por derecho propio, mientras que hoy continúa una batalla en muchos grupos religiosos con respecto a si las mujeres deben asumir funciones directivas al predicar sus creencias.

En su opinión, ¿quién fue la verdadera María Magdalena?
Como historiadora, estoy entrenada para basar mis opiniones y análisis en la evidencia histórica. En el caso de María Magdalena, la única evidencia que tenemos para documentar su existencia es la que contiene el Nuevo Testamento. En total, los cuatro evangelios contienen doce referencias a esta mujer, once de las cuales están directamente relacionadas con los relatos

de la pasión y la resurrección. Sólo Lucas 8:2-3 agrega el detalle de que "María, llamada la Magdalena" era la mujer a quien Jesús libró de siete demonios. Después de esto, María de Magdala devino una de las discípulas más fieles de Jesús, sirviéndolo con sus propios recursos financieros (Lucas 8:3). Basándonos en esta evidencia textual, está claro que María Magdalena era una mujer independiente en lo financiero que empleó sus bienes para mantener a Jesús y a su grupo de discípulos.

¿Por qué la Iglesia representó a María Magdalena como prostituta durante tantos años? ¿Le parece que se benefició de ese ocultamiento de alguna manera?

En mi opinión, "ocultamiento" y "conspiración" no son formas útiles de entender la confusión histórica con respecto a la identidad de María Magdalena. Debemos comenzar por notar que, además de la Virgen María y de María Magdalena, hay otras cinco mujeres llamadas María en los Evangelios —ese solo hecho ha dado amplio lugar a las confusiones. Aun así, los primitivos padres de la iglesia, tienden a mantener independiente a cada una de ellas en sus dicusiones sobre María Magdalena, y así lo hace también la Iglesia Ortodoxa Oriental, que nunca refundió la figura de María de Magdala con María de Betania, y menos aún con la pecadora no identificada de Lucas (7:37-50). De hecho, la Iglesia Ortodoxa siempre mantuvo distintas festividades para cada mujer.

Fue sólo al fin del siglo VI cuando la figura de María Magdalena se fusionó con la de María de Betania y con la pecadora no identificada de Lucas. El papa Gregorio Magno fundió en un individuo las identidades de tres figuras evangélicas independientes. El momento en que el papa Gregorio Magno injertó a la pecadora de Lucas en la identidad de María Magdalena, fue el momento en que María Magdalena fue transformada en prostituta, en buena parte porque se consideraba que los pecados de las mujeres debían ser inevitablemente considerados pecados sexuales. Si María Magdalena hubiese estado casada, el pecado se podría haber interpretado como adulterio. Al ser soltera, se interpretó que su pecado era el libertinaje, que se hacía equivaler a la prostitució:

¿Qué motivos tuvo Gregorio para mezclar los personajes de las pecadoras con María Magdalena?

Sería un grueso error de interpretación histórica verlo como una conspiración o un acto malicioso de su parte. Uno debe ver a Gregorio en su contexto, un período caracterizado por intensas dislocaciones: invasiones germánicas, plaga y hambruna fueron sólo algunas de las grandes catástrofes que debió enfrentar durante su pontificado, lo cual demandaba que fuese no sólo un dirigente espiritual, sino también político. En ese período de flujo e incertidumbre, Gregorio intentaba crear alguna suerte de estabilidad y certeza para su comunidad. El texto en que Gregorio crea una nueva identidad para María Magdalena era un sermón en el cual respondía claramente a preguntas acerca de la identidad de Magdalena que le había planteado su comunidad que, al parecer, buscaba alguna claridad que le sirviera como defensa ante el hecho de que el mundo romano se resquebrajaba bajo sus pies. La figura compuesta de Magdalena tenía la virtud de responder en forma aparentemente definitiva a todas las preguntas que su comunidad cristiana se había estado haciendo con respecto a la relación de una y otra María.

La identificación arraigó porque, desde el punto de vista teológico, satisface una necesidad profunda. María Magdalena, reconfigurada ahora como gran pecadora, estaba en posición de transformarse en una gran santa. Gregorio sugirió que hizo esto mediante la penitencia, en su caso, el acto penitencial de lavar los pies de Jesús con sus lágrimas y secarlos con sus cabellos. Como el sacramento de la penitencia continuó siendo reformulado y se le continuó dando prioridad a lo largo de la Edad Media y en el período cristiano moderno, la imagen de María Magdalena como pecadora-santa ciertamente fue una de las razones por las cuales tantas personas se sintieron atraídas a María Magdalena a lo largo de los siglos: les dio la esperanza de ser redimidos ellos también a los pecadores comunes, hombres y mujeres.

¿Por qué María Magdalena fue uno de los pocos presentes en el momento de la crucifixión? ¿Por qué puede ser que haya ido allí y otros discípulos no? ¿Qué importancia tiene que María Magdalena haya sido la primera en ver a Jesús después de la resurrección?

Tras el arresto de Jesús, la mayoría de los demás discípulos se escondió por miedo a ser arrestados ellos también. María Magdalena y las otras mujeres no actuaron de esa manera. Si esto fue así porque las autoridades romanas no consideraban que las mujeres fuesen peligrosas o porque ellas fueran más constantes en su lealtad a Jesús es una pregunta abierta. Como sea, su fe no vaciló. Estuvieron en la crucifixión, fueron testigos de ésta. En mi opinión, el papel más importante de María Magdalena es el de primer testigo de la resurrección de Jesús. Jesús le encarga dar a conocer la nueva de su resurrección a los demás discípulos. En ese momento, se gana el título que le dan los comentarios medievales de las escrituras: *apostolorum apostola* —apóstol de los apóstoles, título que se mantuvo durante toda la Edad Media. Así, uno de los más importantes artículos de fe del cristianismo —la resurrección— fue testimoniado y anunciado por una mujer. El título de "apóstol de los apóstoles" es tan apropiado hoy como en el medioevo para celebrar su papel en la historia del cristianismo.

El debate Beliefnet

Kenneth Woodward vs. Karen L. King

Beliefnet se describe como "una comunidad electrónica multifé" diseñada para ayudar a los individuos a satisfacer sus necesidades religiosas y espirituales. Desde la publicación de *El Código Da Vinci*, una cantidad de artículos y envíos a Beliefnet se han enfocado en discusiones respecto de María Magdalena y otros temas que plantea ese libro. Aquí extractamos algunos argumentos clave del contrapunto entre Kenneth L. Woodward y Karen King. Woodward es editor contribuyente en *Newsweek*. King es profesora de historia eclesiástica en la escuela de teología de la Universidad de Harvard.

Una María totalmente opuesta

Por Kenneth Woodward
Copyright © 2003 por Beliefnet.com. Empleado con permiso de Beliefnet

Al igual que Jesús, María Magdalena es hoy tema de una reformulación cultural. ¿Qué agenda tienen en mente las feministas?

¿Por qué el súbito interés en María Magdalena? Sí, sé acerca de los dos o tres libros nuevos al respecto, así como del bestseller *El Código Da Vinci* y la nueva película *Las hermanas Magdalena*. ¿Pero se dice algo nuevo acerca de esta conocida figura bíblica?

En realidad, no. Los estudiosos han sabido durante décadas, si no más, que María Magdalena no era una prostituta, y que había sido refundida equivocadamente con la mujer penitente en Lucas que unge los pies del Cristo que está por ser crucificado y los seca con su cabello. Ciertamente, no es novedad que su mayor motivo para ser famosa es el encargo que le hizo Cristo de ir a contarles a los apóstoles la nueva de su resurrección. "Redefiniciones" de esa índole eran fácilmente consultables en el apartado dedicado a su nombre en *Nueva Enciclopedia Católica* de 1967 —ciertamente, un recurso no muy secreto para cualquier periodista que quisiera verificar las afirmaciones de que se está diciendo algo nuevo.

Que Jesús estuvo casado —posiblemente con María Magdalena— es otra vetusta noción que va bastante más allá del libro teológico y puramente comercial de William E. Phipps *Was Jesus Married?* (*¿Jesús estuvo casado?*) de 1970. La respuesta de Phipps —que probablemente lo estuvo, pues la mayor parte de los judíos de esa época se casaban— era poco convincente. Tampoco lo es la opinión opuesta, la idea de que Jesús era homosexual y tenía una relación en esos términos con Juan, "el discípulo amado"; di con ella en la década de 1960, cuando la noción de que Jesús era el marginal ["outsider"] por excelencia era popular en medios existencialistas. La idea era que, debido a su nacimiento ilegítimo y sus orígenes rurales, Jesús era marginal con respecto a los grupos de poder de su época. El obispo anglicano Hugh Montefiore le agregó homosexualidad a la fórmula como para completar la imagen de marginalidad. Ahora, como Jesús, María Magdalena es tema de una reformulación cultural.

Cuando se trata de figuras bíblicas, no basta con decir que cada generación tiene nociones ya imaginadas y descartadas por generaciones anteriores. En el caso de María Magdalena, lo nuevo no es lo que se dice de ella, sino el nuevo contexto en que se la pone —y quién la pone allí y por qué. En otras palabras, María Magdalena ha devenido en un proyecto del que ocuparse para cierta categoría de estudiosas feministas comprometidas ideológicamente. Ésa es la verdadera noticia...

En el siglo XIII, el mismísmo Pedro Abelardo predicó un sermón en el que trazaba una simetría entre Miriam y María Magdalena como proclamadoras de la buena nueva. (Ya entonces, María Magdalena era conocida como la "apóstol de los apóstoles"). El hallazgo de simetrías entre figuras del Antiguo y el Nuevo Testamento era parte importante de la exégesis bíblica medieval. En el contexto actual, algunos exégetas se centran en Éxodo 15:20-21, donde Miriam es llamada "profetisa" y dirige a las mujeres israelitas en sus cantos y danzas. A las feministas que buscan cualquier señal de liderazgo masculino en la Biblia hebrea (por no hablar de excusas para hacer sus propios cantos y danzas), este pasaje las ha llevado a crear una historia de su propia invención. Según ese relato, Miriam era considerada una profetisa, al igual que su hermano Moisés, lo que llevó a una rivalidad entre los antiguos israelitas entre el bando de Moisés y el de Miriam.

Pero —continúa el relato— los editores varones de la Biblia expurgaron las historias referidas al liderazgo de Miriam que, creen ellas, existían en antiguas tradiciones orales. Además, unas pocas estudiosas feministas insisten en que los antiguos israelitas realmente crearon una sociedad igualitaria antes del surgimiento de la monarquía masculina. Así, tenemos un caso clásico de un patriarcado —el equivalente feminista del pecado original— que extirpó la evidencia del liderazgo femenino, de hecho, de la institución profética femenina. En forma similar, el mito bíblico de un Edén original fue reemplazado por la idea feminista de una sociedad original igualitaria que fue finalmente ocultada por los redactores varones de la historia del Éxodo, el evento fundacional del judaísmo.

Si esto es cierto —o posible— no es algo que un mero periodista esté preparado para juzgar. Aun así, un periodista puede notar que no muchos estudiosos bíblicos, varones o mujeres, dan crédito a estas especulaciones. Simplemente no hay evidencia y es por eso que quienes las postulan se basan en el llamado "análisis retórico" de los textos bíblicos más bien que en evidencia histórica o arqueológica. Un periodista también puede notar que en el contexto del feminismo religioso, la verdad o mentira de esas especulaciones no tiene importancia. Así, al menos desde la década de 1970, algunas mujeres judías han celebrado *sederim* feministas en los que se reserva una copa para Miriam además de la tradicional de Elías. No hacen esto porque crean que Miriam, como Elías, fue llevada corporalmente al cielo y por lo tanto volverá al fin de los tiempos, sino para que la cosa sea, bueno, igualitaria.

Encontramos ese mismo patrón en la redefinición feminista de María Magdalena. En ese caso, el marco narrativo funciona así: el primitivo movimiento que fundó Jesús era igualitario y no discriminaba entre los sexos (aunque algunas feministas judías de segunda generación rechazan esta aseveración alegando que ésta hace que Jesús sea una excepción a los otros varones judíos de su época, por lo cual es antisemita). Entre las mujeres que siguen a Jesús, María de Magdala es la más prominente: se la menciona en más ocasiones (doce) que a ninguna otra mujer con excepción de la madre de Jesús. La mención más importante está en Juan 20:11-18, cuando el Jesús resucitado se le aparece sólo a María y le encarga transmitir la nueva a sus apóstoles (varones). De ahí su título tradicional de " apóstol de los apóstoles".

Ahora bien, debería estar claro para cualquier lector del Nuevo Testamento que las mujeres que seguían a Jesús tenían un comportamiento más propio de discípulos que el de muchos de los Doce elegidos por él. Por ejemplo, en los evangelios sinópticos (Marcos, Mateo, Lucas) *sólo* hay mujeres al pie de la cruz. (El Evangelio de Juan agrega a Juan, el discípulo amado). Pero un pequeño grupo militante de estudiosas feministas —especialmente aquellas educadas en la escuela de Teología de Harvard— van mucho más lejos. Su afirmación, que ha sido titular de primera plana, es que en la Iglesia primitiva había un bando de Magdalena y otro de Pedro —igual que en el caso de Miriam, mujeres contra varones— y que el bando de Pedro no sólo ganó sino que extirpó la evidencia y el recuerdo de la facción de Magdalena del Nuevo Testamento, empañando de paso la reputación de Magdalena. Un sermón pronunciado por el papa Gregorio en 591 se suele citar con respecto a este último punto, como si él hubiese inventado la tradición antifemenina y la hubiese sellado con su infalibilidad (retroactiva). Culpar a un Papa encaja justo con la agenda feminista en este caso, insertando una nota antijerárquica y, de hecho, antipapal. En síntesis, una vez más, el patriarcado tiene la culpa.

Pero hay una diferencia entre las dos Marías —Miriam y Magdalena. Para establecer su caso, las defensoras feministas de María Magdalena se han pasado a otro orden de argumentación. Del mismo modo que una hermenéutica femenina de la sospecha —erudición bíblica basada en la sospecha de la autoridad masculina— establece que al igual que el texto del Nuevo Testamento, al ser obra de varones es sospechoso por sí mismo, una hermenéutica feminista de recuperación —en este caso, recuperación de la evidencia suprimida del bando de María Magdalena— debe recurrir a otras fuentes. Estas fuentes son los diversos textos que no se incorporaron al Nuevo Testamento en la forma en que éste fue fijado en el siglo IV. Y el hecho mismo de esa exclusión por parte de los jerarcas varones de la Iglesia hace que esos textos suplementarios tengan más autoridad para estudiosas cuyo objetivo es demostrar que el patriarcado suprimió a la dirigencia femenina de la Iglesia. Entre esos textos, el principal es el *Evangelio de María*; da la impresión de que su autor se hubiera doctorado en la escuela de teología de Harvard.

Al tratarse de textos del siglo II, el *Evangelio de María*, el *Evangelio de Felipe* (en el cual Jesús y María se besan) y otros textos apócrifos llegan demasiado tarde para suministrar evidencia histórica fidedigna y con respecto a Jesús, Pedro y María Magdalena. Pero sí sugieren lo que algunos grupos —tradicionalmente considerados gnósticos— entendían acerca de la historia de Jesús y sus seguidores...

Karen King, una profesora de la escuela de teología de Harvard, arguye que hay una relación entre el *Evangelio de María*, que exalta el papel de María Magdalena y la Carta de Pablo a Timoteo, que aconseja que las mujeres se mantengan calladas en la iglesia. Su argumento es que ambos fueron producidos aproximadamente en la misma época, 125 d.C. y que en conjunto reflejan una furiosa guerra de los sexos en la Iglesia primitiva. Pero llega a esta conclusión tomándose ciertas libertades con el fechado de esos dos textos. Nadie sabe cuándo fue escrito ninguno de ellos, pero algunos estudiosos ubican a Timoteo en la década del 90 de la era cristiana y otros estudiosos ubican al *Evangelio de María* al final —no al principio— del siglo II. Para sus fines, King estira al máximo ambas fechas, como si tratara de soportes de libros sin libros que soportar entre ambos. En síntesis, la nueva María Magdalena es una antigua gnóstica.

Aun así, ¿cuán creíble es la afirmación de que el rechazo por parte de la Iglesia del gnosticismo en toda sus formas fuera esencialmente una guerra de los sexos? En su rigurosamente equilibrada "Introduction to the Now Testament" ("Introducción al Nuevo Testamento"), el fallecido estudioso Raymond

E. Brown resume cómo las escrituras escritas por los cristianos fueron preservadas y aceptadas —y qué criterios se usaron. Entre éstos, se contaban el origen apostólico, real o putativo y la conformidad con los criterios de la fe. Ninguno de ellos tenía que ver con la diferencia entre los sexos. Además, no hay razón para creer que comunidades enteras de cristianos emplearan el *Evangelio de María* ni el *Evangelio de Felipe* como textos autorizados. Sí, circulaban, pero lo mismo ocurre con muchos libros de mi biblioteca, entre los cuales se cuentan los Evangelios Gnósticos, lo cual no significa que yo sea gnóstico…

Durante muchos años he tenido una antología de selecciones de las distintas religiones del mundo que desde su portada invita al lector a elegir las que le atraigan entre ellas y así "crear sus propias escrituras". Que alguien llegue a preparar un material así, pensé, da indicios de uno de los vientos que soplan en el mezclado clima de la religión contemporánea en Estados Unidos. Lo que da por sentado es que todos los textos sagrados tienen el mismo valor y que el lector tiene la libertad de convertir en sacro aquello que lo atraiga personalmente… Por supuesto que ésta es la definitiva religión orientada al consumidor, que tiene además la ventaja de esquivar la autoridad de cualquier comunidad para la cual esos textos sean, o no, sagrados.

Creo que algo similar ocurre con los textos gnósticos que ponen a la pobre María Magdalena en el papel de cabeza de la Iglesia —y, si hemos de creer a la escritora Lynn Picknett, de "Diosa oculta del cristianismo". Al menos, esa minoría de estudiosas feministas que propugnan la idéntica validez de los textos gnósticos y los del Nuevo Testamento puede argumentar que en un período temprano de la historia cristiana los cristianos podían acceder a ellos y ocasionalmente leerlos. Al parecer, la consecuencia de esto es que si a uno no le gusta el canon establecido, se puede crear uno propio. Si el *Evangelio de María* tiene tanta autoridad como, digamos, el Evangelio de Marcos, por supuesto que María Magdalena puede ser cualquier cosa que las feministas quieran que sea.

Si yo tuviera que escribir una historia que incluyera a María Magdalena, creo que la enfocaría así: un pequeño grupo de mujeres bien educadas decide dedicar sus carreras a los fragmentos de escrituras gnósticas descubiertas en el transcurso del siglo pasado, hallazgo que promete una nueva especialidad académica que les permita construir una carrera en el ligeramente trillado campo de los estudios bíblicos. Se hacen expertas en estas literaturas como quien se hace experto en la biología del cangrejo ermitaño. Pero a diferencia de quienes estudian los crustáceos decápodos marinos, algunas llegan a identificarse con el objeto de su estudio —en algunos casos, porque tal vez no tienen otra comunidad religiosa con la que identificarse que la conformada por los estudios académicos convencionales, otras, quizá, por rebelarse contra la comunidad religiosa autorizada que hizo que se interesasen por primera vez en la religión…

¿Y el paso siguiente? Ya llegó, bajo la forma del nuevo libro de Karen King, de Harvard, llamado *What is Gnosticism?* (*¿Qué es el gnosticismo?*) que pretende demostrar la gran diversidad que existía entre los gnósticos —verdadero gnosticismo plural, lo cual es razonable— pero también despojar a los gnósticos de su posición opuesta a la cristiandad convencional, disolviendo así la categoría misma de herejía. En síntesis, si no existe el error, todo puede ser cierto. Qué idea tan norteamericana. Qué inclusiva, qué objetiva. Y en esta edad posmoderna, qué Actual. En este contexto, hasta la figura de María Magdalena puede ser prostituida para polemizar.

Dejar hablar a María Magdalena

Por Karen L. King

La tradición no es fija. Textos recientemente descubiertos como El Evangelio de María *nos permiten oír otras voces en el debate cristiano.*

En un artículo sobre el interés reciente por María Magdalena, Kenneth Woodward escribe: "Lo nuevo no es lo que se dice de ella, sino el nuevo contexto en que se la pone —y quién la pone allí y por qué". Como él señala, los estudiosos han estado de acuerdo al menos desde la década de 1960 con que no era una prostituta. Del mismo modo, la especulación de que María y Jesús estaban casados no tiene nada de nuevo. "Las verdaderas novedades", escribe, se encuentran en la obra de "estudiosas feministas comprometidas ideológicamente", afirmación con la que estoy totalmente de acuerdo.

Sin embargo, el resto del artículo es más bien una expresión del desagrado de Woodward por el feminismo que una reseña o aún una crítica de nuestros estudios. Tal vez los lectores quieran evaluar por sí mismos ejemplos del mejor trabajo existente sobre crítica retórica y erudición feminista con respecto a María de Magdala, como el clásico de Elisabeth Schlussler Fiorenza, *In Memory of Her* (*En Memoria de Ella*) y el reciente libro de Jane Schaberg *The Resurrection of Mary Magdalena* (*La Resurrección de María Magdalena*).

Parte del reciente entusiasmo sobre María Magdalena tiene que ver con el descubrimiento de primitivos escritos cristianos egipcios previamente desconocidos, como el *Evangelio de María*, el *Diálogo del Salvador* y el *Evangelio de Tomás*. El *Evangelio de María* está en un papiro del siglo v d.C. que apareció en el mercado de antigüedades de El Cairo en 1896. Fue adquirido por un estudioso alemán y llevado a Berlín, donde se publicó por primera vez en 1955. En 1945, dos campesinos egipcios hicieron un asombroso descubrimiento mientras cavaban en busca de fertilizante al pie del Yabel al-Tarif, un acantilado cerca de la ciudad de Nag Hammadi en el Egipto medio. Desenterraron un jarro sellado de barro cocido que contenía un conjunto de papiros manuscritos. Conocidos como Códices de Nag Hammad, estos papiros del siglo IV d.C. incluían abundante literatura cristiana antigua, un total de cuarenta y seis obras diferentes, casi todas desconocidas hasta ese momento. Esos y otros escritos originales nos ofrecen una nueva perspectiva de los comienzos del cristianismo. Nos muestran que el cristianismo primitivo era mucho más diverso que lo que imaginábamos.

Los cristianos primitivos debatían intensamente temas como el contenido y significado de las enseñanzas de Jesús, la naturaleza de la salvación, el valor de la autoridad profética, el papel de mujeres y esclavos y distintas visiones de la comunidad ideal. A fin de cuentas, estos cristianos primitivos no tenían Nuevo Testamento, Credo Niceno ni de los Apóstoles, Iglesia establecida ni cadena de autoridad, Iglesias físicas ni, de hecho, una concepción unificada de Jesús. Todos los elementos que consideramos esenciales para la definición del cristianismo aún no existían. Más que puntos de partida, el Credo Niceno y el Nuevo Testamento fueron el resultado final de estos debates y disputas. Representan la destilación de la experiencia y la experimentación —y de cantidades no desdeñables de luchas y diferendos.

Una consecuencia de estas luchas es que los ganadores pudieron escribir la historia de ese período desde su punto de vista. El punto de vista de quienes perdieron se perdió casi del todo, ya que sus ideas sólo sobrevivieron en los documentos que los denunciaban. Hasta ahora. Los descubrimientos recientes proveen un corpus de obras primarias que ilustran el carácter plural del cristianismo primitivo y ofrecen voces alternativas. También nos ayudan a comprender mejor a los ganadores, pues sus ideas y prácticas tomaron forma en el crisol de esos primitivos debates cristianos...

Ubicar la figura de María Magdalena en este nuevo contexto nos ayuda a comprender cómo la errada representación que se hizo de ella como prostituta llegó a ser inventada y cómo llegó a florecer en Occidente durante más de un milenio sin evidencia que la respaldara. Muchas de las obras recién descubiertas la pintan como discípula favorita de Jesús y apóstol tras la resurrección. Por ejemplo, en el *Evangelio de María*, tranquiliza a los demás discípulos cuando éstos tienen miedo y les transmite enseñanzas especiales que Jesús le ha dado sólo a ella. El texto afirma que Jesús la conocía completamente y que la amaba más que a los demás. También menciona la tradición del conflicto entre Pedro y María, tema tratado con gran sofisticación por Anne Brock en su nuevo libro *Mary Magdalene, the First Apostle: The Struggle or Authority* (*María Magdalena, primer apóstol: la lucha por la autoridad*).

Pero en estos libros recientemente descubiertos, María es la garante apostólica de una posición teológica que perdió en la batalla por la ortodoxia. El *Evangelio de María*, por ejemplo, presenta una interpretación radical de las enseñanzas de Jesús como camino al conocimiento espiritual interior, no a la revelación apocalíptica; reconoce la realidad de la muerte y la resurrección de Jesús, pero rechaza su sufrimiento y su muerte como caminos a la vida eterna; también rechaza la inmortalidad del cuerpo físico, aseverando que sólo el alma se salvará, presenta el argumento más directo y convincente que cualquier escrito cristiano primitivo sobre la legitimidad de la dirigencia femenina; ofrece una aguda crítica del poder ilegítimo y una visión utópica de perfección espiritual; desafía nuestra visión romántica acerca de la armonía de los primeros cristianos y nos pide que repensemos los fundamentos del poder eclesial. Todo ello escrito en nombre de una mujer.

El *Evangelio de María* nos muestra que al hacer de María Magdalena una prostituta arrepentida, los dirigentes de la Iglesia podían cumplir dos objetivos al mismo tiempo. Tuvieron éxito en socavar el atractivo de María Magdalena como dirigente femenina, y al mismo tiempo lograron socavar la clase de teología que se postulaba en su nombre —teología que los Padres de la Iglesia condenaron como herejía.

El señor Woodward tiene toda la razón en afirmar que el descubrimiento de tales fuentes desafía el retrato tradicional de la historia cristiana, una historia que asevera que Jesús les transmitió la verdadera enseñanza a los apóstoles de sexo masculino, quienes la transmitieron en forma impoluta a los obispos que los sucedieron. La pureza de este evangelio queda especialmente garantizada por el Credo Niceno y por la interpretación ortodoxa del canon bíblico.

Aunque los nuevos textos no presentan evidencia de una "furiosa guerra de los sexos" en las Iglesias primitivas, sí presentan evidencia de que uno de los temas en discusión era el liderazgo femenino. En el *Evangelio de María* Pedro es representado como impetuoso e impaciente —al igual que en muchos episodios de los evangelios del Nuevo Testamento. Aquí, está celoso de María y se niega a creer que Jesús le hubiera dado enseñanzas especiales. Este retrato parece sugerir que los cristianos que, como Pedro, rechazan el derecho de las mujeres a enseñar lo hacen por celos e incomprensión...

El *Evangelio de María* nos deja oír otra voz en el antiguo debate, una que estuvo perdida durante casi dos mil años. Expande nuestra comprensión de la dinámica del cristianismo primitivo, pero no ofrece una voz que esté más allá de la crítica. Por ejemplo, en el *Evangelio de María* el rechazo del cuerpo como verdadera identidad es altamente problemático para el feminismo contemporáneo, que afirma la dignidad del cuerpo humano.

María Magdalena, patrona de la educación de elite

Tanto Oxford como Cambridge, las tradicionales principales universidades de Inglaterra, tienen colegios cuyo nombre remite a María Magdalena.

El Magdalen College de Oxford fue fundado en 1448 y estuvo entre los primeros colegios del mundo donde se enseñaron ciencias. El coro de Magdalen —cuya historia comienza con el colegio— es famoso por sus ceremonias de bienvenida de la primavera que tienen lugar en mayo en su famosa torre. El filme *Shadowlands*, sobre la vida de C. S. Lewis, mostró esas ceremonias de la torre. Algunos expertos cuyas obras presentamos en este volumen, sin duda encontrarían intrigantes conexiones de mito y metáfora entre los ritos de primavera precristianos y de inspiración pagana, la torre de Magdalen College (recuérdese que la etimología de Magdala deriva de la antigua palabra que significa "torre") y los intereses de C. S. Lewis en la fe, teología, simbolismo y mito.

En Cambridge, Magdalene College, fundado en 1542, se escribe con *e* final para diferenciarlo del de Oxford. Sin embargo, el nombre de este colegio se pronunciaba Maudleyn, un doble significado comprimido en la palabra (que los lectores de Dan Brown tomen nota) vinculado a su fundador, Lord Audley. En tanto, la palabra *maudlin* (excesivamente sentimental, llorosa) llega al inglés a través de la pronunciación renacentista de María Magdalena, cuyas lágrimas se cuentan entre las más famosas de la historia.

Por supuesto que el tema del liderazgo femenino no se ha ido. No es sólo una controversia antigua. En nuestra época, las feministas están trabajando para asegurar que la verdadera historia de María Magdalena, así como otras antiguas voces alternativas, sean oídas, no sólo por los lectores de la *Nueva Enciclopedia Católica* de 1967, sino también por un sector más amplio del público. Por otra parte, los estudiosos y otros que encuentran cuestionadoras estas obras, tienden a hacerlas de lado considerándolas heréticas y tratan de marginalizar su impacto en los debates vigentes. Pareciera, pues, que toda esta conmoción respecto de María Magdalena es sólo un episodio más en la larga historia de las discusiones entre cristianos. ¿Por qué alguien habría de prestarle atención?

Éste es el porqué: como una parte tan importante de las creencias y las prácticas cristianas se basan en afirmaciones históricas, es crucial tener una visión precisa de la historia. Uno de los criterios para la buena práctica de la historia es emplear toda la evidencia y no dejar de lado las partes que a uno no le gustan y promocionar las que a uno sí le gustan.

Además, dada la importancia de la religión en el mundo de hoy —especialmente notable en la intersección de religión y violencia— creo que es importante para los no cristianos así como para los cristianos reconocer que todas las tradiciones religiosas contienen muchas voces y ofrecen una variedad de posibilidades para aplicar a los complejos problemas de nuestros días. En ese sentido, la tradición no es fija, sino que se está construyendo en forma constante a medida que los creyentes investigan el pasado para entender el presente... Por lo tanto, la religión no es simplemente algo que se recibe —algo que uno puede aceptar o rechazar. Las religiones están siendo constantemente interpretadas... Una narración histórica precisa no asegura que la figura de María Magalena no vaya a continuar siendo prostituida con fines polémicos como ocurrió durante siglos —pero le restaura algo de su dignidad a esta importante discípula de Jesús.

"¿Es pecado mantener relaciones sexuales dentro del matrimonio?"

ENTREVISTA CON EL REVERENDO RICHARD P. MCBRIEN

Richard P. McBrien es profesor de teología en la universidad de Notre Dame. Apareció en el programa televisivo *Jesús, María y Da Vinci* en 2003, provocando una considerable controversia con su explicación lógica de por qué Jesús bien pudo haber estado casado. En la entrevista que presentamos a continuación, se explaya sobre su explicación y sobre María Magdalena como personaje de la historia cristiana.

¿Qué piensa de la posibilidad de que María Magdalena esté representada en La última cena*?*

Es una pregunta cuya respuesta queda abierta. No hay evidencia en el Nuevo Testamento de que ella estuviera ahí. La cuestión es si Da Vinci la puso ahí o no. Ello puede al menos ser planteado, dados los rasgos altamente femeninos de quien está reclinado/a sobre Jesús.

¿Por qué la Iglesia representó a María Magdalena como prostituta durante tantos años?

Tal vez porque algunos dirigentes de la Iglesia no podían aceptar el hecho de que fuera una de los principales discípulos de Jesús, su amiga íntima y una testigo primaria de la resurrección.

En el especial de ABC Jesús, María y Da Vinci*, usted menciona que la divinidad de Jesús no habría quedado comprometida si él se hubiera casado. ¿Puede explicar por qué?*

No quiero ser frívolo, pero ¿por qué no? La Epístola a los Hebreos (4:15) dice que Jesús era como nosotros en todo menos en el pecado. ¿Es pecado mantener relaciones sexuales dentro del matrimonio?

*También dijo que, si Jesús estuvo casado, de ahí había sólo "un corto paso" hasta
María Magdalena. ¿Por qué María Magdalena?*

Porque fue la discípula más cercana a él durante su vida. A diferencia de
los cobardes varones, ella y las otras mujeres se mantuvieron junto a él hasta el fin. Ella, según al menos tres tradiciones del Nuevo Testamento, fue
la primera en verlo tras su resurrección. También debió advertirle que no
lo "tocara" pues aún no había ascendido a su Padre celestial.

¿Habrán estado casadas todas las figuras religiosas de la época?

Tal vez no todas, pero ciertamente sí la mayoría. Está claro que algunos de
los apóstoles, incluido Pedro, estaban casados.

*¿Por qué tantas personas de la actualidad encuentran que María Magdalena es
un personaje tan atractivo?*

Tal vez porque se han sentido tan lejos de la Iglesia, con sus visiones negativas, rígidas y censoras respecto de la sexualidad humana. El pensar acerca de María Magdalena apareja el tema de la sexualidad de Jesús y también
hace que la gente reconsidere el lugar de la mujer en la Iglesia. Si Jesús hubiera estado casado, ello socavaría el prejuicio de siglos contra la intimidad sexual.

¿A qué atribuye usted el renovado interés en María Magdalena?

Escritos recientes de eruditos reputados y el movimiento de la mujer han
influido. Pero es obvio que nada ha hecho tanto por atraer la atención sobre ella como *El Código Da Vinci*.

2 LA FEMINEIDAD SAGRADA

La femineidad sagrada es esa otra cara de Dios que no ha sido honrada durante los dos milenios de cristianismo —al menos no como a una compañera con iguales derechos.

—MARGARET STARBIRD

En este capítulo exploramos el trasfondo de la tesis sobre la "femineidad sagrada" que está en el núcleo de la trama de *El Código Da Vinci*. Como recordarán los lectores de la novela, en cuanto Sophie Neveu llega en medio de la noche al Château Villette de Leigh Teabing, se encuentra sumergida por explicaciones y pirotecnia teóricas de Teabing y Langdon acerca del Santo Grial, María Magdalena y la femineidad sagrada. Langdon le dice a Sophie: "El Santo Grial representa la femineidad sagrada y la diosa… El poder de la mujer y su capacidad de crear vida fue muy sagrado alguna vez, pero se convirtió en amenaza para la Iglesia, predominantemente masculina, así que la femineidad sagrada fue demonizada y considerada impura… Cuando llegó el cristianismo, las viejas religiones paganas no murieron fácilmente. Las leyendas de las búsquedas caballerescas del Grial perdido eran en realidad relatos de búsquedas prohibidas para encontrar la perdida femineidad sagrada. Los caballeros que decían estar 'buscando el cáliz' hablaban en código para protegerse de una Iglesia que había subyugado a las mujeres, expulsado a la Diosa, quemado a los no creyentes y prohibido la reverencia pagana por la femineidad sagrada".

El alegato referido a la femineidad sagrada-diosa suprimida-María Magdalena que hacen Langdon y Teabing para Sophie plantea algunas de las cuestiones más intelectualmente fascinantes de la novela. Sin duda, es poco plausible en muchos aspectos, especialmente en la forma en que estos misterios han sido entrelazados a los enigmas de la trama. Pero es profundamente interesante. Al presentar su alegato en medio de la noche, Langdon emplea ampliamente las conclusiones de varios expertos cuya obra está representada en este capítulo —Margaret Starbird, Elaine Pagels, Timothy Freke y Peter Gandy, Riane Eisler y otros.

En las páginas que siguen, estos expertos presentan sus propios argumentos acerca del papel de la femineidad sagrada en el desarrollo de la cultura, el pensamiento, la política, la filosofía y la religión occidentales. Recuerdan los cultos de adoración a la diosa en Egipto, Grecia, Roma y los papeles que se adjudicaban a cada sexo en la era bíblica judeocristiana. Exploran la experiencia cristiana de la Iglesia primitiva y medieval. Y examinan la espiritualidad, mitos, leyendas y tradiciones que asocian un significado sagrado especial a la mujer en general —y a María Magdalena en particular.

El lector debe tener en cuenta que: gran parte de este material es, por definición, místico, mítico y poético; gran parte de los materiales-fuente nos ha llegado en fragmentos y nos ha sido transmitida en distintos idiomas y traducciones. En muchos casos, un breve pasaje de una fuente bíblica o gnóstica ha sido el tema de extenso análisis y comentario en otras obras. Aquí sólo lo podemos tratar en forma abreviada.

Dios no tiene aspecto de hombre

ENTREVISTA CON MARGARET STARBIRD.
Copyright © 2004 por Margaret L. Starbird

Dos de los libros que Margaret Starbird realmente escribió son mencionados específicamente en *El Código Da Vinci* cuando atraen el interés de Sophie Neveu al verlos en los estantes de la biblioteca de Leigh Teabing en Château Villette: *La mujer del pote de alabastro: María Magdalena y el Santo Grial* y *La Diosa en los Evangelios: recuperar la femineidad sagrada*. En la entrevista que dio para el presente libro, Starbird explica brevemente su visión de la femineidad sagrada. También declara que "afirmar que María Magdalena es un apóstol igual a Pedro o tal vez más importante que Pedro ni siquiera se aproxima a hacer justicia". Nuestra entrevista presenta una introducción al pensamiento de Starbird. Tras la entrevista, presentamos breves extractos de los libros mencionados.

¿En qué difiere el concepto de la femineidad sagrada de la forma en que la mayor parte de las religiones parecen dar por sentada la primacía de deidades masculinas?

Cada vez nos damos más cuenta de que lo Divino, que llamamos "Dios" realmente no se parece al patriarca que está en el techo de la Capilla Sixtina en el Vaticano. Durante dos milenios, los cristianos le han atribuido imágenes exclusivamente masculinas a Dios, al emplear pronombres masculinos para hablar del Creador. Pero intelectualmente nos damos cuenta de que Dios no es varón. Dios está más allá de la diferenciación sexual, es "quien teje" detrás del "velo" y más allá de nuestra capacidad de concebir a Dios. De modo que limitamos a Dios al adscribirle atributos de "Él". Dios no es macho ni hembra y es por eso que a los judíos se les dijo que nunca debían hacer imágenes de Dios. Pero los cristianos dejaron de lado esta idea, y les adscribieron a Dios y a Jesús los epítetos "padre" e "hijo". Cuando las palabras griegas que significan "Espíritu Santo" fueron traducidas al latín, se convirtieron en una forma masculina: *Spiritus Sanctus*. En Europa occidental, toda la trinidad quedó caracterizada como masculina a partir del siglo v.

La femineidad sagrada es esa *otra* cara de Dios que no ha sido honrada en los dos milenios de cristianismo —al menos no como una compañera con plena igualdad de derechos. Ciertamente, la Virgen María encarna uno de los aspectos femeninos de "Dios": la Santa Madre, nuestra intercesora ante el trono de su Hijo. Pero en el cristianismo, el paradigma de pareja, el principio dador de vida en el planeta Tierra no ha sido celebrado, ni siquiera reconocido. Creo que necesitamos recuperar la femineidad en todos los niveles: físico, psicológico, emocional y espiritual. Hemos quedado gravemente empobrecidos por perder a la esposa y al mandala de la sagrada pareja a los que los cristianos tenemos derecho. Hemos sufrido la pérdida de la relación/Eros y la conexión profunda con lo femenino— el cuerpo, las emociones, lo intuitivo, las bendiciones de este hermoso y generoso planeta.

¿Quién es "la esposa perdida" de la tradición cristiana? ¿Cómo se la vincula al concepto de la femineidad sagrada?

Sólo hay un modelo para la vida en el planeta Tierra —y ese modelo es la "unión sagrada". En las culturas antiguas, esa realidad fundamental fue honrada en cultos que celebraban la calidad de mutuo y la "simbiosis" de lo masculino y lo femenino como consortes íntimos. Por ejemplo, Tammuz/Ishtar, Ba'al/Astarté, Adonis/Venus, Osiris/Isis. En estas culturas, la alegría de los tálamos de estas parejas se extendía a cultivos y rebaños y a la gente del reino. Se reconocen parecidas liturgias en todo el Cercano Oriente. El Cantar de los Cantares es una redacción de antigua poesía litúrgica de los ritos del *hieros gamos* de Isis y Osiris. Invariablemente, el rey es ejecutado y su esposa lo busca, llorando su muerte hasta reunirse con él finalmente. En el Cantar de los Cantares, la fragancia de la esposa es el nardo, que rodea al esposo y a la mesa del banquete. Y en el Evangelio el nardo reaparece cuando María unge con él a Jesús y la fragancia "llena la casa". (Juan 12:3)

En siete de las ocho listas de mujeres que acompañaron a Jesús, María Magdalena es mencionada en el primer lugar, sin embargo, en fecha posterior su rango de "primera dama" fue ignorado. A los Padres de la Iglesia del siglo IV les convino elevar a la madre de Jesús a "Theotokos" (portadora de Dios, Madre de Dios) e ignorar a su esposa/amada. El resultado ha sido la distorsión del más básico de los modelos para la vida en nuestro planeta —la "unión sagrada" de una pareja mutuamente consagrada.

Usted acaba de referirse al hieros gamos, que en El Código Da Vinci se entiende como traducción de "matrimonio sagrado" en griego. ¿Pero qué significa realmente? ¿Y cómo se relaciona con Jesús?

Creo que Jesús encarnaba el arquetipo del esposo sagrado y que junto a su esposa manifestaba la mitología del *hieros gamos*. En mi opinión, su unión era la piedra angular de la comunidad cristiana primitiva, una forma radicalmente nueva de vivir la pareja. En Corintios 1, 9:5, Pablo menciona que los hermanos de Jesús y los otros apóstoles viajaban con sus "esposas-hermanas", frase que suele ser traducida como "hermanas cristianas". Pero en realidad dice "esposas-hermanas". ¿Qué es una "esposa-hermana"? Hay otro pasaje de las Escrituras en que esposa y hermana vuelven a aparecer juntas, y es el Cantar de los Cantares. Allí, el esposo llama a su amada "mi hermana, mi esposa". Esa frase habla de una relación íntima que va más allá de un matrimonio arreglado. Es una relación de interés mutuo, afecto y parentesco especial. Según Pablo, los apóstoles viajaban como parejas de misioneros, no como pares de hombres, como se nos ha inclinado a creer. Creo firmemente que el modelo para esa relación era Jesús, que viajaba junto a su amada. Es a esta intimidad que se refiere el *Evangelio de Felipe* cuando afirma: "Había tres Marías que andaban con Jesús. Su madre, su hermana y su consorte eran todas Marías" y agrega que Jesús solía besar a María en la boca, lo que ponía celosos a los demás discípulos.

¿Cuál es el significado del simbolismo del cáliz —o del grial?

El cáliz o vasija es un símbolo ubicuo del "recipiente" femenino. Tengo una fotografía de una vasija con senos de aproximadamente el año 6000 a.C. Representa lo femenino como nutricio. Marija Gimbutas [arqueóloga pionera y comentadora de los símbolos de la diosa y de la adoración a la diosa en la Europa y el Cercano Oriente prehistóricos] ha notado ejemplos de la letra V en paredes de cavernas que datan de tiempos prehistóricos. El triángulo descendente se entiende universalmente como el triángulo púbico femenino y el hexagrama es un símbolo muy antiguo de la danza cósmica del cáliz y la hoja, donde los triángulos masculino y femenino representan a las deidades hindúes Shiva y Shakti.

¿Qué papel desempeñaban las mujeres en la Iglesia cristiana más primitiva?

Antes de que se escribieran los evangelios, parece que las mujeres tuvieron mucho que ver en el liderazgo de las primitivas comunidades cristianas. En sus epístolas, esritas en el 50 d.C., Pablo menciona a diversas mujeres, incluida la diaconisa Febe, Prisca y Junia, quienes dirigieron comunidades cristianas primitivas. En la epístola a los romanos (16:6,12), Pablo elogia a varias mujeres —María, Persis, Trifosa y Trifena— por su intenso trabajo. Mujeres acomodadas sustentaron la misión de Jesús desde el comienzo y le fueron fieles hasta el fin, quedándose al pie de la cruz mientras que los seguidores varones se escondieron cobardemente. Las mujeres ofrecieron sus casas como lugares de reunión y de vivienda comunitaria, y algunas sirvieron como diaconisas y aun sacerdotisas en los primeros días de la Iglesia. La doctora Dorothy Irvin ha descubierto y publicado muchos murales de comunidades cristianas primitivas en los que se representa a mujeres con vestimentas e insignias sacerdotales. Más tarde, al seguir los lineamientos que están en la 1ª epístola a Timoteo, la jerarquía les negó a las mujeres el derecho a predicar y a profetizar en la asamblea.

¿Qué opina de los esfuezos de estudiosas feministas contemporáneas para reformular a María Magdalena como primera apóstol?

Aunque siento mucha empatía con la investigación que establece que María Magdalena fue la más fiel de aquellos que acompañaron a Jesús en su misión, afirmar que ella es un apóstol igual a Pedro o tal vez más importante que Pedro ni siquiera se aproxima a hacer justicia. No cabe duda de que María Magdalena demuestra total devoción y fe hacia Cristo. Pero el Evangelio también cuenta otra historia. En los textos cristianos más primitivos, María Magdalena no sólo tiene el mismo rango que Pedro. Se la identifica con la esposa arquetípica del eterno esposo y es el modelo para el anhelo y el deseo del alma humana (y de la toda la comunidad humana) de unirse con la Divinidad. Ella es un modelo para la vía de la relación a través del "eros", la vía del corazón y, junto a su esposo, provee el paradigma que permite imaginar a la Divinidad como una pareja. En comparación con esto, su papel como apóstol o "emisaria" palidece.

A algunas personas, tomando este argumento demasiado literalmente, les parece que tomar a María Magdalena como esposa de Jesús de algún modo la menoscaba. Al parecer, el argumento es que al definirla en términos de su relación con un hombre de alguna manera disminuye su importancia. Creo que ésta es una óptica demasiado estrecha. Hay que darse cuenta de que el "matrimonio sagrado" que estamos discutiendo no es simplemente el de un rabino judío del siglo I y su esposa. Se trata en realidad del patrón arquetípico de la totalidad, la armonía de las polaridades y el dúo *logos/sofía* que representan a la Divinidad como unión de los opuestos.

A lo largo de todos los Evangelios, Jesús es representado como el esposo, pero ahora se afirma en forma generalizada que no tenía esposa. En los antiguos ritos del *hieros gamos*, la real esposa proclamaba y aun confería la condición de rey ungiendo a su esposo. Está claro que la mujer con el pote de alabastro que ungió a Jesús encarna ese antiguo arquetipo, inmediatamente reconocible en todos los rincones del Imperio Romano. No había nada servil en el acto mítico de reconocimiento y aval que María realizó al ungir a Jesús en el acto del *hieros gamos*.

María y Jesús
¿Volvieron a poner en escena antiguos cultos de la fertilidad?

POR MARGARET STARBIRD

Extractado de *The Goddess in the Copels: Reclaiming the Sacied Feminine* (*La Diosa en los Evanglios: Recuperar la femineidad sagrada*). *Copyright* © 1998 por Margaret Starbird. Reproducido con permiso de Bear & Compay, una división de Inner Traditions International.

Las representaciones cristianas primitivas de la Virgen y el niño estaban basadas en las mucho más antiguas imágenes de la diosa egipcia Isis, la Hermana-Esposa de Osiris, teniendo a Horus, el niño sagrado, dios de la luz, en su regazo. La poesía ritual del culto a Isis y Osiris es paralela al Cantar de los Cantares, en partes palabra por palabra. Las diosas de la Tierra y de la Luna del mundo antiguo solían ser representadas como de piel oscura para representar el principio femenino en yuxtaposición al solar/masculino, dualismo común en las civilizaciones tempranas del Mediterráneo. Muchas diosas eran representadas como negras: Inanna, Isis, Cibeles y Artemisa, por nombrar sólo algunas.

Para los primeros cristianos, la diosa de los Evangelios era María Magdalena, cuyo calificativo significaba "elevada" o "atalaya/fortaleza"...

Tras llegar a su pico en el siglo XII, la importancia única de la Magdalena en Europa occidental fue decreciendo desde aproximadamente la mitad del siglo XIII —fecha que tiene una espectacular correspondencia con el comienzo de la cruzada albigense contra cátaros y adherentes a la "Iglesia del Amor". El surgimiento de la Inquisición el el siglo XIII fue especialmente virulento en la Francia meridional como respuesta a varias versiones evangélicas del cristianismo, sectas heréticas populares que amenazaron severamente la hegemonía de la Iglesia de Roma. Con la colaboración del Rey francés, el Papa lanzó una cruzada contra los herejes albigenses, una sangrienta guerra de devastación que se prolongó durante una generación, arrasó ciudades enteras y destruyó el florecimiento cultural de la región conocida como el Languedoc.

Durante esta misma era, bellos e importantes calificativos que pertenecieron a la Magdalena fueron desplazados a la Santa Virgen María y las Iglesias construidas para "Nuestra Señora" honraron ostensiblemente a la madre de Jesús como principal portadora del arquetipo femenino —"única entre las de su sexo". Proliferaron estatuas y efigies de la Virgen, a menudo con el niño en su regazo, que recordaban las estatuas egipcias de Isis y Horus. Pasado el siglo XIII, la "voz de la Esposa" fue efectivamente silenciada, aunque se susurra que los albañiles de Europa mantuvieron la verdadera fe e incluyeron sus símbolos en las piedras mismas de sus catedrales góticas...

La unción de Jesús en los Evangelios es una puesta en escena de los ritos de la fertilidad que prevalecían en el antiguo Oriente Medio. Al verter su precioso ungüento de nardos sobre la cabeza de Jesús, la mujer a quien la tradición ha identificado como "La Magdalena" (¡"la Grande"!) llevó a cabo un acto idéntico al ritual de matrimonio del *hieros gamos* —el rito de ungir al Esposo/Rey elegido por la real representante de la Gran Diosa.

Jesús mismo reconoció y aceptó este rito en el contexto de su papel como rey sacrificado: "Me ha ungido para prepararme para mi entierro" (Marcos 14:8). Quienes oyeran el relato evangélico de la unción durante la celebración en Betania, ciertamente lo reconocerían como el rito de la unción ceremonial del Rey Sagrado, así como habrían reconocido a la mujer, "la mujer del pote de alabastro" que fue al huerto de los sepulcros en el tercer día para finalizar la unción para la sepultura y para lamentar a su torturado Esposo. Encontró una tumba vacía...

En los rituales paganos que rodean los antiguos mitos, la Diosa (la Hermana-Esposa) va a la tumba del huerto a lamentar la muerte de su Esposo y se regocija al encontrarse con que ha resucitado. "El amor es más fuerte que la muerte" es la conmovedora promesa del Cantar de los Cantares y hay poesía amorosa del Oriente Medio similar a esa que celebra esos antiguos ritos del Sagrado Matrimonio...

Sangre Real y la Vid de María

POR MARGARET STARBIRD

Extractado de *The Woman with the Alabaster Jar: Mary Magdalene and the Holy Grail* (*La mujer del jarro de alabastro; María Magdalena y el Santo Grial*). Copyright ©1993 por Margaret Starbird. Reproducido con permiso de Bear & Compay, una división de Inner Traditions International.

El Sangraal

Los poetas medievales que escribieron en el siglo XII, cuando las leyendas del Grial aparecieron por primera vez en la literatura europea, mencionan una "Familia del Grial", presumiblemente custodios del cáliz, quienes después fueron considerados indignos de ese privilegio. Los estudiosos del Grial a veces deducen una conexión entre la palabra *sangraal* y *gradales*, una palabra que parece haber significado "copa", "bandeja" o "vasija" en lengua provenzal. Pero también se ha sugerido que si uno corta la palabra *sangraal* después de la *g*, el resultado es *sang raal*, que en francés antiguo significa "sangre real" [real como "propio de la realeza", no como "verdadero"].

La segunda derivación de la palabra francesa *sangraal* es extremadamente provocativa y quizás esclarecedora. De pronto, uno se ve frente a una nueva interpretación de la leyenda conocida: en lugar de una copa o cáliz, el relato ahora afirma que María Magdalena trajo la "sangre real" a la costa mediterránea de Francia. Otras leyendas le atribuyen a José de Arimatea haber llevado la sangre de Jesús a Francia en alguna especie de vasija. Tal vez se trató en realidad de María Magdalena, quien llegó a la costa mediterránea de Francia trayendo el real linaje del rey David bajo la protección de José de Arimatea.

La conexión merovingia

Hay evidencia que sugiere que el real linaje de la sangre de Jesús y María Magdalena fue transmitido a las venas de los monarcas merovingios de Francia. La palabra *merovingio* puede ser un fósil lingüístico en sí mismo. Las tradiciones referidas a la familia real de los francos. Pero la misma palabra *merovingio* se descompone fonéticamente en sílabas fácilmente reconocibles: *mer* y *vin*, María y la vid. Así descompuesta, puede considerarse que alude a la "vid de María" o tal vez a la "vid de la Madre".

El real emblema del rey merovingio Clodoveo era la flor de lis (el iris). El nombre latino del iris, que crece silvestre en los países del Medio Oriente es *gladiolus* o "pequeña espada". La triple flor de lis de la casa real de Francia es un símbolo masculino. De hecho, es una imagen gráfica del pacto de la circuncisión, en el cual están implícitas todas las promesas de Dios a Israel y a la casa de David. Thomas Inman discute extensamente la naturaleza masculina de la "flor de la luz" en su obra del siglo XIX *Ancient Pagan and Modern Christian Symbolism* (*Simbolismo pagano antiguo y cristiano moderno*). Es casi divertido que ese mismo símbolo masculino, la "pequeña espada" sea, hoy, el emblema internacional de los Boy Scouts.

La tradición gnóstica y la Divina Madre

POR ELAINE PAGELS

Extractado de *The Gnostic Gospels* (*Los Evangelios Gnósticos*) por Elaine Pagels Copyrigt ©1979 por Elaine Pagels. Usado con permiso de Random House Inc.

Un grupo de fuentes gnósticas pretende haber recibido una tradición secreta, transmitida por Jesús a Santiago y María Magdalena. Los integrantes de este grupo le rezaban al Padre y a la Madre divinos: "De Ti, Padre y por Ti, Madre, los dos nombres inmortales, Padres del ser divino, y tú, que moras en los cielos, humanidad, de nombre poderoso..."

Desde que el Génesis relató que la humanidad fue creada "macho y hembra" (1:27), algunos concluyeron que Dios, en cuya imagen fuimos hechos, debía ser también masculino y femenino —Padre y Madre al mismo tiempo.

¿Cómo caracterizan esos textos a la divina Madre? No doy con una respuesta simple, ya que los propios textos son extremadamente diversos. Pero sí podemos esbozar tres caracterizaciones primarias. En primer lugar, muchos grupos gnósticos describen a la divina Madre como parte de una pareja originaria. Valentín, el maestro y poeta, parte de la premisa de que Dios es esencialmente indescriptible pero sugiere que la divinidad puede ser imaginada como una díada; que consiste por un lado en lo Inefable, la Profundidad, el Padre Primado: y por otro, la Gracia, el Silencio, la Matriz y la "Madre de Todo". Según el razonamiento de Valentín, el Silencio es el complemento adecuado para el Padre, y designa a aquél como femenino y a éste como masculino debido al género gramatical de las respectivas palabras griegas. A continuación, describe cómo el Silencio recibe, como si fuese una Matriz, la semilla de la Fuente Inefable; y de ahí parten todas las emanaciones del divino ser, ordenadas en pares armoniosos de energías masculina y femenina.

Los seguidores de Valentino le oraban para que los protegiera en su papel de Madre y como "Silencio místico, eterno". Por ejemplo, el mago Marcos la invoca bajo la forma de la Gracia (en griego, el término femenino *charis*): "Que

Ella, la que antecede a todas las cosas, la inabarcable e indescriptible Gracia os colme, aumente en vos su propio conocimiento". En su celebración secreta de la misa, Marcos enseña que el vino representa la sangre de la Madre. Al ofrecer la copa de vino, ora para que "la Gracia fluya" en todos los que beban de ella. Marcos, profeta y visionario, se llama a sí mismo *"matriz* y *recipiente* del Silencio" (como éste lo es del Padre). Informa que las visiones que ha recibido del ser divino son bajo forma femenina.

Otro escrito gnóstico llamado *El Gran Anuncio* y citado por Hipólito en su *Refutación de todas las herejías*, explica así el origen del universo: del poder del Silencio surgió "un gran poder, la Mente del Universo, que administra todo lo que existe, y es macho… la otra… una gran Inteligencia… es una hembra que produce todo lo que existe". Si seguimos el género de las palabras griegas para "mente" (*nous*-masculino) e "inteligencia" (*epinoia*-femenino), el autor explica que esos poderes, unidos, "revelan ser la dualidad… Ésta es la Mente en la Inteligencia, y pueden ser separados uno de otro y sin embargo son uno, que se expresa en estado de dualidad". Ello significa, explica el maestro gnóstico, que

en todos está [el poder divino] en estado latente… Hay un poder que se divide en arriba y abajo; se genera a sí mismo, se hace crecer a sí mismo, se encuentra a sí mismo, es su propia madre, su propio padre, su propia hermana, su propio hijo —madre, padre, unidad, fuente de todo el círculo de la existencia.

¿Cómo querían estos gnósticos que se entendieran sus enseñanzas? Los distintos maestros no están de acuerdo. Algunos insistían en que lo divino debía ser considerado andrógino —"el gran poder macho-hembra". Otros afirmaban que esos términos sólo eran metáforas, ya que "en realidad, la divinidad no es macho ni hembra". Un tercer grupo sugería que sólo se puede describir la Fuente originaria en términos masculinos o femeninos, según el aspecto que uno quisiera enfatizar. Quienes propugnaban una u otra de estas ópticas coincidían en que lo divino debe ser entendido en términos de una relación dinámica de opuestos —concepto que puede ser afín a la visión oriental de *yin* y *yang* pero que sigue siendo ajena al judaísmo y el cristianismo convencionales…

Aunque algunas fuentes gnósticas sugieren que el Espíritu constituye el elemento femenino de la Trinidad, el *Evangelio de Felipe* hace una sugerencia igualmente radical acerca de la docrina que más adelante se desarrolló bajo la forma de la inmaculada concepción. Una vez más, el Espíritu aquí es Madre y Virgen, contrapartida y consorte del Padre Celestial: "¿Está permitido revelar un misterio? El Padre de todo se unió con la virgen que descendió" —es decir, con el Espíritu Santo que descendió al mundo. Pero como este proceso debe ser entendido en forma simbólica, no literal, el Espíritu se conservó virgen. A continuación, el autor explica cómo "Adán fue engendrado por dos vírgenes, el Espíritu y la tierra virgen" así que "Cristo, por lo tanto, nació de una virgen" (es decir, del Espíritu). Pero el autor ridiculiza a los cristianos de mentalidad literal que erradamente le atribuyen la concepción virginal a María, la madre de Jesús, como si José no hubiese participado en la concepción: "No saben lo que dicen. ¿Cuándo concibió mujer de mujer?" En vez, argumenta, la inmaculada concepción se refiere a la unión misteriosa de dos poderes divinos, el Padre de Todo y el Espíritu Santo.

Además del eterno Silencio místico y del Espíritu Santo, algunos gnósticos sugieren una tercera caracterización de la divina Madre: la Sabiduría. Aquí, el término griego que significa "sabiduría", *sofía*, traduce un término femenino hebreo, *jokmah*. Los primitivos intérpretes se preguntaron por el significado de ciertos pasajes bíblicos —por ejemplo, la afirmación en Proverbios de que "Dios hizo al mundo en la Sabiduría". ¿Es posible que la Sabiduría sea el poder femenino en que la creación de Dios fue "concebida"? Según un maestro, el doble significado de la palabra concepción —físico e intelectual— sugiere esta posibilidad: "La imagen del pensamiento [*ennoia*] es femenina dado que… es un poder de concepción".

El hombre-Dios y la Diosa

ENTREVISTA CON TIMOTHY FREKE

Timothy Freke tiene una licenciatura en filosofía. Peter Gandy tiene un título terciario en civilizaciones clásicas, en particular las antiguas religiones paganas de los misterios. Son coautores de *Jesus and the Lost Goddess: The Secret Teading of the Original Christian* (*Jesús y la Diosa perdida: las enseñanzas secretas de los cristianos originales*), así como de *Was the "Original Jesus" a Pagan God?* (*Los misterios de Jesús: ¿fue el "Jesús original" un dios pagano?*) y de otros veinte libros.

En esta entrevista, Freke presenta algunos de los argumentos de *Jesús y la Diosa perdida*, del cual se dan extractos más adelante. Freke y Gandy son arquitectos clave en el argumento que sostiene que el sistema de creencias de los cristianos originales fue totalmente tergiversado cuando el Imperio Romano institucionalizó el cristianismo. Las creencias del movimiento cristiano primitivo respecto a la experiencia gnóstica de iluminación mística y a la unión mística del hombre-Dios (Jesús) y la Diosa (María Magdalena) eran tan amenazadoras para la óptica de la Iglesia Romana que debieron ser brutalmente suprimidas. Después de eso tanto la Diosa como las tradiciones místicas y gnósticas fueron borradas de los documentos, creencias y prácticas del cristianismo. Para los cristianos originales, como Teabing le dice a Sophie en *El Código Da Vinci* al hablarle de los esfuerzos del Priorato de Sion para mantener con vida la tradición de la Diosa, María Magdalena representa "la Diosa, el Santo Grial, la Rosa y la Divina Madre".

¿Cuál era la importancia del culto de la Diosa en las culturas paganas?

Junto al mito del hombre-Dios, los misterios paganos relataban un mito alegórico referido a la Diosa perdida y redimida, que era una alegoría acerca de la caída y la redención del alma. La más famosa de las versiones paganas de este mito es es el de Démeter y Perséfone. Los cristianos originales adaptaron éste para su mito de Sofía —la Diosa cristiana cuyo nombre significa "sabiduría".

¿Qué es específicamente femenino con respecto a Sofía?

La Diosa representa el Todo, el universo, todo lo que sentimos, todo lo que imaginamos —el fluir de las apariencias, las formas, la experiencia. Dios —el arquetipo masculino— representa la Unidad, la fuente misteriosa de toda conciencia que concibe y presencia el flujo de apariencias que llamamos la vida. (Vida o Zoe era otro de los nombres de la Diosa cristiana). Sofía ya era venerada por los místicos judíos y paganos antes del surgimiento del cristianismo.

Pero la Diosa no siempre es representada de la misma manera

La mitología cristiana es profunda y está constituida por muchos niveles. Esta relación se expresa de muchas maneras en distintos niveles. A partir del surgimiento de algo a partir de la nada, eventualmente se transforma en la relación entre Jesús y las dos Marías que representan los dos aspectos de la Diosa —madre virgen y puta caída y redimida. Una vez más estas imágenes se originan en la antigua mitología pagana.

¿Cómo encaja Eva en la tradición de la "Diosa perdida"?

Representa una mitad (no una costilla, como se suele traducir erróneamente) de Adán (cuyo nombre significa "humano"). Su mito refleja mitos paganos sobre la caída del alma a la encarnación, que el mito de Jesús procura enmendar.

¿Cuál es el concepto filosófico que está detrás de la femineidad sagrada?

Para los antiguos, el principio masculino era la conciencia indivisible. El principio femenino era la multitud de apariencias, de experiencias de las que se es testigo. Esta dualidad es fundamental en la vida. Sin ella no hay nada. La sabiduría es el estado del alma (principio femenino) cuando es suficientemente pura como para reconocer su verdadera naturaleza, ser la Conciencia Única en todo, lo cual era simbolizado por Pablo y compañía por el Cristo o "Rey".

El viaje de Sofía
La antigua diosa pagana perdida en el mundo cristiano moderno

Por Timothy Freke y Peter Gandy

Extraído de *Jesús y la Diosa perdida: las enseñanzas secretas de los cristianos originales* de Timothy Freke y Peter Gandy. Copyright ©2001 por Timothy Freke y Peter Gandy. Empleado con permiso de Harmony Books, una división de Random House, Inc.

En este extracto de *Jesús y la Diosa perdida* de Freke y Gandy, los autores rastrean la tradición de la Diosa en los mitos griegos y fuentes judías. Construyen su imagen de la Diosa a partir de citas del Antiguo Testamento, los mitos griegos y tradiciones paganas que van desde Helena de Troya, pasan por la visión de Platón sobre Psiqué como mujer, hasta llegar a los misterios de Eleusis, que escenificaban regularmente el mito de Démeter y Perséfone. Finalmente, hasta encuentran el tema de la Diosa perdida en la leyenda de la Bella Durmiente.

La Diosa Cristiana

El mito del hombre-Dios Jesús sólo puede ser comprendido junto al mito de la Diosa Sofía. Tras tantos siglos de cristianismo patriarcal, es chocante y al mismo tiempo tranquilizador descubrir a una Diosa en el corazón mismo del cristianismo. Es, como su hijo/hermano/amante Jesús, una figura sincrética creada a partir de fuentes paganas y judías.

Sofía, cuyo nombre significa "sabiduría" había sido la Diosa de los filósofos paganos durante siglos. De hecho, la palabra "filósofo", empleada por primera vez por Pitágoras, significa "amante de Sofía". Aunque hoy se los suele representar como secos académicos, estos brillantes intelectuales en realidad eran místicos y devotos de la Diosa. Parménides, por ejemplo, es recordado habitualmente como fundador de la lógica occidental; pero su obra maestra es un poema visionario en el cual desciende al mundo inferior para ser instruido por la Diosa.

Sofía era una figura importante para los gnósticos judíos como Filón [filósofo judeo-helenista que vivió en Alejandría, 25 a.C.-50 d.C.). Aunque en fe-

---

¿Los gnósticos cristianos primitivos practicaban actos sexuales sagrados?

La mayor parte de nuestros expertos no encontró mucha evidencia al respecto. Sin embargo, Freke y Gandy comentan brevemente, notando que "los gnósticos violaban deliberadamente las normas sociales como modo para des-condicionarse respecto de sus personalidades sociales y así tomar conciencia de su verdadera identidad espiritual. Para algunos, como la escuela cainita, ello se lograba mediante la abstinencia ascética. Para otros, como la escuela carpocrática, ello se se lograba mediante el libertinaje..."

Al parecer, Carpócrates, un gnóstico platonista alejandrino que fundó una escuela de gnósticos cristianos a comienzos del siglo II d.C. —grupo descripto por Freke y Gandy como radicales comunistas que rechazaban la propiedad privada— les enseñaban a sus estudiantes a "disfrutar de la vida, incluidos los placeres del sexo tan a menudo condenados por los literalistas religiosos... estos gnósticos percibían la sexualidad como una celebración de la unión del Dios y la Diosa de la cual surge toda la vida. Se afirma que a veces practicaban la desnudez sacramental en la Iglesia, y a veces hasta el coito ritual".

---

cha posterior fue rechazada por los literalistas judíos, siempre hubo una tradición judía de la Diosa. En una época, los israelitas adoraron a la Diosa Asherah como consorte del Dios judío Jehovah. En el siglo V a.C., fue conocida como Anat Jahu. En textos escritos entre el IV y el V siglo a.C., tales como *Los Proverbios*, *La Sabiduría* [Sofía] *de Salomón* y la *Sofía de Jesús, hijo de Sirach*, se la menciona como Sofía, compañera y cocreadora de Dios.

Orígenes de la Diosa cristiana

Al igual que en toda la mitología cristiana, el mito de la Diosa perdida es una síntesis de mitos judíos y paganos. Examinemos algunas de estas fuentes.

Fuentes judías

La exégesis del alma [uno de los evangelios perdidos más intrigantes de entre los libros encontrados en la Biblioteca de Nag Hammadi] llama la atención sobre algunos de los motivos mitológicos judíos que se desarrollan en el mito de Sofía. Cita a *Jeremías*, donde Dios le proclama a Israel, como si se tratara de la Diosa perdida:

Te prostituiste con muchos pastores y luego volviste a mí. Mira con franqueza y dime dónde te prostituiste. Fuiste desvergonzada con todos. No me convocaste como a un pariente, ni como a tu Padre, ni como a autor de tu virginidad.

También en *Ezequiel* Dios anuncia:

Te construiste un burdel en cada calle y desperdiciaste tu belleza y abriste las piernas en cada callejón y multiplicaste tus actos de prostitución. Te prostituiste con los hijos de Egipto, nuestros vecinos, hombres muy carnales.

La *Exégesis del alma* decodifica el significado alegórico de este texto:

¿Qué significa "los hijos de Egipto, hombre muy carnales", si no el mundo y el cuerpo y los apetitos de los sentidos y los asuntos terrenales, por los que el alma se contamina?

La *Exégesis del alma* también señala la resonancia que existe entre el mito de Sofía y el mito del *Génesis*. En el *Génesis* Adán representa la Conciencia y Eva la psiquis. En el principio sólo había un ser humano primordial, Adán, de quien Dios sacó "un costado" (¡no una "costilla" como dicen las traducciones tradicionales!) y creó a Eva. Esto representa la proyección de la pisquis desde la conciencia. Ambas son esencialmente una, pero aparecen como opuestos. La psiquis (Eva) lleva a la Conciencia (Adán) a identificarse con el cuerpo. Esto está simbolizado con la Expulsión del Edén. El matrimonio místico repara la separación primordial de Adán y Eva, la Conciencia y la psiquis. *La exégesis del alma* cita la enseñanza de Pablo, "Volverán a ser un cuerpo" y comenta:

Originalmente estaban unidos cuando estaban con el Padre, antes de que la mujer llevara por mal camino al hombre, que es su hermano. Este matrimonio ha vuelto a unirlos y la psiquis se ha vuelto a unir a su verdadero amante.

En otro texto judío, los *Proverbios*, los dos estados fundamentales de la psiquis están representados por la Señora Sabiduría y la Señora Necedad. Según Filón, la Señora Necedad es como una puta que conduce a quienes la escuchan al Infierno. En cambio, la Señora Sabiduría se compara a la invitación a una boda con una esposa fiel —imágenes que se refieren al tema del matrimonio místico.

El mito de Helena

Al igual que con la historia de Jesús, la fuente más importante para el mito de la Diosa cristiana es la mitología pagana. *La exégesis del alma* compara el mito cristiano de Sofía con los relatos iniciáticos de Homero en la *Ilíada* y la *Odisea*, en que Helena ha sido raptada y debe ser rescatada. Según los pitagóricos, Helena es un símbolo de la psiquis y su rapto representa la caída de la psiquis en la encarnación...

El mito de Helena era importante para los primeros cristianos... Imitando deliberadamente el mito de Jesús y la Diosa, estos maestros gnósticos se identificaban con el papel del salvador llegado para revelar la Gnosis a sus seguidores perdidos, simbolizados por Helena/Sofía.

El Faetón de Platón

En el *Faetón*, Platón nos hace un relato completo de la caída y la redención de la psiquis al que indudablemente recurrieron los primeros cristianos para crear su propia versión del mito de la Diosa perdida:

> La psiquis es arrastrada por el cuerpo a las regiones de lo mutable, donde vaga confundida. El mundo gira en torno a ella y bajo su influencia, ella está como borracha. Pero cuando vuelve en sí reflexiona. Luego pasa al reino de la pureza, la eternidad, la inmortalidad y lo inmutable, a los que es afín. Cuando es ella misma y no se la obstruye ni obstaculiza está siempre con éstos. Cuando abandona su divagar y comulga con lo inmutable, ella misma se vuelve inmutable. Este estado de la psiquis se llama Sofía.

El mito de Afrodita

El mito de la Diosa Afrodita nos cuenta esencialmente la misma historia que el mito cristiano posterior de la Sofía perdida. Al igual que Sofía, Afrodita tiene una naturaleza prístina y otra caída. Plotino [filósofo egipcio-romano del siglo III d.C.] explica que en esencia ella es la "Afrodita Celestial" pero "aquí se ha convertido en puta". Escribe, "Zeus representa la conciencia y Afrodita su hija, quien surge de su psiquis" y comenta:

> La naturaleza de la psiquis es amar a Dios y anhelar unirse con Él con el noble amor de una hija por su padre. Pero cuando llega al nacimiento humano, atraída por los cortejos de esa esfera, toma otro amante, un mortal, deja a su Padre y cae. Pero un día, llega a odiar su vergonzoso estado, deja de lado el mal de la Tierra, busca otra vez a su Padre y en-

cuentra la paz. El verdadero bien para la psiquis radica en la devoción de la Conciencia por su familia. El mal para la psiquis viene de la frecuentación de extraños. Pero supóngase que la psiquis ha llegado al Altísimo o, mejor dicho, que éste le ha revelado a ella su presencia. Entonces, mientras esa presencia permanezca allí, todas las distinciones de borran. Es como cuando se funden el amante y la amada. Una vez que ha conocido esto, no lo cambia por ninguna otra cosa de las que hay en el universo.

El mito de Démeter y Perséfone

El más influyente de los mitos de la Diosa en sus dos aspectos es el mito de Démeter y Perséfone que se enseñaba en los misterios de Eleusis. El gnóstico pagano Salustio [quien vivió en torno a 360 d.C., fue consejero del emperador romano Juliano y buscó un renacimiento pagano] nos dice que ese mito es una alegoría del descenso de Psiqué a la encarnación. En forma similar, Olimpiodoro explica "Psiqué desciende como lo hace Perséfone". Lucio Apuleyo habla de los "oscuros ritos descendentes" y los "luminosos ritos ascendentes de Perséfone" y escribe sobre su propia iniciación:

Llegué a los confines de la muerte, pisé los umbrales de Perséfone y tras ser arrastrado a través de todos los elementos, regresé a mi condición prístina.

El cristiano literalista Hipólito describe las enseñanzas del descenso y el ascenso de Psiqué como un misterio que se revela a los que son admitidos "al grado más alto de los ritos de Eleusis" y afirma que los iniciados de la escuela naasena [secta gnóstica de los tiempos de Adriano —110-140 d.C.—, que creían en la divinidad de la serpiente y celebraban ritos misteriosos dedicados a la Gran Madre] del gnosticismo cristiano habían desarrollado sus enseñanzas a partir de esta fuente específica.

Platón no dice que el nombre "Perséfone" viene de *sofe* y significa "sabia", de modo que deriva de la misma raíz que "Sofía". Perséfone, a quien se conocía como "Kore", lo que significa "Hija" o "Muchacha" representa la psiquis caída. En el texto cristiano *Actos de Tomás*, la psiquis es llamada Kore. Démeter significa "Madre". Es la Reina Celestial que representa la pura psiquis.

En el mito, Perséfone, hija de Démeter, es raptada por Hades, dios del mundo inferior. Esto representa la caída en la encarnación. Antes de ser iniciados, los aspirantes a la iniciación en los Misterios de Eleusis debían imitar el dolor sentido por Démeter y Perséfone cuando se separaron. Esto representa la experiencia de la *metanoia* originada en el dolor de los iniciados al ser separados de su naturaleza profunda y quedar perdidos en el mundo. Hermes va al mundo inferior a rescatar a Perséfone para reunirla con su madre, Démeter. Esto representa el rescatar a la psiquis de su identificación con la circunferencia del círculo del yo y reunirla con su verdadera naturaleza, en el centro.

En secreto, Hades le da a Perséfone semillas de granada para que coma y, por comerlas, se ve obligada a regresar al mundo inferior por un tercio de cada año. Las semillas de granada representan las semillas de vidas futuras que creamos en esta vida, que nos traerán otra vez a la encarnación humana para que continuemos nuestra jornada de despertar. Representan lo que los antiguos llamaron nuestro "destino", lo que en la jerga espiritual moderna se llama nuestro "karma". El motivo del regreso al mundo inferior durante una tercera parte del año es una alusión a la triple naturaleza del Yo: conciencia, cuerpo, psiquis. Un tercio de nuestra identidad —el cuerpo— está en el mundo subterráneo.

Las figuras de Démeter y Perséfone fueron desarrolladas por los griegos a partir de la antigua mitología egipcia. Porfirio [filósofo pagano, 232-303 d.C.] nos dice que la Isis egipcia es equivalente tanto a Démeter como a Perséfone… en la mitología egipcia los aspectos superior e inferior de la Diosa son representados por Isis y su hermana Neftis, esposa del dios malo Seth quien, como Hades, representa el mundo material.

Los mitos egipcios son las fuentes más antiguas de lo que llegaría a ser el mito cristiano de la Diosa perdida y redimida. Aunque esta historia perenne fue borrada por el cristianismo, sobrevivió en forma de cuentos de hadas como el de *La Bella Durmiente*. Como su nombre sugiere, la Bella Durmiente es una imagen de la psiquis, dormida en el mundo. El cuento la pinta como una princesa condenada a dormir para siempre, aprisionada en un castillo oscuro rodeado por un bosque profundo e impenetrable y rescatada al fin por su enamorado, el héroe príncipe.

La Diosa en los Evangelios

En el mito cristiano de Sofía, la Diosa, que representa la psiquis, es la figura central, mientras que su hermano-amante, que representa la Conciencia, es un personaje secundario. En el mito de Jesús, ocurre lo contrario. El hombre-Dios es el personaje central. Sin embargo, el mito de la Diosa perdida es un importante subtexto a la historia de Jesús y debe de haber sido familiar para los iniciados cristianos que estaban familiarizados con ambas alegorías. El mito de Sofía deja clara la naturaleza de la misión mítica de Jesús —viene a rescatar a su hermana-amante Sofía, la psiquis que se ha perdido por identificarse con el cuerpo. "Cristo vino por ella" afirma el *Tratado tripartito* [otro de los Evangelios gnósticos de Nag Hammadi].

Virgen y prostituta

En los Evangelios la Virgen María y María Magdalena representan a la Sofía superior y la Sofía caída. Llevan el mismo nombre para enfatizar que mitológicamente son aspectos de la misma figura. Al igual que en el mito de Sofía, la primera María es una virgen, como Sofía cuando vivía con su Padre, y en el segundo es una prostituta que es redimida por su amante, Jesús, al igual que Sofía cuando se pierde en el mundo.

Se alude a la Diosa como madre y prostituta en la genealogía creada para Jesús en el Evangelio de Mateo. Como es de esperar, la genealogía sigue la línea patriarcal, pero quiebra este patrón para mencionar en forma específica a cuatro famosas "mujeres caídas" judías. Tamar era una prostituta de templo. Ruth llevó a cabo un desvergonzado aprovechamiento sexual. Baathsheba fue condenada por adulterio con el rey David. Rahab regenteaba un burdel. En la alegoría del *Éxodo*, cuando Jesús/Josuá llega a la tierra prometida, rescata a la prostituta Rahab, que representa a la psiquis, de la ciudad amurallada de Jericó, que significa el cuerpo. Al nombrar específicamente a Rahab entre los ancestros de Jesús, el *Evangelio de Mateo* enfatiza la resonancia mitológica entre esa historia y la historia evangélica de Jesús que redime a la prostituta María Magdalena.

María Magdalena, quien representa a la hermana-amante de Jesús, Sofía, es la "Discípula Amada" quien es consistentemente representada en los textos cristianos como particularmente cercana a Jesús. En *El Evangelio del Discípulo Amado* (también conocido como *El Evangelio de Juan*) [otra obra gnóstica] representa a Jesús y María como tan cercanos que, en la Última Cena, ella está reclinada en su regazo. *El Evangelio de Felipe* relata que Jesús "la amaba más que a los otros discípulos y que solía besarla en la boca". En *El Evangelio de Lucas*, María seca los pies de Jesús con sus cabellos. Según la ley judía, sólo un esposo podía ver suelto el cabello de la esposa y si una mujer se soltaba el cabello delante de otro hombre, esto era signo de indecencia y motivo obligatorio de divorcio. Este incidente, pues, puede ser considerado como una representación de Jesús y María como marido y mujer o como amantes libertinos que dan poca importancia a los matices morales.

Imágenes del despertar de la psiquis

Las mujeres desempeñan un papel destacado en la historia de Jesús, en especial en *El Evangelio del Discípulo Amado*, y todas ellas representan a Sofía en distintos estados del despertar. *La exégesis del alma* representa a Sofía en su momento más desesperado, como una anciana estéril. En este estado, experimenta la *metanoia* y clama al Padre para que la libere. En la historia de Jesús, este aspecto de Sofía está representado por Isabel, la madre de Juan el Bautista. Es una figura paralela a la de la Virgen María. María es joven y aún no ha concebido. Isabel es vieja y estéril. En esa condición, como Sofía, clama pidiéndole ayuda al Padre, representando la psiquis estéril de la que se eleva el pedido de ayuda. La respuesta es Juan el Bautista, quien representa la iniciación *psíquica* de la purificación por medio del bautismo con agua, que es el comienzo de la vía gnóstica de autoconocimiento.

En el transcurso de su misión, Jesús tiene varios encuentros con mujeres que son representaciones de Sofía y simbolizan los progresivos estados del despertar de la psiquis. En un incidente, Jesús evita que una mujer adúltera sea lapidada al señalar que ninguno de sus acusadores está libre de pecado. Ésta es una alusión a la Sofía caída de quien se abusan sus amantes adúlteros. La mujer de esta historia es una víctima indefensa que se sorprende de haber sido rescatada. Ello representa el estadio temprano del despertar en el cual la psiquis encarnada es la receptora de asistencia que no ha solicitado por parte del Yo esencial, que es experimentada como "Gracia".

En un incidente posterior, Jesús se encuentra con una samaritana adúltera, quien representa a la Sofía caída. Jesús le revela que él es Cristo y le ofrece las "aguas de la vida". El relato toma la relación entre Sofía, que representa la psiquis y Jesús, que representa la Conciencia, un paso más adelante. Aquí, Jesús ofrece directamente la enseñanza que lleva a la Gnosis, representada por las aguas de la vida eterna y revela que es Cristo. Ello representa un estado en el que los iniciados tienen un primer atisbo de su verdadera naturaleza y comprenden la posibilidad de acceder al conocimiento. La escena tiene lugar en el pozo de Jacob, lo cual tiene la intención de reforzar la alusión al mito de Sofía. En la mitología judía, Rebeca, madre de Jacob, saca agua de ese pozo, lo cual, nos dice Filón, representa la recepción de la sabiduría de Sofía.

En el siguiente episodio nos encontramos con dos importantes representaciones de Sofía, Marta y su hermana María. Su hermano Lázaro ha muerto, pero creen que si Jesús hubiera estado ahí lo podría haber salvado. Conmovido por su fe, Jesús va a la cueva donde Lázaro está sepultado y milagrosamente lo hace regresar de entre los muertos. En esta notable anécdota, Lázaro representa el estado *hílico* [es decir material, corpóreo] del ser que está muerto espiritualmente en el mundo interior. Es regresado a la vida por Cristo, que representa la Conciencia, a través de la fe de Marta y María que representan los estados del despertar *psíquico* y *pneumático*...

Otro episodio significativo ocurre mientras Jesús visita la casa de Lázaro, Marta y María. Una vez más, Marta sirve, mientras Lázaro, regresado de entre los muertos, está sentado a la mesa. En tanto, María toma "un ungüento muy valioso" y unge a Jesús, formalizando así su identidad como el "Ungido" o Cristo/Rey. Estos eventos representan la etapa del despertar en la cual los iniciados ya no están espiritualmente muertos en el estado *hílico*, representado por el resucitado Lázaro que come en la mesa. Están comprometidos en el proceso de despertar *psíquico*, representado por Marta, que está sirviendo y han progresado lo suficiente en el estado *pneumático* como para reconocer su verdadera identidad como Conciencia, representada por la unción de Jesús como Cristo/Rey que hace María.

A Jesús se lo retrata como el que expulsó "siete demonios" de "María, llamada Magdalena". En el esquema mítico gnóstico, el cosmos tiene siete niveles, representados por el sol, la luna y los cinco planetas visibles. A éstos a veces se los imaginaba como fuerzas demoníacas que nos atrapan en lo material. Por encima de ellos esta la *ogdoad* u "octava", representada por el cielo estrellado, hogar mitológico de la Diosa. El viaje gnóstico de despertar de la encarnación a veces es concebido como la ascensión de una escalera de siete peldaños hasta la *ogdoad*. Que María haya sido librada de siete demonios representa que Jesús la ha ayudado a ascender los siete peldaños de la escalera hasta los cielos.

Como culminación de la historia de Jesús, quien encuentra la tumba vacía de Jesús es María Magdalena y ella es la primera a quien se le aparece el Cristo resucitado. Ello representa el cumplimiento del proceso de iniciación. Para los gnósticos, el cuerpo es una "tumba" en que vivimos como si estuviésemos espiritualmente muertos. Que María encuentre esa tumba vacía representa la comprensión de que no somos el cuerpo físico. Su encuentro con el Cristo resucitado representa el darse cuenta de que nuestra naturaleza esencial es la Conciencia única de Dios.

Después de esto, María representa la psiquis sabia, de veras digna del nombre "Sofía". Como lo expresa *El diálogo del Salvador*, María ahora es "una mujer que entiende completamente". En *El Evangelio según María*, el Jesús resucitado le imparte los Misterios Internos del cristianismo a María, quien les revela el conocimiento secreto a los demás discípulos. Luego parten a predicar el "evangelio según María". A pesar de la misoginia de los literalistas cristianos, la tradición de María Magdalena como *apostola apostolorum*, la apóstol de los apóstoles, se mantiene en la doctrina católica hasta la actualidad.

Motivos del Matrimonio Místico

Según los gnósticos cristianos, hay muchas alusiones al matrimonio místico en la historia de Jesús. La más importante es el ritual de la Eucaristía, basado en los antiguos ritos del matrimonio sagrado de los misterios paganos. En los Misterios de Eleusis, la Diosa Démeter era representada por el pan y el Dios-Hombre Dionisos por el vino. Del mismo modo, los primeros cristianos asociaban al pan con María y al vino con Jesús, a quien se llama "la verdadera vid" en *El Evangelio de Juan*. El literalista Epifanio, quien registra con horror que los iniciados de la escuela coliridia del cristianismo celebraban la eucaristía en nombre de "María Reina de los Cielos", escribió:

> Adornan una silla o trono cuadrado, la cubren de un mantel de lino y, en cierto momento solemne colocan pan allí y lo ofrecen en nombre de María y participan todos de ese pan.

En el acto de comer ceremonialmente el pan y beber el vino, el Dios-hombre y la Diosa, que representan la Conciencia y la psiquis, comulgan en un matrimonio místico. El hecho de que mientras Jesús oficie la celebración eucarística de la Última Cena, la "Discípula Amada", María Magdalena, se recline en su regazo es obviamente significativo.

En un episodio anterior, Jesús convierte milagrosamente el agua en vino en las bodas de Caná, lo cual, según los gnósticos, representa el matrimonio místico. El agua que se transforma en vino es un símbolo arcaico que representa la intoxicación extática de la transformación espiritual. Los creadores de la historia de Jesús tomaron prestado este motivo de la mitología pagana, en la cual el Dios-hombre Dionisos convierte el agua en vino en la boda de Ariadna. En la versión cristiana de este relato, Jesús no es presentado como el novio. Sin embargo, en el Nuevo Testamento Jesús se refiere a sí mismo, y otros se refieren a él en repetidas ocasiones como "el novio"...

En un intrigante relato cristiano no canónico, Jesús lleva a María Magdalena a lo alto de una montaña, ocasión en la cual una mitad de él se transforma en una mujer con la que hace el amor. Subir la montaña es una imagen perenne del andar la vía espiritual hacia el Cielo. La imagen de Jesús produciendo una mujer de su costado es una alusión al mito del *Génesis* en que Eva es creada de un costado de Adán, quien representa la Conciencia, objetivándose así como psiquis. En la parábola cristiana, Jesús (la Conciencia) le muestra a María (la psiquis caída) la mujer mágica (la psiquis superior), que es la naturaleza original de María. A continuación, Jesús hace el amor con la mujer, representando así la consumación del matrimonio místico en el cual la Conciencia y la psiquis comulgan en la realización de su esencial Unidad.

Sumario

❦ El mito cristiano de la Diosa perdida es el mito-pareja del mito de Jesús. Jesús y la Diosa representan la Conciencia y la Psiquis o el espíritu y el alma. La Diosa es representada bajo dos aspectos, que representan la psiquis pura y la psiquis encarnada. Se pueden ver estos dos aspectos como dos extremos del círculo radial del yo, uno que conecta a la Conciencia, en el centro, otro al cuerpo, en la circunferencia.

&. El mito de Sofía relata la historia de la caída de la psiquis a la encarnación y su redención por parte de su amante-hermano, que representa la conciencia. La caída, arrepentimiento, redención y casamiento de Sofía representan los estados de conciencia *hílico*, *psíquico* y *pneumático* que atraviesa el iniciado en su viaje hacia la realización de la Gnosis.

&. El mito de Sofía conforma el subtexto de la historia de Jesús. Las más importantes representaciones de Sofía en los evangelios son las dos Marías, la madre virgen y la amante prostituta de Jesús, quienes representan a la Sofía superior y la Sofía caída.

El Cáliz y la Hoja
Arqueología, antropología y la femineidad sagrada

Incluye extractos de *The Chalice and the Blade, Our History, Our Future (El Cáliz y la Hoja: nuestra historia, nuestro futuro)*, por Riane Eisler. Copyright ©1987 por Riane Eisler. Citas por permiso de HarperCollins Publishers, Inc.

En su bien conocida obra *El Cáliz y la Hoja: nuestra historia, nuestro futuro*, Riane Eisler muestra los cimientos arqueológicos e históricos del papel central de la Diosa y de lo femenino en la cultura primitiva —un papel que, arguye, luego fue hecho a un lado por las jerarquías que avalaron implícitamente la dominación, el patriarcado y la rigidez. Eisler es cofundadora del Centro para los Estudios de la Pareja, que promueve una forma de vida basada en "la armonía con la naturaleza, la no violencia y equidad sexual, racial y económica". Su libro es mencionado por Dan Brown en la bibliografía para *El Código Da Vinci* y es la fuente para algunas de las discusiones sobre símbolos y representaciones de la diosa en la cultura y la historia que se incluyen en *El Código Da Vinci*.

"Existe abundante evidencia de que la espiritualidad y particularmente la visión espiritual característica de la videncia sapiencial se asoció alguna vez a la mujer" escribe Eisler. "Registros arqueológicos de la Mesopotamia nos informan que Ishtar de Babilonia aún era conocida como Nuestra Señora de la

Visión, La-Que-Dirige-Los-Oráculos y la profetisa". En Egipto, donde existe amplia evidencia de fuertes reinas y faraonas, los registros demuestran que "la representación de la cobra era el signo jeroglífico de la palabra *diosa* y que la cobra era conocida como el Ojo, *uzait*, símbolo de visión mística y sabiduría…"

Refiriéndose a Grecia, Eisler señala que "el bien conocido santuario oracular de Delfos también se alzaba en un sitio originalmente identificado con el culto de la Diosa. Y aun en tiempos de la Grecia clásica, después de que hubiera sido tomado por el culto de Apolo, el oráculo seguía hablando por boca de una mujer".

Registros arqueológicos de muchos países del Cercano Oriente y del Mediterráneo demuestran una propensión a asociar la justicia (ley) y la medicina (poderes curativos) con la mujer. Aparentemente, la diosa egipcia Isis estaba asociada con esos rasgos. "Aun la escritura, que por mucho tiempo se dio por sentado que databa de la Sumeria de aproximadamente el 3200 a.C., parece tener raíces mucho más hondas, aparentemente femeninas. En tabletas sumerias, la Diosa Nidaba es claramente descripta como la escriba del paraíso sumerio así como inventora tanto de las tabletas de arcilla como del arte de escribir. En la mitología hindú, se le adjudica a la diosa Sarasvati la invención del alfabeto original".

La sociedad minoica dejó un registro artístico y arqueológico que indica que su vida cotidiana se centraba en torno al culto a la Diosa. "La evidencia indica que en Creta, el poder se equiparaba ante todo con la responsabilidad de la maternidad", dice Eisler, quien arguye que la Creta minoica ofrece "un modelo de sociedad basado en la pareja [hombre-mujer] en el cual las mujeres y las características a ellas asociadas no eran sistemáticamente denigradas". Allí se practicó la democracia antes de que ésta surgiera en Atenas, florecieron las artes, prevaleció la paz y la cultura exhibió un amor por la vida que incluía lo que Eisler llama "el vínculo del placer" entre hombres y mujeres. Las vestimentas y el arte enfatizaban una sexualidad relajada y desinhibida, según Eisler y muchos otros investigadores. Algunos estudiosos sugieren que la civilización minoica fue particularmente exitosa, artística, rica y pacífica porque las tendencias agresivas de sus varones se canalizaban en el deporte, la danza, la música y el sexo más bien que en la guerra.

Mientras otras culturas que adoraron a la Diosa abandonaban a sus deidades femeninas por dioses masculinos de la guerra, la Creta de hace cuatro mil años se apegó a sus tradiciones de la diosa. Tal vez por eso, como dice Eisler "En la isla de Creta, donde la diosa aún tenía la supremacía, no hay indicios de guerra. Aquí, la economía prosperaba y las artes florecían". La Diosa continuó en el centro de las prácticas religiosas y rituales de la sociedad minoica por cientos de años más, hasta que la Diosa fue derrotada aquí también y las figuras de Dioses masculinos ganaron preeminencia. El proceso de la caída de la Diosa bien puede tener ecos en la historia de la experiencia cristiana y en cómo María Magdalena fue tratada por la Iglesia primitiva y aun actualmente. Langdon, Teabing y Sauniere sin duda percibieron uno de los grandes ocultamientos de la historia escrita por los hombres.

Si uno va a Cnossos, el palacio minoico de Creta, aun hoy los frescos pintados sobre piedra caliza relatan la historia de la Diosa, sus sacerdotisas y sus prácticas sacras y místicas —incluyendo prácticas sexuales sagradas. Éstos y otro hallazgos arqueológicos nos dan muchos indicios de que buscar la "femineidad sagrada" en el inconsciente colectivo del pensamiento occidental o de la experiencia judeocristiana es una empresa histórica intrigante, productiva e importante desde el punto de vista histórico.

Parte II

Ecos del pasado oculto

3 LOS EVANGELIOS PERDIDOS

Lo que encuentro interesante en el libro de Dan Brown es que plantea una pregunta muy importante: Si ellos —hablando de los dirigentes de la Iglesia— suprimieron tanto de la historia cristiana primitiva ¿qué otras cosas no sabemos? ¿Qué más hay para saber? Y, como historiadora, creo que es una pregunta importante pues su respuesta importa mucho.

—ELAINE PAIGELS

Los pilares religiosos que sostienen la trama de Dan Brown están construidos sobre los cimientos de la historia cristiana primitiva y, en particular, en los Evangelios Gnósticos encontrados en 1945 cerca de la ciudad egipcia de Nag Hammadi. Estos documentos, que han llevado a notables descubrimientos con respecto a una tradición alternativa posteriormente suprimida, son el trasfondo de otra hábil fusión de realidad y ficción en *El Código Da Vinci*. En el capítulo 58, que tiene lugar en el suntuoso estudio de Lee Teabing, a Sophie Neveu y Robert Langdon se les entrega una copia de esos Evangelios perdidos en una edición "de cubiertas de cuero... de gran tamaño" para demostrar con pruebas irrefutables que "el casamiento de Jesús y María Magdalena es un hecho histórico demostrado".

Como se analiza en los siguientes extractos y entrevistas con algunos de los principales expertos mundiales, no cabe duda de que los textos de Nag Hammadi han dado acceso a un tesoro de documentos que permiten una interpretación más rica, matizada y tal vez más radical de las palabras de Jesús, el papel de sus seguidores y la interpretación del cristianismo primitivo. Ayudan a arrojar luz sobre la época en que muchas escuelas de culto cristiano competían y el canon definitivo aún no había sido creado. Específicamente, les dan a nuestros días un atisbo de una tradición distinta —la tradición gnóstica— que estaba en conflicto con la interpretación respecto de la enseñanza de Jesús que se hace en la actualidad según el Nuevo Testamento convencional. Aún más explosivo en términos de historia de la Iglesia, sugieren un papel más importante para María Magdalena como discípula y compañera cercana de Jesús. También sugieren un mayor interés en la busca de conocimiento interno y autodesarrollo que la que tradicionalmente asociamos con la filosofía del Nuevo Testamento. Y los gnósticos de Nag Hammadi parecían sentir menos necesidad de Iglesias y sacerdotes. Parecían completamente a sus anchas interpretando sus propios Evangelios y libros sagrados sin intermediación —idea que al cristianismo institucionalizado le habrá parecido amenazadora.

En este capítulo, invitamos a los lectores a unirse a nosotros en la busca del significado e implicaciones de estos Evangelios perdidos. Ciertamente, parecen enfatizar un equilibrio entre lo masculino y lo femenino, lo bueno y lo malo de la humanidad y la importancia de María Magdalena como apóstol. Más allá de eso, ¿la palabra *compañera* implicaba un casamiento o sólo significaba compañera de viaje? ¿Qué decir de la referencia aparentemente explícita del *Evangelio de Felipe* a que Jesús acostumbraba besar a María Magdalena en la boca? ¿Descripción de hechos o metáfora? Y si se trata de metáfora ¿metáfora de qué? ¿Estos Evangelios gnósticos nos dicen que existía una tradición antiautoritaria y profemenina que enfatizaba más aquello de "el espíritu está en vosotros", que fue descartada como herejía por los "ganadores" históricos dentro del cristianismo?

En las manos de los expertos que han vivido y se han empapado de este material a lo largo de todas sus vidas profesionales, el lector será guiado a través de los estudios vigentes y de las traducciones de los documentos que desempeñan un papel tan destacado en *El Código Da Vinci*.

Un descubrimiento asombroso
Las claves a la tradición alternativa y qué significan hoy

POR ELAINE PAGELS

Elaine Pagels es profesora de la cátedra Harrington Spear Paine de la Universidad de Princeton y autora del best-seller *Beyond Belief* (*Más allá de la creencia*) así como de *The Gnastec Gospels* (*Los Evangelios gnósticos*), que ganó el Premio del Círculo Nacional de Críticos de Libros y el Premio Nacional al Libro.
Extractado de *Los Evangelios gnósticos* por Elaine Pagels. Copyright ©1979 por Elaine Pagels. Empleado con permiso de Random House Inc.

En diciembre de 1945, un campesino árabe hizo un asombroso descubrimiento arqueológico en el Alto Egipto. Los rumores oscurecieron las circunstancias de este hallazgo —tal vez porque el mismo fue accidental y la venta que se hizo en el mercado negro, ilegal. Durante años, aun la identidad del descubridor se mantuvo oculta. Un rumor sostenía que se trataba de alguien que tenía pendiente una venganza de sangre; otro, que había hecho el descubrimiento cerca de la ciudad de Naj 'Hammadi en Yebal al-Tarif, una montaña perforada por más de ciento cincuenta cuevas. Naturales en origen, estas cuevas fueron cavadas y pintadas para su empleo como sepultura durante la sexta dinastía, hace unos 4.300 años.

Treinta años después de su hallazgo, el descubridor mismo, Muhammad'Alí al-Samman relató qué ocurrió. Poco tiempo antes de que él y sus hermanos vengaran el asesinato de su padre en el marco de un litigio de sangre, ensillaron sus camellos y se fueron a Yabal a buscar *sabaj*, una tierra blanda que empleaban como fertilizante para sus cultivos. Al cavar al pie de una gran peña, dieron con un recipiente de cerámica roja de casi un metro de alto. Muhammad'Alí dudó sobre si romperlo o no, pues consideraba que podía haber un *yinn* o espíritu que viviera en su interior. Pero al pensar que también podía contener oro, alzó su pico, rompió la vasija y descubrió que contenía trece libros de papiro encuadernados en cuero. Al volver a su hogar en al-Qasr, Muhammad'Alí arrojó los libros y hojas sueltas de papiro en la paja suelta que estaba apilada en el piso junto al horno. La madre de Muhammad'Alí, 'Umm-Ahmad, admite que quemó muchos de los papiros en el horno junto a la paja que empleaba para encender el fuego.

Unas semanas después, al decir de Muhammad'Alí, sus hermanos y él vengaron la muerte de su padre asesinando a Ahmed Isma'il. Su madre les había dicho que mantuvieran afilados sus picos: cuando se enteraron de que el enemigo de su padre estaba cerca, los hermanos aprovecharon la ocasión, "cortaron sus miembros… le arrancaron el corazón y lo devoraron entre todos como expresión definitiva de la venganza de sangre".

Como temían que la policía que investigaba el asesinato registrara su casa y encontrara los libros, Muhammad'Alí le pidió al sacerdote al-Qummus Basiliyus Abd al-Masih que se quedara con uno o más de éstos. Durante el período en que Muhammad'Alí y sus hermanos fueron interrogados por el asesinato, Raghib, un profesor local de historia, vio uno de los libros y sospechó que era valioso. Al recibir uno de al-Qummus Basiliyus, se lo envió a un amigo que tenía en El Cairo para averiguar su valor.

Vendidos en el mercado negro mediante anticuarios de El Cairo, los manuscritos no tardaron en atraer la atención de funcionarios del gobierno egipcio. En circunstancias altamente espectaculares, como veremos, adquirieron uno y confiscaron diez y medio de los trece libros encuadernados en cuero, llamados códices, y los depositaron en el Museo Cóptico de El Cairo. Pero buena parte del décimotercer códice, que contenía cinco textos extraordinarios, fue sacado en forma clandestina de Egipto y salió a la venta en Estados Unidos. Noticias de la existencia de este códice no tardaron en llegar a oídos del profesor Gilles Quispel, distinguido historiador de la religón en Utrecht, Holanda. Entusiasmado por el descubrimiento, Quispel incitó a la Fundación Jung de Zurich a adquirir el texto. Pero tras conseguir que así lo hicieran, descubrió que al texto le faltaban varias páginas y viajó a Egipto en la primavera de 1955 para ver si las encontraba en el Museo Cóptico, tomó prestadas fotografías de algunos de los textos y se apresuró a regresar a su hotel para descifrarlas. Al trazar la primera línea primero se asombró, luego se sintió incrédulo al leer: "Éstas son las palabras secretas que el Jesús viviente pronunció y que escribió el mellizo Judas Tomás". Quispel sabía que su colega H.-C. Puech, empleando notas de otro estudioso francés, Jean Doresse, había identificado las líneas iniciales con fragmentos de un *Evangelio de Tomás* griego descubierto en la década de 1890. Pero el descubrimiento del texto completo planteó nuevas preguntas: ¿Jesús tuvo un hermano mellizo, como implica el texto? ¿Puede el texto ser un registro auténtico de los dichos de Jesús? Según su título, contenía el *Evangelio según Tomás*; pero, a diferencia de los Evangelios del Nuevo Testamento este texto se identifica a sí mismo como evangelio *secreto*. Quispel también descubrió que contenía muchos dichos ya conocidos a través del Nuevo Testamento; pero estos dichos, puestos en contextos poco familiares, sugerían otras dimensiones de significado. Quispel descubrió que otros pasajes diferían por completo de cualquier tradición cristiana conocida: por ejemplo, el "Jesús viviente" hablaba mediante dichos tan crípticos y atractivos como un *koan* Zen:

> Jesús dijo: "Si dais a conocer lo que tenéis dentro, lo que deis a conocer os salvará. Si no dais a conocer lo que tenéis dentro, lo que no deis a conocer os destruirá".

Lo que Quispel tenía en su manos, el *Evangelio de Tomás* era sólo uno de los cincuenta y dos textos descubiertos en Nag Hammadi (como se transcribe habitualmente el nombre de esa ciudad). Encuadernado en el mismo volumen que éste está el *Evangelio de Felipe*, que le atribuye a Jesús actos y dichos bien distintos de los del Nuevo Testamento:

> ...la compañera del [Salvador] es María Magdalena. [Pero Cristo la amaba] más que a los [demás] discípulos y solía besarla [a menudo] en la [boca]. Los demás [discípulos se escandalizaban]... le dijeron, "¿por qué la amas más que a nosotros?" El Salvador les respondió diciendo "¿Por qué no os [amo] como a ella?"

Otros dichos de esta antología critican creencias cristianas habituales, tal como la inmaculada concepción y la resurrección del cuerpo, considerándolos ingenuos errores de comprensión. Encuadernado junto a estos evangelios está el *Apocryfon* (literalmente, "libro secreto") de *Juan*, que comienza con un ofrecimiento de revelar "los misterios [y las] cosas ocultas en el silencio" que Jesús le enseñó a su discípulo Juan.

Muhammad 'Alí admitió posteriormente que algunos de los textos se habían perdido —quemados o tirados. Pero lo que sobrevivió es asombroso: unos cincuenta y dos textos de los primeros siglos de la era cristiana —incluyendo una colección de evangelios cristianos primitivos desconocidos hasta ese momento. Junto al *Evangelio de Tomás* y al *Evangelio de Felipe*, el hallazago incluía el *Evangelio de la verdad* y el *Evangelio para los egipcios*, que se identifica a sí mismo como "el [libro sagrado] del Gran [Espíritu] Invisible". Otro grupo de textos consiste en escritos atribuidos a seguidores de Jesús, por ejemplo el *Libro Secreto de Santiago*, el *Apocalipsis de Pablo*, la *Carta de Pedro a Felipe* y el *Apocalipsis de Pedro*.

Pronto quedó claro que lo que Muhammad 'Alí descubrió en Nag Hammadi eran traducciones coptas, hechas hace unos 1.500 años de manuscritos aún más antiguos. Los originales habían sido escritos en griego, el idioma del Nuevo Testamento: como lo reconocieron Doresse, Puech y Quispel, parte de uno de ellos había sido encontrada por arqueólogos unos cincuenta años antes, cuando dieron con unos pocos fragmentos de la versión griega original del *Evangelio de Tomás*.

No hay mucho debate con respecto a la antigüedad de los manuscritos en sí. El examen del papiro que se empleó para engrosar la encuadernación de cuero y de la escritura cóptica, cuya antigüedad se puede datar, los ubican en torno a 350-400 d.C. Pero hay marcadas diferencias de opinión entre los estudiosos acerca de la datación de los textos originales. Muchos de ellos difícilmente pueden ser posteriores a 120-150 d.C., pues Irineo, obispo de Lyon, al escribir en torno al año 180, afirma que los herejes "se jactan de tener más evangelios que los que realmente existen" y se queja de que en sus tiempos estos escritos ya circulaban ampliamente —de Galia a Roma, Grecia y Asia Menor.

Quispel y sus colaboradores, quienes fueron los primeros que publicaron el *Evangelio de Tomás*, sugieren la fecha aproximada 140 d.C. para el original. Algunos razonaron que, dado que esos evangelios eran heréticos, debían de haber sido escritos después de los evangelios del Nuevo Testamento, que se datan en torno a 60-110. Pero recientemente, el profesor Helmut Koester de la Universidad de Harvard ha sugerido que la antología de dichos del *Evangelio de Tomás*, aunque fue compilada en torno a 140 d.C., puede incluir tradiciones aún *más antiguas* que la de los evangelios del Nuevo Testamento, "posiblemente de fecha cercana a la segunda mitad del siglo I" (50-100) —tan temprana, o más temprana aún que Marcos, Mateo, Lucas y Juan.

Los estudiosos que investigan el hallazgo de Nag Hammadi han descubierto que algunos de los textos narran los comienzos de la raza humana en términos muy diferentes de las interpretaciones habituales del Génesis: por ejemplo, el *Testimonio de la verdad*, cuenta la historia del Jardín del Edén ¡desde el punto de vista de la serpiente! Allí, la serpiente, que desde hace tiempo se sabe que aparece en la literatura gnóstica como representación del principio de sabiduría divina, convence a Adán y Eva de compartir el conocimiento mientras que "el Señor" los amenaza con la muerte, procurando celosamente evitar que adquieran el conocimiento y expulsándolos del Paraíso cuando lo obtienen. Otro texto, misteriosamente titulado *Trueno, mente perfecta*, ofrece un extraordinario poema que se atribuye a la voz de un poder divino femenino:

> Pues soy primera y última.
> Soy la honrada y la menospreciada.
> Soy la puta y la santa.
> Soy la esposa y la virgen…
> Soy la estéril,
>   y muchos son sus hijos…
> Soy el silencio inabarcable…
> Soy el sonido de mi nombre.

Estos distintos textos, pues, incluyen desde evangelios secretos poemas y descripciones cuasi filosóficas el origen del universo a mitos, magia e instrucciones para la práctica de la mística.

¿Por qué fueron enterrados estos textos —y por qué han permanecido prácticamente desconocidos durante casi dos mil años? Su supresión como documentos prohibidos y su entierro en el acantilado de Nag Hammadi, parece, fueron parte de una crítica lucha en la formación del cristianismo primitivo. Los textos de Nag Hammadi y otros parecidos que circularon a comienzos de la era cristiana fueron denunciados por herejes por los cristianos ortodoxos a mediados del siglo II. Hace tiempo que sabemos que muchos de los primeros seguidores de Cristo fueron condenados como herejes por otros cristianos, pero casi todo lo que sabíamos acerca de ellos venía de lo que sus oponentes escribieron para atacarlos. El obispo Irineo, que supervisó la Iglesia en Lyon en torno a 180, escribió cinco volúmenes llamados *La destrucción y derrocamiento del falso pretendido conocimiento*, que comienza con la promesa de presentar los puntos de vista de aquellos que ahora enseñan la herejía… para demostrar qué absurdas e incompatibles con la verdad que son sus afirmaciones… hago esto para que… podáis instar a todos aquellos con los que tenéis algo que ver a que eviten semejante abismo de locura y blasfemia contra Cristo.

Denuncia como especialmente "colmado de blasfemia" un famoso evangelio llamado *El Evangelio de la Verdad.* ¿Se refiere Irineo al mismo *Evangelio de la Verdad* descubierto en Nag Hammadi? Quispel y sus colaboradores, quienes fueron los primeros en publicar el *Evangelio de la Verdad* arguyen que lo es; uno de sus críticos sostiene que la línea inicial (que comienza diciendo "El Evangelio de la Verdad") no es un título. Pero Irineo sí emplea como fuente al menos uno de los textos descubiertos en Nag Hammadi —el *Apocryfon* (Libro Secreto) *de Juan*— como munición en su ataque contra la "herejía". Cincuenta años más tarde Hipólito, un maestro de Roma, escribió otra voluminosa *Refutación de todas las herejías* para "denunciar y refutar la perversa blasfemia de los herejes".

Esta campaña contra la herejía implicaba una admisión involuntaria del poder de persuasión de ésta; pero los obispos se salieron con la suya. Para la época de la conversión del emperador Constantino, en el siglo IV, cuando el cristianismo llegó ser la religión de Estado, los obispos cristianos, antes perseguidos por la policía, ahora la comandaban. La posesión de libros considerados heréticos se convirtió en delito penal. Las copias de tales libros fueron quemadas y destruidas. Pero en el Alto Egipto alguien, posiblemente un monje del cercano monasterio de San Pacomio, tomó los libros prohibidos y los preservó de la destrucción escondiéndolos en la vasija donde permanecieron enterrados durante casi mil seiscientos años.

Pero aquellos que escribieron e hicieron circular estos textos no se consideraban "herejes" *a sí mismos.* La mayor parte de los textos emplean terminología cristiana, inconfundiblemente vinculada al legado judío. Muchos pretenden que ofrecen tradiciones secretas acerca de Jesús, ocultas de "los muchos" que constituyen lo que llegó a ser llamado la "Iglesia Católica" en el siglo II. Esos cristianos ahora son llamados gnósticos, de la palabra griega *gnosis*, que habitualmente se traduce como "conocimiento". Pues del mismo modo que aquellos que dicen no saber nada acerca de la realidad última son llamados agnósticos (literalmente "que no saben") quien afirma conocer tales cosas es llamada gnóstico ("que sabe"). Pero la *gnosis* no es primariamente conocimiento racional. El idioma griego distingue entre el conocimiento científico o reflexivo ("sabe matemáticas") y el conocimiento por medio de la observación y la experiencia ("me conoce"), que es la *gnosis.* El modo en que los gnósticos emplean el término puede ser traducido como "visión" [en inglés, *insight*], pues la *gnosis* implica un proceso intuitivo de autoconocimiento. Y conocerse a uno mismo, decían, es conocer la naturaleza humana y el destino humano. Según el maestro gnóstico Teodoto, quien escribió en Asia Menor (c. 140-160), el gnóstico es

aquel que ha llegado a comprender quiénes éramos y en qué nos hemos transformado; dónde estábamos, hacia dónde vamos; de qué estamos siendo liberados; qué es el nacimiento y qué el renacimiento.

Pero conocerse uno mismo al nivel más profundo es simultáneamente conocer a Dios; ése es el secreto de la *gnosis*. Otro maestro gnóstico, Monoimo, dice:

Abandona la busca de Dios y la creación y otros asuntos de esa índole. Búscalo tomándote a ti mismo como punto de partida. Aprende quién es el que desde dentro de ti hace que todo le pertenezca y dice "Mi Dios, mi mente, mi pensamiento, mi alma, mi cuerpo". Aprende los orígenes del pesar, la alegría, el amor, el odio… si investigas estos asuntos con cuidado lo encontrarás *en ti mismo*".

Lo que Muhammad 'Alí descubrió en Nag Hammadi es, aparentemente, una biblioteca de escritos, casi todos gnósticos. Aunque dicen ofrecer enseñanzas secretas, muchos de estos textos se refieren a las Escrituras del Antiguo Testamento, y otros a las cartas de Pablo y a los evangelios del Nuevo Testamento. Muchos de ellos incluyen a las mismas *dramatis personae* del Nuevo Testamento —Jesús y sus discípulos. Sin embargo, las diferencias son impresionantes.

Los judíos y cristianos ortodoxos insisten en que un abismo separa a la humanidad de su creador: Dios es otro completamente distinto. Pero algunos de los gnósticos que escribieron esos evangelios contradicen esto: el autoconocimiento es conocimiento de Dios; el yo y la divinidad son idénticos.

En segundo lugar, el "Jesús viviente" de estos textos habla de ilusión e iluminación, no de pecado y arrepentimiento, como el Jesús del Nuevo Testamento. En lugar de venir a salvarnos del pecado, viene como un guía que abre el acceso a la comprensión espiritual. Pero cuando el discípulo obtiene la iluminación, Jesús ya no sirve como maestro espiritual: ambos se han vuelto iguales —hasta idénticos.

En tercer lugar, los cristianos ortodoxos creen que Jesús es Señor e hijo de Dios en una forma única: se mantiene imperecederamente distinto del resto de la humanidad a la que vino a salvar. Sin embargo, el gnóstico *Evangelio de Tomás* relata que en cuanto Tomás lo reconoció, Jesús le dijo a Tomás que ambos han recibido su ser de la misma fuente:

Jesús dijo, "no soy tu amo. Como has bebido, te has embriagado del burbujeante arroyo que yo he servido… quien beba de mi boca se volverá igual a mí: yo mismo seré él, y lo oculto le será revelado".

Estas enseñanzas —la identidad de lo divino y lo humano, la preocupación con la ilusión y la iluminación, el fundador que no es presentado como Señor sino como guía espiritual ¿no suenan más orientales que occidentales? Algunos estudiosos han sugerido que si los nombres se cambiaran, el "Buda viviente" bien podría haber dicho lo que *El Evangelio de Tomás* le atribuye al Jesús viviente. ¿El gnosticismo puede haber sido influido por la tradición hindú o budista?

El estudioso británico del budismo Edward Conze sugiere que así fue. Señala que "los budistas habían estado en contacto con los cristianos tomasianos (es decir, cristianos que conocían y empleaban escritos como *El Evangelio de Tomás*) en la India meridional". Las rutas comerciales entre el mundo grecorromano y el Lejano Oriente se estaban abriendo en momentos en que florecía el gnosticismo (80-200 d.C.); durante generaciones, misioneros budistas habían llevado adelante su proselitismo en Alejandría. Notamos también que Hipólito, un cristiano de lengua griega que habitaba en Roma (c. 225) conoce a los brajmines hindúes —e incluye sus tradiciones entre las fuentes de la herejía...

¿Es posible que el título del *Evangelio de Tomás* —así denominado por el discípulo que, según la tradición, fue a la India— sugiera la influencia de la tradición hindú? Estos indicios señalan esa posibilidad, pero la evidencia con que contamos no es concluyente. Como tradiciones paralelas pueden emerger en diferentes sitios en diferentes momentos, tales ideas pueden haberse desarrollado en forma independiente. Lo que llamamos religiones orientales y occidentales, que tendemos a considerar como corrientes separadas, no estaban claramente diferenciadas hace dos mil años. La investigación sobre los textos de Nag Hammadi recién comienza: esperamos el trabajo de los estudiosos que puedan estudiar en forma comparativa estas tradiciones para descubrir si de hecho es posible rastrearlas hasta fuentes hindúes.

Aun así, la ideas que asociamos con las religiones orientales emergieron en el siglo I a través del movimiento gnóstico occidental, pero fueron suprimidas y condenadas por polemistas como Ireneo. Sin embargo, aquellos que denominaban herejía al gnosticismo adoptaban —en forma consciente o no— el punto de vista del grupo de cristianos que se autoconsideraban ortodoxos. Hereje puede ser cualquiera cuyo punto de vista sea rechazado o denunciado por alguien. Según la tradición, hereje es aquel que se desvía de la verdadera fe. Pero ¿qué define la "verdadera fe"? ¿quién le dice así y por qué?

Este problema es familiar para nuestra propia experiencia. El término cristianismo, en particular a partir de la Reforma, ha cubierto una asombrosa gama de grupos. Aquellos que pretenden representar el "verdadero cristianismo" en el siglo XX abarcan desde un cardenal católico en el Vaticano hasta un predicador africano metodista episcopal de Detroit que lance una nueva corriente, un misionero mormón en Tailandia o el fiel de una Iglesia de pueblo en la costa griega. Sin embargo católicos, protestantes y ortodoxos están de acuerdo en que tal diversidad es un desarrollo reciente —y deplorable. Según la leyenda cristiana, la Iglesia primitiva era diferente. Los cristianos de todas las vértientes miran a la Iglesia primitiva para encontrar una forma más simple y más pura de fe cristiana. En tiempos de los apóstoles, todos los integrantes de la comunidad cristiana compartían su dinero y sus bienes; todos seguían las mismas enseñanzas y celebraban juntos el culto; todos reverenciaban la autoridad de los apóstoles. El conflicto, la herejía, sólo emergieron después de esa edad de oro: así dice el autor de las Actas de los Apóstoles, quien se identifica a sí mismo como primer historiador del cristianismo.

Pero los descubrimientos de Nag Hammadi han alterado este cuadro. Si aceptamos que algunos de estos cincuenta y dos textos representan formas tempranas de la experiencia cristiana, tal vez debamos reconocer que el cristianismo primitivo es mucho más diverso que lo que casi nadie esperaba antes de los descubrimientos de Nag Hammadi.

El cristianismo contemporáneo, por más diverso y complejo que nos parezca, bien puede ser más unánime que las Iglesias cristianas de los siglos I y II, pues desde esa época, casi todos los cristianos, católicos, protestantes u ortodoxos compartían tres premisas básicas. En primer lugar, aceptan el canon del Nuevo Testamento; segundo, confiesan el credo apostólico; tercero, afirman formas específicas de la institución eclesial. Pero cada uno de estos elementos —el canon, la Escritura, el credo y la institución de la Iglesia— surgieron en su forma actual sólo hacia el fin del siglo II. Antes de ese momento, como atestiguan Ireneo y otros, circulaban diferentes evangelios entre varios grupos cristianos, que abarcaban desde el Nuevo Testamento de Mateo, Marcos, Lucas y Juan y escritos como el *Evangelio de Tomás*, el *Evangelio de Felipe* y el *Evangelio de la Verdad*, así como muchas otras enseñanzas secretas, mitos y poemas atribuidos a Jesús y sus discípulos. Al parecer, algunos de éstos fueron descubiertos en Nag Hammadi; muchos otros se perdieron. Quienes se identificaban como cristianos mantenían muchas —radicalmente distintas— prácticas y creencias religiosas. Y las comunidades esparcidas por todo el mundo conocido se organizaban en formas que diferían ampliamente de uno a otro grupo.

Sin embargo, para el año 200, la situación había cambiado. El cristianismo había llegado a ser una institución encabezada por una jerarquía triádica de obispos, sacerdotes y diáconos, quienes se veían a sí mismos como guardianes de la única "verdadera fe". La mayor parte de las Iglesias, entre las que la Iglesia de Roma tomó un papel directivo rechazaron todos los demás puntos de vista calificándolos de herejía. Al deplorar la diversidad del movimiento primitivo, el obispo Ireneo y sus seguidores insistían en que sólo podía haber una Iglesia, y que fuera de esa Iglesia, insistían, "no hay salvación". Sólo los integrantes de la Iglesia son cristianos ortodoxos (literalmente, "de pensamiento recto"). Y, afirmaba, esa Iglesia debe ser *católica* —es decir, universal. Quien fuera que desafiara el consenso argumentando en favor de otras formas de enseñanza cristiana, era declarado hereje y expulsado. Cuando los ortodoxos obtuvieron respaldo militar, en algún momento después de que el emperador Constantino se hiciera cristiano en el siglo IV, la penalidad contra la herejía fue en aumento.

Los esfuerzos de la mayoría por destruir toda traza de la "blasfemia" herética resultaron ser tan eficaces que, hasta los descubrimientos de Nag Hammadi, casi toda nuestra información con respecto a las formas alternativas de cristianismo primitivo provenía del inmenso ataque ortodoxo contra ellas. Aunque el gnosticismo tal vez es la primera —y la más amenazadora— de las herejías, los estudiosos sólo conocían un puñado de textos gnósticos, ninguno de los cuales fue publicado antes del siglo XIX. El primero emergió en 1769, cuando un viajero escocés llamado James Bruce adquirió un manuscrito cóptico cerca de Tebas (actual Luxor) en el Alto Egipto. Publicado recién en 1892, pretende registrar conversaciones entre Jesús y sus discípulos —un grupo, que en este caso, incluía hombres y mujeres. En 1773, un coleccionista encontró en una librería de Londres un antiguo texto, cóptico también, que contenía un diálogo referido a los "misterios" entre Jesús y sus discípulos. En 1896, un egiptólogo alemán, alertado por publicaciones previas, adquirió en el Cairo un manuscrito que, para su asombro, contenía el *Evangelio de María* (Magdalena) y otros tres textos. Tres copias de uno de ellos, el *Apocrifon* (Libro Secreto) *de Juan* también estaban entre los de la biblioteca gnóstica descubierta en Nag Hammadi cincuenta años más tarde...

Sin embargo, aun los cincuenta y dos escritos descubiertos en Nag Hammadi sólo ofrecen un atisbo de la diversidad del movimiento cristiano primitivo. Ahora empezamos a ver que lo que llamamos cristianismo —e identificamos con la tradición cristiana— en realidad sólo representa una pequeña selección de fuentes específicas, escogidos de entre docenas de otras. ¿Quién hizo esa selección y por qué razones? ¿Por qué fueron esos otros escritos excluidos y prohibidos como "herejías"? ¿Qué los hacía tan peligrosos? Ahora, por primera vez, tenemos oportunidad de averiguar acerca de la primera herejía cristiana; por primera vez, los herejes pueden hacer oír su voz.

Es indudable que el cristianismo gnóstico expresaba ideas que la ortodoxia detestaba. Por ejemplo, algunos de estos textos gnósticos cuestionan si todo sufrimiento, trabajo y muerte derivan del pecado humano, que, en la versión ortodoxa, estropeó una creación perfecta. Otros mencionan el elemento femenino de la divinidad, al celebrar a Dios como Padre *y* Madre. Otros sugieren que la resurrección de Cristo debe ser entendida en forma simbólica, no literal. Unos pocos textos radicales llegan a denunciar a los católicos cristianos mismos como herejes, quienes, aunque "no entienden el misterio... se jactan de que el misterio de la verdad les pertenece sólo a ellos". Estas ideas gnósticas fascinaron al psicoanalista C. G. Jung: para él, expresaban "el otro lado de la mente" —los pensamientos espontáneos e inconscientes que la ortodoxia exige que sus adherentes repriman.

Sin embargo, el cristianismo ortodoxo, tal como lo define el credo apostólico, exige que creamos cosas que a muchos de nosotros nos parecen aún más extrañas. El credo requiere, por ejemplo, que los cristianos confiesen que Dios es perfectamente bueno y sin embargo haya creado un mundo que incluye el dolor, la injusticia y la muerte; que Jesús de Nazareth nació de una madre virgen; y que, tras ser ejecutado por orden del procurador romano Poncio Pilato, se levantó de su tumba "al tercer día".

¿Por qué el consenso de las Iglesias cristianas no sólo aceptó estas asombrosas opiniones sino que las estableció como forma única de la doctrina cristiana? Tradicionalmente, los historiadores nos han dicho que los ortodoxos objetaban los puntos de vista gnósticos por razones religiosas y filosóficas. Ciertamente fue así; sin embargo, la investigación de las recién descubiertas fuentes gnósticas sugiere otra dimensión de la controversia. Sugiere que estos debates religiosos —cuestiones referidas a la naturaleza de Dios, o la de Cristo— conllevan en forma simultánea implicaciones sociales y políticas cruciales para el desarrollo del cristianismo como religión institucional. Para decirlo simplemente, las ideas que conllevan implicaciones contrarias a ese desarrollo, fueron rotuladas como "herejía"; las que implícitamente lo respaldaban devinieron "ortodoxas".

Al investigar los textos de Nag Hammadi, junto a fuentes conocidas por más de mil años de tradición ortodoxa, vemos cómo coincidieron política y religión en el desarrollo del cristianismo. Vemos, por ejemplo, las implicaciones *políticas* de doctrinas ortodoxas como la de la resurrección corporal —y cómo los puntos de vista gnósticos respecto de la resurrección conllevan las implicaciones opuestas. Al hacerlo, ganamos una perspectiva asombrosamente novedosa del cristianismo.

Lo que nos dicen los textos de Nag Hammadi respecto del cristianismo "liberado"

ENTREVISTA CON JAMES M. ROBINSON

James Robinson es profesor emérito de religión graduado en la Universidad de Claremon y editor general de la biblioteca de Nag Hammadi. Es una de las máximas autoridades mundiales en cristianismo primitivo y supervisó al equipo de estudiosos y traductores que regresaron a la vida a los Evangelios perdidos.

Como uno de los principales estudiosos de lo que conocemos como los Evangelios perdidos ¿cuál es su reacción al ver todas esas ideas históricas súbitamente lanzadas a la lista de los libros más vendidos con la popularidad de El Código Da Vinci*?*

El libro tuvo un éxito de naturaleza sensacionalista, que preocupa a estudiosos como yo, que intentamos adherirnos a los hechos. Creo que hay cierto problema intrínseco en que este libro sea una novela, y por ende, se presente como ficción y al mismo tiempo use la suficiente cantidad de datos, nombres bien conocidos y elementos como el hallazgo de Nag Hammadi para darle una apariencia de precisión fáctica. Es difícil para el público lego distinguir dónde comienza lo uno y donde termina lo otro. De modo que, estrictamente desde ese punto de vista, es muy engañoso.

Además, para mí está claro que Dan Brown no sabe mucho acerca del aspecto erudito de los temas que yo estudio y en cierto modo manipula la evidencia para hacerla más espectacular de lo que es. Por ejemplo, se refiere al hallazgo de Nag Hammadi como a "rollos", cuando no lo son. Son códices —libros con páginas individuales. De hecho, es el ejemplo más antiguo con que contamos de libros encuadernados en cuero. En otra parte, Dan Brown se refiere al escrito llamado *Evangelio Q* diciendo: "Se afirma que es un libro con las enseñanzas de Jesús, posiblemente escritas por Su propia mano". Lo interesante es que lo menciona, pero no lo discute —tal vez porque no serviría para su argumentación, dado que Jesús no lo escribió. Éstas son sólo algunas de las ideas más sensacionales que factuales metidas en la novela.

¿De modo que cómo caracterizaría usted a los textos de Nag Hammadi?

Los Evangelios canónicos, Mateos, Marcos, Lucas y Juan, son una suerte de biografía teológica de Jesús. En contraste, los Evangelios de Nag Hammadi no son Evangelios en el sentido tradicional de historia narrativa que se le da a la palabra, que ahora llamamos un Evangelio de los dichos. Por ejemplo, El *Evangelio de Felipe* es un conjunto de materiales diversos que no es un documento original, sino una suerte de colección de extractos de fuentes diversas. El *Evangelio de la Verdad* es un tratado teológico cuasi religioso, pero no cuenta de ninguna manera la historia de Jesús. El único que se puede decir que es un Evangelio en algún sentido es el cuarto texto de Nag Hammadi (El *Evangelio de Tomás*) que emplea el término *Evangelio* como título secundario agregado al final. La apertura del texto, sin embargo, lo denomina "dichos secretos". Es una colección de dichos, como los dichos subyacentes a Mateo y Lucas, teóricamente llamado Q y que se menciona una vez en *El Código Da Vinci*.

¿Sabe usted algo con respecto a las personas que pueden haber escrito estos textos?

Lo más probable es que hayan sido escritos por diferentes personas en diferentes épocas. Si fueron escritos entre los siglos II y III, es posible que los autores hayan sido gnósticos, parte de un movimiento gnóstico que casi competía por ver quién representaba la forma correcta del cristianismo con el naciente cristianismo ortodoxo. El movimiento ortodoxo tenía libros llamados Evangelios que se conocen como Mateo, Marcos, Lucas y Juan. El bando gnóstico le agregó la palabra *Evangelio* a algunos de sus tratados que no eran en realidad Evangelios como los del Nuevo Testamento, ya que los Evangelios canónicos son narraciones que relatan la biografía teológica de Jesús. Los Evangelios de Nag Hammadi son más bien como una colección de extractos diversos.

Por favor, desarrolle esta idea de la competencia de cristianismos.

Quienes escribieron estos códices intentaban influir sobre lo que podríamos llamar cristianismo de izquierda —un poco similar al fenómeno actual de la *New Age*. Creían que la Iglesia que dominaba en esa época (que *El Código Da Vinci* llama Iglesia Católica Romana) estaba demasiado apegada a la tierra, era demasiado mundana, demasiado materialista, demasiado física, había perdido el sentido espiritual, alegórico, superior, celestial de todo esto. Y eso era lo que ellos apoyaban.

Hablando de New Age ¿la palabra compañera en el Evangelio de Felipe implica para usted, como para algunos estudiosos de esos documentos, que Jesús y María estaban casados? ¿Y que hasta se besaban?

No, no significa automáticamente casado ni no casado. *Compañera* no es necesariamente un término con connotaciones sexuales tal como se le podría dar en nuestros días. Me parece a mí que puede haberse tratado de un mero recurso para inflar el relato, de darle más intriga. Si uno lee el *Evangelio de Felipe* completo, queda claro que el autor desdeña el sexo físico, lo encuentra bestial, lo compara literalmente a lo que hacen los animales. En la Iglesia primitiva, se sabe que un beso era una metáfora de la concepción. Y este beso se ha interpretado en exceso. Se llamaba también el Beso de la Paz, un poco como cuando en la Iglesia contemporánea todos se estrechan la mano y dicen "la paz de Cristo sea contigo".

En cuanto a la designación de María Magdalena como compañera de Jesús, Brown dice que para los estudiosos del arameo significa esposa. Pero el *Evangelio de Felipe* está en copto, traducido del griego, de modo que no hay ninguna palabra en ese texto que los estudiosos de arameo puedan considerar. Creo que el único texto relevante para obtener información histórica acerca de María Magdalena es el Nuevo Testamento, y lo único que dice allí es que ella era una integrante del círculo de mujeres que acompañaban a Jesús y a sus discípulos varones en sus viajes. Creo que los siete demonios que Jesús expulsó de ella pueden referirse a alguna suerte de problema nervioso o enfermedad mental como la epilepsia. Estaba en una situación apurada, él la ayudó, ella se hizo su discípula, fiel hasta el amargo fin. También creo que fue dejada sola tras la ejecución porque los otros discípulos eran cobardes. Era posible que los arrestaran. Para los romanos, las mujeres no eran suficientemente importantes como para merecer ser arrestadas, de modo que dejaron a Magdalena llorar, pensando que no tardaría en perderse en la multitud. No hay duda de que el Nuevo Testamento da una representación precisa de todas esas Marías que estuvieron allí entre la crucifixión y el Domingo de Pascua, al punto de que uno le adjudica credibilidad histórica a cualquiera de los relatos sobre tumbas vacías.

Aunque usted parece creer que su papel fue más limitado que el que le adscriben los radicales, ¿no concordaría con que quien sea que haya escrito los Evangelios gnósticos sentía más empatía por las mujeres en su papel en la vida espiritual que lo que ocurría en la tradición ortodoxa?

Sí, ciertamente creo que los gnósticos estaban más liberados —si es que puedo emplear un término moderno— en muchos más aspectos. Su visión sobre la función de las mujeres en la Iglesia, por ejemplo, estaba más bien en la forma en que percibían la calidad de las experiencias religiosas de ellas más que en la relación entre obispos y suplicantes u otras formas de autoridad. Creían que las mujeres tenían experiencias religiosas, percepciones espirituales, hasta visiones. La idea de que los hombres mantenían a las mujeres en su lugar es, creo, una versión históricamente precisa de esos primeros siglos y el hecho de que hubiese algunas mujeres que buscaban que todos (incluidos los hombres) las aceptasen en pie de igualdad es un hecho histórico de los siglos II y III. El *Evangelio de María* es un buen testimonio de ello.

Pero así y todo, la gente no debiera poner aquello sobre lo que sólo se puede especular por delante de lo que se sabe. Aun con estos textos en la mano, no debe interpretarse el papel específico de María más allá de lo que se sabe según lo que relata el Nuevo Testamento —y el Nuevo Testamento no dice en ninguna parte que él pasara más tiempo con María que con los otros discípulos. Esto comienza a entrar en el terreno que se puede llamar de expresión de deseos, en el cual los historiadores debemos ser cautelosos. Emplear la expresión de deseos para sopesar una evidencia contra otra no es el método académico —trátese de santos, pecadores, casados o solteros. No es el método que debemos usar los historiadores.

Lo que se perdió se encontró
Una visión más amplia del cristianismo y sus raíces

ENTREVISTA CON ELAINE PAGELS

Elaine Pagels es profesora de la cátedra Harrington Spear Paine de la Universidad de Princeton y autora del best-seller *Beyond Belief* (*Más allá de la creencia*) así como de *Los Evangelios gnósticos,* que ganó el Premio del Círculo Nacional de Críticos de Libros y el Premio Nacional al Libro.

¿Por qué cree usted que El Código Da Vinci *ha capturado la imaginación del público?*

Lo que encuentro interesante en el libro de Dan Brown es que plantea una cuestión muy importante: si ellos —me refiero a los dirigentes de la Iglesia— suprimieron tanto de la historia cristiana primitiva ¿qué más no sabemos? ¿Qué más hay para saber? Como historiadora, creo que es una cuestión realmente importante, porque su respuesta tendría gran importancia. De modo que prefiero no decir nada negativo sobre ese libro. No soy experta al respecto, pero creo que plantea una pregunta importante.

¿Pero qué es lo que sí sabemos respecto del cristianismo primitivo y sus raíces que no supiéramos hace más o menos una generación?

Los primeros relatos que tenemos sobre Jesús de Nazareth fueron escritos por lo menos veinte años después de su muerte y se originan en cartas. Luego vienen los Evangelios del Nuevo Testamento, que fueron escritos tal vez cuarenta a setenta años después de su muerte. De modo que todo lo que tenemos viene de narraciones tardías. Estos relatos no son neutrales: fueron escritos por gente devota de Jesús o por gente hostil a Jesús, como el historiador romano Suetonio, el senador e historiador romano Casiodoro y algunas fuentes judías polémicas de fines del siglo I. De modo que es interesante que sólo contemos con narraciones tardías, muy positivas o muy negativas.

Gracias a los descubrimientos de Nag Hammadi en 1945, ahora vemos que el movimiento cristiano primitivo era mucho más amplio y variado y que las percepciones sobre Jesús eran mucho más abarcativas que lo que nunca supusimos. Esto se aplica bien a la visión clásica de los discípulos, lo que es de particular interés en este momento, la visión que se desarrolló más tarde de que María Magdalena era una prostituta. Pero en las fuentes con las que contamos ahora, que incluyen los *Evangelios de María Magdalena,*

Tomás y *Felipe*, está claro que tenemos evidencia temprana de que María no sólo era considerada una de las mujeres del círculo que rodeaba a Jesús, sino que para muchos era una importante seguidora y discípula. También sabemos que hubo otros.

¿No hay una contradicción en esa interpretación? El sistema de creencias sociales y religiosas judaicas de ese entonces ¿no hubiese militado contra que las mujeres asumieran el papel de misioneras?

En grupos judíos, habría sido muy atípico que las mujeres participaran, aprendieran y viajaran con los hombres. Yo me represento el círculo que rodeaba a Jesús como un círculo formado en torno a un rabino itinerante carismático, y este grupo parece haber incluido mujeres además de hombres. Eso hubiera sido inusual. La mayor parte de las fuentes rabínicas —que son ligeramente más recientes que estos episodios— consideraban que era completamente inapropiado enseñarles las divinas escrituras a mujeres. Aun en círculos grecorromanos, sólo los filósofos epicúreos y un par más tenían mujeres estudiantes, pero eran muy pocas. Lo más frecuente era que se tratase de hombres. Tal vez la fama de prostituta de María se originó por la idea de que una mujer que viajaba o simplemente pasaba tiempo en compañía de un grupo de hombres, habría sido muy inusual y obviamente sospechosa.

¿Es posible que estuviese más cercana a Jesús que los demás discípulos y estuviese iniciada en conocimientos secretos, como lo sugiere el Evangelio de María?

No conocemos muchos detalles pero sí, debe de haber tenido una relación importante con Jesús. Hay algunas sugerencias al respecto en el *Evangelio de María*, donde se menciona que él le dijo cosas que no les dijo a los demás y que tenía un amor especial por ella. En cuanto a que si Jesús le dijo cosas que no les dijo a los otros, no podemos estar seguros de ello, pero hay indicios en ese sentido. Si fue o no una relación sexual, no veo ninguna evidencia al respecto en las fuentes que conozco. Dan Brown tomó una línea del *Evangelio de Felipe* que sugiere que Jesús amaba a María más que a los demás discípulos y la interpretó como referida a una relación sexual. Sin embargo, al leer el resto del *Evangelio de Felipe*, muchos estudiosos creen que el lenguaje sexual allí contenido sugiere una unión mística, no literal. Representa a María como símbolo de la sabiduría divina en partes del texto y en otras secciones, de la Iglesia, que es la esposa de Cristo. De modo que se entiende que es la contrapartida espiritual de Jesús.

¿Podría haber más documentos que aún no se han encontrado que pudieran arrojar más luz sobre la relación entre María y Jesús y entre la tradición ortodoxa

y esta tradición perdida? Y, de ser así, ¿por qué se conservaron algunos
Evangelios y otros no?

Probablemente incontables personas preservaron copias de estos textos. Pero como el papiro se pudre, aun en las partes más secas del mundo, como la parte de Egipto donde se encontraron los textos de Nag Hammadi, la mayor parte de las copias no deben de haber sobrevivido. En cuanto a por qué algunos Evangelios se transmitieron a lo largo de la historia y otros fueron escondidos, escribí *Los Evangelios Gnósticos* para intentar dilucidar esa cuestión.

Creo que a medida que la tradición ortodoxa progresaba y se hacía más popular, algunos de sus dirigentes sentían que debían escoger cuáles eran las enseñanzas correctas de Jesús y cuáles no. Estaban procurando consolidar una enorme cantidad de personas agrupadas en lo que hoy es Turquía, África, España, Francia, Inglaterra, Italia, Egipto —lo que los romanos consideraban el mundo conocido. Y algunos dirigentes, algunos obispos, por ejemplo, trataban de decir, bueno, escojamos la enseñanza fundamental en la que estamos todos de acuerdo. Luego, miremos todo este material, material místico y démoslo por irrelevante. No lo necesitamos —es engañoso, hace que la gente forme sus propios grupos, lo que no queremos que ocurra porque al fin y al cabo somos obispos. Hay también una razón más seria. El movimiento cristiano se enfrentaba a la persecución por parte del Estado romano, de modo que trataba de consolidarse y unificarse. Pero realmente no tenemos los detalles de ese proceso, de modo que debemos intentar reconstruirlo. Eso es difícil, pero es lo que procuro hacer con mis libros.

Este proceso de reconstrucción ¿qué la lleva a suponer con respecto a las diferencias
entre quienes seguían el culto postulado por los textos descartados y quienes seguían
los textos canónicos del Nuevo Testamento?

Creo que los Evangelios de Nag Hammadi fueron escritos por personas que creían que tenían visiones, revelaciones y una comprensión profunda. Un cristiano bautizado, en el Egipto del siglo II, podría haber necesitado un maestro espiritual que fuera más allá de la ortodoxia y le dijera, "sí, te puedo llevar más allá. Te puedo iniciar en los misterios más profundos, y puedes recibir el Espíritu Santo para que tengas tus propias revelaciones".

De modo que este grupo más pequeño, dedicado a la oración extática y las visiones, podía haber alejado a la gente de la lealtad a los obispos locales, lo que a los obispos no les habría gustado porque les parecía que tener revelaciones y visiones amenazaba la unidad de la Iglesia. El problema sigue siendo que, aun hoy, si un católico se presenta, describe una visión que tuvo de la Virgen María y dice: "la Virgen María me dijo que las mujeres deben ser sacerdotisas", él o ella ciertamente será tildada de hereje.

Sin embargo, el cristianismo no pudo haberse difundido sin revelaciones. Los Evangelios del Nuevo Testamento, en particular Lucas, están llenos de sueños y revelaciones. El movimiento estalla entre relatos de visiones y revelaciones. Pero más adelante, éstas se hicieron problemáticas porque los dirigentes de la Iglesia respondían: "Un momento ¿cuáles son las correctas y cuáles las incorrectas?" Y era necesario fijar cánones de ortodoxia. Los textos encontrados, por ejemplo el *Evangelio de Felipe* y el *Evangelio de María* fueron descubiertos en Egipto en la biblioteca de un monasterio. Y fue un obispo quien les ordenó a los monjes que los destruyeran.

¿Puede resumir los textos gnósticos para nosotros?

Aunque acostumbrábamos llamar a estos textos "textos gnósticos", el términos suele ser asociado a una visión del mundo negativa, dualista que no es la de esos textos. De modo que ya no uso el término gnosticismo ni llamo gnósticos a estos textos. Prefiero considerarlos de a uno.

El *Evangelio de Tomás* presenta la idea de que si uno saca afuera lo que lleva dentro, eso que llevas dentro te salvará, pero si no sacas afuera lo que llevas dentro, lo que llevas dentro te destruirá. Y la idea subyacente es que si puedes sacar algo de ti mismo, algo intrínseco al ser humano, entonces ello te permitirá tener acceso a Dios.

En efecto, el *Evangelio de María* dice, busca al Hijo del Hombre en ti mismo; en otras palabras, busca dentro de ti para encontrar la fuente de la divinidad más bien que mirar a Jesús el Dios Hombre. Puedes encontrar la fuente de la divinidad a través de tu propio ser, que viene de la misma fuente que el de Jesús. Es más similar a una enseñanza budista. Un sacerdote querrá decir que el único acceso a Dios es a través de la Iglesia. Pero en estos Evangelios está implícita la idea de que uno puede ir por su propio camino y encontrar la divinidad dentro de uno mismo. Uno puede no necesitar ir a la Iglesia. Puede no necesitar un sacerdote. Puede simplemente irse a meditar o a experimentar su visión propia.

¿Es posible que alguna parte del cristianismo haya sido influida por los cultos de los misterios, como sugiere Dan Brown?

Sí. Dan Brown tiene razón cuando dice que algunos de los cultos de los misterios, como el culto de la diosa madre abarcaban los misterios de la sexualidad, la muerte y el trascender la muerte. Pero no encuentro ninguna evidencia de ella en los textos encontrados. Ésa es una veta muy diferente. Bien puede haber una influencia de los cultos de los misterios en los rituales cristianos, pero no veo que los ritos sexuales estén allí. Creo que es bueno para la novela, simplemente no conozco ninguna evidencia al respecto.

¿El tema de la sexualidad era central para los primitivos dirigentes de la Iglesia?

Sí, ciertamente fue un tema para Pablo, apenas veinte años después de la muerte de Jesús. Él creía que era mejor ser célibe, como él, por el bien del movimiento evangelizador. Mucha gente cree que era viudo y había estado casado antes. Pedro estaba casado y tenía hijos. Claro que esto era lo normal para los seguidores de Jesús, pues habían sido criados en las costumbres judías y se entendía que se trataba de un valor sagrado.

Creo que lo que ocurrió fue que los seguidores de Jesús, aun los que no eran judíos, adoptaron las actitudes judías hacia la sexualidad: se daba por sentado que su fin era la procreación y cualquier relación sexual entre hombre y mujer bien podía terminar en tener hijos. Una relación sexual entre personas del mismo sexo era considerada una abominación absoluta por muchos judíos. El aborto estaba prohibido. También estaba prohibido matar a los recién nacidos, una práctica común de control de la natalidad en la antigüedad. Así que como a los cristianos les estaba prohibido matar bebés o intentar abortos o siquiera métodos anticonceptivos, si tenían intención de consagrarse al Reino y tener una vida libre de las cargas de la familia, los niños y el ganar dinero, parece que lo que hacía falta era el celibato.

Regresando al presente ¿qué cree usted que explica la difundida fascinación por los temas espirituales en la que bien puede ser llamada la era del escepticismo y la racionalidad?

En primer lugar, sé que para mí y para muchos otros hay una tremenda hambre de conocimiento espiritual y de un camino espiritual. Y eso es así, sea para los evangélicos —no me gusta usar la palabra *fundamentalista*— o los baptistas sureños, místicos católicos romanos o ateos. Mucha gente explora los temas espirituales porque, creo, tales temas son una parte profunda de la vida humana y los necesitamos. Sea que uno crea que el mundo fue creado en seis días o que tenga otra comprensión filosófica, creo que nuestros corazones, emociones y actitudes hacia los demás están en el centro de esta tradición.

¿Cree usted que estos textos y su obra le permitirán a la gente que tiene problemas con su fe decir: "Oh, aquí hay otra dimensión?"

Para mí, eso es importante porque, creo, si uno trata de tragar el cristianismo tal como se lo suele enseñar, es indigerible. Tiene un elemento que, si debe ser tomado en forma literal, hace que la mayor parte de las personas se cuestione. ¿Realmente nació Jesús de una virgen? ¿Qué queremos decir con lo de la resurrección de los muertos? De modo que sí, mi obra y lo que trato de hacer con mis libros es formular una invitación que diga "podemos pensar acerca de esas cosas". Podemos observarlas desde el punto de vista histórico. Podemos observar la Biblia no como algo que simplemente descendió del cielo en una nube de oro, sino como una colección, laboriosamente reunida por incontables personas, que contiene algunas verdades muy poderosas. Pero ello no significa que debamos tomarlo todo como si fuese literalmente cierto y simplemente tratemos de tragarlo. Podemos reflexionar al respecto, podemos discutirlo. Como dice Jesús, "Que quien busca, no deje de buscar hasta haber encontrado. Cuando encuentre, se sentirá turbado. Cuando se sienta turbado, quedará asombrado". Está claro que Jesús nos invita a un proceso de exploración —no simplemente a una serie de creencias que podemos aceptar o rechazar. Podemos retener los elementos que amamos, y decir que otros tal vez lo perciban de otra manera. Y con esta nueva evidencia, creo que estamos ante una notable oportunidad.

El Evangelio de Tomás

Presentado por Helmut Koester
Selecciones del *Evangelio de Tomás*, el *Evangelio de Felipe*, el *Evangelio de María María* y la *Sofía de Cristo* se extractan de la *Biblioteca de Nag Hammadi* en inglés, 3ra edición, completa y revisada por James M. Robinson, editor general. Copyrigt © 1978, 1988 por E. J. Brill, Leide, Holanda. Reproducido con permiso de HarperCollins Publishers, Inc.

El *Evangelio de Tomás* es una colección de dichos tradicionales atribuidos a Jesús. Estos dichos o pequeñas series de dichos se presentan en la mayor parte de los casos con "Jesús [les] dijo, a veces con una pregunta o afirmación de los discípulos. Sólo en una instancia un dicho se expande a una discusión más larga entre Jesús y los discípulos...

La autoría del Evangelio se atribuye a Didymos Judas Tomás, es decir, Judas "el mellizo". En la Iglesia siríaca (Judas) Tomás era conocido como el hermano de Jesús que fundó las Iglesias de Oriente, en particular Edessa (en una tradición un poco posterior incluso viaja a la India). Otros escritos cristianos de las Iglesias orientales le han sido atribuidos a ese mismo apóstol.

Una buena cantidad de los dichos del *Evangelio de Tomás* tienen paralelos en los Evangelios del Nuevo Testamento, en los Evangelios sinópticos (Mateos, Marcos y Lucas) así como en el *Evangelio de Juan* (los paralelos con este último son particularmente llamativos).

El tema de reconocerse uno mismo se elabora aún más en los dichos que hablan del conocimiento del propio origen divino que ni siquiera Adán compartía, aunque "fue engendrado por un gran poder...". Los discípulos deben dejar a un lado la presente existencia corruptible. La existencia del discípulo gnóstico ideal está caracterizada por el término *solitario*, que describe a quien ha dejado atrás todo lo que ata a los seres humanos al mundo. Hasta las mujeres pueden lograr este objetivo si logran la "masculinización" de la existencia solitaria.

El Evangelio de Tomás

TRADUCIDO POR THOMAS O. LAMBDIN

Éstos son dichos secretos que el Jesús viviente pronunció y que Didymos Judas Tomás escribió.

(1) Y dijo "quien dé con la interpetación de estos dichos no experimentará la muerte".

(2) Jesús dijo "Aquel que busca, que busque hasta que encuentre. Cuando encuentre, se turbará. Cuando se turbe, se asombrará y regirá sobre todos".

(3) Si quienes os conducen os dicen, "Ved, el reino está en los cielos", entonces los pájaros que vuelan os precederán. Si os dicen "está en el mar", entonces los peces os precederán. Más bien, el reino está dentro de vosotros. Cuando lleguéis a conoceros, os daréis cuenta de que vosotros sois los hijos del padre que vive. Pero si no os conocéis, vivís en la pobreza y vosotros mismos sois esa pobreza".

(5) Jesús dijo: "Reconoced lo que tenéis ante vosotros y lo que está oculto os será manifestado. Pues nada hay que esté oculto que no vaya a manifestarse".

(16) Jesús dijo: "Los hombres tal vez crean que yo he venido a traer paz al mundo. No saben que lo que he traído a la tierra es el disenso: fuego, espada y guerra. Pues habrá cinco en una casa: tres se enfrentarán a dos y dos a tres, el padre al hijo, y el hijo al padre. Y quedarán solos".

(37) Sus discípulos dijeron: "¿Cuándo te revelarás a nosotros y cuándo te veremos?"

Jesús dijo: "Cuando os desnudéis sin sentir vergüenza y toméis vuestras vestiduras y os las pongáis bajo los pies como niños pequeños y las pisoteéis, entonces [veréis] al hijo de aquel que vive, y no tendréis miedo".

(70) Jesús dijo: "Lo que tenéis os salvará si lo sacáis de vosotros. Lo que no tengáis en vosotros os matará si no lo tenéis en vosotros".

(114) Simón Pedro les dijo: "Que María nos deje, pues las mujeres no son dignas de la vida". Jesús dijo: "yo mismo la conduciré para que se vuelva varón, de modo que también ella llegue a ser un espíritu viviente como vosotros, los varones. Pues las mujeres que se vuelvan varones entrarán en el reino de los cielos".

El Evangelio de Felipe

PRESENTADO POR WESLEY W. ISENBERG

El *Evangelio de Felipe* es una antología de afirmaciones referidas sobre todo al significado y al valor de los sacramentos en el contexto del rechazo de una concepción valentiniana del dilema humano y de la vida después de la muerte [los valentinianos rechazaban la forma en que la mayoría de los demás cristianos interpretaban la Biblia por considerar que era demasiado literal].

Del mismo modo que los Evangelios del canon del Nuevo Testamento, estas afirmaciones recurren a una variedad de formas literarias: aforismo, analogía, parábola, paraenesis, polémica, diálogo narrativo, dichos dominicales, exégesis bíblica y proposiciones dogmáticas. Sin embargo, el *Evangelio de Felipe* no es un Evangelio como los Evangelios del Nuevo Testamento.

Sin duda, presenta ocasionalmente algún dicho o hecho de Jesús... [pero] estos pocos dichos e historias acerca de Jesús... no están incluidos en ninguna suerte de marco narrativo como los que componen los Evangelios del Nuevo Testamento. De hecho, el *Evangelio de Felipe* no está organizado de una forma que permita dar un esbozo del mismo. Aunque hay algún grado de continuidad dada por las asociaciones de ideas, series de contrastes o por conceptos que se repiten, la línea argumental es vagarosa e inconexa. Son habituales los cambios de tema totales.

El Evangelio de Felipe

TRADUCIDO POR WESLEY W. ISENBERG
[Éste es Evangelio célebre por el pasaje "la besaba frecuentemente en…" resaltado en negrilla.]

…Cristo vino para rescatar a algunos, para salvar a otros, para redimir a otros. Pagó rescate por aquellos que eran extraños y que hizo suyos. Y dispuso a los suyos aparte, y los dio en fianza según tenía planeado. No sólo dio su vida voluntariamente cuando apareció, sino que dio voluntariamente su vida desde el día mismo en que el mundo llegó a existir. Entonces fue el primero, para poder tomarlo, ya que había sido dado en fianza. Cayó en manos de ladrones y fue tomado cautivo, pero él lo salvó. Redimió a los buenos del mundo y también a los malos.

La Luz y la Oscuridad, la vida y la muerte, la derecha y la izquierda son hermanos uno de otro. Son inseparables. Por ello ni los buenos son buenos, ni el mal es malo, ni la vida es vida, ni la muerte es muerte. Es por esto que cada uno se disolverá en su origen primordial. Pero quienes sean elevados por encima del mundo son indisolubles, eternos.

Algunos dicen, "María concibió mediante el Espíritu Santo". Se equivocan. No saben lo que dicen. ¿Cuándo concibió mujer de mujer? María es la virgen a quien ningún poder mancilló. Ella es gran anatema para los hebreos, quienes son los apóstoles y [los] hombres apostólicos. Esta virgen a quien ningún hombre mancilló […] los poderes se mancillan a sí mismos. Y el señor no [habría] dicho "Mi [padre que está en el] cielo" (Mt. 16:17), si [él] no hubiera tenido otro padre, sino que simplemente habría dicho "[Mi padre]."

La fe recibe, el amor da. [Nadie podrá recibir] sin fe. Nadie podrá dar sin amor. Por ello, para que realmente podamos recibir, creemos, y para poder amar, damos, ya que

El *Evangelio de Felipe*: Fragmentos como éste son los que quedan del Evangelio alternativo hallado en el desierto egipcio de Nag Hammadi en 1945. La naturaleza fragmentaria del *Evangelio de Felipe* es particularmente perturbadora. Este pasaje se refiere al hecho, aparentemente muy conocido (en los círculos gnósticos de la época), de que Jesús besaba frecuentemente a María Magdalena en la b… Lo que sigue es la primera letra de la palabra copta que significa "boca", luego, un agujero en el fragmento hace ilegible la continuación. INSTITUT FOR ANTIQUITY AND CHRISTIANITI, CLAREMONT, CA, ESTADOS UNIDOS.

si uno da sin amor, no saca provecho de aquello que dio. Aquel que ha recibido algo que no sea el Señor aún es un hebreo.

En lo que respecta a la Sabiduría conocida como "la estéril", es la madre [de los] ángeles. **Y la compañera del [...] María Magdalena [...amaba] más que [a los demás] discípulos, [y solía] besarla [frecuentemente] en la [...]. Los demás [discípulos...].** Le dijeron "¿por qué la amas más que a nosotros?". El Salvador respondió diciéndoles "¿por qué no os amo como a ella? Cuando un ciego y uno que ve están juntos en la oscuridad, no se diferencian uno de otro. Cuando llega la luz, quien ve, verá la luz y quien es ciego continuará a oscuras".

¡Grande es el misterio del matrimonio! Porque [sin él] el mundo [no existiría]. Ahora la existencia [del mundo...], y la existencia del [...matrimonio]. Pensad en la [...relación], pues posee [...] poder. Su imagen es una [profanación].

Las formas de los espíritus malignos incluyen machos y hembras. Los machos son aquellos que se unen con las almas que habitan una forma femenina, pero las hembras son aquellas que están mezcladas con aquellos de forma masculina debido a aquella que desobedeció. Y nadie podrá escapar de ellos, ya que lo detienen si no recibe un poder macho o un poder hembra, el novio y la novia...

La cámara nupcial no es para los animales, ni para los esclavos, ni para mujeres mancilladas; sino para hombres libres y para vírgenes.

El mundo se originó en un error. Pues aquel que lo creó quería hacerlo imperecedero e inmortal. No logró cumplir del todo con su objetivo. Pues el mundo nunca fue imperecedero, ni, por cierto, tampoco lo fue aquel que creó el mundo. Pues las cosas no son imperecederas, pero los hijos sí lo son. Nadie podrá recibir la condición de imperecedero si no se transforma antes en hijo. Pero quien es incapaz de recibir, ¡cuánto más lo será de dar!...

El Evangelio de María

Presentado por Karen King

El texto que conocemos del *Evangelio de María* puede ser fácilmente dividido en dos partes. La primera sección (7,1-9,24) describe el diálogo entre el Salvador [resucitado] y los discípulos. Responde a algunas de sus preguntas referidas a la materia y al pecado... En efecto, el Salvador arguye que el pecado no es una categoría moral, sino cosmológica; se debe a la mezcla inadecuada de lo material y lo espiritual. Al fin, todas las cosas se disolverán en la raíz que les corresponde. Tras finalizar este discurso, el Salvador les hace un saludo final, les advierte que se cuiden de cualquiera que quiera llevarlos por el mal camino y les encarga ir y predicar el Evangelio del reino. Sin embargo, una vez que parte, los discípulos se sienten apenados y llenos de dudas y consternación. María Magdalena los consuela y vuelve sus corazones hacia el Bien y la consideración de las palabras del Salvador.

La segunda sección del texto... contiene una descripción que hace María de la revelación especial que le transmitió el Salvador. A pedido de Pedro, les cuenta a los discípulos las cosas que estaban ocultas de ellos. La base de su conocimiento es una visión que tuvo del Señor y un diálogo privado con él. Desgraciadamente, faltan cuatro páginas del texto, de modo que sólo contamos con el principio y con el fin de la revelación de María.

La revelación tiene forma de diálogo. La primera pregunta que María le hace al Salvador es cómo ve uno una visión. El Salvador le responde que se ve a través de la mente, que está entre el alma y el espíritu. En este punto, el texto se interrumpe. Cuando el texto continúa, María está en medio de una descripción de la revelación del Salvador con respecto al ascenso del alma más allá de los cuatro poderes. Lo más probable es que los cuatro poderes puedan ser identificados como expresiones esenciales de los cuatro elementos materiales. El alma iluminada, libre ahora de sus lazos, asciende más allá de los cuatro poderes, venciéndolos con su *gnosis* y llega al descanso eterno y silente.

Una vez que María termina de relatar su visión a los discípulos, primero Andrés, después Pedro, la cuestionan por dos motivos. En primer lugar, dice Andrés, esas enseñanzas son extrañas. En segundo lugar, cuestiona Pedro, ¿es concebible que el Salvador le haya contado tales cosas a una mujer y las haya ocultado de los discípulos de sexo masculino? Levi regaña a Pedro por debatir con una mujer como si se tratara de un adversario y reconoce que el Salvador la amaba más que a los otros discípulos. Los insta a que se avergüencen, a imbuirse del hombre perfecto e ir y predicar como les enseñó el Salvador. Parten a predicar y el texto concluye.

El enfrentamiento de María y Pedro, una situación ya aparecida en el *Evangelio de Tomás*, *Pistis Sofía* y el *Evangelio de los Egipcios*, refleja algunas de las tensiones del cristianismo del siglo II. Pedro y Andrés representan las posiciones ortodoxas que niegan la validez de la revelación esotérica y rechazan la autoridad de las mujeres para enseñar. El *Evangelio de María* ataca frontalmente estas dos posiciones por medio de su representación de María Magdalena. Ella es la bienamada del Salvador y posee un conocimiento y una enseñanza superiores a los de la tradición apostólica pública. Su superioridad se basa en sus visiones y revelaciones privadas y queda demostrada por su capacidad de fortalecer a los discípulos cuando dudan y hacer que se vuelvan hacia el Bien...

El *Evangelio de María* fue escrito originariamente en griego en algún momento del siglo II. Desgraciadamente, las dos únicas copias del *Evangelio de María* con que contamos son extremadamente fragmentarias...

El Evangelio de María

TRADUCIDO POR GEORGE W. MACRAE Y R. MCL. WILSON

...Pedro le dijo, "ya que nos has explicado todo, explícanos también esto: ¿cuál es el pecado del mundo?". El Salvador dijo: "No hay pecado, sino que vosotros sois quienes creáis el pecado al hacer cosas que son semejantes al adulterio, al que se llama "pecado". Por eso Dios vino a estar entre vosotros, a la (esencia) de toda naturaleza, para restaurarla a su propia raíz". Continuó diciendo, "Es por ello que vosotros [enfermáis] y morís, pues [...] aquel que [...Quien pueda] entender, que entienda. [La materia dio nacimiento a] una pasión que no tiene igual, que procede de (algo) contrario a la naturaleza. Y así surge una perturbación en todo el cuerpo. Es por ello que os dije Sed valerosos y si sentís que el valor os abandona, que el valor [regrese]a vosotros cuando estéis frente a las diferentes formas de la naturaleza. Quien tiene oídos para oír, que oiga."...

Una vez que dijo esto, partió.

Pero se sintieron apesadumbrados. Lloraron mucho, decían, "¿Cómo iremos donde los gentiles y predicaremos el Evangelio del reino del Hijo del Hombre? ¿Si a él no lo perdonaron, cómo habrían de perdonarnos a nosotros?" Entonces se puso de pie María, los saludó a todos y dijo a sus hermanos, "no lloréis, no os apesadumbréis, no estéis indecisos, pues su gracia estará plenamente con vosotros y os protegerá. Antes bien, alabad su grandeza, pues nos ha preparado y ha hecho hombres de nosotros". Cuando María dijo esto, volvió sus corazones hacia el Bien, y comenzaron a discutir las palabras del [Salvador].

Pedro le dijo a María, "Hermana, sabemos que el Salvador te amaba más que a las demás mujeres. Dinos las palabras del Salvador que recuerdes —que tú conoces [pero] nosotros no, ni tampoco las hemos oído". María respondió diciendo "lo que está oculto de vosotros lo proclamaré ante vosotros". Y comenzó a decirles estas palabras. "Vi, dijo, al Señor en una visión y Le dije, 'Señor, vi vuestro cuerpo hoy en una visión'. Me respondió diciendo, 'Bendita seas tú, que no vacilaste en mi presencia. Pues donde está la mente, está el tesoro'. Le dije, 'Señor, aquel que ve la visión, ¿la ve [con] el alma [o] con el espíritu?' El Salvador respondió diciendo 'No la ve con el alma ni con el espíritu, sino con la mente que [está] entre ambos —eso es lo [que] ve la visión y es [...]'".

Una vez que María hubo dicho esto, quedó en silencio, pues había sido de esto que el Salvador había hablado con ella. Pero Andrés respondió y les dijo a los hermanos "Decid lo [que queráis] respecto a lo que ella dijo. Yo, al menos, no creo que el Salvador haya dicho eso. Pues ciertamente estas enseñanzas son ideas extrañas". Pedro respondió y habló con respecto a estas mismas cosas. Los interrogó acerca del Salvador: "¿Realmente habló con una mujer sin que nosotros lo supiéramos y [sin] hacerlo en forma abierta? ¿Nos vamos a poner a escucharla? ¿La prefería a ella antes que a nosotros?"

Luego María lloró y le dijo a Pedro "Pedro, hermano mío, qué crees? ¿Crees que yo inventé esto en mi corazón, o que miento acerca del Salvador?". Levi respondió diciéndole a Pedro, "Pedro, siempre has sido arrebatado. Te veo ahora contendiendo con una mujer como si fuera un adversario. Pero si el Señor la hizo digna ¿quién eres tú para rechazarla? Sin duda, el Salvador la conoce muy bien. Por eso la amaba más que a nosotros. Avergoncémonos, más bien e imbuyámonos del hombre perfecto y adquirámoslo para nosotros tal como él lo ordenó, y prediquemos el evangelio, sin fijar otra regla o ley que aquella que proclamó el Salvador". Cuando [...] y comenzaron a partir [a] proclamar y predicar.

Presentación de la Sofía de Jesucristo

Por Douglas M. Parrott

En su forma, la *Sofía de Jesucristo* es un discurso de revelación dado por el Cristo resucitado en respuesta a las preguntas de sus discípulos. Este texto permite ver el proceso mediante el cual un tratado no cristiano fue transformado en tratado gnóstico cristiano... No sería sorprendente que hubiese sido compuesto poco después de la llegada del cristianismo a Egipto —segunda mitad del primer siglo d.C. Esta posibilidad se ve reforzada por el tono relativamente poco polémico del tratado.

La *Sofía de Jesucristo* iba dirigida a un público para el cual el cristianismo era un elemento suplementario (es decir, no el central) en su horizonte religioso... En él, el Salvador (Cristo) vino de la región supracelestial. Sofía es la responsable de la caída de gotas de luz del reino divino al mundo visible; y, existe un dios quien, con sus poderes subordinados, rige directamente este mundo para detrimento de aquellos que vienen del reino divino.

Se sugiere que el sexo es el medio mediante el cual se perpetúa el estado de esclavitud a los poderes. Pero el Salvador (Cristo) rompió las ataduras que impusieron los poderes y les enseñó a otros a hacer lo mismo... Además, debe notarse que los discípulos mencionados en *Sofía de Jesucristo*, Felipe, Mateo, Tomás, Bartolomé y María, reflejan una tradición interna del gnosticismo que se refiere a discípulos que son completamente gnósticos y que suelen ser contrastados en forma regular y de distintas maneras con los discípulos "ortodoxos" o que de "ortodoxos se han convertido en gnósticos" (principalmente Pedro y Juan).

La Sofía de Jesucristo

TRADUCIDO POR DOUGLAS M. PARROTT

Tras resucitar de entre los muertos, sus doce discípulos y siete mujeres fueron tras sus seguidores y fueron a Galilea, a la montaña llamada "Adivinación y Alegría". Cuando se reunieron y se sintieron perplejos ante la realidad que subyace al universo y el plan y la santa providencia y el poder de las autoridades y todo lo que con éstos hace el Salvador en el secreto del santo plan, el Salvador apareció —no bajo su forma anterior, sino en su espíritu invisible. Y se asemejaba a un gran ángel de luz. Pero no debo decir qué parecía. La carne mortal no podría soportarlo, sólo la carne pura (y) perfecta, como aquella sobre la que nos enseñó en la montaña de Galilea llamada "de los Olivos". Y dijo "¡la paz sea con vosotros! ¡Os doy mi paz!". Y sintieron maravilla y temor.

El Salvador rió y les dijo: "¿En qué pensáis? ¿[Por qué] estáis perplejos? ¿Qué buscáis?". Felipe dijo: "La realidad que subyace al universo y el plan".

El Salvador les dijo: "Quiero que sepáis que todos los hombres nacidos en la tierra desde que se fundó el universo hasta ahora, como son polvo, aunque han inquirido acerca de Dios, acerca de quién es y a qué se asemeja, no lo han encontrado. Y los más sabios de ellos han especulado con respecto al ordenamiento del mundo y su movimiento. Pero su especulación no ha alcanzado la verdad. Pues se afirma que el ordenamiento ha sido dirigido en tres direcciones por los filósofos [y] y que por lo tanto no están de acuerdo. Pues algunos de ellos han dicho que el mundo se dirige por sí mismo. Otros, que [lo dirige] la providencia. Otros, que el destino. Pero ninguno de éstos lo hace. Además, de las tres voces que acabo de mencionar, ninguna está cerca de la verdad y [provienen] del hombre. Pero yo, que vine de la Luz Infinita, estoy aquí — pues la conozco [a la Luz]— para hablaros de la precisa naturaleza de la verdad. Pues todo lo que viene de sí mismo es una vida contaminada; está hecha por sí misma. La providencia no tiene sabiduría en sí. Y el destino no discierne...

Mateo le dijo: "Señor, nadie puede encontrar la verdad si no es a través de ti. Enséñanos, pues, la verdad".

El Salvador dijo: "El que Es es inefable. Ningún principio lo conoció, ninguna autoridad, ninguna subordinación, ni criatura alguna desde la fundación del mundo hasta ahora, sólo él mismo, y aquellos a quienes él quiere darles la revelación por medio de aquel que pertenece a la Luz Eterna. Desde ahora, soy el Gran Salvador. Pues él es inmortal y eterno. Ahora bien, él es eterno, pues no tiene nacimiento; pues todos los que han nacido perecerán. Es no-engendrado, pues no tiene comienzo; pues todo el que tiene comienzo tiene fin. Como nadie lo gobierna, no tiene nombre; pues quien tiene nombre es la creación de otro... Y tiene su propio aspecto —no como el visteis y recibisteis, un aspecto extraño que sobrepasa a todo y es mejor que todo lo que contiene el universo. Mira a uno y otro lado y se ve a sí mismo desde sí mismo. Como es infinito, siempre será incomprensible. No es perecedero y no se parece [a nada]. Es el bien inmutable. Es inmaculado. Es eterno. Es bendito. No es conocido, pero siempre se conoce a sí mismo. En inconmensurable. Es indetectable. Es perfecto, pues no tiene defecto. Es imperecederamente bendecido. Se lo llama 'Padre del Universo'..."

Mateo le dijo: "Señor, Salvador, ¿cómo fue revelado el hombre?".

El Salvador perfecto dijo: "Quiero que sepáis que quien apareció ante el universo en la infinidad, el Padre criado por Sí mismo, construido por Sí mismo, que está colmado de luz y es inefable, cuando decidió que su semejanza deviniera en gran poder, de inmediato el principio [o comienzo] de esa Luz apareció como Hombre Inmortal Andrógino, de modo que por medio del Hombre Inmortal pudiérais alcanzar la salvación y despertar del olvido a través del intérprete que fue enviado, que está con vosotros hasta que finalice la pobreza de los ladrones.

"Y su consorte es la Gran Sofía, quien desde el comienzo estuvo destinada en él para unirse al Padre engendrado por Sí mismo, por el Hombre Inmortal, 'quien apareció como Primero y como divinidad y como reino', pues el Padre, a quien se llama "Hombre, Padre de Sí mismo", reveló esto. Y creó un gran avatar, cuyo nombre es Ogdoad.

"Todos los que vinieron al mundo, como una gota de la Luz, son enviados por él al mundo del Todopoderoso, de modo que él los guarde. Y el lazo del olvido lo ató a la voluntad de Sofía, de modo que la materia pueda ser [revelada] a través de él a todo el mundo que está en la pobreza de su [la del To-dopoderoso] arrogancia y ceguera y la ignorancia que hizo que él recibiera nombre. Pero yo vine de los lugares de arriba por voluntad de la gran Luz, [yo], que escapé de ese lazo; he cortado las obras de los ladrones; he desperta-do esa gota que llegó por medio de Sofía para que a través de mí pueda dar mucho fruto y pueda ser perfeccionada para que vuelva a ser sin defecto, si no que pueda [unirse] por medio de mí, el Gran Salvador, para que gloria pueda ser revelada, de modo que se vuelva a hacer justicia para con Sofía con respec-to a tal defecto, para que sus hijos no vuelvan a ser defectuosos sino que ob-tengan honor y gloria y asciendan a su padre y conozcan las palabras de la Luz masculina. Y fuisteis enviados por el Hijo, quien fue enviado para que voso-tros pudierais recibir la Luz y salir del olvido de las autoridades y para que pueda no regresar a las apariencias debido a vosotros, verbigracia, al tizne im-puro que vino del temible fuego que se originó en la parte carnal. Pisotead su malévola intención..."

Éstas son las cosas que [el] Salvador bendito [dijo] [y desapareció] de en-tre ellos. Y [todos los discípulos] sintieron una [grande, inefable alegría] en [el espíritu a partir] de ese día. [Y sus discípulos] comenzaron a predicar [el] Evan-gelio de Dios, [el] eterno, imperecedero [Espíritu]. Amén.

4 LOS PRIMEROS DÍAS DE LOS CRISTIANISMOS

Una forma de cristianismo… resultó ganadora de los conflictos de los siglos II y III. Esta forma única de cristianismo decidió cuál sería la perspectiva cristiana "correcta"; decidió quién ejercería autoridad sobre la creencia y la práctica cristiana; y determinó qué formas de cristianismo serían marginalizadas, hechas a un lado, destruidas. También decidió qué libros canonizar como Escrituras y cuáles apartar como "heréticos" que enseñaban ideas falsas…

Sólo veintisiete de los libros cristianos primitivos fueron incluidos finalmente en el canon, fueron copiados por escribas a lo largo de la historia, traducidos en su momento al inglés y llegaron, en la actualidad, a las bibliotecas de prácticamente todos lo hogares de Estados Unidos. Otros libros fueron rechazados, burlados, calumniados, atacados, quemados y prácticamente olvidados —perdidos.

—BART D. EHRMAN

Al comienzo, no había un cristianismo, sino muchos. Y entre ellos se contaba una bien establecida tradición de gnosticismo, una de las "herejías" clave sobre las que Dan Brown construye la trama de *El Código Da Vinci.*

Las raíces sacralizadas y veinte siglos de primacía en el mundo occidental han llevado a la visión más o menos dominante de que el cristianismo moderno evolucionó en forma más o menos lineal y directa a partir de las enseñanzas de Jesús. La civilización occidental, que todo lo ve en forma de instantáneas, ha tendido a ver esto como una progresión natural: comienza con Jesús, sigue con la prédica de los apóstoles tal como se la presenta en el Nuevo Testamento, después con el establecimiento por parte de Pedro de la Iglesia, recibe la

protección de Constantino y del Concilio de Nicea y de allí se difunde por todo el Imperio Romano, Europa y de ahí al mundo moderno. Si pensamos en el
debate, conflicto y herejía en el pensamiento cristiano, nuestra educación en
materia de historia y humanidades tiende a enfatizar la relativamente reciente experiencia de la Reforma.

El Código Da Vinci de Dan Brown quiere familiarizar al lector con el evento menos conocido, aún "oculto" de la historia, las preguntas sin respuesta acerca de la historia temprana del cristianismo:

- ¿Quién fue Jesús?
- ¿Quién fue María Magdalena?
- ¿Por qué fueron aceptadas las nociones de inmaculada concepción o de
  resurrección?
- ¿Jesús y sus seguidores judíos buscaban definir un nuevo camino para
  el judaísmo o crear una nueva religión?
- ¿Cuán creíbles son los cuatro Evangelios aceptados cuando sus relatos
  se contradicen entre sí?
- ¿Qué puede uno sacar en limpio de todos los relatos que no llegaron a
  integrar el Nuevo Testamento?

La historia cristiana primitiva se desarrolla bajo la forma de un relato des-
prolijo puntuado por cabos sueltos, incógnitas, intrigas políticas y personales,
ironías y dosis considerables de interpretaciones políticas tendenciosas. De allí
resulta que la historia del cristianismo es ante todo la de interpretaciones diferentes y a veces enormemente divergentes que pueden rastrearse hasta los comienzos mismos del movimiento de Jesús. Como se ve a lo largo del presente
libro, las diferencias entre Pedro y los demás, la cuestión del papel de María
Magdalena y las preguntas internas y dudas del propio Jesús se están volvien-
do más evidentes mediante los procedimientos actuales de erudición, análisis
textual y arqueología que lo que nunca fueron en el transcurso de los últimos
mil seiscientos años.

Hace mucho que los eruditos saben que hay una brecha de unos cuarenta
años (tal vez menos, tal vez muchos más) entre la muerte de Jesús y la escritura del primer Evangelio. Durante ese período, los seguidores consolidaban sus
creencias por medio de la tradición oral y del decidir quién fue Jesús y qué sig-
nificaron su vida y su muerte. Cada uno de los Evagelios representaba la narración por parte de un evangelista de la historia desde puntos de vista ligeramente diferentes, basadas en las circunstancias propias del narrador y del público
al que se dirigiese. Por fin, cuatro Evangelios y otros veintitrés textos fueron
canonizados (se declaró que eran Sagradas Escrituras). Esto no ocurrió, sin embargo, hasta el siglo VI.

Como señala Deirdre Good en sus conferencias sobre María Magdalena y *El Código Da Vinci*, "Prácticamente todos los personajes del Nuevo Testamento deben ser considerados judíos, a no ser que uno tenga forma de demostrar que no lo eran". La mayor parte de los expertos están de acuerdo en que Jesús era judío. Los relatos del Nuevo Testamento describen repetidamente su compromiso en la vida religiosa judía —desde su precoz entendimiento del ritual del templo cuando era un niño hasta su ataque a los cambistas del templo en su madurez. En todos los casos, el templo al que se remite y que quiere reformar según su visión es el templo judío tradicional.

De hecho, había tanto fermento en el judaísmo de la época —diferentes cultos, sectas, clanes, tribus, profetas, falsos profetas, rabinos, maestros, los influidos por los griegos, los influidos por los romanos— que el movimiento de Jesús puede no haber sido percibido como nada especialmente chocante o distinto cuando apareció por primera vez. Las comunidades judías esparcidas en Egipto, Turquía, Grecia, Siria, Irak y otros lugares tenían sus propias tradiciones de creencias modificadas e influidas por las culturas que las rodeaban. En ese entonces, el judaísmo era una morada muy amplia —y aun en su interior, la situación solía estar caracterizada por revueltas, enconadas luchas de facciones y tal vez inevitablemente— divisiones.

Ciertamente, parece que durante mucho tiempo después de la muerte de Jesús, sus seguidores no fueron necesariamente percibidos como creyentes en una religión fundamentalmente distinta del judaísmo. Lo que devino en cristianismo se trató al comienzo de judíos que predicaban una forma cada vez más independiente del judaísmo a otros judíos. Algunos de los círculos de seguidores de Jesús, llamados nazarenos por los judíos y cristianos por los gentiles (los no judíos), exigían que los varones estuviesen circuncidados y que se siguieran el ritual y las prescripciones dietéticas judías, pero insistían en que Jesús era hijo de Dios y único camino a la salvación —creencias incompatibles con la ortodoxia judía. Los ebionitas, que recientemente fueron descriptos como "cristianos que aún no habían abandonado su caparazón judía", insistían en que para ser parte de su movimiento, uno debía ser judío. Sin embargo, arguye Bart Ehrman, el experto contemporáneo en escrituras y conocimientos cristianos perdidos, los ebionitas creían profundamente en Jesús pero lo percibían como "el Mesías judío enviado por el Dios judío al pueblo judío en cumplimiento de la escritura judía". Los ebionitas creían que Jesús era un hombre mortal tan recto que Dios lo adoptó como hijo Suyo y le permitió sacrificarse para redimir los pecados de la humanidad.

Saulo, un griego judío, se oponía firmemente a los nazarenos, pero en el camino a Damasco tuvo una visión en la que Jesús le dijo que pasara el resto de su vida difundiendo el evangelio entre los gentiles. Saulo cambió su nombre por el de Pablo. Sus creencias diferían en aspectos significativos de las de los otros grupos que emergían por entonces de la tradicion judía: Pablo creía que los conversos varones no necesitaban ser circuncisos y que seguir la ley judía no era necesario, planteando al hacerlo uno de los primeros conflictos cristianos. Pablo concentró sus esfuerzos en convertir a los gentiles, mientras que otros intentaban convertir a la comunidad judía desde adentro. Pablo viajó extensamente y estableció Iglesias cristianas en todo el Mediterráneo oriental. Aún más celosos que los paulinos fueron los marcionitas, quienes buscaron descartar por completo su legado judío, al punto de considerar al concepto judío de Dios como el de un Dios que fracasó.

Los apóstoles y después sus seguidores partieron a divulgar la "buena nueva" (evangelios). La difusión del cristianismo fue un proceso lento, complicado e indudablemente confuso que debe ser visto en el contexto del mundo político de los primeros siglos de la presente era. Era la época del Imperio Romano. A medida que el imperio se expandía geográficamente, incorporaba poblaciones cuyas creencias religiosas eran ante todo paganas y animistas, vinculadas a la mitología griega y egipcia. Todas coexistían y el Estado no tomaba partido por ninguna.

El cristianismo surgió en esta olla podrida teológica. Contrariamente a las religiones politeístas predominantes, el cristianismo y el judaísmo eran monoteístas y enseñaban una relación totalmente diferente del hombre con Dios (a diferencia de la relación del hombre con los dioses) a la que planteaban aquéllas. Por el camino, surgieron distintas interpretaciones del sistema cristiano de creencias, algunas de las cuales tomaban prestados elementos de las religiones paganas que las rodeaban, otras simplemente presentando interpretaciones alternativas de creencias doctrinales clave.

Contra toda la agitación de este telón de fondo, una de las tendencias que emergió —una que es especialmente relevante para aquellos que se interesen por el auténtico trasfondo de la versión de la historia que da *El Código Da Vinci*— fue el gnosticismo. Los gnósticos buscaban el conocimiento en un sentido místico, cosmológico y secreto. Tendían a fusionar el cristianismo, considerado como filosofía, con más elementos griegos, egipcios, míticos y aun orientales. Los gnósticos parecen haber estado altamente alfabetizados y haber heredado una mezcla de las tradiciones griegas y rabínicas de formar escuelas para compartir el conocimiento y debatir. Si se mantiene presente que en esa época la religión, la ciencia, la filosofía, la política, la poesía, la cosmología y el misticismo coincidían esencialmente en una gran sopa primordial, se puede considerar que los gnósticos crearon un rica variedad de documentos, escrituras y evangelios. Como representaba un cristianismo en agudo desacuerdo con los crecientemente dominantes cristianos paulinos, se declaró que los gnósticos eran herejes a quienes se debía combatir y eliminar.

Algunos de los gnósticos vivían en forma comunitaria en comunidades en la cima de montañas o en el desierto, lejos de las mundanales multitudes inmersas en otras corrientes de pensamiento. Puede que lo hayan hecho así para preservar la pureza de su búsqueda o porque sus creencias eran tan anatematizadas por las tendencias dominantes cristianas y romanas, que el miedo los hacía buscar lugares seguros para sus prácticas.

A lo largo de los dos primeros siglos, el cristianismo pasó de ser una creencia local enseñada por evangelistas itinerantes a pequeñas comunidades de creyentes organizadas en Iglesias locales —cada una de las cuales tenía sus propios dirigentes, escritos y creencias— sin una autoridad ni jerarquía que estuviese por encima de todas. Lentamente al comienzo, luego con creciente rapidez, surgió una jerarquía formal y con ella, la necesidad de uniformidad doctrinal. Los otros puntos de vista y las herejías debían ser erradicados.

En el año 313, el emperador Constantino declaró que era "saludable y muy adecuado" que el Imperio Romano "tolerara por completo" a quien hubiese "entregado su espíritu al culto de los cristianos" o a cualquier otro similar a ése. Con ese dictamen, conocido como edicto de Milán, se suponía que terminaría la persecución oficial al cristianismo y los cristianos. Se suele afirmar que Constantino se convirtió al cristianismo, pero la mayor parte de los estudiosos entienden que ello no ocurrió hasta un momento muy posterior, cercano a su muerte. Muchos historiadores creen que la mejor explicación de la decisión de Constantino es que se trató de un rasgo de astucia política —una jugada que tomó en cuenta el creciente poder del cristianismo y una forma de poner ese poder a sus órdenes. Además, fue una decisión nacida de una fascinante mezcla de elementos místicos, supersticiosos, militares y filosóficos, además de su significado político. Como observa el historiador Paul Johnson, Constantino era un "adorador del sol, uno de los muchos cultos del paganismo tardío que tenía prescripciones en común con el cristianismo. Así, los seguidores de Isis adoraban a una Madonna y a su santo niño" y los seguidores de Mitra, muchos de los cuales eran militares de alta graduación, celebraban a su deidad en forma muy semejante a la que empleaban los cristianos para celebrar a Cristo. "Es casi seguro que Constantino fue mitraísta… Muchos cristianos no hacían una distinción clara entre este culto solar y el que ellos practicaban. Hablaban de que Cristo conducía su carro por los cielos" y celebraban una festividad el 25 de diciembre, considerado el cumpleaños del sol en el solsticio de invierno. Sea cual haya sido la realidad, éste fue un punto de inflexión fundamental en la historia cristiana. Cuando el Estado devino al menos nominalmente cristiano, los principales obispos comenzaron a ser autoridades administrativas y judiciales además de escriturarias. Tanto Constantino como la Iglesia ganaron poder.

Para Constantino, la controversia que se desarrollaba con los seguidores de Arrio (arrianos), quienes discutían el concepto de que Jesús fuera de la misma sustancia que el padre, fue una persistente e importante incomodidad. Sólo el Padre era Dios, decían Arrio y sus seguidores; Cristo no era una deidad. Constantino quería que el diferendo se dirimiera, de modo que en 325 convocó el Concilio de Nicea, el cual declaró que el arrianismo era una herejía. Siempre se había combatido lo que la Iglesia primitiva consideraba herético (ver capítulo 5) y así se seguiría haciendo —desde la herejía sabelia, que afirmaba que el Padre y el Hijo eran distintos aspectos de un Ser más bien que personas independientes, hasta la Inquisición y los juicios a las brujas de Salem. Aunque los distintos matices de opinión entre arrianos y donatistas nos parecen nebulosos desde el presente, el registro histórico deja claro que Constantino intervino y presidió personalmente en el Concilio de Nicea y que llegó incluso a acuñar parte del lenguaje que se empleó para emitir las opiniones que fueron presentadas como la última palabra en estas discusiones. Qué ocurrió y qué no ocurrió en el Concilio de Nicea es tema de debate entre lo que expresa Dan Brown en *El Código Da Vinci* y lo que muchos creyentes y estudiosos religiosos creen. Pero la visión de Dan Brown es muy atractiva en este sentido clave: se trató de una lucha por el poder con respecto a la infraestructura intelectual que regiría buena parte del pensamiento y la política de Europa durante los siguientes mil años. Nicea no tuvo que ver con la verdad, la veracidad ni puntos de vista religiosos o morales. Avalar algunas ideas y rechazar otras era un tema vinculado ante todo a la política y el poder. Pues lo ocurrido desde Constantino en Nicea hasta el papa Gregorio casi trescientos años más tarde (y mucho de lo que ocurrió en el ínterin) resulta, al menos al verlo en retrospectiva, haber tenido que ver con el desarrollo de la infraestructura intelectual y política de Europa durante los siguientes mil años. Se podría decir que tuvo que ver con la codificación del código.

Este capítulo ayudará al lector a entender mejor la documentación, los supuestos y las hipótesis sobre los que Dan Brown construyó su trama, desde los fundamentos paganos de la teología moderna hasta el breve florecimiento de los gnósticos antes de que fueran "forzados" a pasar a la clandestinidad.

Los misterios paganos detrás de los cristianismos primitivos

POR Timothy Fredke y Peter Gandy

De *The Jesus Mysteries: Was the "Original Jesus" a Pagan God?* (*Los Misterios de Jesús: ¿fue el "Jesús original" un Dios pagano?*) por Timothy Fredke y Peter Gandy. Empleado con permiso de Harmony Books, una división de Random House, Inc.

Durante toda nuestra vida compartimos una obsesión por el misticismo mundial y recientemente ésta nos condujo a explorar la espiritualidad de la antigüedad. Es inevitable que la comprensión popular vaya muy por detrás de la vanguardia de la investigación erudita y, como la mayor parte de las personas, inicialmente teníamos una visión incorrecta y pasada de moda de lo que es el paganismo. Se nos había enseñado a imaginar una superstición primitiva, dedicada a adorar ídolos y realizar sacrificios sangrientos, y resecos filósofos vestidos con togas avanzando a tropezones hacia lo que hoy llamamos *ciencia*. Estábamos familiarizados con diversos mitos griegos, que exhibían la naturaleza partidista y caprichosa de los dioses y diosas del Olimpo. En su conjunto, el paganismo nos parecía primitivo y fundamentalmente ajeno. Sin embargo, tras muchos años de estudio, nuestra comprensión se ha transformado.

La espiritualidad pagana era en realidad el sofisticado producto de una cultura altamente desarrollada. Las religiones de Estado, como el culto griego a los dioses olímpicos, eran poco más que pompa y ceremonias. La verdadera espiritualidad de la gente se expresaba mediante vibrantes y místicas "religiones de los Misterios". Estos Misterios, que al comienzo eran movimientos clandestinos y heréticos, se difundieron y florecieron en todo el antiguo Mediterráneo, inspirando a las mayores mentes del mundo pagano, que las consideraba las fuentes mismas de la civilización.

Cada religión de los Misterios tenía sus propios Misterios Externos exotéricos, que consistían en mitos que todos conocían y rituales abiertos a cualquiera que quisiera participar en ellos. También había Misterios Internos esotéricos, que eran un secreto sagrado conocido sólo por aquellos que habían pasado por un poderoso proceso iniciático. Los iniciados en los Misterios Internos conocían el sentido místico de los rituales y mitos de los Misterios Externos que les eran revelados mediante un proceso que aparejaba transformación personal e iluminación espiritual.

Los filósofos del mundo antiguo eran maestros espirituales de los Misterios Internos. Eran místicos y hacedores de milagros más comparables a gurús hindúes que a académicos resecos. El gran filósofo griego Pitágoras, por ejemplo, es recordado hoy por su teorema matemático, pero pocos se lo representan como fue en realidad: un pintoresco sabio —de quien se creía que era capaz de detener milagrosamente los vientos y resucitar a los muertos.

En el corazón de los misterios había mitos referidos a un hombre-dios que moría y resucitaba, a quien se conocía bajo distintos nombres. En Egipto era Osiris, en Grecia, Dionisos, en Asia Menor, Attis, en Siria, Adonis, en Italia Baco, en Persia, Mitras. En lo fundamental, estos hombres-dios son todos el mismo ser mítico... Emplearemos el nombre combinado Osiris-Dionisos para denotar su naturaleza universal y combinatoria y sus nombres particulares cuando nos refiramos a una tradición de los Misterios en particular.

A partir del siglo V a.C., filósofos como Jenófanes y Empédocles ridiculizaron el que se tomara las historias de dioses y diosas al pie de la letra. Las consideraban como alegorías de la experiencia espiritual humana. Por lo tanto, los mitos de Osiris-Dionisos no deben ser entendidos simplemente como intrigantes relatos, sino como un lenguaje simbólico que contiene, codificadas, las enseñanzas místicas de los Misterios Internos. Debido a esto, aunque los detalles fueron desarrollados y adaptados a lo largo de la historia por diferentes culturas, el mito de Osiris-Dionisos ha permanecido esencialmente inmutable.

Los diversos mitos referidos a los distintos hombres-dios de los Misterios comparten lo que el gran mitólogo Joseph Campbell llamó "la misma anatomía". Del mismo modo en que cada ser humano es físicamente distinto, pero aun así es posible hablar de la anatomía general del cuerpo humano, en estos distintos mitos es posible identificar tanto su calidad única como su fundamental identidad. Una comparación útil puede ser la relación entre el *Romeo y Julieta* de Shakespeare y el *West Side Story* de Bernstein. Uno es una tragedia inglesa del siglo XVI acerca de acaudaladas familias italianas, la otra es una comedia musical norteamericana acerca de bandas callejeras. Dicho así, parece tratarse de cosas muy diferentes, pero en esencia son la misma historia. En forma similar, las historias que se cuentan acerca de los hombres-dios de los misterios paganos son esencialmente las mismas, aunque tomen distintas formas.

Cuanto más estudiábamos las diversas versiones del mito de Osiris-Dionisos, más obvio resultaba que la historia de Jesús tenía todas las características de ese perenne relato. Episodio a episodio, vimos que podíamos construir la supuesta biografía de Jesús a partir de motivos míticos previamente relacionados con Osiris-Dionisos.

Osiris-Dionisos es Dios encarnado, el salvador, "Hijo de Dios".

Su padre es Dios y su madre una virgen mortal.

Nace en una cueva o humilde establo el 25 de diciembre ante tres
pastores.

Les ofrece a sus seguidores la oportunidad de nacer de nuevo
mediante los ritos del bautismo.

Milagrosamente convierte el agua en vino en una boda.

Entra triunfalmente en la ciudad montando un burro mientras se
agitan hojas de palma para honrarlo.

Muere en Pascuas como sacrificio por los pecados del mundo.

Tras su muerte, desciende a los infiernos, al tercer día resucita de
entre los muertos y asciende al cielo en su gloria.

Sus seguidores esperan que regrese el día del juicio en los Últimos Días.

Su muerte y su resurrección son simbolizadas con una comida ritual
de pan y vino, que simbolizan su cuerpo y su sangre.

Éstos son sólo algunos de los motivos que comparten los relatos de Osiris-Dionisos y la biografía de Jesús. ¿Por qué estas notables similitudes no son habitualmente conocidas? Porque, como descubrimos más adelante, la Iglesia Romana primitiva hizo todo lo que pudo para evitar que las percibiésemos. Destruyó sistemáticamente la literatura sagrada pagana en un brutal programa de erradicación de los Misterios, una tarea que realizó en forma tan completa que hoy el paganismo es considerado una religión "muerta".

Aunque hoy nos sorprendan, estas similitudes entre la nueva religión cristiana y los misterios antiguos eran extremadamente obvias para los escritores de los primeros siglos de la era cristiana. Los críticos paganos del cristianismo, como el satírico Celso, se quejaban de que esta nueva religión no era más que un pálido reflejo de sus propias enseñanzas antiguas. Primitivos "padres de la Iglesia", como Justino Mártir, Tertuliano e Ireneo se sintieron comprensiblemente alarmados y recurrieron a la desesperada aseveración de que estas similitudes debían adscribirse a una diabólica mímesis. Empleando uno de los argumentos más absurdos que nunca hayan existido, acusaron al Diablo de "plagio anticipado", que habría llevado a cabo copiando con toda mala intención la historia de Jesús antes de que ésta tuviera lugar para engaño de los crédulos. Estos padres de la Iglesia nos parecieron no menos malintencionados que el Diablo a quien pretendían incriminar.

Otros comentaristas cristianos han pretendido que los mitos de los Misterios eran como "pre-ecos" de la llegada literal de Jesús, un poco a la manera de premoniciones o profecías. Ésta es una versión un poco más generosa de la teoría de la mímesis diabólica, pero no por ello nos pareció menos ridícula. Sólo quedaba el prejuicio cultural para hacernos ver la historia de Jesús como culminación literal de tantos precursores míticos. Visto en forma imparcial, parecía ser sólo otra versión de la misma historia básica.

La explicación obvia es que a medida que el cristianismo primitivo devenía en poder dominante en el mundo hasta entonces pagano, motivos populares de la mitología pagana eran injertados a la biografía de Jesús. Ésta es una posibilidad que incluso es planteada por muchos teólogos cristianos. La inmaculada concepción, por ejemplo, se considera a menudo una adición posterior de otra fuente que no debe ser entendida en forma literal. Estos motivos eran "tomados en préstamo" del paganismo del mismo modo que los festivales paganos fueron adoptados como días de los santos cristianos. Esta teoría es común entre aquellos que parten en busca del Jesús "real" entre el peso de los escombros mitológicos acumulados.

Aunque atractiva a primera vista, esta explicación nos pareció insatisfactoria. Habíamos compilado un corpus de similitudes tan amplio que prácticamente no quedaban elementos significativos de la biografía de Jesús que no hubiésemos ya visto prefigurados en las religiones de los Misterios. Además, descubrimos que ni las enseñanzas de Jesús eran originales, ¡sino que habían sido anticipadas por las de los sabios paganos! Si había un Jesús "real" en algún lugar debajo de todo esto, debíamos reconocer que no sabíamos absolutamente nada sobre él, pues lo único que quedaba ¡eran agregados paganos posteriores! Esta posición parecía absurda. Tenía que haber una solución más elegante del intríngulis.

Los Gnósticos

Mientras rumiábamos nuestro desconcierto ante estos descubrimientos, comenzamos a cuestionar la imagen habitual de la Iglesia primitiva y comenzamos a observar la evidencia por nuestra cuenta. Descubrimos que distaba de ser la congregación unida de santos y mártires que la historia tradicional quiso hacernos creer y que la comunidad cristiana primitiva era, en realidad, un espectro de grupos distintos. En un sentido amplio, éstos pueden ser clasificados en dos escuelas. Por un lado, estaban aquellos que llamaremos *literalistas*, pues lo que los define es que toman la historia de Jesús como narración literal de eventos históricos. Ésta fue la escuela del cristianismo que fue adoptada por el Imperio Romano en el siglo IV d.C. y se transformó en el Catolicismo Romano y sus subsiguientes divisiones. Sin embargo, había, por otro lado, cristianos radicalmente diferentes conocidos como *gnósticos*.

Estos cristianos olvidados fueron perseguidos más adelante, con tal dedicación que hasta hace poco tiempo lo poco que sabíamos de ellos se originaba en los escritos de sus detractores. Sólo sobrevive un puñado de textos gnósticos originales, ninguno de los cuales fue publicado antes del siglo XIX. Sin embargo, esta situación cambió en forma espectacular con un notable descubrimiento que tuvo lugar en 1945, ocasión en que un campesino árabe dio con una biblioteca entera de textos gnósticos ocultos en una cueva cerca de Nag Hammadi en Egipto. Ello le dio a los eruditos acceso a muchos textos que circularon ampliamente entre los primeros cristianos, pero que fueron deliberadamente excluidos del canon del Nuevo Testamento —evangelios atribuidos a Tomás y a Felipe, textos que registraban los hechos de Pedro y los doce apóstoles, apocalipsis atribuidos a Pablo y Santiago, etcétera.

Nos pareció extraordinario que toda una biblioteca de documentos cristianos primitivos, que contenía lo que pretenden ser enseñanzas de Cristo y sus discípulos pudiera ser descubierta y que aun así tan pocos seguidores actuales de Jesús estuvieran siquiera enterados de su existencia. ¿Por qué no se han precipitado a leer todos los cristianos estas palabras recién descubiertas de su Maestro? ¿Qué los mantiene limitados a la pequeña cantidad de evangelios seleccionados para ser incluidos en el Nuevo Testamento? Parecería que aunque han pasado dos mil años desde la purga de los gnósticos, lapso en el que la Iglesia Romana se ha dividido en el protestantismo y miles de otros grupos alternativos, los gnósticos aún no son considerados una voz cristiana legítima.

Quienes exploran los evangelios gnósticos descubren una forma de cristianismo completamente ajena a la religión con que están familiarizados. Nos encontramos estudiando extraños tratados esotéricos como *La Hipóstasis de los Arcones* y *El Pensamiento de Norea*. Nos sentíamos como si estuviéramos en un episodio de *Viaje a las estrellas* —y en cierto modo lo estábamos—. Los gnósticos eran auténticos "psiconautas", que exploraban audazmente las últimas fronteras del espacio interior en busca de los orígenes y el significado de la vida. Ahora nos pareció obvio por qué eran tan odiados por los obispos de la jerarquía eclesiástica literalista.

Para los literalistas, los gnósticos eran herejes peligrosos. En volúmenes de obras antiagnósticas —que eran de por sí un monumento no intencional al poder e influencia de los gnósticos en el cristianismo primitivo, los representaron como cristianos que habían renunciado deliberadamente a las normas de la civilización. Afirmaron que habían sido contaminados por el paganismo que los rodeaba y que habían abandonado la pureza de la verdadera fe. Por su parte, los gnósticos se veían como representantes de la auténtica tradición cristiana y consideraban a los obispos ortodoxos como "falsa Iglesia". Afirmaban conocer el secreto de los Misterios Internos del cristianismo, que los literalistas no poseían.

A medida que explorábamos las creencias y prácticas de los gnósticos nos convencíamos de que los literalistas habían tenido razón al menos en algo: los gnósticos no eran muy distintos de los paganos. Al igual que los filósofos de los Misterios Paganos, creían en la reencarnación, honraban a la diosa Sofía y estaban imbuidos de la filosofía mística griega de Platón. Gnósticos significa "conocedores" un nombre que adquirieron porque, como los iniciados en los misterios paganos, creían que sus enseñanzas secretas podían impartir la *Gnosis*: el "Conocimiento de Dios" como experiencia directa. Del mismo modo en que el objetivo de un pagano iniciado era convertirse en dios, para los gnósticos el objetivo del iniciado cristiano era convertirse en un Cristo.

Lo que nos llamó particularmente la atención fue que a los gnósticos no les preocupaba el Jesús histórico. Veían la historia de Jesús del mismo modo en que los filósofos paganos veían los mitos de Osiris-Dionisos —como una alegoría que ocultaba enseñanzas místicas. Esta óptica cristalizó para nosotros en una notable posibilidad. Tal vez la explicación para las similitudes entre los mitos paganos y la biografía de Jesús había estado siempre ante nosotros, pero habíamos estado tan atrapados en las formas tradicionales de pensar que no habíamos sido capaces de verla…

El cristianismo primitivo convencional no significaba simplemente seguir a Jesús

POR LANCE S. OWENS

Lance S. Owens es médico clínico y sacerdote que ha recibido las órdenes. También dirige el sitio web www.gnosis.org Copyright © 2004 Lance S. Owens. Reproducido con permiso.

En el primer siglo de la era cristiana, *"gnóstico"* llegó a denotar a un segmento heterodoxo de la diversificada y reciente comunidad cristiana. Al parecer, entre los primeros seguidores de Cristo hubo grupos que se separaron de la gran morada de la Iglesia al afirmar que no sólo creían en Cristo en su mensaje sino en un "testimonio especial" o experiencia reveladora de lo divino. Afirmaban que era esta experiencia de la gnosis la que diferenciaba al verdadero seguidor de Cristo. Stephan Hoeller explica que estos cristianos tenían "la convicción de que el conocimiento directo, personal y absoluto de las verdades auténticas de la existencia es accesible para los seres humanos y que, además, la obtención de tal conocimiento debe constituir el objetivo supremo de la vida humana".

Qué eran esas "verdades auténticas de la existencia" de que hablaban los gnósticos se reseñará brevemente más adelante, pero en primer lugar, una síntesis histórica de la Iglesia primitiva puede ser útil. Durante el primer siglo y medio de cristianismo —período en que encontramos las primeras menciones de los cristianos "gnósticos"— no había sido definido un único formato aceptable de pensamiento cristiano. Durante este período formativo, el gnosticismo era una de las muchas corrientes que fluían en las hondas aguas de la nueva religión. El cauce definitivo que tomaría el cristianismo, y con la cultura occidental, aún no estaba decidido por ese entonces. El gnosticismo fue una de las influencias seminales que dieron forma a ese destino.

Que el gnosticismo formó parte, al menos brevemente, del cristianismo convencional está testimoniado por el hecho de que uno de sus maestros más influyentes, Valentino, puede haber sido candidato, a mediados del siglo II, a ser electo obispo de Roma. Nacido en Alejandría en torno al 100 d.C., Valentino se distinguió desde su juventud como maestro extraordinario y dirigente en la altamente educada y diversificada comunidad cristiana alejandrina. En la mitad de su vida emigró de Alejandría a la que tendía a ser la capital de la fe, Roma, donde desempeñó un papel activo en los asuntos públicos de la Iglesia. Una característica primordial de los gnósticos era su pretensión de que eran custodios de tradiciones secretas, evangelios, rituales, transmisiones y otros asuntos esotéricos para los cuales muchos cristianos no estaban adecuadamente preparados o a los que simplemente no les interesaban. Valentino, fiel a su inclinación gnóstica, al parecer afirmaba haber recibido una especial licencia apostólica por medio de Theudas, un discípulo e iniciado del apóstol Pablo y ser custodio de doctrinas y rituales dejados de lado por lo que terminaría por ser la ortodoxia cristiana. Aunque era un influyente integrante de la Iglesia Romana a mediados del siglo II, hacia el fin de su vida Valentino había sido obligado a retirarse de la vida pública y había sido marcado como hereje por la incipiente Iglesia ortodoxa.

Aunque los detalles históricos y teológicos son demasiado complejos para explicarlos adecuadamente aquí, puede afirmarse que la marea de la historia se volvió contra el gnosticismo a mediados del siglo II. Después de Valentino, ningún gnóstico llegará a tal prominencia en la Iglesia principal. El énfasis del gnosticismo en la experiencia personal, sus continuas revelaciones y producciones de nuevas escrituras, su ascetismo y actitudes paradójicamente libertinas fueron objeto de creciente suspicacia. En 180 d.C., Ireneo, obispo de Lyon, publicaba sus primeros ataques al gnosticismo en cuanto herejía, tarea que sería continuada con creciente vehemencia por los Padres de la Iglesia a lo largo del siguiente siglo.

El cristianismo ortodoxo fue hondamente influido por sus combates contra el gnosticismo en los siglos II y III. La forma en que se formularon muchas tradiciones centrales de la teología cristiana fueron reflejos o sombras de este enfrentamiento con la gnosis. Pero para fines del siglo IV, el combate prácticamente había terminado: la incipiente Iglesia había sumado la fuerza de la corrección política a la de la denuncia dogmática y con esta espada, la así llamada herejía fue dolorosamente cortada del cuerpo cristiano. El gnosticismo en cuanto tradición cristiana fue casi erradicado, los maestros que quedaban sufrieron el ostracismo y sus libros sagrados fueron destruidos. Todo lo que les quedaba a los estudiantes que buscaron entender el gnosticismo en siglos posteriores eran las denuncias y los fragmentos preservados en las heresiologías patrísticas. O al menos, así pareció hasta mediados del siglo XX.

Visiones divergentes respecto de los orígenes míticos

¿El Génesis es historia con moraleja o mito con significado?

POR STEPHAN A. HOELLER

Extracto de *Gnosticism: New Light on the Ancient Traditions of Ismer Knowing* (*Gnosticismo: nueva luz sobre antiguas tradiciones de conocimiento interno*) por Stephan A. Hoeller. Copyright © 2002 por Stephan A. Hoeller. Reproducido con permiso de Quest Books/The Theosophical Publishing House, Wheaton, Ill.

La mayor parte de los occidentales da por sentado que la cultura occidental sólo tiene un mito de la creación: el contenido en los tres primeros capítulos del Génesis. Pocos parecen saber que hay una alternativa: el mito gnóstico de la creación. Este mito nos puede impresionar como novedoso y sorprendente, pero ofrece interpretaciones de la creación y de nuestras vidas que son bien dignas de consideración.

William Blake, el poeta gnóstico de comienzos del siglo XIX escribió: "Ambos leemos la Biblia de día y de noche, pero donde vosotros leéis negro yo leo blanco". Los primeros gnósticos podrían haber pronunciado palabras como ésas acerca de quienes se les oponían en las filas del judaísmo y el cristianismo. El punto de vista no-gnóstico u ortodoxo del primer cristianismo consideraba a la mayor parte de la Biblia, en particular el Génesis, como una historia con moraleja. Adán y Eva eran personajes históricos cuya trágica transgresión resultó en Caída, y de su caída la humanidad posterior debía aprender significativas lecciones. Una consecuencia de esta lectura del Génesis era la condición de las mujeres, ambivalente o algo peor, pues se las consideraba cómplices de Eva en la desobediencia en el Paraíso. Tertuliano, uno de los padres de la Iglesia que despreciaba a los gnósticos, les escribió así a un grupo de mujeres cristianas:

> Sois el portal del diablo... Sois aquellas que convencisteis a aquel a quien el diablo no se atrevía a atacar... ¿No sabéis que cada una de vosotras es una Eva? La sentencia de Dios con respecto a vuestro sexo sigue viva en la actualidad; necesariamente, pues, sigue también viva la culpa. (De Cultu Feminarum 1.12).

Los cristianos gnósticos, cuyo legado de literatura sagrada se encuentra en la espléndida biblioteca de Nag Hammadi no leen el Génesis como una historia con moraleja sino como un mito con significado. No consideraban a Adán y Eva como figuras históricas, sino como representantes de dos principios intrapsíquicos que se encuentran dentro de todos los humanos. Adán era la encarnación teatralizada de la psiquis o "alma": el complejo mente/emoción donde se originan el pensar y el sentir. Eva representaba el *pneuma* o "espiritu", la conciencia más alta o trascendental.

Hay dos relatos bíblicos referidos a la creación de la primera mujer. Uno dice que Eva fue creada a partir de la costilla de Adán (Gén. 2.21); la otra, que Dios creó la primera pareja, macho y hembra, a su propia imagen (Gén, 1.26-27). El segundo relato sugiere que Dios Creador mismo tiene una doble naturaleza que combina características masculinas y femeninas. Los gnósticos tendían a preferir esta versión y desarrollaron varias interpretaciones de ésta. Esta versión le da igualdad a a la mujer, mientras que la versión de la costilla de Adán la subordina al hombre.

Para los antiguos gnósticos, la imagen convencional de Eva no es creíble. La imagen la presentaba como una que fue engañada por la maligna serpiente y que, con su seductor encanto femenino, persuadió a Adan de desobedecer a Dios. Según la óptica de los gnósticos, Eva no era una crédula ignorante convertida en persuasiva tentadora; más bien, era una mujer verdaderamente sabia, una verdadera hija de Sofía, la sabiduría celestial. En este papel, ella fue la que despertó a Adán, quien dormía. Así, en el Apócrifo de Juan, Eva dice:

> Entren en esa mazmorra que es la prisión del cuerpo. Y dije así: "Quien oiga, que despierte de su hondo sueño. Y entonces el [Adán] lloró y derramó lágrimas… Habló, dijo: ¿Quién me llama y de dónde me ha llegado esta esperanza, aquí, encadenado que estoy en esta prisión? Y dije así: Soy el conocimiento anticipado de la luz pura; soy el pensamiento del espíritu inmaculado… Despierta y recuerda… Y sigue a tu raíz, que soy yo… y cuídate del hondo sueño".

En otra escritura, Sobre el Origen del Mundo, Eva es presentada como hija y particularmente como mensajera de la divina Sofía. En su condición de mensajera instruye a Adán y lo despierta del sueño de la inconsciencia. En la mayor parte de las escrituras gnósticas, Eva aparece como superior a Adán. La conclusión que se extrae de estos textos es obviamente diferente de la alcanzado por los padres de la Iglesia como Tertuliano: el hombre está en deuda con la mujer, que lo conduce a la vida y a la conciencia. Uno no puede sino preguntarse cómo se habría desarrollado la actitud occidental hacia las mujeres si la interpretación gnóstica de Eva hubiera sido la visión dominante.

De serpientes y hombres

La interpretación ortodoxa nos dice que ella escuchó a la maligna serpiente, que la persuadió de que el fruto del árbol haría que tanto ella como Adán se volvieran sabios e inmortales. Un tratado de la colección gnóstica de Nag Hammadi, el Testimonio de la Verdad, invierte esta interpretación. La serpiente, en lugar de ser considerada encarnación del mal, es la criatura más sabia del Paraíso. El texto elogia la sabiduría de la serpiente y arroja serias dudas sobre Dios, al preguntar "¿Qué clase de Dios es éste, pues?". La respuesta es que la prohibición de Dios con respecto a la fruta del árbol está motivada por la envidia, pues no quiere que los humanos despierten al conocimiento superior.

Tampoco se libran de reproches las amenazas y cóleras del Dios del Antiguo Testamento. El Testimonio de la Verdad afirma que ha demostrado ser "un calumniador envidioso", un Dios celoso que inflige castigos crueles e injustos a aquellos que no lo complacen. El texto comenta, "pero éstas son las cosas que dijo (e hizo) a quienes lo servían y creían en él". La evidente implicación es que con un Dios como ése, uno no necesita enemigos y tal vez tampoco diablo.

Otra escritura de la misma colección, la Hipóstasis de los Arcones, no informa que no sólo Eva sino también la serpiente fueron inspiradas y guiadas por la divina Sofía. Sofía hizo que su sabiduría penetrase en la serpiente, quien se volvió así maestra e informó a Adán y Eva con respecto a cuál era su verdadero origen. Llegaron a entender que no eran seres inferiores creados por el Demiurgo (en este caso, el Creador del relato del Génesis) sino que sus identidades espirituales se habían originado más allá de este mundo, en el seno de la Divinidad última.

Mientras que la versión convencional del Génesis afirma que tras comer el fruto prohibido Adán y Eva cayeron de la gracia del paraíso, la versión gnóstica afirma que "se les abrieron los ojos" —una metáfora de la *gnosis*. Los primeros humanos pudieron ver entonces que las deidades que los habían creado tenían un aspecto espantoso, pues tenían cabezas de animales, y retrocedieron horrorizados al verlas. Aunque fueron maldecidos por el Demiurgo y sus *arcones*, la primera pareja humana había adquirido la capacidad de *gnosis*. Se la podrían transmitir a aquellos de sus descendientes que estuvieran dispuestos a recibirla. Así, Eva pasó su don de *gnosis* a su hija Norea y Adán se lo transmitió a su tercer hijo, Seth...

La naturaleza de la exégesis gnóstica

¿Qué llevó a los intérpretes gnósticos del Génesis a propagar versiones tan extrañas del relato de la creación? ¿Sólo querían criticar acerbamente al Dios de Israel, como nos quieren hacer creer los Padres de la Iglesia? Las diversas razones posibles no necesariamente se excluyen entre sí y en algunos casos se complementan.

En primer lugar, los gnósticos, así como algunos otros cristianos primitivos, consideraban que el Dios del Antiguo Testamento era una incomodidad.

Errores religiosos de omisión y comisión en *El Código Da Vinci*

Por Bart D. Ehrman

1. Decididamente, la vida de Jesús no fue "registrada por miles de seguidores en toda la región". No tuvo miles de seguidores, menos aún seguidores alfabetizados.

2. No es cierto que ochenta Evangelios "hayan sido tomados en cuenta para elaborar el Nuevo Testamento". Esto hace que parezca un concurso en el que se participaba por correo.

3. Es absolutamnte falso que Jesús no haya sido considerado divino hasta el Concilio de Nicea y que antes fuese considerado "un profeta mortal". La amplia mayoría de los cristianos ya lo consideraban divino a comienzos del siglo IV.

4. Constantino no encargó una "nueva Biblia" que omitiera las referencias a los rasgos humanos de Jesús. Para empezar, no encargó ninguna nueva Biblia. Por otro, los libros ya incluidos estaban llenos de referencias a sus rasgos humanos (siente hambre, cansancio, ira; pierde la paciencia; sangra, muere…)

5. Los Rollos del Mar Muerto no fueron "encontrados en la década de 1950". Fue en 1947. Y los documentos de Nag Hammadi no relatan para nada la historia del Grial; ni enfatizan los rasgos humanos de Jesús. Todo lo contrario.

6. El "decoro judío" no prohibía de ningún modo "que un hombre judío permaneciese soltero". De hecho, la mayor parte de la comunidad vinculada a los Rollos del Mar Muerto eran hombres solteros célibes.

7. Los Rollos del Mar Muerto no se cuentan entre "los primeros registros cristianos". Son judíos y nada tienen de cristiano.

8. Nada sabemos del linaje de María Magdalena; nada la conecta a la "casa de Benjamín". Y aun si así fuera, ello no la haría descendiente de la casa de David.

9. ¡¿María Magdalena estaba encinta en la crucifixión?! Muy gracioso.

10. El documento "Q" no es una fuente que sobrevivió oculta por el Vaticano, ni tampoco es un libro que se suponga escrito por el propio Jesús. Es un documento hipotético que los estudiosos postulan como aquel al que tuvieron acceso Mateo y Lucas —principalmente una compilación de dichos de Jesús. Los estudiosos católicos romanos creen lo mismo que los no católicos; no hay ningún secreto en el tema.

Bart D. Ehrman es profesor de religión en la universidad de Carolina del Norte y autor de *Lost Christianities: The Battle for Scripture and the Faith we Never Know* (*Cristianismos perdidos: la batalla por las escrituras y las fes que nunca conocimos*).

Los integrantes de las jerarquías más intelectuales de la cristiandad primitiva eran personas de cierta sofisticación espiritual. A aquellos que estaban familiarizados con las enseñanzas de Platón, Filón, Plotino y otros maestros de esa índole les debe de haber costado relacionarse con un Dios de naturaleza vengativa, iracunda, celosa, lleno de xenofobia tribal y aspiraciones dictatoriales…

En segundo lugar, como se señaló anteriormente, los gnósticos se inclinaban a interpretar el Antiguo Testamento desde el punto de vista simbólico. Teólogos modernos como Paul Tillich… afirman que la historia de la Caída era un símbolo de la situación existencial humana, no la narración de un evento histórico…

En tercer lugar la interpretación gnóstica del Génesis puede haber estado vinculada a experiencias visionarias gnósticas. Mediante sus exploraciones y experiencias de los misterios divinos, los gnósticos pueden haber llegado a entender que la deidad de la que se habla en el Génesis no era el verdadero y único Dios, contrariamente a lo que afirma la Biblia y que debía haber un Dios por encima de él…

Los gnósticos entendían la historia de la creación del Génesis como un mito, y los mitos necesariamente están sujetos a interpretaciones. Los filósofos griegos frecuentemente contemplaban sus mitos como alegorías, mientras que el vulgo los veía como una suerte de cuasi historia y los *mystae* (iniciados) de los misterios de Eleusis y otros daban vida a los mitos a través de experiencias visionarias. No hay razón para creer que los gnósticos enfocaran los mitos de una manera esencialmente distinta de ésa…

Del mismo modo en que el niño es padre del hombre, los mitos de la creación de distintas culturas dejan su impronta en las historias de pueblos y naciones. Al parecer, los gnósticos hicieron un valiente intento de liberar a la joven cultura occidental de su época de la sombra del mito de la creación judeocristiano. Si el mito alternativo que sugirieron nos parece radical, eso es así sólo porque llevamos siglos acostumbrado a la versión del Génesis. De hecho, muchas de las implicaciones de la versión gnóstica son útiles para la cultura del siglo XXI.

5 ¿CONSOLIDACIÓN U OCULTAMIENTO?

Cómo se estableció la única fe verdadera

Uno de los principales participantes en esta operación de ocultamiento fue un personaje llamado Eusebio quien, a comienzos del siglo cuarto, compiló a partir de leyendas, inventos y su propia imaginación la única historia temprana del cristianismo que conocemos hoy... Todos los que veían las cosas de otra manera... fueron marcados como herejes y erradicados. Fue así que las falsías compiladas en el siglo cuarto nos han sido transmitidas como si fuesen hechos...
—TIMOTHY FREDKE Y PETER GANDY

El "filósofo-teólogo" moderno Yogi Berra dijo una vez, "cuando llegues a la encrucijada, toma uno de los ramales". El empalme metafórico donde se encontraban la teología cristiana y la lucha por el control de la Iglesia se presentó como una serie de encrucijadas en el camino en los primeros quinientos o seiscientos años después de la muerte de Cristo. Dónde llevaban esos caminos, cómo chocaban entre sí, cuál fueron los significados abiertos y ocultos del resultado son los temas de este capítulo.

Para lograr la primacía, los primitivos Padres de la Iglesia creían que debían convertir el cristianismo en una fuerza que uniera y fortaleciera al imperio y que fuera coherente con los valores, la política y las infraestructuras política y militar de éste. Los que conducían al Imperio Romano en esta búsqueda creían que una de las tareas clave a realizar era destilar una ideología y una cosmología esenciales a partir de las diversas ideas que constituían el mensaje cristiano. Al hacerlo, eligieron privilegiar ciertas narraciones del Evangelio que reforzaban su interpretación del mensaje cristiano —y hasta seleccionar aquellas que serían incluidas en la Biblia y decidir en qué orden serían dispuestas— rechazando vigorosamente al mismo tiempo todo lo que pudiera considerarse que se alejaba de la convención en lo político o lo textual.

Los gnósticos, quienes estaban lejos de los centros, que eran Roma y Constantinopla, terminaron peleando a la defensiva en esta batalla. Según arguyen Timothy Fredke y Peter Gandy, la Iglesia eliminaba sistemáticamente las influencias gnósticas y otras que se consideraban "heréticas", aun aquellas que podían haber sido más cercanas a las creencias y prácticas de la revolución que lanzó Jesús y favorecía aquellas que contribuían a consolidar una Iglesia estandarizada, jerárquica, poderosa. Uno de los caminos llevaba a místicos que experimentaban experiencias extáticas en el desierto; el otro llevaba a un papado fuerte, catedrales centrales, campesinos que disponían sus vidas sobre el telón de fondo del cielo y el infierno y soldados cristianos dispuestos a avanzar.

Como nota Bart Ehrman en la entrevista que le hacemos en este capítulo, "cuando Constantino se convirtió al cristianismo, se convirtió a una forma ortodoxa de cristianismo y cuando el Estado tiene poder, y el Estado es cristiano, entonces el Estado comienza a demostrar su influencia sobre el cristianismo. De modo que para fines del siglo IV, ya había leyes contra la herejía. De modo que el imperio que solía ser completamente anticristiano se vuelve cristiano y no sólo se vuelve cristiano, sino que pretende dictaminar qué forma debe tener el cristianismo".

Este capítulo refleja esa argumentación histórica. La lucha contra los supuestos herejes puede encontrarse en algunos extractos incluidos aquí y tomados de algunos de los escritores más influyentes de los siglos II y III: Tertuliano, Ireneo y Eusebio.

Estos individuos fueron figuras históricas reales y bien documentadas de la historia cristiana. Desempeñaron un papel crítico, a veces sin saberlo, en la selección de los textos que debían constituir el Nuevo Testamento y el canon cristiano moderno además de destruir —intelectual, ideológica y físicamente— los movimientos cristianos "heréticos" de la época. Aunque sus nombres apenas son conocidos por los cristianos promedio de hoy, ejercieron un poder extraordinario en la determinación del contenido definitivo del cristianismo moderno. Fueron, por así decirlo, los editores de la Biblia. Como reaccionaban a la severa represión que habían experimentado los cristianos, estos dirigentes de la Iglesia desarrollaron sus propios prejuicios y deben ser entendidos en su contexto. Y cuando leáis algunos de sus pronunciamientos originales en este capítulo, veréis cuán oscura y terrible era la época en que vivieron y actuaron.

Con el beneficio de una perspectiva de mil seiscientos años, algunos expertos consideran que los "herejes" denunciados por la jerarquía eclesiástica primitiva recorrían un sendero espiritual más humanista, más significativo, más feminista y más "cristiano" que quienes triunfaron. Éste es uno de los ejemplos más flagrantes que existen de cómo quienes ganan escriben la historia desde su propio punto de vista. De este proceso que definió una era emergió, por un lado, una pequeña cantidad de verdades evangélicas, por otro una gran cantidad de documentos herejes.

La extrema extensión de las argumentaciones de la Iglesia contra las herejías de hace mil seiscientos años sería retomada mil años más tarde por la Inquisición. *Malleus Maleficarum*, escrito en 1487 como plataforma política de la Inquisición, tiene sus raíces en esas primeras batallas contra las supuestas herejías; reproducimos algunas de sus estremecedoras palabras en estas páginas.

El apasionado grito teológico de"¡Juego sucio!" que lanzaron aquellos que tomaron el segundo camino —expresado, ante todo, por el gnosticismo— puede encontrarse en los escritos de Timothy Fredke y Peter Gandy, además de otros comentaristas posmodernos. Fredke y Gandy perciben cómo las raíces espirituales, míticas, poéticas, románticas, vinculadas al culto de la Diosa y de la femineidad sagrada en el cristianismo fueron aplastadas por esas virulentas campañas antiherejía. Llegan a alegar que "no hay evidencia de que Jesús haya vivido jamás". Jesús fue uno más en un largo linaje de figuras míticas de dios-hombre, las cuales, se suponía, vivían en armonía con la Diosa. Interpretan los esfuerzos por seleccionar cuáles eran las verdades de los Evangelios y de editar la rica historia de los orígenes cristianos hasta convertirla en un alimento concentrado para las masas como la destrucción del lado femenino de esa continuidad, una ruptura con las raíces del inconsciente colectivo y con el pasado colectivo. "Algunas de las cosas que incluimos entre las palabras de Jesús fueron originalmente palabras de la boca de la diosa" dicen.

Dos eminentes estudiosos de las religiones dan la perspectiva a esa lucha interpretativa. Elaine Pagels analiza cómo la Palabra de Dios se convirtió en la Palabra del hombre mediante la selección de los Evangelios a ser incluidos en la Biblia. Bar Ehrman traza un panorama de "los otros cristianismos" y de las implicaciones religiosas, políticas y culturales de la victoria de la Iglesia y la derrota de los gnósticos.

Por el camino, se da a conocer una selección de otros puntos de vista, mientras comenzamos a pelar una capa por vez de lo que Leigh Teabing le dice a Sofía que fue "el mayor ocultamiento de la historia humana".

Los Misterios de Jesús

POR TIMOTHY FREDKE Y PETER GANDY

La versión tradicional de la historia que nos han legado las autoridades de la Iglesia Romana es que el cristianismo se desarrolló a partir de las enseñanzas del Mesías judío y que el gnosticismo fue una desviación posterior.¿Qué ocurriría, nos preguntamos, si ese cuadro se invirtiera y se percibiera al gnosticismo como el cristianismo auténtico, tal como lo afirmaban los gnósticos? ¿Podría ser que el cristianismo ortodoxo fuera una desviación posterior del gnosticismo y que el gnosticismo fuese una síntesis del judaísmo y de las religiones paganas de los misterios? Éste fue el comienzo de la Tesis de los Misterios de Jesús.

Para expresarlo en pocos trazos, el cuadro que emergió fue el siguiente. Sabíamos que la mayor parte de las culturas mediterráneas había adoptado los antiguos Misterios, adaptándolos a sus propios gustos nacionales y creando sus propias versiones del hombre-dios que muere y resucita. Podía ser que, en forma parecida, algunos judíos hubieran adoptado los Misterios paganos y creado su propia versión de los Misterios, que ahora conocemos como gnosticismo. Tal vez los iniciados en los Misterios judíos habían adaptado el poderoso simbolismo de los mitos de Osiris-Dionisos a un mito propio, el héroe del cual habría sido el hombre-dios judío que muere y renace, Jesús.

Si esto era así, entonces la historia de Jesús no era en absoluto una biografía sino un procedimiento cuidadosamente codificado de transmitir las enseñanzas espirituales creadas por los gnósticos judíos. Del mismo modo que en los Misterios paganos, la iniciación a los Misterios Internos revelaría el significado alegórico de los mitos. Tal vez aquellos que no eran iniciados en los Misterios Internos habían llegado a considerar erróneamente el mito de Jesús como un hecho histórico, creando así el cristianismo literalista. Tal vez los Misterios Internos del cristianismo, que los gnósticos enseñaban, pero cuya existencia negaban los literalistas revelaban que la historia de Jesús no era un relato fáctico de la primera y única visita de Dios al planeta Tierra, sino un relato de enseñanza mística diseñado para ayudar a que cada uno de nosotros se convierta en un Cristo.

La historia de Jesús tiene todos los elementos que definen al mito, así que ¿puede ser que se trate exactamente de eso? A fin de cuentas, nadie que haya leído los evangelios gnósticos recientemente descubiertos ha tomado sus fantásticas historias por verdades literales; es fácil ver que se trata de mitos. Sólo la costumbre y el prejuicio cultural han evitado que veamos los evangelios del Nuevo Testamento bajo esta misma luz. Si esos evangelios también hubiesen estado perdidos y sólo hubieran sido descubiertos recientemente ¿quién iba a leer esas historias por primera vez y creer que eran relatos históricos de cómo un hombre nació de una virgen, caminó sobre el agua y resucitó de entre los muertos? ¿Por qué habían de ser consideradas fábulas las historias de Osiris, Dionisos, Adonis, Atis, Mitra y los otros salvadores de los Misterios paganos, y creer que lo que es esencialmente la misma historia relatada en un contexto judío es la biografía real de un carpintero de Belén?

Ambos fuimos educados en el cristianismo y nos sorprendía ver que a pesar de años de exploración espiritual con la mente abierta, aún nos parecía peligroso pensar en tales cosas. El adoctrinamiento temprano llega muy hondo. En efecto, ¡decíamos que Jesús era un dios pagano y que el cristianismo era un producto herético del paganismo! Parecía desaforado. Sin embargo, esa teoría explicaba la similitud entre las historias de Osiris, Dionisos y Jesucristo en forma simple y elegante. Son partes del desarrollo de un único mito.

La Tesis de los Misterios de Jesús respondía a muchas preguntas desconcertantes, pero también abría nuevos dilemas ¿No existe acaso evidencia histórica irrefutable sobre la existencia del Jesús hombre? ¿Y cómo podía ser el gnosticismo el cristianismo original cuando san Pablo, el primer cristiano del que tenemos noticias, fue tan estentóreamente antignóstico? y ¿realmente es creíble que un pueblo tan aislacionista y antipagano como los judíos haya adoptado los Misterios paganos? y ¿cómo puede haber ocurrido que un mito creado en forma deliberada fuese aceptado como historia? Y si el gnosticismo representaba el auténtico cristianismo, ¿por qué llegó el cristianismo literalista a dominar el mundo como la religión más influyente de todos los tiempos? Debíamos responder en forma satisfactoria todas estas preguntas difíciles ante una teoría tan radical como la de los Misterios de Jesús.

El gran ocultamiento

Nuestra nueva versión de los orígenes del cristianismo sólo parecía improbable porque contradecía la versión aceptada. A medida que nuestra investigación avanzaba, la representación tradicional perdía toda coherencia. Nos encontramos enredados en un mundo de cismas y luchas de poder, de documentos falsificados e identidades falsas, de cartas que habían sido editadas y a las que se les habían hecho agregados y en la destrucción general de la evidencia histórica. Como forenses, nos centramos en los pocos hechos de los que podíamos estar seguros, como si fuésemos detectives a punto de descifrar un enigma sensacional o, tal vez más precisamente, como si estuviésemos descubriendo un caso antiguo y no reconocido de justicia fraudulenta. Pues una y otra vez, al examinar en forma crítica la poca evidencia sobreviviente, nos encontramos con que la historia del cristianismo que nos ha legado la Iglesia Romana era una grosera distorsión de la verdad. De hecho, la evidencia confirmaba por completo la Tesis de los Misterios de Jesús. Era cada vez más obvio que habíamos sido engañados en forma deliberada, que los gnósticos realmente eran los cristianos originales y que su misticismo anárquico les había sido arrebatado por una institución autoritaria que creó a partir de él una religión dogmática, imponiendo a continuación el mayor ocultamiento que haya conocido la historia.

Los Misterios de Jesús

Uno de los principales participantes en esta operación de ocultamiento fue un personaje llamado Eusebio quien, a comienzos del siglo IV, compiló a partir de leyendas, inventos y su propia imaginación la única historia temprana del cristianismo que conocemos hoy. Todas las historias subsiguientes debieron basarse por fuerza en las dudosas afirmaciones de Eusebio, porque había poca información más para estudiar. Todos los que veían el cristianismo de otra manera fueron marcados como herejes y erradicados. Fue así como las falsías compiladas en el siglo IV nos han sido transmitidas como si fuesen hechos comprobados.

Eusebio respondía al emperador romano Constantino, quien hizo del cristianismo la religión de Estado del imperio y le dio el poder que necesitaba para comenzar la erradicación definitiva del paganismo y el gnosticismo. Constantino quería "un Dios, una religión" para consolidar su pretensión de "un Imperio, un Emperador". Supervisó la creación del credo niceno, el artículo de fe que se repite en las Iglesias hasta el día de hoy y los cristianos que se negaban a confirmar la validez de ese credo fueron exiliados del Imperio o silenciados de otras maneras.

Luego, el Emperador "cristiano" regresó a casa desde Nicea e hizo que su mujer fuese sofocada y su hijo asesinado. Se mantuvo sin bautizar en forma deliberada hasta su lecho de muerte de modo de poder continuar con sus atrocidades y aun así recibir el perdón de los pecados y un lugar en el cielo al recibir el bautismo a último momento. Aunque logró que su productor de ideologías Eusebio compusiese una biografía suya adecuadamente obsequiosa, en realidad era un monstruo, como lo fueron muchos emperadores romanos antes que él. ¿Realmente es sorprendente que una "historia" de los comienzos del cristianismo creada por un empleado al servicio de un tirano romano haya resultado ser una sarta de mentiras?

Realmente, la historia la escriben los que vencen. La creación de una historia apropiada siempre ha sido arte del arsenal de la manipulación política.

¿Jesús existió realmente?

ENTREVISTA CON TIMOTHY FREDKE

En el capítulo 2, Timothy Fredke discute los arquetipos de la femineidad sagrada. Aquí, en una continuación de esa entrevista, cuestiona la existencia de un Jesús histórico.

En su opinión ¿hay alguna evidencia de que Jesús haya existido?

Ninguna. La única evidencia con que contamos está falsificada. Diría en forma categórica que no hay ninguna evidencia con respecto al Jesús histórico, pero sí mucho que sugiere que la historia del Evangelio es un mito. Si alguien encontrara la historia de Jesús en una cueva, como ocurrió con los textos de Nag Hammadi y dijera "Miren, encontré la historia de un hombre que nace de una virgen, camina sobre el agua, enseña increíbles percepciones espirituales y luego muere y resucita de entre los muertos" creo que todos dirían "Bueno, se trata claramente de otro mito, hay muchos así". Es sólo por estar tan familiarizados con ella que no vemos lo obvio. Hace ciento cincuenta años la gente creía que Adán y Eva existieron —alguna gente aún lo cree. Pero entre nosotros, quienes han sido educados saben que no es así, que es un mito, un mito alegórico poderoso e importante acerca de una transformación. No es historia y lo probable es que de aquí a unas décadas se perciba a la historia de Jesús de la misma forma. Es que al día de hoy la llevamos tan dentro de nosotros que no podemos darnos cuenta cabalmente de lo que es. Y cuando los cristianos gnósticos fueron destruidos en el siglo IV, estos misterios sobrevivieron en sociedades secretas clandestinas —sin duda ésta es la raíz de muchas de las sociedades secretas de que nos habla Dan Brown. Y tiene razón en eso, en lo que se equivoca, creo, es en creer que eso tiene alguna relación con el linaje de reyes y reinas.

Usted llama literalista *a la rama cristiana que sobrevivió y prosperó. ¿Cuál fue el resultado de esta interpretación literalista de la historia de Jesús?*

El legado del cristianismo literalista ha sido horrible. Por un lado, fue el holocausto en nombre de Dios y por otro ha sido el holocausto de la mujer, la cacería de brujas. Ha sido lo que ocurre cuando se rechaza lo femenino y la ironía es que la Iglesia rotuló a los gnósticos de renunciantes al mundo —cuando, de hecho, es la Iglesia la que condenó a las mujeres, condenó al sexo, inventó comunidades monásticas donde los hombres podían alejarse de las mujeres y del mundo e incitó a que la gente de la Edad Media se flagelase. Todo eso viene del literalismo romano, pues éste hace que uno quiera sufrir como sufrió Jesús más bien que entender que es metafórico, que es una alegoría. El tratamiento a las mujeres sólo ha cambiado en los últimos pocos cientos de años —y en forma marcada, sólo en las últimas décadas— y ésa es una gran ironía, pues quienes crearon originalmente la historia de Jesús hacían parte de la tradición pitagórica, famosa por tratar bien a las personas. Muchas obras del cristianismo gnóstico primitivo se atribuyen a mujeres. A menudo los maestros gnósticos eran mujeres, sus dirigentes solían ser mujeres. Y esta tradición fue destruida por esa horrible revuelta romana y hemos perdido la divinidad femenina, lo cual no sólo es malo para las mujeres, sino para los hombres. Como honbre, es muy difícil tener una relación erótica con lo divino si uno no tiene una imagen divina a la que referirse.

¿Palabras de Dios o palabras humanas?

POR ELAINE PAGELS

Extracto de *Beyond Belief: The Secret Gospel of Thomas* (*Más allá de la creencia: el Evangelio secreto de Tomás*) por Elaine Pagels. Copyright © 2003 por Elaine Pagels. Empleado por permiso de Random House Inc.

En el siglo que siguió a la muerte de Jesús, algunos de sus seguidores más leales habían decidido excluir una amplia variedad de fuentes cristianas, por no hablar de los préstamos tomados a otras tradiciones religiosas, aunque, como se vio, ello ocurría a menudo. Pero ¿por qué y en qué circunstancias creyeron estos primitivos dirigentes de la Iglesia que ello era necesario para la supervivencia del movimiento? ¿Y por qué aquellos que proclamaron a Jesús como "único hijo engendrado por Dios", según dice el Evangelio de Juan dominaron la tradición posterior, mientras que otras perspectivas cristianas, como la de Tomás, que instan a los discípulos a reconocerse a sí mismos y a Jesús también, como "hijos de Dios", fueron suprimidas?

Tradicionalmente, los teólogos cristianos han declarado que "el Espíritu Santo guía a la Iglesia hacia la verdad", afirmación que demasiado a menudo se ha interpretado en el sentido de que lo que ha sobrevivido debe ser correcto. Algunos historiadores de la religión han racionalizado esta convicción por considerar que en la historia cristiana, al igual que en la historia temprana de la ciencia, las ideas débiles y falsas no tardan en perecer, mientras que las que son fuertes y válidas sobreviven. El fallecido Raymond Brown, destacado estudioso del Nuevo Testamento y sacerdote católico sulpiciano formuló esta perspectiva con crudeza: lo que los cristianos ortodoxos rechazaban era sólo "la basura del siglo II" —y, agregó: "sigue siendo basura". Pero estas polémicas nada nos dicen acerca de cómo y por qué los primeros dirigentes de la Iglesia sentaron los principios fundamentales de la enseñanza cristiana. Para comprender qué pasó debemos considerar los desafíos —y peligros— específicos que enfrentaban los creyentes durante los críticos años en torno al año 100 al año 200 de la era cristiana y cómo lidiaron con esos desafíos quienes devinieron en arquitectos de la tradición cristiana. El converso africano Tertuliano, quien vivió en la ciudad portuaria de Cartago en el norte de África unos ochenta años después de que se escribieran los Evangelios de Juan y de Tomás, en torno al año 190 (o, como habrían dicho Tertuliano y sus contemporáneos, en tiempos del emperador Cómodo) reconoció que el movimiento cristiano atraía multitudes de nuevos integrantes y que los que no pertenecían a él se sentían alarmados.

> Se generaliza la queja de que el Estado está colmado de cristianos que están en los campos, las ciudades y en las islas y [quienes no lo son] se lamentan, como si se tratase de una calamidad, que tanto hombres como mujeres de toda edad y condición, aun los de alto rango, se convierten a la fe cristiana.

Tertuliano ridiculizó a la mayoría no cristiana por sus descabelladas sospechas y denunció a los magistrados que las creían:

> [se nos llama] monstruos de malignidad, se nos acusa de practicar un ritual sagrado en que matamos a un niñito y lo comemos; y en el cual, después de la comilona, practicamos el incesto, mientras que nuestros alcahuetes, los perros, vuelcan las lámparas y nos dan la desvergonzada oscuridad para satisfacer nuestras lascivias. *Esto es lo que las personas alegan sin cesar*, sin ocuparse de averiguar si es cierto o no... Bueno, *creéis que los cristianos son capaces de todos los crímenes —son enemigos de los dioses, del emperador, de las leyes, la moral y la naturaleza.*

Tertuliano se afligía porque en todo el imperio, desde su ciudad natal en África hasta Italia, España, Egipto y Asia Menor, y en las provincias desde Germania hasta Galia, los cristianos habían sido objeto de esporádicos estallidos de violencia. Los magistrados romanos solían ignorar estos incidentes y a veces participaban en ellos. En la ciudad de Esmirna, en la costa de Asia Menor, por ejemplo, multitudes que gritaban "¡muerte a los ateos!" lincharon al converso Germánico y exigieron —con éxito— que las autoridades arrestaran y mataran de inmediato a Policarpo, un eminente obispo.

Lo que percibían los que no pertenecían al movimiento dependía en gran parte de los grupos cristianos con que entraban en contacto. Plinio, gobernador de Bitinia, en la actual Turquía, al intentar que determinados grupos dieran protección a subversivos, ordenó a sus soldados que arrestaran a quienes se acusaba de cristianos. Para obtener información, sus soldados torturaron a dos mujeres cristianas, esclavas ambas, quienes revelaron que los integrantes de este grupo en particular "se encontraban regularmente antes del alba de un día en particular para cantarle un himno a Cristo como si fuese un dios". Aunque se rumoreaba que comían carne y sangre humana, Plinio estableció que sólo comían "alimentos comunes, inofensivos". Le informó al emperador Trajano que, aunque no encontró evidencia de un verdadero delito "ordené que se las llevaran y las ejecutaran porque, sea lo que sea lo que admiten, su tozudez y su inconmovible obstinación no debían quedar sin castigo". Pero veinte años más tarde, en Roma, Rusticus, el prefecto de la ciudad, interrogó a cinco cristianos que le parecieron más bien integrantes de un seminario filosófico que de un culto. El filósofo Justino Mártir, acusado junto a sus alumnos, admitió ante el prefecto que se encontraba con otros creyentes de parecidas inclinaciones en su apartamento "sobre los baños de Timoteo" para discutir "filosofía cristiana". Así y todo, Rusticus, como Plinio, sospechó que se encontraba ante un caso de traición. Cuando Justino y sus discípulos se negaron a ofrecer sacrificios a los dioses ordenó que fueran azotados y decapitados.

Treinta años después de la muerte de Justino, otro filósofo, llamado Celso, que detestaba a los cristianos, escribió otro libro, llamado *La verdadera palabra*, que denunciaba al movimiento y acusaba a algunos de sus integrantes de actuar como los enloquecidos devotos de dioses extranjeros como Atis y Cibeles, que eran poseídos por los espíritus. Otros, según denunció Celso, practicaban encantamientos y hechizos, como los magos; otros seguían lo que muchos griegos y romanos percibían como las bárbaras, orientales costumbres de los judíos. Celso también informó que en los establecimientos rurales importantes en todo el campo, los hiladores de lana, remendones y lavanderas, gente que, dijo, "habitualmente teme hablar en presencia de sus superiores" así y todo reunían a los crédulos —esclavos, niños, "mujeres estúpidas"— de las grandes casas en sus talleres para contarles acerca de los milagros de Jesús y de cómo, después de muerto, resucitó. Entre los ciudadanos respetables, los cristianos suscitaban las mismas sospechas de violencia, promiscuidad y extremismo político con que se contempla hoy a los cultos secretos, especialmente por parte de quienes temen que sus amigos o parientes puedan ser captados por ellos.

A pesar de las diversas formas del cristianismo primitivo —y tal vez debido a ellas— el movimiento se difundió rápidamente, de modo que para fines del siglo II, proliferaron cultos cristianos en todo el imperio a pesar de los intentos de detenerlos. Tertuliano se jactó ante quienes no pertenecían al movimiento que "cuanto más nos seguéis, más nos multiplicaremos; ¡la sangre de Cristo es una semilla!". Sin embargo, la retórica desafiante no podía resolver el problema que él y otros dirigentes cristianos enfrentaban: ¿cómo podían fortalecer y unificar ese movimiento enormemente difundido y diversificado para que sobreviviera a sus enemigos?

El joven contemporáneo de Tertuliano, Ireneo, a menudo identificado como obispo de Lyon, había experimentado personalmente la hostilidad que menciona Tertuliano, primero en su ciudad natal de Esmirna (Izmir, en la actual Turquía) y luego en la ruda ciudad provinciana de Lyon en la Galia (actual Francia). Ireneo también presenció las facciones que dividieron a los grupos cristianos. De niño, vivió en casa de su maestro Policarpo, venerable obispo de Esmirna, a quien aun sus enemigos llamaban "maestro del Asia Menor". Aunque sabía que estaban esparcidos por todo el mundo en pequeños grupos, Ireneo compartía la esperanza de Policarpo de que los cristianos de todas partes se consideraran a sí mismos integrantes de una Iglesia única que llamaron católica, que significa "universal". Para unificar esta comunidad mundial, Policarpo instó a sus integrantes a rechazar a todos los que se desviaran de la norma. Según Ireneo, Policarpo gustaba de contar cómo su propio mentor, "Juan, el discípulo del Señor" —la misma persona que la tradición venera como autor del Evangelio de Juan— fue un día a los baños públicos de Éfeso, pero al ver a Cerinto, a quien consideraba hereje, Juan huyó de la casa de baños sin bañarse, excalamando "huyamos, no vaya a derrumbarse esta casa de baños; pues Cerinto, enemigo de la verdad, está allí". Cuando Ireneo repetía esta historia, agregaba otra para demostrar cómo trataba el propio Policarpo a los herejes. Cuando el influyente pero controvertido maestro cristiano Marción se enfrentó al obispo y le preguntó "¿me reconoces?", Policarpo respondió "Sí, te reconozco, ¡primogénito de Satán!".

Ireneo dice que relata estas historias para demostrar "el horror que los apóstoles y sus discípulos tenían aun de hablar con aquellos que corrompen la verdad". Pero sus historias muestran también qué preocupaba a Ireneo: que incluso dos generaciones después de que el autor del Evangelio de Juan avalara las pretensiones de los cristianos de Pedro y enfrentara a los cristianos de Tomás, el movimiento seguía siendo dividido por los debates y las facciones. El propio Policarpo denunció a aquellos que, según su acusación "se decían cristianos con maligna duplicidad", pues lo que enseñaban difería de lo que sus maestros le enseñaron a él. Por su parte, Ireneo creía que él era quien practicaba el verdadero cristianismo pues podía vincularse en forma directa a los tiempos de Jesús a través de Policarpo, quien había recibido la enseñanza de Jesús por medio del propio Juan, el "discípulo del Señor". Convencido de que este discípulo escribió el Evangelio de Juan, Ireneo estuvo entre los primeros en defender ese evangelio y vincularlo para siempre a los de Marcos, Mateo y Lucas. Su contemporáneo Tatiano, un brillante alumno sirio del filósofo Justino Mártir, muerto por Rusticus, tenía otro enfoque: trató de unificar todos los evangelios refundiéndolos en un solo texto. Ireneo dejó los textos intactos, pero declaró que sólo Mateos, Marcos, Lucas y Juan *en forma colectiva* —y *exclusivamente* esos evangelios— constituían la *totalidad* del evangelio, al que denominó el "evangelio de los cuatro". Ireneo creía que sólo estos cuatro evangelios habían sido escritos por testigos oculares de los eventos a través de los cuales Dios había enviado la salvación para todo el género humano. Este canon de los cuatro evangelios se convertiría en una poderosa arma en la campaña de Ireneo para unificar y consolidar el movimiento cristiano en el transcurso de su vida y ha sido una de las bases de la ortodoxia desde ese momento...

Cuando Ireneo se encontró en Roma con un amigo de su infancia en Esmirna llamado Florino, quien en su juventud había estudiado con Policarpo, quedó escandalizado al enterarse de que su amigo se había unido a un grupo liderado por Valentino y Ptolomeo, teólogos sofisticados que, de todas formas, como los nuevos profetas, se fiaban a menudo de sueños y revelaciones. Aunque se llamaban a sí mismos cristianos espirituales, Ireneo consideraba que se desviaban peligrosamente de la norma. Con la esperanza de persuadir a su amigo de que reconsiderase su actitud, Ireneo escribió una carta para advertirle que "estos puntos de vista, Florino, por decirlo amablemente, no son sanos; no están de acuerdo con la Iglesia y llevan a sus seguidores a la peor de las impiedades y aun a la herejía". Ireneo se sintió preocupado al enterarse de que un creciente número de cristianos educados iban hacia esa misma dirección.

Cuando regresó a Galia desde Roma, Ireneo se encontró con que su propia comunidad había sido devastada; unas treinta personas habían sido brutalmente torturadas y muertas en espectáculos públicos en un día específicamente destinado a proveer tal entretenimiento a los habitantes locales. El obispo Potino había muerto, de modo que los sobrevivientes contaban con que Ireneo los dirigiera. Aunque era consciente del peligro, aceptó la tarea, decidido a unificar a los sobrevivientes. Pero vio que los miembros de su propia "majada" estaban divididos en varios grupos, algunos mutuamente enfrentados —y que cada uno de ellos afirmaba estar inspirado por el espíritu santo.

¿Cómo podía dilucidar estas afirmaciones contradictorias e imponer alguna clase de orden? La tarea era enorme y desconcertante. Es indudable que Ireneo creía que el espíritu santo había originado el movimiento cristiano. Desde el momento mismo en que comenzó, hacía cien años, tanto Jesús como sus seguidores afirmaron experimentar comunicaciones del espíritu santo en sueños, visiones, historias, dichos, pronunciamientos extáticos —muchas comunicadas oralmente, muchas por escrito— que reflejaban la vitalidad y la diversidad del movimiento. Los evangelios del Nuevo Testamento abundan en visiones, sueños y revelaciones, como la que, según el relato de Marcos, marcó el comienzo de la actividad pública de Jesús.

Y sucedió que por aquellos días, vino Jesús desde Nazareth y fue bautizado por Juan en el Jordán. Y en cuanto salió del agua, *vio que se rasgaban los cielos y que el Espíritu, en forma de paloma, bajaba a él. Y se oyó una voz que venía de los cielos*: 'Tú eres mi Hijo amado, en ti me complazco".

Lucas le agrega a esta versión de la historia un relato del nacimiento de Jesús, en el que una visión precede cada episodio de la historia, desde la aparición del ángel Gabriel al anciano sacerdote Zacarías y luego a María hasta la noche en que "un ángel del Señor" se les aparece a los pastores para contarles del nacimiento de Jesús, aterrándolos con un súbito resplandor que enciende el cielo nocturno...

Ireneo dice que, por pedido de un amigo, intentó por todos los medios investigar las enseñanzas de un tal Marcus para denunciarlo como intruso y estafador. Pues al atraer discípulos, llevar a cabo iniciaciones y ofrecer enseñanzas espirituales a los cristianos "espirituales", las actividades de Marcus amenazaban los esfuerzos de Ireneo por unificar a todos los cristianos de la región en una Iglesia homogénea. Ireneo acusó a Marcus de ser un mago, "heraldo del Anticristo", un hombre cuyas visiones inventadas y pretensión de tener poder espiritual enmascaraban su verdadera identidad de apóstol de Satanás. Ridiculizó las afirmaciones que hacía Marcus de investigar "las cosas profundas de Dios" y se burló de él por instar a los iniciados a que tuvieran visiones de su propia cosecha:

Mientras dicen semejantes cosas acerca de la creación, cada uno de ellos genera diarias novedades según su capacidad; pues entre ellos, ninguno es considerado "maduro" [o "iniciado"] si no inventa alguna de estas enormidades.

Ireneo expresa su desaliento por el hecho de que también muchos otros maestros dentro de la comunidad cristiana "introduzcan una cantidad de escritos secretos e ilegítimos falsificados por ellos mismos para desconcertar las mentes de los necios que ignoran las verdaderas escrituras". Cita algunos de sus escritos, incluyendo parte de un texto influyente y bien conocido llamado Libro Secreto de Juan (uno de los denominados evangelios gnósticos descubiertos en Nag Hammadi en 1945) y se refiere a muchos otros, incluido un Evangelio de la Verdad (tal vez el que se halló en Nag Hammadi), que le atribuye al maestro de Marcus, Valentino, y aun un Evangelio de Judas. Ireneo decidió que cortar de raíz este aluvión de "escritos secretos" sería un primer paso esencial para limitar la proliferación de "revelaciones" que sospechaba que eran de naturaleza alucinatoria o, peor aún, de inspiración diabólica.

Sin embargo, los descubrimientos de Nag Hammadi demuestran qué difundida estaba la idea de "buscar a Dios", no sólo entre quienes escribían tales "escritos secretos" sino entre los muchos que los leían, copiaban y veneraban, incluyendo a los monjes egipcios que los atesoraban en la biblioteca de su monasterio doscientos años después de que fueran prohibidos por Ireneo. Pero en 367 d.C., Atanasio, el celoso obispo de Alejandría —admirador de Ireneo— promulgó una epístola pascual en la que instaba a todos los monjes egipcios a destruir tales escritos, con excepción de aquellos que mencionaba en forma explícita como "aceptables" o hasta "canónicos", lista que constituye virtualmente todo nuestro "Nuevo Testamento" actual. Pero alguien —tal vez los monjes del monasterio de san Pacomio— recolectaron docenas de los libros que Atanasio quería quemar, los sacaron de la biblioteca del monasterio, los sellaron en una pesada tinaja de seis pies de alto y, con intención de ocultarlos, los enterraron en la ladera de una colina cerca de Nag Hammadi. Allí, un aldeano egipcio llamado Muhammad 'Alí los encontró por casualidad mil seiscientos años más tarde.

Ahora que podemos leer por nuestra cuenta algunos de los escritos que Ireneo detestaba y que Atanasio prohibió, vemos que muchos de ellos expresan la esperanza de recibir revelaciones y dan ánimos a aquellos "que buscan a Dios". Por ejemplo, el autor del Libro Secreto de Santiago, *reinterpreta* aquella escena de los evangelios del Nuevo Testamento en que Lucas relata cómo Jesús subió a los cielos...

Pero quienes critican tales "demostraciones basadas en profecías" sugieren que los cristianos como Justino arguyen falazmente —por ejemplo, cuando confunden una traducción engañosa con un milagro. Por ejemplo, el autor del Evangelio de Mateo, al parecer por haber leído la profecía de Isaías en su traducción griega, pretendió que en ella se afirmaba que "una virgen [*parthenos* en griego] concebirá". El propio Justino reconoce que los intérpretes judíos, al discutir con los seguidores de Jesús, señalaron que lo que el profeta había escrito en el original hebreo simplemente fue que "*una joven* [*almah*] concebirá y dará a luz un hijo" —en una aparente referencia a eventos inmediatos referidos a la sucesión real.

Pero Justino e Ireneo, como muchos cristianos hasta el día de hoy, siguen sin convencerse con estos argumentos, y creían en cambio que las antiguas profecías predecían el nacimiento, la muerte y la resurrección de Jesús y que la inspiración divina de aquéllas había sido corrobarada por eventos reales. Los no creyentes suelen encontrar que estas pruebas son rebuscadas, pero para los creyentes son la demostración del "plan salvífico" de Dios. Justino arriesgó su vida por esta creencia, y creyó que había renunciado a la especulación filosófica en favor de una verdad tan empíricamente verificable como la de un experimento científico cuyo autor obtiene los resultados previstos.

Como Ireneo consideraba que la demostración por medio de la profecía era una forma de resolver el problema de dilucidar qué profecías —y qué revelaciones— provenían de Dios, agregó ciertos escritos "de los apóstoles" a los de "los profetas" pues él, como Justino, creía que el conjunto de ambos constituía el testimonio indispensable de la verdad. Como otros cristianos de su época, Justino e Ireneo, cuando hablaban de "las Escrituras" lo que tenían en mente eran ante todo la Biblia hebrea: lo que llamamos "Nuevo Testamento" aún no había sido compilado. Su convicción de que la verdad de Dios queda revelada por los eventos del plan salvífico provee el eslabón esencial entre la Biblia hebrea y lo que Justino llamó "memorias de los apóstoles", que conocemos como evangelios del Nuevo Testamento.

Por lo que sabemos, Ireneo fue el principal arquitecto de lo que llamamos el canon de los cuatro evangelios, la estructura que incluye la compilación neotestamentaria de los evangelios de Mateo, Marcos, Lucas y Juan. Ireneo denunció inicialmente a los diversos grupos cristianos que se nucleaban en torno a un solo evangelio, como los cristianos ebionitas quienes, nos dice, sólo seguían a Mateo o los seguidores de Marción, que se limitaban a Lucas. Igualmente confundidos están, continúa Ireneo, aquellos que invocan muchos evangelios. Ciertos cristianos, asevera, "se jactan de tener más evangelios que los que existen... pero, en realidad, no tienen ni uno solo que no esté colmado de blasfemias". Ireneo resolvió ralear el bosque de escritos "apócrifos e ilegítimos" —como el Libro Secreto de Santiago y el Evangelio de María— y dejar en pie sólo cuatro "pilares". Declara osadamente que "el evangelio" que contiene toda la verdad puede ser sostenido por esos cuatro "pilares", verbigracia, los evangelios atribuidos a Mateo, Marcos, Lucas y Juan. Para defender su selección afirmó que "no es posible que haya más o menos de cuatro", pues "así como hay cuatro regiones en el universo y cuatro vientos principales", la Iglesia sólo necesita "cuatro pilares". Además, del mismo modo que el profeta Ezequiel tuvo la visión del trono de Dios sustentado por cuatro criaturas vivientes, del mismo modo la divina Palabra de Dios está sustentada por este "cuádruple evangelio". (Siguiendo sus huellas, los cristianismos de épocas posteriores tomaron los rostros de estos cuatro "seres vivientes" —el hombre, el león, el toro, el águila— como símbolos de los cuatro evangelistas.) Lo que hace que estos evangelios sean confiables, afirmó, es que sus autores, entre los que él creía que se contaban los discípulos de Jesús Mateo y Juan, fueron testigos directos de los eventos que narraron; en forma similar, agregó, Marcos y Lucas, que eran seguidores de Pedro y Pablo, sólo escribieron aquello que oyeron de boca de los mismísimos apóstoles.

No son muchos los estudiosos actuales del Nuevo Testamento que estarían de acuerdo con Ireneo; no sabemos quién escribió realmente esos evangelios, como tampoco sabemos quiénes escribieron los que se atribuyen a Tomás y María; sólo sabemos que todos estos "evangelios" fueron atribuidos a discípulos de Jesús. De todas maneras, como se verá en los capítulos siguientes, Ireneo no sólo unió el evangelio de Juan a los mucho más citados evangelios de Mateo y Lucas, sino que alabó el de Juan llamándolo el mayor de todos los evangelios. Para Ireneo, el de Juan no era el *cuarto* evangelio, como lo llaman los cristianos de hoy, sino el *primero* y *principal* de los evangelios, pues creía que sólo Juan había entendido quién era Jesús en realidad: Dios en forma humana. Lo que Dios reveló en ese momento extraordinario en que "se hizo carne" sobrepasaba cualquier revelación recibida por meros seres humanos —aun si eran profetas y apóstoles, por no hablar de gente como usted o yo.

Por supuesto que Ireneo no podía evitar que las personas buscaran la revelación de la verdad divina —ni, como vimos, tenía intención de hacerlo. Al fin y al cabo, las tradiciones religiosas sobreviven en el tiempo únicamente bajo la forma en que sus adherentes las reviven y re-imaginan, transformándolas incesantemente al hacerlo. Pero desde su época hasta el presente, Ireneo y quienes lo sucedieron al frente de la Iglesia buscaron que todos los creyentes se subordinaran al "cuádruple evangelio" y a la llamada tradición apostólica. A partir de ese momento, todas las revelaciones avaladas por los dirigentes cristianos debían coincidir con los evangelios agrupados en lo que sería el Nuevo Testamento. Por supuesto que, a lo largo de los siglos, estos evangelios han hecho surgir un extraordinario manantial de artes plásticas, música, poesía, teología y leyenda cristianas. Pero aun los santos más dotados de la Iglesia, como Teresa de Ávila o Juan de la Cruz debían cuidarse de no transgredir —y menos trascender— esas fronteras. Hasta el día de hoy, muchos cristianos de mentalidad tradicionalista siguen creyendo que aquello que va más allá de las líneas canónicas debe ser "mentira y perversidad", originadas o en el malvado corazón humano o en el diablo.

Sin embargo, Ireneo reconoció que ni siquiera prohibir todos los "escritos secretos" y crear un canon de cuatro narraciones evangélicas alcanzaba para salvaguardar el movimiento cristiano. ¿Qué ocurriría si alguien leyera los evangelios "buenos" en forma mala o en *muchas* formas malas? ¿Que ocurriría si los cristianos interpretaran esos mismos evangelios para inspirar —o, como diría, el obispo, engendrar—- nuevas herejías? Eso es lo que ocurrió en la congregación de Ireneo— y su respuesta fue ponerse a construir el cristianismo *ortodoxo* (literalmente, "de pensamiento recto").

La batalla por las Escrituras y las fes que no tuvimos ocasión de conocer

ENTREVISTA CON BART D. EHRMAN

Bart D. Ehrman es titular del departamento de Estudios Religiosos de la Universidad de Chapel Hill en Carolina del Norte. Es una autoridad en temas referidos a la Iglesia primitiva y la vida de Jesús. Su libro más reciente es *El cristianismo perdido: la batalla por las escrituras y las fes que nunca conocimos.*

Uno de los temas centrales del Código Da Vinci *es que una tradición alternativa de la Iglesia Católica —uno de los bandos en la discusión sobre el significado de la vida de Jesús— ha estado perdida durante dos mil años. ¿Cómo ve usted esta cuestión?*

De hecho, había muchos bandos en la tradición alternativa del cristianismo, pero tal vez los mejores ejemplos son los que nos dan las tres vertientes del cristianismo primitivo: los ebionitas, los marcionitas y los gnósticos. Todas ellas son sectas cristianas, pero difieren mucho.

Los ebionitas eran los judíos cristianos que enfatizaban tanto la importancia de ser judíos como la de ser cristianos. Los marcionistas eran antijudíos y creían que todo lo judío pertenecía en realidad al dios del Antiguo Testamento, quien no era el verdadero Dios. Los gnósticos creían que había muchos dioses diferentes.

Todos estos grupos pretendían originarse en Jesús, lo cual significa que probablemente surgieron poco después de la muerte y resurrección de Jesús o al menos pocas décadas después de esos eventos. Por ejemplo, los ebionitas afirmaban que sus enseñanzas derivaban de Santiago el Justo, hermano de Jesús, y ¿quién mejor que el propio hermano de Jesús para saber qué enseñaba éste? Y, en realidad, tal vez tenían razón, tal vez lo que predicaban fueran creencias transmitidas por Santiago. Su fe no tuvo mucha difusión, tal vez en parte debido a que su creencia de que los gentiles debían hacerse judíos antes de hacerse cristianos significaba que los hombres debían circuncidarse, lo cual puede significar que no convirtieron a muchos.

Los ebionitas enfatizaban el aspecto judío del cristianismo. ¿Y los marcionitas?

Los marcionitas eran seguidores del filósofo y maestro griego del siglo II Marción, quien había pasado unos cinco años desarrollando su sistema teológico en Roma. Creía que Pablo era quien tenía la percepción verdadera del cristianismo, pues Pablo diferenciaba entre la ley y el evangelio. Marción llevó esa óptica al extremo, pues mantuvo que si existe una separación entre la ley y el evangelio, ello debe haber ocurrido porque ley y testamento deben haberle sido dadas a la humanidad por distintos dioses —el dios que dio la ley es el dios del Antiguo Testamento, mientras que el dios que salvó a la gente de la ley es el dios de Jesús. En forma similar, el colérico dios del Antiguo Testamento es el dios que creó este mundo, escogió Israel y le dio esa ley, mientras que el dios de Jesús es el que salvó a la gente de ese dios al morir por sus pecados.

Marción tenía muchos seguidores, aun después de ser excomulgado (tal vez fue el primero en serlo) y fue a Asia Menor, la actual Turquía, a establecer Iglesias. En realidad, el cristianismo marcionita era una verdadera amenaza para las demás formas; estuvo a punto de conquistar toda la cristiandad.

¿Y los gnósticos?

Grupos de todas clases, que difieren mucho entre sí son catalogados como gnósticos por los estudiosos de hoy. Diferían tanto de uno a otro, que historiadores como Elaine Pagels se preguntan si debemos seguir llamándolos gnósticos. Por lo general, los gnósticos creían que el mundo material en que vivimos es una catástrofe cósmica y que de alguna forma, chispas de la divinidad habían quedado atrapadas en el mundo material y necesitan escapar, y escapan cuando adquieren conciencia cabal de su situación. Y el sistema gnóstico les suministraba el conocimiento que necesitaban para escapar, de modo que la salvación llegaba cuando se accedía al conocimiento verdadero necesario para la salvación.

Es difícil determinar el origen intelectual de los gnósticos. Parecen representar una amalgama de diferentes religiones, que incluyen al judaísmo y al cristianismo, así como la filosofía griega, en particular la filosofía platónica, y parecen haber tomado elementos de estas distintas religiones y filosofías, combinándolas en un sistema religioso principal. Sabemos que había un sistema gnóstico completo en el siglo II, probablemente del comienzo a la mitad de éste, lo cual corresponde a la era de Marción. Es difícil saber si el gnosticismo comenzó en Alejandría o en Palestina o exactamente dónde, pero tenemos evidencia acerca de la presencia de gnósticos en Siria y Egipto. Con el tiempo, llegaron a Roma.

¿Qué terminó con los gnósticos y las demás sectas? ¿Simplemente se extinguieron?

Aunque hubo distintas razones históricas y culturales, la mayor parte de estos grupos probablemente murieron porque fueron atacados —exitosamente, desde el punto de vista teológico— y no tuvieron una eficacia ni siquiera cercana a la de sus contrarios en sus campañas propagandísticas. No lograron reclutar nuevos conversos, mientras que los grupos ortodoxos crearon una estructura fuerte, para lo cual emplearon campañas epistolares y otros medios para propagar sus puntos de vista, y su retórica fue convincente.

Pero lo que realmente aseguró la victoria fue que el emperador romano Constantino se convirtió al cristianismo. Naturalmente, se convirtió a la versión del cristianismo que prevalecía en la época. Una vez que Constantino se convierte a una forma ortodoxa del cristianismo, una vez que el Estado tiene poder y una vez que el Estado es cristiano, entonces el Estado comienza a afirmar su influencia sobre el cristianismo. De modo que para fines del siglo IV, hay verdaderas leyes contra los herejes. De modo que el imperio, que había sido competamente anticristiano, se vuelve cristiano y no sólo se vuelve cristiano, sino que procura dictaminar qué forma debe tener el cristianismo.

Las ramificaciones de este cambio en los acontecimientos son, por supuesto, enormes. Cambió toda la forma en que el mundo occidental se ve a sí mismo y la forma en que las personas entendemos las cosas. Basta con pensar en el concepto de culpa: si otros grupos hubieran ganado, las cosas habrían sido muy diferentes.

¿Así que el debate se detuvo una vez que la Iglesia se unificó en el Concilio de Nicea?

Los debates no terminaron, sino que se desplazaron. En la época del Concilio de Nicea, ya no había grandes grupos de gnósticos ni de marcionitas ni de ebionitas. Ya eran historia antigua. Pero ello no detuvo los debates. Se hicieron más definidos, más acalorados. Por ejemplo, el Concilio de Nicea fue convocado para debatir respecto de una forma de cristianismo llamada arrianismo, que, para las normas de los siglos II y III, era perfectamente ortodoxa. Sin embargo, en el siglo IV, momento en que los teólogos ya han refinado sus creencias, el arrianismo se convirtió en una grave herejía. Estos arrianos creían que Jesús debe haber estado subordinado al Padre; a fin de cuentas, le reza al Padre y hace la voluntad del Padre. Por lo tanto, es una deidad subordinada. Pero los arrianos fueron vencidos por los cristianos que sostenían que Cristo no es una deidad subordinada, sino que es divino desde toda la eternidad, que siempre existió y con relación a Dios. De modo que Cristo no es un ser divino que llega a existir —siempre ha sido divino, y es de la misma sustancia que Dios Padre.

Los desplazamientos en la teología no fueron tan importantes como otro desplazamiento que tuvo lugar cuando Constantino se hizo cristiano. Ahora él, un dirigente político autoritario podía decidir cuál clase de cristianismo era aceptable y cuál no. Repentinamente, todo lo vinculado a la Iglesia se convirtió en tema *político* además de religioso. Hay quien cree que Constantino se convirtió al cristianismo precisamente porque creía que la Iglesia cristiana lo ayudaría a unificar el imperio pues, a diferencia del paganismo, que adoraba a muchos dioses distintos de muchas maneras distintas, el cristianismo insistía en un solo Dios, una sola forma. Puede haber sido ése el motivo que hizo que Constantino convocara al Concilio de Nicea; si la Iglesia iba a desempeñar el papel de unificar el imperio, ella misma debía ser unificada. Ése es el cuándo, el porqué y el cómo se convirtió en un tema político.

Herejes, mujeres, magos y místicos
La lucha por ser la única fe verdadera

La historia primordial del cristianismo fue más bien oral que escrita, transmitida primero de apóstol a discípulo, de persona a persona, de generación a generación y, en algunos casos, de un idioma a otro. No había Iglesias ni lugares de reunión formales y la Palabra sólo viajaba mediante epístolas y creyentes itinerantes. No había una Iglesia única. No había jerarquía eclesiástica. Grupos pequeños en lugares apartados creían, con distintas intensidades, en diferentes versiones del mensaje que llevaban los apóstoles y discípulos de Jesús, o en una de los cientos de variaciones de la mescolanza de paganismo, antiguos sistemas de creencia y las nuevas enseñanzas.

La ausencia de una doctrina coherente a la que pudieran adherir todos los creyentes, les convenía a muchos, no a todos. La minoría no tardó en organizarse. Formaron grupos, instituyeron jerarquías y transmitieron activamente la Palabra a los "incrédulos" por medio de los apóstoles. Para fines del siglo I d.C., ya había quienes proclamaban que lo que ellos sabían era lo correcto y que todo lo demás no sólo era erróneo, sino peligroso y debía ser extinguido cuanto antes. Las Cruzadas y la Inquisición se vieron prefiguradas por estos tempranos esfuerzos de librar a la Iglesia de las herejías.

En un sentido amplio, las herejías son los puntos de vista que no están de acuerdo con la versión doctrinal oficial. Lo que uno cree con fervor puede ser herejía para otro, y así ocurría con Ireneo, Tertuliano y Eusebio, tres de los eclesiásticos primitivos que ayudaron a definir qué era cristiano y a eliminar lo que no lo era. Lo que llevó, en un breve salto con los ojos cerrados, a caer, un milenio más tarde, en el abismo del *Malleus Maleficarum*, el libro, que, en palabras de Dan Brown "adoctrinó al mundo sobre 'los peligros de las mujeres pensadoras' e instruyó al clero respecto de cómo ubicarlas, torturarlas y destruirlas".

En su búsqueda de la devoción, tanto los autores primitivos como quienes escribieron el *Malleus*, acordaron con virulencia en que la mujer representaba el mayor peligro para la Iglesia. Mientras que algunas mujeres, como la madre de Jesús y más adelante la mártir santa Perpetua fueron alzadas en pedestales, se consideró que la mayor parte de ellas tenían rasgos, creencias e inclinaciones peligrosos y se inclinaban a los tratos con el mal. Mientras que buena parte del paganismo y una considerable porción del gnosticismo se centraban en el equilibrio de las fuerzas, en el cristianismo primitivo, el papel de las mujeres era otro, más ambivalente, como se verá en los extractos que se incluyen más adelante.

La mentalidad nosotros-contra-ellos puede haber tenido su primer sustento formal en los escritos de Ireneo. Ireneo fue un teólogo y polemista del siglo II que llevó a cabo estentóreas campañas contra el "falso conocimiento" y en su *Contra las Herejías*, escrito en 187, ayudó a producir la primera exposición del sistema de creencias del cristianismo católico: credo, canon y sucesión apostólica.

Tertuliano, un padre de la Iglesia temprana cuya vida coincidió con la de Ireneo, llevó la sacralidad de los Evangelios un paso más adelante al declarar que habían sido escritos por inspiración divina, que contenían *toda* la verdad y que eran la fuente de donde la Iglesia "bebe su fe". Su voz se alzó contra los gnósticos aún más que la de Ireneo.

Eusebio (m. 357[?]), sistematizó este y otros conocimientos en un gran compendio conocido como *Historia de la Iglesia*. Más tarde, llegó a ser tan famoso y respetado que fue convocado para ser uno de los principales participantes del Concilio de Nicea (325). La "confesión" que propuso devino en base del Credo Niceno.

A pesar de estos tempranos intentos de unificación y eliminación, las herejías continuaron surgiendo, en particular en la Edad Media y el Renacimiento temprano, época en la cual, en 1487, se publicó el *Malleus Maleficarum*, cumbre del nosotros-contra-ellos. Aunque es cierto que agrupar a estos tres eclesiásticos es una excesiva simplificación de la historia de una Iglesia que pretendía obtener poder e influencia sin rivales por medios políticos y teológicos, la selección de sus escritos que se ofrece a continuación demuestra cómo el nivel de disciplina y vigilancia crecía exponencialmente a medida que las amenazas a la Verdadera Fe parecían crecer. La prosa de algunos de los extractos puede parecer difícil para el lector moderno, pero representa el más alto grado de conocimiento de la época y una forma de realmente "meterlo en la cabeza" de los primeros cristianos. Muchos de estos textos están disponibles en Internet.

Ireneo

La gran obra de Ireneo, *Contra las Herejías*, tuvo tan amplia circulación e influencia que hay estudiosos que consideran a su autor como único responsable —para bien o para mal, según el sistema de creencias de cada uno— de la eliminación del gnosticismo como amenaza teológica seria a la primacía del cristianismo católico.

En sus libros, inicialmente advierte al lector acerca de los males que acechan en el corazón humano:

> Dado que ciertos hombres han dejado de lado la verdad y han traído palabras mendaces y genealogías vanas que, como dice el apóstol, "propalan incertidumbre en vez de la divina edificación propia de la fe" y de que por medio de sus plausibilidades hábilmente construidas alejan las mentes de los inexpertos y las cautivan, me he sentido obligado, querido amigo, a componer el siguiente tratado para denunciar y contrarrestar sus maquinaciones. Estos hombres falsifican los oráculos de Dios y demuestran ser intérpretes malignos de la buena palabra de la revelación. También derriban la fe de muchos, alejándolos con fingido conocimiento [superior]... Por medio de palabras especiosas y plausibles, atraen astutamente a los simples a que indaguen en su sistema; para luego destruirlos con torpeza al iniciarlos en sus opiniones impías y blasfemas. (*Contra las Herejías*, Prefacio).

Luego ataca a aquellos que, con sus "plausibilidades hábilmente construidas", los llevan a creer en la palabra, no en documentos escritos, blasfemando deliberadamente al hacerlo.

> Cuando... se los refuta mediante las Escrituras, se vuelven y acusan a las propias Escrituras, como si no fueran correctas ni tuvieran autoridad, y [afirman] que son ambiguas y que quienes ignoran la tradición no pueden extraer la verdad de ellas. Pues [alegan] que la verdad no fue transmitida mediante documentos escritos, sino verbalmente. Y esta verdad es, según realmente pretende cada uno de ellos, alguna ficción por ellos inventada; así, según la idea que profesen, la verdadera verdad reside ora en Valentino, ora en Marción, ora en Cerinto, luego en Basílides o le es adjudicada a cualquier otro de estos oponentes, que nada pueden decir que tenga que ver con la salvación. Pues ninguno de estos hombres, que son todos de disposición perversa y pervierten el sistema de la verdad, se avergüenza de predicarse a sí mismo... Ta-

les son los adversarios que debemos enfrentar… procuran, como sierpes escurridizas escapar por cualquier resquicio. (*Contra las Herejías*, 3:2)

No es soprendente que la solución haya sido unir a todos los cristianos bajo una fe, un Dios y un grupo de apóstoles:

La Iglesia, aunque dispersa en todo el mundo, hasta los confines de la tierra, ha recibido de los apóstoles y de los discípulos de éstos esta fe: [la Iglesia] cree en un Dios, Padre Todopoderoso, Hacedor del cielo y de la tierra y del mar y de todo lo que éstos contienen; y en un Jesucristo, Hijo de Dios, que se encarnó por nuestra salvación; y en el Espíritu Santo, que proclamó por medio de los profetas los designios de Dios y los advenimientos y el nacimiento del vientre de una virgen y la pasión y la resurrección de entre los muertos y la ascensión corporal al cielo del bienamado Cristo Jesús, nuestro Señor y Su [futura] manifestación desde el cielo en la gloria del Padre "para unificar todas las cosas"… (*Contra las Herejías*, 1:10)

Tertuliano

Tertuliano, como Ireneo, fue uno de los primitivos padres de la Iglesia que atacaron a los gnósticos y algunos lo identifican (véanse los extractos de Fredke y Gandy al principio de este capítulo) como uno de los principales perpetradores del intento de la Iglesia de ocultar una fuerte contradicción. Por muchos motivos, los gnósticos eran los más preocupantes, pues el gnosticismo incorporaba algunas ideas claramente precristianas (por no hablar de las paganas) y hasta su nombre refería al concepto de conocimiento secreto.

Las mujeres llevaban una carga de pecado aún más pesada. "La sentencia de Dios sobre vuestro sexo continúa en pie", insistía Tertuliano, "la culpa, pues, necesariamente sigue viva. Sois el portal del diablo". No conforme con esto, continúa: "Y debiera notarse que hubo un defecto en la conformación de la primera mujer, ya que fue formada a a partir de una costilla combada, es decir, una costilla del pecho, que está combada como si se dirigiese en dirección opuesta a la del hombre. Y como debido a este defecto es un animal imperfecto, engaña siempre".

Tertuliano nació en África (en torno a 150-160 d.C.) y fue hijo de un soldado romano. Escribió tres libros en griego y practicó la jurisprudencia. Fue considerado pagano hasta su madurez, "compartía los prejuicios de los paganos" y "practicaba, como los demás, vergonzosos placeres", al decir de la *Enciclopedia Católica*. Tertuliano se convirtió al cristianismo en 197 y, según una vez más, la *Enciclopedia Católica* "abrazó la Fe con todo el ardor de su naturaleza impetuosa". Sin embargo, una década más tarde rompió con la Iglesia Católica y se convirtió en dirigente y apasionado abogado del montanismo, movimiento que afirmaba contar con nuevas revelaciones obtenidas por medio de Montano y dos profetisas. Aun así, Tertuliano continuó combatiendo lo que consideraba herejía.

Como cristiano, creía que sólo conocería a Dios a través de la disciplina estricta y la austeridad. La fuerza que amenazaba subvertir ese impulso en el hombre era la mujer quien, escribió Tertuliano, trajo el pecado al mundo. "¿No sabéis" pregunta retóricamente Tertuliano "que cada una de vosotras es una Eva?"

La sentencia de Dios sobre vuestro sexo continúa en pie: la culpa, pues, necesariamente sigue viva. Sois el portal del diablo... sois quien rompió el sello de ese árbol (prohibido): sois la primera que abandonó la ley divina: sois aquella que persuadió a aquel a quien el diablo no osó atacar. Destruisteis con tanta facilidad al hombre, imagen de Dios. Debido a vuestra deserción —es decir, muerte— hasta el Hijo de Dios debió morir. ¿Y pensáis en emperifollar aún más vuestros vestidos de pieles?... (*De los adornos de las mujeres*, Libro I).

Creía que los herejes fueron puestos en la Tierra para poner a prueba la Fe del hombre. Las herejías tenían dos razones de ser. La primera era la tentación que ofrecían filósofos como Platón, que prefieren enzarzarse en interminables debates a aceptar simplemente la Palabra:

Éstas son "las doctrinas" de hombres y "demonios" producidas para los oídos salaces por el espíritu de la sabiduría del mundo: éste es el Señor llamado "necedad" y "elige las cosas necias del mundo" para confundir incluso a la filosofía. Pues la [filosofía] es la materia de la sabiduría del mundo, el precipitado intérprete de la naturaleza y de los designios de Dios. De hecho, las propias herejías son instigadas por la filosofía... el mismo tema es discutido una y otra vez por herejes y filósofos; se tratan los mismos argumentos. ¿De dónde viene el mal? ¿Por qué es permitido? ¿Cuál es el origen del hombre? ¿Y de qué forma llega?... ¿De dónde viene Dios?... [Poseen una] sabiduría humana que pretende conocer la verdad, aunque no hace más que corromperla, y está ella misma dividida en múltiples herejías debido a la diversidad de sus sectas que se aborrecen entre ellas.

¡Basta de intentos de producir un cristianismo abigarrado de composición estoica, platónica o dialéctica! ¡No queremos curiosas disputas, ya tenemos a Cristo Jesús, ninguna inquisición, ya disfrutamos del evangelio! Con nuestra fe, no deseamos otras creencias. Pues ésta es nuestra fe palmaria y no necesitamos creer más que en ella. (*Prescripción contra los herejes*, Capítulo 7).

Refrenad, pues, vuestra curiosidad, no vaya a ser que terminéis como lo herejes, esos "pervertidores de la enseñanza de Jesús". Y, refrenad vuestra curiosidad acerca de su comportamiento, pues es de veras pecaminoso —en particular en el caso de las mujeres:

No debo omitir un relato de la conducta de los herejes —cuán frívola es, cuán mundana, cuán meramente humana, cuán carente de autoridad, cuán carente de disciplina, como corresponde a su credo... Las propias mujeres de estos herejes ¡qué libertinas son! Pues son tan osadas que pretenden enseñar, debatir, exorcizar, curar, hasta bautizar. Sus ordenaciones se administran sin cuidado, en forma caprichosa y mudable. Ora ponen novicios a oficiar; ora hombres comprometidos en alguna actividad secular; ora personas que han apostatado de nosotros, atrayéndolos con su vanagloria, pues no pueden acceder a la verdad (*Prescripción contra los herejes*, Capítulo 41).

Eusebio

Eusebio fue obispo de Cesarea en Palestina (donde, mientras reescribía la Biblia, conoció a Constantino) y se lo llama a menudo padre de la historia de la Iglesia debido a su meticuloso registro de la evolución de los evangelios, el papel de los apóstoles y las herejías que debió enfrentar la Iglesia cristiana primitiva. También se supone que encontró en los archivos de Edessa cartas supuestamente intercambiadas entre su rey Abgar y Jesucristo.

Para Eusebio, la doctrina y la vida cotidiana debían ser inseparables; la clave de la fe, por lo tanto, radicaba en saber qué sagradas escrituras debían ser adoptadas.

Para poder hacerlo, hacía falta saber cuáles de las "divinas escrituras" eran aceptables y cuáles no. Eusebio postuló varios Evangelios y otros libros que, le parecía, eran escrituras válidas; en fecha posterior, esta lista, con leves variantes, fue canonizada y fijada como Biblia.

Eusebio también se dedicó a catalogar las herejías de los gnósticos en forma más concienzuda de lo que se había hecho antes y, al mismo tiempo, celebró el aumento del poder y la magnitud de la Iglesia Católica:

[había] otra herejía llamada herejía de los gnósticos, quienes ya no querían transmitir en secreto las artes mágicas de Simón sino hacerlo en forma abierta. Pues se jactaban —como si ello fuera gran cosa— de preparar cuidadosamente filtros amorosos y de ciertos demonios que les enviaban sueños y los protegían y de otros procedimientos de esa índole; y, de acuerdo a... sus abominaciones, de practicar toda suerte de perversidades, alegando que podían eludir los poderes cósmicos, como los llamaban, por medio de nada menos que exonerarse de toda obligación hacia ellos con su conducta infame... Surgieron nuevas herejías una tras otra, y las que habían surgido antes siempre terminaban por desaparecer y ora una vez, ora otra, ora de una forma, ora de otra, se perdían en ideas de varias clases y formas. Pero el resplandor de la Iglesia única y católica, que es siempre igual, crecía en poder y magnitud, y reflejaba piedad y simplicidad y libertad y la modestia y pureza de sus vida y filosofía inspiradas a toda nación, a griegos y bárbaros. (*Historia de la Iglesia*, 3:25)

Malleus Maleficarum

En época y lugar, hay una gran distancia entre los escritos de Eusebio y los que recoge el *Malleus Maleficarum* (*Martillo de las brujas*) escrito por los monjes Heinrich Kramer y Jacob Spenger en Alemania en 1486. Sin embargo, los estudiosos establecen una conexión teológica. El argumento es que no hace falta mucho para ir de la intolerancia, la condena y el exilio forzosos a la eliminación sistemática.

Surgían constantemente nuevas herejías, en especial en la época del medioevo y del Renacimiento temprano y a medida que se expresaban en forma más poderosa, también lo hacía así la respuesta. Así y todo, si la sensibilidad moderna se siente sorprendida, hasta chocada ante los escritos de los primitivos padres de la Iglesia, es probable que se horrorice ante el meticuloso catálogo de crímenes y castigos de brujas contenidos en el *Malleus Maleficarum*.

El *Martillo de las brujas* tal vez fue más conocido en su época que lo que *El Código Da Vinci* lo es en la nuestra (al menos en proporción) y se mantuvo por mucho más tiempo que éste en la lista de "bestsellers". Y de ningún modo igualmente inofensivo. El libro proliferó en múltiples ediciones y se difundió por toda Europa e Inglaterra. El impacto de la obra —que fue empleada por católicos y protestantes— se sintió en las cazas de brujas en el continente durante casi doscientos años. La Norteamérica colonial fue la base de la caza de brujas de Salem.

La obra se divide en tres secciones. La primera pretende demostrar la existencia de la brujería o hechicería (y que las mujeres son más propensas a caer en esta celada de Satán que los hombres). La segunda describe las formas de la brujería (desde la destrucción de cultivos a la investigación de si los demonios

podían engendrar hijos en las brujas), mientras que la tercera ofrece pormeno-
rizadas instrucciones referidas a la detección, juzgamiento y castigo.

No había duda de que las mujeres eran más propensas a ser brujas y, según
el *Malleus Maleficarum*, la razón era clara: "En cuanto a por qué hay más cantidad de brujas en el frágil sexo femenino que entre los hombres; es ciertamente un hecho que sería ocioso contradecir, ya que está atestiguado por la experiencia concreta, a más del testimono verbal de testigos calificados".

Esta visión de las mujeres como seres intrínsecamente defectuosos permea
el *Malleus*. Más adelante dice

> Otros han postulado otras razones para explicar que haya más supers-
> tición entre las mujeres que entre los hombres. Y la primera es que,
> dado que el objetivo principal del diablo es corromper la fe, prefiere
> atacarlas a ellas... La segunda es que las mujeres son naturalmente más
> impresionables, y están más dispuestas a recibir la influencia de espí-
> ritus desencarnados; y que cuando usan bien esta virtud son muy bue-
> nas, pero cuando la usan mal, son muy malas... La tercera es que son
> sueltas de lengua y son incapaces de ocultar de las otras mujeres las ma-
> las artes que conocen; y, como son débiles, encuentran una forma fácil
> y secreta de vengarse por medio de la brujería... (Parte 1, cuestión 6).

Claro que *existen* mujeres buenas. El *Malleus* instruye que "hay muchos elo-
gios para las mujeres buenas", pues leemos que les han dado felicidad a los
hombres y han salvado naciones, comarcas y ciudades; como queda claro por
los casos de Judith, Débora y Ester. Al parecer, está claro que la teología cristiana está llena de la dicotomía bueno-malo, bien-mal, virgen-puta.

Como hizo Tertuliano en época muy anterior, el *Malleus* defiende la noción
de que las cosas comenzaron a andar mal con Eva: "De modo que por su propia naturaleza, la mujer perversa es más propensa a que su fe vacile y en consecuencia, más propensa a abjurar de su fe, lo cual es la raíz de la brujería".

La sección final del *Malleus Maleficarum* trata de la forma en que un caso
debe ser llevado a juicio, del procedimiento para llevar adelante el juicio (el
rumor público es suficiente para llevar a alguien a juicio y una defensa vigorosa equivale a culpabilidad; hierros al rojo y otras torturas pueden ser empleados para obtener confesiones, y, en dieciséis capítulos, los distintos grados de
culpa y sus correspondientes castigos.

La acusación era fácil:

> La primera cuestión, pues, es el método para instituir un adecuado pro-
> ceso en nombre de la fe contra las brujas... En respuesta a esto, debe
> decirse que hay tres métodos autorizados por la Ley Canónica. El se-

gundo es cuando alguien acusa a alguna persona ante un juez, pero no ofrece prueba, ni quiere mezclarse en el asunto; sino que dice que provee la información debido al celo de su fe, o por una sentencia de excomunión infligida por el Párroco o su Vicario; o por el castigo temporal aplicado por el Juez secular a aquellos que no suministran información.

El tercer método conlleva una inquisición, es decir, cuando no hay acusador ni informante, sino un informe general de que hay brujas en alguna ciudad o región; entonces el Juez debe proceder, no a instancias de ninguna parte, sino simplemente en virtud de su cargo... (Parte 3, Cuestión 1).

Lo cual no significa que no haya habido algunos estándares. Las reglas exigían que una bruja sólo podía ser ejecutada si confesaba, "pues la justicia ordinaria exige que una bruja no sea condenada a muerte a no ser que sea convicta por su propia confesión".

Claro que no siempre estaban dispuestas a confesar rápido.

Y aquí, debido a los grandes problemas que produce el obstinado silencio de las brujas, hay varios puntos que el Juez debe notar... El primero es que no se debe apresurar a examinar a la bruja, sino más bien prestar atención a ciertos signos que se dan a continuación. Y ésta es la razón por la cual no debe apresurarse: a no ser que Dios, mediante un santo Ángel, obligue al diablo a retirarle su ayuda a la bruja, ella será tan insensible a los dolores de la tortura que antes preferirá que le arranquen los miembros de a uno que confesar la verdad.

Pero la razón por la cual no debe dejar de practicarse esta tortura es que no todas poseen este poder en igual grado y además el diablo por su voluntad a veces les permite confesar sus crímenes sin que un santo Ángel las obligue a ello.

Y a fin de cuentas, todo puede tratarse de la existencia de lágrimas, pues si el Juez quiere averiguar si está dotada del poder brujesco de guardar silencio, que note si ella puede derramar lágrimas cuando está ante él o cuando es torturada. Pues tanto las palabras de dignos hombres de antaño como nuestra propia experiencia nos enseñan que ésta es señal muy certera, y se ha averiguado que aun si se la urge y exhorta con solemnes adjuraciones a que derrame lágrimas, si es bruja, será incapaz de llorar; aunque adoptará un aspecto lacrimoso y se untará las mejillas y ojos con saliva para aparentar que llora; por lo que debe ser cuidadosamente vigilada por los asistentes.

Al dictar sentencia, el juez o sacerdote pueden emplear alguno de los siguientes métodos para hacerla derramar verdaderas lágrimas si es inocente o para detener lágrimas falsas. Que ponga su mano sobre la cabeza de la acusada diciendo: te adjuro, en nombre de las amargas lágrimas que derramó en la Cruz nuestro Salvador el Señor Jesucristo para salvación del mundo, y por las ardientes lágrimas que derramó sobre Sus heridas en el crepúsculo la muy gloriosa Virgen María, Su Madre y por todas las lágrimas que han sido derramadas en este mundo por los Santos y Elegidos de Dios, de cuyos ojos Él ha enjugado ahora todas las lágrimas, que, si eres inocente, llores ahora y que si eres culpable no llores en forma alguna. En nombre del Padre, del Hijo y del Espíritu Santo, Amén (Parte 3, Cuestión 13).

Las brujas eran peligrosas y los jueces "deben evitar que la bruja los toque físicamente, especialmente cualquier contacto con sus brazos o manos desnudos". Los jueces, aconsejaba el *Malleus Maleficarum*, deben

llevar siempre consigo un poco de sal consagrada el Domingo de Ramos y algunas Hierbas Benditas. Pues éstas pueden ser preservadas en Cera Bendita y llevadas en torno al cuello, tal como mostramos en la Segunda Parte, al discutir los remedios contra las enfermedades y dolencias producidas por la brujería; y éstas tienen una maravillosa virtud protectora, como se sabe no sólo por el testimonio de las brujas, sino por el uso y práctica de la Iglesia, que exorciza y bendice tales objetos con esa intención, como se ve en la ceremonia de exorcismo cuando se dice, Para expulsar todo el poder del diablo, etc.
Pero no vaya a creerse que el contacto físico de coyunturas y miembros es lo único de que debe guardarse; pues a veces, por permiso de Dios, pueden, con ayuda del diablo, embrujar al Juez con el mero sonido de las palabras que pronuncian, en especial cuando se las somete a la tortura (Parte 3, Cuestión 15).

Finalmente, el *Malleus Maleficarum* advierte que las brujas acusadas deben ser tratadas con cuidado ante el juez.

Y si puede hacerse en forma conveniente, la bruja debe ser ingresada de espaldas a presencia del Juez y sus asesores... se le debe afeitar el pelo de todo el cuerpo. La razón para esto es la misma que hay para hacerlas despojar de sus ropas, que ya hemos mencionado; pues para mantener el poder del silencio tienen la costumbre de esconder algún objeto supersticioso en su cabello o aun en las partes más secretas de sus cuerpos, que no deben ser nombradas (Parte 3, Cuestión 15).

En *El Código Da Vinci*, Robert Langdon evoca el *Malleus Maleficarum* mientras contempla la *Mona Lisa* en la Salle des États del Louvre. Cree que el *Malleus* es "posiblemente... la publicación más empapada en sangre de la historia humana". Para Dan Brown, la cantidad de víctimas asciende a cinco millones; otros cuantifican las víctimas de la Inquisición en un total mundial de entre seiscientos mil y nueve millones. Casi todas, dicen los estudiosos, era mujeres, jóvenes, viejas, comadronas, judíos, poetas y gitanos, cualquiera que no encajase en la visión contemporánea de lo que significaba ser un buen cristiano.

¿Por qué se consideraba que los gnósticos eran una amenaza tan grave?

POR LANCE S. OWENS

Lance S. Owens es médico clínico y sacerdote que ha recibido las órdenes. También dirige el sitio web www.gnosis.org Copyright © 2004 Lance S. Owens. Reproducido con permiso.

¿Qué hizo que los gnósticos fuesen considerados herejes tan peligrosos? Las complejidades del gnosticismo son muchas, de modo que las generalizaciones son consideradas, con razón, sospechosas. Aunque a lo largo de los años se han propuesto distintos sistemas para definir y categorizar al gnosticismo, ninguno ha sido universalmente aceptado. Aun así, generalmente se acepta que hay cuatro elementos que pueden ser considerados característicos del pensamiento gnóstico.

La primera característica esencial del gnosticismo afirma que "para el ser humano es posible acceder al conocimiento directo, personal y absoluto de las auténticas verdades de la existencia" y que obtener tal conocimiento es el logro supremo de la vida humana. La gnosis no es una comprensión racional, desarrollada mediante proposiciones, lógica, sino un saber adquirido mediante la experiencia. Los gnósticos no estaban demasiado interesados en el dogma ni en la teología racional y coherente —hecho que hace que el estudio del gnosticismo sea particularmente difícil para quienes tengan "mentalidad de contador". Simplemente es imposible cifrar el gnosticismo en afirmaciones silogísticas y dogmáticas. Los gnósticos amaban la fuerza viviente de la revelación divina —la gnosis era la experiencia creativa de la revelación, una corriente progresiva de entendimiento, no un credo estático...

En su estudio *La religión americana*, el reputado crítico literario Harold Bloom sugiere una segunda característica del gnosticismo que nos puede ayudar a explorar conceptualmente su misterioso corazón. El gnosticismo, dice Bloom, "es el saber, por y de un ser increado o ser-dentro-del-ser y [este] conocimiento conduce a la libertad...". La más importante entre las percepciones reveladoras que podía alcanzar el gnóstico era el profundo despertar que acompañaba al conocimiento de que algo dentro de él era increado. Los gnósticos llamaban a este "ser increado" semilla divina, perla, chispa del conocimiento: conciencia, inteligencia, luz. Y esta semilla del intelecto era de sustancia idéntica a la de Dios. Era la realidad auténtica del hombre, la gloria compartida de la humanidad y la divinidad... Para toda percepción racional el hombre no era Dios, pero, en su verdad esencial era Divino. Este enigma era un misterio gnóstico y su solución era su tesoro...

Esto nos lleva al tercer elemento destacado de nuestro breve sumario del gnosticismo: su reverencia por los textos y escrituras no aceptados por la congregación ortodoxa. La experiencia gnóstica era mitopoética: por medio de narraciones y metáforas y tal vez también de escenificaciones rituales, el gnosticismo buscaba expresar sutiles atisbos visionarios que no se podían expresar mediante proposiciones racionales ni afirmaciones dogmáticas. Para los gnósticos, la revelación era la naturaleza de la gnosis. Irritado por su profusión de "textos inspirados" y mitos, Ireneo, en su clásica refutación del gnosticismo escrita en el siglo II, se queja de que "cada uno de ellos genera alguna cosa nueva diariamente según su capacidad; pues quien no desarrolle alguna enormidad no es considerado perfecto".

La cuarta característica... es la más difícil de desentrañar de las cuatro y una de las que más perturbadoras resultó para la teología ortodoxa posterior. Es la imagen de Dios como díada o dualidad. Aunque afirmaba la unidad e integridad esenciales de la Divinidad, el gnosticismo notaba, en su encuentro experiencial con lo numinoso, manifestaciones y cualidades contrastantes. En muchos de los textos gnósticos de Nag Hammadi, Dios se representa como una díada de elementos masculinos y femeninos... Muchas de las vertientes del gnosticismo veían en Dios la unión de dos naturalezas distintas, una unión que bien se puede ilustrar mediante el simbolismo sexual. Los gnósticos honraban la naturaleza femenina y, como consecuencia de ello, arguye Elaine Pagels, las mujeres gnósticas cristianas gozaban de un nivel de igualdad social y eclesiástica mayor que sus hermanas ortodoxas. El propio Jesús, según enseñaban algunos gnósticos, prefiguró esta relación mística: su discípulo más amado fue una mujer, su consorte María Magdalena...

Cristo vino a rectificar la separación... y a unir los dos componentes; y a darles vida a aquellos que murieron por la separación uniéndolos... Nuestras imaginaciones poéticas son lo único que nos queda para diucidar qué puede haber significado esto. Aunque los polemistas ortodoxos frecuentemente acusaron a los gnósticos de comportamiento sexual heterodoxo, es incierto desde el punto de vista histórico en qué forma estas ideas e imágenes se expresaban en los asuntos humanos...

Descifrando *El Código Da Vinci*
¿Así que el divino Jesús y la Palabra infalible emergieron de una intriga de poder del siglo IV? Hablemos en serio...

POR COLLIN HANSEN

Copyright c por *Christianity Today*. Empleado con permiso de la revista *Christian History*. Este y otros textos disponibles en www.christianhistory.com.

El Código Da Vinci de Dan Brown ha alcanzado el codiciado estatus de bestseller, inspirando de paso un especial de *ABC News*, así como debates acerca de la legitimidad de la historia occidental y cristiana.

Mientras que el programa de *ABC News* se centraba en la fascinación de Brown con el supuesto casamiento entre Jesús y María Magdalena, *El Código Da Vinci* contiene muchas más afirmaciones (igualmente dudosas) acerca del origen histórico del cristianismo y de su desarrollo teológico. La afirmación central de la novela de Brown es que "casi todo lo que nuestros padres nos contaron acerca de Cristo es falso". ¿Por qué? Debido a una única reunión de obispos en el año 325, en la ciudad de Nicea en la actual Turquía. Allí, arguye Brown, los dirigentes de la Iglesia que querían consolidar su base de poder (a quienes llama, anacrónicamente, "el Vaticano" o "la Iglesia Católica Romana") crearon un Cristo divino y una Escritura infalible —novedades, ambas, que no habían existido antes entre los cristianos.

Brown tiene razón en que en el transcurso de la historia cristiana, pocos eventos son más importantes que el Concilio de Nicea de 325. Cuando el recién convertido emperador romano Constantino convocó a obispos de todo el mundo a lo que hoy es Turquía, la Iglesia había llegado a una encrucijada teológica. Conducidos por un teólogo alejandrino llamado Arrio, una escuela de pensamiento argüía que Jesús había sido sin duda un notable dirigente, pero no era ningún Dios encarnado. En *El Código Da Vinci*, Dan Brown pretende que "hasta ese momento, Jesús era visto por sus seguidores como un profeta mortal; un hombre grande y poderoso, pero hombre al fin".

En realidad, los cristianos primitivos, por abrumadora mayoría, adoraban a Jesucristo como su Salvador y Señor resucitado. Por ejemplo, los cristianos adoptaron la palabra griega *kyrios*, que significa "divino" y se la aplicaron a Jesús desde los primeros días de la Iglesia.

El Concilio de Nicea no terminó por completo con el debate acerca de las enseñanzas de Arrio, ni impuso una doctrina extraña referida a la divinidad de Cristo en la Iglesia. Los obispos que participaron simplemente afirmaron las creencias cristianas históricas establecidas, erigiendo así un frente unido contra futuros intentos de diluir el mensaje salvador de Cristo.

Dado que la Biblia desempeña un papel central en el cristianismo, la cuestión de la validez histórica de las Escrituras acarrea importantes implicaciones. Brown afirma que Constantino organizó un equipo pago para que manipulara los textos existentes y divinizara al Cristo humano. Pero por una cantidad de razones, las especulaciones de Brown son totalmente erróneas. Brown señala correctamente que "la Biblia no fue transmitida por fax desde el cielo". De hecho, la composición y consolidación de la Biblia parecen un poco demasiado humanas como para que les resulte cómodo a algunos cristianos. Pero Brown soslaya el hecho de que el proceso de canonización humana se venía desarrollando por siglos antes del Concilio de Nicea, y que había dado como resultado un canon de la Escritura casi completo antes de Nicea y aun antes de la legalización del cristianismo por parte de Constantino en 313.

Irónicamente, el proceso de compilación y consolidación de la Escritura fue disparado por el hecho de que una secta rival produjo su propio canon cuasi bíblico. En torno al año 140, un dirigente gnóstico llamado Marción comenzó a difundir la teoría de que el Nuevo y el Antiguo Testamento no compartían el mismo Dios. Marción argumentaba que el Dios del Antiguo Testamento representaba la ley y la cólera, mientras que el Dios del Nuevo Testamento, representado por Cristo, representaba el amor. El resultado fue que Marción rechazó el Antiguo Testamento y los escritos más abiertamente judíos del Nuevo Testamento, incluyendo a Mateo, Marcos, Actos y Hebreos. Manipuló otros libros para minimizar sus tendencias judías. Aunque en 144 la Iglesia de Roma declaró que su punto de vista era herético, las enseñanzas de Marción dieron comienzo a un nuevo culto. Desafiados por la amenaza que representaba Marción, los dirigentes de la Iglesia comenzaron a considerar a toda prisa sus propios puntos de vista respecto de una lista definitiva de libros escriturales, que incluía tanto al Nuevo como al Antiguo Testamento.

En la época de Nicea, los dirigentes de la Iglesia debatieron la legitimidad de sólo unos pocos de los libros que aceptamos hoy, principalmente Hebreos y Revelaciones, pues su autoría era dudosa. De hecho, la autoría era la consideración más importante para aquellos que trabajaban en consolidar el canon. Los dirigentes de la Iglesia primitiva consideraban que las cartas y testimonios oculares eran autorizados y vinculantes sólo si eran escritas por un apóstol o por un discípulo directo de ese apóstol. De esa forma podían estar seguros de la confiabilidad del documento. Como pastores y predicadores también observaban qué libros contribuyeron a cimentar la Iglesia —buen indicio, les parecía, de que esos libros eran Escrituras inspiradas. Los resultados hablan por sí mismos: los libros que componen la Biblia actual le han permitido al cristianismo difundirse, florecer y perdurar en todo el mundo.

6 SOCIEDADES SECRETAS

Las cosas secretas pertenecen al Señor,
las cosas reveladas son nuestras y de nuestros hijos para siempre
—DEUTERONOMIO 29:29

Como en las buenas novelas de espionaje, la trama de *El Código Da Vinci* va de un secreto asombroso a otro, de un mensaje codificado a otro, de una conspiración antigua a una moderna, explorando al mismo tiempo algunos de los secretos más fundamentales del pasado arcaico de la cultura humana, así como zonas arcaicas del cerebro, donde se agitan los mitos primigenios y los arquetipos junguianos y residen miedos secretos, compulsiones y antiguos traumas.

Dan Brown ha dicho que entre sus escritores favoritos se cuenta Robert Ludlum, y en *El Código Da Vinci* se percibe un toque del viejo Ludlum: comience con secretos increíblemente atractivos y profundos, meta a un hombre común (y una hermosa mujer) en una acción acelerada en la que lo que está en juego es dilucidar contra reloj esos secretos que amenazan la civilización, enfrente a los personajes a una profunda, oscura, poderosa sociedad secreta cuya existencia nadie sospechaba, retuerza sus mentes en torno a conspiraciones tan intrincadas que el lector nunca llega realmente a seguir el hilo de la trama, y envuelva todo en una acción tan acelerada que el lector no note que los personajes son de cartón y la trama está llena de agujeros.

El papel de las sociedades secretas en estas tramas —sean de Ludlum, Le Carré, J. K. Rowling, J. R. R. Tolkien o Dan Brown— no es pequeño.

En este capítulo, contemplamos especialmente tres sociedades secretas que participan en la acción de *El Código Da Vinci*: los Templarios, el Priorato de Sion y el Opus Dei. De paso, también echamos un vistazo a diversos otros ritos y prácticas, desde gnósticos modernos que celebran ritos de *hieros gamos* en la NuevaYork del siglo XXI a la miríada de sociedades secretas originadas por la masacre de los templarios en el siglo XIV.

Como señala *El Código Da Vinci*, a todos nos gusta una buena conspiración. A todos nos parece interesante que se nos haga ingresar en un secreto que nos deja atónitos. En el caso de las tres sociedades secretas más prominentes de *El Código Da Vinci* —los Templarios, el Priorato y el Opus Dei— cada una de ellas es un mundo fascinante en sí misma. La novela sintetiza la esencia de esas culturas secretas bajo la forma de material de fondo fácilmente comprensible. Pero luego exagera enormemente el poder, la influencia y la historia de cada una.

Los templarios, por ejemplo, pueden haber tenido ciertas prácticas sectarias en el medioevo que podrían ser interpretadas como ritos sexuales. María Magdalena puede haber figurado en forma más destacada en su cultura que en el cristianismo contemporáneo. Y bien pueden haber encontrado tesoros en Jerusalén que les hayan permitido constituir un centro de poder e influencia. Pero es sumamente dudoso que le hayan dado importancia alguna a la teoría de la femineidad sagrada o que creyeran que el Santo Grial tuviera algo que ver con la matriz de María Magdalena y el linaje real de la descendencia que pudo o no haber tenido.

El Priorato de Sion, aunque es un tema interesante sobre el cual especular, puede no haber existido nunca más que como un brazo político secundario de los templarios durante el apogeo de éstos. En cuanto a su encarnación moderna, la idea de que el Priorato sobrevivió hasta el siglo XX puede ser una mera falsificación. Es muy posible que Leonardo da Vinci haya tenido que ver con sectas secretas, filosofías heréticas y prácticas sexuales heterodoxas —y es muy posible que sus pinturas puedan haber tenido la intención de transmitir conocimientos secretos (o al menos, que oculten bromas privadas) a las generaciones futuras. Pero es altamente improbable que Leonardo haya sido "gran maestre" de una organización secreta activa, sin haber dejado ni el menor indicio ni fragmento de evidencia documental en las decenas de miles de páginas de apuntes que dejó para la posteridad. Con todo lo que sabemos acerca de las vidas de Victor Hugo, Jean Cocteau, Newton y Debussy, ¿no les parece que tendría que haber quedado algún retazo de evidencia corroborativa en algún lado? Y tratándose de una organización que supuestamente sentía tan alta estima por la femineidad sagrada (al menos eso dice la novela), ¿cómo es que no hay mujeres destacadas en esa lista?

Ciertamente, el Opus Dei es rico, poderoso y tiende al secreto. Bien puede estar comprometido con una filosofía religiosa o aun una serie de objetivos políticos que son anatema para muchos. Puede tener una historia muy interesante de compromisos con la CIA y con los escuadrones de la muerte de las guerras civiles latinoamericanas. Pero no envía monjes albinos a que asesinen gente en las calles de París debido a antiguos secretos religiosos.

Esto no es para negar las preocupaciones o temores que algunas personas puedan tener acerca de este u otros grupos o conspiraciones secretas. Lo cierto es lo contrario: Dan Brown, como muchos novelistas, exagera al extremo y deja que su imaginación se desboque con el expreso propósito de crear las metáforas adecuadas y las provocaciones intelectuales adecuadas para destacarse en un mundo saturado de información y entretenimientos. Su enfoque fue demostradamente exitoso. Consiguió interesarnos en las sectas secretas y el conocimiento esotérico del cual habíamos oído hablar vagamente pero del que sabíamos poco.

Bienvenidos al mundo oculto de las sociedades secretas de *El Código Da Vinci*.

Recuerdos de una Misa Gnóstica

POR JOHN CASTRO
John Castro es escritor y vive en Nueva York

Estoy de pie en una sala con iluminación fluorescente, siento frío e inquietud. Estoy descalzo.

Un hombre vestido de negro nos acaba de decir a todos que nos quitemos los zapatos como demostración de respeto al templo al que estamos por entrar. Acatamos. Cuando quedamos descalzos, nos dice que esperemos el comienzo de la ceremonia. Mientras espero, escucho. Hay parejas, grupos de amigos, gente que parece conocerse desde hace tiempo, que se saluda entre sí. Para pasar el tiempo, escucho sus conversaciones.

Una atractiva joven hispánica, de unos veintiuno o veintidós años charla por su celular, "…sí, sí, sí. Tres veces. No, ésta es mi tercera vez. En mi próxima iniciación llegaré a *minerval*…"

Un hombre delgado y musculoso de cabello engominado peinado hacia atrás y perilla entra en la sala y camina hacia nosotros. Espera por un momento, descubre a una joven seria que lleva un medallón con un pentáculo colgado al cuello mediante una cadena y se acerca a conversar con ella. "Noventa y tres", dice.

"Noventa y tres", contesta ella con una sonrisa.

Comienzan a conversar en voz baja con las cabezas gachas.

"¿Sabes?, oí que *Jimmy Page* viene cuando está en Nueva York", dice un entusiasta del heavy metal que luce una larga coleta y debe de estar en su tercera década. Su amigo, bajo y robusto, asiente con fatigada indiferencia. Yo me quedo en silencio —estoy solo aquí— y espero a que nos dejen entrar.

Éstos son mis recuerdos de una ceremonia a la que asistí a fines de 2002. Venía como observador, y era un participante soprendentemente nervioso de un ritual organizado por la Ordo Templis Orientalis, una organización que fue dirigida por muchos años por Aleister Crowley. *El* Aleister Crowley poeta, mago, iconoclasta, drogadicto y azote moral de Gran Bretaña, el mago esotérico que se llamaba a sí mismo la "Gran Bestia 666".

Cuando leí *El Código Da Vinci*, muchos de mis recuerdos de ese evento resurgieron. Estos recuerdos tiene casi dos años. Sé que me perdí algunos detalles y que es posible que recuerde otros incorrectamente. Sin embargo, como Sophie Neveu, mis impresiones de lo que ocurrió se mantuvieron intensas y vívidas.

El templo es una pequeña habitación. Las paredes están pintadas de negro, y la habitación está débilmente iluminada por lámparas dicroicas que cuelgan del techo y docenas de velas que están en la base de un altar ubicado a la derecha. Es una gran estructura coronada por una losa de piedra tallada con jeroglíficos a la que ascienden tres peldaños. Un largo marco del que cuelga una cortina abierta rodea el altar.

Frente al altar, al otro lado de la habitación, hay una caja oblonga, alta y ancha como un hombre alto, cuyo frente está oculto por una pequeña cortina. A iguales distancias entre el altar y el arca hay dos cajas negras, sobre cada una de las cuales hay un incensario, libros y un bol.

A los lados del pasillo así formado hay filas de sillas para la congregación. Los casi sesenta participantes entramos lenta y torpemente, colocando ruidosamente nuestros zapatos, mochilas y abrigos bajo las sillas.

Ya no tengo frío. De hecho, estoy sudando. Una vez que estamos todos sentados, la habitación queda completamente llena, atestada hasta el límite de su capacidad, y cada uno de nosotros siente el calor de las velas y de los demás. Me sorprende la cantidad y variedad de fieles de todas las edades, todas las razas, de estilos de vestir que van desde el yuppy bien trajeado al arquetípico fanático de los juegos de computadora estilo Calabozos y Dragones.

Un hombre flaco y barbado, que viste una túnica blanca suelta, está de pie frente al altar. Se santigua tocándose la frente, el pecho, los hombros; cada toque va acompañado de una palabra en un idioma que suena como hebreo.

Extiende sus brazos hacia adelante, junta sus manos y comienza a caminar en torno a la habitación con largas zancadas. Respira pesadamente, su rostro está tenso, se concentra, mira más allá de las paredes del templo. En cuatro puntos de la habitación se detiene y entona una palabra o frase —no puedo adivinar en qué idioma— y traza teatralmente la forma del pentáculo en el aire.

Cuando los cuatro puntos han sido inscriptos con pentagramas, vuelve a pararse frente al altar. Recita los nombres de ángeles: Gabriel, Miguel, Rafael y Uriel... Se vuelve a santiguar, se vuelve para enfrentar a los fieles y abre sus brazos en cruz, inspirando profundamente. Retiene el aire, luego se relaja y sonríe. Música, emitida por alguien que toca el *sitar*, ondula en el aire oscuro.

El barbudo de túnica blanca entona: "Haz Tu Voluntad será toda la ley".

Los fieles responden: "Amor es la Ley, Amor bajo la Voluntad".

El hombre recita algo que me recuerda a un elemento familiar de la Misa católica —una lista de creencias que recuerda el Credo Niceno. Entre éstas hay una línea que no se por qué me produce escalofríos:

"Y creo en la Serpiente y el León, Misterio de Misterio, en Su nombre BAPHOMET".

Una mujer vestida de azul y blanco avanza lentamente por el pasillo, con los ojos fijos en el suelo. La siguen un hombre que viste túnica negra y una mujer vestida de blanco. Ésta lleva una espada envainada. Es una regordeta y atractiva cuarentona de cabellos castaño rojizo. Se detiene ante la caja oblonga y corre la cortina con su espada.

Un robusto joven sale de la caja. Viste una túnica blanca y lleva una larga lanza.

La mujer lo asperja con el agua que le alcanza uno de sus asistentes. Luego toma un incensario que cuelga de una cadena y con él traza una cruz sobre el joven. Mientras hacen esto, hablan. El hombre de la lanza dice que no es digno de celebrar los ritos, la mujer, susurrando, lo adjura a ser puro en cuerpo y alma. Pasa sus manos por sobre el cuerpo de él sin tocarlo, luego se yergue, lo viste con una túnica roja y le pone una corona. El inclina la lanza hacia adelante, mirando fijamente más allá del altar.

Ella se arrodilla y sube y baja sus manos, con los dedos extendidos, por el asta de la lanza unas doce veces. Su aspecto es reverente, callado. "¡El Señor está entre nosotros!", exclama.

Ahora, los fieles se arrodillan, alzan sus brazos y entrelazan sus dedos con quienes tienen al lado. A mi derecha hay una joven de largo cabello rubio, a mi izquierda un hombre afroamericano de calva incipiente y barba entrecana. Todos los fieles están en la misma posición. Sus manos se estrechan. Me empiezan a doler los brazos. Me pregunto si los otros también estarán pensando en el intenso dolor en los brazos y la incomodidad en la espalda. Querría que alguien sintiera lástima por mí, pero no tengo éxito —la mayor parte de los fieles mira al altar, o cierra sus ojos en silenciosa adoración. Trato de apoyarme subrepticiamente en mi silla, pero en vano; mis vecinos ni se mueven. Así las cosas, intento concentrarme en el altar.

El hombre de la lanza está en el primer peldaño. La cortina está cerrada; hasta hace un momento, la mujer de la espada estaba sentada sobre el altar, pero ahora se ha ocultado.

El hombre de la lanza le recita poesía a la mujer que está tras la cortina; tras una pausa, la mujer le responde de la misma manera desde detrás del velo.

No puedo concentrarme. Estoy comenzando a transpirar, y lo único en que puedo pensar, además del fuego que siento en mis brazos es que la transpiración de mi brazo, apretado contra el de la mujer que está a mi derecha, ha comenzado a gotear también por su brazo.

Hay una mujer desnuda en el altar.

Otra vez estamos de pie, mirándola. El hombre de la lanza acaba de correr la cortina y ahí está la mujer de la espada —completamente desnuda, sentada sobre el altar, con las piernas colgando. Trato de ver toda la escena, pero no hago más que desviar los ojos.

Una vocecita dentro de mi cabeza —lo que queda de mi catolicismo, hecho de comunión, confesión y clases de catecismo cada miércoles después de la escuela— habla en un tono cada vez más alto e insistente: *Hay una mujer desnuda en el altar. ¿Qué demonios estás haciendo aquí?*

El hombre le tiende la lanza. Ella la toma, la besa unas doce veces y luego la estrecha entre sus pechos. El hombre cae de rodillas y pone sus brazos sobre el altar, en torno a las piernas de la mujer. Inclinado ante ella en señal de adoración, comienza a besarle lentamente las rodillas y muslos.

Cuando yo era más joven, sentía terror de equivocarme durante la comunión. ¿Qué mano iba por encima? ¿Qué debía decirle al sacerdote? Esa noche, la sensación era la misma.

Los fieles, en fila, comienzan a dejar sus asientos y caminan por el pasillo central hacia el altar, donde reciben una hostia de la sacerdotisa. Caminan lenta y solemnemente, con los brazos cruzados sobre el pecho. Hago como ellos.

Cuando finalmente llego al altar; miro a los ojos de la mujer desnuda. No quiero que se sienta incómoda porque miro su cuerpo. No hace diferencia. Es más bien un problema mío que suyo, y estoy a punto de tropezar en los peldaños del altar. Sus ojos se fijan beatíficamente en los míos, con una dulce y totalmente sincera mirada de bienvenida y consuelo. En realidad, no siento que me esté mirando realmente a mí, lo que, en cierto modo, es tranquilizador. Tomo la hostia: es un panecillo del tamaño de una moneda de 25 centavos, dulce y que hay que masticar mucho. Antes de comerla, repito las palabras que los otros fieles han dicho al recibirla: "No hay parte de mí que no sea de los dioses".

La última parte de la misa que recuerdo es un poema que la congregación canta. Lo escribió Crowley, y sólo recuerdo unas pocas líneas:

HOMBRES: ¡Gloria a Ti, el de la Tumba Dorada!
MUJERES: ¡Gloria a Ti, del Vientre que Espera!
HOMBRES: ¡Gloria a Ti, de la tierra no arada!
MUJERES: ¡Gloria a Ti, de virgen nacido!

Era realmente muy conmovedor. Los fieles lo sabían de memoria; el efecto semicoral era arrobador.

Ahora reflexiono sobre las conexiones con *El Código Da Vinci* que percibí más tarde.

Había obvias conexiones temáticas: la mención a Baphomet; el vínculo con los templarios; rituales ceremoniales que eran un eco de prácticas ortodoxas; indicios profundos de una síntesis de tradiciones egipcias, hebreas y griegas aún más antiguas; ecos de la masonería y los rosacruces. Finalmente, lo más importante: la disposición a poner una mujer en el centro de la ceremonia y, obvio, las abiertas referencias a la sexualidad en la simbología del evento.

La Ordo Templis Orientalis es una sociedad secreta (aunque se la puede encontrar en la web, donde también se da el texto completo de la Misa Gnóstica). Al igual que tantas de la sociedades secretas mencionadas en *El Código Da Vinci*, uno debe pertenecer a ellas para entender realmente de qué se trata. Mientras que los accesorios externos de la Misa pueden tener que ver con la temática del libro, reconozco que el "verdadero" significado de la Misa —qué significa para los propios fieles— se me escapa. Y que seguirá siendo así, a no ser que me una a ellos y participe como uno más.

Lo que sí sé es que lo que vi era una celebración de creencia genuina y devoción por parte de la congregación. Al recordar mis reacciones, me pregunto: ¿qué reacciones de desconcierto, qué nerviosos accesos de risa o incomodidad habrán inspirado los primeros cristianos en Roma? ¿Y no ocurre siempre eso con todo nuevo Dios?

La Revelación Templaria

POR LYNN PICKNETT Y CLIVE PRINCE

Lynn Picknett y Clive Prince viven en Londres. Escriben, investigan y dan conferencias sobre lo paranormal, ocultismo y misterios históricos y religiosos. Su libro *The Templar Revelation* (*La revelación templaria*), del que se extrae el pasaje que damos a conocer a continuación, es uno de los libros clave en la bibliografía de *El Código Da Vinci* y la fuente original de muchas de las teorías de la novela con respecto a Leonardo, los templarios y el Priorato de Sion. Copyright © 1997 por Lynn Picknett y Clive Prince. Reproducido con permiso de Simon & Schuster Adult Publishing Group, de *La revelación templaria* por Lynn Picknett y Clive Prince.

Los nombres de Leonardo da Vinci y Jean Cocteau figuran en la lista de los grandes maestres de la que afirma ser una de las sociedades secretas más antiguas e influyentes de Europa: el Prieuré de Sion o Priorato de Sion. Muy controvertida, su existencia misma ha sido cuestionada y por lo tanto sus supuestas actividades han sido frecuente objeto de ridículo y se han ignorado las implicaciones de las mismas. Al comienzo, nosotros también reaccionamos así, pero al investigar más a fondo nos dimos cuenta de que no se trataba de un asunto tan simple.

La primera vez que el Priorato de Sion recibió la atención del mundo anglófono fue en 1982, cuando se publicó el bestseller *The Holy Blood and the Holy Grail* (*La Santa Sangre y el Santo Grial*) de Michael Baigent, Richard Leigh y Henry Lincoln, aunque en su patria, Francia, su existencia se comenzó a revelar en forma gradual a partir de comienzos de la década de 1960. Se trata de una orden cuasimasónica o caballeresca con ciertas ambiciones políticas y, al parecer, considerable influencia política entre bambalinas. Dicho esto, se advierte que es muy difícil clasificar el Priorato, tal vez porque hay algo esencialmente quimérico en toda esa operación…

El poder subyacente del Priorato de Sion se debe al menos en parte a la sugerencia de que sus integrantes son, siempre han sido, custodios de un gran secreto que, si se hiciese público, haría conmover los cimientos mismos de Iglesia y Estado. El Priorato de Sion, conocido a veces como Orden de Sion u Orden de Nuestra Señora de Sion así como por otras denominaciones secundarias, pretende haber sido fundado en 1099, durante la Primera Cruzada, y que esta fundación se trató de una mera formalización de un grupo cuya custodia de ese saber explosivo venía de mucho antes. Pretendían ser la fuerza inspiradora detrás de la fundación de los Caballeros del Temple, ese curioso cuerpo medieval de monjes-soldados de siniestra reputación.

Se pretende que el Priorato y los templarios devinieron virtualmente en una misma organización, presidida por un mismo Gran Maestre, hasta que tuvo lugar un cisma y se separaron en 1188. El Priorato continuó bajo la guarda de una serie de Grandes Maestres que incluyó a algunos de los nombres más ilustres de la historia: Isaac Newton, Sandro Filipepi (conocido como Botticelli), el filósofo ocultista inglés Robert Fludd —y, por supuesto, Leonardo da Vinci, quien, afirman, presidió el Priorato durante sus últimos nueve años de vida. Dirigentes más recientes incluyeron a Victor Hugo, Claude Debussy —y al pintor, escritor, dramaturgo y cineasta Jean Cocteau. Y aunque no todos llegaron a Grandes Maestres, el Priorato, se dice, atrajo, a lo largo de los siglos, a otras luminarias como Juana de Arco, Nostradamus (Michel de Notre Dame) y aun el papa Juan XXIII.

Al margen de tales celebridades, la historia del Priorato de Sion supuestamente estuvo ligada a las mayores familiares reales y aristocráticas de Europa, generación tras generación. Entre otros, los Anjou, los Habsburgo, los Sinclair y los Montgomery.

El objetivo declarado del Priorato es proteger a los descendientes de la antigua dinastía merovingia de reyes de lo que hoy es Francia, que reinó desde el siglo V hasta el asesinato de Dagoberto II a fines del siglo VII. Pero quienes los critican aseguran que el Priorato de Sion sólo existió desde la década de 1950 y que consiste en un puñado de mitómanos sin poder real, monárquicos con ilimitados delirios de grandeza.

De modo que, por un lado tenemos la pretensión del Priorato con respecto a su propio linaje y razón de ser, por otro lo que afiman sus detractores...

Cualquier misterio vinculado al Priorato de Sion implica a esos monjes-guerreros [los templarios], de modo que ellos son parte intrínseca de la investigación.

Un tercio de las propiedades europeas de los templarios estuvo alguna vez en el Languedoc, y sus ruinas contribuyen a la salvaje belleza de esa región. Una de las más pintorescas leyendas locales dice que siempre que el 13 de octubre cae en viernes (día y fecha de la súbita y brutal eliminación de la Orden) aparecen extrañas luces en las ruinas y se pueden ver oscuras figuras que las recorren. Desgraciadamente, los viernes que estuvimos allí no vimos ni oímos nada fuera de los alarmantes resoplidos de los jabalíes; pero la historia demuestra hasta qué punto los templarios han llegado a ser parte de la leyenda local.

Los templarios viven en el recuerdo de la población local y no son recuerdos que tengan nada de negativo. Aun en el presente siglo, la famosa cantante de ópera Emma Calvé, originaria de Aveyron, en el norte del Languedoc, registró en sus memorias que el dicho local para referirse a un muchacho particularmente buen mozo o inteligente era "Es un verdadero hijo del Templo".

Los hechos centrales referidos a los templarios son simples. Oficialmente conocidos como Orden de los Caballeros Pobres del Templo de Salomón, fueron creados en 1118 por el noble francés Hugues de Payens para que sirvieran de escolta caballeresca a quienes peregrinaban a Tierra Santa. Inicialmente y durante nueve años, sólo fueron nueve, luego la Orden se abrió y estableció como considerable factor de poder, no sólo en Oriente Medio sino en Europa.

Una vez que la orden fue reconocida, el propio Hugues de Payens recorrió Europa pidiendo dinero a la realeza y la nobleza. Visitó Inglaterra en 1129, ocasión en que fundó la primera institución templaria de ese país, en lo que hoy es la estación Holborn del subte londinense.

Como todos los monjes, los templarios hacían voto de pobreza, castidad y obediencia, pero actuaban en el mundo y se comprometían a usar la espada contra los enemigos de Cristo si hacía falta; y la imagen de los templarios quedó indisolublemente ligada a las cruzadas que se organizaron para expulsar a los infieles de Jerusalén y mantener esa ciudad en manos cristianas.

El Concilio de Troyes reconoció oficialmente a los templarios como orden religiosa y militar en 1128. El primer impulsor de esta medida fue Bernardo de Clairvaux, cabeza de la orden cisterciense, quien fue canonizado después de su muerte. Pero, como escribe Bamber Gascoigne en *Los cristianos*:

> Era agresivo e insultante y era un político ladino, completamente ines-crupuloso en su elección de métodos para deshacerse de sus enemigos.

Bernardo fue quien escribió la Regla de los Templarios —basada en la de los cistercienses— y fue uno de sus protegidos quien, al llegar a papa con el nombre de Inocencio II, declaró en 1139 que, a partir de esa fecha, los Caballeros sólo le responderían al papado. Templarios y cistercienses tuvieron un desarrollo paralelo, por ejemplo, el señor Hugues de Payens, conde de Champagne, donó las tierras de Clairvaux a Bernardo para que allí construyera su "imperio" monástico. Y es significativo que André de Montbard, uno de los nueve caballeros fundadores, fuese tío de Bernardo. Se ha sugerido que templarios y cistercienses actuaban de consuno en un plan concertado para adueñarse de la cristiandad, proyecto que fracasó.

Sería difícil exagerar el prestigio y el poder financiero de los templarios durante el cenit de su influencia en Europa. Prácticamente no había lugar civilizado donde no tuvieran una preceptoría —como lo demuestran, en Inglaterra, topónimos como Temple Fortune y Temple Bar en Londres o Temple Meads en Bristol. Pero a medida que su imperio crecía, lo mismo ocurría con su arrogancia, lo cual comenzó a envenenar sus relaciones con las cabezas de Estado religiosas y seculares.

La riqueza de los templarios fue en parte resultado de su Regla: todos los nuevos integrantes debían entregar sus bienes a la Orden y también obtuvieron una considerable fortuna de las enormes donaciones de tierras y dinero que hicieron reyes y nobles. Pronto, sus arcas estuvieron colmadas hasta rebosar, en buena parte porque ellos habían desarrollado una impresionante astucia financiera, que dio como resultado que se convirtieran en los primeros banqueros internacionales de la historia, de cuya opinión dependía el crédito que se les daba a otros. Era una forma segura de establecerse como una potencia influyente. En un breve lapso, su título de "Caballeros pobres" pasó a ser una vacía impostura, si bien es posible que quienes no tenían puestos directivos siguieran siendo pobres.

Además de su impresionante riqueza, los templarios tenían la reputación de ser hábiles y valientes guerreros, al punto de la temeridad. Tenían reglas específicas que reglamentaban su actividad como combatientes: por ejemplo, tenían prohibido rendirse si el enemigo no los sobrepasaba en una proporción mayor de tres a uno, y aun en ese caso, se requería la aprobación de su comandante. Eran los Servicios Especiales de la época, una fuerza de elite que tenía a Dios —y al dinero— de su lado.

A pesar de sus esfuerzos, Tierra Santa fue reconquistada de a poco por los sarracenos, hasta que en 1291 el último territorio cristiano, la ciudad de Acre, cayó en manos del enemigo. A los templarios sólo les quedaba regresar a Europa y planear una eventual reconquista, pero desgraciadamente, para ese momento, la motivación para una campaña de esa índole ya no existía en ninguno de los reyes que la podían haber financiado. Su principal razón de existir desapareció. Como ya no cumplían una función, pero eran ricos y arrogantes, sus exenciones impositivas y su lealtad exclusiva hacia el papado comenzaron a despertar un generalizado resentimiento.

Así que en 1307 tuvo lugar la inevitable caída en desgracia. Felipe el Bello, el todopoderoso rey de Francia, comenzó a orquestar el derrocamiento de los templarios con la connivencia del Papa, a quien lo unían lazos económicos. Los aristócratas que representaban al Rey recibieron órdenes secretas y el viernes 13 de octubre de 1307, los templarios fueron arrestados, torturados y quemados en la hoguera.

Ésa es al menos la versión de la historia que presentan los textos convencionales. Uno se queda con la idea de que toda la Orden encontró su horrible destino en ese lejano día y que los templarios fueron efectivamente borrados de la faz de la tierra para siempre. Pero esto no es así en absoluto.

Para empezar, los templarios ejecutados fueron pocos, aunque a la mayor parte de los arrestados se los "sometió a la cuestión", viejo eufemismo que denota atroces torturas. Los quemados en la hoguera fueron relativamente pocos, aunque, como se sabe, su Gran Maestre Jacques de Molay fue asado lentamente en la Île de la Cité, a la sombra de la catedral de Notre Dame de París. De los otros miles, sólo aquellos que se negaron a confesar o se retractaron de sus confesiones fueron muertos...

Los relatos de las confesiones de los templarios son, como mínimo, coloridos. Leemos que adoraban un gato o participaban de orgías homosexuales como parte de sus deberes caballerescos, o que veneraban a un demonio conocido como Baphomet. Se dijo que pisoteaban y escupían un crucifijo como parte de un rito de iniciación...

Esto no es sorprendente. No son muchos aquellos a quienes se somete a la tortura y aprietan los dientes y se niegan a aceptar como propias las palabras que sus verdugos les quieren atribuir. Pero en este caso, hay más en la historia que lo que se percibe a simple vista. Por un lado, se ha sugerido que todos los cargos que se les hicieron a los templarios fueron fraguados por aquellos que envidiaban sus riquezas y se sentían exasperados por su poder, y que le dieron una buena excusa al Rey de Francia para salir de sus apuros económicos apoderándose de sus bienes. Por otro lado, aunque es posible que las acusaciones no hayan sido estrictamente ciertas, hay evidencia de que los templarios tenían prácticas misteriosas y tal vez "oscuras", en el sentido ocultista de la palabra...

Ha corrido mucha tinta en el debate con respecto a los cargos que se les formularon a los templarios y a sus confesiones. ¿Realmente cometieron los hechos por los que se los condenó o la Inquisición inventó las acusaciones de antemano y después simplemente los torturó hasta que los caballeros estuvieron de acuerdo con ellas? (por ejemplo, algunos caballeros atestiguaron que se les había dicho que Jesús era un "falso profeta"). Es imposible pronunciarse en forma definitiva en uno u otro sentido...

Es cierto que el Priorato de Sion pretende haber sido el poder detrás de la creación de los Caballeros del Temple: si fue así, se trata de uno de los secretos mejor guardados de la historia. Sin embargo, se afirma que ambas órdenes eran prácticamente indistinguibles hasta el cisma de 1188, en que cada una siguió su camino. Parece, al menos, haber alguna suerte de conspiración con respecto al nacimiento de la Orden del Temple. El sentido común sugiere que habrían hecho falta más que nueve caballeros para proteger y proveer refugio a todos los peregrinos que visitaban Tierra Santa, especialmente durante *nueve años*, y además, no hay mucha evidencia de que hayan llevado a cabo ningún intento serio de hacerlo...

Otro misterio vinculado a sus comienzos se centra en el hecho de que existe evidencia de que la Orden existía mucho antes de 1118, aunque por qué falsificaron la fecha sigue sin estar claro. Muchos comentaristas han sugerido que el primer relato de su creación —escrito por Guillaume de Tiro cincuenta años después de ese evento— era simplemente una fachada. (Aunque Guillaume era profundamente hostil a los templarios, parece que escribió la historia tal como la entendía.) Pero, una vez más, qué era lo que ocultaba esa fachada es materia de especulación.

Hugues de Payens y sus nueve compañeros provenían todos de Champagne y del Languedoc... y es muy evidente que fueron a Tierra Santa con una misión específica en mente. Tal vez, como se ha sugerido, buscaban el Arca de la Alianza u otros tesoros antiguos que los llevaran hasta esta o alguna clase de conocimiento secreto que les daría control sobre las personas y sus bienes...

Investigando los secretos más oscuros de la civilización occidental

Entrevista con Lynn Picknett y Clive Prince

A lo largo de este libro, el lector encontrará contribuciones de Lynn Picknett y Clive Prince, cuya obra fue parte del material empleado por Dan Brown para escribir *El Código Da Vinci*. Para nuestro libro, hemos entrevistado a ambos vía correo electrónico para que respondieran a algunas preguntas que supusimos que los lectores podrían plantearse tras leer su material. A continuación, se dan a conocer extractos de esa entrevista.

¿Qué son los Dossiers Secrets de la Bibliothèque Nationale de París y por qué Dan Brown les da tanta importancia en El Código Da Vinci*?*

Dossiers Secrets es un nombre práctico que inventaron Baigent, Leigh y Lincoln en *Santa Sangre, Santo Grial* para denominar un juego de siete documentos mutuamente relacionados, de distintas extensiones —un total de menos de cincuenta páginas— depositados en la biblioteca ente 1964 y 1967.

Tratan de temas como el Priorato de Sion, el misterio de Rennes-le-Château, María Magdalena y los merovingios. El objetivo de estos documentos es establecer la existencia del Priorato de Sion y su papel como custodio de secretos esotéricos e históricos, pero los *Dossiers Secrets* sólo dan indicios con respecto a la naturaleza de los mismos.

Cualquiera que tenga una tarjeta de lector de la Bibliothèque Nationale puede leer los originales. También hay ediciones facsimilares más accesibles, que publicó el estudioso francés Pierre Jarnac en la década de 1990. Tal vez no estén en prensa en estos momentos, pero se consiguen fácilmente en Francia.

En La Revelación Templaria, *ustedes dicen que los* Dossiers Secrets, *que Dan Brown usa como eslabón entre varios de los grandes secretos de* El Código Da Vinci *parecen un disparate total. ¿Por qué?*

Decimos eso porque, según lo vemos nosotros y a primera vista, *parecen* ser un disparate total. Como tanto de lo que contienen choca con la historia aceptada, es tentador rechazarlos como pura fantasía. Pero la cosa no es tan simple. Mientras que parte de la información es demostrablemente incorrecta y otra parte es deliberadamente engañosa, otra —inesperadamente— es confirmable.

Por otro lado, los *dossiers* son muy decepcionantes. *No* son, como dice Dan Brown, románticos pergaminos antiguos, sino simplemente están mecanografiados o mal mimeografiados. Es difícil imaginar que trozos de papel tan feos revelen grandes secretos.

¿Cuál es la conexión directa entre los Caballeros del Temple y el Priorato de Sion?

La paradoja central del Priorato de Sion es que no hay evidencia de su existencia anterior a 1956, pero pretende existir desde la Edad Media. Sin embargo, en fechas recientes ha cambiado su historia y dice haberse originado en el siglo XVIII.

La conclusión a la que hemos llegado tras escribir *La Revelación Templaria* es que el Priorato de Sion que reveló su existencia al mundo en1956 *fue* inventado en esa fecha, pero como fachada de una red de sociedades secretas y órdenes esótericas que *tienen* un verdadero linaje. Esta fachada les permitió hacer ciertas cosas en forma semipública sin revelar qué o quién está realmente detrás de ellos.

En los *Dossiers Secrets*, el Priorato de Sion dice ser una organización hermana de los Caballeros del Temple, pero no existen pruebas de esa conexión. Como sea, el Priorato de Sion se ha retractado de su afirmación (¡es obvio que no había una conexión si se fundó en el siglo XVIII!).

Había una Orden de Nuestra Señora del Monte Sion que pertenecía a la abadía del mismo nombre en Jerusalén, que tenía algún vínculo con los templarios y se ha afirmado que el Priorato de Sion es la continuación de tal orden, pero, desgraciadamente, no se conocen más datos que ésos.

Por otro lado, hay una conexión estrecha entre el Priorato de Sion *moderno* y las sociedades secretas que afirman descender de los templarios medievales. Estos grupos neotemplarios pueden ser rastreados a una sociedad del siglo XVIII llamada la Estricta Observancia Templaria, que afirmaba —con cierta justificación— ser auténtica heredera de los secretos de los templarios medievales. Y la organización que conduce Pierre Plantard [presunto gran maestre del Priorato de Sion en épocas recientes] actúa como fachada de esos grupos.

¿Por qué son tan famosos los templarios? ¿Qué información secreta se supone que custodian?

Históricamente, se acepta que los templarios tenían habilidades excepcionales en los campos de la medicina, la diplomacia y las artes militares —pues eran las fuerzas de elite de su época. Adquirieron buena parte de este conocimiento en sus viajes, especialmente en Oriente Medio y mucha de ella venía de sus enemigos, los sarracenos, especialmente reputados por sus conocimientos científicos. (Una de las razones por la cual los sarracenos estaban tan adelantados es que la Iglesia prohibía toda experimentación científica).

No hay duda de que los templarios también buscaron conocimientos esotéricos y espirituales —aunque no hay mucha información sobre ese aspecto de su razón de ser en los textos históricos convencionales. Los templarios eran tan amantes del secreto, que nada se sabe con certeza acerca de sus objetivos ocultos: ésta es materia de especulación informada. Se los ha vinculado a todo, desde el Arca de la Alianza y el Santo Grial hasta los Evangelios perdidos y el Sudario de Turín. Realmente nadie lo sabe con certeza.

Sin embargo, nuestra investigación indica que los templarios eran en gran parte una sociedad dentro de una sociedad: que la gran masa de los caballeros que no pertenecían a la jerarquía eran ni más ni menos que los buenos cristianos que se suponía que eran. Pero los caballeros fundadores y el círculo interno de sus continuadores parecen haber perseguido objetivos muy distintos —muy heréticos. Se sabe que hay un gran secreto con respecto a Baphomet, la cabeza cortada barbada que se afirmaba que los iniciados templarios adoraban. ¿Baphomet era realmente una cabeza barbada, cortada, como afirmaron algunos caballeros? ¿Y si esto era así, a quién o a qué representaba?

¿Cuál es la conexión entre los masones y todas estas cosas?

La masonería ha experimentado tantos cismas, evoluciones y reinvenciones que realmente ya no es correcto hablar de "los masones" —no existe tal cosa, pues las variantes son muchas —pero sí creemos que el vínculo entre los templarios y el origen de la masonería —entre los templarios que pasaron a la clandestinidad tras la supresión de la órden— está tan definitivamente probado como puede estarlo algo en este campo. La red de órdenes detrás del Priorato de Sion está estrechamente entrelazada con ciertas forma de la masonería, como el Rito Escocés Rectificado.

¿Cuál es el principal objetivo o propósito de los masones?

En el presente, depende de qué orden masónica hablemos. La mayor parte diría que se trata nada más que de organizaciones caritativas, éticas o filosóficas; mientras que quienes los critican dirían que de lo que se trata es de ayuda mutua en el progreso comercial y social. Originalmente, el objetivo de la Masonería era obtener, estudiar y transmitir conocimiento, principalmente esotérico (iluminismo). Algunas órdenes conservan esa tradición.

¿Quién es Pierre Plantard?

Pierre Plantard (también conocido como Pierre Plantard de Saint Clair) fue gran maestre del Priorato de Sion hasta su muerte en 2000. Era su cara pública. Con él, el Priorato de Sion salió a la luz pública, principalmente con las entrevistas que les concedió a Michael Baigent, Richard Leigh y Henry Lincoln, autores de *Santa Sangre, Santo Grial* —que condujo indirectamente al libro de Dan Brown. Quién es el actual Gran Maestre o aun si hay un Gran Maestre en la actualidad, es materia de conjetura.

Es importante enfatizar que Plantard nunca dijo nada sobre el linaje de Jesús y María Magdalena. Ésa fue la hipótesis de Baigent, Leigh y Lincoln. Cuando éstos sacaron su segundo libro, *El Legado Mesiánico* [publicado en 1986 en el Reino Unido], Plantard repudió explícitamente esa idea. [¡Parece que Dan Brown nunca se enteró de esto!]

Tomando en cuenta la historia de nombres famosos que, se afirma, fueron Grandes Maestres del Priorato de Sion, ¿qué grandes nombres están implicados en la actualidad?

Si el Priorato de Sion es una fachada para otras sociedades esotérico-políticas, en cierto sentido, no tiene integrantes propios. Se le han vinculado varios nombres, incluyendo al del presidente François Mitterrand. Pero el problema con una sociedad secreta es ¿cómo se demuestra que alguien pertenece a ella? Y ¿son custodios de un gran secreto histórico, como sugiere Dan Brown? ¿O tienen alguna suerte de objetivo político del que no quieren que nos enteremos?

¿Qué es el linaje merovingio y qué relación tiene con Jesús?

Los merovingios fueron una dinastía de reyes de los francos que reinaron sobre partes de lo que hoy son Francia septentrional, Alemania y Bélgica entre los siglos V y VIII. Fueron usurpados por los carolingios, a quienes ayudó la Iglesia.

La pretensión central de los *Dossiers Secrets* es que la línea merovingia no se extinguió, como registra la historia, y que el Priorato de Sion ha protegido a sus descendientes a través del tiempo y hasta el presente. Se sugiere que son los reyes legítimos de Francia y que el objetivo del Priorato de Sion es restaurarles su trono. Éstos son puros disparates sin sentido. Aun si los merovingios hubieran sobrevivido no tendrían derecho alguno al trono, que de todas formas, no existe en la República Francesa.

La teoría central de *Santa Sangre, Santo Grial* es el secreto del linaje merovingio y que éste se originaba en los hijos de Jesús y María Magdalena. Esa idea en especial es la que inspiró *El Código Da Vinci*. No se puede enfatizar demasiado que esto es puramente una hipótesis de Baigent, Leigh y Lincoln. No aparece en *ninguna* parte de los *Dossiers Secrets*, ni en ningún documento vinculado al Priorato y por ello fue explícitamente repudiada por Pierre Plantard.

¿Qué base existe para suponer que el Santo Grial representa el linaje de Jesús transmitido a través del vientre de María Magdalena?

Baigent, Leigh y Lincoln arguyen que el Santo Grial, el "recipiente" que contenía la sangre y la simiente de Jesús es una referencia codificada a la matriz en que María Magdalena llevó sus hijos. Es una hipótesis intrigante, pero muy discutible, especialmente si se considera que la idea del Santo Grial como "recipiente" no es su forma original. Los primeros relatos o no describen al misterioso Santo Grial en absoluto o dicen que era una *piedra*.

No estamos de acuerdo en absoluto con la teoría de que el Grial es la matriz de Magdalena. Fue *explícitamente* rechazada por el propio Priorato de Sion y es el error central tanto de *Santa Sangre, Santo Grial* como de, en forma menos seria, de *El Código Da Vinci*, que, al fin y al cabo, es ficción.

¿Puede hablarnos un poco acerca de Leonardo y sus vínculos con una sociedad secreta?

Históricamente, se sabe que Leonardo fue herético y que se interesó en las ideas esotéricas. El Priorato de Sion pretende que fue su noveno Gran Maestre, pero es imposible decir si esto es o no literalmente cierto, aunque sí es altamente improbable. No hay documentos de la época que demuestren tal vínculo, pero como hablamos de una sociedad secreta, ¿cómo podría haberlos?

Pero lo que sí está claro es que Leonardo incorporó elementos simbólicos en su obra que coinciden con la temática de los *Dossiers Secrets*, estableciendo, al menos, que ambos adhirieron a la misma tradición.

Para nostros, como explicamos en nuestro libro *The Templar Revelation: Secret Guardians of the True Identity of Christ* (*La Revelación Templaria: Custodios Secretos de la Verdadera Identidad de Cristo*), el elemento clave es cómo Leonardo eleva a Juan el Bautista al punto de que lo hace parecer superior a Jesús y aun el "verdadero Cristo". Irónicamente, el capítulo de nuestro libro que llamamos "El código secreto de Leonardo da Vinci" (¿le suena conocido?) *no* trataba de este supuesto linaje de Jesús sino de esta herejía "juanita" o "johanita."

Santa Sangre, Santo Grial

Por Michael Baigent, Richard Leigh y Henry Lincoln

Michael Baigent, Richard Leigh y Henry Lincoln, autores de *The Mesianic Legacy* (*El Legado Mesiánico*), pasaron diez años en su propia busca del Santo Grial, estudiando la historia oculta de la Francia temprana para escribir *Santa Sangre, Santo Grial*, que se publicó en 1982 en el Reino Unido. Extractado de *Santa Sangre, Santo Grial* por Henry Lincoln, Michael Baigent y Richard Leigh. Reproducido con permiso de Dell Publishing, una división de Random House Inc.

Santa Sangre, Santo Grial es el libro que "lo comenzó todo" en lo que hace al interés de fines del siglo XX por los secretos entrecruzados del casamiento entre Jesús y María Magdalena, su supuesta descendencia, los Evangelios perdidos, los templarios, el Priorato de Sion, Leonardo da Vinci, los *dossiers secrets*, el misterio de Rennes-le-Château y el abad Saunière, etc. Cuando uno lee *Santa Sangre, Santo Grial* casi puede ver en qué lugares Dan Brown puede haber subrayado algo o dicho "¡Ajá! ¡tengo que usar eso!".

Sin embargo, como señalan distintos artículos incluidos en el presente libro, *Santa Sangre, Santo Grial* ha sido seriamente cuestionado tanto en materia de investigación como de métodos, conclusiones y así sucesivamente. La mayor parte de los académicos con experiencia en los campos que ese libro aborda lo consideran, en el mejor de los casos, increíble, o si no, como un respaldo a la impostura que muchos creen que es todo lo referido al Priorato de Sion.

Santa Sangre, Santo Grial ciertamente merece la atención del lector. Dejamos a criterio del lector juzgar si es verdad o no o cuánto de él puede ser cierto. Sólo digamos que Dan Brown tuvo una buena idea al entretejer ese material en una trama de ficción.

El texto que se incluye a continuación es sólo una muestra de las muchas cosas fascinantes que hay en ese libro. Buena parte del material es oscuro y difícil de seguir sin toda la información que ya se presentó en páginas anteriores. Nuestro objetivo es darle al lector una idea de este verdadero texto primordial de *El Código Da Vinci*. Si le interesa, ¡consígase *Santa Sangre, Santo Grial* y léalo entero!

Es cierto que Guillaume [de Tiro] nos provee de alguna información básica y que en esa información se han basado todos los relatos posteriores sobre los templarios, las explicaciones sobre su fundación y las narraciones sobre sus actividades. Pero debido a la forma vaga y general en que se expresa Guillaume, debido a la época en que escribió [1175-85], debido a la escasez de fuentes documentales, se trata de una base demasiado precaria como para construir una semblanza definitiva sobre ella. Ciertamente, las crónicas de Guillaume son útiles. Pero es un error —en el que han caído muchos historiadores— considerarlas indiscutibles o totalmente precisas. Hasta las fechas de Guillaume, como enfatiza Sir Steven Runciman, "son confusas y, en ocasiones, demostrablemente erróneas."[1]

Según Guillaume de Tiro, la Orden de los Pobres Caballeros de Cristo y del Templo de Salomón fue fundada en 1118. Se dice que su fundador fue un tal Hugues de Payen, un noble de Champagne, vasallo del conde de Champagne. Un día, Hugues, sin que nadie se lo pidiera, se presentó acompañado de ocho camaradas en el palacio de Balduino I, rey de Jerusalén, cuyo hermano mayor, Godofredo de Bouillon, se había apoderado de la Ciudad Santa hacía diecinueve años. Al parecer, Balduino los recibió muy cordialmente, como también lo hizo el patriarca de Jerusalén —cabeza religiosa del nuevo reino y enviado especial del Papa.

Siempre según Guillaume de Tiro, el objetivo declarado de los templarios era "en la medida de sus fuerzas, mantener seguras calles y carreteras... en especial en lo que hace a la seguridad de los peregrinos".[2] Tan noble era este objetivo, que, al parecer, el Rey hizo vaciar toda un ala del palacio real y la puso a disposición de los caballeros. Y a pesar de su declarado voto de pobreza, los caballeros se mudaron a lujosos aposentos. Según la tradición, sus cuarteles estaban sobre los cimientos del antiguo templo de Salomón y de ahí se originó el nombre de la flamante orden.

Durante nueve años, cuenta Guillaume de Tiro, los nueve caballeros no admitieron novicios en su orden. Se suponía que vivían en la pobreza —hasta el punto de que sus sellos oficiales los representaban cabalgando de a dos en un solo caballo, lo que no sólo expresaba hermandad, sino un estado de penuria tal que excluía la posibilidad de caballos individuales. Los sellos que exhiben este motivo suelen ser considerados las enseñas templarias más famosas y características, originadas en los primeros días de la orden. Sin embargo, en realidad aparecieron un siglo más tarde, cuando los templarios ya no eran pobres en absoluto —si es que alguna vez lo fueron.

Según Guillaume de Tiro, quien escribió cincuenta años después de esa fecha, los templarios comenzaron su existencia en 1118, aposentándose en el palacio del Rey —que, presumiblemente, era la base desde donde partían a proteger a los peregrinos por las sendas y caminos de Tierra Santa. Sin embargo, en esa época había un historiador oficial empleado por el Rey. Su nombre era Fulk de Chartres, y no escribió cincuenta años después de la supuesta funda-

1. Runciman, Henry, *History of the Crusades*, Vol. 2, pág. 477.
2. Guillermo de Tiro, *Historia de los hechos que ocurrieron en ultramar*, Vol. 1, pág. 525 y sig.

ción de la orden, sino en el mismo momento en que ocurrían esos acontecimientos. Curiosamente, Fulk de Chartres no menciona en absoluto a Hugues de Payen y sus compañeros ni a nada que tenga siquiera la más remota conexión con los caballeros templarios. De hecho, reina un ensordecedor silencio acerca de las actividades de los templarios durante los comienzos de su existencia. Ciertamente, no hay registro alguno —ni siquiera posterior— de que protegieran de ninguna manera a los peregrinos. Y uno no puede menos que preguntarse cómo tan pocos hombres podían pretender cumplir con una tarea autoimpuesta de semejantes proporciones. ¿Nueve hombres para proteger a los peregrinos en todos los caminos de Tierra Santa? ¿Sólo nueve? ¿A *todos* los peregrinos? Si ése era su objetivo, habría sido de esperar que aceptaran nuevos reclutas. Sin embargo, según Guillaume de Tiro, durante nueve años no admitieron nuevos aspirantes a la orden.

Así y todo, en el transcurso de una década la fama de los templarios parece haber llegado hasta Europa. Las autoridades eclesiásticas los elogiaban y exaltaban su misión cristiana. Para 1128, o poco después, un tratado que alababa sus virtudes y cualidades fue emitido nada menos que por san Bernardo, abad de Clairvaux, principal portavoz de la cristiandad de la época. El tratado de Bernardo, "Elogio de la Nueva Caballería" declara que los templarios son el epítome y la apoteosis de los valores cristianos.

Pasados los nueve años, en 1127, la mayoría de los nueve caballeros regresó a Europa, donde recibieron una bienvenida triunfal, orquestada en buena parte por san Bernardo. En enero de 1128 se celebró un concilio eclesiástico en Troyes —corte del conde de Champagne, el señor feudal de Hugues de Payen— inspirado, una vez más, por Bernardo. En este concilio los templarios fueron reconocidos oficialmente e incorporados como orden religioso-militar. Hugues de Payen recibió el título de Gran Maestre. Sus subordinados y él serían monjes-guerreros, soldados místicos que combinarían la austera disciplina del claustro con un celo marcial cercano al fanatismo —una "milicia de Cristo", como se los llamó en su momento. Y fue una vez más san Bernardo quien ayudó a definir, con un entusiasta prefacio, la regla de conducta a la que adherirían los caballeros —una regla basada en la orden monástica cisterciense, en la que el propio Bernardo era una influencia dominante.

Los templarios hacían voto de pobreza, castidad y obediencia. Estaban obligados a cortarse el cabello, pero tenían prohibido cortar sus barbas, distinguiéndose así en una época en que la mayor parte de los hombres iban afeitados. La dieta, la vestimenta y otros aspectos de la vida cotidiana eran severamente regulados según rutinas monacales y militares. Todos los integrantes de la orden debían vestir túnicas y mantos blancos, que no tardarían en convertirse en la característica capa blanca que distinguió a los templarios. "Se dispone que nadie usará hábitos blancos a no ser los… Caballeros de Cristo".[3] Así lo establecía la regla de la orden, que se explayaba sobre el significado simbólico de esta prenda: "A todos los caballeros que han tomado las órdenes les damos, en invierno y en verano, siempre que sea posible obtenerlas, vestiduras blancas, así aquellos que han dejado atrás una vida oscura saben que se encomiendan al Creador para llevar una vida pura y blanca".[4]

Además de estos detalles, la regla estableció una jerarquía y aparato administrativo generales. Y se controlaba estrictamente la conducta en el campo de batalla. Por ejemplo, si eran capturados, los templarios no podían pedir cuartel ni ser librados mediante el pago de un rescate; estaban obligados a pelear hasta la muerte. Tampoco se les permitía retirarse a no ser que fueran sobrepasados por más de tres a uno.

En 1139, el papa Inocencio III —antiguo monje cisterciense en Clairvaux y protegido de san Bernardo— promulgó una bula papal. Según esta bula, los templarios no le debían lealtad a ningún poder secular o eclesiástico que no fuera el del Papa. En otras palabras, se los declaraba totalmente independientes de todos los reyes, príncipes y prelados y de toda interferencia por parte de las autoridades políticas y religiosas. Habían llegado a ser en efecto, una ley en sí mismos, un imperio internacional autónomo.

Durante las dos décadas que siguieron al Concilio de Troyes la orden se expandió con extraordinaria rapidez y a una escala extraordinaria. Cuando Hugues de Payen visitó Inglaterra a fines de 1128 fue recibido "con gran veneración" por el rey Enrique I. En toda Europa, los hijos menores de familias nobles se apresuraron a enrolarse en las filas de la orden, que recibió vastas donaciones —en dinero, bienes y tierras— provenientes de todos los rincones de la cristiandad. Hugues de Payen donó sus propias posesiones y todos los nuevos reclutas debieron hacer lo mismo. Quien ingresara en la orden debía donarle todos sus bienes…

…Muchos de los contemporáneos [de los templarios] los evitaban, pues creían que estaban aliados a poderes impuros. En fecha tan temprana como 1208, al comienzo de la cruzada albigense, el papa Inocencio III había reprendido a los templarios por su comportamiento poco cristiano y se había referido expresamente a la necromancia. Por otro lado, había individuos que los alababan con extravagante entusiasmo. A fines del siglo XII, Wolfram von Eschenbasch, el más grande de los *minnesingers* o *romanciers* medievales visitó especialmente *Outremer* para ver a los templarios en acción. Y cuando, entre 1195 y 1220 Wolfram compuso su romance épico *Parzifal*, les confirió la más exaltada jerarquía a los templarios. En el poema de Wolfram, los ca-

3. Addison, *History of the Knights Templar*, pág. 19.
4. *Ibid.*

balleros que custodian el Santo Grial, el castillo de Grial y la familia del Grial son templarios.[5]

Tras la desaparición del Temple, la mística que lo rodeaba persistió. El último acto registrado de la historia de la orden fue la muerte en la hoguera de su último gran maestre, Jacques de Molay, en marzo de 1314. Se dice que Jacques de Molay, mientras el humo del fuego lento lo asfixiaba, lanzó una maldición desde las llamas. La tradición afirma que convocó a sus perseguidores —el papa Clemente y el rey Felipe— a que se le reunieran ante el tribunal de Dios para rendir cuentas de sus actos en el transcurso de un año. Un mes después, Clemente moría, supuestamente a consecuencia de un súbito ataque de disentería. Para fin de ese año, Felipe también había muerto, por causas que nunca quedaron claras. Por supuesto que no hace falta buscar explicaciones sobrenaturales. Los templarios eran muy expertos en el empleo de venenos. Y ciertamente había suficientes personas —caballeros refugiados que viajaban de incógnito, simpatizantes de la orden o parientes de cofrades perseguidos— que podían tomarse la apropiada venganza. Aun así, el aparente cumplimiento de la maldición del gran maestre avaló la creencia que existía respecto a los poderes ocultos de la orden. Y la maldición no terminó allí. Según la leyenda, ensombrecería el linaje real francés durante muchos siglos. Y así, ecos de los supuestos poderes ocultos de los templarios reverberaron a lo largo de la historia.

Durante el siglo XVIII, muchas confraternidades secretas o semisecretas alababan a los templarios como precursores e iniciados místicos. Muchos "ritos" u "observancias" masónicas de la época decían descender en línea recta de la orden y custodiar autorizadamente sus arcanos secretos. Algunas de estas afirmaciones eran claramente descabelladas. Otras —que, por ejemplo, se remitían a la posible supervivencia de la orden en Escocia— bien pueden haber tenido un núcleo de verdad, aunque sus accesorios fueran espurios.

Para 1789, las leyendas que rodeaban a los templarios habían alcanzado proporciones decididamente míticas y su realidad histórica estaba oscurecida por un aura de confusión y novelería. Se consideraba que los templarios eran cultores del ocultismo, alquimistas iluminados, magos y sabios, maestros albañiles e iniciados de alto grado —auténticos superhombres provistos de un imponente arsenal de poderes y conocimientos secretos. También se los consideraba héroes y mártires, heraldos del espíritu anticlerical de la época; y muchos masones franceses, al conspirar contra Luis XVI, creían que estaban ayudando a implementar la maldición contra la casa real francesa lanzada por Jacques de Molay antes de morir. Se dice que cuando la cabeza del Rey cayó, cortada por la guillotina, un desconocido subió de un salto al cadalso. Mojó su

5. Wolfram von Eschenbasch, *Parzifal*, pág. 251

mano en la sangre del monarca y asperjándola sobre los espectadores gritó "¡Jacques de Molay, has sido vengado!".

El aura que rodea a los templarios desde la Revolución Francesa no ha disminuido. Al menos tres organizaciones contemporáneas se dicen templarias, pretenden poseer una ascendencia demostrable hasta 1314 y estatutos cuya autenticidad nunca ha sido establecida. Ciertas logias masónicas han adoptado también el grado de "templario", así como rituales y denominaciones que supuestamente descienden de la orden original. Hacia el fin del siglo XIX, la siniestra Orden de los Nuevos Templarios se estableció en Alemania y Austria y empleó la cruz gamada como uno de sus emblemas. Figuras como H. P. Blavatsky, fundadora de la Teosofía, y Rudolf Steiner, fundador de la Antroposofía, hablaban de una esóterica "tradición de la sabiduría" transmitida a través de los rosacruces a los cátaros y templarios, supuestos depositarios de secretos aún más antiguos...

De todos los documentos publicados depositados en forma privada en la Bibliothèque Nationale, los más importantes son los que constituyen la compilación de papeles que tiene el título colectivo de *Dossiers Secrets* (*legajos secretos*). Catalogada bajo el número 4º 1m¹ 249, está compilación está pasada a microfilm. Sin embargo, hasta hace poco tiempo, constituia una compilación delgada y de aspecto poco llamativo, una suerte de carpeta de tapas rígidas que contenía una cantidad de ítems sin mutua relación aparente —recortes de diarios, cartas pegadas a hojas de papel para preservar su integridad, panfletos, muchos árboles genealógicos y alguna que otra hoja impresa extraída, al parecer, de otra obra. Cada tanto, alguien quitaba alguna hoja. En otros momentos, se insertaban páginas nuevas. Con el correr del tiempo, esas páginas iban siendo reemplazadas por otras, impresas, que contenían todas las enmiendas hechas hasta el momento.

La mayor parte de los *Dossiers*, que consiste en árboles genealógicos, se le adscribe a un tal Henri Lobineau, cuyo nombre figura en la página del título. Dos ítems adicionales de la carpeta declaran que Henri Lobineau es también un seudónimo —derivado tal vez de una calle, la calle Lobineau, que corre junto a Saint-Sulpice, en París— y que las genealogías son en realidad obra de un hombre llamado Leo Schidlof, un historiador y estudioso de la antigüedad austríaca quien supuestamente vivió en Suiza y murió en 1966. Basándonos en esta información, nos dedicamos a averiguar cuanto pudiéramos acerca de Leo Schidlof.

En 1978, logramos ubicar a la hija de Leo Schidlof, quien vivía en Inglaterra. Su padre, dijo, era realmente austríaco. Pero no era genealogista, historiador ni estudioso de la antigüedad, sino un experto y comerciante en miniaturas, autor de dos obras sobre el tema. Se había radicado en Londres en 1966, año y lugar que coincidían con lo que se afirmaba en los *Dossiers Secrets*.

La señorita Schidlof afirmó con vehemencia que su padre nunca había tenido ningún interés en la genealogía, la dinastía merovingia o acontecimientos misteriosos ocurridos en el sur de Francia. Sin embargo, agregó, era obvio que algunas personas creían que era así. Por ejemplo, en la década de 1960, había recibido muchas cartas y llamadas teléfonicas de personas no identificadas, tanto de Europa como de Estados Unidos que querían verlo y discutir con él asuntos que desconocía por completo. Cuando murió en 1966, hubo otra andanada de mensajes, la mayor parte de los cuales eran averiguaciones con respecto a sus papeles.

Sea cual haya sido el asunto en que el padre de la señorita Schidlof se había comprometido involuntariamente, parece haber tocado un nervio sensible del gobierno estadounidense. En 1946 —una década antes de la supuesta compilación de los *Dossiers Secrets*— Leo Schidlof solicitó una visa para ingresar en Estados Unidos. La solicitud fue rechazada alegando sospechas de espionaje u otra forma de actividad clandestina. Por fin, el asunto parece haberse dilucidado, la visa fue emitida y a Leo Schidlof se le permitió ingresar en Estados Unidos. Bien puede haberse tratado de un típica confusión burocrática. Pero la señorita Schidlof parecía sospechar que había alguna conexión con las arcanas preocupaciones que se atribuían a su padre en forma tan desconcertante.

El relato de la señorita Schidlof nos dio que pensar. El rechazo de la solicitud de visa bien puede haber sido algo más que una coincidencia, pues entre los *Dossiers Secrets* había referencias que vinculaban el nombre de Leo Schidlof con alguna suerte de espionaje internacional. Sin embargo, en el ínterin apareció otro panfleto en París —hecho que, en los meses subsiguientes, fue confirmado por otras fuentes. Según ese panfleto, el elusivo Henri Lobineau no era al fin y al cabo Leo Schidlof, sino un aristócrata francés de distinguido linaje, el conde Henri de Lénoncourt.

La cuestión de la auténtica identidad de Lobineau no era el único enigma asociado a los *Dossiers Secrets*. También había un ítem referido al "portafolios de cuero de Leo Schidlof". Ese portafolios supuestamente contenía una cantidad de papeles secretos referidos a Rennes-le-Château entre los años 1600 y 1800. Poco después de la muerte de Schidlof, se afirmó que ese portafolios pasó a manos de un correo, un tal Fajar ul Islam, quien, en febrero de 1967, debía encontrarse en Alemania Oriental con un "un agente designado por Ginebra" para confiárselo. Sin embargo, antes de que la entrega pudiera realizarse, se informó que Fajar ul Islam había sido expulsado de Alemania Oriental y había regresado a París a "esperar nuevas órdenes". El 20 de febrero de 1967, su cadáver fue encontrado en las vías del tren en Melun, arrojado desde el expreso París-Ginebra. Supuestamente, el portafolios había desaparecido.

Nos dispusimos a verificar esta tétrica historia en la medida de nuestras posibilidades. Una serie de artículos publicados en los diarios franceses del 21 de febrero la confirmaba en su mayor parte.[6] Un cuerpo decapitado había sido realmente encontrado en las vías de Melun. Fue identificado como perteneciente a un joven paquistaní llamado Fajar ul Islam. Por razones que no quedaban claras, el joven había sido expulsado de Alemania Oriental y viajaba de París a Ginebra, al parecer en alguna suerte de actividad de espionaje. Según el diario, las autoridades sospechaban que se trataba de un crimen y el caso estaba siendo investigado por la DST (Directorio de Vigilancia Territorial, o Contraespionaje).

Por otro lado, los diarios nada decían de Leo Schidlof, de un portafolios de cuero ni de nada que pudiese conectar el episodio con el misterio de Rennes-le-Château. De modo que quedamos frente a una serie de interrogantes. Por una parte, era posible que la muerte de Fajar ul Islam estuviera vinculada a Rennes-le-Château y que el documento incluido en los *Dossiers Secrets* se basase en "información secreta" a la que los diarios no tuvieron acceso. Por otro lado, el documento incluido en los *Dossiers Secrets* puede habrse tratado de una deliberada y espuria mistificación. Sólo hacía falta encontrarse con una muerte inexplicada y sospechosa y adscribírsela a cualquier tema en el que uno se interesase. Pero si esto era así, ¿cuál era el propósito de la iniciativa? ¿Por qué alguien había de crear deliberadamente una atmósfera de intriga siniestra en torno a Rennes-le-Château? ¿Qué había para ganar con tal atmósfera? ¿Y quién ganaba?

Estas cuestiones nos dejaron aún más perplejos cuando descubrimos que la muerte de Fajar ul Islam no había sido, al parecer, un hecho aislado. Menos de un mes después, otra obra impresa en forma privada fue depositada en la Bibliothèque Nationale. Se llamaba *Le Serpent Rouge* (*La serpiente roja*) y tenía la fecha, claramente simbólica, de 17 de enero. Su página inicial la adscribía a tres autores —Pierre Feugère, Louis Saint-Maxent y Gaston de Koker.

Le Serpent Rouge es una obra curiosa. Contiene una genealogía merovingia y dos mapas de Francia en la época merovingia, así como un breve comentario. También contiene una planta de la Iglesia parisina de Saint Sulpice, que esboza las capillas y los diversos santos de sus capillas. Pero el grueso del texto consiste en trece breves poemas en prosa de impresionante calidad, muchos de los cuales recuerdan la obra de Rimbaud. Los poemas ocupan un párrafo cada uno y corresponden a los signos del zodíaco, un zodíaco de trece signos, el decimotercero de los cuales está insertado entre Escorpio y Sagitario y se denomina Ofiucus o Quien Tiene la Serpiente.

Narrados en primera persona, los trece poemas en prosa son algún tipo de peregrinación simbólica alegórica que comienza con Acuario y concluye con

6. *Le Monde* (feb. 21, 1967), pág. 11, *Le Monde* (feb. 22, 1967), pág. 1, *Paris-Jour* (feb. 21, 1967), Nº 2315, pág. 4.

Capricornio —que, como se afirma explícitamente en el texto, preside el 17 de enero. En el texto, críptico por lo general, se insertan referencias reconocibles —a la familia Blanchefort, a la ornamentación de la Iglesia de Rennes-le-Château, a algunas de las inscripciones de Saunière que se encuentran allí, a Poussin y su pintura *Les Bergers d'Arcadie*, al lema inscripto en la tumba: "Et in Arcadia Ego". En un punto se menciona una serpiente roja, "citada en los pergaminos", que se desenrrolla a través de siglos; una alusión explícita, parecería, a un linaje o línea de sangre. En cuanto al signo astrológico de Leo, hay un enigmático párrafo que vale la pena citar completo:

> De quien deseo liberar me llega la fragancia del perfume que impregna el Sepulcro. Antes, algunos la llamaban ISIS, benigna reina de todas las fuentes. VENID A MÍ TODOS AQUELLOS QUE SUFRÍS Y ESTAIS AFLIGIDOS Y OS ALIVIARÉ. Para otros, es MAGDALENA, la del célebre po:: colmado del bálsamo que cura. Los iniciados saben su verdadero nombre: NOTRE DAME DES CROSS.[7]

Las implicaciones de este párrafo son extremadamente interesantes. Isis, por supuesto, es la diosa madre egipcia, patrona de los misterios. La "Reina Blanca" en su aspecto benévolo, la "Reina Negra" en el malévolo. Muchos de quienes han escrito sobre mitología, antropología, psicología y teología han rastreado el culto de la diosa madre desde tiempos del paganismo hasta la era cristiana. Y según estos escritores, ella ha sobrevivido en el cristianismo como la Virgen María, la Reina de los Cielos, como la llamó san Bernardo, designación que en el Antiguo Testamento se le da a la diosa madre Astarté, equivalente fenicio de Isis. Pero según el texto de *Le Serpent Rouge*, la diosa madre del cristianismo no parece ser la Virgen. Al contrario, parece ser Magdalena, a quien está dedicada la Iglesia de Rennes-le-Château y a quien Saunière le dedicó su torre...

Los Grandes Maestres y la corriente subterránea

En los *Dossiers Secrets* los siguientes individuos aparecen en una lista de sucesivos grandes maestres —o para usar el término oficial, *nautonnier*, antigua palabra francesa que significa "nauta" o "timonel"— del Prieuré de Sion:

Jean de Gisors	1188-1220
Marie de Saint-Clair	1220-1266
Guillaume de Gisors	1266-1307

7. Feugère, Saint-Maxent y Koker, *Le Serpent Rouge*, pág. 4.

Édouard de Bar	1307-1336
Jeanne de Bar	1336-1351
Jean de Saint-Clair	1351-1366
Blanche d'Évreux	1366-1398
Nicolas Flamel	1398-1418
René d'Anjou	1418-1480
Iolande de Bar	1480-1483
Sandro Filipepi	1483-1510
Leonardo da Vinci	1510-1519
Connétable de Bourbon	1519-1527
Ferdinand de Gonzaga	1527-1575
Louis de Nevers	1575-1595
Rober Fludd	1595-1637
J, Valentin Andrea	1637-1654
Rober Boyle	1654-1691
Isaac Newton	1691-1727
Charles Radclyffe	1727-1746
Carlos de Lorena	1746-1780
Maximiliano de Lorena	1780-1801
Charles Nodier	1801-1844
Victor Hugo	1844-1885
Claude Debussy	1885-1918
Jean Cocteau	1918-[8]

Cuando vimos por primera vez esta lista nos produjo cierto escepticismo, por un lado, incluye una cantidad de nombres que uno esperaría encontrar automáticamente en una lista de estas carecterísticas; nombres de individuos famosos asociados con el "ocultismo" y el "esoterismo". Por otro lado, incluye una cantidad de nombres ilustres y poco probables —en ciertos casos, de individuos a quienes no podemos imaginar presidiendo una sociedad secreta. Al mismo tiempo, muchos de estos últimos nombres son precisamente del tipo del que las organizaciones del siglo XX han intentado adueñarse frecuentemente para establecer un linaje espurio. Por ejemplo, las listas publicadas por AMORC, los modernos "rosacruces" con base en California incluyen prácticamente todas las figuras importantes de la historia y la cultura occidental cuyos valores coinciden, así sea muy tangencialmente, con los de la orden. Hasta la más casual superposición o convergencia de actitudes es interpretada mal como equivalente a "iniciación en la organización". De modo que nos dicen que Dante, Shakespeare, Goethe e infinidad de otros eran "rosacruces", en el

---

8. Henri Lobineau, *Dossiers secrets*, tabla Nº 4 Ordre de Sion.

sentido de que eran miembros poseedores de una credencial y pagaban sus cuotas en forma regular.

Nuestra actitud inicial ante la lista en cuestión fue igualmente cínica. Una vez más, aparecen los nombres que es de esperar —nombres asociados con el "ocultismo" y el "esoterismo". Nicolas Flamel, por ejemplo, es tal vez el más famoso y bien documentado de los alquimistas medievales. El filósofo del siglo XVII Robert Fludd fue un exponente del pensamiento hermético y de otros temas ocultos. Johann Valentin Andrea, el alemán contemporáneo de Fludd, fue autor de, entre otras cosas, las obras que engendraron el mito del fabuloso Cristian Rosenkreuz. Y también hay nombres como los de Leonardo da Vinci y Sandro Filipepi, más conocido como Botticelli. Hay nombres de distinguidos científicos como Robert Boyle y sir Isaac Newton. Durante los dos últimos siglos, los grandes maestres del Prieuré de Sion supuestamente incluyeron figuras literarias y culturales de la importancia de Victor Hugo, Claude Debussy y Jean Cocteau.

Al incluir tales nombres, la lista de los *Dossiers Secrets* no podía sino ser sospechosa. Era casi inconcebible que algunos de los individuos que se citaban hubiesen presidido una sociedad secreta; más aún, una sociedad secreta dedicada al "ocultismo" y el "esoterismo". Y aunque Hugo, Debussy y Cocteau se interesaron en tales temas, parecen ser figuras demasiado bien conocidas, bien investigadas y documentadas para haber sido grandes maestres de una orden secreta. No al menos, sin que hubiese habido alguna filtración al respecto.

Por otro lado, la lista no sólo está compuesta de nombres distinguidos. La mayor parte de los demás nombres pertenecen a nobles europeos de alto rango, muchos de ellos poco conocidos no sólo para el lector general sino para el historiador profesional. Por ejemplo, Guillaume de Gisors, de quien se dice que organizó el Prieuré de Sion en forma de "masonería hermética" en 1306. Y su abuelo, Jean de Gisors, de quien se dice que fue el primer gran maestre independiente de Sion, cargo que habría asumido tras "la tala del olmo" y la separación del Temple en 1188. No hay duda con respecto a que Jean de Gisors tuvo existencia histórica. Nació en1133 y murió en 1220. Se lo menciona en cédulas y fue señor, nominal al menos, de la famosa fortaleza de Normandía donde tradicionalmente se encontraban los reyes de Inglaterra y Francia [sic] y donde tuvo lugar la tala del olmo en 1188. Jean parece haber sido un terrateniente sumamente poderoso y acaudalado y, hasta 1193, vasallo del Rey de Inglaterra. Se sabe también que tenía propiedades en Inglaterra, en Sussex, así como la granja de Titchfield en Hampshire.[9] Según los *Dossiers secrets*, se encontró con Tomás de Bekett en Gisors en 1169, aunque no se indica el objeti-

9. Loyd, *Origins of Anglo-Norman Families*, págs. 45 y sig. Y Powicke, *Loss of Normandy*, pág. 340.

vo de ese encuentro. Pudimos confirmar que Beckett estuvo en Gisors en 1169[10] y por lo tanto es probable que haya tenido algún contacto con el señor de la fortaleza; pero no pudimos encontrar ningún registro de un encuentro concreto entre ambos.

En síntesis, Jean de Gisors, más allá de unos pocos detalles, no podía ser rastreado. Parecía no haber dejado marca alguna en la historia, fuera de su existencia y su título. No pudimos encontrar ni un indicio de qué hacía, de cuál fue el motivo de su fama o de su inclusión en la lista de grandes maestres de Sion. Si la lista de los supuestos grandes maestres de Sion era auténtica, ¿qué hizo Jean, nos preguntamos, para merecer ser incluido en ella? ¿Y si la lista era un falsificación reciente, por qué había de incluir a alguien tan poco conocido?

Sólo parecía haber una explicación posible, que en realidad no explicaba mucho. Como los otros nombres aristocráticos que figuraban en la lista de los grandes maestres de Sion, Jean de Gisors aparecía en las complicadas genealogías que se encontraban en otras partes de los "documentos del Prieuré". Junto a esos otros elusivos nobles, aparentemente pertenecía al denso bosque de árboles genealógicos —que supuestamente ascendían en última instancia a la dinastía merovingia. Nos pareció evidente, pues, que el Prieuré de Sion era —al menos en gran medida— un asunto de familia. De alguna forma parecía que la orden se asociaba con una ascendencia y un linaje. Y tal vez fuera esta conexión con una ascendencia o linaje lo que explicaba los diversos nombres nobiliarios en la lista de grandes maestres.

De la lista se deducía aparentemente que el gran maestrazgo de Sion se desplazaba repetidamente entre dos grupos esencialmente distintos de individuos. Por un lado, las figuras de estatura monumental que —a través del esoterismo, las artes o las ciencias— han producido algún impacto sobre la tradición, la historia y la cultura occidentales. Por otro, los integrantes de una red de familias específicas y entrelazadas —nobles y a veces reales. En cierto modo, esa curiosa yuxtaposición le prestaba plausibilidad a la lista. Si lo que uno quisiera fuese meramente inventarse una ascendencia, no tendría sentido incluir tantos aristócratas desconocidos u olvidados hace tiempo. No tendría sentido, por ejemplo, incluir a Carlos de Lorena, mariscal de campo austríaco del siglo XVIII, cuñado de la emperatriz María Teresa, quien demostró ser particularmente inepto como militar y fue arrollado en batalla tras batalla por Federico el Grande de Prusia.

Al menos en este aspecto, el Prieuré de Sion parecería modesto y realista. No pretende haber funcionado bajo los auspicios de genios incomparables, "maestros" sobrehumanos, "iniciados" iluminados, santos, sabios o inmortales.

10. Roger de Hoveden, *Anales*, vol. 1, pág. 322.

Al contrario, reconoce que sus grandes maestres han sido seres humanos falibles que representan un muestrario de la humanidad: unos pocos genios, unos pocos notables, unos pocos "especímenes promedio", unos pocos nadies, aun unos pocos tontos.

¿Por qué, no podíamos menos que preguntarnos, una lista fraudulenta o falsificada había de incluir tal espectro? Si uno quiere inventar una lista de grandes maestres ¿por qué no limitarse a los nombres ilustres? Si uno quiere falsificar una ascendencia que incluye a Leonardo, Newton y Victor Hugo, ¿por qué no incluir también a Dante, Miguel Ángel, Goethe y Tolstoi en vez de personajes oscuros como Édouard de Bar y Maximiliano de Lorena? Además, ¿por qué había tantas figuras de segunda categoría en la lista? ¿Por qué un escritor relativamente menor como Charle Nodier más bien que sus contemporáneos Byron o Pushkin? ¿Por qué un aparente "excéntrico" como Cocteau en lugar de figuras de prestigio internacional como André Gide o Albert Camus? ¿Y por qué omitir a individuos como Poussin, cuya conexión con el misterio ya había sido establecida? Estas cuestiones nos incomodaban y nos hacían ver que la lista merecía ser considerada con atención antes de descartarla como flagrante fraude.

Por lo tanto, nos embarcamos en un largo y pormenorizado estudio de los grandes maestres —sus biografías, actividades y logros. Al llevar a cabo este estudio procuramos, en la medida de nuestras posibilidades, someter todos los nombres de la lista a ciertas preguntas clave:

1) ¿Hubo algún contacto personal, directo o indirecto entre cada uno de los supuestos grandes maestres, su predecesor inmediato y su sucesor inmediato?

2) ¿Hubo algún vínculo, de parentesco o de otra naturaleza, entre cada supuesto gran maestre y las familias que figuraban en los "documentos del Prieuré" con alguna de las familias de supuesta ascendencia merovingia, en particular la casa ducal de Lorena?

3) Los supuestos grandes maestres ¿tuvieron alguna conexión con Rennes-le-Château, Gisors, Stenay, Saint Sulpice o algún otro de los lugares que habían aparecido repetidamente en el transcurso de nuestra investigación?

4) Si Sion se definía a sí mismo como "masonería hermética" ¿todos los supuestos grandes maestres mostraron alguna predisposición al pensamiento hermético o un vínculo con sociedades secretas?

Aunque era difícil, a veces imposible, obtener información con respecto a supuestos grandes maestres anteriores a 1400, nuestra investigación de las figuras posteriores produjo una coherencia y unos resultados sorprendentes. Muchos de ellos estaban asociados de una u otra manera con los sitios que parecían relevantes: Rennes-le-Château, Gisors, Stenay y Saint Sulpice. La mayor parte de los nombres de la lista tenía lazos de sangre con la casa de Lorena o estaba vinculada a ésta de alguna otra manera; por ejemplo, hasta Robert Fludd fue tutor de los hijos de Enrique de Lorena. A partir de Nicolas Flamel, todos los nombres de la lista, sin excepción, estaban vinculados al pensamiento hermético y a menudo estaban vinculados a sociedades secretas —aun en el caso de hombres como Boyle y Newton, a quienes uno no asociaría con tales cosas—. Y con sólo una excepción, cada supuesto gran maestre había tenido contacto —a veces directo, a veces por medio de amigos íntimos mutuos— con quienes los precedieron y sucedieron...

El Opus Dei en Estados Unidos

Por James Martin, S. J.

James Martin, S. J., es editor asociado de la revista católica *America* y sacerdote de la iglesia de San Ignacio de Loyola en Manhattan. *"Opus Dei in the United States"* (*El Opus Dei en Estados Unidos*) de James Martin, S. J., fue publicado originariamente en *America* el 25 de febrero de 1995. Aunque escrito hace casi una década, el artículo sigue siendo uno de los que mejor y más equilibradamente se ocupa del Opus Dei, la organización a la que pertenece Silas, el albino monje asesino de *El Código Da Vinci*. El artículo de Martin es esclarecedor. Copyright © 1995 by America Press. Todos los derechos reservados. Para información sobre suscripciones, visitar www.americamagazine.org.

El Opus Dei es el grupo más controvertido de la Iglesia Católica de hoy. Para sus miembros se trata nada menos que de la Obra de Dios, la inspiración del beato Josemaría Escrivá, quien contribuyó al trabajo de Cristo promoviendo la santidad de la vida cotidiana. Para sus críticos se trata de una organización poderosa, incluso peligrosa, que funciona casi como una secta que usa el sigilo y la manipulación para alcanzar sus objetivos. Al mismo tiempo, muchos católicos admiten que saben poco acerca de este influyente grupo.

Este artículo es una visión de las actividades del Opus Dei en Estados Unidos. Se basa en material escrito por la organización y por sus críticos, así como en entrevistas con miembros y ex miembros del grupo y con sacerdotes, con laicos religiosos, guías espirituales universitarios, estudiosos y periodistas que han estado en contacto con el Opus Dei en Estados Unidos.

Datos básicos

Cualquier consideración que se le preste al Opus Dei debe comenzar con monseñor Josemaría Escrivá de Balaguer, el sacerdote español que fundó el grupo el 2 de octubre de 1928. Ese día, según la literatura de la organización, mientras hacía un retiro en Madrid, "súbitamente, mientras las campanas resonaban en una iglesia cercana, se hizo la luz: Dios le hizo ver el Opus Dei". Monseñor Escrivá, al que invariablemente los miembros se refieren como el Fundador, tuvo la visión del Opus Dei como una manera de alentar a los laicos a aspirar a la santidad sin cambiar su ocupación ni su situación en la vida. En la actualidad, el Opus Dei se siente muy identificado con el Concilio Vaticano II, con su renovado interés en los laicos.

Algo de la espiritualidad del grupo puede vislumbrarse en los numerosos escritos de Escrivá, muy particularmente en su libro *Camino*, de 1939. Esta obra es una colección de 999 máximas, que van desde las devociones cristianas tradicionales ("La plegaria de un cristiano nunca es un monólogo") hasta dichos que podrían haber sido sacados de un almanaque popular ("No dejes para mañana lo que puedes hacer hoy").

Su grupo creció rápidamente, difundiéndose por España y otros países europeos, y en 1950 fue reconocido por la Santa Sede como el primer "instituto secular". En las dos décadas siguientes, la Obra, como la llaman sus miembros, llegó a América latina y a Estados Unidos.

En 1982 el papa Juan Pablo II le otorgó el estatus de "prelatura personal", una expresión canónica que significa que la jurisdicción alcanza a las personas dentro del Opus Dei más que a una región en particular. En otras palabras, opera jurídicamente de manera muy parecida a como operan otras órdenes, sin tener en cuenta los límites geográficos. Este reconocimiento exclusivo —es la única prelatura personal de la Iglesia— es una demostración de la alta estima en que lo tiene Juan Pablo II, así como del importante lugar que ocupa en el Vaticano. Lo cual también hizo que sus críticos se preguntaran por qué una organización obviamente laica necesitaba ese estatus. Hoy en día el Opus Dei tiene 77.000 miembros (incluidos 1.500 sacerdotes y 115 obispos) en más de 80 países.

Una nueva demostración del favor de que goza en el Vaticano —y una mayor legitimación— se produjo en 1992 cuando Escrivá fue beatificado en una ceremonia a la que asistieron 300.000 seguidores en la Plaza de San Pedro. Esto provocó controversias ya que la beatificación se produjo apenas unos pocos años después de la muerte de Escrivá en 1975, pasando por encima de figuras como el papa Juan XXIII. "¿Llega con demasiada rapidez la santidad del Fundador de un influyente grupo católico?" titulaba en enero de 1992 el *New York Times*, haciéndose eco de otros artículos críticos que aparecieron por ese mismo tiempo. Un artículo en el *London Spectator*, por ejemplo, incluía declaraciones de ex colaboradores allegados acerca de conductas no tan santas de Escrivá. "Tenía un carácter desagradable", decía uno, "y tendencias pro nazis, pero eso nunca se menciona".

El Opus Dei en Estados Unidos

El Opus Dei cuenta con más de 3.000 seguidores en Estados Unidos, con 64 centros o residencias en 17 ciudades... Cada centro habitualmente alberga entre 10 y 15 miembros, con instalaciones separadas para hombres y mujeres. También auspicia otros programas, como casas de retiro, programas para católicos casados y programas externos para pobres como el de educación para niños en South Bronx...

Dada la presencia creciente del Opus Dei en este país, me puse en contacto con cada uno de los siete cardenales de Estados Unidos y con un arzobispo para solicitarles sus comentarios para este artículo. Esperaba de esta manera evaluar las opiniones de la dirigencia católica norteamericana. Ninguno quiso hacer declaraciones, ni positiva ni negativamente. La mayoría dijo, o bien que no sabía demasiado de ese grupo o que no mantenía contacto con ellos, aunque el Opus Dei funciona en casi todas las grandes arquidiócesis del país.

Sigilo y privacidad

Es difícil leer algo acerca del Opus Dei sin encontrarse con menciones acerca de su supuesto sigilo. ("El Papa beatifica al Fundador de un grupo sigiloso y conservador", decía un titular del *New York Times* en 1992.) Efectivamente, mientras algunos de sus miembros son bien conocidos, como el director de la sala de prensa del Vaticano, el médico Joaquín Navarro-Valls, no ocurre lo mismo con muchos otros. Los críticos también señalan que la mayor parte de las organizaciones del grupo no están claramente identificadas como afiliadas a él.

El Opus Dei niega todo esto. "No es secreto", explica el director de comunicaciones Bill Schmitt, "es privado. Una gran diferencia". Schmitt describe la vocación por el Opus Dei como un asunto privado, una relación personal con Dios. Los miembros son conocidos por sus amigos, sus familias, sus vecinos, sus colegas en el trabajo. El mismo Escrivá dijo en una entrevista en 1967: "Los miembros detestan el sigilo".

Pero a la mayoría de sus críticos no les preocupa que sus miembros anuncien públicamente su afiliación al Opus Dei... Cuando ellos hablan de "sigilo", se refieren más bien a la frustración en la que terminan sus esfuerzos para obtener respuestas acerca de las actividades y las prácticas corporativas básicas del Opus Dei.

Me encontré tal vez con un ejemplo de esta dificultad en el curso de mi investigación. Cuando empecé, le pedí a Bill Schmitt un ejemplar de los reglamentos del Opus Dei. Pensé que leyéndolos podría entenderlo mejor y abandonar así algunos prejuicios. Me dio una copia de los estatutos de 1982. Pero estaban en latín, y para colmo, latín técnico "eclesiástico". Pedí un ejemplar de la traducción al inglés. Me dijo que no existía. Cuando quise saber por qué, lo primero que me dijo fue que el Opus Dei no había tenido tiempo suficiente como para traducirlos. A lo que respondí que me parecía raro pues los estatutos tenían ya doce años y *Camino* ya había sido traducido a treinta y ocho idiomas.

Cuando insistí, me brindó una segunda explicación:

—Es un documento de la Iglesia —me dijo—. No son nuestros. La Santa Sede quiere que estén en latín...

Quise saber entonces cómo podían los integrantes de habla inglesa estudiar sus propios estatutos, y él me explicó que los estudiaban a fondo.

—Todo debe quedarles claro durante su formación.

De todas maneras, me seguía pareciendo extraño, de modo que volví a preguntarle a Bill Schmitt. Recibí la misma respuesta:

—El documento pertenece a la Santa Sede, y la Santa Sede no quiere que se traduzcan. Estoy seguro de que hay una razón.

Consulté a tres expertos en derecho canónico para saber cuál podría ser esa razón. Uno de los especialistas me respondió:

—¿Propiedad de la Santa Sede? Jamás he escuchado semejante cosa.

Otro, John Martin, S. J., profesor de derecho canónico en el Regis College en Toronto, señaló que en las órdenes religiosas y las asociaciones laicas lo normal es que se publiquen sus estatutos en las lenguas locales, y hasta donde él sabía, "no hay ninguna prohibición eclesiástica general que impida la traducción de los documentos de las órdenes religiosas". ...De modo que parece que es el Opus Dei, no la Santa Sede, quien impide que los estatutos sean traducidos.

Ann Schweninger tiene veinticuatro años y perteneció al Opus Dei. Ahora vive en Columbus, Ohio, donde trabaja con la diócesis de ese lugar. No se sorprendió cuando le conté acerca de mis dificultades para entender el asunto.

—El Opus Dei sigue sus propias reglas —me dijo—. Si ellos no quieren que algo salga a la luz, no permiten que sea accesible.

Con referencia al tiempo que ella misma pasó en el Opus Dei, me dijo:

—Nunca me mostraron los estatutos ni tampoco estaban disponibles. Se habla de ellos, pero no se discuten.

Según Schweninger el único documento oficial disponible es el catecismo del Opus Dei, el cual sólo puede ser leído con la autorización expresa del director de la residencia.

—Está guardado bajo llave —precisó. Luego agregó que durante las clases de catecismo se la alentó para que tomara notas "en código" a fin de evitar que fueran leídos por personas extrañas a la organización.

Una institución laica

Encontrarse con el Opus Dei es encontrarse con católicos dedicados, vigorosos, comprometidos en una variedad de ocupaciones. Es también encontrarse con una asombrosa estructura de sacerdotes, numerarios, supernumerarios, cooperadores, asociados, directores y administradores. La organización considera a los diferentes tipos de miembros como distintos modos de disponibilidad para su misión. Quienes la critican, sostienen que al poner el acento en la jerarquía tanto como en el celibato y la obediencia, no hacen más que reproducir la vida religiosa a la vez que se declaran laicos...

He aquí algunos términos básicos. Numerarios son miembros solteros que se "comprometen" a permanecer célibes y habitualmente viven en "centros". Entregan sus ingresos y reciben un estipendio para gastos personales. Los numerarios (que constituyen aproximadamente el 20 por ciento de los afiliados) siguen el "plan de vida", un orden del día que incluye misa, lecturas piadosas, plegaria privada y, según cada persona, mortificación física. Los numerarios también asisten a cursos de verano sobre el Opus Dei. Todos los años pronuncian un compromiso con la organización, y después de cinco años se pronuncia la "fidelidad", un compromiso para toda la vida. Hay centros separados para hombres y mujeres, cada uno con su propio director. A los numerarios varones se los alienta para que consideren la posibilidad de ser ordenados sacerdotes. Después de diez años de entrenamiento, aquellos que se sienten llamados son enviados al seminario del Opus Dei en Roma, el Colegio Romano de la Santa Cruz.

La mayoría de los miembros son supernumerarios, personas casadas que contribuyen financieramente y a veces cumplen funciones en trabajos comunitarios, como escuelas. Los socios son personas solteras que están "menos disponibles", que permanecen en sus casas debido a otros compromisos, como la atención de padres de avanzada edad. Los cooperadores, estrictamente hablando, no son miembros porque "todavía no han sentido el llamado divino". Cooperan con trabajo, ayuda financiera y plegarias...

Según dos ex numerarios, a las mujeres numerarias se les exige ocuparse de la limpieza de los centros de varones y de cocinar para ellos. Cuando llegan las mujeres a limpiar, los hombres se retiran del lugar para no entrar en contacto con ellas. Le pregunté a Bill Schmitt si las mujeres no se oponían a eso.

—No, de ninguna manera.

Se trata de un trabajo remunerado de la "familia" del Opus Dei y es considerado como un apostolado…

—Esto no es de ninguna manera cierto —dijo Ann Schweninger… —No tuve más remedio que aceptarlo. Cuando uno está en el Opus Dei uno hace lo que le dicen que haga.

Arrojar una enorme red

Pero lo que más atacan quienes critican a la organización es el modo en que el Opus Dei atrae nuevos miembros… Alguien que estaba en la Universidad de Columbia a principios de los años ochenta y que pidió no ser identificado, habló del proceso de reclutamiento.

—Enviaron a alguien para que se hiciera amigo mío —contó sin vueltas. Un día, después de misa, se le acercó otro estudiante, con el que pronto entabló amistad. Más adelante fue invitado al Centro de Estudios Riverside, cerca del campus de Columbia. No estaba muy seguro de qué se trataba.

—Pensé que era un grupo de estudiantes que formaban un equipo de investigaciones o algo por el estilo.

Después de cenar, un sacerdote dio una breve charla. Luego fue invitado a unirse a un "círculo", que él describió como una suerte de grupo de oración informal. Al poco tiempo se le sugirió que tomara a uno de los sacerdotes del centro como su director espiritual.

Después de haberse involucrado todavía más —en este punto se reunía con frecuencia con el grupo— decidió investigar por su cuenta. Habló con algunos sacerdotes y profesores en Columbia y se sorprendió al darse cuenta de lo mucho que ignoraba acerca del grupo en que se estaba metiendo.

—No sabía nada acerca del sigilo, de los numerarios, de los supernumerarios. Lo ignoraba todo. Y tampoco sabía que había personas que hacían votos de castidad. Me sentí un poco molesto por no saber casi nada sobre ellos. No me pareció que fueran honestos ni francos acerca de lo que ellos eran o hacían. Me sentí indignado.

En la siguiente reunión del círculo planteó algunas preguntas sobre los temas que lo preocupaban, por ejemplo, las mujeres y la presencia de las minorías en el Opus Dei.

—En realidad no tenían ninguna respuesta y me pidieron que no regresara. —Y lo que fue más molesto para él: —Nunca más volví a ver a mi amigo. Fui totalmente aislado.

Según dos ex numerarios, si este hombre hubiera permanecido en el círculo Opus Dei lo habrían enfrentado con la decisión de ingresar. Tammy DiNicola habló de su experiencia en este sentido:

—Organizaron una crisis de vocación para mí —contó—. En su momento no me di cuenta de que la habían organizado para mí. Pero eso es lo que hacen habitualmente. La persona que está trabajando con uno está en contacto con el director, y entre ambos deciden cuándo es el mejor momento para plantear el tema de la vocación al nuevo miembro.

¿Por qué una crisis?

—Bueno, ¡ellos fabrican una crisis para uno! —explicó Ann Schweninger—. Pero es algo totalmente orquestado. Le dicen a uno que se trata de una decisión que uno debe tomar en ese momento, que Dios está golpeando a la puerta y que uno debe tener la fortaleza y presencia de ánimo como para decir que sí.

A Tammy DiNicola se le dijo que era la única posibilidad que tenía para ese llamado.

—Básicamente se trata de algo que se presenta una única vez. Si uno no lo acepta, no volverá a tener la gracia de Dios por el resto de su vida.

El Opus Dei ve las cosas de manera diferente, destacando el hecho de que todas esas relaciones se establecen con toda libertad.

—No hay reclutamiento para el Opus Dei —explicó Bill Schmitt.

De todas maneras, los escritos de Escrivá destacan la idea del reclutamiento. En la revista interna *Crónica*, en 1971 dijo: "Esta santa coerción es necesaria, *compelle intrare* nos dice el Señor". Y "uno debe matarse por el proselitismo".

Ann Schweninger encuentra que así fue su propia experiencia:

—Una vez que uno está en el Opus Dei, uno está reclutando.

En las universidades

El Opus Dei constituye una presencia cada vez más fuerte en los predios universitarios de Estados Unidos. Sus esfuerzos para atraer nuevos miembros los han llevado tradicionalmente a las universidades e instituciones de educación superior. Lo cual en ocasiones los ha enfrentado con otros grupos.

Donald R. McCrabb es director ejecutivo del Catholic Campus Ministry Association (CCMA), una organización que reúne a 1.000 de los 1.800 capellanes católicos de Estados Unidos. Le pregunté qué era lo que decían sus asociados acerca del Opus Dei.

—Sabemos bien que el Opus Dei está presente en muchas universidades en todo el país. También sabemos que algunos guías espirituales en las universidades consideran que las actividades de ese grupo son contraproducentes.

Una de sus preocupaciones era la insistencia del Opus Dei en el reclutamiento, apoyado por una aparentemente inagotable ayuda financiera.

—Ellos no asumen la más amplia responsabilidad que tiene un capellán universitario.

También le preocupaban otras cosas.

—He sabido por los capellanes universitarios que hay un director espiritual asignado a cada candidato, quien básicamente debe aprobar toda acción emprendida por esa persona, lo cual incluye hasta leerle la correspondencia, las clases a las que debe asistir o no, qué cosas leer o no.

El ex estudiante de Columbia se hizo eco de eso.

—Me recomendaron que no leyera ciertos libros, particularmente material marxista y que usara en cambio sus propias versiones lavadas. Me pareció que era raro ya que se me pidió que usara ese material para las clases.

El director del ministerio universitario de la Universidad Stanford desde 1984 hasta 1992, Russell J. Roide, S. J., al principio se acercó al Opus Dei con una actitud de apertura. Pero los estudiantes comenzaron a presentarle quejas acerca de las actividades de reclutamiento del grupo.

—No dejaban tranquilos a los estudiantes. Los jóvenes se acercaban a mí para pedirme que se los sacara de encima.

Sintió que su único recurso era proporcionar a esos estudiantes información acerca del Opus Dei, incluso artículos críticos. Esto hizo que algunos numerarios de la organización se acercaran al padre Roide para decirle que estaba "interfiriendo con sus actividades". Finalmente, debido a las permanentes quejas de los alumnos acerca de las actividades de reclutamiento, Roide decidió "impedirles estar siquiera cerca del predio universitario". Ahora se refiere a ellos como "sutilmente engañosos".

Red de Vigilancia del Opus Dei

Dianne DiNicola, madre de Tammy DiNicola, conoce algunas cosas acerca del grupo que a ella le gustaría cambiar. En 1991 creó la Red de Vigilancia del Opus Dei, un grupo de apoyo que se define a sí mismo como dispuesto a acudir en ayuda de familias con hijos en la organización.

Hace unos años la señora DiNicola advirtió que su hija Tammy, entonces estudiante en el Boston College, "parecía estar atravesando un cambio de personalidad". Según cuenta, su hija se volvió "fría y sigilosa", sin deseos de pasar algún tiempo con la familia, cosa que antes no ocurría.

—Yo tenía la sensación de que algo andaba mal.

Cuando Tammy le escribió una carta diciéndole que ya no regresaría al hogar, la señora DiNicola se preocupó más aún. Finalmente descubrió que Tammy había ingresado en el Opus Dei como numeraria y vivía en uno de los centros en Boston.

—Nuestra hija —recuerda— se convirtió en una total extraña para nosotros. No puedo explicar el torbellino por el que pasó nuestra familia. Tratamos de ponernos en contacto con ella, pero era como si se hubiera transformado en una persona totalmente diferente.

Al principio trató de aceptar la decisión de su hija y se reunió con funcionarios del Opus Dei y de la diócesis para conseguir más información.

—Yo trataba de sentirme bien con el Opus Dei. Amo mi religión. Quiero decir que no los consideraba como a una secta del tipo de la secta Moon. Esto es algo que está dentro de la Iglesia Católica.

Pero la situación se deterioró y la señora DiNicola comenzó a sentir que la Iglesia no podía o no quería ayudarla.

Finalmente, el matrimonio DiNicola contrató la ayuda de un *exit counselor* especializado en casos como éste para sacarla de allí. Le pidieron a Tammy que regresara al hogar para su graduación en 1990. Luego descubrieron que aquélla habría sido la última vez que volvería a su casa, dado que ya le habían dicho que interrumpiera los contactos con la familia. Según la señora DiNicola y su hija, el trabajo del *counselor* le permitió a la joven pensar por primera vez de manera crítica acerca del Opus Dei.

Después de veinticuatro horas de sesión de *counseling* Tammy decidió abandonar...

—Fue bastante tumultuoso —recordó Tammy, que ahora tiene veintiséis años. Dijo que dado que el Opus Dei había aplacado todas sus emociones, experimentó un torrente emocional una vez que salió. Ahora la señora DiNicola dirige la Red de Vigilancia del Opus Dei (Opus Dei Awareness Network —ODAN) lo que le permite ayudar a otros para que no sufran el dolor que ella y su familia sufrieron.

Así como ODAN está alarmada por el Opus Dei, el Opus Dei está preocupado por ODAN.

—Permítame destacar que a nadie jamás se le sugiere que no hable con sus padres —dice Bill Schmitt—. Y también hay que tener en cuenta que algunos padres no aceptan la fe o tenían "otros" planes para su hijo o hija. No necesito decirle que los métodos que estas personas usan son sumamente objetables. Pero no hemos insistido en ello.

La señora DiNicola respondió que ella nada habría podido hacer si su hija hubiera decidido permanecer en el Opus Dei.

—Ciertamente no íbamos a retenerla físicamente.

En Riverside un numerario dijo que la sangre le hierve cuando oye hablar de ODAN.

—¡Hemos sido aprobados por la Santa Sede! No somos una secta cualquiera. Aquellas personas {que fueron "sacadas" por los *counselors*} fueron sencillamente violadas. Oramos por ellas, por supuesto. Pero hay muchas cosas que se entienden mal y los padres se vuelven irracionales.

La señora DiNicola, a su vez, recuerda:

—Fue muy difícil para mí. Fíjese, aquí estoy yo tratando de justificar todo esto. ¿Cómo es posible que esto ocurra dentro de la Iglesia Católica? Y aquí tenemos esta organización con la aprobación del Papa y Escrivá beatificado. Pero hay muchas familias que sufren debido a esta organización. De modo que resulta difícil reconciliarse en paz con todo esto.

El Opus Dei le responde al *Código Da Vinci*

DE LA PRELATURA DEL OPUS DEI

Extraído de *The Da Vinci Code, the Catholic Church and Opus Dei: A Response to The Da Vinci Code from the Prelature of Opus Dei in the United States* (El Código Da Vinci, *la Iglesia Católica y el Opus Dei: una respuesta de la Prelatura del Opus Dei en Estados Unidos a* El Código Da Vinci). Copyright © 2004 Oficina de información del Opus Dei en Internet, www.opusdei.org. El sitio web oficial del Opus Dei en Estados Unidos ha respondido a lo que la organización cree que es una injusta caracterización de sus creencias y actividades en *El Código Da Vinci* publicando una serie de respuestas de amplitud y detalles sin precedentes a preguntas formuladas con frecuencia (FAQ). Al considerar que la descripción de su agrupación que da la novela es "absurda" e "inexacta", el Opus Dei da respuesta en la sección FAQ a muchas de las impresiones sobre la organización creadas por ella. A continuación, extraemos dos respuestas e interpolamos otro material proporcionado por el Opus Dei y proveniente de otros expertos y funcionarios religiosos. Para ver la serie completa de FAQ, visitar el sitio web del Opus Dei en www.opusdei.org.

¿Es válida la descripción del Opus Dei en El Código Da Vinci *como una "secta católica"?*

El Código Da Vinci describe falsamente al Opus Dei como una secta católica, lo cual carece de sentido porque el Opus Dei siempre ha sido parte de la Iglesia Católica. Recibió su primera aprobación oficial en 1941 por parte del obispo de Madrid, y en 1947 fue aprobado por la Santa Sede. Luego en 1982 la Santa Sede lo convirtió en una prelatura personal, que es una de las estructuras de la organización de la Iglesia. (Diócesis y ordinariatos son otros ejemplos de estructuras organizativas de la Iglesia.) Además, una de sus marcas distintivas es la fidelidad al Papa y a las enseñanzas de la Iglesia. Todo lo que cree el Opus Dei, todas sus actividades y costumbres, son propios de la Iglesia. La organización tiene también excelentes relaciones con todas las otras instituciones de la Iglesia Católica, y considera que la gran variedad de expresiones de la fe católica es algo maravilloso. Decir que el Opus Dei es una secta es sencillamente inexacto.

CARDENAL CHRISTOPH SCHÖNBORN, O.P.: "No es necesario haber estudiado teología para darse cuenta de la contradicción básica existente en el eslogan 'sectas dentro de la Iglesia'". Suponer que existan sectas dentro de la Iglesia constituye un reproche al Papa y a los obispos que son los responsables de investigar si los grupos eclesiásticos concuerdan con la fe de la Iglesia en sus enseñanzas y prácticas. Desde un punto de vista teológico y eclesiástico, un grupo es considerado una secta cuando no es reconocido por la correspondiente autoridad eclesiástica... Es por lo tanto erróneo que las comunidades aprobadas por la Iglesia sean llamadas sectas (por instituciones, individuos o en los informes de los medios)... Las comunidades y los movimientos aprobados por la Iglesia no deberían ser considerados sectas ya que la aprobación eclesiástica confirma su pertenencia y anclaje en la Iglesia." *L'Osservatore Romano*, 13/20 de agosto de 1997. [El cardenal Schöborn es arzobispo de Viena y editor del Catecismo de la Iglesia Católica.]

PAPA JUAN PABLO II: "Con mucha esperanza, la Iglesia dirige su atención y cuidado maternal al Opus Dei, que el Siervo de Dios Josemaría Escrivá de Balaguer fundó por inspiración divina en Madrid, el 2 de octubre de 1928, para que pueda ser siempre un instrumento apto y efectivo de la misión salvífica que la Iglesia lleva a cabo por la vida del mundo. Desde sus comienzos, esta institución ha luchado efectivamente no sólo para iluminar con nuevas luces la misión del laicado en la Iglesia y en la sociedad, sino también para llevarla a la práctica." *Ut Sit*, noviembre de 1982.

¿Alienta el Opus Dei la práctica de mortificación corporal tal como se la describe en El Código Da Vinci*?*

Como integrante de la Iglesia Católica, el Opus Dei adhiere a todas sus enseñanzas incluidas aquellas de la penitencia y el sacrificio. El fundamento de las enseñanzas de la Iglesia sobre la mortificación es el hecho de que Jesucristo, por amor a la humanidad, voluntariamente aceptó el sufrimiento y la muerte (su "pasión") como el medio para redimir al mundo del pecado. Los cristianos son llamados a emular el gran amor de Jesús y, entre otras cosas, unirse a él en su redentor sufrimiento. Así pues, los cristianos son llamados a "morir para sí mismos". La Iglesia ordena ciertas mortificaciones —ayuno y abstinencia de carne— como penitencias de Cuaresma. Algunas personas en la historia de la Iglesia se han sentido llamadas a someterse a sacrificios mayores —ayunos frecuentes, uso de cilicio, camisa de crin o disciplina—, como puede verse en las vidas de muchos de aquellos reconocidos explícitamente por la Iglesia como modelos de santidad, por ejemplo, San Francisco de Asís, Santa Teresa de Ávila, San Ignacio de Loyola, Santo Tomás Moro, San Francisco de Sales, San Juan Vianney y Santa Teresita de Lisieux. De todas maneras, la práctica de la mortificación como se la vive en el Opus Dei da mayor importancia a los sacrificios cotidianos que a esos sacrificios mayores, y no es como la distorsionada y exagerada imagen ofrecida en *El Código Da Vinci*.

NEW CATHOLIC ENCICLOPEDIA (2003) (Nueva Enciclopedia Católica): "Mortificación. El deliberado freno que uno pone a los impulsos naturales para dominarlos cada vez más con la santificación a través de la obediencia a la razón iluminada por la fe. Jesucristo exigía ese renunciamiento a todo aquel que quisiera seguirlo (Lucas 9.29). De modo que la mortificación, o lo que San Pablo llama la crucifixión de la carne con sus vicios y concupiscencias (Gálatas 5.24), se ha convertido en la marca distintiva de aquellos que son de Cristo. Todos los teólogos coinciden en que la mortificación es necesaria para la salvación porque el hombre está tan fuertemente inclinado al mal por la triple concupiscencia del mundo, de la carne y del diablo, que, si no se le opone resistencia, puede conducir a pecados graves. Quien desee salvar su alma debe, como mínimo, apartarse de las ocasiones cercanas de pecado mortal. En sí mismo, ese alejamiento involucra algo de mortificación.

PAPA PAULO VI: "La verdadera penitencia, sin embargo, no puede ser ajena tampoco al ascetismo físico… La necesidad de mortificación de la carne se revela con claridad si tenemos en cuenta la fragilidad de nuestra naturaleza, en la que, desde el pecado de Adán —muy alejado de cualquier forma de estoicismo— no implica una condena de la carne que el Hijo de Dios se dignó asumir. Por el contrario, la mortificación apunta a la 'liberación' del hombre". Constitución Apostólica *Paenitemeni*, 17 de febrero de 1966.

Parte III

Mantener el secreto
de los secretos

7 El Misterio de los Códigos

Nada hay oculto que no deba ser descubierto;
ni escondido, que no haya de ser conocido.

Lucas 8:17

En la película *Conspiracy Theory*, de 1997, Mel Gibson interpreta el papel de un taxista paranoide de Nueva York y a Jerry Fletcher, un fanático de las conspiraciones que recorta artículos del *New York Times* que él cree que contienen información codificada sobre los planes secretos de la NASA, la ONU, y hasta Oliver Stone, para destruir a Estados Unidos. Desafortunadamente, por casualidad, el hombre termina teniendo razón en una de sus teorías conspirativas y, al igual que lo ocurrido con el pastor mentiroso, los lobos efectivamente se lanzan contra él.

El film ilustra hasta dónde las teorías de la conspiración en general y los códigos secretos en particular han impregnado el espíritu de la época en la sociedad moderna y en especial la sociedad norteamericana. Y por cierto, esta difundida creencia en las conspiraciones —la sensación de que "hay una fuerza encubierta operando que mantiene sus secretos, admitiendo sólo algunas cosas públicamente", para citar al Mel Gibson de la vida real y no a su personaje— tiene algún fundamento en la realidad. (No se crea que lo antes dicho es un mensaje encriptado sobre el controvertido film de Mel Gibson, *La pasión de Cristo*; es una simple alusión al mundo de la cultura popular.)

Después de todo, el gobierno de verdad conspiró en los escándalos de Watergate e Irán-Contras, y la Iglesia efectivamente eliminó pruebas de los difundidos abusos sexuales de sus sacerdotes. La lista de conspiraciones verdaderas y comprobadas en política y en la sala de los juzgados descubiertas por el periodismo de investigación es efectivamente impresionante.

En cuanto a los códigos secretos, uno no necesita creer como el Jerry Fletcher de Gibson o el esquizofrénico John Nash de *Una mente brillante*, que la revista *Life* o el *New York Times* transmiten mensajes escondidos en sus notas para darse cuenta de que los códigos secretos se han convertido en algo poderoso y ubicuo en los asuntos de todos los días. Sin ellos, los negocios y las finanzas se detendrían, nuestros militares y gobiernos no podrían funcionar con eficiencia ni defender al país de sus enemigos; ningún ciudadano podría comprar *on line*, ni sacar efectivo de los cajeros automáticos. El secreto de los mensajes codificados es en la actualidad un tema del que los diarios se ocupan cotidianamente, sea para advertirnos que mantengamos nuestros números de seguridad social o PIN alejados de ojos indiscretos, sea como debates acerca de la manera de copiar el código de programa que define la música o las imágenes digitales.

Cada vez que se produce un acontecimiento trágico y masivo, alguien aparece desde lugares imprevistos para dar a conocer un código secreto y sugerir una conspiración. El 11 de septiembre fue precisamente un ejemplo de ello. Por una parte, miles de personas se comunicaron a través de Internet conversando acerca de señales y códigos secretos, ultraviolentos desde el significado de la misma fecha "911" (un casi universal código norteamericano de emergencia), hasta las cubiertas de grabaciones de música rock y películas que, en nuestra sociedad ultraviolenta, habían mostrado la voladura de edificios. Además, gente aparentemente inteligente argumentaba que la administración Bush sabía lo que iba a ocurrir el 9/11 y además, al igual que Franklin D. Roosevelt con Pearl Harbor, "quería" que ocurriera y así estimular al país para la guerra. O que de alguna manera el 9/11 fue una "conspiración judía" con el objeto de… bueno, en realidad nadie que sostenga esta idea puede pronunciar algo que tenga suficiente sentido como para terminar el discurso. Pero los teóricos de las conspiraciones consideran que las motivaciones para ingresar en conspiraciones son irracionales y carecen de importancia. Así pues, ni siquiera con todo el debate que *El Código Da Vinci* ha generado, casi nadie ha dedicado tiempo alguno a considerar lo tremendamente irracionales e ilógicas que son las motivaciones de "el Maestro" para matar a Saunière y los otros senescales, o de lo estupendamente improbable que resulta la estructura de un argumento que se apoya en una impiadosa alianza entre los más dedicados cazadores del Santo Grial y aquellos que con mayor fuerza se oponían a dejar que las "verdades" del Santo Grial se conocieran.

"Al final de una agotadora centuria", escribió hace poco *Newsweek*, "la de la conspiración es una vía confortable para darle sentido a un mundo desquiciado. Un supermercado de explicaciones posibles. Las cosas no sólo se están viniendo abajo. Alguien *hace* que se vengan abajo."

El público también quiere héroes y heroínas como Langdon y Neveu (adviértase las dos mitades iguales de la unidad masculino-femenino que ellos representan, este tipo de verdadero estatus igualitario resulta raro en una mezcla de este tipo). Dada toda la loca y conflictiva información que nos llega en nuestras vidas cotidianas, todos queremos ser como estos superhéroes de la *New Age* para descubrir lo que realmente está ocurriendo y lo que todo ello significa, para luego actuar de manera inteligente y heroica —mental y físicamente— y así resolver los problemas y evitar el desastre. En este extenso ejercicio de decodificación con forma de novela, Robert y Sophie siguen los pasos de Teseo, Ulises, Moisés, Job, Jesús, Frodo y Harry Potter, y muchos otros habitantes más del mundo del viaje del héroe en el mito y el arquetipo. ¡Tienen que descifrar el código antes de que sea demasiado tarde!

Con esto en mente, ofrecemos los siguientes comentarios de la periodista Michelle Delio y el profesor Brendan McKay sobre el papel de los códigos secretos en la historia y también en *El Código Da Vinci*.

Da Vinci: padre de la criptografía

Por Michelle Delio

Este artículo ha sido tomado de la revista *Wired*, abril de 2003. Michelle Delio es una periodista que ha escrito muchas veces sobre cifrado, seguridad en Internet, piratas informáticos, mensajes-basura, privacidad y temas relacionados. Publicado por Wired News, www.wired. com. Copyright © 2003 Wired Digital Inc., a Lycos Network Company. Todos los derechos reservados.

La mayor parte de *El Código Da Vinci* trata de la historia del cifrado, los muchos métodos desarrollados en todos los tiempos para mantener información privada lejos de ojos indiscretos. La novela comienza con una llamada telefónica una noche muy tarde a Robert Langdon, especialista en simbología de Harvard: el anciano curador del Louvre ha sido asesinado dentro del museo.

Cerca del cuerpo, la policía encuentra un mensaje secreto. Con la ayuda de una inteligente criptóloga, Langdon resuelve el enigmático acertijo. Pero se trata sólo del primer indicador a lo largo de un enredado sendero de claves escondidas en los trabajos de Leonardo da Vinci. Si Langdon no descifra el código, un antiguo secreto se habrá perdido para siempre.

Los personajes de Brown son de ficción, pero él jura que "todas las descripciones de obras de arte, arquitectura, documentos y rituales secretos en esta novela son exactas". El autor proporciona detallados antecedentes sobre la base histórica de la novela en su sitio web, pero les sugiere a los lectores que terminen de leer el libro antes de visitar el sitio, ya que allí se develan algunos de los detalles del argumento.

La publicidad del libro promete que el relato deja al descubierto "la más grande conspiración de los últimos 2.000 años". Tal vez, pero el hecho es que nadie que se interese por las teorías de la conspiración encontrará en él nada nuevo.

Donde *El Código Da Vinci* reluce —y reluce de manera brillante— es en su exploración de la criptografía, particularmente en los métodos de codificación desarrollados por Leonardo da Vinci, cuyo arte y manuscritos están llenos de misteriosos simbolismos y enrevesados códigos.

Brown, que se especializa en escribir libros de sencilla lectura sobre privacidad y tecnología, cita a Leonardo como a un no anunciado propulsor de la privacidad y un pionero del cifrado. Las descripciones de los recursos de la criptografía de Leonardo son fascinantes.

A lo largo de la historia, el hecho de confiar a un mensajero una comunicación privada ha sido siempre un problema. En los tiempos de Leonardo, una preocupación importante era la de que al mensajero le pagaran más por vender la información a los adversarios que por entregarla tal como lo había prometido.

Para superar ese problema, Brown escribe que Leonardo inventó una de las primeras formas rudimentarias de cerraduras con clave codificada hace siglos: un contenedor portátil para proteger documentos.

El invento criptográfico de Leonardo es un tubo con diales alfabéticos. Los diales tienen que ser girados según una determinada secuencia hasta deletrear la palabra clave para que el cilindro se abra. Una vez que el mensaje era "escondido" dentro del contenedor sólo quien tuviera la palabra clave adecuada podría abrirlo.

Este método de ocultamiento del mensaje era físicamente impenetrable pues si alguien trataba de forzarlo y abrirlo, la información oculta se autodestruía. Leonardo lograba esto escribiendo el mensaje en un trozo de papiro que enrollaba alrededor de un tubo de vidrio lleno de vinagre. Si alguien intentaba forzar la cerradura, el tubo se rompía y el vinagre disolvía el papiro de manera casi instantánea.

Brown también lleva al lector a las profundidades de la Catedral de los Códigos, una capilla en Gran Bretaña [la capilla Rosslyn, Escocia] con un techo del que sobresalen cientos de bloques de piedra. Cada bloque está tallado con un símbolo que se cree que al ser combinado con los otros conforman el mensaje cifrado más grande del mundo.

"Los criptógrafos modernos jamás han podido descifrar este código y se ha ofrecido una generosa recompensa a cualquiera que pueda descubrir el elusivo mensaje", escribe Brown en su sitio de Internet.

"En años recientes, pruebas geológicas de ultrasonidos han revelado la sorprendente presencia de una enorme bóveda escondida debajo de la capilla. Esta bóveda no parece tener ninguna entrada o salida. Hasta el día de hoy, los curadores de la capilla no han permitido que se realicen excavaciones".

Brown se especializa en excavaciones literarias. Todos sus libros anteriores han incluido secretos —algunos que deben ser guardados y otros que deben ser revelados— y cómo la privacidad personal choca contra la seguridad nacional o intereses institucionales.

Ha escrito sobre la Oficina Nacional de Reconocimiento, la agencia oficial que diseña, construye y opera los satélites nacionales de reconocimiento. También ha escrito sobre el Vaticano y la Agencia de Seguridad Nacional (NSA).

La primera novela de Brown, *Digital Fortress*, publicada en 1998, expone los detalles de un ataque de piratas informáticos a la supercomputadora de máxima seguridad de la NSA, Transltr, que monitorea y decodifica correos electrónicos entre terroristas.

Pero la computadora también puede secretamente interceptar correos electrónicos entre ciudadanos privados. Un pirata electrónico descubre la computadora y viola su acceso, para luego exigir que la NSA admita públicamente la existencia de Transltr o rematará el acceso a ella al mejor postor.

"Mi interés en las sociedades secretas nace en mi infancia en Nueva Inglaterra, rodeado de clubes clandestinos de las grandes universidades, la logias masónicas de nuestros Padres Fundadores y los pasillos escondidos del primitivo poder gubernamental", dice Brown. "Nueva Inglaterra tiene una larga tradición de exclusivos clubes privados, fraternidades y sigilo".

¿Dios es matemático?

ENTREVISTA A BRENDAN MCKAY

Brendan McKay es profesor de ciencia de la computación en la Universidad Nacional de Australia. Se hizo famoso hace unos años por desmentir la teoría del código secreto de la Biblia, notoriamente expuesta por el escritor Michael Drosnin, quien asegura que el texto hebreo de la Biblia contiene coincidencias intencionales de palabras y frases (que aparecen como letras de igual espaciado) que predicen una impresionante serie de acontecimientos históricos, desde asesinatos hasta terremotos. McKay demostró que aplicando las mismas técnicas matemáticas usadas por los promotores de *El código de la Biblia* a otros libros, se pueden encontrar semejantes predicciones "sorprendentes" (efectivamente, McKay mostró que un "análisis" matemático de *Moby Dick* hasta encontró una "predicción" de la muerte de Michael Drosnin). Como advirtió McKay en su momento, "el resultado de nuestra muy extensa investigación es que todas las supuestas pruebas científicas de los códigos de la Biblia no son más que palabrerío".

En los años noventa, *El código de la Biblia* causó tanto revuelo como el que ahora causa *El Código Da Vinci*. Aunque *El código de la Biblia* no aparece de manera particular en *El Código Da Vinci*, la experiencia de McKay es un caso digno de ser tenido en cuenta respecto de la necesidad de aplicar un pensamiento crítico, escéptico cuando se trata de mensajes ocultos, símbolos y códigos de la era bíblica.

¿Cuándo comenzó a interesarse en analizar el código de la Biblia?

Lo que a mí me interesa es el estudio de la seudociencia como disciplina. Y como también soy matemático, era natural que yo examinara la teoría del código de la Biblia como un ejemplo matemático de seudociencia, que yo defino como algo que tiene apariencia científica pero, al ser examinado con más detenimiento, puede demostrarse que no se basa de ninguna manera en principios científicos. Lo que me intrigó acerca de la teoría del código de la Biblia fue que algunas de las pruebas que se mostraban en su apoyo eran presentadas por calificados científicos, cuyo trabajo —por lo menos superficialmente— parecía muy convincente y científicamente sólido.

¿Y qué fue lo que su investigación reveló?

Nuestro descubrimiento es que los esquemas de palabras y las aparentes predicciones en la Biblia son puramente coincidencias al azar, y que esquemas de palabras similares pueden ser hallados en cualquier libro.

También es importante darse cuenta de que a lo largo del tiempo, la Biblia ha cambiado mucho. Especialmente en los viejos tiempos antes de Cristo es muy probable que se produjeran cambios profundos. Lo que es más, la práctica de escritura del hebreo en la Biblia de hoy —que es la que usan quienes proponen el código de la Biblia como base para sus supuestos descubrimientos de mensajes escondidos— no es la misma que se usaba en los tiempos en que se supone que la Biblia fue escrita. Ésta ha sido reescrita usando reglas de ortografía actualizadas. Debido a ello, cualquier mensaje que pudiera haber estado codificado en el texto original, ha sido eliminado. De modo que toda la base para un código de la Biblia está fallada. Desde el punto de vista científico, podemos decir que no se ha hallado prueba alguna de esquema de palabras o de mensajes escondidos en la Biblia, salvo aquellos que uno esperaría que aparecieran por casualidad. Hemos demostrado de manera convincente que uno puede hacer lo mismo casi con cualquier texto.

Pero por supuesto, ¡algunas personas no quieren ser convencidas! Por lo cual el debate no termina nunca.

¿Por qué cree usted que esto es así?

Es lo mismo que ocurre con cualquier otro tipo de creencia oculta, o, si se quiere, con planteos como los de las teorías conspirativas. No hay nada que uno pueda hacer para evitar que la gente crea en una buena teoría conspirativa. Porque a la gente en realidad le encanta creer en cosas como ésas, de alguna manera se satisface algún tipo de necesidad que tenga.

¿Pero qué se puede decir acerca de la idea de una geometría sagrada o de la divina proporción tratadas en El Código Da Vinci, *que describe el curioso hecho de que las proporciones de diseño de objetos hechos por el hombre y hasta por la naturaleza (la relación entre el largo de la mano y el del antebrazo en una persona) parecen seguir un cierto esquema universal definido como* Phi, *o* 1,61804?

Creo que hay una explicación natural para ello. El universo opera de acuerdo con un conjunto de reglas, y si los físicos están en lo cierto, esas reglas son muy pocas y muy simples. Esto implica, de manera casi automática, que algunos aspectos de la naturaleza, incluidos sus elementos de diseño, van a aparecer repetidamente de maneras diferentes. De modo que el hecho de que algo como la divina proporción aparezca en muchos lugares distintos —en las formas de la línea costera, en las hojas de las plantas y en muchas otras cosas— no debería sorprender demasiado. Ello no indica que exista alguna mano guía detrás de todo eso. Se trata sólo de que el universo opera según una serie bastante reducida de reglas.

¿Y qué se puede decir de la secuencia Fibonacci, que desempeña un papel tan importante en el libro de Dan Brown?

Hay buenas razones por la que la secuencia Fibonacci aparezca con frecuencia en la naturaleza. Es una secuencia matemáticamente muy simple. Cada número es la suma de los dos anteriores. De modo que cada vez que uno se encuentra con un sistema que evoluciona —una planta que está creciendo y le nacen cada vez más hojas, y cada nuevo brote depende de los anteriores— uno encuentra que aparece esta secuencia. Además, la secuencia satisface también otras propiedades matemáticas que pueden corresponder con la manera en que funciona la naturaleza.

¿Entonces Dios es matemático?

Digámoslo de esta manera. Según la ciencia moderna, toda la naturaleza opera de acuerdo con principios matemáticos. De modo que cualquiera que desee promover razones místicas o "divinas" para explicar por qué las cosas son como son, tratará de envolverlas en palabrerío matemático, seudocientífico. Entonces, sí. Esas personas harán que Dios sea matemático.

Diversiones con anagramas

Resolver y decodificar anagramas es la tarea fundamental de Robert Langdon y Sophie Neveu en *El Código Da Vinci*. Afortunadamente, ambos son muy buenos en su trabajo. Pero si uno lee el libro y se pregunta qué es lo que hubiera hecho en lugar de ellos, ¡tranquilícese! Usted podría haber usado un programa de computación para resolver anagramas en cualquier laptop común mientras se moviera por el Louvre. Con un programa llamado Anagram Genius, produjimos miles de anagramas alternativos para cada una de las frases siguientes. Mostramos a continuación apenas una pequeña muestra al azar.

Nuestra heroica pareja tiene que decodificar el anagrama "O, Draconian Devil! Oh, lame Saint! ["¡Diavole in Dracon! Límala asno", en la versión en español] (Lo cual resulta ser, por supuesto: **Leonardo da Vinci! The Mona Lisa!**) Pero podría haber sido cualquiera de miles de frases:

An odd, snootier Machiavellian.
Honored idea man vacillations.
Ovations and dire melancholia.
A dishonored, mean vacillation.
Avid and snootier melancholia.
Sainthood and lovelier maniac.
Vanities or an odd melancholia.
Oh Man! Anti-social and evildoer.
Valiant homicide as a Londoner.
Lame vile, Draconian sainthood.
Homicidal Satan on an evildoer.
Ovational, disharmonic, leaden.
I am a harlot's ideal on connived.
Oh! Innovate cordial ladies' man.
I am a violent, odd, inane scholar.

En caso de que el lector se lo haya preguntado, reorganizando las letras de Mona Lisa por sí solas se obtienen estos nombres codificados para la más famosa pintura de la historia:

A mans oil.
Somalian.
Lion as am.
Sol mania.
O! Snail am.
I a salmon.
O! Animals.

Más adelante, nuestro equipo de criptógrafa y especialista en símbolos tiene que decodificar la frase "**So dark the con of man**". Nuestro buscador de anagramas sugirió éstas, entre otras:

Shock mad afternoon.
Craft damn hooknose.
Fat 'n handsome crook.
Fame and shock or not.
Chats of naked moron.
Oh! Comfort and snake.

Y luego uno se pregunta si algunas de las otras frases usadas en el libro son anagramas de alguna otra cosa. Por ejemplo, la tan usada línea: "P.S. Find Robert Langdon ["**P.S. Encuentra a Robert Langdon**", en la versión en español]. Si esto fue pensado como un anagrama, algunos de los resultados podrían ser:

Forbidden, strong plan.
Finest bold, grand porn.
Finer, top, grand blonds.
Bold, sporting fan nerd.

Cuando Sophie abandona la escena del rito *hieros gamos* de su abuelo, ella corre a su casa, hace su equipaje y deja una nota sobre la mesa: "Estuve allí. No trates de encontrarme". ["**I was there. Don't try to find me**", en el original en inglés.] ¿Es esto un anagrama de algo? Podría ser cualquiera de las siguientes expresiones de los verdaderos sentimientos de Sophie cerca de su experiencia:

Now mystified rotten hatred.
Worthy of strident dementia.
Stonyhearted if modern twit.
Tormented if sainted worthy.
Witty and thorniest freedom.
Fiery, hot, tarted disownment.

Anagramas generados usando Anagram Genius™ versión 9, www.anagramgenius.com.

8 LEONARDO Y SUS SECRETOS

La sabiduría es la hija de la experiencia.

LEONARDO DA VINCI

Leonardo da Vinci es el discípulo de la experiencia

LEONARDO DA VINCI

Leonardo da Vinci revolotea sobre *El Código Da Vinci* desde el primer momento en el Louvre hasta el último momento en el mismo lugar. Está en todas partes en la novela de Dan Brown, espiando por sobre el hombro de la trama con los ojos de la Mona Lisa que espían desde la cubierta misma del libro. ¿De verdad incorporó algún secreto en *La última cena*? Y si lo hizo, ¿era sobre María Magdalena y su casamiento con Jesús? ¿Fue algo más general acerca de las mujeres y la sexualidad? ¿Era un chiste herético interno? ¿Era un mensaje gay secreto? ¿O se trataba de algo todavía más oscuro para nosotros en la actualidad acerca de la importancia relativa de Juan el Evangelista y Jesucristo?

¿Era Leonardo un devoto secreto de los Templarios y tal vez un gran maestre del Priorato de Sion? ¿Acaso sabía algo acerca del Santo Grial más allá de lo que conocía cualquier otro hombre educado del Renacimiento? ¿Acaso creía que el Santo Grial no era literalmente un cáliz sino el útero real o metafórico de María Magdalena? ¿Creía él en el culto de la divinidad femenina? (Los aforismos citados al principio sugieren que le atribuía carácter femenino a la sabiduría y al conocimiento, tal como hacían los gnósticos.)

¿Por qué escribía en código? ¿Quién fue la Mona Lisa o se trata en realidad de un autorretrato? ¿Qué ocurrió hacia el final de su vida, cuando se trasladó a Francia? ¿Por qué el más grande de los pintores pintó tan pocos cuadros? ¿De dónde obtuvo sus conocimientos de física, anatomía, medicina, teoría de la evolución, teoría del caos, aviación y otros temas sobre los cuales su pensamiento estaba cientos de años adelantado respecto de los principales inventores y pensadores del mundo?

Hay muchos misterios respecto de Leonardo, pasto para las muchas novelas de suspenso y vuelos de la imaginación posmoderna que vendrán, ahora que *El Código Da Vinci* se ha convertido en respuesta a una de las preguntas de un juego de mesa.

En los comentarios que se presentan acá, hemos tratado de ilustrar dos básicas corrientes de pensamiento. La opinión de la corriente principal, sostenida por la mayoría de los estudiosos de Leonardo e historiadores del arte, sugiere que si bien hay innumerables misterios e interrogantes en la vida y obra de Leonardo, no existe prueba alguna a favor de conclusiones tan aventuradas como la de pensar que el personaje de Juan en *La última cena* es realmente María Magdalena, o que Leonardo presidía el Priorato de Sion, o que dejaba mensajes codificados en sus obras de arte para que fueran interpretados en tiempos venideros.

La otra opinión —bien expresada acá por Lynn Picknett y Clive Prince, y documentada de manera mucho más amplia en sus libros— es ciertamente mucho más interesante, aun cuando las pruebas sean débiles. Esta opinión ofrece respuestas fascinantes a algunas de las preguntas de una larga lista para la que los principales expertos carecen de respuestas. Puede ser que este tipo de ideas sobre Leonardo en realidad tenga pocas bases. Aunque también podría tener mucho que ofrecer metafórica y conceptualmente. Al leer a Picknett y Prince, uno puede ver las ruedas girando en la cabeza de Dan Brown mientras se dice a sí mismo: "Ahora bien, ¿qué ocurre si tomo un poco de este hilo y un poco de este otro, y tejo una trama como ésta...?".

El código secreto de Leonardo da Vinci

POR LYNN PICKNETT Y CLIVE PRINCE

Lynn Picknett y Clive Prince viven en Londres. Sus numerosos libros sobre temas que van desde María Magdalena hasta Leonardo da Vinci, pasando por los Templarios, que aparecen de manera dominante en la investigación de Dan Brown para *El Código Da Vinci*, son mencionados en la bibliografía de Brown. Aunque la mayoría de los más importantes expertos académicos y estudiosos están en desacuerdo con Picknett pues ven pocas pruebas, o ninguna, para la interpretación de los símbolos en las obras de Leonardo que propone, no se puede negar que ha tenido algunas ideas curiosas y únicas y ha hecho algunas conexiones fascinantes que han desafiado el *statu quo* del debate académico sobre muchos de estos temas. El fragmento que sigue es un ejemplo perfecto. Reimpreso con el permiso de Simon & Schuster Adult Publishing Group del libro *The Templar Revelation*, de Lynn Picknett y Clive Price. Copyright © 1997 by Lynn Picknett y Clive Prince.

Para comenzar adecuadamente nuestra historia tenemos que volver a *La útima cena* y mirarla con nuevos ojos. No cabe ahora mirarla en el contexto de las habituales suposiciones de la historia del arte. Éste es el momento de mirarla como la miraría un completo extraño a la más conocida de las escenas, de quitarnos de los ojos los criterios preconcebidos y, quizá por primera vez, mirarla de verdad.

La figura central es, por supuesto, la de Jesús, a quien Leonardo menciona como "El Redentor" en sus notas para el trabajo. (Aun así, se le advierte al lector no hacer ninguna de las suposiciones obvias acá.) Éste mira de manera contemplativa hacia abajo y ligeramente a su izquierda, las manos extendidas sobre la mesa ante él como si estuviera presentando un regalo al observador. Como se trata de la Última Cena en la que, como nos dice el Nuevo Testamento, Jesús creó el sacramento del pan y el vino, invitando a sus seguidores a compartirlos porque eran su "sangre" y su "cuerpo", uno podría razonablemente esperar que hubiera delante de él un cáliz o copa de vino para acompañar ese gesto. Después de todo, para los cristianos esta comida se produjo inmediatamente antes de la "pasión" de Jesús en el huerto de Getsemaní cuando él fervientemente oró para que el cáliz fuera apartado de él —otra alusión a la imagen del vino/sangre— y también antes de su muerte por crucifixión cuando su sangre divina fue derramada en nombre de toda la humanidad. Pero no hay vino delante de Jesús (y apenas una mínima cantidad en toda la mesa). ¿Podría ser que aquellas manos extendidas estuvieran haciendo lo que sería, según el artista, esencialmente un gesto vacío?

Dado que falta el vino, tal vez no sea casualidad que de todo el pan que hay en la mesa muy poco estuviera partido. Como el mismo Jesús identificó el pan con su propio cuerpo que iba a ser roto en el supremo sacrificio, ¿se está transmitiendo con ello algún sutil mensaje acerca de la verdadera naturaleza del sufrimiento de Jesús?

Esto, sin embargo, es apenas la punta del iceberg de la imagen no ortodoxa presentada en la pintura. En el relato bíblico es el joven San Juan —conocido como "el amado"— quien estaba tan cerca de Jesús en aquella ocasión como para estar apoyado "sobre su pecho". Pero la representación de Leonardo de este joven no sigue las "indicaciones escénicas" bíblicas y en lugar de apoyarse sobre su pecho, se inclina exageradamente apartándose del Redentor, con la cabeza casi coquetamente inclinada a la derecha. En lo que a este personaje se refiere, eso no es todo, de ninguna manera. Quien ve la pintura por primera vez debe ser disculpado si alberga ciertas curiosas inseguridades acerca de este supuesto San Juan. Pues si bien es verdad que las predilecciones del propio artista tendían a representar la síntesis de la belleza masculina como algo ligeramente afeminado, *no cabe duda de que se trata de una mujer a la que estamos mirando.* Todo en "él" es sorprendentemente femenino. Por estropeado y viejo que esté el fresco, uno puede todavía descubrir las pequeñas y graciosas manos, los preciosos y encantadores rasgos, el pecho claramente femenino y el collar de oro. Esta mujer, pues seguramente lo es, también lleva ropajes que la señalan como alguien especial. Es la imagen especular de las ropas del Redentor: mientras uno lleva una túnica azul y manto rojo, el otro lleva túnica roja y manto azul en idéntico estilo. Nadie más en la mesa lleva ropas que reflejen como un espejo las de Jesús de esta manera. Claro que nadie más en esa mesa es una mujer.

Central en la totalidad de la composición es la forma que juntos constituyen Jesús y esta mujer, una gigantesca águila desplegada en forma de "M", casi como si estuvieran literalmente unidos en las caderas, pero como si hubieran sufrido una separación o hubieran crecido por separado. Hasta donde sabemos ningún académico se ha referido a este personaje femenino de otra manera que no sea identificándolo como "San Juan", y la forma de "M" también ha sido pasada por alto. Hemos descubierto en nuestras investigaciones que Leonardo era un excelente psicólogo que se divertía presentando imágenes muy poco ortodoxas a los mecenas que le encargaban las habituales pinturas religiosas, sabiendo que la gente tomará las más sorprendentes herejías con indiferencia porque por lo general sólo ve lo que espera ver. Si a uno se le encarga la pintura de una imagen cristiana habitual y presenta al público algo que superficialmente responde a lo solicitado, nadie cuestionará jamás su dudoso simbolismo. Sin embargo, Leonardo debe de haber esperado que tal vez otros que compartían sus poco convencionales interpretaciones del mensaje del Nuevo Testamento reconocerían su versión, o que alguien, en algún lugar, algún observador objetivo algún día se detendría en la imagen de esa misteriosa mujer relacionada con la letra M para hacer las preguntas obvias. ¿Quién era esta "M" y por qué era ella tan importante? ¿Por qué Leonardo pondría en riesgo su reputación —e incluso su vida en aquellos tiempos de ardientes piras— al incluirla en esta escena cristiana fundamental?

Sea quien haya sido esta mujer, su propio destino parece menos que seguro ya que una mano apunta a su gracioso cuello en lo que parece un gesto amenazador. El Redentor, también, está amenazado por un dedo índice erguido decididamente colocado ante su rostro con obvia vehemencia. Tanto Jesús como "M" parecen totalmente ajenos a esas amenazas, cada uno aparentemente sumido en el mundo de sus propios pensamientos, sereno y compuesto cada uno a su manera. Pero es como si estos símbolos secretos estuvieran siendo empleados, no sólo para advertir a Jesús y su acompañante femenina de sus destinos separados, sino también para indicar (o tal vez recordar) al observador alguna información que sería peligroso hacer pública. ¿Leonardo está usando su pintura para transmitir alguna creencia privada que habría sido poco menos que una locura compartir con un público más grande de alguna otra manera más obvia? ¿Podría ser que esta creencia contuviera un mensaje para muchos más que los de su círculo íntimo, tal vez incluso para nosotros en la actualidad?

Examinemos un poco más este sorprendente trabajo. A la derecha del observador en el fresco un hombre alto con barba se inclina profundamente para hablar con el último discípulo en la mesa. Al hacerlo ha quedado totalmente de espaldas al Redentor. Es aceptado que el modelo para este discípulo —San Tadeo o San Judas— fue el mismo Leonardo. Nada que los pintores del Renacimiento jamás pintaron lo hicieron por accidente o fue incluido sólo porque era lindo, y este particular ejemplar de la época y la profesión fue siempre reconocido como un serio problema para el *double entendre* visual. (Su preocupación con el uso del modelo adecuado para los diferentes discípulos puede ser detectada en su irónica sugerencia de que el mismo irritante Prior del Monasterio de Santa María ¡posó para el personaje de Judas!) ¿Por qué entonces Leonardo se pintó a sí mismo tan obviamente alejado de Jesús?

Hay más. Una mano anómala apunta con una daga al estómago de un discípulo, a una persona de distancia de "M". Por mucho que uno fuerce la imaginación no podría esa mano pertenecer a nadie sentado a la mesa ya que es físicamente imposible que ninguno de los que están cerca haya girado sobre sí mismo para poner la daga en esa posición. Sin embargo, lo que es verdaderamente sorprendente respecto de esta mano sin cuerpo no es que esté allí, sino que en todas nuestras lecturas sobre Leonardo hemos encontrado sólo un par de referencias a ella. Como el San Juan que es realmente una mujer, nada podría ser más obvio —y más absurdo— una vez que es señalado, sin embargo por lo general el hecho queda completamente eliminado por el ojo y la mente del observador simplemente porque es tan extraordinario y tan desaforado.

Con frecuencia se nos ha dicho que Leonardo era un cristiano piadoso cuyas pinturas religiosas reflejaban la profundidad de su fe. Como hemos visto hasta ahora, por lo menos una de ellas incluye imaginería sumamente dudosa en cuanto a la ortodoxia cristiana, y nuestras posteriores investigaciones, como veremos, revelan que nada podría estar más lejos de la verdad que la idea de que Leonardo fuera un auténtico creyente —es decir, un creyente en cualquiera de las aceptadas, o aceptables, formas de cristianismo. Por lo que ya hemos visto, las características curiosas y anómalas en sólo uno de sus trabajos parecen indicar que él estaba tratando de hablarnos de otro nivel de significados en la conocida escena bíblica, de otro mundo de creencias más allá del aceptado perfil de la imagen congelada en aquel mural del siglo XV cerca de Milán.

Sea lo que fuere que signifiquen esos heterodoxos elementos incluidos, lo cierto es que estaban muy lejos del cristianismo ortodoxo, cosa que es necesario destacar con fuerza. Muchos de los materialistas y racionalistas de hoy en día conocen muy bien estos asuntos ya que, para ellos, Leonardo fue el primer científico de verdad, un hombre que no se interesaba en supersticiones ni re-

ligiones de ninguna especie, que era la antítesis misma de lo místico y lo oculto. Pero ellos tampoco vieron lo que aparecía claramente a sus ojos. Pintar la
Última Cena sin una significativa cantidad de vino es como pintar el momento crítico de una coronación sin la corona: o está totalmente equivocado en lo
que quiere decir o está tratando de decir otra cosa, hasta el punto de convertir
al pintor en nada menos que un hereje hecho y derecho, alguien con convicciones religiosas, pero diferentes y tal vez hasta opuestas a las de la ortodoxia
cristiana. Y hemos descubierto que los otros trabajos de Leonardo destacan sus
propias obsesiones heréticas específicas a través de una imaginería consistente
y cuidadosamente aplicada, algo que no ocurriría si el artista fuera un ateo meramente comprometido con ganarse la vida. Estas inclusiones y símbolos no
pedidos son también mucho, mucho más que la respuesta satírica a un encargo de ese estilo; no son el equivalente de ponerle una nariz roja a San Pedro,
por ejemplo. Lo que estamos viendo en la *La última cena* y otros trabajos suyos
es el código secreto de Leonardo Da Vinci, que nosotros creemos que tiene una
sorprendente relevancia para el mundo actual.

[Picknett y Prince luego siguen exponiendo sus ideas acerca de otro cuadro de Leonardo, la *Virgen de las rocas* (*"Madonna of the Rocks"*, en inglés). Esta
pintura también aparece de manera destacada en la trama de *El Código Da Vinci*. Después Sophie Neveu descifra el anagrama "So dark the con of man" y se
da cuenta de con esas letras desordenadas se forma el nombre del cuadro, en
inglés, *Madonna of the Rocks*, y encuentra la llave de la bóveda de un banco suizo escondida detrás del cuadro. Esta decodificación de un mensaje cifrado le
brinda a Robert Langdon la oportunidad de explicar a Sophie algunas ideas sobre el cuadro, ideas que están claramente sacadas de los escritos de Picknett y
Prince, como el pasaje que sigue.]

Esta aparente inversión de los papeles usuales de Jesús y de Juan también
puede ser visto en una de las dos versiones de la *Virgen de las rocas*. Los historiadores del arte nunca han podido explicar de manera satisfactoria por qué tendrían que existir dos, pero una se exhibe actualmente en la National Gallery
de Londres y la otra —para nosotros mucho más interesante— está en el Louvre, en París.

El encargo original provenía de una organización conocida como la Confraternidad de la Inmaculada Concepción, y era por una sola pintura que sería
la pieza central de un tríptico del altar de su capilla en la iglesia de San Francisco Grande en Milán. (Las otras dos pinturas del tríptico serían realizadas por
otros artistas.) El contrato, fechado el 25 de abril de 1483, todavía existe y arro-

ja una luz interesante sobre el trabajo esperado, y sobre lo que los miembros de la confraternidad efectivamente recibieron. En él se especifican cuidadosamente la forma y las dimensiones de la pintura que querían, algo necesario ya que el marco para el tríptico ya existía. Curiosamente ambas versiones terminadas cumplen con esas especificaciones, aunque se ignora por qué Leonardo hizo dos. Sin embargo, podemos aventurar una suposición acerca de estas interpretaciones divergentes que tiene poco que ver con el perfeccionismo y mucho con la conciencia de su potencial explosivo.

El contrato también especificaba el tema de la pintura. Tenía que representar un acontecimiento que no está en los Evangelios pero que tiene una larga permanencia entre las leyendas cristianas. Se trataba de la historia de cómo, durante la huida a Egipto, José, María y el niño Jesús habían encontrado refugio en una caverna del desierto, donde se encontraron con Juan el Bautista niño, protegido por el ángel Uriel. El sentido de esta leyenda es que permite un escape a una de las más obvias e incómodas preguntas que surgen de la historia del bautismo de Jesús como la cuenta el Evangelio. ¿Por qué habría de necesitar bautismo un Jesús supuestamente sin pecado, dado que el ritual es un gesto simbólico de lavar los pecados de cada uno y el compromiso de futura santidad? ¿Por qué debería el Hijo de Dios mismo someterse a lo que era claramente un acto de autoridad por parte del Bautista?

Esta leyenda cuenta cómo, en este encuentro notablemente fortuito de los dos niños divinos, Jesús le confiere a su primo Juan la autoridad para bautizarlo cuando ambos fueran adultos. Por varias razones esto nos parece un encargo muy irónico por parte de la confraternidad a Leonardo, pero igualmente uno podría sospechar que él debió de sentirse encantado de haberlo recibido, y de hacer que la interpretación, al menos en una de las versiones, fuera la suya propia.

En el estilo de la época, los miembros de la confraternidad habían especificado una pintura lujosa y ornamentada, llena de hojas de oro y un sin fin de querubines y fantasmales profetas del Antiguo Testamento llenando el espacio. Pero lo que al final recibieron fue algo muy diferente, tan diferente que las relaciones entre ellos y el artista se agriaron hasta llegar a un juicio que se extendió durante veinte años.

Leonardo decidió representar la escena de la manera más realista posible, sin personajes extraños: no iban a aparecer por allí rechonchos querubines ni sombríos profetas de la condenación. En realidad, los *dramatis personae* han sido tal vez excesivamente reducidos en número, ya que aunque se supone que la escena pinta la huida a Egipto de la Sagrada Familia, José no aparece allí por ningún lado.

La versión del Louvre, que es anterior, muestra a la Virgen vestida de azul con un brazo protector alrededor de uno de los niños, el otro está junto a

Uriel. Curiosamente ambos niños son idénticos, pero lo que es más extraño todavía, es que el que está con el ángel está bendiciendo al otro, mientras el niño junto a María se arrodilla en actitud de sumisión. Esto ha llevado a los historiadores del arte a suponer que, por alguna razón, Leonardo decidió poner al niño Juan con María. Después de todo, no hay etiquetas para identificar a cada individuo, y sin duda el niño que tiene la autoridad para bendecir debe ser Jesús.

Sin embargo, hay otras maneras de interpretar esta pintura, maneras que no sólo sugieren fuertes mensajes subliminales sumamente heterodoxos, sino que también refuerzan los códigos usados en otros trabajos de Leonardo. Tal vez la similitud de los dos niños sugiere acá que Leonardo deliberadamente confunda las identidades con algún objetivo propio. Y mientras María abraza de manera protectora, con la mano izquierda, al niño que se acepta por lo general que es Juan, su mano derecha se extiende sobre la cabeza de "Jesús" en lo que parece un gesto de directa hostilidad. Esto es lo que Serge Bramly [historiador del arte] describe como "con reminiscencias de las garras de un águila". Uriel señala hacia el otro extremo, al niño junto a María, pero también, de manera significativa, con una mirada enigmática hacia el observador, es decir, resueltamente apartándola de la Virgen y el niño. Si bien puede resultar más sencillo y más aceptable interpretar este gesto como una indicación del que va a ser el Mesías, hay otros significados posibles.

¿Qué ocurriría si el niño que está con María, en la versión de la *Virgen de las rocas* que está en el Louvre, es Jesús —como uno podría lógicamente esperar— y el que está con Uriel es Juan? Hay que recordar que en este caso es Juan quien está bendiciendo a Jesús y éste está dando muestras de sometimiento a su autoridad. Uriel, como protector especial de Juan hasta evita mirar a Jesús. Y María, protegiendo a su hijo, proyecta una amenazadora mano por sobre la cabeza del niño Juan. Varios centímetros directamente debajo de su palma estirada, la mano indicadora de Uriel produce un corte transversal, como si los dos gestos estuvieran acompañando alguna clave críptica. Es como si Leonardo estuviera indicando que algún objeto, algo significativo, pero invisible, tuviera que llenar el espacio entre ellos. En el contexto no es para nada disparatado interpretar que los dedos estirados de María han sido diseñados para dar la impresión de estar colocados por encima de una corona sobre una cabeza invisible, mientras que el dedo índice de Uriel atraviesa el espacio precisamente donde debería estar el cuello. Esta cabeza fantasma flota precisamente por sobre el niño que está con Uriel… De modo que este niño *sí* tiene un rótulo, después de todo, pues ¿cuál de los dos va a morir decapitado? Y si éste es verdaderamente Juan el Bautista, es él a quien se muestra dando la bendición, siendo superior.

Sin embargo, cuando observamos la muy posterior versión de la National

Gallery, descubrimos que faltan todos los elementos necesarios para hacer estas deducciones heréticas, pero sólo esos elementos. Los dos niños son totalmente diferentes en su aspecto, y el que está con María lleva la tradicional cruz de largo pie del Bautista (aunque es verdad que esto puede haber sido añadido por un artista posterior). Aquí la mano derecha de María sigue extendida por sobre la cabeza del otro niño, pero esta vez no hay sugerencia alguna de amenaza. Uriel ya no apunta hacia ningún lado y no mira fuera de la escena. Es como si Leonardo nos estuviera invitando al juego de "descubra la diferencia", desafiándonos a sacar nuestras propias conclusiones a partir de los detalles anómalos.

Este tipo de examen del trabajo de Leonardo revela una plétora de perturbadoras y provocativas opiniones no convencionales. Parece haber una repetición, al usar varios ingeniosos símbolos y señales subliminales en el tema de Juan el Bautista. Una y otra vez él y las imágenes que se refieren a él son elevados por encima de la figura de Cristo...

Hay algo deliberado en esta insistencia, notable en lo intrincado mismo de las imágenes que usó Leonardo, y todavía más en el riesgo que corrió al presentar esta herejía al mundo, por ingeniosa y subliminal que fuera. Tal vez, como ya lo hemos señalado, la razón por la que terminó tan pocos de sus trabajos no era tanto que fuera un perfeccionista, sino más bien que tenía clara conciencia de lo que podría ocurrirle si alguien importante descubriera a través de la delgada capa de ortodoxia, la clara "blasfemia" que estaba debajo de la superficie. Es posible que hasta al gigante intelectual y físico que era Leonardo le preocupara un poco la posibilidad de enfrentarse a las autoridades. Una vez fue suficiente para él.

Sin embargo, seguramente no tenía él necesidad de poner la cabeza en el tajo incluyendo estos mensajes heréticos en sus pinturas, salvo que creyera en ellos con pasión. Como ya hemos visto, lejos de ser el ateo materialista adorado por muchos modernos, Leonardo estaba profunda y seriamente comprometido con un sistema de creencias que era del todo contraria a lo que era entonces, y sigue siendo ahora, la corriente principal del cristianismo. Se trataba de lo que muchos podrían llamar lo "oculto".

Para la mayoría de la gente en la actualidad ésta es una palabra que tiene connotaciones inmediatas y menos que positivas. Para muchos significa magia negra o los enredos de inescrupulosos charlatanes, o ambas cosas. De hecho, la palabra "oculto" simplemente significa "escondido" y es habitualmente usado en astronomía, como por ejemplo en la descripción de algún cuerpo celeste que "oculta" o eclipsa a otro. En lo que a Leonardo se refiere, uno podría coincidir en que si bien había elementos en su vida y sus creencias que olían a ritos siniestros y prácticas mágicas, también es cierto que lo que él buscaba era el conocimiento por sobre todo y más allá de todo lo demás. Sin embargo, la mayor parte de lo que buscaba había estado efectivamente "oculto" para la sociedad, y para una omnipresente y poderosa organización en particular. En casi toda Europa en aquella época la Iglesia veía con malos ojos cualquier experimentación científica y tomaba medidas drásticas para silenciar a quienes daban a conocer al público sus opiniones poco ortodoxas o particularmente individuales.

Sin embargo, Florencia —lugar donde nació y creció Leonardo, y en cuya corte comenzó realmente su carrera— era un centro floreciente para una nueva ola de conocimientos. Por sorprendente que parezca, esto se debió totalmente a que la ciudad se había convertido en refugio para un gran número de importantes ocultistas y magos. Los primeros mecenas de Leonardo, la familia Medici, gobernantes de Florencia, alentaban con entusiasmo los estudios ocultistas y hasta patrocinaban a los investigadores para que buscaran y tradujeran manuscritos perdidos sobre esos temas.

Esta fascinación por lo oculto no era el equivalente renacentista de los horóscopos que publican los periódicos de nuestros tiempos. Aunque inevitablemente había áreas de investigación que no pueden dejar de parecernos ingenuas o supersticiosas sin más ni más, también había otras que constituían un serio intento de comprender el universo y el lugar que el hombre ocupa en él. El mago, sin embargo, trataba de ir un poco más allá para descubrir la manera de controlar la naturaleza. Ubicado en este contexto, tal vez no resulte tan sorprendente que Leonardo, precisamente, fuera, como creemos, un entusiasta participante de la cultura de lo oculto que se practicaba entonces en su ciudad. En este sentido, la distinguida historiadora Dame Frances Yates ha llegado a sugerir que la clave para comprender la inmensa genialidad de Leonardo habría que buscarla en las ideas de magia de sus contemporáneos.

Los detalles de las filosofías específicas dominantes dentro de este movimiento florentino de lo oculto pueden ser hallados en nuestro libro anterior, pero en síntesis, el eje de todos esos grupos de entonces era el hermetismo, palabra que deriva de Hermes Trismegisto, el legendario gran mago egipcio, cuyos libros exponían un coherente sistema mágico. Lo central del pensamiento hermético era, sin duda, la creencia de que el hombre es, en cierto sentido, literalmente divino. Esta idea era considerada anatema por la Iglesia ya que resultaba una amenaza para el dominio que ésta ejercía sobre los corazones y las mentes de sus fieles.

Los principios herméticos estaban ciertamente expuestos en la vida y la obra de Leonardo, y a primera vista podría parecer que hay una enorme diferencia entre estas complejas ideas filosóficas y cosmológicas y las creencias heréticas que también resaltaban la importancia de las figuras bíblicas. (Debemos destacar que las creencias heterodoxas de Leonardo y su círculo no eran meramente el resultado de una reacción contra una Iglesia tan corrupta como crédula. Como la historia lo muestra, en efecto existía una fuerte reacción contra la Iglesia de Roma de ninguna manera encubierta: el movimiento protestante en pleno. Pero si Leonardo estuviera ahora vivo, tampoco lo encontraríamos orando en *esas* iglesias.)

Sin embargo, existen muchas pruebas de que los herméticos podían también ser directamente heréticos. Giordano Bruno (1548-1600), el fanático predicador de las ideas herméticas, proclamaba que sus creencias provenían de una antigua religión egipcia que antecedió al cristianismo, llegando a eclipsarlo en importancia.

Los alquimistas eran parte de aquel mundo de lo oculto que, aunque floreciente, se cuidaba muy bien de atraer el enojo de la Iglesia manteniéndose como un movimiento subterráneo. Ellos también sufren por los prejuicios modernos. Actualmente se los ridiculiza mostrándolos como unos tontos que desperdiciaban sus vidas tratando inútilmente de convertir metales comunes en oro. Lo cierto es que esta imagen era una útil cortina de humo que protegía a los alquimistas serios cuyo interés era la experimentación científica propiamente dicha, así como la reflexión acerca de la transformación personal, que implicaba el control del propio destino. Atentos a esto, no es difícil entender que alguien tan sediento de conocimientos como Leonardo formara parte de ese movimiento, y tal vez hasta fuera uno de sus principales motores. Si bien no hay pruebas directas de esta actividad, se sabe que se relacionaba con ocultistas de todo tipo, y nuestras propias investigaciones sobre su falsificación del sudario de Turín sugieren con mucha fuerza que esa imagen fue el resultado directo de sus propios experimentos "alquímicos".

Dicho en palabras sencillas, es sumamente improbable que Leonardo desconociera alguno de los sistemas de conocimiento disponibles en su época, y al mismo tiempo, dados los riesgos que implicaba mostrarse abiertamente como seguidor de ellos, es de la misma manera improbable que él hubiera dejado pruebas escritas de tal cosa. Aunque, como ya hemos visto, los símbolos e imágenes que usó en repetidas ocasiones en sus pinturas consideradas cristianas difícilmente habrían sido aprobados por las autoridades eclesiásticas, si éstas los hubieran descubierto.

De todas maneras, esta fascinación por lo oculto parece ubicarse, al menos a simple vista, en las antípodas de la preocupación con Juan el Bautista, y el significado putativo de la mujer "M". De hecho, fue esta discrepancia la que nos intrigó hasta el punto de hacernos seguir investigando. Por supuesto, es posible argumentar que tantos dedos índices alzados sólo reflejan la obsesión con Juan el Bautista de este único genio del Renacimiento. Pero, ¿no sería posible que detrás de las creencias personales de Leonardo hubiera un significado más profundo? ¿Acaso el mensaje que puede leerse en sus pinturas era de alguna manera efectivamente verdadero?

Ciertamente el Maestro hace mucho que ha sido reconocido en los círculos del ocultismo como el poseedor de conocimientos secretos. Cuando comenzamos a investigar su participación en el asunto del sudario de Turín, nos encontramos con muchos rumores entre personas cuya condición confirmaba que él no sólo había tenido algo que ver con su creación, sino que además era conocido como un mago de cierto renombre. Hasta existe un cartel del siglo XIX en París que anuncia un Salón de la Rosa + Cruz, un encuentro para ocultistas con inclinaciones artísticas, y muestra a Leonardo como Guardián del Santo Grial (lo cual en esos círculos puede interpretarse como un modo de decir Guardián de los Misterios). Es cierto que los rumores y las licencias artísticas en sí mismos significan demasiado, pero, unidos a todas las indicaciones mencionadas antes, ciertamente estimularon nuestro apetito por saber más acerca del Leonardo desconocido.

Hasta ahora hemos detectado una importante veta de lo que parece ser una obsesión de Leonardo: Juan el Bautista. Si bien es perfectamente normal que se le hicieran encargos para pintar o esculpir a ese santo mientras vivió en Florencia —lugar dedicado a san Juan Bautista— es un hecho que cuando trabajaba por su cuenta, Leonardo también lo elegía como tema. Después de todo, la última pintura en la que estaba trabajando antes de su muerte en 1519 —que no era un encargo de nadie, sino que lo estaba pintando por decisión propia— era un Juan el Bautista. Tal vez deseaba tener esa imagen para mirarla al morir. Y aun cuando se le pagaba para pintar una escena cristiana ortodoxa, siempre que podía hacerlo sin riesgos, destacaba el papel del Bautista en ella.

Como ya lo hemos visto, sus imágenes de Juan están elaboradamente construidas para transmitir un mensaje específico, aunque sólo pueda ser recibido de manera imperfecta y subliminal. Sin duda, Juan es mostrado como alguien importante, y lo era en su calidad de precursor, de heraldo, además de pariente de Jesús, de modo que era perfectamente natural que su papel debiera ser conocido así. Pero Leonardo no nos está diciendo que el Bautista era, como todo el mundo, inferior a Jesús. En su *Virgen de las rocas* se puede interpretar que el ángel está señalando a Juan, quien está bendiciendo a Jesús y no al revés. En la *Adoración de los Reyes Magos*, un grupo de personas sanas y de aspecto normal les están rezando a las elevadas raíces del algarrobo —el árbol de Juan— y no a la descolorida Virgen con el niño. Además el "gesto de Juan", el dedo índice de la mano derecha levantado, es colocado delante de la propia cara de Jesús en la *La última cena* en lo que claramente no es un modo amoroso o simpático; por lo menos da la impresión de estarle diciendo de manera cortante: "Recuerda a Juan". Y aquel trabajo tan poco conocido de Leonardo, el *Sudario de Turín*, lleva consigo el mismo tipo de simbolismo, con la imagen de una cabeza aparentemente cortada colocada "encima" de un cuerpo crucificado de manera clásica. Lo que esto demuestra de manera abrumadora es que, por lo menos para Leonardo, Juan el Bautista era efectivamente superior a Jesús.

Todo esto podría significar que Leonardo era una voz clamando en el desierto. Después de todo, muchos hombres de mente brillante han sido excéntricos, por decirlo de alguna manera. Tal vez éste era otro aspecto más de su vida en el que estaba fuera de las convenciones de su tiempo, no valorado y solitario. Por otra parte, también sabíamos, ya en el comienzo de nuestras investigaciones a finales de la década de 1980, que en los últimos años habían aparecido pruebas —si bien sumamente controvertidas— que lo relacionaban con una siniestra y poderosa sociedad secreta. Este grupo, que supuestamente ya existía muchos siglos antes de Leonardo, involucraba a algunos de los más influyentes individuos y familias de la historia europea y, según algunas fuentes, todavía sigue existiendo en la actualidad. Se dice que los principales propulsores de esta organización no sólo fueron aristócratas, sino que también pertenecen a ella las más importantes figuras de la política y la economía actuales para mantenerla activa por razones que sólo ellos conocen...

Pensando más allá del marco
Más ideas de Lynn Picknett sobre Leonardo

EL LEONARDO GAY... EL AUTORRETRATISTA DE LA MONA LISA... LOS FALOS Y LA VIRGEN

Si al lector le resultaron interesantes las ideas de Lynn Picknett sobre Leonardo, la *La última cena* y la *Virgen de las rocas* en el fragmento anterior, seguramente querrá conocer algunos de sus pensamientos en el mismo sentido, expuestos en su reciente libro *Mary Magdalene*, de 2003. A continuación se reproducen algunos fragmentos del libro *Mary Magdalene* by Lynn Picknett. Copyright © Lynn Picknett 2003. Publicado con permiso de los editores, Carrol & Graf Publishers, un sello de Avalon Publishing Group.

¿Quién fue la Mona Lisa? ¿Por qué está sonriendo o burlándose? Es más, ¿está de verdad sonriendo o burlándose, o esta impresión se debe simplemente al genio único de la pincelada de Leonardo, que crea un sutil efecto, casi de luz que cambia? Y si era el retrato de alguna dama italiana o francesa, ¿por qué jamás ha sido reclamado por su familia?

Las respuestas a todas estas preguntas pueden ser simples y, de manera característica —en lo que a este artista en particular se refiere—, no están muy lejos de ser fantásticas. Aunque famoso por su arte y por los dibujos de inventos curiosamente avanzados como el tanque de guerra y la máquina de coser, Leonardo da Vinci tendría que ser igualmente famoso por sus bromas y sus trucos...

Era famoso en su época por su ingenio y por sus bromas pesadas, como, por ejemplo, cuando asustó a las damas de la corte con leones mecánicos, o cuando convenció al aterrorizado Papa de que tenía un dragón encerrado en una caja. Pero en ocasiones había en sus bromas algo oscuro, agresivo y de alguna manera maligno. Algunas de esas bromas se convirtieron en importantes proyectos que llegaron tal vez a eclipsar, en lo que a tiempo, atención y recursos se refería, a los trabajos que tenía por encargo...

La *Mona Lisa*, según parece, era un autorretrato, como el San Judas de la *La última cena* [Picknett cree que el personaje de Judas en la *La última cena* era también un autorretrato, como la imagen que se cree que es de Jesús en el Sudario de Turín, sobre el que la autora ha escrito mucho] y otros personajes de las obras que han llegado hasta nosotros... Esta hipótesis sorprendente —y, tal como se presenta, sensacional e improbable— fue expuesta en la década de 1980 por dos investigadores que trabajaban de manera independiente uno de otro: el doctor Digby Quested, del London's Maudsley Hospital, y Lillian Schwartz, de los prestigiosos Laboratorios Bell en Estados Unidos... Ambos advirtieron que los rasgos del rostro "femenino" de la *Mona Lisa* eran exactamente los mismos que los del autorretrato del artista anciano, de 1514, dibujado en tiza roja, que ahora está en Turín...

Si, tal como parece, Leonardo era tanto la *Mona Lisa* como el rostro en el Sudario, entonces habría logrado un doble golpe único: no sólo sería la imagen universalmente reconocida como la del Hijo de Dios, sino también la de la "mujer más hermosa del mundo". ¡No debe sorprender pues que "ella" esté burlándose misteriosamente!

A través de los años se ha sugerido, a veces hasta en serio, que la *Mona Lisa* era en realidad un retrato de la amante desconocida de Leonardo, lo cual es considerablemente más improbable que la teoría del autorretrato, dado que casi con seguridad él era homosexual...

Si la elusiva imagen de la enigmática mujer es en efecto un autorretrato, ¿por qué lo hizo y por qué lo mantuvo consigo hasta el día de su muerte? Tal vez la respuesta sea sencillamente que él pensaba que había producido una obra maestra y quería mantener sus mejores trabajos consigo. Tal vez le gustaba verse a sí mismo como mujer, sin barba y con ropajes femeninos. Tal vez siempre le hacía surgir una sonrisa en los labios, como la que se veía en la pintura. Sin embargo, hay razones para creer que también había una razón más profunda, como en todo lo que él hacía; un estrato más profundo y fundamental por debajo de la capa de urbanidad que bullía como el caldero de una bruja compuesto de hilachas de experiencias, de creencias, de amor y odio, de pasión y dolor, lo cual lo convertía en el alma y vida de su círculo.

Al igual que María Magdalena, el ilegítimo y probablemente gay Leonardo, era un extraño, un genio atormentado sin los beneficios de alguna educación formal; mimado y halagado en las cortes de los grandes, pero siempre dependiendo de los mecenas, siempre precavido, muchas veces solo, y nunca seguro. Siempre siendo la prostituta artística a la que se le paga (y no siempre dentro de los plazos) para que realice el retrato mostrado como trofeo o el famoso fresco religioso; siempre mirando desde afuera. Como un extraño, estiró la mano a través de los oscuros siglos hacia el otro; tal vez el Leonardo travestido, con su velo de dama y su extraño busto casi de relleno, tenía que representar a la Magdalena misma. Sin duda, esto no habría sido ajeno a su manera de pensar, ya que, como veremos, él claramente tenía fuertes sentimientos respecto de la muy calumniada santa de otros tiempos lejanos…

Antes de ocuparnos de la cuestión de las fuentes secretas de Leonardo, tenemos que echar una nueva mirada a una de sus otras "bellas pinturas religiosas": la *Virgen de las rocas*… Hay algo más para señalar, aunque existen buenas razones para que un autor que desee ser tomado en serio no lo mencione.

Quien se acerca por primera vez a estas revelaciones podría conceder, aunque suspendiendo con delicadeza su escepticismo, que tal vez haya algunas preguntas que necesitan respuestas en el caso de Juan tal como aparece en las pinturas de Leonardo, y hasta pueda admirar la sutileza y la audacia en la presentación de imágenes tan atrevidas a la vista confiada de las masas. Pero, desde la publicación de *The Templar Revelation* este otro ejemplo de la extraordinaria y subliminal campaña anticristiana de Leonardo se nos hizo sumamente evidente a Clive [Prince, colaborador de Picknett] y a mí.

La siguiente revelación es tan sensacional, tan aparentemente ridícula, que parece producto de una alucinación freudiana, o de una fantasía infantil. Pero no hay que olvidar que Leonardo era sobre todo un bromista, un bufón, un ilusionista, y que detestaba a la Sagrada Familia… En el contexto de sus bromas, lo mejor es olvidarse de todo lo que se ha escrito o enseñado sobre los trabajos "serios" de Leonardo; todo ello sólo tiene el tufillo a historia del arte ya rancia o a las más nobles pinturas que atrajeron a tantas generaciones a realizar el Grand Tour. Clive y yo escribimos en *The Templar Revelation* que Leonardo era sutil para presentar su herético código secreto "para aquellos ojos que saben ver" y que no hacía nada "equivalente a ponerle una nariz roja a San Pedro". Pero, como lo descubrimos no hace mucho, estábamos muy equivocados.

No hay que pensar en el silencio reverencial de las grandes galerías de arte mientras los visitantes caminan en puntas de pie cerca de los trabajos de hace quinientos años de Leonardo. Más bien hay que imaginar risitas de estudiantes que se pasan notitas pícaras detrás del estacionamiento de bicicletas; o los equivalentes de las estrellas del Britart tales como Tracy Emin o Damien Hirst, cuyo propio genio polémico radica en el salvajismo y las delicias de los iconoclastas. Si bien esto puede ser descubierto tanto en la versión de la *Virgen de las rocas* de la National Gallery como en la del Louvre, es mucho más claro en la segunda, el más auténticamente herético de los dos trabajos. Una clave está en el título de la pintura: "rocas" era, en italiano, una palabra vulgar para referirse a los testículos, como en la frase en inglés moderno "getting your rocks off" (literalmente "liberar las rocas") para referirse al acto sexual, el equivalente del uso moderno en Gran Bretaña de la palabra "balls" (pelotas). Y ésa es la razón por la que la presencia de la gran cantidad de rocas por encima de la Sagrada Familia se vuelve chocantemente obvia.

Casi naciendo de la cabeza misma de la Virgen hay dos magníficas "rocas" masculinas, coronadas con un inmenso falo que se eleva hasta el cielo y que cubre no menos de la mitad de la pintura. El ofensivo objeto es creado a partir de la cantidad de rocas, pero resulta claramente discernible, y hasta está impúdicamente coronado con un pequeño chorro súbito de hierbas. Tal vez sea el equivalente de una forma del "Ojo Mágico" que requiere tiempo para filtrarse hasta ser percibida por la conciencia, según la propia resistencia a la idea; pero se parece poco al fenómeno habitual de ver formas animales en las nubes. Esto no requiere una imaginación activa, sino simplemente la capacidad de ver de nuevo la pintura, sin prejuicios ni expectativas. Estamos en presencia de Leonardo el tramposo y el herético en su modo más audaz y maligno. Creó los grotescos accesorios masculinos de manera deliberada, sin duda inspirada de manera perversa y salvaje por la organización que le hizo el encargo, la Confraternidad de la Inmaculada Concepción. Con un pene gigantesco creciéndole de la cabeza, él está diciéndoles "a aquellos que tienen ojos para ver" que allí no hay ninguna Virgen.

Un intento de comprender la "mancha borrosa" de Leonardo

ENTREVISTA A DENISE BUDD

Denise Budd, doctorada en la Columbia University con una tesis sobre Leonardo da Vinci, centrada en una reinterpretación de las pruebas documentales de la primera mitad de su carrera.

¿Se sabe algo sobre Leonardo que sugiera que era miembro del Priorato de Sion o de alguna sociedad secreta similar?

No hay pruebas concretas de que Leonardo da Vinci fuera miembro del Priorato de Sion o de ninguna otra organización secreta. Los documentos en los que tanto se apoya Brown fueron descubiertos, aparentemente, en la Bibliothèque Nationale de París en los años sesenta, y dan la impresión de ser falsificaciones del siglo XX.

Aparte de ocasionalmente escribir al revés, ¿usó Leonardo códigos o cifrados?

Hay pruebas de algunos códigos en algunos de sus escritos; un ejemplo de ellos es el llamado memorando de Ligny, en el que desparramó nombres y lugares con letras mezcladas. Además, es posible que haya trabajado como espía cuando era ingeniero militar de César Borgia. Pero la escritura al revés no es un código particularmente difícil de descubrir. Eso es consecuencia del hecho de que Leonardo era zurdo.

Se dice que Leonardo salpicaba sus trabajos con simbolismos y, algunos aseguran, que su Virgen de las rocas contiene ideas heréticas. ¿Está usted de acuerdo?

No. No estoy de acuerdo. La *Virgen de las rocas* fue un encargo religioso de la Confraternidad de la Inmaculada Concepción para la iglesia de San Francesco Grande en Milán, no para monjas, como dice Brown. Leonardo da Vinci recibió el encargo en 1483. Existieron algunos asuntos legales complejos relacionados con esa pintura y su copia, que incluían cuestiones de pagos a Leonardo y su socio, Ambrosio de Predis. Una de las razones que Dan Brown da para afirmar que el cuadro es herético se basa en una mala lectura del cuadro que confunde la figura de San Juan Bautista con la de Cristo y viceversa. La composición muestra a María con su mano suspendida sobre su hijo, creando así un eje dominante, y abrazando a San Juan, el primo de Cristo, que se arrodilla reverente. El Bautista es el primero en reconocer la divinidad de Cristo, cosa que hace en el vientre, de modo que esta composición está totalmente dentro de las normas de la tradición.

Al agregar otro elemento, el ángel Uriel, Leonardo está en realidad combinando dos momentos diferentes: esta escena de la infancia de Jesús, con la escena en la que el Bautista (que vivía como infante ermitaño con el ángel Uriel, según un texto apócrifo) visita a la Sagrada Familia en su huida a Egipto. Leonardo nos guía a través de la composición por medio de los movimientos de las manos, que relacionan una figura con otra. Presumiblemente, el tema debió de haber sido decidido con la confraternidad, y ésta seguramente desempeñó un papel importante en el establecimiento de la iconografía, que muy posiblemente se refería al tema de la inmaculada concepción de María, asunto que todavía no había sido convertido en parte de la doctrina eclesiástica. Durante el Renacimiento, al artista no se le daba rienda suelta en los encargos importantes. Debe de haber habido indicaciones específicas. Y se puede suponer que Leonardo trabajó dentro de ese marco de referencia.

Lo que algunas personas ven en La última cen~

1. Un cuchillo flota en el aire aparentemente teñido con significado simbólico al estar disociado con el resto de la imagen.

2. *El Código Da Vinci* sugiere que el personaje a la derecha de Jesús, generalmente identificado como Juan, es en realidad una mujer, no un hombre, y es la visión de Leonardo de María Magdalena, sentada en el lugar más importante junto a Jesús.

3. La mano de Pedro, atravesando el aire de manera amenazante en dirección de "María Magdalena", podría ser un gesto que refuerza la rivalidad con María Magdalena por el control del movimiento de Jesús después de su muerte y los celos de Pedro por el lugar de preeminencia que Jesús le habría dado a María.

4. El espacio en forma de ángulo de 45° entre Jesús y "María Magdalena" sugiere una V, que según *El Código Da Vinci* es el símbolo arquetípico del cáliz, la vagina, el útero y la sexualidad femenina.

Scala/Art Resources NY

5. La línea que recorre a Jesús y "María Magdalena" traza la forma de una M. Según otro argumento propuesto por *El Código Da Vinci* esta M podría referirse o bien a María Magdalena o al matrimonio.

6. Las telas rojas y azules de las vestimentas que llevan Jesús y "María" se reflejan en uno y otra como imágenes especulares.

7. El color azul significa amor espiritual, fidelidad y verdad. Rojo y azul son considerados colores de la realeza, que en este caso posiblemente sugieren el tema de la "sangre real" y la asociación de la Casa de Benjamín (de la cual se dice que María era descendiente) con la Casa de David (de la cual se dice que Jesús era descendiente).

8. No hay un cáliz ni una copa de vino central en la *La última cena* a pesar de la popular idea preconcebida. En lugar de ello, cada persona a la mesa tiene un pequeño vaso individual.

¿Qué puede decir de la supuesta homosexualidad de Leonardo? ¿De qué manera
su sexualidad podría haber influido en su estilo de pintura?

Si bien es muy raro que haya pruebas de la sexualidad de una persona en
esa época, esto es lo que sabemos: fue acusado anónimamente dos veces de
sodomía en Florencia en 1476, mientras vivía con el pintor Verrocchio. La
misma acusación incluía a un miembro del clan Medici, lo cual ciertamente sugiere motivaciones políticas. Las acusaciones fueron retiradas. Leonardo no se casó, como tampoco lo hicieron muchos otros artistas del Renacimiento, desde Leonardo hasta Miguel Ángel, Donatello, Brunelleschi, Della
Robbia y otros. La supuesta homosexualidad de Leonardo se apoya primariamente en fuentes del siglo XVI, escritas después de su muerte así como
en su inclinación por elegir ayudantes jóvenes y con frecuencia no demasiado talentosos quienes, en lugar de abandonar el taller después del período tradicional, se quedaban por muchísimos años. ¿Era homosexual? Es posible. Pero no creo que eso tuviera nada que ver con su manera de pintar.
Sus mujeres, aparte de los retratos, están entre las más bellas de la época.
Hay en sus cuadernos un dibujo que es un estudio anatómico de la relación sexual. Su comentario es que los miembros que aparecen en la página
son tan poco atractivos que si la gente no tuviera caras hermosas, la raza
humana desaparecería. Sin embargo, sus trabajos en realidad no nos proporcionan ninguna clave acerca de su sexualidad, y tampoco tendrían por
qué hacerlo.

¿Qué puede decir acerca de la tesis de Dan Brown sobre La última cena*?*

No hay una mano en el aire, como sugiere Dan Brown. La mano con el cuchillo —la mano que según él "amenaza a María Magdalena"— es la mano de Pedro. Y Pedro no está amenazando a María Magdalena ni está tratando de suprimir el lado femenino de la Iglesia. El cuchillo que sostiene
Pedro es una premonición de la violenta reacción que tendrá cuando lo
arresten a Cristo, cuando le corte la oreja a un soldado romano. De modo
que se trata de una herramienta iconográfica bastante común.

Dan Brown usa la ausencia de un cáliz como un punto inicial para introducir el tema de María Magdalena en la pintura. Sin embargo, si uno mira el
fresco, se puede ver que las manos de Cristo están extendidas sobre la mesa.
La derecha se dirige hacia un trozo de pan y la izquierda en realidad, de manera clara, se está dirigiendo hacia un vaso de vino. Y ésa es la mano que señala hacia abajo. La institución de la Eucaristía está presente con toda claridad en el pan y en el vino. Por cierto no se trata de un cáliz propiamente
dicho, como el cáliz que se usa en la liturgia moderna de la Iglesia, pero sí
hay un vaso de vino, que es lo que uno espera ver en la *La última cena*.

¿Y respecto de la idea de que la pintura muestra a María Magdalena en lugar de retratar a San Juan?

En cuanto a la Magdalena, sin duda no hay disputa alguna. Esa figura es la de san Juan Evangelista. San Juan era el favorito de Cristo y siempre es mostrado a su lado. La principal diferencia entre la *Última Cena* de Leonardo y otros ejemplos anteriores de la escena es que Leonardo puso a Judas entre los discípulos, no al otro lado de la mesa. Pero la figura de Juan siempre está al lado de Cristo, siempre se lo representa sin barba y siempre es hermoso. Además, en algunos casos es tan inocente que mientras Cristo está haciendo el anuncio de que va a ser traicionado, Juan está literalmente durmiendo. Un ejemplo perfecto de esta caracterización "femenina" de Juan es la *Crucifixión* de Rafael en la National Gallery de Londres, pintada alrededor de 1500.

Un segundo punto que debe ser mencionado es el estado atroz en que se encuentra *La última cena*, lo cual la hace del todo inútil para cualquier examen que no sea el de su composición básica, que presumiblemente mantiene. Apenas veinte años después de haber sido terminada, todavía en vida de Leonardo, ya se decía que estaba hecha un desastre y se ha dicho innumerables veces que apenas si era visible. Vasari en el siglo XVI dijo que era una "mancha borrosa". Fue restaurada en 1726 y en 1770; el lugar en que está fue usado como cuartel por las tropas de Napoleón en 1799 y luego como establo; fue dañada por una inundación en 1800; en la parte de abajo, se abrió una puerta; hubo un intento de sacarlo de la pared en 1821; fue restaurado en 1854-55, en 1907-8, en 1924, en 1947-48, en 1951-54 y todo el tiempo entre los ochenta y los noventa. No quedan suficientes elementos de ninguno de los rostros como para arribar a conclusiones serias. El rostro de Cristo, por ejemplo, es una reconstrucción totalmente moderna.

"No, no creo que haya una mujer en *La última cena*..."

ENTREVISTA A DIANE APOSTOLOS-CAPPADONA

Diane Apostolos-Cappadona es profesora adjunta de Arte Religioso e Historia de la Cultura en el Centro para el Entendimiento Musulmán-cristiano, y profesora adjunta y docente de Arte y Cultura en el Programa de Estudios Liberales, ambos en la Georgetown University. Ha dirigido una serie de talleres y clases especiales con Deirdre Good sobre el tema "La verdad de *El Código Da Vinci*".

284 LOS SECRETOS DEL CÓDIGO

Como usted sabe, algunas personas, entre ellas Dan Brown, parece que ven toda clase de cosas en La última cena *que los historiadores y estudiosos del arte no ven. ¿Qué es lo que usted ve cuando mira esa pintura?*

Lo que Leonardo nos ofrece en su pintura de *La última cena* es lo que hace primariamente en todos sus trabajos: la humanización del arte. Éste es uno de sus más grandes atractivos. Según mi manera de interpretar el arte cristiano, esta pintura es importante desde el punto de vista iconográfico porque Leonardo cambia el foco de la iconografía. Históricamente, en las anteriores representaciones de la Última Cena —esculturas y tallas en los exteriores e interiores de las catedrales, en la vestimenta litúrgica y en las pinturas, esculturas e iluminaciones de manuscritos— el artista pone el acento o bien en la identificación del traidor, que es el momento más importante para mucha gente, o en la institución de la Eucaristía, que es la importancia litúrgica de la Última Cena.

Lo que Leonardo hace es retratar el anuncio: "Me van a traicionar", y la reacción en ese momento. Los discípulos están anonadados. Se miran unos a otros, señalando con gestos exagerados, como si estuvieran diciendo: "No puedo ser yo; tienes que ser tú. ¿Quién puede ser? ¿Puede ser alguno de nosotros?" Y Jesús no sólo está diciendo que lo van a traicionar, sino también que sabe quién de ellos lo va a hacer.

En el contexto más amplio de la obra de Leonardo, los gestos están humanizados y son a la vez simbólicos. En esta pintura en particular, los gestos significan sorpresa, incredulidad, acusación y espanto o estupefacción. Esto es lo importante de esta pintura. La figura de Jesús es mostrada de manera diferente, porque los otros están asombrados. Él es quien anuncia y quien será traicionado.

¿Qué piensa usted específicamente respecto de la suposición de El Código Da Vinci *de que el personaje "Juan" es en realidad María Magdalena?*

Inicialmente, mi respuesta fue que afirmar la presencia de una mujer a la mesa era una interpretación muy interesante. Eso encaja perfectamente con la teología feminista o la era posfeminista de la teología. Sin embargo, eso no hace que sea verdadera.

Cuando uno tiene en cuenta la historia de la Última Cena en el arte cristiano, se advierte que la figura de Jesús aparece unas veces sentada en el centro de la mesa y otras en un extremo. La mesa puede ser redonda, cuadrada o rectangular, según las costumbres sociales y culturales contemporáneas y también según las necesidades espaciales artísticas. Simultáneamente, se ve habitualmente la figura de Juan el Bautista (también llamado Juan el Divino, o Juan el Discípulo Amado), muy cerca de Jesús. Hay una tendencia de ver a Juan con nuestros ojos —nuestros ojos de finales del siglo XX y principios del siglo XXI— como suave, femenino y joven.

Sin embargo, si uno observa con cuidado la pintura de Leonardo, se advertirá que hay otros discípulos que no tienen barba o que pueden ser interpretados como poseedores de rasgos femeninos. Sin embargo, según mi trabajo en el estudio de los géneros, yo señalaría que el género es un concepto condicionado cultural y socialmente. Lo que usted y yo aceptamos ahora como masculino o femenino, muy posiblemente no es lo que habría sido aceptado en Florencia o Milán en el siglo XV. Si uno observa cuidadosamente el arte cristiano, en particular en la representación de cuerpos femeninos y masculinos, de rostros y gestos, entonces *La última cena* no resulta algo extraordinario.

¿Podría precisar un poco?

Si uno considera la historia de los ángeles en el arte del Renacimiento contemporáneo a Leonardo, o en otras pinturas de Leonardo, esos cuerpos angélicos se supone que son masculinos. Sin embargo, tengo estudiantes que se sienten molestos cuando proyecto transparencias de pinturas medievales y renacentistas con representaciones de ángeles. Exasperados, los estudiantes preguntan por qué tienen pelo largo, por qué tienen rulos. Ven en ellos caras preadolescentes. Tenemos que interrumpir y preguntarnos cuáles son nuestros preconceptos acerca del género.

No. No creo que haya una mujer en *La última cena* y no creo de ninguna manera que sea María Magdalena. Creo que la V que hay allí —aquella que Dan Brown define como un símbolo de femineidad— está allí, en primer lugar, para destacar la figura de Cristo y para acentuar el realismo de la perspectiva dentro del fresco.

¿Cuál es el papel que desempeña en todo esto la forma artística y la perspectiva?

La perspectiva es sumamente importante en el arte del Renacimiento en general, y en las obras de Leonardo en particular. Los apóstoles están todos agrupados en formaciones triangulares. Por ejemplo, hay un triángulo compuesto por la figura de la supuesta María Magdalena-Juan, la figura de barba gris detrás (que es Judas), y la figura de adelante (que es Pedro). Dan Brown omite toda discusión sobre la composición piramidal de la obra de Leonardo, de las cuatro agrupaciones triangulares que son importantes para lograr el equilibrio en la composición para la figura triangular central que es Jesús. Ubicado en el centro, Jesús está en una postura piramidal, y es esta composición piramidal uno de los legados más grandes de Leonardo al arte occidental.

Hoy vemos *La última cena* dentro del santuario de una atmósfera de museo, sin embargo, el trabajo fue creado en una pared en un refectorio donde los monjes comían. O miraban este trabajo o miraban a la pintura de la crucifixión en la pared opuesta, según lo que se decía o según de qué comida se tratara, o de qué plegarias fueran recitadas. De modo que la pintura tenía diferentes funciones según los diferentes días del calendario litúrgico. Dan Brown ignora totalmente el contexto monástico originario.

Meditaciones sobre los manuscritos de Leonardo da Vinci

POR SHERWIN B. NULAND

Sherwin Nuland es el autor del exitoso libro *How we die* (Cómo morimos), ganador del Premio Nacional para libros de no ficción 1994. Es profesor clínico de cirugía en la Universidad Yale, donde también enseña historia médica y bioética. Fragmento tomado de "Los manuscritos", en *Leonardo da Vinci* de Sherwin B. Nuland, copyright © 2000 by Sherwin B. Nuland. Publicado con permiso de Viking Penguin, una división de Penguin Group (USA) Inc.

Así es como entiendo yo la intención de Leonardo da Vinci a lo largo de los aproximadamente treinta y cinco años en los que garrapateó las más de cinco mil páginas de escritos todavía existentes, y las muchas que indudablemente se perdieron. En Milán, poco después de su trigésimo cumpleaños, comenzó la tarea de poner por escrito una larga serie de anotaciones para sí mismo, algunas de las cuales son aleatorias y breves, y otras constituyen estudios bien redactados sobre algún problema de naturaleza artística, científica o filosófica, por lo general acompañados por dibujos a veces sencillos, a veces elaborados. En realidad, sería más correcto decir que los dibujos —dejados en distintas etapas de terminación— están acompañados por notas, ya que aquéllos son mucho más importantes. Los tamaños de las páginas manuscritas varían desde las muy grandes, como era la mayoría, hasta pequeñas de unos nueve centímetros por poco más de seis. Más de la mitad del material está en hojas sueltas y el resto en cuadernos de diferentes clases. Para aumentar el desorden, Leonardo en ocasiones usaba hojas de papel dobladas que luego separaba y ordenaba en páginas, de manera que la yuxtaposición original era confusa.

Casi siempre, la observación está completa en la página en que aparece, aunque hay algunos pocos casos, en los volúmenes encuadernados y de páginas numeradas, en los que se encuentran las indicaciones "dar vuelta la hoja" y "ésta es la continuación de la página anterior". No hay puntuación, ni acentos y tiene la tendencia de escribir varias palabras cortas sin separación, como si fuera una sola palabra larga. De la misma manera, es posible encontrar la división en mitades de una palabra larga. Y cada tanto, uno se encuentra con palabras o nombres propios en los que el orden de las letras está mezclado, como si hubieran sido escritos con gran apuro. Algunas de las palabras y números están escritos según la ortografía propia de Leonardo, a veces no demasiado uniforme, y al principio resultan difíciles de descifrar hasta que uno aprende a reconocerlas, así como a descifrar cierta terminología abreviada. Todas éstas son particularidades individuales de un tomador de notas personales.

Luego está la llamada escritura especular. Leonardo escribía de derecha a izquierda, lo cual dificulta aun más la transliteración de sus manuscritos. Tal vez se deba a esta escritura especular que a veces daba vuelta las páginas de sus cuadernos en sentido inverso, de modo que se pueden encontrar secciones enteras que van de atrás hacia delante.

Una página con su escritura puede contener una discusión científica al lado de una anotación personal relacionada con quehaceres domésticos cotidianos, y tal vez un esbozo sin texto o un texto sin esbozo, o texto y esbozo juntos en una composición inteligente. Cuando en una página en particular aparecen notas y dibujos aparentemente no relacionados entre sí, con frecuencia se descubre que al ser analizados cuidadosamente por los expertos sí están vinculados unos con otros, ya que tienen una aplicación directa o indirecta al resto del material cercano.

Aunque hay un volumen que desde poco después de la muerte de Leonardo ha sido llamado *Tratado de pintura*, su unidad se debe a un compilador desconocido que reunió todas las piezas que consideró adecuadas para unificarlas. El códice *Sobre el vuelo de los pájaros* tiene una cierta semblanza de unidad y de estar completo, aunque hay también otros estudios sobre vuelo desparramados en otras páginas de Leonardo. En todos los manuscritos no hay una sola obra tal como las concebimos hoy en día. Lo que Leonardo nos ha dejado es el equivalente de miles de esos pedazos de papel en los que todos nosotros hemos escrito anotaciones importantes para nosotros mismos. Lamentablemente, muchos de ellos se han perdido.

Sin embargo, algunas de las páginas de Leonardo no sólo nunca estuvieron perdidas, sino que en realidad fueron consultadas una y otra vez. Podía volver a una página en particular con intervalos de semanas, meses e incluso muchos años para agregar dibujos o notas mientras aprendía nuevas cosas sobre un tema. Sumamente notable en este sentido es su serie de dibujos del plexo braquial para sus investigaciones anatómicas, un complejo ovillo de nervios entrelazados y ramificados que abastece al brazo desde su origen en la espina dorsal del cuello. El primero y el último de los dibujos de este intrincado manojo de fibras están separados por unos veinte años.

Aunque difícil de leer, escribir como si se mirara en un espejo es menos dificultoso de lo que podría suponerse. Los zurdos en general lo encuentran bastante fácil y puede en realidad ser más natural para ellos que la escritura normal. La educación escolar enseña a eliminar esta tendencia en los niños zurdos, pero la técnica es recuperada fácilmente. Muchos diestros también pueden escribir de derecha a izquierda de manera legible. Además, hay fuertes indicios, aunque no concluyentes, de que Leonardo era zurdo. Luca Pacioli se refirió en sus propios escritos al hecho de que su amigo era zurdo, y lo mismo hizo un hombre llamado Saba da Castiglioni, en sus *Ricordi*, publicado en Bolonia en 1546. También se ha señalado que la dirección en que Leonardo habitualmente dibujaba sus líneas de sombra es la que naturalmente sigue una persona zurda, de izquierda a derecha en diagonal hacia abajo.

Después de todas estas consideraciones, parecería que no hay ningún misterio en lo motivos que tenía Leonardo para escribir como escribía. Casi con seguridad era zurdo para registrar sus anotaciones, escribiéndolas tan rápido como podía ya que su mano era incapaz de alcanzar la rapidez de su mente. Lo que muchos pensaron que podía ser un código, parece haber sido solamente el garrapateo personal de un hombre cuyas características de estilo eran una especie de taquigrafía que le permitía escribir lo más rápido posible. Hay muchas pruebas en varios de sus comentarios de que tenía intenciones de organizar en algún momento gran parte de este material, lo que lo habría hecho tan accesible para él como si lo hubiera escrito de la manera habitual, aunque no para los demás.

Por convincente que lo antedicho pueda resultar, sigue siendo posible que Leonardo efectivamente registrara de manera deliberada sus pensamientos de modo tal que fueran indescifrables para cualquiera, salvo para quien estuviera tan decidido a entenderlo como para dedicar muchas horas a la tarea. Vasari escribió que era un hereje, más filósofo que cristiano; algunos deben de haberlo considerado un criptoateo; no pocas de sus ideas estaban alejadas de las ideas de la Iglesia. Hay que recordar que éste es el hombre que escribió, mucho antes de que Galileo fuera acusado: "El sol no se mueve". Y éste es el hombre que también vio en todas partes, tanto en la forma de los fósiles, como en la génesis de las rocas o en los movimientos del agua, pruebas de que la Tierra era muy vieja y el carácter constantemente cambiante de sus formas geológicas y vivientes.

No sería hasta los estudios de Charles Lyell, a principios del siglo XIX, que iba a ser posible encontrar otra vez a un estudioso que teorizara con tal claridad acerca de que las características de la superficie de la Tierra son el resultado de procesos que duran larguísimos períodos de tiempo geológico. "Dado que las cosas", escribió, "son más antiguas que las letras, no debe sorprender que en nuestros tiempos no haya registro de cómo esos mencionados mares se extendían por sobre tantos países; y, además, si esos registros alguna vez hubieran existido, las guerras, las conflagraciones, los diluvios de agua, los cambios de lengua y costumbres, habrían destruido todo vestigio de ese pasado. Pero para nosotros es suficiente el testimonio de cosas producidas en aguas saladas y ahora encontradas otra vez en las altas montañas lejos del mar".

Leonardo pintó esos testimonios en algunas de sus pinturas, específicamente en la *Virgen de las rocas*, la *Santa Ana* y la *Mona Lisa*. En el fondo de cada una de esas pinturas puede verse un mundo primitivo como él imaginaba que habría sido antes de evolucionar (elijo esta palabra deliberadamente pues estuvo cerca de describir la teoría de la evolución) hasta su forma moderna.

Como un hombre que más de una vez proclamó que todo es parte de todo lo demás, seguramente él relacionó la generación del mundo con la generación del ser humano. Su fascinación con una constituía un todo con su fascinación por la otra.

Leonardo veía a la naturaleza impredecible como la creadora de las siempre cambiantes maravillas de la Tierra, y no vaciló en decir: "La naturaleza, que es inconstante y se deleita creando y produciendo continuamente nuevas formas porque sabe que sus materiales terrestres aumentan de esa manera, está más dispuesta y es más veloz en su creación de lo que es el tiempo en su destrucción". No se menciona acá a Dios, y ciertamente no hay lugar para el relato bíblico de la Creación. Aparte de mi propia convicción en sentido contrario, tal vez son consideraciones como ésta las que deben ser tenidas en cuenta en cualquier teoría que trate de comprender la totalidad de por qué Leonardo decidió escribir de manera tan inaccesible. Los peligros de una herejía fácilmente descubierta en aquellos tiempos dominados por la Iglesia no pueden ser subestimados, como lo sabemos muy bien por el trato recibido no sólo por Galileo, sino también por otros que se atrevieron a cuestionar la doctrina.

Las notas de Leonardo han sido dominadas por un pequeño grupo de estudiosos a lo largo de los siglos, cuyos trabajos proporcionan un valioso registro de los pensamientos del autor para que el resto de nosotros podamos evaluarlos. Aun las desparramadas citas que aparecen a lo largo de este libro son suficientes como para demostrar el poder del lenguaje de Leonardo. A los títulos de pintor, arquitecto, ingeniero, científico y todos los demás, hay que agregar el de artífice literario. Lo que es más notable sobre algunos de los elevados vuelos del lenguaje y la contemplación es el hecho mismo de que éstos parecen haber estado destinados sólo para los ojos del autor, más allá de las consideraciones de herejía. El esteta, el observador del hombre y la naturaleza, el filósofo moral que surge de las páginas manuscritas habla desde las profundidades de su comprensión y del poder de sus más profundas emociones, como si se tratara de un fluir de la conciencia que se extendió por un período de más de treinta años. No hay acá un censor interior, sólo la cristalina voz de la honestidad, de la convicción y —lo más notable para su época— una fresca apertura de mente para la curiosidad.

Si Leonardo se hubiera propuesto registrar en un volumen los principios de acuerdo a los que vivía su vida, o en un libro los aforismos por los que deseaba ser recordado, o un compendio de sus interpretaciones del universo y su relación con la humanidad, si cualquiera de estas cosas hubiera sido su intención, no podría haberla logrado de manera más efectiva de lo que hizo en lo que parece una indiscriminada y variopinta colección de pensamientos de toda clase diseminada sobre las páginas de sus hojas sueltas y de sus cuadernos, entre esbozos, planos de arquitectura, observaciones científicas, construcciones matemáticas, citas de otros autores y registros de su vida cotidiana. Expone a la vez sus pensamientos más íntimos y el manifiesto empuje del mensaje a cuya transmisión dedicó toda su vida:

Que el ser humano puede ser comprendido con sólo prestar atención a la naturaleza; que los secretos de la naturaleza pueden ser descubiertos por la observación y la experimentación libre de prejuicios; que no hay límites a las posibilidades del hombre para comprender; que el estudio de la *forma* es esencial, pero la clave para la comprensión está en el estudio del *movimiento* y la *función*; que la investigación de las fuerzas y las energías habrá de conducir a la comprensión final de la dinámica de la naturaleza; que el conocimiento científico debería ser reducible a principios matemáticos demostrables; que el último interrogante a ser respondido acerca de toda vida y de toda la naturaleza no es *cómo* sino *por qué*.

"Que el ser humano puede ser comprendido con sólo prestar atención a la naturaleza". Ésta es una idea mucho más abarcadora de lo que parece a primera vista. El pensamiento de Leonardo está impregnado de la antigua tesis de que el hombre es un microcosmos del gran macrocosmos que es el universo. En su pensamiento, sin embargo, ésta no era una idea espiritual, sino mecanicista, gobernada por las fuerzas de la naturaleza. Todo proviene de todo lo demás y todo es reflejado en todo lo demás. La estructura de nuestro planeta es como la estructura del hombre:

El hombre ha sido considerado por los antiguos como un mundo menor, y en efecto, el término está correctamente aplicado; si se advierte que el hombre está compuesto de tierra, agua, aire y fuego, el cuerpo de la tierra es lo mismo. Así como el hombre tiene dentro de sí huesos como soporte y estructura de la carne, el mundo tiene las rocas que son su soporte de la tierra, y así como el hombre tiene dentro de sí un lago de sangre donde los pulmones al respirar se expanden y se contraen, el cuerpo de la tierra tiene su océano que también sube y baja cada seis horas con la respiración del mundo. Así como del ya mencionado lago de sangre proceden las venas que distribuyen sus ramificaciones por todo el cuerpo humano, de la misma manera el océano llena el cuerpo de la tierra con un infinito número de venas de agua.

Algunos de los aforismos en los escritos de Leonardo tienen la empinada cualidad del verso bíblico, y hasta un paralelismo que recuerda a los Proverbios, a los Salmos o al Eclesiastés. Éste es el Leonardo que escribió la famosa línea: "La belleza en la vida perece, no en el arte"; o que expresó su certeza de que la pintura es la más alta forma del arte: "La sed secará tu lengua y tu cuerpo se desgastará por falta de sueño antes de que puedas describir en palabras aquello que la pintura instantáneamente pone ante los ojos".

Y sobre su idea de la inmortalidad que nosotros nos forjamos con el modo de vivir nuestras vidas y con el legado de logros que dejamos a la posteridad: "Oh, tú que duermes, ¿qué es el sueño? El sueño se parece a la muerte. ¿Por qué no hacer que tu trabajo sea tal que después de la muerte tú adquieras la inmortalidad, en lugar de que durante la vida al dormir te vuelvas como el desventurado muerto?". Y en otra parte, una afirmación como corolario: "Evita el estudio cuyo trabajo resultante muera con su creador".

Y otro que suena como si saliera completo de las páginas de los Proverbios: "No llames riqueza a aquello que se puede perder; la virtud es nuestro verdadero tesoro y la verdadera recompensa para quien la posea... En cuanto a propiedades y riquezas materiales, siempre habrás de temerles; es con frecuencia que ellas dejan a su dueño en la ignominia, objeto de burlas por haberlas perdido". Todas estas ideas brotan de un hombre a quien algunos de sus contemporáneos acusaban de ser "totalmente iletrado".

Por supuesto, muchas de las anotaciones distan mucho de ser tan elevadas. Había listas de libros para leer o adquirir; había registros de las actividades comunes correspondientes al cuidado de un hogar de muchos miembros y la dirección de un taller de artistas y artesanos; y había también cartas a varios mecenas quejándose por la falta de pago. Así pues, en ese volumen de piezas dispares que terminó llamándose *Codex Atlanticus*, se encuentran estas palabras de una carta para ser enviada a Ludovico Sforza durante el primer período en Milán: "Me duele sobremanera que el hecho de tener que ganarme la vida [aceptando encargos de otros] me ha obligado a interrumpir el trabajo que Su Señoría me encargó; pero tengo la esperanza de que en poco tiempo habré ganado lo suficiente como para poder satisfacer con el espíritu tranquilo a Su Excelencia, a quien me encomiendo. Y si Su Señoría pensaba que yo tenía dinero, Su Señoría se equivocaba, pues he tenido seis bocas que alimentar durante treinta y seis meses y sólo he recibido cincuenta ducados".

No era Leonardo persona de esconder sus talentos así como tampoco se negaba a alabarse a sí mismo cuando era necesario, como en estas afirmaciones tomadas de una carta del mismo período, dirigida a un destinatario desconocido: "Puedo aseguraros que de esta ciudad sólo sacaréis trabajos precarios de maestros torpes e indignos. No hay hombre otro capaz, creedme, aparte de Leonardo el Florentino, de hacer el caballo de bronce para el duque Francesco, y quien no necesita alabarse a sí mismo porque tiene una tarea que le llevará toda la vida y dudo de que jamás llegue a terminarla, dado que es una obra tan grande".

Cada tanto, aunque sin mucha frecuencia, el lector se encuentra ante alguna afirmación tan aventurada que es necesario detenerse y leerla otra vez, y una vez más, para estar seguro de haberla interpretado correctamente. Leonardo introdujo tantas ideas nuevas que existe la tendencia de atribuirle más de lo que de verdad se merece, y uno debe ser cauteloso para no excederse en la interpretación de algunas de las cosas que dice. Pero de todas maneras no es posible evitar pensar que en el siguiente pasaje está dilucidando las bases de los principios de la evolución que en muchas de sus otras páginas manuscritas expresa sin ninguna duda en sus observaciones de las formaciones geológicas, del agua y de los fósiles. "La necesidad es la dueña y la maestra de la naturaleza", escribe. "Es el tema y la inspiración de la naturaleza, su freno y su eterno regulador." La necesidad es la urgencia de seguir con vida, es el catalizador del proceso de evolución.

De la misma manera, él parece haber comprendido los principios de lo que, en siglos posteriores, sería llamado razonamiento inductivo y del papel de la experimentación para dilucidar las leyes generales de la naturaleza:

"Primero haré algunos experimentos antes de seguir avanzando, porque mi intención es consultar en primer lugar a la experiencia y luego, por medio del razonamiento, mostrar por qué ese experimento sólo puede funcionar de esa manera. Y ésta es la verdadera regla por la que quienes analizan los efectos naturales deben regirse; y aunque la naturaleza comienza con la causa y los fines, con la experiencia debemos seguir el camino opuesto, o sea (como lo dije antes), comenzar con la experiencia como el modo de investigar la causa".

Esta manera de proceder era inaudita en tiempos de Leonardo. Era el modo de pensar del siglo XVII en una época en que la mayoría de los pensadores estaban haciendo precisamente lo contrario, es decir, exponían grandiosas teorías para explicar sus experiencias y acciones. Pasaría bastante más de una centuria antes de que William Harvey, el descubridor de la circulación de la sangre, pusiera en una breve oración el nuevo principio que el "iletrado" Leonardo había producido a partir de un virtual vacío científico: "Consultamos con nuestros propios ojos, y ascendemos de las cosas más bajas a las más altas".

9 TEMPLOS DE SÍMBOLOS, CATEDRALES DE CÓDIGOS

El lenguaje secreto
del simbolismo arquitectónico

Oh, hermano, ¡ojalá hubieras conocido nuestro imponente recinto, / el que Merlín construyó para Arturo hace mucho tiempo! / Hay que trepar por todo el monte de Camelot / y por toda la pálida ciudad con sus riquezas, techo por techo / torre tras torre, espira tras espira / por el huerto y el jardín, por el prado y el apresurado arroyo / hasta alcanzar el empinado recinto que Merlín levantó / y cuatro zonas de esculturas entre ellos / con muchos símbolos místicos se adorna el recinto...

ALFRED TENNNYSON

El desafío no es encontrar lazos ocultos entre Debussy y los Templarios, cualquiera puede hacer eso. El problema es encontrar lazos ocultos entre, por ejemplo, la cábala y la bujía de un automóvil...

UMBERTO ECO

Desde que por primera vez se pintó la versión artística del sentido humano de lo sagrado en las paredes de una caverna, los signos visuales y símbolos han constituido un elemento clave de la experiencia y la expresión de lo sagrado, lo divino, lo ritual y lo religioso.

En *El Código Da Vinci*, pasamos una buena parte de esa experiencia de veinticuatro horas dentro de iglesias: Saint-Sulpice, la iglesia del Temple, la Abadía de Westminster, la capilla Rosslyn... además del Museo del Louvre, una verdadera "iglesia" en la discutible opinión de Jacques Saunière. También se nos habla de Notre Dame y de Chartres, del Templo de Salomón en Jerusalén y otras cosas más. Además, seguimos las explicaciones de Robert Landgon, el especialista en simbología, sobre sus teorías de la arquitectura eclesiástica como reflejo de la divinidad femenina en muchos aspectos arquitecturales y de diseño.

Todos los pueblos —egipcios, griegos y romanos— reflejaron su cosmología religiosa en el diseño y construcción de sus edificios. Ciertamente, templarios y masones, maestros constructores, expresaron sus sistemas de creencias en sus trabajo de arquitectura.

En este capítulo, haremos un paseo virtual por los temas principales de *El Código Da Vinci* tal como se expresa en la arquitectura y los símbolos visuales.

París
Tras las huellas de El Código Da Vinci

POR DAVID DOWNIE

David Downie es un escritor free-lance, editor y traductor que vive en París. Este artículo apareció por primera vez en el *San Francisco Chronicle*, el 25 de enero de 2004. En este texto conduce al lector en un rápido paseo por los lugares, símbolos y señales de París que han provocado un nuevo interés en los turistas desde la publicación de *El Código Da Vinci*. Copyright © 2004 by David Downie.

París. ¿Qué tienen en común la Place Vendôme, la *Mona Lisa*, el astrónomo Louis Arago y un obispo medieval llamado Sulpicio? Sencillo: *El Código Da Vinci*, la agitada búsqueda del Santo Grial en quinientas páginas escritas por Dan Brown, y que se desarrolla principalmente en París.

El héroe de esta aventura llena de misterios, el profesor Robert Langdon, es un "especialista en simbología" de Harvard, suficientemente afortunado como para alojarse en el Ritz a razón de mil dólares la noche, en la elegante Place Vendôme, cuando algo sucio comienza a suceder en el Louvre. El director del museo, Gran Maestre de una sociedad secreta encargada de proteger el Grial, es asesinado a treinta metros de la enigmática *Mona Lisa* de Leonardo da Vinci, una de las claves del relato. Una línea invisible divide de norte a sur al Louvre y a una iglesia al sur del Sena, Saint-Sulpice. La línea es el meridiano de París, trazado por primera vez en 1718 y vuelto a calcular con precisión a principios del siglo XIX por Arago. Es anterior al Meridiano de Greenwich y desde 1994 ha sido señalado con 135 discos de bronce.

Otras vistas desparramadas por el paisaje urbano del París un tanto surrealista del libro, incluye el Palais-Royal, los Champs-Élysées, los Jardines de las Tullerías, los parques del Bois de Boulogne y una estación de trenes, la Gare Saint-Lazare.

Pero los lugares que atraen en este momento a legiones de buscadores del Grial, muchos de los cuales viajan con sus ya gastados ejemplares de *El Código Da Vinci*, son el Louvre bañado en sangre y la fantasmal Saint-Sulpice, más la búsqueda del tesoro tras los discos "Arago" de bronce.

Hasta 1645, en el lugar donde se halla ahora el imponente montón de columnas de Saint-Sulpice, se alzaban una iglesia y un cementerio románicos, entre el Jardín del Luxemburgo de la orilla izquierda y el Boulevard Saint-Michel... Desde hace mucho famosa por su altísimo órgano de 6.588 tubos y por el sombrío cuadro de Delacroix *Jacob lucha contra un ángel*, Saint-Sulpice tiene aproximadamente la misma planta (90 metros de largo por 47 de ancho y 27 de alto) que la Catedral de Notre Dame. Los peregrinos del Grial se amontonan allí para ver el gnomon astronómico que tiene un papel importante en el libro. Su significado es doble: revela la ubicación de la piedra clave y presenta a los lectores el Meridiano de París. El autor llama a ese meridiano la "Línea Rosa". Aparentemente las rosas son un símbolo del Grial y por lo tanto de María Magdalena.

Diseñado para calcular el equinoccio de primavera (y con él, la Pascua), la línea de bronce del gnomon cruza el piso del transepto para luego subir por un obelisco de piedra a lo largo del eje norte-sur. A mediodía los rayos de sol que atraviesan el rosetón en la pared sur del transepto se concentran en la franja, dando así la fecha del calendario solar. La Pascua (una fecha movible con raíces precristianas) cae en el primer domingo después del equinoccio, de modo que el gnomon establece con precisión la fecha del día sagrado.

En el muy leído libro de Brown, un monje asesino, el albino llamado Silas, rompe las baldosas de piedra al pie del obelisco buscando la piedra clave, luego mata a golpes a la monja cuya misión es protegerla. En una visita reciente al lugar, se podía ver a los peregrinos postrarse y golpear en el suelo frente al obelisco. Otros escuchaban a los guías de la iglesia que explicaban cómo funcionaba el gnomon, o buscaban en el piso superior las habitaciones de la infortunada monja.

En realidad, el Meridiano de París pasa cerca, pero no coincide con el eje del gnomon. En el libro no se menciona la tumba de Sulpicio en la ciudad provincial francesa de Bourges, que el meridiano sí atraviesa.

El sacristán Paul Roumanet desmiente la afirmación de Brown de que debajo del santuario hay un templo de Isis. En una visita a la cripta, un sábado por la tarde, con un apretado grupo de lectores de novelas de suspenso, no fue posible distinguir ningún templo antiguo, si bien todavía existen murallas y columnas románicas.

Sin embargo, los teóricos de las conspiraciones estarán encantados de saber que hay una cripta inferior con cinco tumbas que está cerrada al público. Además, según la *Guide de Paris Mystérieux*, fue en el cementerio de la iglesia románica que en 1619 tres brujas trataron de convocar al demonio, y durante muchos años, los residentes locales bailaban "danzas macabras" sobre las tumbas derrumbadas.

Los discos de Arago son un trabajo artístico de instalación titulado *Homenaje a Arago*, del holandés Jan Dibbets. Siguiendo un meridiano imaginario, se alinean hacia el norte desde el número 28 de la Rue de Vaugirard (cerca de Saint-Sulpice) hasta el Boulevard Saint-Germain, Rue de Seine, Quai Conti y Port des Saints-Pères. Al otro lado del río, en el Louvre, tres discos atraviesan el Ala Denon del museo (en la sección Antigüedades Romanas, en una escalera y en un corredor). Otros cinco puntean la Cour Carrée detrás de la pirámide de cristal diseñada por I. M. Pei a instancias del ex presidente francés François Mitterrand.

(¡Atención! Si usted no ha leído *El Código Da Vinci* todavía, tal vez quiera dejar de leer acá. Lo que sigue revela algunos puntos clave del argumento.)

En el epílogo del libro, el profesor Langdon siente que los discos de Arago lo atraen hacia el sur a través del Palais Royal, hacia el Passage Richelieu, hasta llegar a la pirámide (que, según Brown, tiene 666 paneles de vidrio, un número simbólico de Satanás). Es ahí donde la "Línea Rosa" gira hacia el oeste y recorre el subterráneo vestíbulo de compras Carrousel hasta la "pirámide invertida" que cuelga del techo.

En la mente del protagonista, esta pirámide al revés es un cáliz metafórico o grial, que simboliza la "divinidad femenina", por primera vez venerado aquí en los ritos de la diosa Tierra de la antigüedad. En el piso debajo de la claraboya se alza una pequeña pirámide de piedra, que simboliza una hoja o un falo. Las puntas de las pirámides se señalan una a otra, sugiriendo que por debajo, una bóveda escondida podría contener, precisamente, baúles de antiguos documentos, y la tumba de María Magdalena, el Santo Grial.

El noventa por ciento de los seis millones anuales de visitantes del Louvre forman largas filas para ver a la *Mona Lisa*, lo cual hace difícil descubrir a los peregrinos del Grial en busca de manchas de sangre o mensajes cerca del famoso cuadro. Pero los numerosos "experto en símbolos" en ciernes contando paneles de cristal en la pirámide de Mitterrand, o arrodillándose junto a la claraboya, sí llaman la atención.

Si no fuera por la afirmación del autor de que "todas las descripciones de obras de arte [y] edificios… en esta novela son veraces", podría ser poco cortés revelar que el número 666 no puede ser dividido exactamente en los cuatro lados que tiene la pirámide. De la misma manera, los paganos nunca danzaron alrededor del Carrousel, y no hay ninguna cámara debajo del falo. La milagrosa "Línea Rosa" capaz de girar noventa grados no es otra cosa que el llamado "Camino Triunfal", una perspectiva trazada en 1670 por el paisajista real de Louis XIV, Le Nôtre.

De todas maneras, puede haber todavía más material en París para una secuela del Grial. El Camino Triunfal pasa junto a un antiguo obelisco egipcio en la Place de la Concorde, y Mitterrand bien podría haber pertenecido a una o dos sociedades secretas. ¿Quién sabe lo que los expertos en símbolos descubrirán cuando el vestíbulo subterráneo del Louvre sea remodelado en 2007 para ampliar la velocidad de acceso a los negocios del museo y a la *Mona Lisa*?

La "simbología" de *El Código Da Vinci*

ENTREVISTA A DIANE APOSTOLOS-CAPPADONA

En el capítulo anterior, Diane Apostolos-Cappadona analizó las referencias a Leonardo en el libro de Brown. Aquí ella dirige su atención hacia el uso del simbolismo que hace el autor. Aunque, como se señala más abajo, ella jamás oyó la expresión "experto en símbolos" (la supuesta especialidad de Robert Langdon en Harvard) hasta que leyó el trabajo de Dan Brown, ella es lo más cercano a un especialista en símbolos profesional de la vida real que uno puede hallar.

¿Cuál es la importancia de los símbolos en el cristianismo, y en la religión en general?

Los símbolos son una forma de comunicación. Pero se trata de una forma de comunicación que tiene muchos niveles, o muchas capas, en la que no hay un intercambio equitativo, uno a uno. Esto es lo que los hace fascinantes y a la vez difíciles, o confusos. Los símbolos operan en una cantidad de niveles. Hacen "cosas tan simples" como enseñar las ideas o la historia de una fe o tradición, enseñan los relatos de las tradiciones religiosas o societarias, enseñan doctrina religiosa y explican cómo hacer los gestos, cuál debe ser la posición, como hay que pararse durante los servicios litúrgicos. Informan acerca de cómo comunicarse con miembros de la propia comunidad y cómo debe uno identificarse dentro de esa comunidad. También se entiende que los símbolos —y este principio es válido para todas las religiones del mundo, no sólo específicamente para el cristianismo— son una manera de comunicar una identidad corporizada de conocimiento y una identidad corporizada de quién es esta comunidad. De modo que los símbolos y el simbolismo son una parte integral del proceso de socialización.

¿Los significados de los símbolos tienden a cambiar con el tiempo?

Sí. Los significados de los símbolos pueden cambiar debido a los cambios en la teología, la doctrina, los estilos de arte, la situación política y la situación económica. Por ejemplo, durante la Reforma, que fue un complejo movimiento que abarcó transformaciones económicas, políticas y sociales a la vez que una revolución religiosa, se produjeron enormes cambios en el simbolismo. Éste es el problema con los símbolos, y a la vez la fascinación que ejercen; nunca es tan sencillo como que una luz roja signifique detenerse y una verde, avanzar.

¿Qué símbolo cristiano ha cambiado a lo largo del tiempo?

El pescado ha tenido muchas conexiones y significados, desde la última cena hasta la resurrección de Cristo. El pescado ha sido encontrado en antiguas pinturas de la Última Cena, ha tenido muchos significados en el cristianismo temprano, hasta que después prácticamente desapareció de la conciencia cristiana... Pero regresó a fines del siglo XX cuando el *ichthyus* fue recuperado, o redescubierto, como un símbolo. Éste y no la cruz, fue el primer símbolo de la identidad cristiana. La cruz no se convirtió en un símbolo visual de identificación hasta el siglo IV o V. El pescado, en griego *ichthys*, como se lo translitera al español, está relacionado como un anagrama de una primitiva plegaria de la tradición cristiana. Tomando la primera letra de la antigua plegaria "Jesucristo, Hijo de Dios y Salvador", las letras griegas forman la palabra ICHTHYS, es decir, pescado. Había muchas conexiones entre el pescado y el Mesías en las escrituras hebreas y cristianas. Por ejemplo, existía la relación verbal con los "pescadores de hombres" y otras vinculaciones en relación con el agua, el pescado, la pesca y los botes en el cristianismo primitivo.

¿Qué símbolos han estado históricamente relacionados con María Magdalena?

El más importante es la vasija con ungüento, que se relaciona con el hecho de ser ella la que unge y se conecta de manera simbólica, si no metafóricamente, con las otras mujeres que ungen en las escrituras, incluyendo a las mujeres que ungieron los pies y la cabeza de Jesús antes de la crucifixión. La mujer que unge y se ocupa del cuerpo de los muertos —es decir, lo lava, lo unge y lo viste— era una práctica común en las culturas mediterráneas. Quienes ungen son siempre mujeres. Era tabú para los hombres lavar y ungir a los muertos. Las mujeres eran consideradas "no puras", de modo que para ellas lavar y ungir a los muertos no era algo inadecuado; esto puede ser interpretado de manera negativa por las mujeres. Sin embargo, es posible relacionar esa actividad con una interpretación junguiana, la de que todo hombre tiene tres mujeres en su vida: su madre, su esposa y su hija. Cada mujer lo inicia en una parte diferente de su vida, y una de las funciones de la hija, en última instancia, era la de purificar y ungir los cuerpos de sus padres después de muertos. Además, no hay que olvidar todas aquellas maravillosas leyendas acerca de la vasija de ungüento de Magdalena a lo largo de los siglos. Mi relato favorito vinculado a la vasija de ungüento está en el *Evangelio árabe* de la infancia del Salvador (capítulo 5). María de Magdala compra un pote con ungüentos para ungir el cuerpo de Jesús de Nazareth. El pote resulta ser el recipiente que estaba en un estante después del nacimiento de un niño llamado Jesús y que contenía en el bálsamo de nardo su cordón umbilical. De modo que ungir su cuerpo se convirtió en un hecho profundamente simbólico: completarlo otra vez y reconectarlo con su madre al final de su vida.

¿Qué puede decir del pentáculo, que es usado como un importante símbolo en El Código Da Vinci*?*

El pentáculo tiene cinco lados. El significado simbólico se relaciona con la numeración, la numerología, y el significado del número cinco. En el cristianismo, cinco es el número de las heridas de Jesús crucificado (las dos manos, los dos pies, y el costado abierto). Cinco se relaciona fundamentalmente con el concepto de "lo humano", dos brazos, dos piernas y una cabeza. Los números tienen significados. Hay números místicos, números normalmente impares, es decir no divisibles por dos. El siete, por ejemplo, es el número de la satisfacción; siete son los días en el relato de la creación. Tres es un número místico y así sucesivamente: tres, cinco y siete.

¿Y la rosa, otro símbolo importante en El Código Da Vinci*?*

Tengo problemas con las descripciones de la rosa como símbolo en *El Código Da Vinci*. No interpreto la rosa de la misma manera en que lo hace Dan Brown, especialmente en relación con sus comentarios acerca de los genitales. Él sugiere que la rosa ha sido siempre el principal símbolo de la sexualidad femenina. Puedo adivinar que aprendió esto leyendo algunos diccionarios de símbolos. Sin embargo, no creo que sea éste el significado de la rosa en el cristianismo occidental. En las culturas mediterráneas clásicas, la rosa es la flor consagrada a Venus o Afrodita, que es de donde Brown puede haber hecho la conexión con la sexualidad femenina. Pero Venus o Afrodita significaban mucho más que simplemente sexo y sexualidad. Tenían que ver con el amor romántico, con el amor en diferentes niveles, no sólo el acto sexual. Como signo de amor romántico, el color de la rosa se vuelve importante. El simbolismo primitivo del color de la rosa era más simple de lo que es ahora dada la amplia paleta de matices que ofrecen los floristas. Para los cristianos antiguos y medievales, sólo había cuatro colores para las rosas: el blanco, que significaba el amor inocente, el amor puro; el rosado era el primer amor; el rojo, el amor verdadero, y el amarillo que significaba "olvídate de mí, se terminó".

Sin embargo, lo que es importante acerca de la rosa y su relación con María, es la espina. La creencia popular —y se trata de una leyenda, no de algo que se diga en las escrituras— es que las rosas, los rosales, no tienen espinas en el Jardín del Edén. De ahí que, cada vez que uno veía un rosal en las cercanías de María y el Niño, era un signo del Paraíso, pues fue María la que comenzó el proceso de nuestro reingreso a ese lugar donde las rosas no tienen espinas. La rosa, por lo tanto, se convirtió en un símbolo, en un significante, si se quiere, del papel de María en la salvación humana. Su rosa era un signo de gracia; así pues, la ventana de rosas fue creada para glorificar a María Madre, no a María Magdalena. Las rosas están relacionadas con numerosas santas, pero María Magdalena no es una de ellas.

Luego está la flor de lis, que desempeña un papel importante en el libro de Dan Brown...

La flor de lis es el símbolo de Francia y también de la ciudad de Florencia. Es un lirio, una flor que en el cristianismo significa la trinidad. Según la tradición, el rey Clodoveo, cuyo bautismo lo convirtió en el primer rey cristiano de Francia, fue quien comenzó a usar la flor de lis como signo de purificación de su propia espiritualidad (es decir, al ser bautizado) y también de la de Francia. Se convirtió en emblema de la realeza de Francia, y más adelante un atributo de muchos santos franceses, incluido Carlomagno. Es importante en *El Código Da Vinci* porque la llave con forma de flor de lis se relaciona con la purificación de Francia.

En algunos casos, como éste, Dan Brown usa muy bien los símbolos. Ésos son los elementos que hacen que *El Código Da Vinci* sea creíble para quien tiene algún conocimiento de los símbolos y absolutamente fascinante para quienes no tienen idea de qué se tratan esos signos. La flor de lis conecta visualmente con el lirio, que a su vez tiene muchos significados en el cristianismo, particularmente en relación con las mujeres, desde inocencia y pureza hasta realeza. La belleza de la fragancia del lirio complace a los sentidos. Tradicionalmente estaba consagrado a las diosas vírgenes y madres en el mundo del Mediterráneo anterior al cristianismo. Luego se convirtió en un símbolo significativo de María. Había una tradición popular que decía que los lirios nacieron de las lágrimas que Eva derramó cuando fue expulsada del Jardín del Edén. Teja todos estos significados en una sola trama, agréguele la importancia de este símbolo en la historia de Francia, y Brown tiene un poderoso elemento para usar. Aunque sospecho que lo usa porque la flor de lis es el símbolo de Francia.

Esto invita a la pregunta acerca de la presunta conexión de María Magdalena con Francia.

Hay varias leyendas y tradiciones sobre Magdalena como misionera en Francia, como patrona de Francia, salvadora de Francia, la que llevó el cristianismo a Francia, Magdalena pasando sus últimos días en Francia para ser enterrada en Francia. Elija lo que más le plazca. Puede ir a los dominicos o a los benedictinos, a Vézelay o a Aix-en-Provence. Hay toda una tradición que llega hasta la receta de las magdalenas de repostería, que en otra época sólo se servían el 22 de julio, es decir, el día en que la celebra el calendario romano. Esos bizcochos en forma de abanico, perfumados con limón significan tanto la ubicación de Magdalena en el sur de Francia como la leyenda piadosa de su penitencia en el desierto. María Magdalena vivió en Sainte Baume durante treinta años (o cincuenta, según el texto que uno esté leyendo) y se dice que no ingería comida alguna. Vivía sólo de la fragancia de los limoneros y del alimento sagrado que recibía cada día al tomar la comunión. Ahora bien, cuál puede ser la razón por la que alguien en su sano juicio quisiera instalarse en el sur de Francia durante treinta o cincuenta años y no comer nada, es algo que nunca he logrado entender...

¿Cree usted que el Santo Grial es una metáfora o un objeto real... o ambas cosas?

Creo que ha existido, y siempre existirá, una perpetua mitología sobre el Santo Grial. Además, hay una historia en la que queda claro que el Grial era un objeto real, un objeto físico que podía ser tocado, por el que los cristianos habrían tenido una gran devoción, y que por alguna razón desapareció. Según ciertas leyendas y tradiciones populares, el Grial se perdió para reaparecer en Inglaterra, supuestamente llevado allí por José de Arimatea. El lugar en Inglaterra donde el Grial reaparece está en lo que podríamos identificar como Camelot. Por supuesto, el principio importante es que la idea del Grial es una metáfora de la búsqueda espiritual. Para ser honesta, supongo que mi respuesta sería que se trata de ambas cosas: una metáfora y un objeto real.

Newsweek publicó un artículo [*The Bible Lost Stories*, 12/08/03] con un pequeño recuadro complementario, "Decoding *The Da Vinci Code*" (Las claves de *El Código Da Vinci*) que incluía imágenes de la Última Cena y una del Cáliz del Abbé Suger, ahora en la Galería Nacional de Arte de Washington, D.C. Se creía que la parte de alabastro de ese cáliz era el Santo Grial. El Abbé Suger lo hizo engarzar en oro y piedras preciosas, tal como lo vemos hoy, y fue usado en la primera misa que se celebró en la catedral de Saint-Denis en París, la primera catedral gótica. La construcción de esa catedral, por supuesto, se realizó en la época de las Cruzadas y los peregrinajes a la Tierra Santa, cuando los cristianos devotos traían al regreso la mayor cantidad de importantes reliquias posibles. El cáliz ha sido analizado con carbono y su origen es del período adecuado. Sin embargo, creo que el Santo Grial es más bien una metáfora, porque la realidad de la historia es que cuando Jesús de Nazareth y sus seguidores se reunieron para esa comida, no estaban en posición, ni económica ni de otro tipo, como para disponer de una vajilla tan elaborada y de otros objetos semejantes. Y si así hubiera sido, ¿habrían usado un cáliz? ¿O más bien habrían usado algo más bien parecido a un vaso, una jarra o una pequeña vasija?

El *San Graal* es una importante metáfora en la pintura y la literatura prerrafaelista del siglo XIX, con el renacimiento de Dante y de los romances de Arturo. El Grial se encuentra en diversas piezas literarias, musicales y dramáticas, desde el ciclo del Anillo de los Nibelungos de Wagner hasta *El señor de los anillos*, tanto en su formato de libro como de cine. Es la misma historia una y otra vez: la búsqueda de la salvación espiritual. El objeto tangible que se busca adquiere diversas formas, de modo que en esas óperas y en los trabajos de Tolkien se trata de un anillo y no de una copa. En ese sentido, es una metáfora.

¿Qué se puede decir de la idea propuesta en El Código Da Vinci *de que el Santo Grial es en realidad María Magdalena?*

Ésa es una lectura muy junguiana de María Magdalena —la mujer como receptora y contenedora, la mujer como recipiente. Pero históricamente es una conexión que es más vieja que Jung. Uno encuentra este simbolismo en las mitologías clásicas. Hay allí diversas metáforas. La misteriosa conexión como acto sexual es la que más interesa. Las mujeres reciben al hombre durante la cópula. Por ello conciben un niño y lo contienen en su recipiente sagrado, y luego lo expulsan de ese recipiente sagrado. Supongo que se podría argumentar que María Magdalena es el *Santo Grial* si uno es junguiano. Sin embargo, yo tengo mi propia manera de leer los símbolos, de modo que para mí no funciona. Creo que María Magdalena tiene importancia sacramental, pero no es ésa su importancia primaria. Quién sea ella, es un misterio, y eso la convierte en un estupendo tema sobre el cual escribir. Creo que en el año 3000 la gente discutirá acerca de quién es ella o quién era ella de la misma manera que se lo hace ahora. No digo que se discutirá si era una prostituta o una mujer rica o pobre o una mujer sexual, sino que se seguirá discutiendo cómo es que ella, en el cristianismo, tal vez ha llegado a ser el espejo de todos los aspectos de la humanidad. Hasta donde sabemos, ella es todo, menos madre o esposa.

¿Cuál es el significado de que Jesús se le aparezca primero a María Magdalena después de la resurrección?

Bueno, no creo que fuera porque eran amantes o, como sugiere Dan Brown, porque tal vez estuvieran casados. Más bien creo que fue porque ella significaba el testigo, aquel para quien ver es suficiente para creer. Esto forma un paralelo con Tomás, quien tenía que tocar las heridas y sentir físicamente el cuerpo de Jesús, es decir, evidencias empíricas, antes de creer que Jesús había resucitado. Creo que siempre hay maneras de leer la escritura que hacen de Jesús un personaje muy feminista. Una manera consiste en señalar que son las mujeres las que continúan creyendo en él, que tienen fe en él hasta su muerte y proveen los rituales de su muerte, de su agonía, de su duelo, de su entierro; y son las mujeres las que siguen acercándose sin tener miedo. Para mí, el principio es que ellas representan la parte de la humanidad que nunca pierde la fe, que nunca pierde la esperanza, gente que con sólo ver puede comprender. Y eso es darles poder a las mujeres, a lo femenino. La intuición es más importante que la razón. Las María Magdalenas de este mundo confían en su intuición; los Tomases, no.

¿Hasta dónde piensa usted que es correcto el modo en que Dan Brown muestra la iglesia de Saint-Sulpice en París —lugar en que se desarrolla una escena muy importante de la novela— y su iconografía?

La realidad es que el cristianismo construyó iglesias, basílicas y catedrales en los lugares donde antes había edificios de religiones anteriores. Hay iglesias en Roma, en Atenas y en Francia, construidas sobre lugares donde antes había templos dedicados a Mitra, a Atenea y a otros dioses y diosas anteriores. La más obvia es la iglesia en Roma que se llama Santa María Sopra Minerva: María sobre Minerva. Sin embargo, la conexión usualmente es más que arquitectónica; es decir, la iglesia de María se levanta sobre el templo de Minerva porque hay una conexión entre María y Minerva como diosas de la sabiduría.

Para mí, sugerir que Saint-Sulpice está construida sobre un templo o santuario de Isis no tiene sentido, porque Isis se relaciona con María Madre, más de lo que se conecta con María Magdalena. Si algunas partes de *El Código Da Vinci* se ocuparan más de María Madre, yo podría reconocer la conexión con Isis. Por ejemplo, el culto a la Virgen Negra se relaciona con María Madre y con Isis; así pues, la mayoría de las iglesias con vírgenes negras fueron levantadas en sitios de anteriores santuarios de Isis. De modo que sí, efectivamente existe esta tradición en el cristianismo.

La capilla Rosslyn, Catedral de códigos y símbolos

Las claves de Saunière llevan a Robert Langdon y a Sophie Neveu, casi al final de *El Código Da Vinci*, a la capilla Rosslyn en Escocia. Cuando ambos llegan a la capilla en busca del Grial, descubren que el significado de la leyenda es más complicado de lo que habían imaginado hasta ese momento.

La capilla Rosslyn es un lugar de existencia real con una historia fascinante. También se la conoce como la Catedral de los códigos. Su construcción comenzó en 1446 a instancias de Sir William St.Clair o Sinclair, un gran maestre hereditario de los Masones Escoceses y supuestamente descendiente de sangre de los merovingios. Sir William controló personalmente la construcción de la capilla, que se interrumpió poco después de su muerte en 1484. La única parte terminada es el coro, que es el sector del edificio que ocupan el coro y los clérigos, y donde se realizan los servicios.

La capilla está repleta de imaginería religiosa que se ha convertido en una mina inagotable de especulaciones por parte de escritores esotéricos, entusiastas del Grial y teóricos de las conspiraciones. No sorprende pues que Dan Brown haya elegido como escenario de la penúltima escena de *El Código Da Vinci* esta capilla, muy reverenciada por ocultistas de todo el mundo.

Se supone que Rosslyn es una copia aproximada del diseño del antiguo Templo de Salomón y está adornada con innumerables tallas, incluso tallas judías, celtas, nórdicas, templarias y símbolos masónicos, además de la imágenes cristianas habituales. La gran variedad de signos y símbolos de tantas culturas, sin duda una manifestación arquitectónica única para la época, le ha valido a la capilla Rosslyn el sobrenombre de "Catedral de los códigos".

A los curadores de la capilla Rosslyn les encanta mostrar un código garabateado en los muros de la cripta, un código supuestamente dejado por los masones. Dice la leyenda que el código indica la presencia de un gran secreto o un tesoro escondido dentro de los muros de la capilla, pero hasta ahora nadie ha podido descifrar su significado.

Al final, la tecnología podría resolver muchos de los misterios de la capilla. En enero de 2003, el gran heraldo de la rama local de los Caballeros Templarios Escoceses —los autoproclamados sucesores de los monjes guerreros que se refugiaron en Escocia en el siglo XIV para evitar la persecución religiosa— anunció que los caballeros estaban usando una nueva tecnología de escaneo "capaz de leer a través del suelo hasta una profundidad de un kilómetro y medio". Esperan descubrir antiguas bóvedas secretas debajo de la capilla que contengan el supuesto tesoro de Rosslyn.

En El Código Da Vinci *el héroe de Dan Brown es llamado* experto en símbolos. *¿Existe esa profesión, o alguna disciplina académica con ese nombre?*

El estudio de los símbolos religiosos es generalmente llamado iconografía o arte religiosa, no simbología. La primera vez que vi la expresión "experto en símbolos" fue en el libro de Dan Brown *Angels and Demons*; leí primero su primer libro en esta serie de "misterios de Robert Langdon".

Si la expresión "experto en símbolos" fuera usada como título o correspondiera a alguna disciplina académica, sería parte de lo que yo hago. Yo no soy una académica pura en el sentido de que investigo y estudio de manera interdisciplinaria o multidisciplinaria. Trabajo con las artes, con la historia del arte, con historia de la cultura, con historia de las religiones, con teología, con estudios sobre género y sobre religiones del mundo, de modo que no ejerzo una disciplina puramente académica. De todas maneras, no conozco a nadie que se identifique a sí mismo o a sí misma como *experto en símbolos*, y que yo sepa no hay ningún estudio académico formal con ese nombre. Tal vez ahora exista gracias a la fama del libro de Brown.

LIBRO II

El Código

Da Vinci

es revelado

Parte I

Veinticuatro horas,
dos ciudades y el futuro
de la civilización occidental

10 APÓCRIFOS Y REVELACIONES

Los hechos: El priorato de Sion —sociedad secreta europea fundada en 1099— es una organización real. En 1975 se descubrieron en la Biblioteca Nacional de París unos pergaminos conocidos como Les Dossiers Secrets *en los que se identificaba a numerosos miembros del Priorato de Sion, entre los que se destacaban Isaac Newton, Sandro Botticelli, Victor Hugo y Leonardo da Vinci... Todas las descripciones de obras de arte, edificios, documentos y rituales secretos que aparecen en esta novela son veraces.*

DAN BROWN, *El Código Da Vinci*

Esta afirmación de Dan Brown ha ejercido un enorme poder de sugestión en los lectores. *El Código Da Vinci* es, después de todo, una novela. En otras palabras, es un trabajo de ficción. Y en la ficción no se espera que cada detalle sea veraz y preciso. Es más, se supone que la ficción es el dominio de la imaginación del autor. Todo aquel que compra un libro, lo sabe. Sin embargo, de alguna manera, la combinación del detallado y bien construido realismo de muchos pasajes con los grandes acontecimientos y temas de la historia que todo lector o lectora siente que debería conocer mejor de lo que lo conoce en realidad, a lo que se agrega la apremiante lógica de la teoría de la conspiración (es decir, la razón por la que uno no sabe algo es que fuerzas poderosas lo han mantenido a uno en la oscuridad respecto de ello), logra que los lectores se tomen muy en serio este particular trabajo de ficción, con la misma seriedad con que lo habrían tomado si no se tratara de una obra de ficción.

La fascinación del lector por tratar de separar los hechos de la ficción ha convertido el desciframiento de *El Código Da Vinci* en su propia búsqueda del Santo Grial. Para agregar valor a la cacería, *Los secretos del código* elaboró una lista de preguntas típicas de los lectores acerca de esta novela y la entregó al periodista de investigación David Shugarts, un escritor con un extremadamente sensible ojo para los detalles, que estaba fascinado por *El Código Da Vinci*, pero incómodo en algunos momentos por molestos detalles de la trama que no le parecían del todo correctos. Shugarts combinó la búsqueda de respuestas para las preguntas de los lectores con sus propias preguntas, y partió como un sabueso a descubrir las respuestas.

Hagamos una advertencia desde el principio: sabemos que este libro es una obra de ficción. Valoramos en mucho la mente creativa de Dan Brown que ha tejido tantos hechos interesantes con temas históricos para usarlos en una obra del género misterio-acción-suspenso-miscelánea. Pero dada la afirmación del principio en la que asegura la naturaleza veraz del material usado, y dada la seriedad con que algunos han tomado el debate generado por la novela, pensamos que sería divertido compartir con nuestros lectores los numerosos baches y fallas que tiene el argumento, tal como los ha descubierto Shugarts. Resulta también interesante ver algunos de los curiosos detalles en el texto que descubrió que eran exactos o estimulantes del pensamiento, pero que el lector ocasional podría haber pasado por alto en la primera lectura. Para encontrar más descubrimientos de Shugarts aparte de los que se ofrecen acá, visítese nuestro sitio en Internet www.secretofthecode.com.

Nota: Los números de las páginas en este comentario se refieren a la edición en español de *El Código Da Vinci* publicada por Umbriel, Barcelona, 2003, aunque el análisis de Shugarts comienza con la sobrecubierta de la edición en inglés, antes de que empiecen las páginas numeradas.

Baches en la trama y detalles curiosos en *El Código Da Vinci*

Por David A. Shugarts

Sobrecubierta: *¿Hay un código secreto en la sobrecubierta del libro que indique sobre qué versará el próximo libro de Dan Brown?*

Sí. He aquí cómo lo vemos. Si uno mira con cuidado, verá que algunos caracteres están en un tipo más destacado que otros en el texto de la sobrecubierta. Si uno los descubre y los une, se puede leer "¿No hay ayuda para el hijo de la viuda?".

Sólo se necesita un momento para buscar y descubrir que esas palabras se refieren a un texto del *Libro de Enoch*, donde aparece un tema favorito de Dan Brown, los tesoros del Templo de Salomón. Hay muchas alusiones a Enoch. El Génesis implica que era un mortal que caminaba con Dios y nunca más se lo vio porque Dios se lo llevó consigo. El misterio que rodea a Enoch es un tema de los escritores hebreos de los apócrifos aun antes de los tiempos de Jesús.

"¿No hay ayuda para el hijo de la viuda?" era el título de una charla dada ante los mormones en 1974 que se suponía que establecía una conexión entre los masones libres y el fundador de la Iglesia de los Santos de los Últimos Días, Joseph Smith.

Se dice que Smith no sólo hacía uso de una abundante simbología masónica, sino que también usaba un talismán con misteriosos símbolos. Además, se dice que hay lugares identificados por los mormones en Estados Unidos que están directamente al oeste del Templo de Salomón (no por casualidad, por supuesto).

Los rumores también hablan de las Iluminadas, que son mujeres masonas de dos tipos, las virtuosas y las voluptuosas. De modo que también se sugiere otro de los temas de Dan Brown, el de la supresión de la divinidad femenina por parte de la jerarquía masculina.

Parte de este territorio ha sido ya cubierto por Robert Anton Wilson, el veterano novelista de fantasías y ciencia ficción, entre otras, con una novela de la trilogía de los Illuminati llamada *Widow's Son* (El hijo de la viuda). Muchas logias masónicas mantienen hasta hoy ritos y actos relacionados con el "hijo de la viuda". El contenido del *Libro de Enoch* tiene múltiples aspectos que podrían atraer la atención de Dan Brown. Éstos van desde referencias al ángel Uriel (en quien Brown se interesa cuando analiza la *Virgen de las rocas* de Leonardo) hasta material supuestamente proveniente del perdido *Libro de Noé* (¿tal vez salir a buscar el Arca perdida?).

Éstas son sólo adivinanzas, pero creemos que el nuevo libro de Dan Brown no se llamará *El hijo de la viuda*, sino algo parecido, y será una búsqueda de un tesoro mormón masónico por todo Estados Unidos, protagonizado, por supuesto, por Robert Langdon. Pero, ¿regresará Sophie Neveu, ahora que Langdon ya la conoció? Siga en el mismo canal.

PÁGINA 13: *Silas tiene "la piel muy pálida, fantasmagórica, y el pelo blanco y escaso. Los iris de los ojos eran rosas y las pupilas de un rojo oscuro". ¿Así se describe a un albino?*

El albinismo es una deficiencia de pigmentación que afecta a uno de cada diecisiete mil norteamericanos. Aunque puede adquirir muchas formas (y colores de piel), la sociedad tiende a rotular a la gente, de modo que los albinos con frecuencia son retratados con piel y pelo blanco y ojos rosados. Según la Organización Nacional para el Albinismo y la Hiperpigmentación (NOAH, por sus siglas en inglés), "Un mito común es que la gente con albinismo siempre tiene ojos rosados. En realidad hay diferentes tipos de albinismo y la cantidad de pigmento en los ojos varía. Aunque algunos individuos con albinismo tienen ojos rojizos o violetas, la mayoría tiene ojos azules. Y algunos tienen ojos castaños o marrones".

Casi siempre este desorden provoca problemas en la vista e incluso ceguera. "En los tipos de albinismo con menos pigmento, el pelo y la piel son de color crema y la visión con frecuencia está en el rango de 20/200. En tipos con ligera pigmentación, el pelo aparece más amarillento o con tintes rojizos, y la visión con frecuencia se corrige hasta 20/60", según la NOAH. Así pues, Silas debería ser retratado con una importante dificultad de visión, tal vez usando gruesos anteojos.

La NOAH ha venido trabajando intensamente para llamar la atención sobre el estereotipo de Hollywood que muestra a los albinos como inhumanos, malos o desequilibrados. El personaje de Silas en *El Código Da Vinci* es un perfecto ejemplo de ello. Digamos de paso que una de las razones por las que la organización usa el acrónimo NOAH es que algunos creen que el personaje bíblico Noé (Noah en inglés) era albino.

PÁGINA 15: *Silas le dispara a Saunière en la oscuridad desde una distancia de cinco metros. ¿Es esto posible, dada las dificultades visuales del monje?*

Sería extremadamente afortunado acertarle a alguien en la oscuridad con una pistola, pero Silas seguramente no podría hacerlo sin anteojos, los cuales nunca son mencionados. Es muy raro que un albino tenga buena visión.

PÁGINA 15: *Silas disparó una vez y le dio a Saunière en el estómago. Le apuntó directamente a la cabeza y tiró del gatillo otra vez pero "el chasquido de un cargador vacío resonó en el pasillo". Silas contempló "el arma entre sorprendido y divertido. Se puso a buscar un segundo cargador, pero pareció pensarlo mejor y le dedicó una sonrisa de superioridad a Saunière".*

Silas ya ha matado a tres personas más temprano esa misma tarde. Todos fueron presumiblemente sorprendidos por el asesino. Su arma es una Heckler and Koch USP 40 (véase ECDV, página 98). El nombre exacto de la empresa es en realidad Heckler & Koch. Pero el asunto es ver cómo fue que el cargador estaba vacío. ¿Se necesitan doce cartuchos para matar a tres ancianos, o comenzó la tarde con un arma sólo cargada por la mitad?

Dan Brown no da ninguna explicación. Pero tal vez Silas compensa su visión deficiente haciendo más disparos.

PÁGINA 15: *Saunière es herido varios centímetros debajo del esternón. Dado que es "un veterano de la guerra de Argelia" sabe que "sobreviviría quince minutos mientras los ácidos de su estómago se le iban metiendo en la cavidad torácica envenenándolo despacio".*
¿Es realmente así como muere la gente con heridas de bala en el estómago?

Hemos consultado la literatura médica. La tasa general de mortalidad por heridas de bala en el abdomen es de aproximadamente el 12 por ciento. Sin embargo, en ausencia de daño vascular, la tasa de mortalidad es de menos del 5 por ciento. Esto incluye una gran variedad de órganos que pueden estar afectados. Los órganos que resultan afectados con mayor frecuencia debido a heridas abdominales por disparos frontales de arma de fuego son el intestino delgado, el colon, el sistema hepático biliar, el bazo, el sistema vascular, el estómago.

La muerte depende de cuál sea el órgano alcanzado por el proyectil. Por ejemplo, si el órgano dañado es una arteria o el bazo, la rápida pérdida de sangre puede provocar un shock y la muerte.

Pero la sola perforación del estómago no mata rápidamente a nadie. Pueden pasar varias horas. Si Saunière es una persona sana y no tiene ninguna otra herida, no habría ninguna razón por la que no pudiera vivir hasta que los guardias de seguridad pudieran abrir la puerta. Por esa misma razón es que probablemente tiene suficiente tiempo (y no sólo quince minutos, lo cual parece improbable) como para andar trastabillando por el Louvre y dejar mensajes secretos.

PÁGINA 15: *Saunière es "un veterano de la guerra de Argelia". Si tiene setenta y seis años, ¿puede haber participado de esa guerra?*

Sí. La guerra por la independencia de Argelia duró desde 1954 hasta 1962. Si *El Código Da Vinci* se desarrolla en 2001 o 2002, Saunière tendría que haber nacido a mediados de la década de 1920. Habría tenido entre veinticinco y treinta y cinco años durante la guerra.

PÁGINA 27: *El aire frío de abril se colaba por la ventanilla del Citroën mientras Langdon era trasladado desde su hotel hasta el Louvre. ¿En qué día de abril transcurre la acción y en qué año?*

Las indicaciones son contradictorias. Una pista puede encontrarse en el libro anterior de Dan Brown, *Angels and Demons*. Ese libro también se desarrolla en un período de veinticuatro horas, de un mes que se dice que es abril, en este caso en Roma. Robert Langdon, cuya vida como personaje de Dan Brown comenzó en esa novela, recuerda en *El Código Da Vinci* que la experiencia anterior ocurrió "haría un poco más de un año" (página 22). Eso coloca la acción del nuevo libro también en abril, pero un poco más tarde, ya que "hace un poco más" de un año. También suponemos que la acción se desarrolla en la última parte de abril porque la Pascua cayó a principios de abril en 2001, lo cual habría afectado alguna referencia a las aglomeraciones, el tránsito y cosas por el estilo.

Abril de 2001 parece una buena suposición por varias razones. Más adelante nos vamos a enterar de que tiene que haber pasado bastante tiempo desde el cambio de milenio, probablemente un año. Esto es así porque la trama instigada por Teabing y llevada a cabo por las manipulaciones del Opus Dei y el Vaticano, como descubriremos más tarde, surgió en una reunión de Aringarosa y los prelados en Castel Gandolfo en el mes de noviembre anterior (página 187). La razón que motiva las acciones de Teabing era que se esperaba que el Priorato de Sion revelara el secreto del Grial por la época del cambio de milenio, pero eso no había ocurrido.

El 11 de septiembre de 2001 fue un impacto mundial y tuvo profundas consecuencias en los arreglos de seguridad en toda Europa. Dan Brown se habría visto obligado a tratar los temas del terrorismo, el fundamentalismo religioso, las tensiones religiosas en Medio Oriente y la gran cantidad de complejidades del 11 de septiembre si hubiera tratado deliberadamente de ubicar la acción del libro en abril de 2002, cuando el recuerdo del 11 de septiembre estaba todavía fresco. Ciertamente, no habríamos visto la misma actitud permisiva por parte de los funcionarios de aduanas que dejaron entrar a Teabing en Inglaterra, por ejemplo. Muchos otros aspectos del argumento, desde cómo son tratadas las bóvedas suizas hasta las medidas de seguridad en los edificios públicos, se habrían visto sin duda afectados.

Pero el libro tiene también pruebas contradictorias. Langdon tiene euros en sus bolsillos. Esta unidad monetaria no fue puesta a circular como moneda corriente hasta el 1º de enero de 2002, lo cual apuntaría a abril de 2002. Otro dato: el artículo en el *New York Times Magazine* sobre el especialista en arte, el italiano Maurizio Seracini (mencionado en ECDV en la página 214) es un artículo real sobre el significado secreto de alguna de las obras de Leonardo da Vinci que fue publicado el 21 de abril de 2002. De modo que Langdon no podría haberlo leído el año anterior. Así pues, ¿la acción transcurre en abril de 2002 y el conocido especialista en simbología sencillamente ignoró los signos y símbolos de la tragedia del 11 de septiembre que había ocurrido no hacía mucho (no hay en el libro una sola referencia directa al hecho)? ¿O la novela transcurre en abril de 2001 y el conocido especialista en símbolos tuvo premoniciones de las monedas de euro y del artículo del *New York Times Magazine* que iba a aparecer un año más tarde, en el futuro?

Páginas 27-28: *La brisa nocturna estaba impregnada de jazmines. ¿Crecen jazmines en ese lugar, y florecen en abril?*

Hay plantas de jazmines en los jardines de las Tullerías, pero el jazmín es una planta que florece en verano. Su floración comienza más o menos en julio y alcanza su máximo esplendor de fragancia en agosto.

Página 27: *El Citroën "avanzaba en dirección sur, más allá de la Ópera a la altura de Place Vendôme". ¿Es posible?*

No. Para alejarse del Hotel Ritz en Place Vendôme y pasar por la Ópera, uno debe ir hacia el norte, no hacia el sur.

Página 29: *El Citroën va hacia el sur por la Rue Castiglione y gira hacia el Louvre. El auto "giró a la izquierda, enfilando hacia el oeste por el boulevard central del parque". ¿Es posible?*

No. Uno estaría yendo hacia el este después de girar a la izquierda para ir al Louvre.

Página 30: *Un visitante tendría que dedicar cinco semanas para "ver las 65.300 piezas expuestas en aquel museo" (el museo del Louvre).*

Pensemos un poco. Si uno usa un promedio de un minuto para cada pieza de arte, y no duerme, se necesitarían cuarenta y cinco días de veinticuatro horas cada uno. Difícilmente se puede decir que eso es "ver" una obra de arte. Afortunadamente, no todas las sesenta y cinco mil trescientas piezas están expuestas, de modo que no lo intente. El número de piezas expuestas es, de todas maneras, formidable: aproximadamente 24.400 trabajos. Si uno dedica seis días de ocho horas por semana para ver cada pieza durante un minuto, de todas maneras se necesitarían más de ocho semanas.

Página 35: *Langdon dice que la nueva pirámide a la entrada del Louvre había sido construida "por expreso pedido de Mitterrand con 666 paneles de cristal, ni uno más, ni uno menos". Era un "curioso empeño que se había convertido en tema de conversación entre los defensores de las teorías conspiratorias, que aseguraban que el 666 era el número de Satán". ¿Cuántos paneles tiene en realidad la Pirámide?*

Para esta respuesta no pusimos en contacto con las oficinas del arquitecto, el conocido I. M. Pei. Un vocero dijo que en realidad la pirámide tiene 698 piezas de vidrio, según los cálculos de una de las arquitectas que trabajó en el proyecto. Ella agregó que la idea de que el presidente Mitterrand había especificado el número de paneles "no se basa en los hechos".

También dijo que el rumor de los 666 paneles fue publicado como un dato verídico por algunos diarios franceses a mediados de la década de los ochenta: "Si uno lee esas viejas notas periodísticas sin compararlas con los datos concretos, y uno es muy crédulo, podría creer en el cuento de los 666 paneles". También nos pusimos en contacto con Carter Wiseman, cuya biografía de I. M. Pei está entre los trabajos citados en la bibliografía de Dan Brown. Wiseman señala que I. M. Pei es un arquitecto interesado casi exclusivamente en abstracciones y esquemas geométricos. Pensar que escondió un contenido simbólico en su trabajo sería no entender de qué se trata su estética, asegura Wiseman.

PÁGINA 39: *Fache lleva una cruz gemmata. ¿Cuál es el origen de ese nombre?*
Se trata de una cruz con trece gemas, que Broen describe como "un ideograma de Cristo con sus doce apóstoles". En muchos lugares, el cristianismo ortodoxo prefiere una simple cruz de madera, o una cruz con el cuerpo de Cristo pintado. Las cruces con gemas incrustadas aparecieron en algunas iglesias medievales y eran interpretadas como signos de la resurrección. Sin embargo, la *cruz gemmata* puede ser considerada como una señal de orgullo, poder y riqueza tanto como una señal de devoción.

PÁGINA 40: *Brown dice que las cámaras de seguridad del Louvre son todas falsas, y que la mayoría de los grandes museos usan "sistemas de seguridad reactivos". ¿Es verdad?*
Falso. La idea de las rejas que caen y atrapan al ladrón proviene de películas del tipo de *La pantera rosa* o *El affair de Thomas Crown*, no de la realidad. El Louvre no sólo confía en las cámaras de seguridad, sino que, además, no hace mucho hizo un importante mejoramiento de su sistema de seguridad usando al grupo empresario francés Thales, y las videocámaras constituyen una parte importante del sistema. Thales Security & Supervision administra "un total de 1.500 controles de accesos cercanos, 10.000 identificaciones de seguridad contactless, 800 videocámaras de vigilancia, de las cuales 195 tienen sistema digital de grabación y más de 1.500 puntos de alarma contra intrusos", según la empresa.

PÁGINA 41-42: *Langdon advierte que "el mecanismo estaba levantado medio metro... apoyando las manos en el suelo pulido, se tumbó boca abajo y avanzó. Cuando estaba a medio camino, se le enganchó el cuello de la chaqueta en la verja y se dio un golpe con el hierro en la nuca". ¿Es esto posible?*
No. En *Angels and Demons*, se dice que Langdon tiene el cuerpo de un nadador, un físico firme de más de un metro ochenta de altura que él prolijamente mantenía con cincuenta largos por día en la piscina de la universidad. Alguien en buen estado mediría unos treinta centímetros de profundidad de pecho a espalda. Si se tumba boca abajo y se desliza, es muy

poco probable que su chaqueta o la cabeza lleguen a tocar la parte de debajo de la reja que estaba levantada a medio metro del suelo.

PÁGINA 43: *Brown dice que el Opus Dei tiene su cuartel general estadounidense en Murray Hill Place, 243 Lexington Avenue, en Nueva York. El edificio esta valorado en más de cuarenta y siete millones de dólares, con cuatro mil metros cuadrados de superficie, revestido en ladrillo oscuro y piedra de Indiana. Diseñado por May & Pinska, con más de cien dormitorios, seis comedores y capillas en las segunda, octava y decimosexta plantas. El piso diecisiete es enteramente residencial. Los hombres acceden al edificio por la entrada principal de Lexington Avenue. Las mujeres lo hacen por una calle lateral y, dentro del edificio, están en todo momento "acústica y visualmente separadas" de los hombres. ¿Es cierto?*

Bastante. Según otra fuente, el Opus Dei "tiene apenas 84.000 miembros en todo el mundo —tres mil en Estados Unidos— pero su nuevo edificio de 17 pisos y 55 millones de dólares en el centro de Manhattan refleja un poder que va más allá de esos números".

PÁGINA 44: *Brown dice que el fundador del Opus Dei, Escrivá de Balaguer publicó* Camino *en 1934, con 999 máximas de meditación para hacer la Obra de Dios en esta vida. También dice que ahora hay en circulación más de cuatro millones de ejemplares en cuarenta y dos idiomas.*

En general esto es correcto. En realidad el título original de 1934 era *Consideraciones espirituales*. Fue revisado en varias oportunidades. Según un sitio en Internet del Opus Dei (www.josemariaescriva.info), el libro "ha sido traducido a cuarenta y dos lenguas diferentes y ha vendido más de 4,5 millones de ejemplares en todo el mundo". *Camino* efectivamente contiene 999 máximas.

PÁGINA 45: *Brown escribe sobre una organización que controla las actividades del Opus Dei llamada Red de Vigilancia del Opus Dei (Opus Dei Awareness Network {www.odan.org}). ¿De verdad existe este grupo?*

Sí. ODAN existe y ése es su sitio en Internet.

PÁGINA 45: *Brown dice que el traidor del FBI Robert Anisen era un prominente miembro del Opus Dei.*

Correcto. El hermano de Bonnie Anisen es un sacerdote del Opus Dei en Roma cuyas oficinas está a unos pocos pasos del Papa. Una de las hijas de Bob y Bonnie es una numeraria del Opus Dei, una mujer que ha hecho voto de celibato y sigue siendo laica.

Bob Anisen se hizo amigo del muy conocido escritor de novelas de espionaje James Bamford y después de extraerle información sobre entrevistas que había tenido con líderes soviéticos, lo invitó a participar con él en reuniones del Opus Dei. "Estaba un poco obsesionado con esto. Bob a veces se ponía a discursear contra la malignidad de organizaciones como *Planned Parenthood* (Planificación familiar) y sobre la inmoralidad del aborto", recuerda Bamford.

PÁGINA 48: *Fache y Langdon comienzan en el extremo este de la Gran Galería y pasan junto al Caravaggio caído. ¿Es allí donde están los Caravaggio?*
No. Están a decenas de metros en el otro extremo de la Gran Galería, no lejos del cadáver de Saunière.

PÁGINA 52: *Saunière usó su índice izquierdo para dibujar el pentáculo. ¿Es zurdo?*
Sí. En todo el libro hay indicaciones de que Saunière es zurdo. Esto supone una cierta afinidad con Leonardo da Vinci, ya que son muchos los expertos que piensan que éste era zurdo. (Véase *Los secretos del código*, capítulo 8).

PÁGINA 52: *Brown dice: "El capirote blanco usado por el Ku Klux Klan evocaba imágenes de odio y racismo en Estados Unidos, sin embargo, estaba lleno de significación religiosa en España. ¿Es cierto?*
Los penitentes en toda España durante la Semana Santa visten largas túnicas y capirotes oscuros. Miles de penitentes miembros de unas cincuenta y siete cofradías forman largas procesiones con cirios en honor de la Virgen María y en reconocimiento de los sufrimientos de Cristo. Van encapuchados porque se supone que nadie debe conocer la identidad de los pecadores que buscan perdón. Cada una de la cofradías elige los colores distintivos de sus túnicas y capirotes. Lo característico de los hombres del Ku Klux Klan son las capuchas blancas, pero no son tan puntiagudas como la de los penitentes españoles. No está claro si hay alguna conexión entre ambos.
Es interesante señalar que el KKK fue fundado en Polaski, Tennessee, en 1866, por seis oficiales confederados. Uno de ellos, el primer mago imperial del KKK, era un ex general confederado y francmasón, Nathan Bedford Forrest. Curiosamente, Forrest aparece mencionado en el libro *Forrest Gump*, de Winston Groom, que luego se convirtió en una película ganadora del Oscar en 1994. Se menciona que el héroe del libro, tocayo de Forrest, es también un pariente lejano.

PÁGINA 53: *Langdon dice que el pentáculo "representa la mitad femenina de todas las cosas", un concepto religioso que los historiadores de la religión denominan "divinidad femenina" o "venus divina". ¿Verdadero?*
No. El pentáculo representa tanto lo femenino como lo masculino, tal como lo hace el yang y el yin.

PÁGINA 54: *"Como tributo a la magia de Venus, los griegos tomaron como medida su ciclo de cuatro años para organizar sus Olimpiadas. En la actualidad, son pocos los que saben que el hecho de organizar Juegos Olímpicos cada cuatro años sigue debiéndose a los medios ciclos de Venus. Y menos aún los que conocen que el pentáculo estuvo a punto de convertirse en el emblema oficial olímpico, pero que se modificó en el último momento —las cinco puntas pasaron a ser cinco aros formando intersecciones para reflejar mejor el espíritu de unión y armonía del evento. ¿Es así?*

En parte verdadero, en parte falso y mucho más complicado. Los griegos no usaban sus Olimpiadas para homenajear a Venus. Estaban dedicadas a Zeus. En lugar de décadas, los griegos tenían ciclos de calendario de ocho años. Cada ciclo se llamaba *octaeris*, y esto fue luego dividido en períodos de cuatro años llamados olimpiadas.

La primera razón para el ciclo de ocho años era que los griegos observaron una cercana coincidencia entre noventa y nueve ciclo lunares y ocho ciclos terrestres. Más que cualquier otro cuerpo celestial, la luna es la tiene más posibilidades de definir al mes en cualquier cultura antigua. (Aunque también sabían que Venus completa cinco ciclos sinódicos en ese período de ocho años.) Esta coincidencia entre noventa y nueve y ocho les permitía hacer cinco años de doce meses y tres años de trece meses —los meses agregados correspondían a los años tercero, quinto y octavo. A medida que los griegos fueron mejorando su calendario, pudieron dividir los *octaeris* en dos partes, de cincuenta y cuarenta y nueve ciclos lunares, que llegaron a ser conocidas como olimpiadas. ¡No era perfecto, pero era un calendario!

El griego común no habría podido detectarlo, pero un astrónomo con paciencia podría haber tomado nota de los cinco nodos del viaje de Venus en el cielo. Desde la latitud de Grecia, esto habría formado un muy irregular pentáculo.

Los cinco círculos son un símbolo moderno, inventado en 1913 por Pierre de Coubertin, presidente del Comité Olímpico Internacional. Su intención original fue que significaran los primeros cinco juegos, pero más tarde se corrigió esta interpretación para que los anillos representaran los cinco continentes originales.

Al símbolo de los cinco anillos le fue erróneamente atribuido un origen antiguo cuando un cineasta de propaganda nazi para los famosos juegos de 1936 (a los que asistió Hitler), hizo tallar en piedra los cinco anillos y los filmó con el telón de fondo de Delfos.

PÁGINA 54: *Langdon dice: "Los símbolos son muy resistentes, pero la primera Iglesia Católica Romana alteró el significado del pentáculo. Como parte de la campaña del Vaticano para erradicar las religiones paganas y convertir a las masas al cristianismo, la Iglesia inició una campaña denigratoria contra los dioses y las diosas paganos, identificando sus símbolos divinos con el mal.*

Brown descarta de manera muy conveniente el hecho de que el emperador cristiano Constantino, quien en otro lugar del libro es tratado como el enemigo más responsable de eliminar a los gnósticos, a las diosas y a las tradiciones paganas, usaba el pentagrama de Venus, junto con el símbolo Chi-Rho [formado por las dos primeras letras X y P del nombre Cristo en griego] en su sello y amuleto.

Página 64: *Brown dice que Leonardo produjo "una ingente obra artística de temática religiosa… al aceptar cientos de lucrativos encargos del Vaticano, Leonardo pintaba temas católicos no como expresión de sus propias creencias sino como empresa puramente comercial que le proporcionaba los ingresos con los que financiaba su costoso tren de vida." ¿Es esto así?*

No es cierto. La producción de Leonardo no fue enorme. Habitualmente tenía problemas para terminar los trabajos y así permanecían durante largos períodos. El número de pinturas que terminó es extremadamente pequeño en comparación con las grandes figuras de la historia del arte.

Página 73: *El código personal del contestador automático de Sophie es 454. ¿Tiene este número algún significado para Dan Brown o es un número elegido al azar?*

No lo sabemos, pero la edición de tapas duras en inglés termina en la página 454.

Página 76: *Silas abandona su hogar a los siete años después de matar a su padre, quien había matado a su madre. Es enviado a la cárcel a los dieciocho años y liberado por un terremoto a los treinta. Aringarosa lo llama "Silas". Según Dan Brown, ha olvidado "el nombre que sus padres le habían puesto".*

Es difícil de creer que de verdad hubiera olvidado su nombre. Además, ¿cómo lo llamaron durante esos veintitrés años? ¿Cómo lo llamaban las autoridades cuando decidieron que era demasiado peligroso para permanecer en Marsella y cuando lo enviaron a la cárcel? ¿Cómo lo llamaron sus carceleros durante doce años?

Página 80: *Brown dice que en el capítulo 16 de Hechos de los Apóstoles se habla de Silas como un prisionero que yace desnudo y golpeado en su celda, cantando himnos a Dios, cuando un terremoto lo liberó. Por coincidencia, el albino ha sido liberado por un terremoto, de modo que el obispo le da el nombre de Silas. ¿A qué se refiere?*

En los Hechos de los Apóstoles, Pablo y Silas estaban juntos en la cárcel por acusaciones falsas. El terremoto liberó a todos los prisioneros, pero Pablo y Silas no salieron. En cambio, se quedaron y convirtieron al cristianismo primero al carcelero, y luego se negaron a salir hasta que sus acusadores vinieran a ellos, se disculparan y los acompañaran en la salida de la prisión.

PÁGINA 82: *Sophie descifra la serie numérica y da como resultado 1-1-2-3-5-8-13-21, que ella dice que es la "famosa" secuencia Fibonacci. ¿Tiene ella razón?*

No. Los matemáticos incluyen el 0 en la secuencia Fibonacci, con lo que la secuencia completa es 0-1-1-2-3-5-8-13-21… Adviértase que las secuencias matemáticas se escriben con una elipsis al final que indica que la serie continúa indefinidamente.

PÁGINA 90: *Sophie le cuenta a Langdon acerca del "dispositivo de seguimiento por GPS" y lo describe como "un disco metálico, con forma de botón y del tamaño de una pila". Ella explica que "transmite de manera constante su localización a un satélite con un Sistema de Posicionamiento Global que se puede monitorizar desde la Dirección Central de la Policía Judicial". ¿Existe un sistema como ése?*

Sí, pero se trata de unidades mucho más grandes que la que describe Sophie. Por ejemplo, la unidad que ayuda a seguir a animales salvajes ha sido diseñada como voluminosos collares de perro (o de pájaros o de peces). Éstos reconocen su posición a través del GPS, y transmiten a los satélites, que no son satélites de GPS. Se trata más bien de los satélites Argos o GlobalStar. [Los satélites GPS no reciben señales de los receptores GPS.] Lamentablemente, no se pueden usar los satélites Argos de manera continua en ningún punto de la Tierra, ya que se mueve en su órbita y se pierde de vista.

Pero se pueden construir unidades más pequeñas para seguimiento continuo, si uno acepta que no es necesario transmitir a los satélites. Éstos tienen pequeños radiotransmisores con un alcance de hasta veinticinco kilómetros, y si uno se mantiene dentro de ese límite, es posible seguirlos veinticuatro horas al día durante siete días a la semana. La más pequeña de estas unidades sigue siendo unas diez veces más grande que el supuesto botón GPS que Sophie describe.

Todas estas unidades requieren antenas, y hay una relación de tamaño de la antena con la sensibilidad de recepción o el poder de transmisión. De modo que se necesitaría una antena de cinco o diez centímetros, aun cuando el transmisor pudiera ser reducido al tamaño de un botón.

PÁGINA 104: *La ventana del baño de hombres está en "el extremo más occidental del Ala Denon" del Louvre. Sophie mira y ve que "la Place du Carrousel parecía pegarse al muro exterior del Louvre, separada sólo por una estrecha acera. A lo lejos, la cotidiana retahíla de camiones de reparto, la pesadilla de la ciudad, avanzaba y se detenía en los semáforos". ¿Esta imagen es correcta?*

El baño de hombres no está ubicado en el extremo oeste del Ala Denon y esta parte del edificio no está abierta al público, pero supongamos que lo estuviera. La Place du Carrousel no está casi pegada el muro exterior. Ni tampoco es una importante ruta de camiones esperando en los semáforos.

PÁGINA 105: *Sophie dice que la Embajada de Estados Unidos está "a menos de dos kilómetros" de allí. ¿Es así?*

Más o menos. Está a unos mil doscientos metros y se la podría ver desde la supuesta ubicación de la ventana del baño de hombres, pero de todas maneras Sophie no la encontrará cuando se dirija en auto hacia ella.

PÁGINA 109: *Fache tiene una pistola Manurhin MR-93. ¿Es la que usan las autoridades francesas?*

Sí. Ésta es el arma de la policía francesa. Es un revólver muy resistente con diseño muy característico.

PÁGINA 112: *Brown dice: "Los últimos sesenta segundos habían sido muy confusos". Luego pasa a describir la acción que comienza con Sophie arrojando el GPS por la ventana. Dado que esto incluye la carrera de Fache por toda la Gran Galería, ¿a qué velocidad debería correr Fache?*

¡Podría integrar el equipo olímpico francés! ¡Podría competir en la carrera de mil metros!

PÁGINA 111: *Brown dice que el camión de reparto se alejaba del Louvre avanzando en dirección sur cruzando el Sena por el Pont du Carrousel, para girar luego por el Pont des Saints-Peres. ¿Se puede?*

No. Si uno cruza el Pont du Carrousel hacia el sur, hay que doblar a la derecha sobre el Quai Voltaire, una calle de una sola dirección que va al oeste. Esto lo aleja a uno del Pont des Saints-Pères. Además, este puente tiene también una sola dirección y va hacia el norte.

PÁGINA 112: *Brown dice que el camión se acercó a unos tres metros del extremo del edificio (el extremo oeste del Ala Denon del Louvre). Luego va en dirección sur para cruzar el Sena. Al arrojar el botón GPS sobre el camión, le hace creer a la policía francesa que Langdon ha saltado por la ventana hacia el camión. ¿Esto es posible?*

No. En primer lugar, los baños públicos de la Gran Galería del Louvre no están en el extremo del muro del edificio. Pero si dibujamos un baño de hombres en ese lugar, la Place du Carrousel está a más de quince metros de ese muro. Nadie podría saltar y llegar a la calle, ni siquiera cerca. Por ley, en París se circula por la derecha, de modo que el tránsito que va en dirección sur es el que está más lejos del Louvre, lo que suma unos seis metros más. Dudamos de que Fache vaya a creer que Langdon saltó.

PÁGINA 119: *Se dice en el libro que las cartas del tarot vienen en una baraja de veintidós cartas, hay un palo llamado Pentáculo, y también tres cartas que se llaman La Papisa, La Emperatriz y la Estrella. ¿Efectivamente la baraja del Tarot es así?*

Sí y no. Por ser alguien que supuestamente se interesa por lo oculto, a Brown se le escapan algunas cosas acá. En realidad hay setenta y ocho cartas en la baraja más común del tarot. Están las veintidós cartas de los Arcanos Mayores y luego las cincuenta y seis cartas de los Arcanos Menores. Los Arcanos Mayores pueden ser comparados con los triunfos, pero literalmente, se dividen en Secretos Mayores y Secretos Menores.

Los cuatro palos son Espadas, Bastos, Copas y Pentáculo. El palo de las copas es una clara referencia a los cálices.

La historia completa del tarot, que puede ser adornada según el gusto de cada uno, debe incluir (por lo menos) la Francmasonería, los Gnósticos, la Papisa, el Santo Grial y muchas cosas más, pero no siempre interrelacionados del modo en que lo hace *El Código Da Vinci*. La carta de los Arcanos Mayores que ahora se conoce habitualmente como la Suma Sacerdotisa proviene de una baraja anterior y de la leyenda de la papisa Juana.

Según una leyenda medieval muy difundida, una mujer llamada Juana se vistió de hombre, se ordenó sacerdote y hasta se convirtió en Papa. Luego quedó embarazada de otro sacerdote y no sólo no pudo esconder su embarazo, sino que dio a luz en la calle, por lo que la multitud se dio cuenta del engaño y la destrozó en mil pedazos. Hay otro relato en el que se habla de una papisa italiana cerca de la era del Renacimiento.

De todas maneras, alrededor de 1450, la gran familia Visconti encargó varias barajas de *tarocchi* (tarot), entre ellas la baraja Visconti-Sforza, que parece ser la baraja más antigua que existe. Esta baraja incluye una primitiva Papisa.

PÁGINA 120: *El autor usa el ambiente de un salón de clases para hablar de la Divina Proporción. Felicita a un alumno que reconoce el número 1,618 como Phi (se pronuncia "fi"). ¿Es esto correcto?*

Sorprende sobremanera que un famoso experto en símbolos como Robert Langdon no use los símbolos para este número, la letra griega π. Con tantos otros símbolos en el libro, ¿no podía la editorial haber impreso las letras griegas en tipos griegos?

Lo importante es que el número Phi puede ser derivado de la secuencia Fibonacci, se lo encuentra con frecuencia en la naturaleza, en matemáticas y en arquitectura y recibe nombres como Número Áureo, Divina Proporción, etcétera.

Phi es un número irracional (continúa hasta el infinito después de la coma decimal). Si uno lo quiere más largo, sólo hay que hacer las cuentas: 1,618033988 es Phi hasta el noveno decimal, por ejemplo, y se ha llegado a calcular hasta miles de decimales.

PÁGINA 121: *"—Un momento —dijo una alumna de la primera fila—. Yo estoy terminando biología y nunca he visto esa Divina Proporción en la naturaleza.*
"—¿Ah, no? —respondió Langdon con una sonrisa burlona—. ¿Has estudiado alguna vez la relación entre machos y hembras en un panal de abejas?
"—Sí, claro. Las hembras son siempre más.
"—Exacto. ¿Y sabías que si divides el número de hembras por el de los machos de cualquier panal del mundo, siempre obtendrás el mismo número?
"—¿Sí?
"—Sí. El Phi."
La miel es dorada, ¿pero también sigue la proporción áurea?

Brown se equivoca mucho. La población de un panal cambia con las estaciones, y las estaciones cambian en todo el mundo, de modo que no puede haber un determinado momento en que todas las colmenas del mundo tengan la misma proporción de machos y hembras en su población. Malas noticias para los machos: en el otoño, prácticamente todos los zánganos son expulsados de la colmena y mueren, de modo que la población masculina se aproxima a cero.

En la primavera y el verano, habrá zánganos. Pero los expertos en abejas han contado las poblaciones de colmenas y los números que usan nada tienen que ver con la Divina Proporción. Por ejemplo, una colmena activa promedio tiene una reina, entre trescientos y mil zánganos y cincuenta mil obreras hembras. Si uno hace lo que Langdon dice y divide el número de hembras (50.001) por el número de machos (usemos mil), obtenemos cincuenta, ni siquiera cerca de 1,618.

PÁGINA 126: *Escribe Brown: "Los reyes franceses del Renacimiento estaban tan convencidos de que los anagramas tenían propiedades mágicas que contaban con anagramistas reales que les ayudaban a tomar las decisiones más acertadas mediante el análisis de las palabras de los documentos importantes".*

No creemos que hubiera reyes franceses fanáticos de los anagramas "durante el Renacimiento", un período que duró desde alrededor de 1483 hasta 1610. Pero un rey, Luis XIII, que reinó desde 1610 hasta 1643, hizo que se hablara mucho de él cuando nombró a un anagramista real, Thomas Billon. Pero no hay demasiadas pruebas que sugieran que Billon desempeñó un gran papel en la toma de decisiones. Se dice que la función de Billon era "entretener a la corte con divertidos anagramas de los nombres de las personas". Cada vez que los aficionados a los anagramas hablan de su historia mencionan a este anagramista. Luis XIII subió al trono a los nueve años, pero ignoramos en qué momento nombró a Billon. El joven Rey fue al principio manejado por su madre, y más tarde fue muy influido por sus consejeros, como el cardenal Richelieu.

PÁGINA 126: *Brown sigue diciendo que "los romanos daban al estudio de anagramas la categoría de ars magna (arte mayor)".*

¿Acaso los romanos hablaban inglés? *Anagrams* es la palabra inglesa que puede ser reordenada para que diga *ars magna*. Pero la palabra latina para anagrama es *anagrammat* o *anagramma*, derivada de palabras griegas anteriores.

PÁGINA 99: *Alguna vez Saunière escribió la palabra Planeta y le dijo a Sophie que "usando esas mismas letras es posible formar la sorprendente cantidad de noventa y dos palabras en inglés". ¿Es verdad?*

Sorprende que Saunière no pusiera otro número. Nosotros hemos podido armar 101 palabras y no somos tan inteligentes.

PÁGINAS 135-136: *Escribe el autor: "Hasta la fecha, el instrumento fundamental para la navegación sigue siendo la rosa náutica, y la dirección norte aún se marca con una flecha… o con más frecuencia, con el símbolo de una flor de lis." ¿Es realmente así?*

Es posible que uno haya visto alguna película en la que aparece un mapa del tesoro que tiene una rosa náutica con la flor de lis en la parte superior. Uno quisiera creer que también aparece en los mapas modernos, pero no es así. Es difícil decidir cuál de las rosas náuticas es la que más se usa en la actualidad. Pero sí podemos decir que los mapas oficiales de la aviación y la marina de Estados Unidos no usan la flor de lis.

Las cartas aéreas tienen una simple flecha que señala al norte, y ya están orientadas hacia el norte magnético. Las cartas náuticas tienen un gran indicador hacia el norte verdadero en el margen exterior, y una simple flecha más pequeña hacia el norte magnético en el margen interior. ¿El verdadero indicador del norte? Resulta bastante sorprendente, pero es una estrella de cinco puntas. Los marineros reconocen de inmediato su simbología: significa la estrella del norte, Polaris.

Dado que la mayoría de la gente no usa brújulas para interpretar mapas de caminos, que son tal vez los mapas más comunes, éstos carecen de rosa de navegación. Por lo general tienen una flecha que indica el norte. Los mapas y cartas antiguos —particularmente las cartas dibujadas por aquellos maestros de la cartografía, los portugueses— generalmente tienen una flor de lis señalando al norte. Resulta interesante señalar que con frecuencia también tienen una cruz —por lo general la Cruz de Malta— que señala al este. Esto se debe a que el este era la dirección "hacia Jerusalén". De modo que Dan Brown se perdió la oportunidad de destacar otro uso más del símbolo de los Caballeros Templarios.

PÁGINA 136: *Dice Brown en la novela: "mucho antes de que en esa localidad {Greenwich} se estableciera el primer meridiano, la longitud cero de todo el mundo pasaba directamente por París, y atravesaba la iglesia de Saint-Sulpice. El indicador metálico que se veía hoy era un recuerdo al primer meridiano del mundo, y aunque Greenwich le había arrebatado aquel honor en 1888, la Línea Rosa original aún era visible en la Ciudad Luz".*

París no fue el sitio del primer meridiano del mundo. Llegó tarde por unos mil cuatrocientos años. El primer intento conocido de establecer un meridiano de referencia se produjo en el siglo II a. de C., cuando Hiparco de Rodas propuso que todas las distancias fueran medidas a partir de un meridiano que pasara por la isla de Rodas, frente a las costas meridionales de Turquía. Pero tal vez el intento más importante lo realizó el griego Ptolomeo, que escribió entre 127 y 141 de nuestra era. Su meridiano de referencia atravesaba las islas Canarias. Los trabajos de Ptolomeo fueron rescatados por el monje benedictino alemán Nicolás Germanus alrededor de 1470, ejercieron una enorme influencia y sirvieron de inspiraron a Cristóbal Colón.

Debido a los viajes de exploración eran muchos los países que reclamaban territorios en todo el mundo, de modo que era frecuente que trataran de establecer su propio meridiano de referencia. La confusión sobre este tema duró cientos de años, pero Inglaterra sobresalió como la avanzada mundial de la tecnología de la cartografía y la navegación. Si uno imprimía las mejores cartas, había que decidir dónde estaba la línea cero para comenzar.

La controversia se desató en 1884 cuando el presidente Chester A. Arthur convocó a una conferencia en Washington para un acuerdo internacional sobre el meridiano de referencia y la universalización del día de veinticuatro horas. En esa época, un barco que quisiera orientarse en altamar se encontraba con un total de once meridianos nacionales de referencia: Greenwich, París, Berlín, Cádiz, Copenhague, Lisboa, Río de Janeiro, Roma, San Petersburgo, Estocolmo y Tokio. Para entonces, alrededor del 72 por ciento de la navegación comercial reconocía a Greenwich, mientras que sólo un 8 por ciento usaba como referencia a París.

La votación de las veinticinco naciones reunidas dio como resultado veintidós contra uno para que fuera Greenwich. Los que se abstuvieron fueron Brasil y —efectivamente, usted adivinó— Francia. Francia mantuvo a París como rival de Greenwich hasta 1911 para determinar la hora y hasta 1914 para propósitos navegacionales.

PÁGINA 152: *El profesor Lagdon se refiere al artista como "Da Vinci". ¿Es esto correcto?*

No. Resulta chocante para cualquiera que conozca algo de arte. Su verdadero nombre es Leonardo di ser Pietro y era de la ciudad de Vinci, de modo que su nombre completo era Leonardo di ser Pietro da Vinci (originario de la ciudad de Vinci). En el mundo del arte su nombre abreviado es Leonardo.

PÁGINA 153: *El profesor Lagdon "revela" el secreto de Leonardo de unir masculino y femenino en la Mona Lisa reorganizando las letras de su nombre para convertirlo en* amon l'isa, *una supuesta unión andrógina. ¿Pudo Leonardo haber intentado este juego de palabras?*

Todo esto tiene sentido si el cuadro se llamara *Mona Lisa*. Dado que Leonardo jamás lo llamó con ese nombre, esto resulta totalmente absurdo. En vida de Leonardo, el cuadro no tenía nombre. Se lo mencionaba de diversas maneras, algunas de ellas era "cortesana con velo de gasa".

PÁGINA 154: *Brown dice: "Al principio Lagdon no vio nada, pero al arrodillarse a su lado se fijó en una gotita seca que se veía fosforescente a la luz. '¿Tinta?'. De pronto recordó para qué usaba la policía aquellas linternas especiales. 'Sangre'". ¿Es esto razonable?*

Dan Brown, si vas a ver "CSI: Crime Scene Investigation" en televisión, ¡tienes que prestar atención! La sangre no brilla con la luz negra si no contiene algún elemento químico especial. Si se usa Luminol (un favorito de la serie CSI) no se necesita luz especial, basta con un cuarto oscuro. Esto se ocurre porque el reactivo produce una quimioluminiscencia que deja ver su propio brillo bastante fantasmal.

Cuando se usa Fluorescein (una alternativa preferida para rastros de sangre débiles y ocultos), entonces sí, se necesita la luz ultravioleta. Pero primero hay que hay que cubrir el área que interesa con una solución recién hecha de Fluorescein, y luego con una solución de peróxido de hidrógeno. Sophie no tenía ni el tiempo ni los materiales para hacer tal cosa.

PÁGINA 166: *Sophie toma la llave que se oculta en* La Virgen de las rocas *de Leonardo. El texto de Brown dice: "La obra que estaba examinando era un lienzo de poco más de un metro y medio de altura". Más adelante dice que "había arrancado el cuadro de los cables que lo sujetaban y lo había apoyado en el suelo... Su metro y medio de altura casi le ocultaba el cuerpo por completo.*

La pintura mide dos metros aproximadamente, sin contar el marco. Sophie debería haber sido un gigante para ser visible detrás del cuadro, y ser increíblemente fuerte para arrancarlo de la pared sin destrozarlo.

PÁGINA 172: *Dice el texto: "'Estará de broma', pensó Langdon. Nunca había visto una cosa tan pequeña {el cochecito rojo de Sophie}*
"—*Es un Smart —dijo—. Gasta sólo un litro cada cien kilómetros".*

Lo siento. El Smart es bueno y económico y tiene un gran rendimiento de consumo, pero no cien kilómetros con un litro, ni aproximadamente. El consumo puede variar, pero tal vez la cifra real sea de veinte kilómetros por litro. Durante varios años el Smart ha sido un éxito en toda Europa. Se fabrica en Alemania y en Francia y es propiedad de Daimler-Chrysler con una marca de Mercedes-Benz. Para ver algunos ejemplos, visitar daimlerchrysler.com.

Hay una serie de versiones de dos asientos del Smart de moderno diseño (originariamente creado por Swatch). Con dos metros y medio de largo, caben dos en un espacio normal de estacionamiento. Esta versión de dos asientos no se consigue en Estados Unidos. Las nuevas versiones de cuatro plazas serán introducidas en el mercado norteamericano en algún momento de 2006.

PÁGINA 173: *El destino es la Embajada de Estados Unidos. Sophie se dirige hacia el norte, hacia la Rue de Rivoli, y al oeste por la Rue de Rivoli por trescientos metros hasta la rotonda. Al salir por el otro lado de la rotonda se encontraron en los Champs Élysées. La embajada estaba a un kilómetro y medio, según Brown. Sophie dobla a la derecha, pasan "por delante del lujoso Hotel Crillon" y se internan en el barrio de las embajadas. De pronto se dan cuenta que están a cien metros del lugar en que la policía había cortado el paso en la Avenida Gabriel.*

Sophie necesita un buen mapa. Cuando va en dirección oeste por la Rue de Rivoli y llegan a la rotonda, se encuentra en la Place de la Concorde, una inmensa plaza abierta que es el centro de París. Sobre el lado norte de esta plaza está el Hotel Crillon. No lejos está la Embajada de Estados Unidos, donde la Rue de Rivoli se convierte en la Avenida Gabriel. Cuando uno encuentra una, encuentra la otra. (Uno de los atractivos de las habitaciones del Crillon es la vista a los jardines de la embajada.)

PÁGINA 185: *El destino es la Gare Saint-Lazare. Cuando Sophie abandona el área de la Rue Gabriel, bloqueada por la policía, regresa al oeste hacia los*

Champs Élysées, por el Arco de Triunfo para luego enfilar hacia el norte
alejándose del centro de la ciudad (muy posiblemente la avenida Wagram). Luego
gira a la derecha en el Boulevard Malesherbes. Hasta que da un par de giros más
y terminan en la estación.

Repitámoslo, Sophie necesita un buen mapa. Cuando abandona la Rue Gabriel, está a unos trescientos metros de la Gare Saint-Lazare, si es que se
dirige al norte. Pero hace un largo trecho hacia el oeste, y luego gira hacia
el norte, para luego dirigirse al sur y al este, para volver al mismo lugar
después de un viaje de más o menos un par de kilómetros extras que no es
necesario que haga. ¿Será que lo que quiere es llegar a conocer a Langdon
un poco mejor?

PÁGINA 188: *La novela dice: "La revista* Architectural Digest *había*
afirmado que el edificio era 'un faro radiante de catolicismo perfectamente
integrado en su entorno de modernidad'". ¿Es correcta esta cita?

Consultamos con *Architectural Digest* acerca de esto y su breve respuesta
fue: "*Architectural Digest* jamás ha publicado nada sobre el edificio del
Opus Dei".

PÁGINA 193: *Con intención de salir de París, Sophie da instrucciones al taxista*
y se dirigen hacia el norte por la Rue de Clichy. Por la ventanilla de la derecha,
Langdon ve Montmartre y el Sacré Coeur.

Sí. Esa vista es posible.

PÁGINA 195: *Mientras van hacia el norte por la Rue de Clichy, Sophie descubre*
que la dirección que hay en la llave es 24 Rue Haxo. El taxista le dice que esa
calle está "cerca de las pistas de tenis de Roland Garros en las afueras de
París…" —La manera más rápida de llegar es atravesando el Bois de
Boulogne—le dijo el taxista.

El taxista también necesita un buen mapa. No es necesario dar vueltas por
el Bois de Boulogne para llegar a las pistas de tenis. Hay una arteria de acceso limitado y alta velocidad, el boulevard Periférico, que lleva directamente al estadio.

Pero acá hay un error grande, porque la Rue Haxo no está en esa zona de
París. Es más, está en el lado este de la ciudad.

PÁGINA 196: *Fache se entera de que Langdon compró dos billetes de tren.*
"—¿Cuál es el destino de ese tren? —le preguntó en voz baja.
"—Lille.
"—Seguramente una pista falsa —concluyó.
¿Cómo puede estar tan seguro?

Tal vez porque sabe que los trenes a Lille no parten de la Gare Saint-Lazare. El tren a Lille sale de la Gare du Nord. Unas páginas antes, en algunas
ediciones anteriores en inglés de *El Código Da Vinci*, Langdon y Neveu compran billetes en la Gare Saint-Lazare para el tren de las 3:06 a Lyon. En ediciones posteriores, es la misma estación y a la misma hora, pero a Lille. En
general uno no usa la Gare Saint-Lazare para ninguno de esos dos destinos.

PÁGINA 199: *Dan Brown dice que el parque llamado Bois de Boulogne es
conocido por los más enterados como "El jardín de las delicias" debido a "sus
centenares de cuerpos de alquiler, delicias para satisfacer los más profundos deseos
de hombres, mujeres y demás".*

Nuestros amigos franceses no lo llaman "Jardín de las delicias". Tal vez esto sólo fue una excusa para que el autor pudiera introducir esta alusión a
El Bosco y su pintura de ese nombre. De todas maneras, es cierto que el
parque de noche se llena de prostitutas, "prostitutos" y travestidos.

PÁGINA 200: *Sophie le pide a Langdon que le cuente acerca del Priorato de Sion.
"La historia de la hermandad abarcaba más de un milenio…
"—El Priorato de Sion lo fundó en Jerusalén un rey francés llamado Godofredo
de Bouillon en el año 1099…"*

Si fue fundado en 1099, ¿cómo puede su historia abarcar "más de un milenio".

PÁGINA 202: *Langdon cuenta el plan ideado por el papa Clemente V y el rey
francés Felipe IV para arrestar y ejecutar a los Caballeros Templarios en un
esfuerzo coordinado que debía comenzar el viernes 13 de octubre de 1307. Se dice
que éste es el origen directo de la moderna superstición del viernes 13.*

Ésta es sólo una de muchas explicaciones para la superstición de que los
viernes 13 son días de mala suerte.

PÁGINA 211: *El obispo Aringarosa le dice a Silas: "¿Acaso no sabes que el
mismísimo Noé era albino?".*

La Biblia no dice que Noé era albino, pero el *Libro de Enoch* —uno de los
libros apócrifos que fueron omitidos de la Biblia— tiene esta descripción
del nacimiento de Noé:

"Le ha nacido un hijo a mi hijo Lamec, que no se parece a él, su naturaleza no
es como la naturaleza humana, su color es más blanco que la nieve y más rojo que la rosa, los cabellos de su cabeza son más blancos que la lana blanca,
sus ojos son como los rayos del sol y al abrirse han iluminado toda la casa".
Pero este texto es en realidad una especie de apéndice agregado al *Libro de
Enoch*. De todas maneras, es difícil imaginar que un supernumerario del

muy ortodoxo Opus Dei como es Aringarosa se apoye en escrituras que provienen de grupos alternativos.

PÁGINA 214: *Sophie se pone al volante y pronto tenía a su coche avanzando "como una seda por la Allée de Longchamp... dejando atrás el Jardín de las delicias". Sophie dice que el taxista había dicho que la Rue Haxo "estaba cerca de las pistas de Roland Garros" y que está segura de encontrarla. "Conozco la zona", le dice.*

Sophie necesita un buen mapa. La Allée de Longchamp corre de norte a sur y es de una sola mano hacia el norte. El estadio de tenis no está al oeste del parque, sino al sur. Como dijimos antes, la Rue Haxo está en el lado este de París, a kilómetros de distancia.

PÁGINA 214: *La famosa obra de Leonardo* La Adoración de los Magos *fue bocetada por el maestro, pero completada por algún pícaro artista que modificó la composición. Esto fue revelado por los rayos X y la reflectografía infrarroja. Un especialista en arte, el italiano Mauricio Seracini, descubrió los secretos del cuadro y el asunto fue publicado en el* New York Time Magazine.

Todo esto es verdad. Seracini es un auténtico y renombrado especialista en arte. El artículo fue escrito por Melinda Henneberg y publicado el 21 de abril de 2002. Henneberg está haciendo investigaciones para un libro sobre la principal búsqueda de Seracini, el paradero del fresco perdido de Leonardo, *La Batalla de Anghiari*.

PÁGINA 216: *El Banco de Zurich le hace acordar a Langdon que la bandera nacional suiza contiene una cruz de brazos iguales.*

No sólo es una cruz de brazos iguales, sino que la cruz de la bandera suiza es rara en cuanto que es un cuadrado perfecto (no un rectángulo), lo que acentúa más la simetría.

PÁGINA 222: *¿Existe realmente un Banco de Depósitos de Zurich?*

Si uno lo busca con el Google, encontrará un sitio de Internet que por un instante parece verdadero. Luego descubre que es parte de una caza del tesoro de Dan Brown y Random House. Es un sitio de entretenimiento con muchas bromas internas para lectores del libro. Trate también de buscar a Robert Langdon con Google y encontrará un sitio similar muy divertido.

PÁGINA 228: *Collet está en la Gare du Nord cuando Fache lo llama. ¿Por qué está allí?*

Fache le había dicho a Collet: "que alerten a la estación siguiente, que detengan el tren y lo inspeccionen". Envió a Collet para que supervisara. Fache aparentemente se olvidó de que los trenes a Lille no parten de la Gare

Saint-Lazare, de modo que la Gare du Nord no es la siguiente estación. Es todavía menos posible que Collet haya ido a la Gare du Nord en las anteriores ediciones del libro en lengua inglesa, en las que Sophie y Robert compran billetes para Lyon, muy lejos al sur de París.

PÁGINA 233: *Vernet le dice a Sophie que tiene que conocer su número de cuenta de diez dígitos. "Sophie calculó mentalmente las probabilidades criptográficas. 'Diez mil millones de posibles combinaciones'. Aun contando con los procesadores en paralelo más potentes de la Policía Judicial, tardaría semanas para descifrar el código."*

Hay por lo menos un par de cosas equivocadas con la evaluación de Sophie. Primero, la tarea básica de calcular con una procesadora las diez mil millones de posibles combinaciones de números no es de ninguna manera difícil y cualquiera de las computadoras comunes de hoy en día puede hacerlo en cuestión de minutos. No es necesario recurrir a procesadores en paralelo o a computadoras enormes. Por supuesto que si uno quiere imprimir todos los números posibles tendrá que esperar bastante junto a la impresora láser y tendrá que pagar una enorme factura por papel y tóner.

Pero ya hace tiempo que se construyó un sistema de seguridad profesional que permite al usuario hacer innumerables intentos para adivinar un código. Ante la posibilidad de que alguien toque la tecla equivocada en el teclado, algunos sistemas permiten hasta tres intentos, pero el Banco de Depósitos de Zurich tiene una política más estricta. Sólo hay una posibilidad, como Sophie lo sabrá unas páginas más adelante.

PÁGINA 253: *Sophie piensa en el críptex: "Si alguien intentara forzar el críptex para abrirlo, el tubo de cristal se rompería y el vinagre disolvería rápidamente el papiro. Cuando ese alguien accediera por fin al mensaje, se encontraría sólo con una pasta ilegible".*

Para nosotros esto no es posible. El papiro se hace con tiras de la planta de papiro entremezcladas, unidas con pasta de harina (a la que se le agrega una gota de vinagre en su fabricación). Las fibras son en su mayor parte celulosa, un material sumamente durable que no se disuelve instantáneamente en vinagre. Si fuera que para escribir el mensaje en el papiro se usó una tinta que se disuelve en vinagre, habría sido más fácil de creer. Adviértase que es muy posible que el papiro que usó Saunière para poner dentro del críptex fuera de fabricación reciente, no de hace quinientos años.

PÁGINA 253: *El críptex tiene cinco discos con veintiséis letras cada uno. Sophie hace el cálculo: "eso es veintiséis elevado a la quinta potencia... aproximadamente doce millones de posibilidades".*

Correcto. 11.881.376 para ser exactos.

PÁGINA 271: *Langdon comienza a hablar de la propiedad de Sir Leigh Teabing, que según él está "cerca de Versalles". Más adelante (página 275), Dan Brown la describe así: "El Château Villette, que ocupaba una extensión de setenta y cuatro hectáreas, estaba situado a veinticinco minutos al noroeste de París, cerca de Versalles… A aquella finca muchos la conocían como la Petite Versailles".*
¿Existe el Château Villette y está cerca de Versalles?

El verdadero Villette se alquila a cualquier turista que pueda pagar los cinco mil dólares por noche, y está en Internet desde hace un tiempo en la listas de lugares para alquilar en las vacaciones. La agencia inmobiliaria que lo promociona está en California y el aviso dice que Villette está "cerca de París, al noroeste de París". La historia de la casa que se cuenta en *El Código Da Vinci* coincide con la historia que aparece en el sitio de la agencia que la alquila, incluida la participación de Le Nôtre (el diseñador de muchos de los jardines de Versalles) y Mansart en el siglo XVII. Ciertamente es una hermosa casa histórica. Sin embargo no diríamos que está cerca de Versalles, salvo en la jerga de los negocios inmobiliarios. Versalles está a unos quince kilómetros al este del centro de París y cuatro kilómetros y medio al sur. Villette está a unos treinta kilómetros al oeste de París y quince kilómetros al norte. Siguiendo la ruta, la distancia que separa a uno del otros es de unos treinta kilómetros.

PÁGINA 278: *Vernet llama por teléfono y le da instrucciones al gerente de guardia del banco para "que active el sistema de localización para emergencias del furgón". El gerente se acerca al panel de control y hace lo que le piden, no sin antes advertirle a su jefe que con ello también avisará a la policía. ¿Es así como funcionan estos sistemas?*

No precisamente. Es necesario llamar a la policía para activar el transmisor del vehículo. Una vez que esto está hecho, es la policía la que con sus coches y helicópteros usa los equipos de localización para encontrar el vehículo. No se obtiene un informe de posición al instante salvo que la policía esté lista para entrar en acción y coordine sus maniobras de localización. Puede llevar horas. (Si uno quisiera resultados instantáneos, se necesitaría un sistema que proporcione sus propias coordenadas GPS, como el "botón GPS" de *El Código Da Vinci* en la página 90, por ejemplo.)
La empresa que proporciona estos servicios en Francia tiene sus ventajas. Primero, está totalmente concentrada en el país y tiene una cobertura casi total con más de veintitrés mil coches de policía y cuarenta y dos helicópteros (una cobertura más intensa que la de Estados Unidos). Segundo, su discreta señal codificada permite a la policía prepararse silenciosamente para hacer un arresto, en lugar de emitir una señal que puede ser descifrada por cualquiera.

PÁGINA 282: *¡Gárgolas! Esto desata un regreso al pasado en el que Saunière lleva a Sophie a Notre Dame durante una tormenta de lluvia. Las gárgolas por donde desagua la lluvia gorgotean. "—Están 'gargoleando' —continuó su abuelo—. ¡Haciendo gárgaras! De ahí es de donde les viene su ridículo nombre."*

No es así. En francés "hacer gárgaras" se dice *"gargariser"*. La palabra de la que provienen ambas palabras, gárgola y gárgara, no es *"gargariser"* sino *"gargouille"* que significa "gaznate" o "garganta". Pero la etimología es mucho más interesante que esto. Según el mito, en el siglo XVII un dragón salió del río Sena. Pero en lugar de lanzar fuego por la boca, este dragón lanzaba agua. Su nombre era Gargouille, es decir, Garganta. De esa manera inundaba los pueblos alrededor de París, hasta que fue enfrentado y domado por San Román, el arzobispo de Rouen, quien hizo el signo de la cruz con sus dos dedos índices. Gargouille fue conducido mansamente de regreso a París donde fue matado y quemado, pero no sin antes haberle cortado la cabeza y ponerla en el frente de una casa.

Muchos edificios, viejos y nuevos, están adornados con criaturas que dan miedo. Estrictamente hablando, se llama gárgola en recuerdo de Gargouille a aquellas criaturas que forman parte del sistema pluvial y arrojan agua. Todas las demás, se llaman grotescos.

PÁGINA 283: *Sophie dice que estudió en el Royal Holloway. ¿Es ése un lugar para estudiar criptografía?*

Sí. El Royal Holloway es parte de la Universidad de Londres y tiene muy buenos programas para el estudio de las matemáticas y ciencias de la computación. Ofrece también títulos de posgrado y allí funciona el Grupo de Seguridad de la Información, un grupo de graduados especializados en criptografía.

PÁGINA 290: *"—Un momento. ¿Me está diciendo que la divinidad de Jesús fue el resultado de una votación?*

"—Y de una votación muy ajustada, por cierto —añadió Teabing".

La votación fue de 316 a 2. ¿Considera Teabing que ésta es una votación muy ajustada?

PÁGINA 291: *"Como Constantino 'subió de categoría' a Jesús cuatro siglos después de Su muerte, ya existían miles de crónicas sobre Su vida", dice Teabing, refiriéndose al Concilio de Nicea.*

Otra vez se recurre a complejos cálculos. Si Jesús murió alrededor del 30 d. de C. y el Concilio de Nicea se reunió en 325 d. de C., ¿cuántos siglos hay entre ambos hechos? Nos parece que ronda los tres siglos, no cuatro.

PÁGINAS 291-292: *Dan Brown dice que "los manuscritos del Mar Muerto se encontraron en la década de los cincuenta en una cueva cercana a Qumrán en el desierto de Judea".*

El año exacto es 1947. Unos pastores beduinos buscaban una cabra perdida y encontraron una cueva con cántaros donde se habían guardado antiguos rollos de escritura. Al principio se descubrieron siete rollos, pero en búsquedas posteriores y a lo largo de aproximadamente una década se descubrieron miles de fragmentos de rollos.

PÁGINA 303: *"Nuestras ideas preconcebidas de esta escena son tan fuertes que nos vendan los ojos y nuestra mente suprime la incongruencia" dice Teabing.*
"—Es un fenómeno conocido como escotoma —añadió Langdon."

Interesante síndrome, pero no del todo correcto. Lo que dice Teabing no describe correctamente el escotoma, que es, efectivamente, un defecto o enfermedad de la vista, y no una mera trampa de la percepción.

La definición de escotoma es "un punto ciego u oscuro en el campo visual". Para hablar médicamente, "el escotoma puede ser central, si está provocado por una enfermedad macular o del nervio óptico, o periférica si es el resultado de lesiones coriorretinianas o de agujeros retinianos". Existe también un fenómeno asociado con las migrañas llamado escotoma centelleante en el que el punto ciego late y tiene bordes desparejos.

Para que los verdaderos fanáticos de los errores tomen nota: en la primera edición en inglés de tapas duras de *El Código Da Vinci*, esta palabra está mal escrita; en lugar de *scotoma* dice *skitoma*.

PÁGINA 306: *Sophie recuerda que "el gobierno francés, accediendo a las presiones de los curas, había aceptado prohibir una película norteamericana llamada* La última tentación de Cristo".

El gobierno francés no prohibió la película. Este film de 1988 dirigido por Martin Scorsese, se basaba en una novela aparecida en 1955 de Nikos Kazantzakis (conocido también por ser el autor de *Zorba el griego*). Efectivamente mostraba a Jesús (Willem Dafoe) apasionado por María Magdalena (Barbara Hershey).

Al publicarse la novela, se produjeron protestas y algunas prohibiciones (por parte de Vaticano, principalmente), pero no en Francia. La Iglesia Ortodoxa Griega excomulgó a Kazantzakis, que nominalmente pertenecía a ella. Cuando se estrenó la película de Scorsese, se produjeron protestas prácticamente en todas partes, incluida una bomba incendiaria en un cine de Paris, así como ataques a otros cine en Francia. Hubo incidentes violentos en todo el mundo. En Estados Unidos, un manifestante lanzó un autobús

contra el vestíbulo de un cine. Por lo menos dos gobiernos prohibieron la
película —Chile e Israel— pero no Francia.

Digamos de paso que si supuestamente Saunière mantiene un perfil bajo,
¿por qué escribió ese artículo? Y si se supone que Sophie tiene 32 años en
el momento de la novela, es decir que nació alrededor de 1969-1970, ¿por
qué se muestra tan infantil e ingenua al hablar con su abuelo sobre la película de 1988 preguntándose si Jesús tenía novia en la conversación de la
página 307?

PÁGINA 313: *A Aringarosa lo esperaba en el aeropuerto de Ciampino "un
pequeño jet" (página 313). Pero en página 339 aparece en un "Beechcraft Baron
58 alquilado".*

El Beechcraft Baron 58 no es un jet. Tiene motores de pistón y consume
nafta de aviación. El jet tiene motores de turbina y consume fuel oil.

PÁGINA 338: *La policía encuentra el Audi de Silas. Tenía "una matrícula que
indicaba que se trataba de un coche alquilado. Collet tocó el capó. Aún estaba
caliente". ¿Qué clase de matrículas son ésas?*

No hay matrículas especiales para autos que se alquilan, pero hay un sistema de códigos que a veces revela información que podría interesar, por
ejemplo, a los ladrones. A cada región (o departamento) de Francia se le
asigna un código que corresponde a los dos últimos dígitos de la matrícula. Como los impuestos son diferentes en cada departamento, las empresas
de alquiler de coches registran sus vehículos donde los impuestos son más
bajos, de ahí que se reconocen por matrículas que terminen en noventa y
dos, cincuenta y uno o veintiséis, correspondientes a los departamentos con
menores cargas impositivas. Pero las empresas de alquiler de coches han
ido abandonando esas prácticas. De todas maneras, los conocedores pueden
identificar las matrículas según el lugar de registro.

PÁGINA 339: *Aringarosa "sobrevolaba raudo el mar Tirreno, en dirección norte"
en su viaje desde Ciampino en Roma hacia París.*

Si uno vuela hacia el norte desde Roma, no vuela sobre el mar. Para eso hay
que ir en dirección noroeste u oeste.

PÁGINA 348: *Acá nos enteramos de que "Collet y sus hombres irrumpieron en la
mansión... En el suelo del salón encontraron un impacto de bala, señales de que se
había producido un forcejeo..." Pero un poco más adelante, página 367,
descubrimos que Collet se sentía aliviado ya que "al menos la Policía Científica
había localizado un impacto de bala en el suelo, lo que... corroboraba su
justificación para haber entrado en la casa".*

Vaya, uno pensaría que Collet le habría dicho a la Policía Científica que él había encontrado el impacto de bala, pero tal vez dejó que lo descubrieran ellos por su cuenta.

PÁGINA 350: *Aquí leemos esto: "Collet salió por aquella puerta, intentando ver algo entre las sombras. Pero sólo distinguía débilmente la silueta del bosque recortándose en la penumbra". Pero más adelante, página 351, Rémy "maniobraba con pericia por los campos… iluminados por la luna".*
¿Será que la luz de la luna era diferente en cada extremo del campo?

PÁGINA 363: *"Los potentes motores Garret TFE-731 del Hawker 731 atronaron".*
Entendemos de qué avión esté probablemente hablando Dan Brown, pero casi nadie lo llamaría "Hawker 731". Es el Hawker-Siddeley HS-125 con motores jet Garret 731. Originalmente lo construía Havilland, luego pasó a ser fabricado por British Aerospace, y ahora está bajo el estandarte de Raytheon.

PÁGINA 373: *Dan Brown dice que Bill Gates compró por más de 30 millones de dólares dieciocho folios de papel escritos por Leonardo y conocido como el Códice Leicester.*
Los dieciocho hojas están escritas de los dos lados y dobladas por la mitad, lo que genera un cuaderno de setenta y dos páginas. El millonario Armand Hammer compró el códice en 1980 por 5,2 millones de dólares y le cambió el nombre por Códice Hammer, pero Bill Gates restauró el nombre de Códice Leicester. Está en el Museo de Arte de Seattle, pero ha viajado por todo el mundo y con él se ha realizado un disco compacto interactivo.

PÁGINA 411: *"Los motores Hawker seguían rugiendo mientras el piloto culminaba su maniobra habitual, colocando el avión de cara para facilitar el siguiente despegue. Cuando estaba a punto de completar el giro de 180 grados y adelantarse hasta la entrada del hangar…"*
Ningún piloto de jet intentaría esta maniobra. Los pilotos sencillamente no mueven los aviones dentro de los hangares. Los chorros de aire convertirían en proyectiles mortales cualquier cosa que no estuviera bien sujeta dentro del hangar, y es muy posible que su fuerza hiciera volar las paredes. Un piloto en Biggin Hill nos dijo que intentarlo significaría el despido inmediato.

PÁGINA 424: *La iglesia del Temple sobrevivió "pero las bombas incendiarias de la Luftwaffe, en 1940, la habían dañado seriamente", según Dan Brown.*

Las bombas incendiarias en realidad cayeron la noche del 10 de mayo de 1941.

PÁGINA 429: *Teabing había dicho que la iglesia del Temple tenía "diez de las tumbas más terroríficas que has visto en tu vida" (página 418). Ahora, la página 429, dentro de la iglesia del Temple, Langdon ve "diez caballeros de piedra. Cinco a la izquierda. Cinco a la derecha. Tendidas de espaldas al suelo, las figuras labradas, de tamaño natural, reposaban con expresión serena. Estaban esculpidas con sus armaduras, sus escudos, sus espadas... todas las figuras estaban muy desgastadas por el tiempo, pero cada una era única y distinta de las demás". Pero todos se sorprenden al descubrir que falta un caballero (página 436).*

En realidad no falta ningún caballero. Sólo hay nueve caballeros tallados en piedra. Esto no debería sorprender a nadie que conozca la iglesia del Temple.

Una de las principales razones del aspecto desgastado de los caballeros es el daño causado por los escombros que cayeron durante el ataque alemán con bombas incendiarias del 10 de mayo de1941. El techo de la iglesia redonda se quemó primero y luego el fuego consumió todo lo que había de madera en la iglesia.

PÁGINAS 449-450: *En el altillo del cobertizo de Villette hay equipos de escucha que la policía considera "muy avanzados... tan sofisticados como los que utilizamos nosotros. Micrófonos diminutos, células fotoeléctricas recargables, chips de memoria RAM de gran capacidad. Si hasta tiene algunas unidades de nanotecnología". Descubren un sistema receptor de radio y coinciden en que los sistemas de grabación remotos "se activan con la voz, economizando de este modo espacio en el disco rígido, y grababan fragmentos de conversaciones durante el día. Los archivos de audio comprimidos los enviaban de noche, para evitar ser detectados. Después de efectuada la transmisión, las grabaciones se borraban solas y todo quedaba listo para el día siguiente". Luego Collet mira al estante "en el que había cientos de casetes, todos etiquetados con fechas y nombres". ¿Qué es lo que no encaja en este pasaje?*

¡Rápido! Busque a un niño o una niña de diez años y pregúntele si tiene sentido almacenar archivos MP3 en casetes de cintas de audio. (Para ser justos, primero explíquele a la criatura qué es un casete de audio y cómo se usaba.)

Para quienes no logran que el niño se lo explique, vale tener en cuenta que los archivos comprimidos de audio pueden ser ejecutados directamente en la computadora y guardados en su disco rígido, o transferidos a CD o DVD para ser guardados. Hacer cintas de audio requeriría demasiado tiempo y sería innecesario. Podemos imaginar muchas cosas que pueden ser hechas en el futuro, pero no estamos seguros de qué habla Brown aquí, salvo que sea algo como sonido futurista.

PÁGINA 452: *Langdon y Sophie toman el subte en la estación del Temple cuando van desde la iglesia del Temple hasta la biblioteca del Instituto de Investigación de Teología Sistemática. ¿Tiene sentido ese viaje en subte?*

No. Hay dos problemas con este viaje. Si uno quiere encontrar el Instituto de Teología Sistemática, es necesario ir a la Sala 2E del Edificio Cresham en Surrey Lane (el día en que se reúnen los especialistas del instituto). Si uno va hasta la estación del Temple, uno ya está a pocos metros del Edificio Cresham y no hay necesidad de entrar en la estación.

Pero la sala octogonal que se dice que es la biblioteca del instituto no está en ese edificio. Con seguridad, ésta es la sala redonda, que está en la Biblioteca Maugham de King's College. Para llegar allí desde la iglesia del Temple, sólo hay que ir hacia el norte, cruzar Strand y subir por Chancery Lane. Está a una cuadra de distancia. Si uno va a la estación del subte, va en la dirección contraria.

PÁGINA 464: *Dan Brown dice que hay un "Instituto de Investigación de Teología Sistemática" en el King's College de Londres. ¿Es cierto?*

Sí. Este respetado instituto depende del Departamento de Teología y Estudios Religiosos. Aunque en realidad se trata de un grupo de especialistas que se reúnen con regularidad en una sala de seminarios y a menudo se dictan conferencias sobre teología.

PÁGINA 464: *El autor dice que el Instituto de Investigación de Teología Sistemática tiene una sala principal de investigación que es "una espectacular cámara octogonal". Sophie y Langdon llegan en el momento en que la bibliotecaria está haciendo té y preparándose para iniciar su día. ¿Tiene sentido?*

La sala que allí se describe existe y es parte del King's College, pero está en la Biblioteca Maugham en Chancery Lane. No pertenece al Instituto de Investigación. Los sábados no abre hasta las nueve y media de la mañana, y calculamos que Sophie y Langdon llegarían a ese lugar a eso de las ocho y media, a más tardar (aun cuando se hubieran perdido un poco).

PÁGINAS 467-468: *Dan Brown dice que el Instituto de Investigación de Teología Sistemática "durante las dos últimas décadas… había recurrido a sistemas informáticos de reconocimiento óptico de caracteres y a programas de transcripción lingüística para digitalizar y catalogar una enorme colección de textos, enciclopedias de religión, biografías religiosas, escritos sagrados en diversidad de lenguas, historias, cartas del Vaticano, diarios de miembros del*

clero, cualquier cosa que tuviera alguna relación con la espiritualidad humana."
Se dice ahí que la información es accesible por medio de un "enorme procesador de
datos" con una capacidad de búsqueda de 500 MB por segundo. ¿Esto existe?

No. Nos comunicamos con las autoridades del Instituto de Investigación y se sorprendieron y les divirtió enterarse del supuesto enorme ordenador y base de datos que ellos tendrían.

Uno de los profesores nos dijo: "Nuestros equipos de procesamiento son los ordenadores de escritorio del personal [en este momento G3 iMac]. Lamentablemente no contamos con recursos informáticos dedicados a reunir 'una enorme —o siquiera modesta— base de datos sobre trabajos teológicos'". Y agregó: "Una vez traté de usar un programa de reconocimiento óptico, pero el resultado fue tal desastre que yo mismo tipeé lo que quería copiar".

PÁGINA 482: *Al buscar "enterrado por un Papa reposa un caballero", Lagndon obtiene este "hallazgo" en el ordenador del Instituto de Investigación: "El entierro de sir Isaac Newton, / al que asistieron reyes y nobles, / fue presidido por Alexander Pope, / amigo y colega, que le dedicó unas / palabras de elogio antes de echar / un puñado de tierra sobre su ataúd." ¿Efectivamente Pope presidió la ceremonia y leyó el panegírico?*

No. El funeral de Newton, realizado el 28 de marzo de 1727, fue notable por los grandes honores que se le tributaron a Sir Isaac. Se lo consideraba casi como a un dios. Según una crónica de la época, su cuerpo fue transportado a mano desde la Cámara Jerusalén de la Abadía de Westminster por un lord, dos duques y tres condes. Sir Michael Newton encabezaba a los deudos y el obispo de Rochester realizó el servicio.

Aunque Alexander Pope ya era probablemente una prominente figura en esa época, su papel vino más tarde, cuando un grupo de personas decidió levantar un monumento a Newton unos cuatro años más tarde. Dado que Pope tenía fama de escribir notables epitafios (y ganaba bastante dinero con ello), fue elegido para escribir el epitafio que se lee en ese monumento. Se convirtió en uno de los más famosos de todos los tiempos:

ISAACUS NEWTONUS
Quem Immortalem
Testantur, Tempos, Natura, Caelum:
Mortales
Hoc marmor fatetur

La Naturaleza y sus leyes estaban escondidas en la Noche.
Dios dijo: ¡que exista Newton! Y todo fue Luz.

PÁGINA 486: *Sophie y Langdon parecen haber llegado a la biblioteca del instituto del King's College a eso de las ocho de la mañana, un sábado, y lo encuentran abierto y con personal tan amable y eficiente como Pamela Gettum. Esto parece poco probable. ¿A qué hora llegan estos madrugadores a la abadía de Westminster que ya está abierta?*

Nuestros cálculos muestran que posiblemente llegaron a la abadía a las ocho y cuarenta y cinco. Aunque entran sin ningún problema, el hecho es que en realidad no abre al público hasta las nueve y media. Éste es otro de los varios problemas que hemos identificado en los tiempos de la acción en *El Código Da Vinci*. Otro es el del viaje aéreo del obispo Aringarosa. En nuestra opinión, los viajes del obispo son inconsistentes con el resto de los tiempos. Como posibilidad extrema, parece que podría volar unas seis horas desde Roma a Biggin Hill, con puntos intermedios que no coinciden con el viaje. Pero además, si en el libro los acontecimientos estuvieran en orden de aparición, llegaría instantáneamente a 5 Orme Court para recibir el disparo de Silas, cuando necesitaría por lo menos quince minutos para llegar desde Biggin Hill hasta el centro de Londres.

Hemos elaborado una detallada secuencia temporal de *El Código Da Vinci*, y hemos corroborado que, por improbable que parezca, es por lo menos técnicamente posible poner toda la acción en el libro en un solo día de veinticuatro horas. Si se desea obtener más información sobre este tema, visítenosen www.secretsofthecode.com.

Tras la línea Rosa desde Rosslyn hasta... ¿Florencia?
Reflexiones sobre el último acto de El Código Da Vinci

Por Dan Burstein

Nuestro competente guía turístico, David Shugarts, nos ha traído hasta aquí. Nos ha conducido a lo largo de cuatrocientas páginas por los detalles y fallas de la trama de *El Código Da Vinci*. Han pasado ocho horas de sorprendente intensidad desde las 12.32 de la noche, hora en que el teléfono sacó a Robert Langdon de sus sueños (sin duda soñaba con la divinidad femenina) en su cómodo lecho en el Hotel Ritz de París, hasta este momento, aproximadamente a las nueve menos cuarto de la mañana, cuando Robert y Sophie llegan a la abadía de Westminster. En este punto, uno de los grandes misterios de la trama se resuelve con un salto desde atrás de las gárgolas. El cuento de El Maestro se desmorona. Sus motivos para poner en marcha esta conspiración resultan irracionales e increíbles. Parece que el Priorato de Sión renuncia a su legado, tema que ha ocupado casi todo el libro. Además, el temible Opus Dei se aleja humildemente de toda intención de organizar nuevas intrigas y conspiraciones. Para muchos lectores, la fuerte alusión que se hace al último sitio de reposo del Santo Grial, es una tontería.

Aunque son muchas las fallas que tiene la trama, el que sigue es mi ejemplo favorito de falla en el argumento: todo nos ha llevado a creer que Sophie, también llamada Princesa Sophie, la consentida nieta del gran maestre y abuelo Saunière, es la descendiente en el siglo XXI del linaje de sangre real que proviene de la unión de Jesucristo y María Magdalena. En la mitad del libro se nos aparta momentáneamente de esta pista cuando Sophie comienza a sospechar que ella podría ser la portadora moderna de la sangre de Jesús. Pero Langdon le dice que "es imposible" que ella sea la descendiente moderna de María Magdalena y Jesús ya que Saunière no es un nombre merovingio y nadie en su familia lleva los apellidos Plantard o Saint-Clair.

Pero al terminar el libro, Dan Brown nos informa que nos ha despistado. Marie Chauvel, esposa de Saunière y abuela de Sophie, es clara cuando le dice la verdad a su nieta: sus padres eran ambos descendientes de familias merovingias, "descendientes directos de María Magdalena y Jesucristo". Los padres de Sophie, como medida de protección, se habían cambiado hacía mucho tiempo los apellidos Plantard y Saint-Clair. "Sus hijos representaban el linaje real sobreviviente más directo, por lo que el Priorato los cuidaba con sumo cuidado".

Fuerzas poderosas y oscuras (presumiblemente de la Iglesia) conspiran para matar a la familia de Sophie y así eliminar este linaje sagrado de una vez para siempre. Pero Sophie y su hermano sobrevivieron al accidente de automóvil que debía terminar con toda la familia. Los padres están muertos y Saunière debe actuar precipitadamente ante el gran peligro. Separa a los sobrevivientes, se lleva a Sophie consigo, envía a su mujer y al hermano de Sophie a vivir en un lugar secreto y apartado en Escocia (la capilla Rosslyn) y prácticamente interrumpe toda comunicación entre el dúo abuelo-nieta en París y el dúo abuela-nieto en Escocia. Después de tomar todas estas complicadas precauciones para preparar un futuro brillante a estos últimos descendientes del linaje real, Saunière se dedica a criar a Sophie y a prepararla para su papel futuro.

Hasta que se produce la escena clave, origen de las dificultades: Sophie, que regresa anticipadamente y sin aviso del colegio, se presenta en la casa de campo de Saunière. Fugaz testigo del rito del *hieros gamos*, es tal la impresión que aquello le produce que se niega a volver a hablar jamás con su abuelo. Se niega a leer las cartas que él le envía y rechaza todos los intentos que él hace por darle una explicación. Pero, ¿cómo es posible que el brillante Saunière, una especie de Leonardo da Vinci contemporáneo y gran maestre del gran Priorato de Sion, no pueda de ninguna manera comunicarse con la nieta a la que tanto ama? Existieron las Cruzadas, se han producido guerras, pueblos enteros fueron asesinados, muchos creyentes fueron torturados hasta morir, todo para proteger los secretos del Priorato de Sion. ¿Y Saunière no puede encontrar la manera de comunicar esos secretos a su nieta?

Además, si el linaje es tan importante, y si la *sang real* —la sangre real— es de lo que se trata realmente el Santo Grial, como se nos ha dicho con frecuencia en la novela, ¿cómo es que Sophie y su hermano —los dos últimos descendientes de Jesús y María Magdalena en la Tierra, cuyas familias y sociedad secreta de protectores se han mantenido firmes contra todo esfuerzo por eliminar su linaje durante dos milenios— permanecen tan alegremente solteros, sin compromisos y sin siquiera la sugerencia de un novio o una novia? Sabemos que Sophie tiene treinta y dos años cuando ocurre la acción de la novela. Su reloj biológico está definitivamente marcando la cuenta regresiva. Sin embargo, ella no tiene hijos. Esto, para mí, es un flagrante agujero en la trama. ¿Todo habrá de terminar allí?

Bueno, no exactamente. Langdon invita a Sophie a reunirse con él el mes siguiente en Florencia, donde estará dando clases. Podrán pasar una semana en un hotel de lujo que Langdon llama el Brunelleschi. (Dan Brown presumiblemente elige ese nombre para hotel como una alusión a la cúpula de Brunelleschi, lo más importante de Florencia, y hasta se podría decir que es la máxima metáfora del pecho femenino.) Sophie no quiere saber nada de museos ni de iglesias, ni de tumbas, arte o reliquias. Langdon se pregunta qué otra cosa podrán hacer. En ese momento se besan —en la boca— y él se da cuenta de qué otra cosa se puede hacer en Florencia durante una semana. Así pues, dejamos a Sophie y a Langdon soñando con Florencia, la ciudad de Leonardo da Vinci, y una habitación de hotel que los espera.

Siempre y cuando Langdon no se inhiba ante la sola idea de hacer el amor con una mujer que es directa descendiente de Jesucristo —y hay buenas razones para pensar que sí se inhibirá, dada su creencia en la divinidad femenina— es posible que haya descendencia todavía. Tendremos que esperar por la continuación.

Parte II

Reseñas y comentarios
sobre *El Código
Da Vinci*

11 COMENTARIOS, CRÍTICAS Y OBSERVACIONES

Código caliente, críticos que hierven
TITULAR DEL *NEW YORK DAILY*,
4 DE SEPTIEMBRE DE 2003

El espectacular éxito editorial de *El Código Da Vinci* ha generado millones de lectores satisfechos, fanáticos y entusiastas por un lado, y una gran variedad de críticos por otro.

En general, cuando se habla de las reacciones críticas provocadas por una novela, se habla de lo que críticos literarios y reseñas dicen en los medios que se ocupan de libros. En el caso de *El Código Da Vinci*, estos críticos se mostraron sumamente entusiasmados.

Con epítetos como "una novela de suspenso alegremente erudita" y "un relato emocionante, lleno de de acertijos, inteligente y estimulante", Janet Maslin del *New York Times* dijo que podía resumir su propia reacción con una sola palabra: "WOW". (Aunque, a la manera de Dan Brown, obtuvo un doble resultado con su comentario de una sola palabra y señaló que si uno pone WOW cabeza abajo, se obtiene una palabra relacionada con la esencia maternal.) "Aunque no hubiera ideado todo su relato como una búsqueda de la esencia de la divinidad femenina, la mujeres igualmente se habrían enamorado del señor Brown."

Patrick Anderson, del *Washington Post*, consideró que era un "importante logro" escribir "una novela de suspenso teológico que sea a la vez fascinante y divertida".

Incluso muchos grupos religiosos reaccionaron de manera positiva. Seguramente no por todo lo que el libro propone, pero sí por la oportunidad que se les brindaba de exponer sus propios comentarios sobre los temas tocados por Dan Brown. Las Iglesias convocaron a retiros y reunieron grupos literarios; los expertos en antiguos temas esotéricos (como la biografía de María Magdalena o las ideas contenidas en los Evangelios Gnósticos) se vieron súbitamente muy solicitados para series de conferencias auspiciadas por las Iglesias.

John Tintera escribió en el sitio de Internet explorefaith.org: "A pesar de ser un tanto simplistas, cuando no directamente falsos, creo que los contenidos religiosos de *El Código Da Vinci* constituyen un oportuno llamado para que la Iglesia cristiana reaccione. Al hacerlo, invitará a los cristianos a echar una nueva mirada a nuestros orígenes y a nuestra historia, tanto lo bueno como lo malo, cosa que no hacemos con la necesaria frecuencia".

Sin embargo, aun cuando todavía el público lector seguía devorando las aventuras de Robert Langdon y Sophie Neveu, críticos que por lo general no escriben reseñas de libros comenzaron a hacer comentarios. Pronto se oyeron las voces de grupos religiosos muy ofendidos por lo que creían que era el deseo de Dan Brown de atacar o difamar al catolicismo o al cristianismo. Escribieron largos comentarios en sus sitios de Internet y en publicaciones religiosas, en los que respondían a cada idea del libro que consideraban errónea. En algunos casos, tenían razón en cuanto a los datos, y Dan Brown estaba equivocado, como en temas relativos a la fecha del descubrimiento de los Rollos del Mar Muerto o a algunos detalles de lo que ocurrió en el Concilio de Nicea. Pero con sus actitudes los críticos religiosos confirmaban lo que Dan Brown sugería: se sentían obligados a entrar en polémica con un autor de ficción popular pues temían que la difusión de la novela terminara por reemplazar los dogmas de la Iglesia, ganando corazones y mentes para una visión alternativa del cristianismo.

La idea de que Brown había hecho meticulosas investigaciones también comenzó a ser atacada a los pocos meses de haberse publicado el libro. Algunos veían a *El Código Da Vinci* como una consecuencia directa de libros como *Holy Blood, Holy Grail* y *The Templar Revelation*, libros que Brown menciona explícitamente en el texto de su novela y en su sitio en Internet dice que fueron muy importantes para su investigación. Como lo señalan varios de los artículos y comentarios en este capítulo, *Holy Blood, Holy Grail*, que no ha dejado de circular desde su publicación hace más de veinte años, no es más que una mezcolanza ocultista de mitos, leyendas y falsedades puras y simples, con algunos detalles históricos llenos de misterio.

Luego salió a escena otro autor de novelas de suspenso, Lewis Perdue, que había escrito un libro llamado *The Da Vinci Legacy* en 1983, y luego otro, *Daughter of God*. Estos libros incluían elementos y personajes en su trama que

Perdue aseguró que eran notablemente parecidos a los de *El Código Da Vinci*. Algunas de las similitudes son: un hondo y oscuro secreto de la primitiva historia del cristianismo que involucra a una mujer mesías, gnóstica, llamada Sophia, curadores de arte muertos, bancos suizos, Leonardo da Vinci, María Magdalena, discusiones sobre los cultos a las diosas, y mucho más. Podría desarrollarse una disputa por estas similitudes en las cortes. Pero mientras tanto, parece que otra batalla se avecina en Hollywood, donde Ron Howard trabaja en una versión fílmica de *El Código Da Vinci* de Sonny Pictures, mientras que el creador de *Survivor*, Mark Burnett, ha optado por las novelas de Perdue.

En este capítulo ofrecemos algunos comentarios, ensayos críticos y otras observaciones interesantes sobre *El Código Da Vinci*. Invitamos a nuestros lectores a sumarse al diálogo y enviarnos sus propias opiniones a nuestro sitio en Internet *www.secretesofthecode.com*

El verdadero *Código Da Vinci*

POR LYNN PICKNETT Y CLIVE PRINCE
Lynn Picknett y Clive Prince, que viven en Londres y son los co-autores de *The Templar Revelation* (mencionado en *El Código Da Vinci*) escribieron este comentario para *Secretos del Código*. Copyright © 2004 by Lynn Picknett and Clive Prince.

Digamos que *El Código Da Vinci* fue un seductor regalo de cumpleaños para uno de nosotros en 2003. Desde la escena inicial en el Louvre, al igual que otros millones de lectores, quedamos atrapados, dando vuelta las páginas casi sin respirar, siguiendo con entusiasmo la diversión que nos proporcionaba.

Pero a diferencia de otros entusiastas seguidores, teníamos otra razón más para sentirnos intrigados: no ocurre todos los días que veamos el título de nuestro libro de 1997, *The Templar Revelation*, mencionado en las páginas de un éxito editorial internacional de suspenso como una de sus cuatro fuentes principales. De modo que no sólo nos sentimos más o menos felices de dejarnos llevar por la acción, sino que, dada la parte impresa en papel que nos tocaba en este asunto, fuimos críticos también.

No cabe ninguna duda de que Brown completa la idea de una sociedad secreta, el Priorato de Sion, con los supuestos misterios sobre el linaje de Jesús y María Magdalena, para convertirla en una oscura y turbulenta historia. Es muy loable que el autor haya usado estas ideas alternativas, las mismas que vieron por primera vez la luz en *Holy Blood, Holy Grial* allá por 1982, para todo un público nuevo y entusiasta que probablemente no tuvo oportunidad de ver el original.

Sin embargo, no hay que olvidar que el libro de Brown es *ficción* y que toma mucho material de otros trabajos, no sólo del nuestro, sino también y de manera importante de *Holy Blood, Holy Grial* de Michael Baigent, Richard Leigh y Henry Lincoln. Este libro, a su vez, se apoyaba en material dado a conocer por una enigmática sociedad secreta, el Priorato de Sion, que se reconocía a sí misma como guardiana de un gran misterio relacionado con los merovingios, la dinastía de reyes francos, y María Magdalena. Los autores aseguran que ese secreto era que Jesús y María Magdalena estaban casados, que tuvieron hijos, quienes a su vez crecieron en Francia y cuyos descendientes fundaron el linaje merovingio.

Aunque la mayoría de la gente cree que esto es lo que asegura el Priorato de Sion, en realidad, se trata de la interpretación propuesta por Baigent, Leigh y Lincoln. Esta idea fue explícitamente desmentida por el Gran Maestre del Priorato de Sion, Pierre Plantard, para quien la importancia de los merovingios está en que son los herederos legales al trono de Francia (suponiendo que Francia alguna vez decida volver a tener reyes).

Nosotros estamos lejos de estar convencidos por esta teoría del linaje sagrado. Si bien aceptamos que hay pruebas abundantes de que Jesús y María Magdalena tuvieron relaciones físicas, que pueden haber dado como resultado un heredero, o no, nos parece que hay demasiada ingenuidad en tratar de forzar este tema para incluirlo en la historia de los merovingios. De todas maneras, aun cuando hubiera descendientes vivos de Jesús, ¿por qué deberían ser especiales? Teológicamente, Jesús fue especial, el único Hijo de Dios. Por lo tanto, sus hijos y los hijos de sus hijos a lo largo de las generaciones podrían no tener nada de divinos en ellos.

Envueltas en el entusiasmo y en el romanticismo de todo el asunto, muchas personas han dado por supuesto que si hubiera descendientes de Jesús en la actualidad, tendría que haber algo intrínsecamente especial en ellos. De hecho, no es esto lo que Baigent, Leigh y Lincoln dijeron. Para ellos, se trataba del hecho de que estos descendientes serían los herederos legales de ciertos títulos y poderes, como por ejemplo el trono de Jerusalén, lo cual era importante. Y la razón por la que estos descendientes debían mantenerse ocultos de la Iglesia era que su existencia misma demostraría que Jesús no era otra cosa que un simple mortal.

No son pocas las personas que no han visto esto, lo cual ha llevado a construir teorías acerca de que había algo diferente y propio, tal vez hasta genéticamente distinto, en este linaje. Nosotros consideramos que esta idea es potencialmente peligrosa, como cualquier sistema elitista que sostiene que cierta gente está por encima de los demás, sólo por sus características físicas. Esto puede tener la forma de la raza superior de Hitler, de los supremacistas blancos, o de aquellos que creen que hay personas que llevan los genes del linaje de Jesús, y por ello son automáticamente superiores a todos nosotros.

El aspecto del linaje sagrado del libro de Dan Brown puede estar apoyado en terreno arenoso, pero estamos de acuerdo en que "el gran secreto herético", tan odiado y temido por la Iglesia, es efectivamente la sexualidad como sacramento, la divinidad femenina. Eso sí era un secreto que involucraba a Jesús y a María Magdalena y que tenía que ser protegido por la Iglesia. El verdadero papel de ella como sacerdotisa es la clave que, si fuera conocida, habría abierto el camino para que la gente desarticulara la enseñanza de la Iglesia, en particular sobre el lugar y valor de la mujer. Hasta podría llegar a sostenerse que Magdalena es la mujer más importante que jamás haya vivido, sencillamente porque, debido al odio y el miedo a su verdadero poder, como se muestra en los Evangelios Gnósticos perdidos, la Iglesia reprimió a generaciones y generaciones de mujeres y degradó toda la sexualidad femenina en su nombre.

Pero *El Código Da Vinci* centra su atención en las pinturas de Leonardo, otra área en la que, en nuestra opinión, Dan Brown también se equivoca. Al tratar de combinar nuestras teorías sobre el "código" de Leonardo y la teoría central de *Holy Blood, Holy Grial*, Brown ha hecho que una revelación todavía más sorprendente e impresionante se escurra entre las grietas. El verdadero código de Leonardo nos lleva a un mundo mucho más oscuro e intensamente estimulante.

Brown resume nuestro descubrimiento del extraño simbolismo en la *Virgen de las rocas* de Leonardo (en la versión de París; en la National Gallery de Londres hay otra, pero mucho menos interesante) pintura en la que ambos niños, Jesús y Juan el Bautista, en lugar de estar uno con su madre y el otro con su protector tradicional, el arcángel Uriel, han intercambiado sus lugares, aparentemente junto a los guardianes equivocados. Esto resulta muy interesante porque la escena está tomada de un relato que la Iglesia inventó para superar la incongruencia del hecho de que cuando Juan bautiza a Jesús, es porque debe de haber tenido la autoridad para hacerlo. Esta escena describe el momento, o por lo menos eso es lo que nos quieren hacer creer, en que el Niño Jesús le otorga esta autoridad al pequeño Juan para que la ejerza cuando sea adulto. Es más, el niño con Uriel alza su mano para bendecir al otro, quien se arrodilla en señal de respeto. Sin embargo, ¿qué ocurre si los niños en realidad están con los guardianes que les corresponden? Como lo señala Brown, Juan estaría bendiciendo a Jesús y éste estaría arrodillado en señal de sumisión ante Juan. Efectivamente, hay muchos otros elementos en la pintura que confirman esta interpretación. ¿Pero cómo se relacionaría esta interpretación a favor de la supremacía de Juan con la tesis básica de Brown sobre el linaje sagrado? En realidad, no se relaciona de ninguna manera. No tienen nada que ver una con la otra. Eso es lo que ocurre cuando se trata de forzar los secretos no resueltos de Leonardo para ponerlos en un contexto equivocado.

En más de una década de investigación, hemos descubierto con frecuencia pruebas de que cada vez que podía, Leonardo da Vinci elevaba a Juan el Bautista por encima de Jesús, mostrando así que él consideraba que el Bautisa era superior a Cristo. Por ejemplo, en el famoso trabajo preliminar de Leonardo para *La Virgen y el Niño con Santa Ana* (circa 1499-1500) en la National Gallery de Londres, el grupo está formado por la Virgen María, Jesús, Santa Ana y Juan el Bautista niño. Pero cuando Leonardo pintó la versión final, *Santa Ana con la Virgen y el Niño* (1501-07), descubrimos que el lugar del Bautista ha sido ocupado por un cordero, al que Jesús toma tan torpemente por las orejas que solíamos bromear diciendo que el cuadro debería llamarse *Cómo arrancar las orejas de un cordero.* En realidad, Jesús tiene también su regordeta pierna trabada alrededor del cogote del animal, *cortándola* visualmente. Pero dado que Jesús es llamado "Cordero de Dios" por el Bautista en el Nuevo Testamento, ¿por qué Leonardo ha representado a Juan como un cordero? Tal vez el secreto está en la tradición entre los Caballeros Templarios de honrar al Bautista y de representarlo como un cordero (como en el sello templario de los caballeros en el sur de Francia, por ejemplo). Hay que destacar que esto es sumamente significativo, ya que muy pocas personas no relacionadas con los Templarios se atreverían a representar a Juan como el cordero. Así pues, ¿era Leonardo una especie de Caballero Templario, aun unos doscientos años después de que la orden fuera brutalmente eliminada?

Tal vez sí. Lo que sí sabemos es que en el círculo íntimo de los Templarios se tenía un enorme —para muchos herético— respeto por el Bautista, lo cual se refleja en muchos otros trabajos de Leonardo. Lo último que él hizo en su vida, por decisión propia y no por encargo, fue su oscuro y extraño *San Juan Bautista*, el cual, junto con la *Mona Lisa*, adornaba una de las paredes del cuarto donde murió en Francia en 1519. Y su única escultura existente, un trabajo realizado con Giovanni Francesco Rustici (un conocido y un tanto siniestro alquimista y nigromante), representa a Juan el Bautista y está ahora sobre una de las entradas del baptisterio de Florencia. El Bautista está presente en toda la vida de Leonardo, por casualidad o deliberadamente. Aun cuando el encargo no requiriera que se incluyera la figura de Juan, de alguna manera Leonardo se las arreglaba para incorporar algún simbolismo del Bautista, como el algarrobo —un árbol tradicionalmente asociado con San Juan— en su obra no terminada *La Adoración de los Magos* (*circa* 1481), adorado por personas jóvenes, brillantes y sanas, mientras que ante la Sagrada Familia sólo se alzan manos como de garras que salen de un grupo de desagradables figuras de ancianos, como muertos resucitados. Además, el joven radiante junto al algarrobo de Juan está haciendo lo que hemos dado en llamar "el gesto de Juan": elevación del índice apuntando hacia el cielo. La escultura de Leonardo también está haciendo este gesto, al igual que su última pintura, *San Juan Bautista* (1513-16), gesto que claramente representa o simboliza al Bautista, quien puede estar presente o no en la misma obra. Una de las figuras en su mundialmente famoso mural, *La última cena* (1495-97) está también haciendo el gesto de Juan de manera casi amenazante directamente a la cara de Jesús. (Esto debe de ser por lo menos en parte, una referencia a una reliquia que se dice poseían los Templarios, supuestamente el dedo índice del mismo Juan el Bautista, que estaba guardado en el templo en París. Pero el gesto acá puede haber tenido por lo menos un doble significado.)

Pero descubrimos que Leonardo no estaba solo en su obsesión por Juan. En realidad, más que ser básicamente cristiano, el Priorato de Sion, por mucho que sus creencias estén entrelazadas con el romance de Magdalena, también revela una fascinación similar con el Bautista. Es más, el hecho de que el Priorato asegure que Leonardo era uno de los suyos, nos parece que es más que una coincidencia. Nos interesamos por esta fascinación con el Bautista gracias a la persona que fue nuestro primer contacto con el Priorato, a quien conocimos sólo con el nombre de Giovanni (¡Juan!) en 1991. Logramos incluso rastrear esta creencia en sus documentos. El más obvio ejemplo fue el hecho de que sus grandes maestres siempre adoptan el nombre de Juan (o John, o Jean, o Giovanni). Leonardo, según su propia lista, era Juan IX. (¿Es pura coincidencia que "Sion" sea el equivalente de Juan en galés?) Lo que resulta todavía más curioso, es que el Priorato comenzó la cuenta con Juan II, pues Juan I, según nos dijo Pierre Plantard, "está simbólicamente reservado a Cristo". ¿Pero por qué tendría Cristo que llamarse Juan? ¿Será que para los "juanistas", Juan el Bautista era el verdadero Cristo, palabra que, después de todo, simplemente significa "ungido" o "elegido"?

Hay más de este profundamente perturbador "juanismo" en una publicación del Priorato de 1982, en la que los templarios son mencionados como "Portadores de la espada de la Iglesia de Juan", a la vez que se afirma que ellos y el Priorato eran en alguna época más o menos la misma organización.

Gracias al peligrosamente herético Leonardo —para no hablar del Priorato de Sion, sea lo que realmente sea— nos vemos arrastrados a aguas efectivamente profundas. Pronto nos encontramos con la extraordinaria revelación de que había una antigua tradición en la que Juan el Bautista era reverenciado y a Jesús se lo consideraba un ser inferior, que incluso era despreciado algunas veces.

Esta Iglesia de Juan, con ramificaciones no sólo en la Europa herética sino también en Medio Oriente, ha sido ignorada en gran medida tanto por los académicos como por los investigadores alternativos. Sin embargo, ha estado siempre allí, debajo de la superficie, con sus secretos siempre listos para mostrarse de muchas formas, sobre todo en los trabajos del gran maestro del Renacimiento, Leonardo da Vinci. Y sea cual sea la reacción de cada uno ante tan incorregible herejía, su verdadero "código secreto" es mucho más emocionante y estimulante que incluso la idea de que Jesús y Magdalena hayan tenido hijos.

¿Por qué la pierna del Niño Jesús aparentemente corta el cuello del corde-

ro? *¿Por qué* está tironeando las orejas del cordero? *¿Por qué* hay un discípulo haciendo el gesto de Juan de manera amenazante ante el rostro de Jesús en *La última cena*? *¿Por qué* son los adoradores de la Sagrada Familia en *La Adoración de los Magos* despojos humanos de aspecto maligno, mientras que quienes adoran el algarrobo de Juan están llenos de salud y juventud? ¿Hay alguna conexión con la interpretación un tanto diferente de la relación entre Jesús y Juan que ahora muchos teólogos están admitiendo silenciosamente?

Ficción religiosa

POR DAVID KLINGHOFFER

The Discovery of God: Abraham and the Birth of Monotheism (Doubleday) es el nuevo libro de David Klinghoffer. Este artículo apareció originalmente en la *National Review*, el 8 de diciembre de 2003. Se publica acá con la autorización de *National Review*, 215 Lexington Avenue, Nueva York, NY 10016.

Cuando una novela se mantiene entre los primeros lugares de la lista de libros más vendidos del *New York Times* durante medio año, seguro que algo interesante está ocurriendo. Sin duda ese libro ha hecho sonar con fuerza los llamadores a las puertas de la cultura. ¿Qué tiene de especial el caso de *El Código Da Vinci* de Dan Brown? Eso depende de aquello que hace que las teorías de la conspiración sean tan interesantes.

La teoría de la conspiración en el corazón del enormemente exitoso libro de Dan Brown no fue inventada por él (ha estado dando vueltas por el mundo durante años), pero se trata de una teoría sustanciosa y él ha sabido sacarle el jugo, creando un relato con un muy efectivo gancho al final de casi cada uno de sus 105 capítulos. Uno se ve irremediablemente arrastrado, logro de un arte narrativo que realmente merece llamarse arte, más allá de lo dicho poco por el crítico literario de Yale Harold Bloom burlándose del "inmensamente inadecuado" Stephen King (un escritor igualmente dotado) cuando éste ganó un premio literario por la obra de toda su vida. Quien no crea que escribir de esta manera merece aprecio, trate de imaginar por su cuenta un argumento como el de *El Código Da Vinci*. Dado que la novela de Brown es eso, una novela, en ella se puede aprovechar de manera más directa la tensión inherente a la apertura de antiguas puertas que tal vez nunca deberían ser abiertas. El autor es ingenioso, concreto y astuto, aunque el lector debe estar preparado para encontrarse más de una vez con la expresión "divinidad femenina", y si esto lo pone demasiado nervioso, mejor apártese de ese libro.

Pero lo mejor sobre *El Código Da Vinci* es que la conspiración está claramente delineada. ¿Qué se necesita para una buena conspiración? No tiene por qué ser real, como ciertamente no lo es ésta, a pesar de que Brown pone un prefacio con un destacado título: LOS HECHOS. Un requisito es una complicada organización de tradiciones. Brown lo tiene: proporciona al lector muchos datos históricos fascinantes y chismes casi históricos, como el significado simbólico de la figura de la rosa, el fenómeno matemático llamado secuencia Fibonacci, la antigua secuencia de los códigos hebreos llamada *atbash*, y mucho más, a la vez que presta particular atención al significado críptico de las pinturas y dibujos de Leonardo da Vinci, todo ello hábilmente entretejido en la trama.

Sobre todo, una buena conspiración tiene que explicar algo que previamente uno ignoraba que necesitaba una explicación, algo que se vincula con una verdad, o al menos una seudoverdad, de significado profundo. También acá, una seudoprofundidad es suficiente. Después de todo, estamos hablando de ficción para entretener. *El Código Da Vinci* tiene todo esto.

Pero este libro ciertamente no es para cualquiera, por la siguiente razón. En este tipo de relato de suspenso tiene que haber algo urgentemente importante en peligro en caso de que la conspiración sea revelada. Lo que está en juego en *El Código Da Vinci* es nada menos que el cristianismo tradicional mismo. Se nos dice que el Santo Grial no es una copa sagrada sino más bien, sangre sagrada, el linaje de Jesús de Nazaret. El fundador del cristianismo tuvo una hija, Sara, con María Magdalena. Si esto fuera verdad, la teoría derribaría algunas de las creencias centrales del cristianismo.

Como judío creyente, por cierto no puedo ser acusado de hacer reclamos especiales en nombre del dogma cristiano. Esto debería darme credibilidad cuando digo que esta teoría del "linaje sagrado", de que Jesús tuvo descendientes, es demasiado loca como para merecer alguna atención seria: la sola sugerencia de que ese hecho pudiera haberse mantenido en secreto durante dos milenios es absurda. Brown admite que el cristianismo tiene algunos méritos, alguna belleza y alguna verdad, pero los méritos que él ve van más allá de la fe de los creyentes cristianos reales. Cualquier cristiano que se sienta ofendido por una ficción que contradiga directamente su fe debería sin duda abstenerse de acercarse a este libro.

Aunque si yo fuera cristiano, creo que me sentiría un poco molesto de que algunos de mis hermanos en la religión efectivamente pensaran que esta novela puede ser una amenaza para su fe. Algunas revistas católicas han publicado refutaciones minuciosas a *El Código Da Vinci*; el hecho de que piensen que es necesario hacerlo indica que muchos católicos, y muchos en el público lector en general, se están tomando este libro mucho más en serio de lo que deberían. Esto también sugiere que los problemas en la educación religiosa católica son tan severos como los conservadores católicos han venido denunciando desde hace ya algún tiempo. Si los educadores profesionales estuvieran haciendo su trabajo, cualquier católico creyente pasada la edad de la escuela primaria tendría que saber que el libro de Brown es totalmente falso.

¿Qué decir acerca de la influencia del libro en la cultura más amplia? En esto, me tranquiliza la reflexión de que hay algo profundamente religioso en lo que hace a las conspiraciones, incluso las ficticias. Piense en esto la próxima vez que vaya a la playa un día de frío. Aunque el cielo esté nublado y corra un viento frío, uno verá gente sentada sobre mantas con la mirada perdida en el mar. ¿Por qué? Porque cuando uno mira al océano uno tiene la certeza de que por debajo de la superficie habita un mundo escondido de criaturas exóticas, muchas veces nunca vistas. Darse cuenta de que existe toda esa vida allá abajo —en algunos sentidos, semejante a nuestro propio mundo en tierra seca, pero en otros, tremendamente diferente— es algo muy emocionante. Eso es lo que mantiene los ojos fijos en el océano aun cuando allí no haya nada ocurriendo a la vista.

Esta revelación de complejidades escondidas alrededor de nosotros también se aplica a las conspiraciones y las vuelve emocionantes. De la misma manera, esto es lo que atrae a muchos de nosotros cuando pensamos sobre asuntos espirituales, la percepción visceral, poderosa aunque imposible de demostrar, de una existencia más allá de nuestras mundanas vidas de todos los días. *El Código Da Vinci* puede ser tonto, pero a su manera, es también emocionante. Si su popularidad significa que la gente está pensando en las realidades invisibles, estamos ante una buena noticia.

[En *El Código Da Vinci*, Sophie Neveu se sorprende al descubrir que el libro *Holy Blood, Holy Grial* otro de los muchos trabajos de la "vida real" en los estantes de la biblioteca de Leigh Teabing, es un "éxito internacional", aunque ella no sabía que existía.

"Era demasiado joven cuando se publicó. La verdad es que en la década de 1980 causó cierto revuelo. Para mi gusto, sus autores incurrieron en sus análisis en algunas interpretaciones criticables de la fe, pero la premisa fundamental es sólida, y a su favor debo decir que lograron acercar al gran público la idea de la descendencia de Cristo."

Es una afirmación irónica por muchas razones. Primero, el mismo Teabing es un personaje moldeado sobre el trío de autores de la vida real que escribieron *Holy Blood, Holy Grial*. Es más, su nombre de pila proviene de uno de ellos, Richard Leigh y su apellido es un anagrama de Michael Baigent. Al declarar abiertamente que "para mi gusto, sus autores incurrieron en sus análisis en algunas interpretaciones criticables de la fe", Teabing (y su creador Dan Brown) parecen estar indicando que ellos conocen los temas mal investigados en *Holy*

Blood, Holy Grial, así como las suposiciones y engaños que han rodeado al deseo actual de Pierre Plantard y otros ciudadanos franceses de declararse a sí mismos como integrantes del Priorato de Sion, y también los de numerosos escritores para conjurar un Priorato de Sion directamente descendientes de los Templarios y de los reyes merovingios.

A pesar de la expresa preocupación por algunas interpretaciones criticables de la fe, no hay duda de que *Holy Blood, Holy Grial* estaba muy presente en la mente de Dan Brown al hacer avanzar la trama de *El Código Da Vinci*. Para ayudar a los lectores de *Secrets of the Code* a comprender los argumentos de *Holy Blood, Holy Grial*, hemos seleccionado un fragmento que aparece en el capítulo 6. De todas maneras, a continuación, Laura Miller, del *New York Times Book Review*, se ocupa de *Holy Blood, Holy Grial* y del papel que tienen sus argumentaciones en el centro de la trama de *El Código Da Vinci*.]

La estafa Da Vinci

POR LAURA MILLER

Publicado con autorización del *New York Times Book Review*, 22 de febrero de 2004. Del *New York Times on the Web*. Copyright © The New York Times Company. Publicado con permiso.

La cada vez más alta ola de ventas de *El Código Da Vinci* ha provocado algunos efectos muy extraños, y ninguno más extraño que el elusivo aunque magistral *Holy Blood, Holy Grail* de Michael Baigent, Richard Leigh y Henry Lincoln. Un éxito editorial de ventas de la década de 1980, el libro en su formato de tapa blanda está trepando otra vez en las listas de los más vendidos gracias a la relación con el libro de suspenso de Dan Brown (el cual, a su vez, ha inspirado toda una nueva cosecha de libros de ensayos que saldrán pronto, desde *Breaking the Da Vinci Code* hasta *Secrets of the Code: The Unauthorized Guide to the Mysteries Behind The Da Vinci Code*). *El Código Da Vinci* es una larga escena de persecuciones en la que los personajes principales huyen de un siniestro policía de París y un albino monje asesino, pero su suspenso rudimentario solo no podría haber dado en el blanco. A intervalos regulares, el libro hace detener abruptamente su confusa trama para emitir una dosis de información relacionada con una conspiración varias veces centenaria que sostiene haber preservado un tremendo secreto sobre las raíces mismas del cristianismo. Este material no es ficción, lo cual le da a la novela su toque de autenticidad, y proviene de *Holy Blood, Holy Grail*, uno de los más grandes libros de seudohistoria popular de todos los tiempos. Pero lo que resulta cada vez más claro (para usar una frase favorita de los autores de *Holy Blood, Holy Grail*) es que ambos libros, éste y el de Brown, están basados en un notorio fraude.

La historia en la que se apoyan ambos libros, como la mayoría de las teorías conspirativas, es muy difícil de resumir. Ambos relatos comienzan con un misterio que lleva a los investigadores a intrigas cada vez más vastas y más siniestras. En la novela de Brown, es el asesinato de un curador en el Louvre; en *Holy Blood...* se trata de la poco habitual opulencia de un sacerdote en un pueblo en el sur de Francia. A fines de la década de 1960, Henry Lincoln, un escritor de la televisión británica, se interesó en Rennes-le-Château, una ciudad que se convirtió en el equivalente francés de Roswell o Loch Ness como consecuencia de los populares libros de Gérard de Sède. Este autor divulgó una historia sobre pergaminos supuestamente hallados por el cura del pueblo en una columna hueca, allá por la década de 1890. Aquellos pergaminos contenían mensajes cifrados que el cura de alguna manera convirtió en montones de dinero. Lincoln trabajó en varios documentales del estilo *Misterios no resueltos* sobre Rennes-le-Château y luego asoció a Baigent y Leigh para una investigación más profunda.

Lo que finalmente emerge de la confusión de nombres, fechas, mapas y árboles genealógicos amontonados en *Holy Blood, Holy Grail* es un cuento sobre una sociedad secreta y muy influyente llamada el Priorato de Sion, fundada en Jerusalén en 1099. Se dice que este grupo conserva los documentos y otras pruebas de que María Magdalena era la mujer de Jesús (quien pudo haber muerto o no en la cruz) y que ella estaba embarazada cuando huyó a lo que ahora es Francia después de la Crucifixión, convirtiéndose, figuradamente, en el Santo Grial en el que la sangre de Jesús fue preservada. Su vástago se casó con la gente del lugar y finalmente fundaron la dinastía merovingia de monarcas franceses. Aunque depuesto en el siglo VIII, el linaje merovingio no se perdió. El Priorato ha cuidado a sus descendientes a la espera del momento adecuado para revelar la sorprendente verdad y reponer en el trono de Francia a los monarcas por derecho, o tal vez en un restaurado Sacro Imperio Romano.

Todos los sospechosos habituales y los elementos típicos de la historia paranoica son incluidos en este paseo de mil años. Los herejes cátaros, los Caballeros Templarios, los rosacruces, el Vaticano, los francmasones, los nazis, los rollos del Mar Muerto, los Protocolos de los Ancianos de Zion, la Orden Hermética del Amanecer Dorado, todos menos el Abominable Hombre de las Nieves parecen entrar en este juego. *Holy Blood, Holy Grail* es una obra maestra de insinuaciones y suposiciones que emplea todas las técnicas de la seudohistoria a favor de un efecto global, justificando estos pases de magia como una innovadora técnica erudita llamada "síntesis", antes considerada demasiado "especulativa" por aquellos cuyo pensamiento ha sido indebidamente formado por el "llamado Iluminismo del siglo XVIII". Los autores, comparándose con los reporteros que descubrieron el escándalo Watergate, sostienen que "sólo con este tipo de síntesis puede uno discernir la subyacente continuidad, la unificada y coherente trama que se encuentra en el centro mismo de cualquier problema histórico". Para ello uno debe darse cuenta de que "no es suficiente confinarse exclusivamente a los hechos".

Liberado de esta manera, Lincoln y sus colegas urden un argumento que no se basa tanto en los hechos como en algo que se parece a los hechos. Amontonan docenas de detalles creíbles que proporcionan un colchón legitimador para los mayores disparates. Leyendas poco interesantes (como la de que se creía que los reyes merovingios tenían la capacidad de curar con sólo tocar, por ejemplo) son caracterizadas como claves sugerentes o intrigas que exigen solución. Interpretaciones sumamente discutidas, como, por ejemplo, el dato de que un antiguo romance del Grial describe al sagrado objeto y dice que está protegido por los Templarios, son ofrecidas como verdades establecidas. Las fuentes que, como el Nuevo Testamento, contradicen la teoría de la conspiración son calificadas de "cuestionables" o secundarias, para luego someterlas a escrutinios microscópicos en busca de inconsistencias que podrían contener. Los autores tejen un delgado hilo de conjeturas sobre otro, formando una telaraña suficientemente densa como para crear la ilusión de solidez. Aunque falso, el trabajo es impresionante.

Pero al final, la legitimidad de la historia del Priorato de Sion se apoya en un montón de recortes y documentos falsos que hasta los autores de *Holy Blood, Holy Grail* sugieren que fueron introducidos en la Biblioteca Nacional por un hombre llamado Pierre Plantard. Ya en la década de 1970, uno de los asociados de Plantard había admitido que le había ayudado a fabricar los materiales, entre otras cosas, los árboles genealógicos que mostraban a Plantard como descendiente de los merovingios (y, presumiblemente, de Jesucristo) y una lista de los antiguos grandes maestres del Priorato. Este obviamente tonto catálogo de famosos intelectuales como Botticelli, Isaac Newton, Jean Cocteau y, por supuesto, Leonardo da Vinci, es la misma lista que Dan Brown anuncia, junto con la supuesta genealogía del Priorato, en la primera página de *El Código Da Vinci* bajo el título de "Los hechos". Después se supo que Plantard era un pícaro redomado con antecedentes delictivos por fraude y con conexiones antisemitas y de grupos de derecha durante la guerra. El Priorato de Sion real fue un pequeño e inofensivo grupo de amigos con estas ideas formado en 1956.

El fraude de Plantard fue desmentido por una serie de libros en francés (hasta ahora no traducidos) y un documental de la BBC en 1996, pero curiosamente, este grupo de sorprendentes revelaciones no tuvo tanta popularidad como la fantasía de *Holy Blood, Holy Grail*, o, ya que estamos, de *El Código Da Vinci*. Lo único más poderoso que una conspiración mundial parece que es nuestro deseo de creer en una.

Una elaboración francesa
Intento de separar hechos y fantasías en el extraño cuento de Rennes-le-Château

POR AMY BERNSTEIN

La autora es experta en poesía francesa del Renacimiento. Para *Secrets of the Code*, revisó las recientes discusiones de la literatura francesa y el debate público sobre si el Priorato de Sion, la organización secreta que subyace a buena parte de la trama de *El Código Da Vinci*, es una organización real o un fraude del siglo XX. Éste es su informe.

Como una perfecta isla flotante, que al probarla resulta ser principalmente aire, el asunto de Rennes-le-Château combinado con el Priorato de Sion es una magnífica elaboración francesa de seudohistoria levantada sobre una delicadamente fina infraestructura de verdad. Muchas personas han analizado la serie de hechos y leyendas involucrados en esta historia. Mi conclusión después de revisar los más creíbles de todos ellos es que a principios de la década de 1950, un pequeño grupo de hombres con inclinaciones neocaballerescas, nacionalistas y a veces antisemitas, logró perpetrar lo que casi con seguridad constituye un fraude maravillosamente intrincado que todavía hoy atrae la atención de la gente.

La historia de este fraude es mejor que cualquier libro de suspenso de mucha venta. No debe sorprender, entonces, que *El Código Da Vinci* —que se desarrolla en su mayor parte en la Francia actual— tome libremente material sobre el Priorato de Sion y Rennes-le-Château del exitoso libro de 1982, *Holy Blood, Holy Grail*. Al introducir al asesinado director del museo Jacques Saunière en el primer capítulo de la novela, un personaje que comparte el mismo apellido con la figura central en el enigma de Rennes-le-Château, Dan Brown toma la posta donde el cuento original termina. Al hacerlo, él no es otra cosa que uno más de los muchos en Francia e Inglaterra que han hecho una industria casera de un oscuro drama provincial ocurrido hace más de cien años. He aquí las líneas básicas de la historia de Rennes-le-Château y el Priorato de Sion.

En 1885, el abate Bérenger Saunière, un joven culto de una familia burguesa de la localidad, se convirtió en el párroco de la iglesia de Santa María Magdalena en Rennes-le-Château, un pueblo aislado en el departamento de Aude en el suroeste de Francia, no lejos de Le Bezu, un pico montañoso de la zona (de donde sin ninguna duda fue derivado el nombre del jefe de la policía judicial, Bezu Fache, en *El Código Da Vinci*).

El año del nombramiento del abate Saunière como cura párroco también era el año de elecciones políticas nacionales, en las que los candidatos tenían que tomar obligatoriamente posición acerca de si Francia debía volver a ser una monarquía pro católica o seguir siendo una república con una separación constitucional de la Iglesia y el Estado. Durante el período de elecciones, Bérenger Saunière se vio envuelto en este debate, ganándose fama de enérgico predicador que apoyaba el regreso a una monarquía pro católica. El resultado fue que se benefició con la protección de la condesa de Chambord (viuda del pretendiente al trono de Francia), de quien se comenta que le dio 3.000 libras para restaurar su iglesia.

A fines de la década de 1880, en el curso de la renovación de su decaída iglesia, se cuenta que Saunière descubrió algunos pergaminos cifrados escondidos en una columna hueca que sostenía el altar mayor. Aconsejado por su obispo, Félix Arsène Billiard, parece que Saunière llevó los pergaminos a París para mostrárselos a los expertos. Mientras estaba en la capital, se cuenta que se puso en contacto con un grupo de ocultistas y esotéricos, entre ellos Emma Calvé (con quien se supone que tuvo un romance). Al regresar de París, súbitamente y sin razones aparentes, pudo disponer de grandes sumas de dinero con las que financió varios proyectos edilicios. Entre ellos estaba la renovación de su antigua iglesia parroquial, la construcción de una gran casa (la Villa Bethania) y una torre (la Tour Magdala) que él usaba como estudio y biblioteca para su cada vez más grande colección de libros. Podía mantener este lujoso estilo de vida a pesar de la pequeñez de su salario como sacerdote. Se dice que dirigió numerosas excavaciones nocturnas adentro y alrededor de la iglesia. Se rumoreaba, pero nunca se pudo demostrar, que había encontrado tesoros escondidos en varios lugares del predio parroquial.

Finalmente se supo que el abate Saunière estaba vendiendo misas de indulgencia por correo en toda Europa, lo cual ofrecía una plausible explicación para su riqueza. Fue privado de su cargo de cura párroco y se le prohibió celebrar misa, y más tarde fue juzgado y condenado por tráfico de misas por las autoridades diocesanas en Carcassonne. Murió el 22 de enero de 1917. Dejó su casa y la torre a Marie Dénardeau, su ama de llaves y compañera de toda la vida (algunos dicen que también era su amante). De todas maneras, el interés en la leyenda local del tesoro enterrado perduró y en el diario *La Dépêche du Midi*, todavía en 1956, apareció un artículo sobre el asunto.

Entra el Priorato de Sion.

Ese mismo año, en otro lugar de Francia, un pequeño grupo de amigos formó un club de recreo el 25 de junio de 1956, en Annemasse, Alta Saboya, que se llamó Priorato de Sion, aparentemente por una montaña cercana, el Col du Mont Sion. Al año siguiente se disolvió, pero pronto cobró forma en una segunda reencarnación politizada bajo la dirección de Pierre Plantard. Con ideas tomadas de los principios neocaballerescos, utópicos, nacionalistas y antisemitas de Paul Le Cour, quien había ejercido una importante influencia en Pierre Plantard en los años treinta y cuarenta, el Priorato de Sion comenzó a publicar un periódico llamado *Circuit*, que apareció de manera intermitente durante las décadas de 1950 y 1960.

Los antecedentes de Plantard indicaban que estaba involucrado desde los años treinta con organizaciones nacionalistas antimasónicas y antisemitas. Primero trató de fundar en 1937 una asociación llamada La Unión Francesa "con el objetivo de purificar y renovar a Francia". Este grupo estaba pensado como oposición al gobierno izquierdista del Frente Popular de León Blum, el primer judío que llegaba a ser primer ministro de Francia. En 1941 Plantard trató de crear otra organización con el nombre de Renovación Nacional Francesa, pero otra vez las autoridades francesas le negaron el permiso oficial. Para ese entonces, Plantard ya estaba profundamente involucrado en la Gran Orden de Alfa Gálatas. Según H. R. Kedward, profesor de historia en la Universidad de Sussex, los Alfa Gálatas formaban parte de "una sociedad marginal de derecha muy influida por ideas de tradición, caballería, catolicismo, espiritualismo y algo que sólo puede ser considerado como una especie de nacionalismo oculto... uno de los muchísimos movimientos de 'Occidente' que oponían al 'Oriente masónico y judío' lo que ellos consideraban las auténticas historia y cultura francesas... Todos ellos florecieron en la primavera de Vichy (1940-1941), comenzaron a perder impulso en 1942 y en su mayoría perdieron todo su sentido político en los años de decadencia, 1943-44".

Las oscuras actividades de Plantard con las organizaciones nacionalistas y de derecha continuaron después de la guerra hasta la fundación del Priorato. En todo ese tiempo no parecía tener empleo remunerado. Pasó cuatro meses en la prisión de Fresnes a principios de la década de 1950, condenado por fraude y desfalco. En 1958, durante la crisis política en Francia por la guerra de independencia en Argelia, Plantard aseguró haber sido miembro de los Comités de Seguridad Pública, con el seudónimo de "coronel Way".

A principios de los años sesenta, Plantard puso en marcha una operación concertada para falsificar una pista que apoyara sus reclamos falsos de ser descendiente del linaje real merovingio, y de establecer la legitimidad y buena fe del Priorato de Sion. La historia de Rennes-le-Château era poco conocida en esa época, pero encajaba de manera muy afín con sus propias ficciones, dadas las tendencias políticas de derecha del abate Saunière y sus conexiones con un grupo ocultista en París. De hecho, sirvió como un conveniente punto de partida para la fértil imaginación de Plantard.

En distintos momentos a lo largo de la década de 1960, Pierre Plantard y sus compañeros, con diferentes seudónimos, depositaron varios documentos falsos en la Biblioteca Nacional en París. El primer conjunto de documentos, armado en 1965 y fabricado por su cómplice, Philippe de Chérissey, estaba compuesto por los pergaminos supuestamente hallados por Bérenger Saunière en Rennes-le-Château, así como otros documentos relacionados con el Priorato de Sion y documentos genealógicos de los reyes merovingios. Se hicieron listas de miembros del Priorato de Sion, en la que se incluyeron figuras como Leonardo da Vinci, Isaac Newton y Jean Cocteau. El siguiente paso del fraude era tejer y difundir el cuento de hadas.

Uno de los autores cuyos servicios fueron usados para contar la fabulosa historia se llamaba Gérard de Sède, quien, parece, era una pieza voluntaria del Priorato de Sion. Publicó dos libros que trataban de los *dossiers secrets* y los cuentos de Rennes-le-Château: *L'Or de Rennes ou la vie insolite de Bérenger Saunière, curé de Rennes-le-Château* (René Juillard, París, 1967), y en forma ampliada, *Le Trésor maudit* (Éditions J'ai Lu, París, 1967). En su primer libro, de Sède reproducía los dos pergaminos cifrados encontrados por Bérenger, uno de los cuales estaba firmado "PS", relacionándolo así con el Priorato de Sion. El periodista Jean-Luc Chaumeil más adelante comentó: "En general, los libros de Gérard de Sède eran el único texto, la única herramienta de Pierre Plantard".

Pero después de la publicación de estos libros, Plantard y de Sède se pelearon por las regalías de *L'Or de Rennes*, y ambos comenzaron a decirle discretamente a todo el mundo que los documentos habían sido falsificados. Pero esto se fue sabiendo muy lentamente. Para esa época, Robert Charroux participó en la filmación de un documental de la ORTF (la Organización nacional francesa de cine), y en 1972 publicó un libro sobre Rennes-le-Château, titulado *Le Trésor de Rennes-le-Château*, que continuaba con la ficción de los pergaminos. Para 1973, sin embargo, Jean-Luc Chaumail, periodista muy vinculado con Pierre Plantard, escribió un artículo asegurando que los *dossiers* secretos eran un fraude.

A medida que el interés en Rennes-le-Château aumentaba —repleto de códigos secretos simbólicos en los cuadros de Poussin y Teniers y de pistas para la ubicación del Santo Grial— historiadores y periodistas comenzaron a discutir también otras partes de la historia. En 1974, René Descadeillas, un auténtico historiador, comenzó a desenmascarar la historia del tesoro de Rennes-le-Château en un libro llamado *Mythologie du trésor de Rennes, ou l'histoire véritable de l'abbé Saunière curé de Rennes le Château*, donde decía que Saunière había amasado su fortuna gracias al tráfico de misas de indulgencias. Al año siguiente, Gérard de Sède respondió con *Le vrai dossier de l'énigme de Rennes: Réponse à M. Descadeillas*, en el que señalaba que el costo de una misa era tan bajo y el tiempo que le llevaba celebrarla era tan largo, que el abate Saunière jamás podría haber reunido demasiado dinero, y agregaba: "El cuento de hadas de Descadeillas sobre el tráfico de misas, como podemos ver, no es nada más que un fantástico disparate".

El productor cinematográfico británico Henry Lincoln se interesó en la historia de Rennes-le-Château e hizo una serie de tres documentales para la BBC-TV: *The Lost Treasures of Jerusalem* (1972), *The Priest, the Painter and the Devil* (1974) y *The Shadow of the Templars* (1979). Ninguno de ellos se ocupaba seriamente de la posibilidad de que los documentos del Priorato de Sion fuera un elaborado fraude, aun cuando ya para entonces, su autenticidad estaba siendo sometida a un amplio cuestionamiento y en algunos casos hasta acusaciones de total fraude. Como consecuencia del enorme interés provocado por los programas de la BBC, Henry Lincoln y otras dos personas también relacionadas con los documentales (Michael Beigent y Richard Leigh) publicaron su libro, *Holy Blood, Holy Grail*, en el que no sólo se ocupaban de los misterios que rodeaban a Rennes-le-Château, sino también de la afirmación de que los reyes merovingios de Francia eran descendientes de Jesús y de María Magdalena. A partir de su primera edición en 1982 en Inglaterra, el libro llegó a convertirse en un perdurable éxito de ventas internacional y, por supuesto, es uno de los libros básicos de Dan Brown para el desarrollo de la línea argumental de *El Código Da Vinci*. El éxito de ventas británico apareció en Francia como *L'énigme sacrée* (Editions Pygmalion, Gérard Watelet, París, 1983).

De vuelta en Francia a fines de la década de 1970 y en la de 1980, los primeros en desmentir la autenticidad de los pergaminos reaparecieron con sus propias aclaraciones sobre el tema. Jean-Luc Chaumeil, en *Le Trésor du Triangle d'Or* (A. Lefeuvre, Niza, 1979, p. 80), incluyó la confesión de Chérissey que decía que las falsificaciones de los pergaminos fueron copiadas de un antiguo texto encontrado en el *Dictionnaire d'archéologie chrétienne et de liturgie* (15 volúmenes, ed. Fernand Cabrol, París, Letouzey et Ane, 1907-53). De igual modo Pierre Jarnac en su *Histoire du Trésor de Rennes-le-Château* (Cabestany, 1985, pp.268-69) incluye la copia de una carta de Chérissey desde Lieja, Bélgica, con fecha 29 de enero de 1974, en la que confesaba que efectivamente había falsificado los pergaminos.

Mucho después de que el fraude fuera desenmascarado, Gérard de Sède finalmente publicó su libro, *Rennes-le-Château: Les dossier, les impostures, les phantasmes, les hypothèses* (Les Enigmes de l'univers, Robert Laffont, 1988), la esencia del cual era su admisión de que los *dossiers* eran falsificados y que el linaje merovingio no existe en la actualidad. En 1997, la BBC-TV también produjo otro programa en el que admitía que la historia no era verdadera. Pero el mito sigue viviendo, principalmente porque la gente quiere que viva; y la lista de libros franceses sobre Rennes-le-Château y temas relacionados sigue creciendo —para no mencionar el aumento de libros en inglés y de comentarios en ese idioma en el mundo de Internet. Ya en 1974, René Descadeillas lo resumió bien, cuando comentó los libros mencionados más arriba de esta manera:

La leyenda del tesoro de Rennes proviene —ni más ni menos— de algo que le sucedió alguna vez en ese pobre y casi arruinado pueblito a un sacerdote cuya vocación no estaba demasiado en línea con sus inclinaciones naturales.

Así pues, debido a todo esto, hemos sido regalados a nuestra vez con los tesoros de la Reina Blanca de España, de los cátaros, del Templo y de Dagoberto, todo mezclado en desorden con los archivos secretos de Dios sabe cuántas sectas diferentes. Después de reunir y confundir todos estos tesoros diferentes, la gente entonces nos pide que creamos que las tierras de Rennes esconden las pruebas de una conspiración dirigida a regenerar el gobierno y la vida política de Francia. Innumerables hombres y mujeres han visitado Rennes. Algunos hasta han llevado consigo equipos carísimos... Han arrancado cerámicas de las paredes y analizado rocas con aparatos electrónicos, han cavado pozos en calles y plazas, además de haber excavado túneles.

La iglesia ha sido examinada hasta darla vuelta no menos de cuatro veces y el cementerio ha sido profanado. Se han abierto tumbas, se han exhumado cadáveres. Resmas y resmas de papel han sido cubiertas de garabatos. Diarios y revistas fueron inundados, se imprimieron folletos y panfletos, se hicieron dos películas y se escribieron tres libros...

Se reunieron legiones de periodistas de Francia, Inglaterra, Alemania, Bélgica, Suiza y de otros países... La gente ha rastreado hasta Benjamín, los judíos y las Escrituras, pasando por Tito y Dagoberto, el saqueo de Roma, los visigodos y Blanca de Castilla, hasta Pedro el Cruel, Nicolás Poussin y el superintendente Fouquet. Han tratado de arrastrar a esta historia a emperadores, reyes, archiduques, príncipes, arzobispos y grandes maestres de toda Orden imaginable, magos y alquimistas, filósofos, historiadores, magistrados y humildes monjes y sacerdotes... Les han hecho recobrar vida a personajes cuya existencia está muy lejos de ser verdadera y han hecho nacer a otros que jamás existieron. Han recurrido a magos, han hecho desfilar a médiums delante de nuestros ojos, han convocado espíritus e interrogado clarividentes. Han fabricado libros con conjuros mágicos, árboles genealógicos y testamentos, han descubierto ilegitimidades, crímenes y asesinatos. Han mentido hasta llegar al absurdo y hasta han invocado el nombre del diablo, sin duda el *non plus ultra* del ridículo.

¿Podemos preguntar para qué? ¡Absoluta y precisamente para nada!

Qué dicen los franceses sobre
El Código Da Vinci

POR DAVID DOWNIE

El autor es un periodista norteamericano que vive en París. Copyright © 2004 by David Downie

Parece que los lectores franceses pronto podrían sumarse a los devotos norteamericanos de *El Código Da Vinci* que se arrodillan ante la pirámide invertida del museo del Louvre. A la semana de su aparición en marzo de 2004, esta novela de suspenso se convirtió en el número tres de la lista de libros más vendidos del país y el prestigioso editor de la Orilla Izquierda, J. C. Lattès, ya había distribuido 70.000 ejemplares. La atractiva tapa de la edición francesa muestra a la Mona Lisa espiando desde atrás de un rasgado fondo rojo.

Los franceses y francesas que esperaban que los críticos desecharan el libro directamente o lo golpearan duro por su fantasiosa interpretación de la topografía de París, la cultura y la lingüística francesas, deben de haberse sorprendido por los comentarios en general positivos y las ventas de cifras astronómicas.

La intelectual *Lire*, si bien critica a Brown por su tono de profesor de escuela secundaria dando clases sobre símbolos precristianos, lo considera un "virtuoso de la puesta en escena" que ha producido una "diversión inteligente y no solamente un truco de mercadeo".

El importante semanario *Le Point*, declaró que Francia tendría por fin la oportunidad de juzgar por sí misma después de haber observado el fenomenal ascenso de este libro en el exterior. Anne Berthod, de la influyente revista *L'Express*, aplaudió "la maquiavélica trama y el ritmo infernal", clasificando al libro como "una novela policial erudita" que impulsa a que uno mire de otra manera *La última cena* de Leonardo.

Pero son pocos los críticos franceses que consideran que la novela de suspenso de Dan Brown sea una obra literaria, y prefieren catalogarla como ficción pasatista. Delphine Peras, que escribe en el diario *France Soir*, le dedicó un pálido elogio: "No digo que sea un mal libro, es perfecto como lectura de vacaciones... un libro de máquina expendedora". Y agrega que los clichés y los "trucos" para mantener al lector sin aliento mientras da vuelta las páginas, "corren el riesgo de arruinar el placer de un argumento bien equilibrado". Peras cita al librero de Montpellier François Huet y dice que él abandonó la lectura porque lo encontraba "pesado" y escrito con una espátula, con lo que quería decir, escrito con torpeza.

Si bien la mayoría de los lectores franceses parecen compartir el juicio de Peras, los méritos literarios del libro constituyen una consideración secundaria.

El interés del público por el Opus Dei, los Caballeros Templarios, el Priorato de Sion y la situación matrimonial de Jesús y María Magdalena ha resultado ser muy amplio, dando lugar a serias discusiones en las esquinas y en los llamados "cafés de filósofos". Lo que más parece fascinar a los lectores franceses es la provocadora perspectiva presentada por el libro de que el ex presidente François Mitterrand y el dramaturgo surrealista Jean Cocteau podrían haber estado enredados en sociedades secretas.

Imposible exagerar la importancia que tiene para los franceses el Louvre como histórica residencia real y como el primero y más importante museo de bellas artes del país. La pirámide de vidrio de Mitterrand sigue generando controversias. Las cuestiones relativas a la influencia política del Vaticano y del Opus Dei y al poder de los símbolos religiosos son de interés permanente.

Francia es una república secular de unos sesenta millones de habitantes que, de todas maneras, alberga a grandes cantidades de católicos y protestantes y unos cinco millones de musulmanes, y está luchando en asuntos de Iglesia contra Estado, particularmente temas que tienen que ver con la libertad de exhibir símbolos religiosos en las escuelas públicas y lugares de trabajo. Y entonces apareció Robert Langdon…

El Código Da Vinci visto por un filósofo

POR GLENN W. ERICKSON

El doctor Glenn W. Erickson es autor de una docena de trabajos sobre temas de filosofía, crítica literaria, historia del arte e historia de las matemáticas.

Debo admitir que terminé la novela de Dan Brown, al igual que algunos dibujantes de trazo rápido, en una sola sesión y, sin suponer que había perdido la sensibilidad del hombre común, me sentí obligado a considerar a El Código Da Vinci con luz favorable. Sin poder dejarlo ni un instante en privado, no voy ahora a despreciarlo en público.

En primer lugar, la novela es políticamente correcta en cuanto a que su moraleja es que las religiones de todo el mundo, en especial las occidentales, han tendido a suprimir a la Diosa Mujer o a las diosas, y lo han logrado, y con ello también se suprimieron los valores de vida que tales divinidades podrían haber manifestado o representado. Como un grito de batalla ideológico del movimiento feminista, esta opinión es ahora convencional en los círculos intelectuales de Occidente. Tal vez, hasta ha sido la opinión mayoritaria entre los estudiosos de las religiones comparadas, ya que desde hace medio siglo que se ha observado el relativo olvido de deidades femeninas autónomas en por lo menos los dos últimos milenios, deidades que parecen haber sido importantes en los tiempos paleolíticos y neolíticos, y que resultan valiosas en la reconstrucción de la aparición de nuestras visiones del mundo institucionalizadas. La perspectiva que se adopta en la novela para esta historia es que en la constitución del canon del Nuevo Testamento durante el reinado de Constantino el Grande, quedó eliminado el casamiento de Jesús con María Magdalena, su legítima y divina consorte, la luminosa portadora del eterno femenino. Además, la María Magdalena niña tampoco fue una prostituta, como lo quieren los chismes de patriarcas maliciosos, sino que provenía de un linaje real y era una persona importante y poderosa por derecho propio. Matemáticamente hablando, María Magdalena es a Jesús, lo que Bestabé es a David.

La premisa de la novela es que una sociedad supersecreta, el Priorato de Sion, originariamente vinculada con los Caballeros Templarios, ha estado cuidando celosamente tres objetos durante casi mil años, objetos que incluyen el legendario Santo Grial: primero, gran cantidad de rollos entre ellos los valiosos Evangelios apócrifos, que documentan el papel de María Magdalena; segundo, sus reliquias; y finalmente su linaje contemporáneo, cuyos miembros más notables incluyen al gran maestre del Priorato de Sion y curador del Louvre, asesinado al comienzo de la novela; su mujer y su nieto, que han pasado diez años escondiéndose en una zona rural de Escocia; y su nieta Sophie Neveu, protagonista femenina de la novela, que trabaja como especialista en descifrar códigos secretos para el equivalente francés del FBI.

El mecanismo de la novela consiste en una serie de mensajes codificados que deben ser descifrados para poder preservar el secreto del Santo Grial. Dado que sus tres principales subordinados, quienes junto con él eran los únicos que conocían el secreto del Santo Grial, han sido asesinados por un fanático monje albino del Opus Dei (una organización que, efectivamente y de manera un tanto notoria, existe en realidad dentro de la Iglesia Católica Romana), el gran maestre se ve obligado, en el momento de morir, a pasar el secreto del Santo Grial. Le deja ese secreto a su heredera y pupila, Sophie, de manera que ella es presentada al protagonista masculino de la historia, un profesor de Simbología Religiosa [sic] de Harvard, Robert Langdon. Juntos descifran un acertijo inicial, que apunta a un cuadro (*La Gioconda*), que a su vez lleva a una llave y a la ubicación de una caja de seguridad, donde hay una caja de madera que contiene un recipiente de mármol, con otro recipiente del mismo material adentro, que contiene una adivinanza que descubre una tumba, la cual esconde otro acertijo que señala hacia un templo, donde encuentran un tercio del Santo Grial (el hermano y la abuela de Sophie, a quienes ésta suponía muertos), y un nuevo enigma que les hace conocer dónde está el resto del Grial (de vuelta a donde todo comenzó).

El Código Da Vinci es evidentemente un relato de detectives, lo cual significa estar en buena compañía, como la de *Los hermanos Karamazov*, digamos, o *Edipo Rey*, e incluso *Hamlet*. El lector (y por cierto la lectora) tiene posibilidad de descifrar cada uno de los acertijos cada vez: la escena del crimen en el Louvre, la *Mona Lisa* y sus alrededores, la bóveda del banco, la caja de madera, los dos recipientes de mármol, la tumba de Isaac Newton en la abadía de Westminster, la capilla Rosslyn en Escocia, y otra vez el Louvre. Aparte de la manera zigzagueante de contar la historia, es decir, esa técnica de ir hacia atrás y hacia adelante por escenas de acción simultáneas, con lo cual se pueden seguir las andanzas de varios personajes a la vez (cosa habitual hoy en día tanto en el teatro, como en cine, la televisión y la prosa de ficción), la fascinación que ejerce el libro radica en el ingenio de los cifrados y la habilidad de su desciframiento. Se nos brinda una lección particularmente agradable en cuanto al oculto simbolismo de las pinturas y dibujos de Leonardo da Vinci. Hasta creo que puedo ver a María Magdalena cerca de Jesús en *La última cena*.

En un nivel más profundo, Brown pone a María Magdalena en el papel en el que Nietzsche, con su último ingenio sifilítico, le atribuía a Ariadna, la diosa mujer también necesaria para desmentir que somos nada y negar las charlas de los nihilistas. Dicho en lenguaje matemático: Ariadna es a Dionisos lo que Magdalena es a Jesús. Y en la madeja de cifrados, Ariadna es la contrafigura de Sophia, cuyo hilo conduce a Bob "Teseo" Langdon fuera del laberinto.

Las unidades aristotélicas han sido respetadas en la novela. Salvo por la escena del reconocimiento en Escocia, la acción se desarrolla principalmente como *Una historia de dos ciudades*, la Megalópolis que se extiende desde París a Londres, y en el curso de veinticuatro horas, desde el asesinato del gran maestre hasta el arresto del autor intelectual de esa muerte, Sir Leigh Teabing.

Sin embargo, el aspecto de lo oculto de la novela es un fracaso. La mezcolanza de enseñanzas *New Age* es (no me atrevo a decir "dietética" ya que las marcas *New Age* siempre se venden en las secciones de comida de los supermercados de barrio), por lo menos tonta y demasiado arrogante. Hay varias explicaciones para esta circunstancia y en ocasiones son alternativas.

Primero está lo platónico: el artista hace copias de cosas que a su vez son copias de las formas, y sin importar si esas copias están bien o mal hechas, se trata siempre de copias de copias. Y D. Brown nos ofrece una mala copia de una ciencia oculta. Es casi suficiente para hacernos extrañar, por ejemplo, *El péndulo de Foucault*, cuando recordamos que U. Eco construyó su argumento ocultista con una sola tela, buscando no la relevancia histórica, sino más bien una fuga sublimemente paranoica estilo *Pale Fire*. Decimos "casi suficiente" porque a *El péndulo de Foucault* lamentablemente le falta el encanto narrativo de *El Código Da Vinci*.

Segundo está el aspecto comercial: el señor Brown puede conocer muy bien sus temas, después de todo, pero conoce mejor el perfil de su mercado. Para no hacer caer al jinete en el primer galope de aprendizaje, como hizo Harold Bloom en su novela sobre lo oculto (y su única novela no oculta), Dan Brown se siente, por ejemplo, obligado a reducir a una *aproximación decimal*, lo que habitualmente se considera como uno de los dos más grandes descubrimientos de las matemáticas antiguas: el número áureo. Efectivamente el cociente Phi, 1,618, es observado en las proporciones de infinidad de formas orgánicas y estéticas. ¡Éste es el tratamiento que da el libro a la Proporción Dorada!

El tercero es horaciano. Aquí Brown le otorga a su presunto lector crédito más que suficiente para criticar o despreciar al neopaganismo, y nunca busca ofrecer la buena fe de la verosimilitud ficticia en sus intermitentes glosas sobre las ciencias ocultas. Condena a los astrólogos, fastidia a los hierofantes, empuja a los adivinos del I Ching, descarta a los numerólogos y, en suma, se burla de todos los charlatanes y otros gusanos nocturnos. Todo es dicho con un guiño, es decir, en el género romano, o sea, la sátira ("la razón por la que somos inferiores, Horacio, no está en nuestras estrellas…" le dice Hamlet a su amigo). Así pues, desde que Walt Disney presentó sus respetos en la logia masónica local (como cualquier persona que esperara ser bien recibido en la Caja de Ahorro y Préstamos de Anaheim, o en la Corte de Apelaciones), la madre de Bambi es realmente Astarté con cascos altos, Blancanieves es Isis en Lilliput y Cenicienta es Ashtoreth en sus dulces dieciséis. Si ellas hacen esto en el bosque seco de Hollywood, ¿qué no harán en el bosque sagrado? ("holy wood"). Suficiente como para que la Diosa Blanca se revuelva en su tumba.

Por cierto, la novela recurre al aspecto paranoico inherente a las teorías de la conspiración de la tradición oculta —pues alguien ha estado escondiendo algo y probablemente por razones nada buenas— con un espíritu de buen humor, burlonamente dramático y hasta cómico. En este caso, el objetivo del Priorato de Sion es no revelarlo nunca, y luchará a través de los siglos para preservarlo.

Finalmente, está el aspecto heideggeriano. Aunque ambas premisas de la novela, la de la rivalidad entre el Priorato de Sion y el Opus Dei, y el mecanismo de cifrado para resolver, requieren una bolsa de sorpresas de especulación ocultista, ni la magia pagana ni el milagro piadoso la ofrecen. El punto de vista de la novela es realista de manera consistente, las cuestiones doctrinales sólo tienen significado psicológico, aun cuando una anticipada revelación del Santo Grial y la consecuente desilusión de las masas podrían muy bien significar un problema institucional. De esta manera, lo que da vuelta el asunto es el Don del Ser al Hombre. Como la sabia y anciana dama explica al llegar a la solución de la novela, nuestro Nuevo Amanecer de comprensión saca a la luz a la Diosa Madre otra vez en la obra de arte, en la cultura. Y así la fuerza de la explicación oculta al final no es importante, lo importante es más bien lo que funciona para cada uno. Hasta las respuestas tontas funcionan para muchas personas, o para la mayoría.

Comienza el baile de esperanza lejana y preguntas no formuladas. El académico de Harvard, Langdon, en su solidaridad con la causa templaria, parece más *langue d'oc* que *langue d'oil*, más cátaro pensante que católico obediente. Dada su diosa mujer y la posibilidad de que Sir Steve Runciman podría haber sido una inspiración para Sir Leigh Teabing, ¿por qué Brown nunca saca la leyenda del Grial en la dirección tradicional de Beghards y los Bogomils?

En la medida en que el autor hace algunos mínimos esfuerzos para sugerir paralelos entre su trabajo y el de Juan, el texto oculto de la novela es seguramente el Apocalipsis; y uno deja que el lector identifique a San Miguel, a la Mujer vestida por el Sol, el Falso Profeta, el Anticristo y varios personajes importantes del Apocalipsis en *El Código Da Vinci*. Tal vez una guía sería obligatoria dado el tema de la novela. No se puede identificar a los actores sin un programa.

Aún más, una vez que se han convertido en la versión didáctica del Apocalipsis, Brown parece coquetear con las cartas del Tarot. El Tarot es, como he sostenido en varios libros y artículos, una serie de cuadros en miniatura que disimulan una serie de imágenes gráficas, cada una de ellas compuesta por un par de polígonos regulares, los cuales están definidos por las proporciones de una serie de triángulos pitagóricos. Estas imágenes gráficas, que constituyen el lenguaje angélico, son la pieza principal de la cábala cristiana, nacida de su contraparte neoplatónica. Aunque Joachim de Fiore, Giotto, los artistas originales del Tarot, Fernando Rojas y Shakespeare entendían lo esencial de su lenguaje y su lugar en la teología del Verbo de Juan, no es el caso de Brown. Por lo menos el comentario en la novela de que el Tarot sirve como medio para penetrar simbolismo pagano nos parece un tanto descabellado.

Finalmente, existe una razonable posibilidad de que, como muchos novelistas y poetas contemporáneos, como T. S. Eliot, Sylvia Plath, Mario Vargas Llosa e innumerables luminarias menores, Dan Brown ha escondido los Arcanos Mayores sucesivamente en su trabajo. En el alcance de su comentario, estas identificaciones no pueden ser desarrolladas. Sin embargo, de todas maneras, si el señor Brown hubiera explotado esta robusta veta central de la tradición oculta, en lugar de juguetear superficialmente por los bordes, podría haber producido no sólo una novela sumamente interesante, sino también una mucho más significativa.

Choque entre Indiana Jones
y Joseph Campbell

Craig McDonald, entrevistador de Internet, le hace un reportaje a
Dan Brown

Craig McDonald es el anfitrión de un sitio en Internet dedicado a entrevistar escritores conocidos. Mientras investigábamos para este libro, descubrimos que éste era el reportaje más interesante que se le había hecho a Dan Brown, el autor de *El Código Da Vinci*. Los fragmentos de
ese reportaje que se leen a continuación se publican con el permiso de Craig M. McDonald.
Copyright © 2003 by Craig McDonald.

Usted enseñaba literatura inglesa en Exeter. ¿Qué libros usaba en sus clases?

Enseñaba literatura y escritura. Usábamos libros como la *Ilíada* y la *Odi-*
sea, *De ratones y de hombres*. En fin, cualquier cosa de Shakespeare. Cualquier
cosa de Dostoievsky. Los clásicos.

¿Cuánto tiempo demoró en venderse su primera novela?

Debe saber que he sido excepcionalmente afortunado. Mi libro se vendió
en veinte días. El primer editor que lo vio, lo compró. En parte tuvo que
ver con el hecho de que el tema era sumamente comercial en ese momento. Era el tema de la seguridad nacional y la privacidad de los ciudadanos.
Desciframiento de códigos. Correo electrónico… La Agencia Nacional de
Seguridad [NSA, según sus siglas en inglés]. Era una obra de ficción que
tenía lazos concretos con el mundo real.

¿Escribiría La fortaleza digital *de manera diferente si la estuviera escribiendo en*
un mundo posterior al 9 de septiembre y con algunas de las controversias
relacionadas con las seguridad interna del país?

No lo creo. Lo gracioso de todo esto es que cuando empecé a escribir ese
libro e investigué sobre la NSA, pensé: "Dios mío, esto es una gigantesca
invasión de la privacidad". Me comuniqué con un ex criptógrafo de la NSA
y le pregunté: "¿Ustedes saben lo que están haciendo? Esto de controlar los
correos electrónicos y los teléfonos celulares, ¿no es eso una invasión de la
privacidad?". Este hombre me respondió de manera brillante. Me envió por
fax la transcripción de una audiencia del Comité Judicial del Senado en la
que el entonces director del FBI, Louis Freeh, declaraba que en un solo año
—creo que el año fue 1994— la posibilidad de infiltrarse en comunicaciones civiles de la NSA había evitado que se derribaran dos aviones comerciales norteamericanos y que se produjera un ataque con armas químicas
en suelo norteamericano. Después de la aparición de *La fortaleza digital* me

deben de haber hecho unos ciento cincuenta reportajes por radio, y lo gracioso era que después recibíamos llamados de oyentes que reaccionaban: "No puedo creer que usted apoye a la Agencia de Seguridad Nacional… es como vivir en la novela *Un mundo feliz*". Y luego, después del 11 de septiembre, la gente llamaba y decía: "No me importa lo que la NSA necesite. Si quieren poner una cámara de video permanente en mi dormitorio, que la pongan. Que tengan cualquier cosa que necesiten para frenar esto". Todo el sentimiento referido a la seguridad nacional como prioridad, ha cambiado. Ahora, el asunto es "¿Hemos ido demasiado lejos?" y estoy seguro de que seguiremos así, saltando de un extremo al otro.

Dado el tema y la posibilidad de que ofenda a alguien por razones religiosas, ¿cómo explica que El Código Da Vinci *esté vendiendo semejantes cantidades?*
Investigué mucho para esa novela, y realmente tuve la sensación de que la gente estaba lista para este relato. Era el tipo de cosa que la gente ya estaba lista para escuchar. En lo que se refiere a mi sorpresa por el éxito, lo que más me sorprende es el nivel de este éxito, el hecho de que el libro está batiendo todos los récords, para de inmediato descubrir que vuelve a estar en el primer lugar de la lista de los más vendidos en todo el país la semana siguiente. Debo decir que cuando salió el libro, yo estaba un poco nervioso por el posible recibimiento. La reacción de los sacerdotes, de las monjas —de toda la gente relacionada con la Iglesia— ha sido en su mayor parte abrumadoramente positiva. Algunas personas se sintieron molestas por el libro, pero fueron muy pocas, menos del uno por cieno.

Robert Langdon aparece en su segunda novela y en la cuarta. Se dijo en algún momento que usted tiene la intención de concentrarse en él como personaje de una serie. Muchos escritores de novelas de suspenso han iniciado una serie, para luego lamentarlo pues ya no pueden seguir su inspiración en otras direcciones. ¿Por qué va usted en otra?
Langdon es un personaje que tiene sus propios intereses. Estoy fascinado con los misterios antiguos. Historia del arte. Códigos. Uno dedica un año, un año y medio a escribir un libro, por eso es mejor estar bien seguro de que el héroe está interesado en las mismas cosas en las que uno se interesa. Por mucho entusiasmo que me produjo la NASA y los meteoritos o la Agencia Nacional de Seguridad, lo que realmente me apasiona son los misterios y los códigos antiguos y ese tipo de cosas.

¿Siempre le han interesado las cosas secretas?
Sí. Crecí en la Costa Este, en plena Nueva Inglaterra, algo así como en el corazón de los colegios elegantes y las grandes universidades con sus pe-

queñas fraternidades, clubes de comida, sociedades secretas y todas esas cosas. Muy temprano me relacioné con gente de la Agencia Nacional de Seguridad. Creo que los secretos les interesan a todos y la idea de las sociedades secretas —sobre todo después de visitar el Vaticano— sencillamente se apoderó de mi imaginación.

Ah, sí. Su famosa y difundida "audiencia con el Papa".
Mucha gente ha tenido una audiencia con el Papa. Básicamente, eso significa que uno está en su presencia, por decirlo de una manera tonta y arcana. Yo estaba en una sala con un grupo de gente y eso fue más o menos todo.

También se dice que usted tuvo un acceso especial a los terrenos del Vaticano…
Eso es verdad. Tengo un buen amigo que tiene un contacto muy alto en el Vaticano. Los lugares del Vaticano que vimos —como la Necrópolis… en realidad, en este momento, sólo unas once personas por día están autorizadas a ver la Necrópolis. Ésa es probablemente el área más segura que visitamos y fue realmente, memorable y especial de verdad. Los archivos del Vaticano… bueno, sólo a tres norteamericanos en la historia se les ha permitido entrar. Yo no soy uno de ellos. Dos eran cardenales y el otro era profesor de estudios religiosos, creo, en la Universidad de Florida. Todas las descripciones eran precisas, pero no se me permitió entrar en los archivos secretos. Pude entrar en la biblioteca y los archivos del Vaticano, pero no en los archivos secretos.

¿Cree que le permitirán ingresar después de Ángeles y demonios *y de* El Código Da Vinci*?*
Las posibilidades son pocas.

Se dice por ahí que usted ya tiene algo así como una docena de borradores esquemáticos para novelas de Robert Langdon.
Así es. Seguramente no llegaré a escribirlas todas.

Dada la complejidad de las novelas, supongo que usted debe escribir borradores esquemáticos muy precisos.
Sí, por cierto. El borrador esquemático de *El Código Da Vinci* tenía más de cien páginas. Los relatos son muy intrincados y muy ligados al argumento. Hay un montón de vueltas de tuerca, muchos códigos. Muchas sorpresas. No es posible lograr todo eso escribiendo de corrido. Esas cosas se producen después de un cuidadoso planeamiento.

Usted ha dicho que necesita un año y medio para terminar un libro. ¿Cuánto de ese tiempo está dedicado a la investigación?

Digamos que la mitad.

Se ha ocupado de algunas entidades bastante poderosas en sus libros —la Iglesia Católica... los masones... varias supuestas sociedades secretas y agencias gubernamentales. ¿No tiene un poco de miedo por su propia seguridad?

En realidad no. Yo trabajo mucho para poder mostrar a esas organizaciones de manera equilibrada y transparente y creo que lo he logrado. Por cierto, en lo que hace al Opus Dei, como digo en el libro, están aquellos para quienes el Opus Dei ha sido un maravilloso descubrimiento para sus vidas. Y también están aquellos para quienes su experiencia con el Opus Dei ha sido una pesadilla, y yo hablo de ambos.

¿Cree que habría escrito estos libros de Langdon si no hubiera estado casado con una historiadora del arte?

Mi mujer tiene una enorme influencia. Su conocimiento y su pasión por el tema sin duda me sacan a flote cuando el proceso se empantana. Escribir un libro es sumamente difícil. No se lo desearía a mi peor enemigo. Hay días en que decididamente es bueno tener al lado —especialmente en el caso de *El Código Da Vinci*— a alguien que sepa de arte y de Leonardo y se apasione por ello y pueda decir: "Vamos a dar un paseo y hablemos sobre por qué nos metimos en este asunto en primer lugar... veamos qué es lo que tiene de maravilloso Leonardo y en qué creía él". De modo que soy muy afortunado en este sentido.

Regresemos un poco al 11 de septiembre de 2001. He leído un reportaje que le hicieron a usted en 1998 y resulta bastante premonitorio, ahora que uno vuelve la mirada hacia atrás. Al comentar algunos proyectos en marcha para monitorear a los ciudadanos norteamericanos, precisamente para impedir ataques terroristas, usted dijo: "La amenaza es muy real... a los norteamericanos no les gusta admitirlo, pero nosotros tenemos muchos enemigos; somos un blanco perfecto para el terrorismo, sin embargo, tenemos una de las tasas más bajas del mundo de ataques terroristas internos con éxito". Ese ataque estaba en su radar un instante antes que en los radares de los demás. ¿Por qué?

Usted probablemente leyó sobre el asunto de esos hombres del Servicio Secreto que aparecieron en el campus de Philips Exeter. Creo que fue una gran sorpresa.

Sí, usted tenía un estudiante que había escrito algo en un correo electrónico y vinieron a interrogarlo a él.

Correcto. En realidad, ése fue mi primer encuentro con la Agencia Nacional de Seguridad. Cuanto más leía sobre ellos, más molesto estaba yo. No podía creer que civiles norteamericanos sumamente entrenados estuvieran trabajando en proyectos para espiar a otros civiles. No le encontraba sentido, hasta que empecé a profundizar y me di cuenta de por qué ocurría eso, y por qué más allá de lo que dijéramos y de lo que quisiéramos, eso iba a seguir ocurriendo. Y terminé viendo las listas de ataques terroristas que jamás ocurrieron gracias a la NSA. Comencé a sentir que estábamos siendo atacados, casi cotidianamente, y jamás nos habíamos enterado. Es importante recordar que el trabajo de los terroristas no consiste necesariamente en matar gente, sino en crear terror. En el caso de que hubiera una bomba debajo de la Casa Blanca, o, digamos, en la ciudad de Nueva York que la NSA puede desactivar tres segundos antes de explotar, ellos harán que esa bomba desaparezca con la esperanza de que nadie lo descubra, porque independientemente de que la bomba explote o no, en el instante en que uno se entera de que casi explotó, *el miedo que provoca es casi el mismo*. De modo que es muy importante proteger nuestra ignorancia e inocencia.

Si miramos las fechas, creo que inmediatamente después del 11 de septiembre usted estaba haciendo una gira promocionando Deception Point, ¿verdad?
Sí.

¿Cómo fue eso?
Fue terrible. Fue un momento difícil. Yo estaba trabajando en *El Código Da Vinci* la mañana del 11 de septiembre. Tengo una oficina en la que no hay teléfono ni correo electrónico ni nada, un lugar al que voy para estar totalmente solo. Mi mujer vino a verme y me dijo: "Está sucediendo algo terrible" y de inmediato supe que finalmente había ocurrido. Durante un par de meses después de eso, me resultó muy difícil sentirme motivado para escribir ficción. Me sentí totalmente insignificante. Con todo lo que estaba ocurriendo en el mundo, ¿cómo podía permitirme el lujo de hacer vivir a personajes de ficción para que se movieran en un escenario imaginado? Quiero decir, ¿era ésa mi manera de ayudar al país? Al final, lo cierto es que con eso sí ayudaba... de alguna manera uno le está dando a la gente un cierto alivio al dolor de la realidad y algo de diversión. Es muy duro acordarse de todo aquello.

Usted estudió música. ¿Ha pensado en usar temas o elementos musicales en sus novelas?
Sí. Una de mis próximas novelas trata de un famoso compositor y su relación con una sociedad secreta, todo real.

Se comenta que su próximo libro, después de El Código Da Vinci *se va a desarrollar en Washington D.C.*

Eso es correcto.

¿Y será algo sobre los masones...?

Así es... ¿Usted espera que le diga algo más? [*Se ríe.*]

Pensé que si dejaba puntos suspensivos abiertos, usted los llenaría... pero veo que no lo va a hacer.

Eso es todo lo que puedo decir.

¿Se da cuenta usted de quiénes son sus lectores a través de sus conferencias y firma de autógrafos?

Ése ha sido el aspecto más gratificante de la gira: mirar las librerías y ver a todos esos hombres, mujeres y montones de adolescentes. Los jóvenes han respondido bien, en especial a *El Código Da Vinci* y *Ángeles y demonios*. Es algo así como un Harry Potter más maduro, supongo. Eso es lo que los jóvenes están sintiendo. Tiene algunos de esos misteriosos elementos antiguos que a la gente le gustan en Harry Potter.

Esa comparación ya aparece en parte del material de prensa entregado por su editor.

La primera vez que leí esa analogía fue en una reseña absolutamente maravillosa que Janet Maslin escribió en el *New York Times*. La gente me llamaba y me decía: "¿Acaso Janet Maslin es tu madre? Porque ella jamás ha dicho cosas como ésas". Ella invocó el nombre sagrado de Harry Potter y creo que ella fue la primera. No leo libros de ficción, salvo ocasionalmente para hablar bien de una novela, cuando mi editor me lo pide. Eso es otra cosa. Recibo novelas casi todos los días con notitas diciéndome que me va a encantar leerla y que por favor escriba algún elogio de ella. No he leído a Harry Potter, pero creo que cualquier cosa que entusiasme tanto a los niños y los haga leer tiene que ser realmente bueno. Creo que es fantástico.

¿Le han ofrecido llevar al cine algunos de sus libros?

Ha habido muchas conversaciones. Dado que Langdon es un personaje de series, tengo dudas en vender los derechos para cine. Uno de los encantos de la experiencia de leer es que cada uno se lo imagina a su manera, y siempre es perfecto. En el instante en que uno plasma un personaje [en un guión] —sin importar de qué manera Langdon o cualquier personaje ha sido descripto— ellos se imaginan a Ben Affleck o a Hugh Jackman, o quienquiera que sea. Por eso vacilo. Además, el estilo Hollywood toma una historia como ésta y la convierte en una persecución de autos por París con ametralladoras y golpes de karate. Por eso tengo dudas, y sin embargo estoy hablando con algunas personas en especial, el tipo de gente que podría hacer con esto una película *inteligente*. La única manera en que la vendería sería si yo mantuviera un control importante sobre la película.

Etimología latina en *El Código Da Vinci*

POR DAVID BURSTEIN
El autor es estudiante secundario de latín y dramaturgo.

Las modernas historias épicas populares, desde la serie de Harry Potter hasta *El Código Da Vinci* con frecuencia incluyen un rico uso del lenguaje, incluyendo referencias a lenguas antiguas e interesantes juegos de palabras. Dan Brown tiene un interés especial en usar algunas palabras reales en latín en *El Código Da Vinci*. Primero, es obvio que él ama las palabras y los juegos de palabras y sabe muy bien cuánto nuestra lengua inglesa le debe al latín. Segundo, es un ex maestro de Exeter, una de las escuelas privadas más importantes del país. Y tercero, dado que *El Código Da Vinci* mismo se centra en debates dentro y fuera de la Iglesia Católica, las palabras y las alusiones latinas resultan particularmente relevantes.

El latín es considerado una lengua muerta. Pero Brown lo convierte en algo bastante vivo en su novela contemporánea (junto con algo de griego, francés y nociones de otras lenguas). Para algunos elementos, el lector sólo necesita un diccionario común de latín: Opus Dei ("Obra de Dios"), o *crux gemmata* ("cruz enjoyada"). Sin embargo, otra palabras y frases necesitan un poco más de interpretación.

El favorito de todo el mundo, el albino monje asesino, Silas, es un católico devoto y miembro del Opus Dei. A él se lo recuerda por su color de piel (como un personaje de Homero al que cada vez que se lo menciona, se lo hace con un mismo epíteto, Dan Brown con frecuencia se refiere a Silas como "el monje albino"). Pero la característica más significativa del personaje es la de penitente. La palabra *penitente* (*paenit* en latín) viene de *paeān*, que tiene que ver con "elogio de los dioses". Como los miembros reales del Opus Dei, Silas cree que el modo de alabar a Dios es sufriendo dolor uno mismo. Resulta interesante que la palabra *manto* en latín *pænula*, viene de la misma raíz que *penitente*. Esto parece sugerir que el nombre del manto característico que llevan los monjes también viene de esta raíz. La dolorosa faja de autodisciplina que usa Silas, se llama cilicio, que podría provenir de la palabra latina *cicātrīx* que significa "cicatriz". Y por supuesto la intención de la faja es causar dolor físico (que seguramente dejará cicatrices) para arrepentirse de los pecados. Pero la conexión más interesante es la gran cercanía entre *cílice* y *cáliz*. Cáliz, por supuesto, es otra palabra para el Santo Grial, un tema clave en el libro en el que se trata de definirlo y buscarlo. Cáliz… cilicio… Silas: aunque el Maestro es el amo intelectual, es Silas quien comete los asesinatos y hace todo el trabajo sucio en esta búsqueda del Santo Grial.

En el libro, Silas es el personaje que más usa el latín a lo largo de ese día. Cuando se está flagelando, dice: "*castīgo corpus meum*". En latín, esto significa "castigar" (o "corregir" o "punir") mi cuerpo. Es éste un comentario ritualista lógico para un religioso penitente. Sin embargo, resulta curioso que *castīgo*, que significa "castigar" o "corregir", sea la raíz de *castitās*, que significa "castidad" o "virginidad". Esto, por supuesto, se relaciona con la pureza de Jesús y la Virgen María. También se relaciona con otro de los dramas centrales del libro: si Jesucristo y María Magdalena tuvieron relaciones sexuales y, si las tuvieron, cómo fue visto eso por sus contemporáneos y cómo debería ser visto en retrospectiva por las siguientes generaciones. Si la teoría de Brown es verdadera, Jesús no es tan puro como se lo ha imaginado históricamente y *castīgo corpus meum* puede ser otro guiño sobre este tema.

"Diavole in Dracon! Límala asno" es una de las claves que un anciano moribundo puede dejar en los últimos quince minutos de su vida para que Robert Langdon y Sophie Neveu den el primer paso para la búsqueda del Santo Grial. Estas exclamaciones son un anagrama de *¡Leonardo da Vinci! ¡La Mona Lisa!*, donde resulta estar oculta la siguiente clave. Una parte interesante de este anagrama es la palabra *Dracon*, que se relaciona con medidas muy severas o estrictas. En realidad Dracón no fue un bárbaro despiadado, sino uno de los primeros legisladores atenienses. Él insistía en que había que dictar leyes y ponerlas por escrito, junto con las consecuencias por quebrantarlas. Pero la ley venía primero y ése es el verdadero aporte de Dracón a la civilización grecorromana. Aunque él imponía la ley de manera estricta, resulta interesante que la palabra haya quedado asociada con el mal y la crueldad. Langdon incluso sugiere que estas palabras constituyen un violento ataque de Saunière a la Iglesia, sobre todo las palabras *Dracon* y *Diavole*.

Cuando Langdon y Sophie meditan sobre la misteriosa llave ahora en su poder y suponen que está relacionada con el Priorato de Sion, a Langdon le intriga que la cruz sea del tipo de cruz cuadrada de brazos iguales. Como experto en símbolos, este objeto en su mano le da la oportunidad de exponer la historia y la etimología de la cruz cristiana. Langdon señala que *cruz* y *cucifijo* provienen de la palabra latina *cruciāre*, que significa "torturar". Una palabra de raíz similar, *cruor*, significa "sangre".

El Código Da Vinci está lleno de anagramas, varios de los cuales salen a la luz en los últimos mensajes de Saunière a Sophie Neveu y Robert Langdon. Brown, que obviamente es un devoto de los anagramas, se refiere a *ars magna*, que en latín quiere decir "gran arte" y es considerado parte del simbolismo sagrado de la cultura romana. De hecho, reordenando las letras de *ars magna* obtenemos las letras para formar en inglés la palabra *anagrams*.

A lo largo de los años, siempre se ha pensado que *herético* significa algo muy negativo. Pero Dan Brown relaciona este término con la palabra latina *haereticus*, que significa "elección". Quienes elegían no creer en el grupo aceptado de Evangelios —los documentos y principios que el emperador romano Constantino buscó imponer en el Concilio de Nicea y después también— eran conocidos como heréticos, lo que significaba que habían hecho su "elección" de seguir un camino diferente. Pronto estos heréticos serían objeto de maltrato, de ataques y de torturas por haber hecho esa elección, pero al principio, llamarlos heréticos debió de haber sido como llamarlos "los que eligieron" o "los que están a favor de la elección".

Brown también introduce una meditación sobre el significado de la palabra *pagano*. Algunas personas en la actualidad suponen que la palabra *pagano* siempre fue una palabra religiosa referida a la adoración del demonio en oposición al cristianismo. Brown sugiere que los "paganos eran campesinos no adoctrinados que se aferraban a las antiguas religiones rurales de adoración a la naturaleza". Los campesinos de las zonas rurales del Imperio Romano más tarde se convirtieron al cristianismo, aunque continuaron practicando sus antiguos ritos grecorromanos y adorando a sus numerosos dioses y diosas. Con el tiempo, *pagano*, que originariamente era una palabra inofensiva, como *herético*, se tiñó con connotaciones de malignidad y de adoración al demonio.

Esta misma asociación con la naturaleza maligna de los habitantes del campo aparece en la palabra *villano*, según otra explicación etimológica en *El Código Da Vinci*. La palabra latina *villa* quiere decir "casa de campo". Estas casas de campo eran los hogares de los campesinos o paganos. Según Brown, la Iglesia temía a quienes vivían en las *villas* rurales. El resultado fue que "la palabra para designar a quien vivía en la villa —el 'villano'— terminó significando 'hombre maligno'". Pero la interpretación de Dan Brown es cuestionada en un artículo de la *New York Time Magazine* firmado por el autor de la columna "Sobre el lenguaje", William Safire, quien escribe: "Los habitantes de la villas no se convirtieron en villanos porque la Iglesia les tuviera miedo; lo más seguro parece ser que los señores de la villa despreciaban a las clases más bajas asimilando modales rústicos con inmoralidad". Hay una clara distinción de clases en esto. A los señores feudales que vivían en el campo no se los llamaba villanos. La primera forma de la palabra *vilain*, se refiere a los siervos en el sistema feudal medieval.

Brown también hace una breve digresión sobre la historia lingüística de la palabra *venéreo*, sugiriendo que tiene algo que ver con la diosa del amor, Venus. Suena lógico, pero según el *Oxford English Dictionary* (OED), esto podría ser incorrecto. El OED dice que la palabra viene del latín *venerābilis*, que significa "venerable". Aunque puede existir una posible conexión entre la adoración a Venus y la palabra latina para "venerable", el OED no da ese paso.

También interesante es lo que Brown señala acerca de la palabra *siniestro*. En latín, *sinistra* originalmente significaba "zurdo". El hecho de ser zurdo era considerado de mala suerte. Como dice Brown, esto tenía mucho que ver con la antigua decisión de la Iglesia de asociar la izquierda con lo femenino. En el supuesto esfuerzo por parte de la Iglesia de ocultar el papel de la divinidad femenina en los orígenes de la primitiva Iglesia para emerger como una cultura más patriarcal, la palabra *siniestro* adquirió una carga muy negativa. (Muchos especialistas creen que Leonardo da Vinci era zurdo. Varias claves en la novela destacan la impresión de que Jacques Saunière también era zurdo.)

La frase *sub rosa* también figura de manera prominente en *El Código Da Vinci*. Sophie le cuenta a Langdon las reuniones que su abuelo solía tener bajo el signo de la rosa, que Saunière (y la evolución de la lengua latina) sugirió que significaba "en secreto". Sin embargo, como señala William Safire, Dan Brown puede no estar en lo cierto cuando les dice a los lectores que la expresión *sub rosa* y la técnica de usar el signo de la rosa para significar una reunión confidencial se originó en los tiempos antiguos. Dice Safire: "La más antigua mención aparece en los Documentos de Estado de 1546 de Enrique VIII: 'Estas cuestiones fueron planteadas con autorización y deben mantenerse bajo la rosa… nada más para contar'". Sin embargo, en el artículo subsiguiente, Safire pareció desdecirse, al declarar que millones de lectores de Dan Brown sabían que *sub rosa* era una alusión a las costumbres romanas para las reuniones secretas.

Como otros aspectos de *El Código Da Vinci*, los orígenes latinos de las palabras no siempre son del todo correctos, pero el relato hace que la gente hable de ideas, de filosofía, de religión, de historia —y hasta de latín— de una manera inusualmente intensa.

Parte III

Bajo la pirámide

12 LA BIBLIOTECA DE SOPHIE

Mientras nos referimos a los nombres de los personajes de *El Código Da Vinci*, nos encontramos con una variedad de interesantes significados escondidos que Dan Brown ha dejado para que el lector los encuentre.

Comenzamos con una persona que no aparece en *El Código Da Vinci* más que como recuerdo, y muy brevemente. Pero constituye un pilar en el templo de Robert Langdon: Vittoria Vetra, una de las dos mujeres en la vida de Langdon, y la única de la que sabemos algo —por lo menos por referencias explícitas—, que fueron más allá de una relación platónica. La historia de Vittoria, y de la aventura de Robert Langdon en *Ángeles y demonios*, tendrá tantas resonancias para los lectores de *El Código Da Vinci*, que vale la pena detenerse un minuto en este personaje que sólo aparece como un rápido recuerdo en el nuevo libro.

Una Rosa con otro nombre
Guía de quién es quién en El Código Da Vinci

Por David A. Shugarts

Vittoria Vetra

Vittoria quiere decir Victoria en italiano, la diosa romana de la victoria y el equivalente de la diosa griega Niké. *Vetra* es una plaza pública (*piazza*) en Milán, el sitio donde Maifreda, la proclamada papisa de los guillermitas, fue quemada por la Inquisición en el año 1300. Milán es donde se encuentra *La últi-ma cena* de Leonardo da Vinci.

En el libro anterior de Dan Brown, *Ángeles y demonios*, Vittoria Vetra es la hija adoptiva de Leonardo Vetra, brillante físico en el CERN (Conseil Euro-péen pour la Recherche Nucléaire). Ella también es física y socia de su padre en su laboratorio privado. En *Ángeles y demonios*, que, como *El Código Da Vinci*, ocurre en abril, ella y Robert Langdon corren por Roma persiguiendo cla-ves y derrotando a los enemigos del Vaticano. En *El Código Da Vinci*, que ocu-rre un poco más de un año después, Langdon todavía recuerda su perfume y sus besos... antes de encontrarse con Sophie Neveu.

Leonardo Vetra estaba a una semana de cumplir cincuenta y ocho años cuando es torturado y asesinado al principio de *Ángeles y demonios*. Se conside-raba a sí mismo como un teofísico. Había encontrado una prueba de que todas las moléculas están conectadas por una sola fuerza. Él y Vittoria descubrieron cómo producir y almacenar antimateria. A Vittoria la llaman para que regre-se a las investigaciones biológicas en el mar balear. En su propia carrera ella re-futó una de las teorías de Einstein usando cámaras sincronizadas atómicamen-te para observar un banco de atunes.

Se la describe como flexible y agraciada, alta, piel morena y pelo negro. "Su rostro era inconfundiblemente italiano, no decididamente bello, pero con ras-gos plenos, terrenales, que a una distancia de veinte metros parecía emitir una cruda sensualidad." Tenía "profundos ojos negros". Robert Langdon también repara en su "torso delgado y sus pechos pequeños". Es vegetariana estricta y gurú residente de hatha-yoga en el CERN.

A los ocho años se había encontrado con su padre adoptivo, Leonardo Ve-tra, que entonces era un joven sacerdote que había sido estudiante premiado en física en la universidad. Vittoria estaba en el Orfanatrofio di Siena, un or-fanato católico cerca de Florencia, "abandonada por padres que nunca conoció".

Vetra recibió una beca para estudiar en la Universidad de Ginebra y adop-tó a Vittoria, que estaba por cumplir nueve años. Estudió en la Escuela Inter-nacional de Ginebra. Tres años más tarde, Vetra fue contratado por el CERN de modo que ella estuvo allí desde los doce años.

Al final de *Ángeles y demonios*, Vittoria y Robert se acuestan juntos —final-mente— mientras Vittoria dice: "Nunca has estado en la cama con una ins-tructora de yoga, ¿no es cierto?" En *El Código Da Vinci*, Robert Langdon re-cuerda que él y Vittoria se prometieron encontrarse cada seis meses, pero ya había pasado un año.

El nombre Vetra es único, ya que deriva de *vetraschi*, los curtidores de Mi-lán, que tenían sus talleres en la plaza pública. En el siglo XIII, cuando los gnós-ticos y otros tenían un clero femenino, una mujer llamada Guglielma de Bo-hemia llegó a Milán y comenzó a predicar. Después de su muerte en 1281, como solía ocurrir, floreció el culto en torno a sus reliquias. Los más fanáticos de los seguidores de Guglielma creían que ella era la encarnación del Espíritu Santo y regresaría para deponer al Papa masculino, instalando así una línea de papas femeninos e inaugurando la Edad del Espíritu.

Los fanáticos finalmente eligieron a una joven milanesa, Maifreda di Pirovano, y fijaron la fecha del regreso de Guglielma para Pentecostés del año 1300. Cuando llegó la fecha, las fuerzas del papa Bonifacio VIII capturaron a Maifreda de Pirovano junto con otros y los quemaron en la hoguera de la Piazza Vetra.

Jacques Saunière

Según una fantasiosa leyenda (o fraude), en 1891 el abate Bérenger Saunière, un cura párroco de pocos medios, estaba haciendo unas reparaciones en el iglesia del pueblo de Rennes-le-Château, un pueblo del sur de Francia. Descubrió unos pergaminos que llevó al abate de la iglesia de Saint-Sulpice en París para que los descifrara.

Después de esto el abate Saunière se volvió rico y se supuso que aquellos pergaminos contenían algún valioso secreto. Un francés llamado Pierre Plantard era la pieza central de lo que ahora la mayoría de los expertos considera que es ciertamente un fraude que se relacionaba con aquellos documentos que él había falsificado y con las leyendas que rodean a Saunière, así como al Priorato de Sion. Los documentos de Plantard fueron finalmente la fuente de un informe de Henry Lincoln, quien produjo un documental sobre este tema para la BBC.

En 1981, Lincoln se asoció con otros dos autores para escribir *Holy Blood, Holy Grail*, en el que se originaron las especulaciones de que los secretos protegidos por el Priorato de Sion eran las reliquias de María Magdalena, que había sido la esposa de Cristo y matriarca del linaje de los reyes merovingios de Francia. Dan Brown se apoyó mucho en este libro para escribir *El Código Da Vinci*.

El pueblo del abate Saunière, Rennes-le Château, está en el cuadrante suroriental de Francia, hogar de los merovingios así como, más tarde, de los cátaros.

Robert Langdon

En la página de los agradecimientos de *Ángeles y demonios*, Dan Brown rinde homenaje a John Langdon, que creó los sorprendentes ambigramas para ese libro. También muestra trabajos de John Langdon en el sitio de Internet de *El Código Da Vinci*.

Los ambigramas son imágenes de palabras que pueden leerse de la misma manera hacia arriba o hacia abajo. Si bien Dan Brown los describe como una simbología "antigua" y "mítica", John Langdon aparentemente cree que esta forma particular de arte que él realiza fue descubierta o inventada por él mismo. Otro artista, Scott Kim, comenzó de manera independiente a dibujar ambigramas más o menos al mismo tiempo. Sin embargo, Kim le da crédito a Langdon por haberlos usado primero. Es Kim también quien dice que fue Douglas Hofstadter quien acuñó la palabra *ambigrama*. John Langdon tiene su propio sitio en Internet, www.johnlangdon.net, donde se pueden ver algunos de sus notables trabajos.

El apellido Langdon también sugiere el Languedoc, la región francesa donde se desarrolla buena parte de la historia de María Magdalena y de los Templarios. Finalmente, Langdon es un académico, un profesor de Harvard. Hay muchas otras connotaciones que también pueden ser consideradas.

Bezu Fache

El monte Bezu es una montaña muy cerca de Rennes-le Château; tiene por lo menos dos aspectos significativos. Uno es que se rumoreaba que allí se habría levantado una fortaleza templaria. Se dice también que es una de las cinco cumbres que forman un pentáculo perfecto en la región. Grande Fache es una montaña en los Pirineos, no lejos de Andorra (donde Aringarosa encontró a Silas) y tampoco lejos de Rennes-le-Château, el pueblo donde surge la historia del abate Saunière.

Fache, con el acento adecuado (*fâché*), también significa "enojado" en francés, una característica que ciertamente define a este particular oficial de policía.

Sophie Neveu

Como se explica en *El Código Da Vinci*, *sofia* significa sabiduría en griego, y tiene un avatar femenino en varias mitologías, incluso la griega. Varios periodistas han sugerido que "Neveu", además de su proximidad con la palabra *nouveau* que significa "nuevo" en francés, puede también sugerir "nuevo amanecer", con todas las resonancias que lo asocian con Eva, el renacimiento de la divinidad femenina, la mujer diosa de la sabiduría, todas ellas características que le van muy bien a Sophie Neveu. Y hasta un anagrama de su nombre es "Oh! Supine Eve!".

En un libro de los hallados en Nag Hammadi considerado como escritura de los gnósticos, Sophia es retratada como consorte mística de Cristo. Se llama *Sophia (Sabiduría) de Jesucristo*. En este documento, Sophia es la mitad femenina de un Cristo Andrógino y es conocida como "Primera Engendradora Sophia, Madre del Universo. Algunos la llamar 'Amor'".

Sophie Neveu misma podría ser considerada un Santo Grial según las definiciones de *El Código Da Vinci*, ya que es el recipiente que lleva el linaje de sangre de Cristo. En diferentes momentos el libro parece inclinarse con fuerza hacia la sugerencia de que Sophie tanto como su hermano en Escocia descienden realmente de la unión de Jesús con María Magdalena. Pero también hay pasajes muy explícitos que sugieren que eso no es así, sólo para mantener el equilibrio. Como muchas otras cosas, esto es un misterio.

Obispo Manuel Aringarosa

Aringa rosa en italiano quiere decir "arenque rojo". Si el autor intelectual máximo es Teabing, entonces el trabajo de Aringarosa y su protegido, Silas, es una distracción en la trama. Además, ese apellido contiene también el fonema "rosa". El nombre del obispo también puede dar anagramas como "náusea" o "alarma", dos posibles reacciones que se podrían tener ante su conspiración.

Sir Leigh Teabing

Dan Brown le debe mucho en *El Código Da Vinci* a un libro que él cita, *Holy Blood, Holy Grail* de Michael Baigent, Richard Leigh y Henry Lincoln. *Leigh* procede de Richard Leigh y *Teabing* es un anagrama de Baigent. Teabing ha hecho documentales para la BBC al igual que el tercer autor de *Holy Blood, Holy Grail.* Hay muchas otras similitudes.

André Vernet

Éste es el nombre del gerente del banco suizo y es aparentemente una persona real, que aparece en la larga lista de nombres en la página de los agradecimientos de *El Código Da Vinci*. Según un informe, Vernet es un ex miembro del cuerpo docente de la Academia Phillips-Exeter, en la que Dan Brown se graduó en 1982 y donde más adelante enseñó literatura inglesa.

Rémy Legaludec

Rémy es un nombre francés común. Legaludec es muy posiblemente un juego de palabras sobre Languedoc, la región del sur de Francia donde se pueden encontrar muchos nombres importantes de *El Código Da Vinci*. También encontramos las palabras *legal* y *duce* dentro de ese apellido, que también puede dar el anagrama "a glad clue".

Jonas Faukman

Jonas Faukman es el editor de Robert Langdon en la novela. El editor real de Dan Brown es Jason Kaufman, quien estuvo en Pocket Books hasta 2001, los editores de dos de los libros anteriores de Dan Brown, *Fortaleza digital* y *Ángeles y demonios*. Kaufman pasó a Doubleday (una división de Random House), y su primera adquisición fue *El Código Da Vinci*, una operación, según se cuenta, de quinientos mil dólares por dos libros.

El Faukman de ficción tiene uno de los grandes textos de todo el libro cuando le responde a Robert Langdon acerca del deseo de éste de escribir un libro sobre el tema de la divinidad femenina: "Por el amor de Dios, eres un historiador de Harvard, no un escritorzuelo barato que trata de ganarse rápidamente unos dólares". Las palabras de Faukman podrían ser la voz de la conciencia del Dan Brown de la vida real, que no ignora hasta dónde está llevando las ideas serias que subyacen a *El Código Da Vinci* por el florido y engañoso sendero de la cultura pop de lo oculto y la *New Age*.

Notas al azar

- Pamela Gettum, bibliotecaria. Además de la actitud de "puedo hacerlo" que sugiere su nombre, Pamela Gettum puede ser a Robert Langdon lo que Pussy Galore es a James Bond.

- Édouard Desrochers es un nombre mencionado al pasar en una lista de personas cuyas conversaciones fueron grabadas por Teabing; hay también un miembro del cuerpo docente de la Academia Phillips-Exeter con ese mismo nombre.

- Colbert Sostaque, otro nombre en esa lista, cuyo anagrama en inglés es "cobalt rose quest" ("buscar la rosa azul"). Los misteriosos pergaminos descubiertos por Bérenger Saunière en Rennes-le-Château contenían una línea que se refería a "manzanas azules al mediodía". Descifrar esta frase sin sentido se ha convertido en una de las grandes búsquedas de la leyenda Priorato-Grial. Nos parece que Dan Brown podría estar jugando un poco con esto. Destaquemos que una de las grandes búsquedas de todos los tiempos entre los cultivadores de plantas es el desarrollo de una rosa azul, búsqueda que ha sido comparada con la "búsqueda del Santo Grial" entre los horticultores. Hay un equipo en Australia que ha estado trabajando en ello durante más de diecisiete años.

- Silas, además de ser un casi homónimo del cilicio que usa, mata en silencio y lleva el nombre del personaje bíblico que también escapó de prisión durante un terremoto.

Glosario

ADONAI: Uno de los nombres de Dios en hebreo. El nombre original de Dios —formado por las letras hebreas YHWH— era tan sagrado que jamás podía ser pronunciado en voz alta. Con el tiempo, *Adonai* se convirtió en uno de su reemplazo, y las anotaciones de las vocales de Adonai fueron agregadas a YHWH para recordarle a la gente que debía decir Adonai en su lugar. Esta combinación de consonantes y vocales generó la transliteración Yahveh. El libro del Génesis comienza llamando a Dios con el nombre de Elohim (interesante en sí mismo, ya que es una palabra hebrea con una terminación que indica que es un plural). Más adelante en el Génesis y luego en otros libros de la Torah, se introduce Adonai. Hay quienes argumentan que Elohim representa la idea de Dios antes de que aparezca el hombre y que Adonai es el nombre correcto de Dios después de la creación del mundo. Algunos estudiosos que han dedicado toda su vida al esfuerzo forense de analizar cómo se escribió la Biblia, creen que Elohim es una palabra para nombrar a Dios más antigua que Adonai, e identifican ciertos documentos de las escrituras como pertenecientes a editores *E* (por Elohim) y a otros como trabajos de editores *J* (Jehová).

ADORACIÓN DE LOS MAGOS: La obra maestra de Leonardo da Vinci *La adoración de los magos* le fue encargada muy temprano en su carrera, cuando todavía trabajaba en Florencia. Fechado en 1481, la *Adoración* es un trabajo sin terminar. Partes del panel son todavía los dibujos previos a la aplicación de la pintura por parte del artista. Esto parece indicar que Leonardo abandonó el trabajo antes siquiera de haberse propuesto terminarlo. Sin embargo, en 2001, el experto en diagnósticos artísticos Maurizio Seracini usó equipos de ultrasonido para revelar que "Leonardo no puso nada de la pintura que vemos en la *Adoración*". Seracini supone que fue aplicada por un artista muy inferior que deliberadamente eliminó algunos elementos de la composición y agregó otros.

Dan Brown sugiere de manera oscura en *El Código Da Vinci* que el pintor anónimo que agregó las pinceladas a los bosquejos de Leonardo estaba deliberadamente tratando de ocultar una suerte de mensaje que tenía el original. El artículo de Seracini, aparecido el 21 de abril de 2002 en *The New York Times Magazine* es mencionado por Robert Langdon en la novela.

ALBINO: Silas, el concienzudo supernumerario del Opus Dei en *El Código Da Vinci*, es albino. Los albinos tienen deficiencias de pigmentación —o carecen totalmente de ella— en el pelo, los ojos y la piel. Las personas con albinismo por lo general tienen serios problemas de visión y muchos son considerados ciegos a los efectos legales. Silas no parece sufrir de esta discapacidad. Es más, el obispo Aringarosa insiste en que el albinismo convierte a Silas en un ser único y hasta sagrado: "¿No te das cuenta de que esto te hace muy especial? ¿No sabías que el mismo Noé era albino?". La organización nacional que defiende los derechos de los albinos en Estados Unidos es conocida con las siglas NOAH.

ALTAR: *Altar* significa "alto" en latín. El altar se originó en las prácticas religiosas precristianas como una plataforma para las ofrendas de sacrificio. En el cristianismo primitivo se usó para materializar la Última Cena.

AMÓN: Si bien Amón es visto en *El Código Da Vinci* como "el dios egipcio de la fertilidad", este dios tiene muchas otras funciones, incluyendo un período como la suprema deidad. Egipto en su historia primitiva estaba lejos de ser una unidad política, por lo que en realidad había varias casas reinantes siempre dispuestas a reclamar el trono. Cuando lo conseguían, aportaban su propio grupo de dioses. En los siglos siguientes, las historias de estos dioses eran modificadas y entrelazadas. Amón (o Amen, o Amun) es mencionado en textos primitivos inmediatamente después de los dioses Nau y Nen, equivalentes del abismo de agua del que nacieron todas las cosas. Esta asociación coloca a Amón y su consorte entre el puñado de dioses que se crearon a sí mismos o, alternativamente, que fueron creados por Thoth como uno de los ocho dioses originales de la creación. Hasta alrededor de la XII Dinastía, Amón era un dios local de Tebas, pero luego los príncipes de Tebas conquistaron a sus rivales y convirtieron a su ciudad en la nueva capital del Alto Egipto. Fue probablemente entonces que comenzó a ser llamado "Rey de los Dioses".

La palabra *amon* significa "lo que está escondido". Alude al espíritu que no se ve. Amón era también conocido como el justiciero, protector de los pobres y también como el dios del viento y la fertilidad. Se lo representaba como a un ser humano con las dos típicas plumas altas sobre un tocado rojo. También se lo puede encontrar como un hombre con cabeza de sapo, como un hombre con cabeza de cobra, como un mono y como un león agazapado sobre un pedestal.

ANAGRAMAS: Estas palabras o frases creadas trasponiendo las letras de otra palabra o frase, ocupan un lugar importante en *El Código Da Vinci*. Por ejemplo, lo que Saunière escribe sobre el plexiglás que protege a la *Mona Lisa* —NO VERDAD LACRA IGLESIAS— es un anagrama del cuadro de Leonardo, *La Virgen de las rocas*. Saunière usa varios anagramas para guiar la búsqueda de Sophie, incluso un anagrama hecho con números, la secuencia Fibonacci desordenada.

APÓSTOLES: La raíz de la palabra *apóstol* viene del griego y quiere decir "el enviado". La misión de los apóstoles era difundir la nueva del mensaje cristiano. El hecho de que Jesús encontró después de su resurrección primero a MARÍA MAGDALENA (según varios relatos de los Evangelios) y le pidió específicamente a ella que fuera a dar a los demás la "Buena Nueva", confirma su papel como "Apóstol de los Apóstoles", título con que la conoce la historia. Algunos estudiosos suponen que los doce apóstoles corresponden a las doce tribus de Israel.

ARRIO: Nombre del muy conocido personaje que se asocia con la muy perseguida herejía llamada arrianismo. En el centro del arrianismo estaba el debate acerca de la naturaleza de Cristo: ¿era de la misma sustancia que el Padre, o era inferior a Él, un ser creado que llega a la existencia a instancias del Padre, y por lo tanto no puede compartir Su divinidad? Arrio argumentaba que Cristo no era de la misma sustancia que el Padre. Después de años de disputa teológica, presentó un credo de su fe en el CONCILIO DE NICEA. Su herejía fue rechazada y la oposición al arrianismo fue incorporada en el Credo niceno. Sin embargo, el arrianismo continuó brillando. De hecho, en treinta años del reinado de Constantino, dos nuevos concilios de la Iglesia se ocuparon de decidir este asunto. Ninguno de los dos logró su cometido. En *El Código Da Vinci* los visigodos, una tribu arriana del medioevo, son mencionados como los progenitores de la dinastía de los MEROVINGIOS. El pueblo de RENNES-LE-CHÂTEAU era el histórico centro fortificado de los visigodos.

BAPHOMET: Se trata de un ídolo del que se decía que tenía cabeza de cabra. En algunas descripciones se dice que sobre su cabeza puede verse el símbolo del PENTÁCULO. Aunque con frecuencia se ha dicho que éste era el ídolo de los Caballeros Templarios, esta atribución es el resultado de confesiones obtenidas por la Inquisición con la tortura, de modo que resultan dudosas. Muchos miembros de los Caballeros Templarios, cuando fueron torturados por la Inquisición confesaron (mintiendo o diciendo la verdad) adorar a este ídolo, que con mayor frecuencia es descripto con "cabeza de cabra y cuerpo de asno". Algunos seguidores contemporáneos del paganismo, conservan la creencia en Baphomet, en la convicción de que se trata del dios de las brujas y deriva de Pan, el dios de la naturaleza.

BIBLIOTECA NAG HAMMADI: Nag Hammadi es el nombre de la ciudad en la que, en 1947, se encontraron algunos de los textos más importantes relacionados con el cristianismo primitivo (véase EVANGELIOS GNÓSTICOS, y también desde el capítulo 1 hasta el 5). Los textos estaban encuadernados en páginas (a diferencia de escritos anteriores realizados en rollos, por ejemplo, los ROLLOS DEL MAR MUERTO) y tenían tapas de cuero, primer caso conocido del uso de ese material para libros. Mientras estos CÓDICES aportan mucho al enriquecimiento y la comprensión de aquel período, algunos estudiosos estiman que de todos los textos de la primitiva tradición cristiana que se sepa hayan existido, sólo el 15 por ciento ha sido recuperado. Muchas nuevas interpretaciones de María Magdalena pueden estar a la espera de ser descubiertas... para ser convertidas en posible éxito editorial.

BIBLIOTECA VATICANA: El obispo Aringarosa visita CASTEL GANDOLFO y pasa junto a la Biblioteca Astronómica, anexa al Observatorio Vaticano. Aunque hay sugerencias de una biblioteca organizada que se remontan al siglo IV, la Biblioteca Vaticana tal como se la conoce en la actualidad se inicia en el reinado del papa Nicolás V, quien subió al trono en 1447. Nicolás amplió la biblioteca que consistía en unos pocos cientos de libros a más de mil quinientos, lo cual la convirtió en la más grande de la Europa de su tiempo. En la actualidad cuenta con más de un millón de libros y 150.000 manuscritos que contienen obras como los textos más antiguos conocidos del Antiguo y del Nuevo Testamento, así como algunos ejemplares antiguos de obras de Dante, Virgilio y Homero, entre otras.

BOAZ Y JACHIN: Éstos son los nombres de dos de los pilares que sostienen el antiguo Templo de Salomón. En *El Código Da Vinci*, Langdon y Sophie ven copias de estas columnas en la capilla Rosslyn. Sophie tiene la sensación de que ya ha visto antes esas columnas. Langdon señala que esas columnas son las "estructuras arquitectónicas más copiadas de la historia" y son gemelas de las dos columnas que hay en todos los templos masónicos del mundo. Los nombres provienen de los relatos bíblicos de cuando el rey Salomón construyó su Templo. Salomón escribió a Hiram de Tiro pidiéndole que le enviara gente "que supiera grabar, trabajar el oro, la plata, el bronce y el hierro, que supiera hacer telas azules, púrpuras y rojas". Entre las contribuciones de los artesanos hay dos columnas con elaboradas decoraciones. A la columna de la derecha se la llamó Jachin ("establecer", "estabilidad"), y a la de la izquierda, Boaz ("fortaleza" o "en ella hay fuerza"). Dice la leyenda que Boaz era el nombre de uno de los ancestros de Salomón; el origen de Jachin no es claro. Boaz y Jachin se convirtieron en símbolos importantes de la masonería. Los orígenes de los masones se remontan a una representación simbólica del poder de la divinidad y con frecuencia adoptan el símbolo de la FLOR DE LIS en sus edificios, en este caso como capiteles de bronce arriba de ambas columnas. Otros las identifican con las grandes columnas que se pensaba que sostenían el mundo antiguo, una en Gibraltar y la otra en Ceuta. Hay quienes las ven como representaciones de muchas dualidades antiguas: luz y oscuridad; femenino y masculino; activo y negativo; y entre los elementos, fuego y agua.

BOIS DE BOULOGNE: Langdon y Sophie atraviesan a gran velocidad París para llegar al 24 de la Rue Haxo, la dirección dejada por el abuelo de Sophie en una misteriosa llave cortada con láser. Langdon trata de organizar sus ideas para contarle a Sophie acerca del PRIORATO DE SION, pero lo distraen los extraños habitantes nocturnos del parque: trabajadoras del sexo y toda clase de prostitución.

El Bois de Boulogne es un enorme parque en París de más de ochocientas cincuenta hectáreas, espléndidamente forestado, donde hay muchas áreas de recreo como pistas hípicas, senderos para bicicletas y para caminatas, y también encantadores jardines. Por la noche, el bosque se convierte en una notoria zona roja. El Bois de Boulogne es apenas un pequeño remanente de un bosque considerablemente más grande, la Forêt de Rouvray, que se extendía varios kilómetros al norte del parque actual en la época de la invasión de los galos en el siglo I a. de C. El rey Childerico II (un monarca merovingio del siglo VII) legó esas tierras a la Abadía de Saint-Denis, que planeaba construir otras abadías y monasterios en el bosque. Durante la Guerra de los Cien Años, el bosque —ya bastante inseguro— se convirtió en guarida de ladrones, antes de que los parisienses se apoderaran de él. En el reinado de Luis XI, se volvieron a forestar esos terrenos y se abrieron dos caminos.

Brown dice que algunos parisienses se refieren a esta área como "El jardín de las delicias", una alusión a un tríptico de El Bosco famoso por su contenido obsceno y su misterioso simbolismo. El tríptico muestra al Edén antes de la caída en el panel izquierdo, el Jardín de las delicias terrenales en el panel central, el más grande, y una imagen del Infierno en el panel de la derecha. Si bien cada uno de los paneles representa un lugar teológicamente diferente, hay un elemento común que está presente en todo el tríptico. Los tres reinos, desde el inviolado hasta el condenado, están compuestos de escenas de perturbador surrealismo.

El Infierno es mostrado como un reino de absurdas criaturas y poco comunes y deslumbrantes castigos, donde cuerpos humanos con cabezas de animales devoran a los pecadores. Un enorme cuerpo sirve como caverna para los castigos de los condenados, y abundan los símbolos extraños, por ejemplo, un par de orejas montadas por un cuchillo. Pero el surrealismo se extiende tanto hacia el Jardín de las delicias terrenales en el panel central, como al Jardín del Edén, en el de la izquierda. Estos lugares míticos se muestran libres de las extrañas y tortuosas imágenes del Infierno, pero el conjunto sigue siendo surrealista: hombres y mujeres desnudos retozan dentro de las fantásticas estructuras vivientes del jardín, y hasta el inviolado Edén está lleno de extraños animales quiméricos.

BOSCO, EL (1450-1516): maestro pintor flamenco, es casi un exacto contemporáneo de LEONARDO DA VINCI. Se sabe que también sentía un profundo interés por la alquimia y las sociedades secretas. La mayoría de sus pinturas estaban cargadas de símbolos y mensajes cifrados de todo tipo, así como de las más exóticas referencias a la sexualidad y a la DIVINIDAD FEMENINA, mucho más de lo que se halla en la obra de Leonardo. Como con Leonardo, con El Bosco es difícil discernir si era o no un devoto creyente, un librepensador radicalizado, o un cultor de lo herético. Algunos historiadores del arte y biógrafos creen que El Bosco estaba involucrado con los adamitas, una sociedad secreta que puede haber incorporado actividades del tipo del *hieros gamos* en sus prácticas.

Mientras las discusiones sobre el significado de los símbolos de El Bosco florecen, una cosa es clara: para El Bosco hay una profunda ambigüedad y un peligro al acecho en los lugares que consideramos como el paraíso; y esto hace que el Bois de Boulogne tenga una similitud con un cuadro y un lugar dignos de ser mencionados en *El Código Da Vinci*.

BOTTICELLI: En el libro de Dan Brown, este pintor italiano es mencionado como miembro del PRIORATO DE SION según los *DOSSIERS SECRETS*. Botticelli es conocido sobre todo por su *Nacimiento de Venus*, con sus obvias alusiones a la DIVINIDAD FEMENINA. Botticelli fue perseguido por los inquisidores y fundamentalistas florentinos liderados por Savonarola, y finalmente cedió ante ellos. Esto, además de su rivalidad artística con Leonardo, hace difícil verlo como miembro de la misma sociedad ultrasecreta, aun cuando sea verdad que sus trabajos, incluido el *Nacimiento de Venus*, introducen un elemento muy fuerte de erotismo en la pintura del Renacimiento.

CABALLEROS DE MALTA: Únicos serios rivales de los CABALLEROS TEMPLARIOS, los Caballeros de Malta (también conocidos como los Hospitalarios de San Juan de Jerusalén, o Caballeros de Rodas) eran una orden monástica y militar que surgió en Tierra Santa en el siglo XI. La orden estaba dedicada a ayudar a los enfermos y heridos y levantó hospitales en Tierra Santa para brindar albergue y ayuda a los peregrinos. La orden se consideraba vasallo de sus pacientes; en algunos hospitales, los enfermos dormían con sábanas de lino y comían con vajilla de plata. Paradójicamente, también se ganaron la fama de ser fieros guerreros, tanto en tierra como en el mar. Los hospitalarios anduvieron errantes por el Mediterráneo, estableciendo bases en Chipre, Rodas y finalmente en Malta después de que la Tierra Santa cayera en manos de los musulmanes. Desde estas islas fortificadas atacaban a las naves y ciudades costeras musulmanas.

La toma de las propiedades de los Hospitalarios durante la Reforma y luego la Revolución Francesa privaron a estos Caballeros de su independencia financiera, y la debilitada orden entregó Malta a Napoleón en 1798. La orden reapareció en diversas formas durante el siglo XIX, regresando a las raíces hospitalarias como refugio para enfermos y heridos. Los Caballeros de Malta construyeron quirófanos y organizaron equipos de enfermeras en varias guerras europeas, y estuvieron a cargo de los hospitales de sangre durante la Primera Guerra Mundial. La orden sobrevive en la actualidad como estado soberano, de manera muy parecida al Vaticano. Su cuartel general en Roma goza de extraterritorialidad, lo cual significa que puede otorgar sus propios pasaportes e intercambiar embajadores con otros países (cuarenta en este momento). Es el Estado independiente más pequeño del mundo.

CABALLEROS TEMPLARIOS: Los Caballeros Templarios son mencionados por primera vez en *El Código Da Vinci* mientras Sophie y Langdon atraviesan en auto el BOIS DE BOULOGNE. Langdon hace un breve resumen de su historia y de cómo se relaciona con el PRIORATO DE SION. Los templarios cumplen un papel fundamental en toda la novela como una pieza clave de la trama: el Priorato, se sostiene en la novela, creó a los templarios como el brazo armado encargado de la recuperación y protección de los documentos y reliquias del Santo Grial.

En 1119, nueve caballeros, que se llamaban a sí mismos "Pobres Compañeros-Soldados de Jesús", hicieron el voto de proteger a los peregrinos que se dirigieran o regresaran de los diversos lugares sagrados en Jerusalén y sus alrededores. Se trataba de una nueva clase de orden: hombres de iglesia que eran a la vez guerreros y monjes y para quienes derramar sangre al servicio de Dios era una alegría.

El rey Balduino II les dio albergue en la mezquita al-Aqsa, que, según los cruzados, estaba construida en el mismo lugar del antiguo TEMPLO DE SALOMÓN (el debate acerca de si efectivamente la mezquita está o no sobre el Templo de Salomón original continúa). Es por tener su cuartel sobre el templo que adoptaron el nombre de Caballeros del Templo de Salomón o Caballeros Templarios.

Tal como lo señala Langdon, el ascenso de los Templarios después de tan poco auspiciosos comienzos es efectivamente sorprendente. Los historiadores convencionales no atribuyen esto a secretos ni a tesoros escondidos debajo de al-Aqsa. Se acepta en general que su auténtico celo por mantener la Tierra Santa en manos cristianas hizo que muchas autoridades seculares y eclesiásticas hicieran enormes donaciones a los Templarios. A lo que hay que agregar la bula dictada por el papa Inocencio II que hacía que los templarios sólo debían rendir cuentas al Papa. Esta liberación de todo dominio secular y sagrado —incluidos los impuestos— aumentó no sólo la riqueza de los Templarios, sino también su poder.

El destino de los templarios estaba ligado al destino de la Tierra Santa, que estaba constantemente amenazada por los reinos musulmanes al este. Cuando la Tierra Santa cayó en manos de los musulmanes en 1291, la fortuna de los templarios se desvaneció. Dieciséis años más tarde los miembros de la orden de los templarios en Francia fueron arrestados todos juntos, acusados de herejía, homosexualidad, blasfemia y otros crímenes contra Dios y contra la Iglesia por el rey Felipe el Bello. Aunque las acusaciones eran probablemente falsas, los caballeros confesaron o fueron torturados para que lo hicieran; aquellos que renegaron de sus confesiones fueron quemados vivos. La orden llegó a su efectivo final en 1314 al ser quemado su último gran maestre, Jacques de Molay, quien renegó de su confesión inicial y pagó el precio.

CÁLIZ: En el arte cristiano el cáliz significa la Última Cena, el sacrificio de Jesús, y la fe cristiana. Langdon explica la naturaleza del cáliz a Sophie durante su breve estadía en el *château* de Leigh Teabing. El cáliz es el más simple de los símbolos de lo femenino que el hombre conoce, el símbolo del vientre y de la feminidad. El SANTO GRIAL es una variante simbólica más elaborada del cáliz, asociada a MARÍA MAGDALENA en su papel de conservadora del linaje sagrado.

El símbolo opuesto, pero complementario, con el que a veces se lo asocia, es llamado "la espada" (el cáliz y la espada). La espada está representada como un falo, o como un cuchillo o lanza. Es el símbolo de la  masculinidad y la agresión. La espada y el cáliz, cuando se unen, forman la estrella de David, que Langdon identifica con la perfecta unión de lo masculino y lo femenino, y el más alto principio de lo divino.

Los símbolos del cáliz y la espada jamás nos han abandonado y existen en varias formas en toda la cultura occidental.

CARAVAGGIO: En una desesperada maniobra para quedar aislado de su atacante, Jacques Saunière arranca un cuadro de Caravaggio de la pared del LOUVRE. Este acto desesperado activa las alarmas del museo y hace caer una reja entre Saunière y su atacante. El plan da resultado, pero no de la manera en que Saunière esperaba.

Caravaggio fue uno de los más importantes

pintores italianos del período barroco. Su nombre era Michelangelo Merisi y nació en un ambiente de pobreza en 1573 en una ciudad de Lombardía llamada Caravaggio, nombre que tomó para sí en su vida profesional. Cuando finalmente alcanzó el éxito y la fama, no pudo superar del todo el resentimiento y el carácter violento alimentados en su pobre niñez. Una serie de peleas y desórdenes lo llevaron a asesinar a un compañero en un partido de tenis. De inmediato huyó de ciudad en ciudad y más de una vez apenas si logró evitar caer en prisión. Durante una de sus estadías como fugitivo, se detuvo en Malta, donde se convirtió en caballero de la Orden de Malta. Murió en 1610, esperando el perdón del Papa que llegó tres días después de su muerte.

Caravaggio usaba intensas iluminaciones para crear escenas de gran dramatismo que dan la impresión de un momento detenido en el tiempo. Se destaca en particular su uso de sorprendentes chorros de luz en medio de un espacio oscuro, particularmente efectivos para comunicar momentos de conversión, revelación, sorpresa o violencia. No debe sorprender que algunos de los más famosos cuadros de Caravaggio incluyan escenas que son simultáneamente violentas y espirituales, como *La crucifixión de San Pedro*, *La conversión de San Pablo*, *Vocación de San Mateo* y *La deposición de Cristo*. Pintó figuras religiosas y mitológicas de una manera "popular", como si se tratara de trabajadores y prostitutas, y efectivamente, al principio de su carrera esos trabajadores con frecuencia eran los únicos modelos que tenía.

CARTAS DE TAROT: El origen de las cartas de tarot es tema de debate. Algunos estudiosos rastrean su más remota aparición a un momento y un lugar muy específicos: el norte de Italia a principios del siglo XV. El primer uso práctico de esta baraja parece haber sido un juego que se parecía un poco a nuestro actual bridge. Dado que las filosofías alquímicas, astrológicas y herméticas eran una parte constituyente de la vida intelectual medieval, los ilustradores de las primeras barajas pueden muy bien haberlas usado para esconder significados cifrados en la iconografía de las cartas. Las muchas y diferentes interpretaciones y correspondencias que las cartas del tarot han inspirado, sugiere que el tarot es más que un simple juego.

Ocultistas, fanáticos de lo esotérico y hasta modernos escritores de éxitos editoriales creen, en cambio, que estas cartas tienen una historia mucho más larga, que se remonta al antiguo Israel o al antiguo Egipto, y un mucho más profundo significado. Se dice que la Cábala, la forma judía del misticismo, tiene una conexión con ellas. Robert Langdon afirma que originariamente el tarot "fue diseñado como una manera secreta de transmitir ideologías prohibidas por la Iglesia" y que el palo del pentáculo de la baraja es un indicador de la "divinidad femenina". Los críticos desmienten este tipo de teorías y creen que el tarot fue inventado como un simple e inocente juego. "La idea de que los diamantes representan pentáculos es una mala interpretación deliberada", sostiene Sandra Miesel, quien escribió un largo artículo sumamente crítico de los "'supuestos datos reales' en *El Código Da Vinci*".

No parece haber pruebas sólidas que relacionen los orígenes del tarot con antiguas tradiciones. La historia parece decirnos que las cartas del tarot no aparecen como un sistema oculto *organizado* hasta fines del siglo XVIII en Francia. Pero la tradición puede imponerse a la historia, por supuesto. Así pues se comienza a especular de nuevo sobre toda la baraja y sobre las "coincidencias" tales como la organización de los arcanos mayores: a la carta de la Suma Sacerdotisa (la PAPISA) se le asigna por lo general el número dos y la carta número cinco, el Papa, es su opuesto lógico; así como la Emperatriz y el Emperador (tres y cuatro respectivamente) se equilibran uno con el otro.

CASTEL GANDOLFO: El Castel Gandolfo aparece en *El Código Da Vinci* como el lugar de las dos reuniones del obispo Aringarosa con funcionarios del Vaticano. El Castel es famoso por cumplir dos funciones: residencia de verano del papa y centro de los estudios astronómicos del Vaticano. El lugar fue alguna vez residencia veraniega del emperador romano Domiciano (que gobernó entre 81 y 96 de nuestra era). Domiciano construyó un suntuoso palacio con su propio acueducto, un teatro para representaciones dramáticas y competencias poéticas, y un criptopórtico, una larga estructura en forma de túnel construida en una de las colinas adyacentes, diseñada especialmente para proteger del sol al Emperador durante las largas caminatas.

El palacio fue abandonado después de su muerte para convertirse en ruinas. Fue demolido y reconstruido varias veces a lo largo de los siglos siguientes, víctima de las luchas entre varias familias nobles y la iglesia. Finalmente, el Vaticano lo compró a sus últimos dueños a principios de siglo XVII. Urbano VIII (papa entre 1623 y 1644) inició importantes renovaciones y se convirtió en la residencia oficial de verano del papa en 1626. Es famoso por su estilo simple y de buen gusto y sus hermosos jardines.

Uno de los más antiguos centros de observaciones astronómicas del mundo, el Observatorio Vaticano —*Specola Vaticana*—, fue reinstalado en Castel Gandolfo en la década de 1930. Cuando los reflejos de Roma comenzaron a opacar las estrellas para ser vistas por el alejado observatorio de Castel Gandolfo, el Vaticano creó un segundo centro astronómico, donde las brillantes luces de la capital italiana no podían llegar: Tucson, Arizona. El Castel Gandolfo original, sin embargo, sigue siendo usado como residencia de verano del papa.

CÁTAROS: Los cátaros fueron una secta religiosa de herejes cristianos que floreció en los siglos XII y XIII. La palabra deriva del griego *katharos*, que significa "puro". Había cátaros por todo el sur de Europa, especialmente en aquellas áreas en que el control de la Iglesia Católica era más débil, pero eran particularmente fuertes en la región del Languedoc en PROVENCE, una rica área del sur de Francia, conocida desde siempre por su independencia política y religiosa.

Los orígenes de la herejía cátara son oscuros, pero algunos estudiosos creen que el dualismo que yace en el corazón de sus creencias fue introducido por herejes del Imperio Bizantino en los límites orientales del imperio. Sea como fuere, los cátaros hicieron suya la idea común de los GNÓSTICOS de que el mundo fue creado por un dios malo, un dios del mundo material, que corrompió su creación desde el comienzo. Así, todas las cosas materiales, incluido el cuerpo humano mismo, eran malas. Trascender y escapar de la prisión del cuerpo era la salvación. Los cátaros creían que el alma o espíritu estaba atrapada entre el bien espiritual y el mal material, y si el individuo decidía aceptar las fuertes imposiciones del mundo material a través de la abnegación, se reencarnaría una y otra vez, hasta que tomara la decisión correcta.

Los cátaros eran también protofeministas. Las mujeres podían alcanzar el nivel de prefecto con las mismas facilidades que los hombres. El alma no tenía sexo, y el cuerpo no era más que su prisión. En lo espiritual no existía la superioridad de un sexo sobre otro.

Las creencias heréticas de los cátaros asustaron a la ortodoxia de la Iglesia, que los difamó con rumores similares a los lanzados contra los TEMPLARIOS: que eran adoradores del diablo, que comían las cenizas de bebés cremados, que siembre habían sido homosexuales. Cuando estas difamaciones no redujeron la creciente popularidad de la fe cátara, Roma organizó una cruzada que recibió su nombre de albigense por la pequeña ciudad de Albi, un centro clave de la fuerza cátara. La Cruzada Albigense, desde 1209 hasta 1229, usó la fuerza militar para aplastar a la naciente fe. Ciudades y pueblos enteros a los que se consideraba protectores de las comunidades heréticas fueron saqueados y destruidos.

CATEDRAL DE LOS CÓDIGOS: Nombre informal del la CAPILLA ROSSLYN.

CHÂTEAU VILLETTE: El suntuoso hogar francés de Leigh Teabing, Château Villette, es el refugio seguro al que Sophie y Robert huyen después de escapar del banco suizo con la PIEDRA CLAVE del Priorato. El Château Villette es un lugar real de atractivo arquitectónico en las afueras de París. Fue diseñado por François Mansart en 1668 para Jean Dyel, conde D'Aufflay y embajador francés en Venecia. Otro Mansart, Jules Hardouin-Mansart, sobrino de François y un gran arquitecto por derecho propio, terminó Villette en 1696. Versailles fue diseñado al mismo tiempo por Hardouin-Mansart, y la influencia del diseño de la famosa residencia real francesa es obvia en este pariente más pequeño. El château es el lujo hecho piedra: once dormitorios con baño, una capilla, casa de huéspedes, establos, jardines, canchas de tenis y dos lagos. Quienes en la actualidad aspiran a ser nobles, pueden alquilar Villette para las vacaciones, para reuniones o para bodas.

CILICIO: Esta palabra es definida en el diccionario como "saco, faja o vestidura áspera, para hacer penitencia". En *El Código Da Vinci* aparece un cilicio en forma de cadena con puntas usada en el muslo por Silas, el seguidor del Opus Dei que ha sido enviado para asesinar a Saunière y sus colegas. El uso del cilicio es practicado por algunos hombres y mujeres adherentes (llamados numerarios) al Opus Dei. El cilicio es una extensión de la práctica tradicional de la "mortificación corporal" de la Iglesia Católica, es decir, castigarse a sí mismo para poder identificarse con los sufrimientos de Jesús y así resistir la tentación y crecer espiritualmente. Josemaría Escrivá de Balaguer, el fundador del Opus Dei, creía que sólo el dolor directo haría que el pecador se arrepintiera. En su libro *Camino*, fundamental para los seguidores del Opus Dei, escribió: "Bendito sea el dolor. Amado sea el dolor. Santificado sea el dolor... Glorificado sea el dolor", y "Lo que se ha perdido por la carne, debe ser pagado por la carne: sed generosos en vuestra penitencia". Ejemplos más tradicionales de mortificación son el ayuno y el celibato.

CLEF DE VOÛTE: Éste es el término francés para significar el artilugio arquitectónico llamado "PIEDRA CLAVE", usado como la pieza superior central del arco compuesto por piedras (llamadas *voussoir*), que recibe el peso de las demás y sostiene el arco en su lugar. En los techos arqueados de las catedrales, la piedra clave es la piedra central que recibe el peso de los nervios de arco (véase ilustración en la glosa de "piedra clave"). La piedra clave está con frecuencia cubierta por diseños de adorno. En *El Código Da Vinci* la piedra clave es un legendario "mapa de piedra" creado por el PRIORATO DE SION que, supuestamente, conduce al SANTO GRIAL. Langdon le pregunta a Sophie si su abuelo confiaba en ella como para darle la piedra clave, y cuando ella se muestra confundida con el término, él le da una breve lección sobre el tema y le dice que se trató de un importante avance en la arquitectura y está profundamente inmersa en el simbolismo de las órdenes masónicas. Algunos intérpretes consideran que el "arco real" de los masones es una representación gráfica del zodíaco, apoyado en un pasaje abovedado, con una prominente piedra clave en la parte superior.

CLEMENTE V, PAPA: En el breve resumen que hace Langdon de la persecución de los TEMPLARIOS mientras atraviesan el BOIS DE BOULOGNE, menciona a Clemente V. Langdon cuenta que el papa diseñó un plan para derrotar a los templarios ya que se habían vuelto demasiado poderosos y ricos. FELIPE EL BELLO (al que Langdon llama "el rey Felipe IV") actuaba de acuerdo con el Papa, y en el día señalado —viernes 13 de octubre de 1307— los templarios fueron arrestados en masa y sometidos a juicios infames con sensacionalistas acusaciones de herejía y blasfemia, por la brutalidad de las ejecuciones y por su fundamental falta de equidad. Si bien Langdon parece contar en general la historia correcta, algunos de los detalles son discutidos. El rey Felipe es habitualmente reconocido como el primer instigador de la persecución de los templarios y algunos estudiosos creen que los primeros arrestos se produjeron sin que Clemente lo supiera; es más, Clemente fue tomado por sorpresa y se enfureció por los arrestos que se hacían contra un grupo que legalmente sólo debía responder ante el Papa. Éste le escribió a Felipe: "Vuestro apresurado acto es visto por todos, y con razón, como un acto de desprecio hacia nosotros y hacia la Iglesia de Roma". Al final, el Papa terminó por convencerse de que los arrestos fueron necesarios y, se dice, en particular después de la confesión instigada por la tortura de Jacques de Molay, último gran maestre de los Templarios. Con esta justificación en la mano, Clemente aprobó públicamente el accionar de Felipe.

COCTEAU, JEAN: El francés Cocteau fue un famoso artista, escritor, poeta, novelista (*Les Enfants Terribles*) y cineasta (*La bella y la bestia*). A él se lo menciona como "Gran Maestre del PRIORATO DE SION" según una serie de documentos probablemente fabricados por PIERRE PLANTARD y Philippe de Chérissey, los llamados *DOSSIERS SECRETS*. Coc-

teau tenía una gran variedad de intereses, pero se ignora si era un neotemplario del siglo XX, o un practicante del *HIEROS GAMOS*. Aparece en *El Código Da Vinci* como el último gran maestre del Priorato de Sion. Su nombre también aparece en la lista que los investigadores encuentran en CHÂTEAU VILLETTE.

CÓDICE: La palabra *códice*, que muchos asocian con la palabra *código* y los acertijos que esa palabra evoca, en realidad tiene que ver con una auténtica revolución en el registro de archivos producida en tiempos de los romanos. Se trata de un libro hecho de hojas independientes de papel, a diferencia de la tradición anterior de escribir en rollos. Dos de aquellos antiguos códices tienen una relevancia directa en la trama de *El Código Da Vinci*.

El *Códice Berlín*, conocido formalmente como "Papyrus Berolinens 8502" contiene la copia más completa del *Evangelio de María* que ha llegado hasta hoy y fue adquirido en el mercado egipcio de antigüedades en 1896 por el erudito alemán Carl Reinhardt. No fue publicado hasta 1955, cuando se descubrieron dos textos iguales en NAG HAMMADI. Más adelante, en el norte de Egipto, se desenterraron otros dos fragmentos pequeños del *Evangelio de María* de dos ediciones griegas diferentes.

El *Códice Leicester* no contiene registros religiosos, sino la manifestación del fértil genio artístico y la curiosidad tecnológica de LEONARDO DA VINCI, escrito entre 1506 y 1510 en italiano medieval y en su original escritura especular. Su nombre se debe a su primer dueño, el conde de Leicester, quien lo adquirió en 1717. Su actual dueño, Bill Gates, lo compró en un remate por 30,8 millones de dólares.

Mientras Langdon trata de descifrar la ilegible letra manuscrita de Saunière durante el vuelo desde Francia a Inglaterra, recuerda haber visto este Códice Leicester en el Museo Fogg de Harvard. Recuerda haberse decepcionado por el texto del códice ya que, a primera vista, resultaba totalmente ilegible. Pero un maestro con un espejo de mano lo ayuda a leer las páginas, que estaban escritas con las letras invertidas que Leonardo usaba para esconder sus palabras.

CÓDIGO ATBASH: Robert Langdon, Sophie Neveu y Leigh Teabing usan el código del Atbash para abrir el primer criptex de Saunière en el capítulo 72 de *El Código Da Vinci*, que revela un nuevo misterio: el segundo criptex que contiene el "mapa" hacia el Santo Grial.

בפומת
[tav] [mem] [vav] [pei] [beth]

שופיא
[alef] [yud] [pei] [vav] [shin]

El Atbash es un código antiguo y muy simple que se originó entre los escribas hebreos que transcribían los libros del Antiguo Testamento. En este código, la secuencia del alfabeto es invertida, de modo que la última letra equivale a la primera, la segunda, a la penúltima, y así sucesivamente. En castellano, el código haría que la *a* fuera equivalente a la *z*, la *b* equivaldría a la *y*, la *c* a la *x*, y así sucesivamente. Así pues, wz ermxr sería el modo de escribir "Da Vinci" con el código Atbash. La palabra Atbash deriva de las dos primeras letras del alfabeto hebreo (alef, beth, o *a* y *b* en castellano) y sus equivalentes según el código (tav, shin, o *t* y *s* en castellano). El Atbash y otros códigos que usan métodos similares, se llaman códigos de sustitución.

Langdon fantasea sobre la más famosa palabra cifrada según el código Atbash mientras espera que Sophie descifre el código del criptex. Se refiere a "sheshach" en Jeremías 25:26 y 51:41. La palabra *sheshach* causó muchas dificultades a los eruditos bíblicos, pero al aplicar el código Atbash se reveló su significado secreto: Babel, que muchos estudiosos identifican con Babilonia, la ciudad capital del Imperio Babilonio, y hogar de muchos cautivos judíos después de que el imperio saqueara Jerusalén en 600 a. de C.

CÓDIGO CÉSAR: Un código de sustitución (similar al código Atbash) desarrollado por Julio César para comunicarse con sus generales en tiempos de guerra. Si usamos nuestro alfabeto, el Código de César substituye la primera letra por la tercera, sin contar la primera, así, la *d* reemplaza a la *a*, la *e* reemplaza a la *b*, la *f* reemplaza a la *c*, y así sucesivamente. Dan Brown se escribiría "Gdq Eurzq".

CONCILIO DE NICEA: Primer concilio ecuménico de la Iglesia Cristiana, el Concilio de Nicea fue convocado por el emperador CONSTANTINO en 325 d. de C. para resolver varias disputas teológicas, desde las más vulgares hasta las más teóricas. En esa época de la historia cristiana, las prácticas religiosas y las doctrinas cristianas no eran uniformes, y el concilio niceno constituyó un intento de solucionar las disputas de una vez para siempre. El concilio resolvió la mayoría de los conflictos, desde las fechas que había que precisar para celebrar la Pascua y otras festividades religiosas hasta las más importantes cuestiones de la época: ¿era Cristo de la misma sustancia que el Padre, o era inferior a Él, era un ser creado que debía su existencia a Dios, y no podía por lo tanto compartir Su divinidad, como creían los ARRIANOS? En un momento, según dice la leyenda, el debate se puso tan violento que San Nicolás —el personaje histórico detrás de nuestro moderno Papá Noel— atacó físicamente a Arrio por sus herejías. Más allá de todo, el hecho fue que la unidad se logró y todos menos tres de los obispos presentes firmaron el CREDO NICENO, una declaración de ortodoxia eclesiástica y de rechazo al arrianismo. El estudioso

Stringfellow Barr sostiene en su libro *The Mask of Jove* que "Constantino... supo de manera instintiva que la *polis* cristiana alrededor de la que tenía planeado reconstruir [el Imperio Romano] debía lograr una unidad de espíritu si quería que sus planes tuvieran éxito".

CONSTANTINO I: Conocido como "El Grande", Constantino es reconocido por casi todos como el primer emperador cristiano del Imperio Romano (reinó entre 306 y 337). Aunque los historiadores discuten los detalles, al convocar al CONCILIO DE NICEA, se convirtió en el principal responsable de la legitimación y entronización de la Iglesia como la principal autoridad sobre lo que quedaba del Imperio Romano.

Si Constantino aceptó de todo corazón el cristianismo como su propia y verdadera fe, sigue siendo tema de debate. Pero lo que es indiscutible es que la decisión del Emperador de unificar las diferentes corrientes del cristianismo primitivo, le dio a la Iglesia el invalorable apoyo de la autoridad del Imperio. Pero, ¿tenía él puesto el corazón en esta empresa? Lo cierto es que continuó estampando símbolos PAGANOS en sus monedas. Por ejemplo, era también devoto del Sol Invictus, el "Invencible Sol", deidad importada de Siria pero impuesta al pueblo romano cien años antes de Constantino. Muchos estudiosos creen que él pudo muy bien haber estado a caballo entre ambas creencias y al prestarles atención a ambas, aseguraba para sí el máximo apoyo.

El Código Da Vinci va todavía un poco más allá. Leigh Teabing les cuenta a Sophie y a Langdon que Constantino "fue un pagano de toda la vida que se bautizó recién en su lecho de muerte, cuando ya estaba demasiado débil como para protestar". Lo que él hizo fue sólo elegir y luego imponer al cristianismo como religión oficial de Roma porque era, en palabras de Teabing, "un excelente empresario". Teabing asegura, efectivamente, que el gran ocultamiento por

parte de la Iglesia comenzó con Constantino. Los principales estudiosos destacan el papel del Emperador en la resolución de temas específicamente religiosos, como por ejemplo el tema de la divinidad o la humanidad de Cristo. En la novela, Constantino es considerado como el responsable de la ocultación de la divinidad femenina, del casamiento de Jesús con MARÍA MAGDALENA, del golpe contra la tradición GNÓSTICA y de la definición de los opositores a la Iglesia oficial como herejes.

COPTO: La lengua copta es un descendiente directo de la antigua lengua egipcia, pero también es un híbrido. Comenzó a aparecer en el tercer siglo antes de nuestra era, después de la conquista griega de Egipto y fue usado por los egipcios cristianizados para traducir la Biblia y las obras litúrgicas. El *EVANGELIO DE MARÍA* y la mayoría de los llamados EVANGELIOS GNÓSTICOS estaban escritos originalmente en griego, pero la mayoría de ellos sobrevive en la traducción al copto descubierta en NAG HAMMADI. La lengua copta se sigue usando todavía entre los coptos, una secta cristiana en Egipto.

CREDO NICENO: Breve declaración de fe, creada en el CONCILIO DE NICEA, que resume las creencias ortodoxas que constituyen la estructura básica de las enseñanzas de la Iglesia. El credo rechaza explícitamente al arrianismo (véase ARRIO):

Y en un solo Señor Jesucristo, Hijo Unigénito de Dios, Engendrado del Padre antes de todos los siglos, Dios de Dios, Luz de Luz, verdadero Dios de Dios verdadero, Engendrado, no hecho, consubstancial con el Padre; Por el cual todas las cosas fueron hechas.

El Credo Niceno se sigue rezando en los servicios religiosos cristianos.

CRUX GEMMATA: "Cruz enjoyada", tiene trece gemas, un ideograma cristiano que representa a Cristo y los doce apóstoles. La

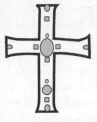

CRUZ sola representa la crucifixión (con frecuencia se la usa con el cuerpo de Cristo en ella), mientras que la *crux gemmata* simboliza la resurrección. Langdon la ve en el prendedor de corbata de Bezu Fache, señal de la fe profesada por el capitán de policía, cuando se encuentran por primera vez en el Louvre, después de la inesperada muerte de Saunière.

CRUZ: La historiadora del arte Diane Apostolos-Cappadone lo expresa de manera concisa: "Símbolo antiguo y universal de la conjunción de los opuestos con una barra vertical que representa las fuerzas positivas de la vida y la espiritualidad, y una barra horizontal por las fuerzas negativas de la muerte y el materialismo. Hay más de cuatrocientas variantes de este símbolo". En *El Código Da Vinci* se señala que la cruz existió como símbolo clave mucho antes de la crucifixión, y también destaca otras diferencias entre la cruz "cuadrada" (usada por los TEMPLARIOS) y la tradicional cruz alargada de los cristianos.

DAGOBERTO II: Último de los reyes sacerdotes merovingios, mencionado en *El Código Da Vinci* porque el nombre de Dagoberto es mencionado en los cuatro pergaminos descubiertos por SAUNIÈRE y que se conocen con el nombre colectivo de *DOSSIERS SECRETS*. Uno de los pergaminos se supone que contiene un mensaje cifrado que, al revelarlo, declara: "Este tesoro pertenece a Dagoberto II y a Sion y allí muere". Esa conexión con el PRIORATO DE SION es explorada en la novela, como también el asesinato de Dagoberto, "apuñalado en el ojo mientras dormía", según Sophie. Este hecho terminó con la dinastía merovingia y con un linaje relacionado más con la herejía que con la fidelidad al Papa. (El hijo de Dagoberto, Sigisberto, según dice Brown, escapó y continuó el linaje

que más tarde incluiría a GODOFREDO DE BOUILLON —el supuesto fundador de los TEMPLARIOS y del Priorato de Sion.) La interconexión detrás de estos variados relatos conspiratorios va más lejos. Cuando Dagoberto se casó, se trasladó con su esposa a RENNES-LE-CHÂTEAU.

Dice la leyenda que el asesinato de Dagoberto a manos de Pipino el Gordo fue ordenado por el Vaticano como una manera de permitir que los carolingios tomaran el poder, una dinastía estrechamente ligada a los intereses de la Iglesia. Pipino es el nombre que usa Steinbeck, en una variante (Pippin) que también significa un tipo de MANZANA, para el protagonista de una de sus novelas, que en 1972 se convirtió en comedia musical en Broadway y luego en una película dirigida por Bob Fosse. Para crear todavía más misterio, o confusión, WALT DISNEY tiene un personaje de dibujo animado llamado Tío Dagoberto, un pato de Escocia, el lugar donde está la CAPILLA ROSSLYN. Langdon va todavía más allá y llega a sugerir que "no es por error que Disney volviera a contar las historias de *Cenicienta*, *La bella durmiente* y *Blancanieves*, ya que todas ellas son encarnaciones de la DIVINIDAD FEMENINA". Nunca se han encontrado pruebas de que Walt Disney fuera efectivamente miembro del Priorato de Sion, como dice algún rumor.

DA VINCI, LEONARDO: Pintor, escultor, arquitecto, ingeniero, escritor, conocedor de las ciencias naturales, matemático, geólogo, anatomista, palabras todas que describen la sorprendente variedad de intereses y actividades de Leonardo. De todas maneras, su mayor fama se la han dado sus pinturas, que fueron notablemente poco numerosas. No más de trece pinturas existentes se le atribuyen a Leonardo.

Los detalles biográficos de Leonardo no abundan, particularmente los de su juventud. Nació en 1452 y era el hijo ilegítimo de una muchacha campesina y el hijo de una familia de profesionales de Florencia. Fue aprendiz del maestro florentino Andrea Verrocchio, y puede haber trabajado en su escuela con otro aprendiz que también sería famoso, Sandro BOTTICELLI, autor de *El nacimiento de Venus* (al igual que Leonardo, Botticelli también ha sido relacionado con el PRIORATO DE SION y sus obras están llenas de símbolos).

Leonardo superó a sus contemporáneos en casi todo lo que emprendió. En las cuatro décadas siguientes ofreció sus servicios a los señores de Milán y de Florencia, al Rey de Francia y a la Iglesia. Murió, posiblemente de apoplejía, en 1519 mientras vivía y trabajaba en Francia.

Algunas de las cosas que dice Dan Brown sobre su obra han sido minuciosamente examinadas por expertos en Leonardo da Vinci. Los principales estudiosos de estos temas tienen dudas respecto del uso de mensajes cifrados, de su asociación con sociedades secretas y hasta respecto de su homosexualidad. Ninguno, sin embargo, disputa la maestría de sus pinturas.

DCJP: DIRECTION CENTRALE POLICE JUDICIARE: Organización francesa de aplicación de la ley en la que, en el libro, trabajan el capitán Bezu Fache y el teniente Jérôme Collet. Langdon dice que la DCJP es el equivalente aproximado del FBI. La DCPJ es la institución judicial francesa dedicada a la coordinación de las organizaciones técnicas y científicas de la policía. En palabras del Consejo Franco-Británico: "Es la responsable de luchar contra el robo, el terrorismo, el crimen organizado, el tráfico de seres humanos, el tráfico de drogas, robo y reventa de obras de arte y la falsificación de moneda y su distribución". Dado su estatus, parece poco probable que Bezu Fache, un alto funcionario dentro de la DCJP, se pusiera él mismo a investigar el caso, y mucho menos lanzarse a la carrera, pistola en mano, hacia el baño de hombres en el LOUVRE.

DIDACHE: La *Didache*, o Doctrina de los Doce Apóstoles, es considerada la pieza de literatura no canónica más antigua que existe. Se la puede fechar entre 70 y 110 d. de C. Se trata de una guía de instrucciones para nuevos cristianos convertidos, y si bien al final no se la incluyó entre los veintisiete libros del Nuevo Testamento, la Didache era tenida en alta estima ya que se trataba de la sabiduría y las enseñanzas de los doce apóstoles, aunque es muy improbable que ellos mismos hayan sido los autores. Hay en la Didache muchos consejos prácticos, incluyendo una amplia sección sobre los ministros itinerantes. Esos ministros deben ser recibidos como si se tratara del mismo Señor. Pueden permanecer uno o dos días. Si se quedan tres días, se trata de falsos profetas o charlatanes. Si, al partir, el ministro se lleva cualquier cosa menos pan, seguramente es un falso profeta.

DISNEY, WALT: Langdon afirma como cierto que el famoso creador de dibujos animados "dedicó silenciosamente su vida a transmitir la historia del GRIAL", y lo compara con LEONARDO por la manera en que "le encantaba introducir mensajes secretos en sus trabajos", muchos de ellos relacionados con la dominación de la Diosa. Entre los mencionados por Brown/Langdon están *Cenicienta*, *La bella durmiente*, *Blancanieves*, *El Rey León* y *La sirenita*, la cual, observa Langdon, tiene una réplica del cuadro *Magdalena penitente* del pintor del siglo XVII George de la Tour, en el hogar submarino de Ariel, con sus "evidentes referencias simbólicas a la perdida santidad de ISIS, Eva, Piscis la diosa pez y, de manera repetida, MARÍA MAGDALENA (De la Tour pintó a María Magdalena embarazada y su nombre aparece de manera prominente en las misteriosas leyendas que rodean RENNES-LE-CHÂTEAU). No cabe duda de que para homenajear a Disney, Robert Langdon, el académico de Harvard que se viste con ropa cara y elegante, no usa un Rolex, sino un reloj de Mickey Mouse. Un libro real y reciente, *The Gospel in Disney* (El Evangelio en Disney) se propone enseñar las principales lecciones del cristianismo a través de los argumentos de las películas de dibujos animados de Disney. Uno de los problemas que plantea este análisis es la distinción entre Walt Disney, la persona, y los estudios de ese mismo nombre. Cuando se estrenaron *El Rey León* y *La Sirenita*, el famoso dibujante hacía ya muchos años que había muerto. ¿Se supone que sus sucesores están dando continuidad conscientemente a sus convicciones religiosas tanto como a sus propuestas profesionales? ¿Fue éste uno de los temas de discusión que hicieron que el directorio se volviera contra el director ejecutivo Michael Eisner? ¿Es sólo una coincidencia que las divagaciones de Langdon sobre Disney sean interrumpidas por la fría realidad del golpeteo de las muletas de Teabing en el salón?

DIVINA PROPORCIÓN: También conocida como Sección de Oro y Proporción de Oro, la expresión se refiere a la proporción geométrica que se produce al dividir cualquier línea de modo que la porción menor se relacione con la mayor, de la misma manera que ésta se relaciona con la línea completa (véase PHI). Mientras los matemáticos debaten los orígenes de la rigurosa aplicación de la Sección Dorada como un elemento geométrico, hay pruebas que sugieren que fue usada por primera vez en el siglo IV a. de C. Algunas fuentes antiguas atribuyen su descubrimiento a la sociedad secreta de los matemáticos pitagóricos, que usaban el PENTÁCULO como símbolo de su orden. En muchas obras de arte, así como en muchas manifestaciones de la naturaleza, aparecen sectores den-

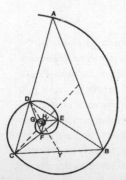

tro de diferentes objetos que usan la idea de la Sección de Oro o Phi. Si esto es literalmente verdadero o no, lo cierto es que las asociaciones místicas con la geometría y la Sección de Oro no se desvanecen, sino que siguen como aspectos codificados de las sociedades y hermandades secretas modernas.

DIVINIDAD FEMENINA: La divinidad femenina es un importante elemento temático en *El Código Da Vinci*, pieza clave para los diferentes buscadores del GRIAL en la novela. El PRIORATO de Saunière lo adora, Langdon lo estudia y los fanáticos seguidores del Opus Dei tratan de asegurar que la tradición de la divinidad femenina siga suprimida dentro del cristianismo, como lo estuvo en el cristianismo primitivo bajo distintos líderes, desde Pedro hasta Constantino. Según la novela, Jesús creía en la idea de una divinidad femenina, heredada de los egipcios, de los griegos y de otras tradiciones del Mediterráneo oriental. Toda la batalla por el papel de MARÍA MAGDALENA entre los apóstoles y después en la historia de la Iglesia, es considerada en la novela como un gran "ocultamiento" de los orígenes del cristianismo en el mundo de dioses y diosas.

La primera mención de la divinidad femenina en *El Código Da Vinci* es cuando Robert Landon llega al lugar del asesinato de Jacques Saunière. Al ser interrogado por el capitán Fache, Langdon trata de explicar la iconografía que usó Saunière para "decorar" el escenario de su muerte.

DOCUMENTO "Q": Reunidos en la biblioteca de Teabing, éste les da a Sophie y a Langdon una conferencia sobre la historia secreta del cristianismo y su ocultamiento. "El documento Q", les dice, es un manuscrito "del que hasta el Vaticano admite su existencia. Supuestamente, se trata de un libro con las enseñanzas de Jesús escritas tal vez de su puño y letra". Luego va más allá de la propia cautela que acaba de expresar y le hace una pregunta retórica a Sophie: "¿Por qué no podría Jesús haber llevado un registro de su Ministerio?".

Que lo haya hecho o no es algo que ha preocupado a los estudiosos desde que un inglés, Herbert Marsh, propuso por primera vez en 1801 la hipótesis de una fuente del tipo Q, basada en la creencia de que alguien escribió una versión en arameo de los dichos de Jesús. La rotuló *beth*, una letra hebrea que tiene la forma de una casa. Varios eruditos alemanes retomaron el tema unos años después, generando una gran controversia. Dado que los Evangelios de Mateo y Lucas dan muestras de una cierta independencia el uno del otro, ¿podría haber alguna otra fuente, diferente de los Evangelios sinópticos para los dichos de Jesús? Si fuera así, ¿cuál sería el "correcto"? Como surgieron dudas acerca de la autenticidad de la colección de dichos, el erudito alemán Johannes Weiss uso la más neutral letra *Q*, por la palabra alemana *Quelle* que significa "fuente". Así siguieron las cosas mientras los eruditos agregaban capas y capas de reconstrucciones hasta que en la década de 1960, las traducciones de los documentos de Nag Hammadi de 1947, revelaron un *Evangelio de Tomás*, traducido por James Robinson y Thomas Lambdin.

¿Es el *Evangelio de Tomás* realmente una fuente directa de los dichos de Jesús? La respuesta está en parte en la determinación de la fecha de los documentos, algo que todavía no ha sido establecido. Si fue escrito a mediados del siglo I d. de C., la relación parece posible. Si, como suponen los estudiosos más conservadores, este *evangelio* fue escrito después del siglo I d. de C., entonces hay muchas posibilidades de que haya sido compuesto por recuerdos acumulados, es decir, con un contacto menos directo con los hechos.

El profesor Robinson, el "padrino" de este debate, responde a la pregunta de esta manera: "La referencia a Q y a la posibilidad de que el mismo Jesús lo escribiera tiene una sola respuesta: claro que Jesús no lo escribió. Éste es uno de esos lugares en que Dan Brown inventa pruebas para hacer que todo sea más impresionante de lo que es". El debate continuará, con la esperanza de que se puedan encontrar más documentos relacionados con la primitiva era cristiana para aclarar así ésta y muchas otras controversias.

Dossiers Secrets: Las descripciones de los *Dossiers Secrets* que aparecen en *El Código Da Vinci* así como en *Holy Blood, Holy Grial*, el libro de Michael Baigent, Richard Leigh y Henry Lincoln (del que Dan Brown obtuvo buena parte de la inspiración para su trama), podrían hacer creer a los lectores que se trata de un impresionante pastiche literario, desde tablas genealógicas hasta complicados mapas y trabajos de poesía alegórica. Se dice que los documentos se ocupan de la dinastía de los merovingios, el Priorato de Sion y los Caballeros Templarios. Aunque algunos documentos fueron depositados en la Biblioteca Nacional de Francia en las décadas de 1950 y 1960, quienes los investigaron se sintieron en general decepcionados al descubrir que se trataba de material del siglo xx escrito a máquina, lleno de curiosos detalles y referencias ocultas. La mayoría de los expertos cree que los *Dossiers Secrets*, así como el mismo Priorato de Sion, forman parte de un elaborado fraude imaginado por Pierre Plantard, quien se refería a sí mismo como el gran maestre del Priorato de mediados del siglo xx.

Éfeso: Ciudad de gran importancia en los tiempos del Nuevo Testamento, Éfeso está situada en lo que ahora es Turquía. Era la segunda ciudad del Imperio Romano y la puerta a Asia. Allí se levantaba el espectacular Templo de Artemisa, también conocida como la diosa Diana, símbolo griego de la fertilidad. Artemisa era con frecuencia representada con muchos pechos y otras exageraciones de su feminidad. El templo, construido con 127 pilares de veinte metros de alto, era una de las Siete Maravillas del Mundo Antiguo. Algunos estudiosos creen que la Virgen María fue a Éfeso al final de su vida acompañada por San Pedro (37-45 d. de C.) y todavía se puede ver su "casa" en ese lugar. También existen algunas leyendas que dicen que María fue a Éfeso después de la crucifixión.

EGLISE DE SAINT-SULPICE: Uno de los más emocionantes episodios de *El Código Da Vinci* gira en torno a la Église de Saint-Sulpice, que en su origen era la iglesia parroquial del distrito de la abadía de St. Germain-des-Prés. Silas, convencido de que ha descubierto el lugar secreto de la piedra clave del priorato, entra esperanzado en la iglesia, pero se convierte en víctima de un cruel fraude.

Algunas autoridades creen que siempre ha habido una iglesia en ese lugar. De todas maneras, la actual estructura fue levantada en 1646, y su piedra fundamental fue colocada por Ana de Austria, esposa de Luis XIII, quien aparece como personaje importante en *Los tres mosqueteros*. El edificio se fue construyendo a intervalos durante los siguientes setenta años, y al final de la construcción en 1721, una torre era cuatro o cinco metros más baja que la otra. Algunos objetos de interés dentro de la iglesia son la línea del meridiano (la línea ROSA) que Silas sigue para encontrar la PIEDRA CLAVE; ocho estatuas de los apóstoles colocadas alrededor del coro, y la Capilla de la Virgen, una hermosa capilla dedicada a Nuestra Señora de Loreto.

Saint-Sulpice tiene numerosas conexiones históricas con el Priorato de Sion. Aparentemente BÉRENGER SAUNIÈRE visitó al abate Bieil, director del seminario de Saint-Sulpice, con los documentos que descubrió en la iglesia de RENNES-LE-CHÂTEAU. Francis Ducaud-Fourget, un supuesto gran maestre de Sion (según JEAN COCTEAU), estudió en ese seminario. El seminario fue el foco del movimiento modernista católico de finales del siglo XIX, escuela de pensamiento que proponía actualizar los estudios religiosos católicos de acuerdo con los métodos críticos modernos.

ESCRIVÁ DE BALAGUER, PADRE JOSEMARÍA: Fundador del OPUS DEI, a quien Silas llama "Maestro de maestros". Escrivá (1902-1975) era un sacerdote español quien, el 28 de octubre de 1928, fundó el Opus Dei, una organización católica reconocida como "prelatura personal" de la Iglesia Católica, dedicada a llevar la realidad de Jesucristo hasta incluso los momentos más vulgares de la vida común. Algunos han criticado la organización por ser autoritaria y estar al borde de ser una secta, aunque el Opus Dei rechaza este rótulo. Además de la fidelidad al Papa y una vigorosa devoción a la Virgen María, Escrivá predicaba especialmente ofrecer el trabajo cotidiano de cada uno a Dios, y hacerlo de tal manera que signifique un gran sacrificio y abnegación. Estos sacrificios incluyen una recomendación de mortificación. Algunos informes dicen que practicaba aquello que predicaba, incluida la autoflagelación. No es clara cuál sea la relación del Opus Dei con el Vaticano. Parece que el Opus Dei ayudó al Vaticano en ocasión de los escándalos financieros de la década de 1980 que amenazaron con llevar a la Iglesia a la bancarrota, y que esta particular prelatura personal ha gozado de gran prestigio con el papa Juan Pablo II. Después de la muerte de Escrivá de Balaguer, su santidad fue resuelta con excesiva rapidez.

EVANGELIOS GNÓSTICOS: Éste es el nombre más difundido de los documentos encontrados en NAG HAMMADI, Egipto, en 1947. Los textos más conocidos incluyen:

El *EVANGELIO DE MARÍA*, que es invocado por Leigh Teabing como un eslabón en la cadena de argumentos destinados a persuadir a Sophie de que el Grial es algo más que una copa sagrada. El Evangelio, dice Teabing, demuestra que Jesús fundó su Iglesia sobre María y no sobre Pedro.

Las conclusiones que Teabing saca del *Evangelio de María* —si ésta es la fuente primaria— parecen un tanto engañosas. En contra de lo que él dice, Jesús nunca le da a María Magdalena instrucciones específicas sobre cómo continuar con su Iglesia después de que él haya partido, por lo menos no en este evangelio. La opinión más tradicional del evangelio es que aunque María efectivamente tenía una "relación especial" con Jesús y los otros apóstoles se ponían celosos de ello en ocasiones, no hay ninguna indicación de que Jesús eligiera a María para continuar con su Iglesia, o de que le diera a ella instrucciones especiales sobre cómo debía hacerlo.

El *EVANGELIO DE FELIPE* también aparece en el discurso de Teabing sobre la naturaleza del SANTO GRIAL. Teabing lo usa como su fuente para la afirmación de que Jesús y María Magdalena estaban casados, basado en la traducción que la menciona a ella como "compañera" de Jesús y que en la expresión "la besa en la b... [falta texto]" es la prueba de que entre ellos existía una gran intimidad. Como se ha visto en capítulos anteriores en este libro, hay varios estudiosos y comentaristas que están de acuerdo con esta interpretación, aunque otros consideran que este beso es más metafórico que romántico.

El *EVANGELIO DE TOMÁS* contiene muchos paralelos con los evangelios ortodoxos en el Nuevo Testamento, incluyendo dichos y proverbios paralelos. Sin embargo, tienen enigmáticas vueltas de tuerca respecto de los conocidos textos canónicos. Tomás dice, por ejemplo: "Si dos hacen la paz entre ellos en esta única casa, le dirán a la montaña 'muévete', y ésta se moverá". Otro misterioso ejemplo es: "Simón Pedro les dijo: 'Que María nos abandone, pues las mujeres no se merecen la vida', [entonces] Jesús dijo: 'Yo mismo la conduciré para que se convierta en hombre, para que ella también pueda convertirse en un espíritu viviente parecido a vosotros, los varones. Pues toda mujer que se convierta en varón entrará en el reino de los cielos'". Este *Evangelio de Tomás* también destaca el autoconocimiento y la autoexploración, y hay pasajes en los que la actualización del yo recuerda ligeramente las analectas budistas.

El *EVANGELIO DE LA SABIDURÍA DE JESUCRISTO*. Sumamente místico, este texto se refiere a la creación de los dioses, ángeles y el universo, destacando la verdad mística e infinita. Algunos estudiosos creen que puede reflejar una conversación entre Jesucristo y sus discípulos después de la resurrección; otros argumentan lo contrario. El punto clave de este debate se relaciona con la fecha en que podría haber sido escrito. Si fue escrito en el primer siglo de nuestra era, podría reflejar dichos verdaderos de Jesús. Pero si fue escrito más tarde, el ordenamiento de los dichos y proverbios podría provenir simplemente de filósofos posteriores a Jesús y de los gnósticos.

Elaine Pagels, una estudiosa de Princeton cuyo libro *Gnostic Gospel* (Los Evangelios Gnósticos) llevó muchos de estos temas al público norteamericano hace más de veinte años, ahora dice que ya no se refiere a estos documentos como Evangelios Gnósticos, debido a la connotación negativa que tiene el gnosticismo en la actualidad. Pagels, así como otros estudiosos, entre ellos James Robinson y Bart Ehrman, destaca que los hallazgos de Nag Hammadi ofrecen datos específicos y documentados sobre la primitiva historia del cristianismo, así como sugieren la diversidad de pensamiento acerca de religión y de filosofía que existían en los primeros siglos de la era cristiana. La supresión de estas "escrituras alternativas" representó el triunfo de lo que ahora conocemos como doctrina principal de la Iglesia, que se coloca por encima de una rica variedad de otras maneras de pensar.

FELIPE EL BELLO, REY (TAMBIÉN CONOCIDO COMO FELIPE IV): Rey de Francia (apodado "el Bello" debido a su sorprendente belleza) es mencionado en el breve resumen que hace Langdon de la persecución a los templarios mientras él y Sophie cruzan el BOIS DE BOULOGNE. Langdon asegura que el papa Clemente V diseñó un plan para destruir a los TEMPLARIOS porque habían acumulado demasiado poder e incalculable fortuna. Felipe el Bello (Langdon lo llama Felipe IV) actuó en acuerdo con el Papa y el día fijado, viernes 13 de octubre de 1307, los templarios fueron arrestados en masa y sometidos a un juicio que fue infame por sus sensacionalistas acusaciones de herejía y blasfemia, así como por las torturas a que fueron sometidos y a su posterior ejecución. Langdon parece estar equivocado en algunos detalles. Felipe el Bello, y no Clemente V, es por lo general considerado en primer promotor de los arrestos de los templarios. Fue Felipe quien inició la persecución; de hecho, muchos historiadores creen que el primer arresto, el realizado el viernes 13, fue realizado sin que Clemente lo supiera. El Papa reprendió severamente a Felipe, pero era políticamente débil y demasiado comprometido con el Rey como para haber detenido la jugada contra los templarios.

FLAMEL, NICHOLAS: *El Código Da Vinci* pone a Flamel como jefe del PRIORATO DE SION desde 1398 hasta 1418. Flamel era un importante alquimista, cuyo nombre ha vuelto a la fama en los últimos años. Hay una referencia a él en la serie de Harry Potter, una empresa de biotecnología usa su nombre, y un número creciente de turistas se detiene en el bar de París que se levanta en el sitio donde estaba su casa.

FLOR DE LIS (*Fleur-de-lis, fleur-de-lys*): En el terreno de lo político el símbolo representa tanto a Francia (en particular a la monarquía francesa) como a la ciudad de Florencia. En el simbolismo cristiano significa la Trinidad. Los expertos debaten si representa un lirio o un iris, cada uno de los cuales tiene connotaciones simbólicas especiales. Se la invoca en *El Código Da Vinci* en diversos contextos: traducida, Dan Brown dice (forzadamente) que la expresión significa "la flor de Lisa", según él una referencia que apunta a la *Mona Lisa*. La flor de lis como símbolo también aparece en la llave que su abuelo le dio a Sophie con las palabras: "Abre una caja... donde guardo muchos secretos".

La traducción literal es "flor de lirio", pero *lys* es en realidad la flor llamada iris. Tradicionalmente, en la heráldica francesa, la flor de lis es amarilla, y el amarillo es un color común para la flor llamada iris, mientras que el lirio es tradicionalmente blanco, en especial en heráldica. Como símbolo muy usado en heráldica la flor de lis consiste de tres formas como de pétalos, unidas por una barra horizontal. A veces la parte baja está cortada, o representada por un mero triángulo.

La flor de lis quedó fuertemente asociada a los reyes franceses desde alrededor de 1200 en adelante. También puede verse como fuertemente simbólica de la Trinidad entre los cristianos. Dice una leyenda que un antiguo rey francés, Clodoveo, cortó un iris y se lo puso en el casco en una batalla de la que salió victorioso en 507. (Una leyenda paralela dice que cuando el rey Clodoveo fue bautizado, la ofreció como símbolo de purificación, tanto de sí mismo como del país como un todo.)

Este símbolo se encuentra en una amplia serie de culturas antiguas y modernas, y en muchas formas de expresión: cilindros mesopotámicos, bajo relieves egipcios, cerámicas micénicas, monedas galas, emblemas japoneses, etcétera. Así, esta estilizada figura, probablemente una flor, ha sido usada como ornamento o emblema en casi todas las civilizaciones del Viejo Mundo tanto como del Nuevo.

GNOSIS: Ésta es una palabra griega que significa una combinación de "conocimiento", "intuición" y "sabiduría". La Gnosis es entendida como un conocimiento de inspiración divina, intuitivo e íntimo, en oposición al conocimiento intelectual de un tema o disciplina específicos. Como experiencia, la gnosis es en general el objetivo último de una disciplina espiritual que busca la unión con Dios, el infinito o lo absoluto, la realidad más allá de la percepción, más allá incluso de la doctrina religiosa. La gnosis es casi siempre descripta como una revelación o exploración personal.

Algunos de los grupos ahora identificados como gnósticos pueden haber creído que una manera de alcanzar la gnosis era a través del ritual de *HIEROS GAMOS*, una celebración del sagrado matrimonio. Langdon se lo explica a Sophie de esta manera durante el vuelo sobre el Canal de la Mancha: "La unión física siguió siendo la única manera por la que el hombre podía alcanzar la plenitud espiritual y finalmente alcanzar la *gnosis*, el conocimiento de lo divino".

La erudita e historiadora Elaine Pagels en su libro *Orígenes de Satán* dice lo siguiente acerca del significado de la palabra: "El secreto de la gnosis consiste en que cuando uno llega a conocerse a sí mismo en el nivel más profundo, uno llega a conocer a dios como la fuente del propio ser". La experiencia de la gnosis y de otros modos místicos de comunicación con lo divino ha sido siempre vista como una amenaza por las instituciones religiosas establecidas. Estas instituciones prefieren ser consideradas como el único camino hacia lo divino.

GNOSTICISMO: Palabra que se usa para describir a varias sectas y grupos religiosos, principalmente cristianos, pero también judíos y egipcios, que ponen la GNOSIS en el centro de sus creencias y sus prácticas. El gnosticismo es una fuerza religiosa que probablemente antecede al cristianismo. James Robinson, experto en la BIBLIOTECA NAG HAMMADI, dice: "Los gnósticos eran más ecuménicos y sincréticos con respecto a las tradiciones religiosas de lo que eran los cristianos ortodoxos, aunque encontraban en ellos una posición compatible con la de ellos".

El gnosticismo se hace notorio muy pronto en la era cristiana como un rival importante para la influencia del cristianismo apostólico. La comunión personal con lo divino del gnosticismo, su estructura como Iglesia con frecuencia muy poco formal, su explicación secreta del conocimiento oculto y superior que la fe no puede explicar, son características del gnosticismo que hacen que las corrientes gnósticas de adoración sean altamente problemáticas para la unificación de la ortodoxia católica. El resultado fue una cada vez mayor corriente de denuncia y acusaciones de herejía tan efectiva que el gnosticismo fue marginado como movimiento alrededor del siglo V d. de C.

Algunas de las principales afirmaciones del gnosticismo son que el conocimiento directo, íntimo y absoluto de lo divino y la verdad misma (gnosis) son necesarios para la realización espiritual; la creencia en la unión con un "yo superior", o su descubrimiento, yo superior que es identificado con lo divino e idéntico a él; que el mundo fue creado por un dios menor, o demiurgo, que es responsable por el mal inherente a él; que el único escape de los males de la existencia material era la contemplación, el autoconocimiento y la gnosis de lo espiritual incorrupto. Este sistema de creencia ha continuado hasta hoy. Por ejemplo, existe en la actualidad una Sociedad de Gnosis.

GODOFREDO DE BOUILLON: Rey francés, jefe de la primera cruzada y fundador del PRIORATO DE SION en Jerusalén en 1099. Según las genealogías supuestamente recogidas como parte de los *DOSSIERS SECRETS*, Godofredo de Bouillon era descendiente de los reyes merovingios. Tal como Langdon se lo explica a Sophie mientras atraviesan el BOIS DE BOULOGNE en un taxi: "El rey Godofredo era supuestamente el poseedor de un poderoso secreto que había estado en su familia desde los tiempos de Cristo". Para protegerlo constituyó una hermandad secreta, el Priorato de Sion, que además tenía un ala militar, los CABALLEROS TEMPLARIOS. Después de una detallada exposición de los pormenores de esta historia, Langdon revela que Bouillon envió a los Caballeros Templarios para encontrar pruebas que corroboraran su "poderoso secreto" debajo de las ruinas del antiguo TEMPLO DE SALOMÓN en Jerusalén, y que ellos efectivamente encontraron algo muy importante allí. Lo que se quiere decir es que el secreto es la información acerca del SANGREAL, mejor conocido como SANTO GRIAL, y que los Templarios encontraron el Grial —documentos, registros, reliquias, los huesos de MARÍA MAGDALENA, etcétera— y luego llevaron todo esto de regreso a Francia.

GREGORIO IX: Nacido en 1145 como conde Ugolino de Segni, Gregorio IX pasó su reinado como pontífice en medio del turbulento conflicto entre la Iglesia y el secular Sacro Emperador Romano, Federico II de Hohenstaufen. Gregorio IX era bien conocido por su fiera oposición a todas las herejías y participó en los últimos años de la Cruzada contra los Albigenses, que casi eliminó por completo a los CÁTAROS, que habitaban la región de Francia conocida como LANGUEDOC.

HANSSEN, ROBERT: Ex agente del FBI convertido en espía ruso. Durante casi veintidós años durante el período de la Guerra Fría, Hanssen vendió información clave de inteligencia a los rusos. Hanssen era miembro del OPUS DEI y resultó ser no sólo un problema para su país sino también para esa organización. Se había involucrado en ciertas prácticas sexuales poco usuales que salieron a la luz durante su juicio y que incluían fotografiarse a sí mismo y a su mujer manteniendo relaciones para mostrárselas a sus amigos. Cuando en mayo de 2002, Hanssen fue condenado a cadena perpetua sin posibilidad de libertad condicional, según Dan Brown el juez dijo de esas prácticas: "Difícilmente sean el pasatiempo de un devoto católico".

HIEROS GAMOS: El *hieros gamos* aparece en *El Código Da Vinci* como un antiguo rito sexual que el abuelo de Sophie practicaba en secreto y que ella presenció y recuerda de manera traumática. En una cámara del subsuelo de su casa, SAUNIÈRE y una mujer del PRIORATO DE SION mantienen relaciones sexuales mientras otros miembros, vestidos con túnicas y máscaras, entonan plegarias por la sagrada unión. Sophie lo ve sin ser descubierta y huye de su casa para cortar toda relación con su abuelo durante un tiempo.
Es posible que él estuviera en medio de un rito de *hieros gamos*, en ocasiones mencionado como teogamia o hierogamia, término que significa algo así como "matrimonio sagrado" o "matrimonio divino". Esta unión, en palabras del estudioso David H. Garrison, es "el matrimonio sagrado, la unión de la diosa y el dios que proporciona el paradigma de todas las uniones humanas". Ese matrimonio sagrado ha sido reproducido en varios niveles de realismo a lo largo de la antigua historia religiosa de la humanidad; restos de estas prácticas continúan todavía entre nosotros, como lo muestra la reciente película *Eyes Wide Shut*. Algunos sistemas de creencias orientales tienen prácticas análogas, como los ritos sexuales tántricos.

HISOPO: "Púrgame con hisopo y estaré limpio", Silas el ALBINO ora citando los salmos mientras limpia la sangre que la autoflagelación ha hecho brotar de su espalda. Juan 19:29, al describir los últimos momentos de Cristo en la cruz, escribe: "Había allí un jarro lleno de vinagre; pusieron, pues, en una caña de hisopo una esponja empapada en el vinagre y se la acercaron a la boca". El hisopo tiene uso culinario y también medicinal. Técnicamente es un vegetal y aparece en las ensaladas de algunos restaurantes. Esta hierba bíblica se usa también en la preparación del licor Chartreuse.

HOMBRE DE VITRUVIO: Famoso dibujo hecho por LEONARDO de un hombre visto de frente y de perfil, inscripto en un cuadrado dentro de un círculo. La primera pista de los misterios en *El Código Da Vinci* es el mismo Saunière moribundo que ha colocado su cuerpo desnudo en la misma posición de la famosa imagen de Leonardo. El dibujo debe su nombre a Marcus Vitruvius Pollio, el escritor, arquitecto e ingeniero que vivió en el siglo I a. de C. Tenía a su cargo los acueductos de Roma y escribió los *Diez Libros sobre Arquitectura*, tal vez el primer trabajo sobre arquitectura que se haya escrito. El estudio de Vitruvio de las proporciones humanas está en el tercer libro y allí dejó su guía para que artistas y arquitectos la siguieran:

Las medidas del cuerpo humano son las siguientes, es decir, que 4 dedos constituyen 1 palmo, y 4 palmos hacen 1 pie, 6 palmos equivalen a 1 codo; 4 codos equivalen a la altura del hombre. Y 4 codos equivalen a un paso y 24 palmos equivalen a un hombre. El largo de los brazos extendidos de un hombre es igual a su altura. La distancia desde la raíz del pelo hasta el borde inferior de la barbilla es un décimo de la altura del hombre; desde el borde inferior de la barbilla hasta la coronilla equivale a un octavo de su altura; desde la parte superior del pecho hasta la raíz del pelo equivale a la séptima parte de todo el hombre. La distancia desde las tetillas hasta la coronilla es igual a un cuarto del individuo. La parte más ancha de los hombros contiene la cuarta parte del hombre. La distancia desde el codo hasta la punta de la mano es igual a la quinta parte del individuo. La mano entera es una décima parte del hombre. La distancia desde el borde inferior de la barbilla hasta la nariz y desde la raíz del pelo hasta las cejas es la misma y, como la oreja, equivalen a un tercio de la cara.

La contribución de Leonardo consistió en resolver este antiguo algoritmo conocido como la "cuadratura del círculo", un problema geométrico en el que un par de compases y una regla son usados en el intento de construir un círculo y un cuadrado con la misma superficie. Teóricamente, un ser humano perfectamente proporcionado entraría con precisión en la figura y mientras los esfuerzos de Vitruvio aparentemente no llegaban a buen puerto, la demostración de Leonardo es perfecta, y una demostración de genio artístico tanto como matemático.

HUGO, VICTOR: Mencionado en *El Código Da Vinci* como uno de los muchos notables escritores y artistas cuyos trabajos clave transmitieron secretamente la idea prohibida del SANTO GRIAL, de la DIVINIDAD FEMENINA, y de Jesús y MARÍA MAGDALENA como marido y mujer. Langdon cita *El Jorobado de Notre Dame* (junto con *La flauta mágica* de Mozart) como un trabajo lleno de "simbolismos masónicos y secretos del Grial". Con frecuencia se lo cita a Hugo como miembro de PRIORATO DE SION.

ICONO: De la palabra griega *eikon*, significa "imagen", representación simbólica de algo real. Un icono religioso es una representación artística de algo religioso o divino y con frecuencia recurre a mucho simbolismo. Los cristianos reverencian los iconos, pero no los adoran. Este tipo de adoración fue prohibida por el Segundo CONCILIO DE NICEA.

INOCENCIO II, PAPA: Este pontífice reinó desde 1130 hasta 1143. Según Dan Brown, fue él quien les otorgó autonomía a los CABALLEROS TEMPLARIOS para que se rigieran por sus propias leyes, libres de toda interferencia por parte de las autoridades políticas o religiosas. Algunos especulan que los templarios recibieron dinero de la Iglesia para que mantuvieran ocultos los documentos supuestamente encontrados debajo de las ruinas del TEMPLO DE SALOMÓN y que ponían a la Iglesia en una posición difícil. Otros creen que fueron los caballeros los que tomaron la iniciativa y chantajearon a Inocencio II.

IRENEO: Importante teólogo y polemista cuyos argumentos contra las sectas GNÓSTICAS en la segunda mitad del siglo II ayudaron a establecer las pautas doctrinarias de la cristiandad católica: el credo, el canon de las escrituras y la sucesión apostólica de los obispos. Ireneo, junto con otros historiadores de la Iglesia como Eusebio y TERTULIANO, son todos acusados en *El Código Da Vinci* de haber colaborado en la conspiración para reescribir la historia del cristianismo y participar en "el gran ocultamiento".

ISIS: Ésta es una de las más antiguas y más importantes deidades femeninas en el panteón egipcio. En *El Código Da Vinci* se destaca su estatus como la expresión que dio forma a la DIVINIDAD FEMENINA. Isis era considerada patrona de la familia, de la fertilidad femenina, de la medicina y de la magia. Concebida por el Dios de la Tierra y la Diosa del Cielo, Isis estaba casada con su hermano gemelo, Osiris, y ambos reinaban como rey y reina en el cosmos egipcio. Langdon destaca la gran colección de estatuas de Isis que Saunière conserva en el Louvre (efectivamente hay muchas de esas estatuas en ese lugar), lo cual parece atribuir este hecho a su creencia en la divinidad femenina. Isis también tiene un papel en las explicaciones de Langdon respecto de la *MONA LISA*. Este nombre resulta ser un anagrama del antiguo nombre pictográfico de Isis: L'ISA + AMON = MONA LISA. Hay quienes aseguran que Leonardo originalmente pintó la *Mona Lisa* con un pendiente de lapislázuli con la imagen de Isis, que luego ocultó pintando encima. Más

allá de que esto sea cierto o no, no cabe ninguna duda de que existen persistentes ecos de Isis en muchas imágenes famosas de la divinidad femenina.

La historia de Isis y Osiris es mencionada por primera vez en los Textos de las Pirámides, escritos jeroglíficos que se remontan a 2600 a. de C. Su culto se extendió hasta bien avanzados los tiempos romanos, y muchos estudiosos suponen que la historia romántica y redentora en el corazón de este mito proporciona un muy necesitado contraste con el aire severo y distante de la religión oficial del Imperio. El culto a Isis estaba también muy extendido geográficamente: las estatuas de la "Virgen Negra" reverenciadas en algunas catedrales francesas es muy posible que sean imágenes de Isis. Además, se han descubierto antiguos templos de Isis en las orillas del Danubio y del Támesis. Se ha dicho también que en el lugar donde ahora se levanta la abadía de St.Germain-des-Prés en París había un templo de Isis. Esta abadía fue construida por el rey MEROVINGIO Childeberto para colocar allí reliquias sagradas.

Ecos del mito de Isis resuenan en la mitología y en la simbología de la era cristiana. Ella es posiblemente el arquetipo de la suma sacerdotisa del TAROT. La habitual representación de la Virgen y el Niño es sorprendentemente similar a las innumerables imágenes de Isis dándole de mamar a Horus, que está en su regazo. María también recibe muchos de los títulos de Isis: Trono de la Sabiduría, Estrella del Mar y Reina de los Cielos. Finalmente, la muerte y resurrección de Osiris son muchas veces considerados como precursores de la resurrección de Cristo, aunque con un toque femenino. Isis —la original divinidad femenina— es el poder que hace resucitar al dios y continúa su linaje.

Isis todavía es adorada por muchos practicantes de la *New Age*, lo cual le da una vigencia de unos cinco mil años, y sin señales de terminar.

LA ÚLTIMA CENA: Junto con la *MONA LISA*, *La última cena* es la obra más famosa de Leonardo. Leigh Teabing usa este fresco para ilustrar sus explicaciones sobre el SANTO GRIAL y las referencias cifradas que de él se hacen en el arte, la literatura y la historia occidentales. Teabing señala varios detalles extraños en el mural: la figura femenina de MARÍA MAGDALENA, habitualmente considerada como San Juan, sentada a la derecha de Cristo, la daga sin cuerpo que apunta amenazadoramente a María Magdalena, los símbolos del cáliz y la M que dibujan los cuerpos de María y Jesús. Ningún estudioso importante apoyaría las opiniones de Teabing; Brown parece haber tomado las poco ortodoxas opiniones de Teabing del libro de Lynn Picknett *The Templar Revelation* y de *The Woman With the Alabaster Jar* de Margaret Starbird.

LOUVRE, EL: El Louvre es el principio y el fin de *El Código Da Vinci*. El asesinato de Saunière se produce en la Gran Galería del Louvre. Las claves han sido escondidas por el curador en algunos de los más famosos cuadros del museo. Finalmente, después de una carrera salvaje por entre cada vez más profundas conspiraciones, oscuras claves y escapes casi milagrosos, el agotado Robert Langdon tiene una revelación acerca de la verdadera naturaleza del más grande tesoro del Louvre.

La historia del Louvre es tremendamente complicada. Monarcas y gobiernos han dejado su marca en el complejo durante casi ochocientos años, y ha sufrido largos períodos de abandono así como de su tradicional gloria. Fue construido en 1190 como fortaleza por Felipe Augusto. Felipe ordenó la construcción de una defensa alrededor de París para proteger la ciudad de cualquier ataque, y a orillas del Sena, construyó un castillo, protegido por una fortaleza que daba al río: el Louvre. La torre del Louvre se convirtió en el tesoro real y también en lugar para encerrar prisioneros. Según lo dicen Catherine Chaine y Jean-Pierre Verdet en *Le Grand Louvre*, el Louvre, a lo largo de su historia, ha servido como: prisión, arsenal, palacio, ministerio... ha albergado un zoológico, una prensa, un servicio postal, la lotería nacional, talleres y academias; ha sido hogar de reyes, artistas, militares, guardias, cortesanas, científicos y hasta caballos... Estos salones —nada puede ya sorprendernos— fueron testigos de la vida y sus movimientos, sus festividades, juicios, conspiraciones y crímenes.

El triunfo del presidente FRANÇOIS MITTERRAND fue consolidar el enorme, decadente y laberíntico edificio como el hogar del tesoro nacional que tantas veces había aspirado ser. Cuando comenzó a considerar los cambios en el complejo, el Louvre estaba en muy mal estado para ser una importante institución cultural. La administración era deficiente y los fondos escaseaban. Con más de 250.000 obras, las galerías estaban trazadas de manera que hacían perder hasta a los visitantes más conocedores. Las obras mismas estaban sufriendo. El polvo se acumulaba sobre las pinturas sin que jamás se limpiaran; algunas piezas dormían en los depósitos sin jamás ser exhibidas. Las ventanas del Louvre estaban tan sucias que ya ni siquiera dejaban pasar la luz, ¡los servicios de limpieza del exterior de las ventanas eran administrados por un ministerio diferente del que se ocupaba de los servicios que limpiaban el interior de las ventanas!

Mitterrand cambió todo eso, reorganizó la administración y proveyó fondos para grandes renovaciones; uno de los "grandes proyectos" de su administración se concentró en rejuvenecer muchos de los monumentos culturales y cívicos de Francia. El Ministerio de Finanzas dejó de ocupar el ala norte, habilitándose ese espacio para ser usado como galería. Se contrató a I. M. Pei no sólo para construir una nueva y unificada entrada en el museo (véase LA PIRÁMIDE), sino también para dar nueva vida a la galerías existentes reorganizando sus ubicaciones y ampliando las superficies para exhibición. Las obras están dispuestas en una secuencia ordenada e inteligible, haciendo que la experiencia del visitante al museo sea algo placentero en lugar de algo confuso.

MAGDALA: La pequeña ciudad en la región de Galilea que los eruditos han identificado como el lugar del que muy posiblemente proviniera MARÍA MAGDALENA (también conocida como María de Magdala). Se discute acerca de la ubicación de la ciudad, pero muchos estudiosos la identifican con un pueblito conocido para el Talmud como Magdala Nunayya, o Magdala de los Pescados, muy probablemente llamada de ese modo por su proximidad con el lago de Galilea. Magdala en hebreo significa "torre" o "fortaleza". Jesús podría haberse retirado a Magdala después de la multiplicación de los panes y los peces.

MALLEUS MALEFICARUM: Literalmente, el "martillo de las brujas", traído a colación en un breve diálogo interior de Langdon mientras contempla el anagrama "NO VERDAD LACRA IGLESIAS" escrito a mano sobre el plexiglás que protege a la MONA LISA. El *Malleus Maleficarum* fue publicado en 1486 y resultó fuente de indecibles sufrimientos al proporcionar a los investigadores de la Inquisición una guía para la identificación de las brujas (véase capítulo 5). Éstas eran identificadas, juzgadas y por lo general entregadas a las autoridades civiles para ser quemadas vivas en la hoguera.

MANZANA: Al cortar una manzana verticalmente por lo general se pueden ver cinco carpelos que forman un muy simbólico

PENTÁCULO. En *El Código Da Vinci*, un verso del poema que conduce a Sophie y a Robert a la tumba de NEWTON, dice: "En la ciudad de Londres, enterrado / por el Papa reposa un caballero, / despertaron los frutos de sus obras / las iras de los hombres más sagrados". Se dice que fue una manzana que cayó la que reveló a Newton el tema de la gravedad.

La manzana es un fruto muy simbólico de un árbol del mismo género de la ROSA, otra planta de gran importancia simbólica en la tradición cristiana. La manzana es, por supuesto, un símbolo de la tentación y del mal. En el Jardín del Edén, Adán y Eva comieron el fruto prohibido del árbol del conocimiento del bien y del mal; la leyenda identifica este fruto como una manzana (aunque no así las escrituras). La manzana aparece en muchos otros paraísos religiosos, incluyendo los jardines griegos de las Hespérides y los huertos sagrados de los celtas. Hera, la mujer del dios griego Zeus, recibió una manzana como regalo de compromiso.

Las *Pommes bleues* (manzanas azules) tienen un papel interesante en un fragmento controvertido de la historia de la Iglesia Católica, que es la fuente de buena parte de *El Código Da Vinci*: uno de los pergaminos en código encontrados en RENNES-LE-CHÂTEAU termina con una referencia a las *pommes bleues*.

Casi al final de la novela, Teabing finalmente comprende la solución al último acertijo de Jacques Saunière, el poema que proporciona la palabra para abrir el segundo críptex. El orbe que "debería" estar en la tumba del famoso físico no es una estrella o un planeta, sino una manzana. "Confundido, [Teabing] volvió a mirar la clave y entonces lo comprendió. Los discos ya no estaban puestos de cualquier manera, sino formando la palabra de cinco letras 'POMUM'". Atónito, el derrotado Teabing recuerda la última línea del poema de Saunière y comprende por qué ha sido llevado hasta la tumba de Newton: "¡El fruto de sus obras! ¡Carne rosada y vientre fecundado!"

MARCIÓN: Hereje del siglo II d. de C., hijo del obispo de Sinope. Pronunció una herejía que proclamaba que el dios del Antiguo Testamento era en realidad un demiurgo que había creado el mundo material y le había otorgado su propio mal inherente. Jesús, en la herejía de Marción, era el hijo de otro dios, un dios más grande que aquel que había hecho el mundo en siete días. Este dios superior envió a Jesús a la humanidad para liberarla del mal del mundo material; por lo tanto, Jesús no podía ser de ninguna manera un hombre, sino que era totalmente inmaterial y no encarnado en un cuerpo de hombre.

Para resolver las contradicciones entre sus creencias y las de los Evangelios oficiales, Marción modificó grandemente el Nuevo Testamento, creando una versión más breve de San Lucas que elimina todas las referencias al nacimiento de Cristo. También incluyó en sus obras canónicas diez epístolas de San Pablo, a quien él consideraba que era el único intérprete puro de la palabra de Cristo. Defendía el vegetarianismo y, en algunos relatos, la abstinencia sexual. El marcionismo perduró hasta el siglo V con importantes modificaciones que lo acercaban al gnosticismo tradicional más de lo que Marción hubiera querido.

MARÍA MAGDALENA: Seguidora de Cristo, que la crítica erudita moderna considera su "compañera". Cuál sea el significado de esta palabra es una pregunta que aparece una y otra vez en El Código Da Vinci. La ortodoxia tradicional la ha mostrado como una pecadora y con frecuencia como prostituta; interpretaciones más recientes de la Magdalena, principalmente derivada de los EVANGELIOS GNÓSTICOS hallados en NAG HAMMADI, la muestran como una compañera íntima e influyente de Jesús, que tal vez haya sido su esposa (véase capítulo I).

MEROVINGIOS Según Leigh Teabing en El Código Da Vinci, los merovingios eran la familia real franca con la que los descendientes de Jesús y MARÍA MAGDALENA se emparentaron, perpetuando de esa manera el sagrado linaje. Este linaje llega supuestamente hasta GODOFREDO DE BOUILLON, el fundador del PRIORATO DE SION.

Los merovingios remontan sus ancestros hasta Meroveo, personaje semimítico que nació de dos padres: un rey llamado Clodio y un monstruo marino que sedujo a su madre cuando estaba nadando en el mar. Meroveo y sus descendientes tenían la fama de poseer poderes sobrenaturales y vidas tan largas que no parecían naturales. Otras leyendas relacionan sus orígenes con Noé y con otros patriarcas judíos así como con Troya. Hay algunas versiones que han recibido menos atención: que los merovingios venían de seres de otros mundos, que eran los descendientes de los "nephilim" o ángeles caídos, y que George Bush y Jed Bush son ambos descendientes de Meroveo. Un homenaje a estos monarcas de pelo rojo ha hecho que los merovingios hayan vuelto otra vez a ser muy conocidos: un personaje de la exitosa trilogía cinematográfica Matrix se llama "El Merovingio".

Históricamente el rey Clodoveo consolidó el dominio merovingio sobre los francos a finales del siglo V. En una batalla con otra tribu, Clodoveo juró convertirse al catolicismo si obtenía la victoria. Ganó y Francia fue ganada para la Iglesia Católica. Desde ese momento en adelante, el linaje merovingio se difundió cada vez más al gobernar sobre un grupo de países pequeños y guerreros. El conflicto dentro de ese grupo terminó con el asesinato de Dagoberto II, el último rey efectivo de la familia merovingia. En pocas generaciones el reino pasó a la línea carolingia, cuyo más famoso rey fue Carlomagno. Sin dejar de explorar ninguna conexión, los infames DOSSIERS SECRETS supuestamente aseguran que el hijo de Dagoberto sobrevivió y continuó el linaje merovingio hasta la actual familia de... PIERRE PLANTARD.

MIRIAM: Otro nombre de MARÍA MAGDALENA.

MITRA: Teabing menciona a Mitra como "un dios precristiano" cuya mitología se parece mucho a las leyendas de la Iglesia acerca de Cristo. Mitra era una deidad popular en la antigua Roma, que floreció especialmente desde el siglo II hasta el siglo IV de la era cristiana. Mitra provenía de otro dios más antiguo del Medio Oriente de nombre semejante que era adorado en Persia e India. Originariamente, Mitra era una deidad menor que servía al dios de Zaratustra, Ahura-Mazda.

A Mitra se lo identificaba con la luz del sol, y con frecuencia era adorado junto con el Sol Invictus, o en reemplazo de éste, que era otro dios muy difundido entre los romanos. La devoción a Mitra estaba muy difundida especialmente entre las tropas y guarniciones romanas, ya que debido a sus prolongadas permanencias lejos del hogar y fuera de sus territorios los exponía a nuevas ideas y nuevos dioses. Mitra fue uno de los más exitosos de los "dioses importados".

Los orígenes de muchas tradiciones sobre Cristo y prácticas de adoración cristiana pueden ser relacionados con el culto a Mitra. La celebración del solsticio de invierno, la natividad del sol, que ocurría el 25 de diciembre, era central en el culto a Mitra. En muchas sociedades se decía que Mitra había nacido de una virgen y era, en algunas tradiciones, miembro de una sagrada trinidad. El bautismo ritual y una leyenda de la última cena son parte del culto a Mitra. Algunos estudiosos creen que la naciente fe cristiana se apropió de las prácticas y creencias del culto a Mitra, con lo que la antigua religión quedó envuelta en la nueva.

MITTERRAND, FRANÇOIS: Mientras viaja de mala gana hacia el LOUVRE con el teniente Collet, Langdon reflexiona sobre François Mitterrand, ex presidente de Francia. Recuerda que el interés de Mitterrand por la cultura egipcia le valió el apodo de "La Esfinge". Más adelante, dentro de LA PIRÁMIDE, duda si decirle o no al capitán Fache que Mitterrand ordenó que se usaran 666 paneles de vidrio en la estructura (una afirmación desmentida por los hechos; véase capítulo 11), lo cual no es cierto, ya que la pirámide está hecha con 698 paneles de vidrio.

Nacido en 1916, Mitterrand fue una imponente figura de la política francesa del siglo XX. Soldado de infantería en la Segunda Guerra Mundial, fue herido y capturado por los alemanes. Escapó y regresó a Francia para unirse a la Resistencia francesa. Después de la liberación, Mitterrand fue nombrado ministro, el más joven del nuevo gobierno de la República Francesa. Poco a poco fue abandonando sus inclinaciones conservadoras y se convirtió en el primer presidente socialista de Francia en su tercer intento en 1981.

Completar el gran Louvre fue uno de los "Grandes Proyectos" de Mitterrand, una serie de renovaciones dirigidas a restaurar y renovar los monumentos cívicos y culturales de Francia.

El apodo de "La Esfinge", usado para referirse a Mitterrand, parece más bien haberse originado en su personalidad elusiva y enigmática como político, más que por su amor al arte egipcio. Pero los apodos más usados eran "El Zorro" o "El Florentino", por su magistral —algunos dirían maquiavélica— manera de manipular a los opositores. El ubicuo PIERRE PLANTARD falsificó historias afirmando que Mitterrand también era miembro del PRIORATO DE SION.

MONA LISA: Este retrato fue tal vez la obra maestra que Leonardo más apreciaba (la llevó consigo durante muchos años). La *Mona Lisa* es considerada por muchos como el cuadro más famoso del mundo. En *El Códi-*

go Da Vinci Jacques Saunière deja un anagrama escrito sobre la cubierta de plexiglás del cuadro. Mientras Sophie y Langdon se acercan al cuadro para leer el mensaje, Langdon piensa en una conferencia sobre el misterio y popularidad del cuadro que dio alguna vez ante un grupo de estudiantes.

Muchos estudiosos importantes coinciden en que se trata del retrato de una joven florentina, Lisa Gherardini del Giocondo, esposa de un comerciante. Es por el apellido Giocondo (que tiene el alegre significado de "feliz") que el cuadro recibe el nombre de *La Joconde* o *La Gioconda*. Casi al final de la vida de Leonardo el cuadro fue vendido o regalado al rey Francisco I de Francia, el protector de Leonardo, y quedó en poder de la familia real francesa, que lo colocó en el Louvre.

Langdon parece minimizar la maestría artística del cuadro al atribuir su fama al secreto que supuestamente esconde detrás de su sonrisa. Muchos eruditos e historiadores del arte han especulado acerca de la naturaleza de esta sonrisa y el secreto que oculta. Algunos sostienen que el secreto es la identidad de la modelo, ya que se trataría de un muy disimulado autorretrato vestido de mujer. Otros sugieren que la Mona Lisa puede ser una princesa Medici, o una duquesa española o varias otras mujeres conocidas de la época. Los estudiosos tienden a rechazar las afirmaciones de Langdon de que *Mona Lisa* es un anagrama de los nombres del dios de la fertilidad AMÓN y la diosa egipcia ISIS. Puede ser que el secreto de la *Mona Lisa* sea su sigilo. Tal vez le debe su continuada popularidad al hecho de que efectivamente oculta un secreto, y jamás sabremos de qué se trata, y no saber es mucho más seductor de lo que jamás será el hecho de saber.

La *Mona Lisa* fue robada en 1911 como parte de una maniobra relacionada con reproducciones de arte encabezada por un notable estafador argentino llamado Eduardo de Valfierno. Cuando la pintura desapareció,

un talentoso restaurador de arte llamado Yves Chaudron realizaría tantas copias como fuera posible; Valfierno vendería las copias a coleccionistas de arte bien dispuestos, para luego devolver el original al Louvre. París se convirtió en un hervidero de noticias de la desaparición de *La Joconde*; se reunieron varios expertos, entre ellos buena parte del personal del Louvre y un confundido Pablo Picasso, quien se volvió sospechoso porque había comprado dos esculturas a un amigo que las había robado en el Louvre.

El operativo funcionó por un tiempo y las copias se vendieron, pero uno de los trabajadores que enroló para ayudar a robar la pintura original trató de venderlo a un comerciante de arte parisino, quien lo entregó a las autoridades. La *Mona Lisa* fue encontrada en el fondo falso de un baúl de madera en el departamento del trabajador, no lejos del Louvre. Valfierno, que no había revelado su identidad a sus secuaces, embolsó el dinero de las ventas ilícitas y vivió el resto de su vida en la opulencia, tal vez dándole a la *Mona Lisa*, una nueva razón para sonreír.

MONTANO: Se convirtió al cristianismo en el siglo II y luego, alrededor de 156, les dijo a sus seguidores que era un profeta y el único portador de las revelaciones divinas. Montano profetizó la segunda llegada de Cristo e impuso una forma muy severa de ascetismo y disciplina penitencial. Montano tenía muchos seguidores y mientras su fama se difundía, sus opositores se hacían cada vez más fuertes. Algunas personas consideraban que el montanismo había sido creado por el demonio y trataron de exorcizarlo. Finalmente Montano y sus seguidores se separaron de la Iglesia.

MOZART, WOLFGANG AMADEUS: Notable compositor de fines del siglo XVIII, Mozart (1756-91) era un masón fanático y en muchos de sus trabajos aparecen elementos masónicos, uno de los cuales es una llamada *Música para un funeral masónico*. Se dice también que Mozart estaba relacionado con el PRIORATO DE SION, sobre todo por trabajos como *La flauta mágica*. Mientras disfrutan de la música, muchas personas no se dan cuenta de que las palabras tienen temas de simbología cristiana que reflejan la lucha entre la oscuridad y la luz, el bien y el mal, e incorporan también elementos egipcios y herméticos.

NEWTON, SIR ISAAC: La sola cantidad de títulos que Newton (1642-1727) puede con todo derecho reclamar para sí —matemático, físico, filósofo, científico de la naturaleza, teólogo, filósofo político, para mencionar unos pocos— lo convierte en figura principal de la vida intelectual de cualquier época. Pero la revolución que provocó en física y matemáticas lo coloca entre los más grandes pensadores de la historia.

El logro de Newton es con frecuencia entendido como el triunfo de los valores de razón y ciencia del Iluminismo por encima de la entonces todavía dominante concepción "supersticiosa" medieval de la ciencia física. A pesar de esta identificación con los valores científicos e inteligibles del Iluminismo, Newton estaba profundamente imbuido de enseñanzas esotéricas y ocultas. Antes de sus avances en la física a mediados de la década de 1660, Newton era un científico de su época: un alquimista que pasó años tratando de desentrañar los secretos divinos del mundo natural a través de la química experimental, una disciplina que en esa época no se diferenciaba de la magia. No sorprende, pues, que realizara sus estudios en secreto.

Newton es identificado como uno de los grandes maestres del PRIORATO DE SION en *El Código Da Vinci*, probablemente basado en los controvertidos *DOSSIERS SECRETS*. Aunque esto no puede ser confirmado, se sabe que Newton estaba relacionado con importantes figuras masónicas y sus creencias tienen muchas similitudes con la doctrina masónica.

Aunque técnicamente un hereje es aquel que niega lo sagrado, el rey Carlos II le otorgó una excepción especial que le permitía continuar sus estudios sin tener que involucrarse directamente con la Iglesia Anglicana. Efectivamente, él trató de descifrar lo que él veía como los secretos escondidos de la Biblia, y también trató de realizar una reconstrucción de los planos del TEMPLO DE SALOMÓN, que él consideraba como un criptograma simbólico del universo mismo. Curiosamente, un estudioso ha descubierto lo que él cree que son varios símbolos cristianos y heréticos ocultos en los diagramas de *Los principios*, la obra cumbre de Newton en ciencias físicas.

O'KEEFE, GEORGIA: Cuando Teabing les explica a Sophie y a Langdon que la ROSA ha sido considerada desde hace mucho tiempo "primariamente un símbolo de la sexualidad femenina", sugiere que el mejor ejemplo para comprender de qué manera "la flor en plenitud se parece a los genitales femeninos" es observar el trabajo de Georgia O'Keefe, asociados desde hace mucho a este tema. La misma O'Keefe, sin embargo, desde el principio negó que hubiera ningún simbolismo en su obra, y dijo que las asociaciones sexuales y con frecuencia eróticas que se hacen de sus trabajos están, efectivamente, en el ojo del observador.

OLIMPIADAS: Las Olimpiadas comenzaron en 776 a. de C. como un festival en honor de la principal deidad griega, Zeus. En sus orígenes se realizaban en Olimpia, cerca del santuario de Zeus y eran claramente PAGANAS. Los juegos olímpicos fueron creados como un acontecimiento unificador para las fragmentadas ciudades-Estados griegas. Aunque las Olimpiadas primitivas consistían en una sola competencia, buena parte de su tiempo era usado para un festival religioso que incluía sacrificios a una gran variedad de dioses mayores y menores. Este esquema persistió durante doce siglos hasta que en 393 d. de C. el emperador romano Teodosio dio por terminadas las Olimpiadas. Los juegos Olímpicos fueron restaurados en 1896 a instancias de un francés, el barón de Coubertin quien, en 1913, diseñó los anillos entrelazados que son el símbolo de las Olimpiadas modernas. De Coubertin dijo que los anillos representaban a los cinco continentes que participaban en los juegos, y los colores eran los de las banderas de todas las naciones del mundo. Hay quienes ven en el simbolismo olímpico un sutil homenaje a la politeísta era precristiana.

OPUS DEI: Para definir el argumento de su novela, Dan Brown ha reunido lo que podría decirse son los extremos de los diferentes senderos de las creencias religiosas desde que Jesús vivía. Por una parte está la rama "radicalizada" de la tradición GNÓSTICA, representada por el abuelo de Sophie y los misterios que los protagonistas tratan de descifrar, que cree en el casamiento entre Jesús y María Magdalena y reconoce el largo legado a la humanidad del PAGANISMO. Por otra, está la ortodoxia católica, representada por lo que muchos consideran que es su voz más conservadora, el Opus Dei. Ambas partes buscan pruebas del GRIAL, aunque por razones opuestas.

El objetivo del Opus Dei, en sus propias palabras, es "contribuir a la misión evangelizadora de la Iglesia. El Opus Dei alienta a los cristianos de todas las clases sociales a vivir en consonancia con su fe, en medio de las circunstancias habituales de sus vidas, especialmente a través de la santificación de su trabajo". Fundado en 1928 por Josemaría Escrivá de Balaguer, el Opus Dei estaba dedicado a la idea de que la santidad podía ser alcanzada por los católicos laicos. Esto incluye la santificación y perfección de la vida "normal" del laico donde cada acción es sacrificada con alegría a Dios. A los miembros del Opus Dei se les exige seguir de manera rigurosa las enseñanzas y limitaciones impuestas por el catolicismo.

Esta organización se ganó un poderoso aliado en el papa Juan Pablo II, quien hizo de ella una prelatura personal: los miembros están bajo la autoridad de un prelado, quien a su vez responde a la Congregación de Obispos, de manera del todo independiente de su ubicación geográfica o diócesis. Además, el Papa canonizó al padre Escrivá de Balaguer en 2002. La atención que se le presta al Opus Dei no está solamente relacionada con las raíces conservadoras que Juan Pablo y San Josemaría comparten, sino también con la creciente difusión y poder del grupo. Se calcula que el Opus Dei cuenta entre 80.000 y 90.000 miembros en todo el mundo, y se calcula que en los Estados Unidos hay entre 3.000 y 50.000.

La polémica ha perseguido al grupo, sobre todo en relación con la práctica de mortificación corporal y lo que algunos críticos consideran el control estilo secta que la organización supuestamente ejerce sobre sus miembros. Hay dos tipos de miembros del Opus Dei: supernumerarios y numerarios. Los miembros supernumerarios constituyen un 70 por ciento de la totalidad; se dedican a la santificación de su trabajo y de los deberes familiares. Los numerarios, por otra parte, con frecuencia viven en centros del Opus Dei, aislados de miembros del otro sexo. Se comprometen al celibato y entregan sus ingresos al grupo. También practican la mortificación corporal, el autocastigo ritualizado con el fin de purgar los pecados y aquello que conduce al pecado, usando CILICIOS o disciplinas.

El Opus Dei ha respondido a lo que considera caracterizaciones infundadas de su sistema de creencias y, en este sentido, ha publicado en sus sitios de Internet enlaces con artículos que critican la interpretación de la Biblia propuesta por Dan Brown, y en particular su visión de la organización.

PAGANISMO: En su sentido más general, el paganismo es un conjunto de creencias religiosas que reconoce la existencia de muchos dioses en una sola ética. El paganismo es anterior al cristianismo y se considera que se ha entremezclado con éste, sobre todo en sus primeros tiempos. Efectivamente, buena parte de la historia del cristianismo ha sido la de la lucha por establecerse contra las fuerzas del paganismo. En *El Código Da Vinci*, la separación de Sophie de su abuelo comienza cuando ella es testigo siendo muy joven de su participación en una ceremonia pagana. Al no comprender lo que estaba ocurriendo —una recreación del rito pagano del HIEROS GAMOS— se sintió ofendida al ver que su abuelo mantenía relaciones sexuales ante un grupo de personas. Más adelante, Langdon le explica que el acto sexual era considerado el acto por medio del cual varones y mujeres tienen la experiencia de Dios. La unión física con lo femenino siguió siendo el único medio a través del cual el hombre puede completarse espiritualmente y en última instancia alcanzar la GNOSIS. Desde los días de ISIS, los ritos sexuales han sido considerados el único puente que tienen los hombres para unirse al cielo.

PAPISA, LA: En una conversación con Sophie sobre el TAROT, Langdon explica que el juego medieval de cartas estaba "lleno de simbolismos heréticos escondidos", entre ellos una carta llamada La Papisa. En el tarot, se supone que ella representa conocimientos ocultos o esotéricos y se la representa por lo general como una mujer sentada con ropa de clérigo y una triple corona con un libro abierto en el regazo.

La fuente primaria de lo poco que conocemos sobre la papisa es un fraile dominico, Martin Polonus, quien aseguraba que un cierto papa Juan del siglo XIII era en realidad la papisa Juana, que sólo se descubrió que era mujer cuando dio a luz en medio de una procesión pontificia desde San Pedro al Laterano. Polonus dice que los historiadores de la Iglesia más adelante borraron su nombre "tanto por ser de sexo femenino como por lo desagradable de todo el asunto". En otros relatos, la mujer es lapidada hasta la muerte por la gente en el mismo lugar en que se descubrió el engaño. También hay versiones que dicen que se trataba de una inglesa educada en Alemania que se vistió de hombre para convertirse en monje; en otras se dice que proviene de Atenas donde demostró un gran conocimiento de lenguas y de teología. Jamás se han encontrado registros históricos que confirmen la historia de la papisa Juana y parece haber sido descalificada a mediados del siglo XVII por un historiador protestante. Esta leyenda puede también haberse originado como una sátira antipapal sobre el tema de los miedos de la Iglesia a ser engañada, a que las mujeres tengan demasiada autoridad y a la posibilidad de un papa sexualmente activo. De todas maneras, la papisa Juana sigue teniendo una carta que la recuerda en el tarot. Hay un libro de Rosemary y Darroll Padoe sobre el tema.

PEDRO EL APÓSTOL (SAN PEDRO): El nombre de San Pedro era Simón cuando vio por primera vez a Jesús, quien le dio el nuevo nombre de Cephas (piedra), cuya versión latinizada es Pedro. En los Evangelios del Nuevo Testamento Jesús parece haber tenido una especial preferencia por Pedro, quien aparece en ciertos episodios clave de la historia de Cristo. El más famoso es cuando en el Nuevo Testamento Jesús se vuelve hacia Pedro y le dice: "Sobre esta roca construiré mi Iglesia".

Pedro es mencionado en *El Código Da Vinci* en el curso de la extensa lección que da Teabing acerca de la naturaleza del SANTO GRIAL. Cita un pasaje del EVANGELIO DE MARÍA, en el que Pedro expresa incredulidad ante el hecho de que Jesús hubiera hablado con MARÍA MAGDALENA sin que los APÓSTOLES lo supieran. "¿Habló el Salvador realmente con una mujer sin que nosotros lo supiéramos... la prefirió a ella por sobre nosotros?", pregunta. Teabing continúa diciendo que Pedro estaba celoso de María porque Cristo en realidad le encomendó la continuación de su Iglesia a ella y no a él. Si bien según el EVANGELIO DE MARÍA efectivamente Pedro puede haber estado molesto con Jesús por haber hablado con María en privado, no hay nada que indique en ese texto que el mensaje de Jesús a María haya tenido nada que ver con los cimientos de la Iglesia.

PENTÁCULO: El pentáculo aparece por primera vez en *El Código Da Vinci* como un símbolo trazado con sangre por Jacques Saunière sobre su vientre poco antes de morir. Langdon es llevado a la escena del crimen y allí explica su significado como símbolo de Venus, la diosa del amor y de la sexualidad humana, así como de su continua asociación con el culto a la naturaleza. El pentagrama es uno de los símbolos más antiguos que el hombre ha conocido. Su forma más común es una estrella de cinco puntas, con brazos equiláteros y ángulos iguales en todas sus puntas. Cuando se lo inscribe en un círculo se lo llama pentáculo. Se lo conoce habitualmente como pentáculo de Venus o de Istar, según la diosa que se esté invocando.

Los orígenes del pentagrama se pierden en el más antiguo pasado de la humanidad,  y algunos ejemplos de su uso aparecen ya en tiempos de los sumerios. Su significado original y su desarrollo siguen siendo objeto de conjeturas, aunque los estudiosos lo han identificado como un símbolo temprano del cuerpo humano, de los cuatro elementos y el espíritu, y del universo mismo. Los pitagóricos lo usaban como signo de reconocimiento y puede haber si-

do identificado con la diosa Hygeia (la diosa griega de la salud).

El pentagrama como símbolo sigue siendo usado en la actualidad. Wiccan y otras organizaciones esotéricas lo usan como símbolo en el culto y en los rituales. Aparece también en las condecoraciones y en los grados de las organizaciones militares; también se lo usa como símbolo de los cinco pilares del Islam. Pero el más negativo de sus usos es como símbolo de la adoración del diablo y otras fuerzas demoníacas, uso que, según señala Langdon, es históricamente incorrecto.

PENTÁCULO O PENTAGRAMA DE VENUS: Una de las más curiosas teorías que explican el origen del PENTÁCULO es astronómica: el planeta Venus dibuja un pentáculo en el cielo nocturno. ¿Cómo? Cuando los movimientos del planeta se dibujan en relación con ciertas estrellas, aquél parece moverse respecto de ellas según un esquema regular. Los antiguos imaginaban que las estrellas que veían dando vueltas por el cielo estaban "fijas" en una esfera de la que la Tierra era el centro. Usaban esas estrellas fijas como punto de referencia para medir el movimiento de los planetas, que se movían de manera independiente respecto de las estrellas fijas, apareciendo en diferentes lugares de la esfera en diferentes momentos. Si un observador registra la posición de Venus respecto de las estrellas fijas en el mismo lugar durante seis años, y conecta en orden esas posiciones sobre la esfera, obtiene un pentáculo (Venus regresa a su posición original en el sexto año para recomenzar el ciclo). Esta observación no ha pasado la prueba de la más reciente ciencia astronómica. Es cierto que el rastreo del planeta en el Medio Oriente daría como resultado algo parecido al pentagrama, aunque muy extraño. No se vería igual en otras partes del mundo y, como ahora sabemos, las leyes de los movimientos planetarios hace mucho que han desmentido la idea de que la Tierra está en el centro del universo.

PHI: Phi (se pronuncia *fi*) es el número 1,6180339088 que nunca termina ni nunca se repite a sí mismo. Es mejor conocido para quienes no son matemáticos como la Razón de Oro, la Sección de Oro y en la terminología de Brown, la Divina Proporción. Aparece en la novela como el tema central de una clase que Robert Langdon recuerda mientras corre escaleras abajo con Sophie Neveu para escapar del Louvre. (No es casualidad que "phi" también sea la parte central del nombre de ella.)

Langdon explica a sus alumnos que representa un "ladrillo fundamental de construcción de la naturaleza", presente en todas partes, desde las poblaciones de las colmenas hasta las espirales del caparazón del nautilo, desde las semillas de la flor del girasol hasta el cuerpo humano (por ejemplo, el cociente de la altura total del cuerpo y la distancia del ombligo al suelo). Además, como un eco de esta belleza y proporción naturales, Phi ha sido muy usado en arte (*La última cena* de Dalí), en arquitectura (el Partenón) y la música (Mozart, Bartok).

Si bien esta descripción general refleja la realidad, hay algunos pequeños puntos para señalar. Dan Brown en el libro escribe el término con mayúsculas, PHI. En la práctica, los matemáticos usan "Phi" para referirse a la Divina Proporción y "phi" para su recíproco. Los especialistas en símbolos —como Langdon— escribirían ese par de letras Ø y ø. Langdon también dice que "el número PHI proviene de la SECUENCIA FIBONACCI" pero los datos históricos indican que el número era conocido mucho antes de que Fibonacci lo derivara de su famosa secuencia.

La primera definición clara de lo que mucho más tarde iba a llamarse la Sección Dorada fue "dada alrededor del 300 a. de C. por el fundador de la geometría como sistema deductivo formalizado, Euclides de Alejandría", según el científico Mario Livio. Los griegos rotularon este número como *tau*. Las expresiones "Sección dorada" o "Proporción áurea" seguramente no fueron usadas hasta el siglo XIX. La palabra *Phi* no apareció hasta que fue citada por un matemático norteamericano, Mark Barr, a principios del siglo XX como un tributo al escultor Fidias, cuyas principales obras fueron el Partenón y el *Zeus* del Templo de Olimpia.

Se dice que la Sección dorada era una de las técnicas usadas por LEONARDO en algunos de sus trabajos más famosos. Pero no todos los expertos están de acuerdo. El modelo matemático de la Divina Proporción no se conoció en Italia hasta que fue publicado por Pacioli en la última década del siglo XV, después de que Leonardo hubiera pintado o dibujado muchos de sus trabajos más importantes.

PIEDRA CLAVE: Langdon dice de la piedra clave que es "el secreto mejor guardado de la primitiva hermandad masónica", tanto en su significado literal como en sentido figurado. Literalmente, se trata de la piedra en forma de cuña en la parte superior del arco que mantiene unidas a las otras piedras y soporta el peso (véase *CLEF DE VOÛTE*). Simbólicamente, es lo que da acceso al secreto del PRIORATO DE SION.

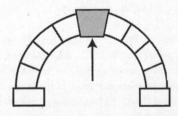

PIRÁMIDE, LA: La Pirámide es la estructura diseñada por I. M. Pei para la nueva entrada en el Louvre. Es una de las primeras cosas que ve Robert Langdon cuando es llevado a la escena del crimen. Esta pirámide tiene como acompañante una pirámide invertida, la Pirámide Inversa, que penetra en la tierra de la misma manera que la otra se alza hacia arriba. Ésta es la pirámide que ocupa un lugar preeminente en la novela de Dan Brown.

La Pirámide es la firma de la reestructuración del Louvre, el elemento emblemático de los amplios cambios arquitectónicos realizados en el edificio por el arquitecto chino I. M. Pei. La Pirámide centraliza todas las entradas en un solo lugar y lleva a un nuevo espacio subterráneo que da acceso a las galerías y también a los restaurantes, los espacios para negocios, así como a áreas de vital importancia para el museo, como depósitos y mantenimiento. La estructura de Pei, si bien en la actualidad es aceptada en general, y hasta admirada por los parisinos, cuando se anunciaron los planes para su construcción, éstos fueron recibidos con un ruidoso debate público y ataques directos en la prensa francesa.

La Pirámide está hecha con 698 paneles de vidrio templado, muy liviano y transparente, y no con 666, el llamado "número de Satanás", como asegura Langdon, el personaje de Brown y muchos fanáticos de las conspiraciones. Los livianos paneles, unidos por soportes de acero igualmente livianos, se combinan para crear una forma muy fuerte, una pirámide aplastada que sólo se alza veinte metros y es a la vez ligera y potente. El vidrio refleja el cielo de París, un hito en la capital de Francia.

PLANTARD, PIERRE: Si bien Pierre Plantard no es mencionado en El Código Da Vinci, se trata de un personaje esencial para la mitología que atraviesa toda la obra. Pierre Plantard (1920-2000) fue una persona real, ciudadano francés y autoproclamado gran maestre del PRIORATO DE SION, elegido en 1981. Atrajo una gran atención pública cuando se convirtió en uno de los puntos clave de las investigaciones de Michael Baigent, Richard Leigh y Henry Lincoln en su éxito editorial Holy Blood, Holy Grial. Este libro inspiró a Dan Brown, y el lugar de

Plantard en las investigaciones allí publicadas sería análogo al de Jacques Saunière, último gran maestre del Priorato de Sion y descendiente de los reyes merovingios.

Muchas veces en el caso de Plantard es difícil saber dónde está la línea que separa lo que es verdadero de lo que es un buen cuento. A los DOSSIERS SECRETS supuestamente depositados en la Biblioteca Nacional de París se les atribuye la confirmación de los derechos de Pierre Plantard como descendiente de Jean de Plantard, quien era a su vez un descendiente directo de los reyes MEROVINGIOS.

Baigent, Lincoln y Leigh declararon en el curso de sus investigaciones sobre la leyenda del SANTO GRIAL que "todas las pistas parecen conducir en última instancia a [Plantard]". Él parece haber sido la fuente principal de información para muchas de las historias que rodean a RENNES-LE-CHÂTEAU, y él proporcionó a los investigadores información enigmática y fragmentaria respecto del Priorato de Sion, por lo general haciendo más preguntas que proporcionando respuestas. Un ejemplo característico fue cuando la revista francesa Le Charivari lo entrevistó y le preguntó por el Priorato de Sion. Plantard dijo solamente que "la sociedad a la que estoy ligado es sumamente antigua. Yo sólo sucedo a otros, soy un punto en una secuencia. Somos los guardianes de ciertas cosas. Y sin publicidad". En Holy Blood, Holy Grial es descripto como "hombre cortés, mesurado, con una actitud discretamente aristocrática, sin ostentación en su apariencia, con una manera de hablar elegante, graciosa y sutil". Públicamente se apartó de las conclusiones a las que llegaron Baigent, Lincoln y Leigh, pero se ofreció para corregir la edición en francés del libro. Sin embargo, siempre mantuvo una actitud equívoca sobre el hecho de que los merovingios descendieran del linaje de Jesús.

También parece haber un lado oscuro en la historia de Plantard. Ha sido acusado de ser simpatizante de los nazis y antisemita, relacionado con varias publicaciones y organizaciones de derecha antes y durante la Segunda Guerra Mundial. Pudo haber ido a prisión por fraude y estafa en la década de 1950; puede haber transmitido el cuento de BÉRENGER SAUNIÈRE al escritor que popularizó los misterios de Rennes-le-Château como parte de un arreglo financiero. Sus afirmaciones de ser descendiente de los merovingios han sido desmentidas; muchos de los documentos que usó para demostrar esa relación fueron fabricados por él o por sus cómplices y depositados con nombres falsos en la Biblioteca Nacional.

Parece que por cada afirmación hecha por Plantard y el Priorato, de inmediato aparecen otras contraafirmaciones, y éstas a su vez resultan debilitadas por nuevas acusaciones. Códigos dentro de códigos, cuentos dentro de cuentos. Las vueltas de tuerca y giros del mito de Pierre Plantard constituyen el cimiento apropiado para *El Código Da Vinci*.

POPE, ALEXANDER: El sendero de pistas de Sophie y Langdon incluye un poema, escrito por el abuelo de Sophie, uno de cuyos versos dice: "En la ciudad de Londres, enterrado por el Papa reposa un caballero".
En el KING'S COLLEGE se dan cuenta de que "el Papa" (*a Pope* en inglés) no se refiere a un papa católico, sino al famoso poeta del siglo XVIII Alexander Pope (1688-1744) y que el caballero era SIR ISAAC NEWTON, cuyo funeral, dice Brown, "fue presidido" por el poeta, "que le dedicó unas palabras de elogio antes de echar un puñado de tierra sobre el ataúd". Es verdad que Pope admiraba y conocía a Newton, pero si bien no cabe duda de que estuvo en el funeral, no hay registro de que él lo presidiera. Newton era una figura tan importante que su féretro fue llevado por un lord, dos duques y tres condes. El obispo de Rochester condujo el servicio.
De lo que no cabe duda alguna es de que Pope escribió el epitafio de Newton unos

cuatro años más tarde cuando se alzó un monumento en honor del científico. Es uno de los epitafios más famosos de la historia, parte en latín, parte en inglés:
La Naturaleza y sus leyes estaban escondidas en la Noche.
Dios dijo: ¡que exista Newton! Y todo fue Luz.

POUSSIN, NICOLÁS: Para muchos el más grande pintor francés del siglo XVII, Poussin alcanzó la fama en Roma pintando escenas poéticas y románticas tomadas de la mitología clásica. Sophie lo recuerda por ser el segundo de los favoritos de su abuelo, después de Leonardo, y tiene un papel interesante en parte del material que Dan Brown usó como fuente para *El Código Da Vinci*. En el libro, el pintor es tema de varios textos escritos por Jacques Saunière. Parece que estos textos son los favoritos de Langdon y se ocupan específicamente de los códigos secretos en los trabajos tanto de Poussin como del pintor holandés DAVID TENIERS.
En uno de los cuadros de Poussin, *Les Bergers d'Arcadie* (Los pastores de Arcadia), realizado en 1638, hay un grupo de pastores de pie ante una tumba sobre la que está escrita la frase en latín *"Et in Arcadia ego"*, que traducido quiere decir: "Y en Arcadia, yo". La frase ha sido con frecuencia interpretada como una romántica alusión a la presencia de la muerte aun en el idílico reino de los pastores; sin embargo, hay una conexión entre el cuadro y el misterio de RENNES-LE-CHÂTEAU. Uno de los pergaminos supuestamente encontrados por BÉRENGER SAUNIÈRE en la iglesia parroquial de Rennes-le-Château contenía un mensaje cifrado que decía:

PASTORA, NO A LA TENTACIÓN QUE POUSSIN TENIERS TIENEN LA LLAVE; PAZ 681 JUNTO A LA CRUZ Y ESTE CABALLO DE DIOS YO COMPLETO [DESTRUYO] ESTE DEMONIO DEL GUARDIÁN DE MANZANAS AZULES AL MEDIODÍA

Parece haber en el mensaje una referencia a *Les Bergers d'Arcadie*. Varios autores de los que se ocuparon del mistério de Rennes-le-Château aseguran que una tumba en los alrededores de este pueblo se parece a la tumba del cuadro. ¿Estaba Poussin relacionado con el secreto escondido en Rennes-le-Château? Baigent, Leigh y Lincoln, en *Holy Blood, Holy Grial* mencionan una carta enviada por el abate Louis Fouquet a su hermano, el superintendente de finanzas de Louis XIV. En la carta se cuenta una visita que hizo Fouquet a Poussin en Roma:

Él y yo hablamos de ciertas cosas que después te explicaré con tranquilidad y en detalle; cosas que te darán, a través de Monsieur Poussin, ventajas que incluso reyes tendrían grandes dificultades para obtener de él, y que, según él, es posible que nadie más habrá de descubrir en muchos siglos.

Al poco tiempo de recibir esta carta, que no tiene explicación ninguna, Nicolás Fouquet fue arrestado y mantenido en prisión por el resto de su vida.

PRIORATO DE SION: Dan Brown anuncia en la página 11 de *El Código Da Vinci* que el Priorato de Sion es una organización real, fundada en 1099, y que los pergaminos en la Biblioteca Nacional revelan que entre sus miembros hay una lista de personalidades de la literatura, el arte y la ciencia. El Priorato es ciertamente una organización real, pero todo lo demás que pueda decirse de ella es discutible. El Priorato puede confirmar con documentos su existencia en Francia desde comienzos de 1956 (no hay nada anterior), cuando se registró y presentó sus estatutos al gobierno para la organización del grupo. Su vocero para buena parte de su historia moderna fue PIERRE PLANTARD, un hombre cuyas afirmaciones sobre sí mismo eran tan confusas como lo que para sí afirmaba el Priorato. En efecto, muchas veces

resulta difícil distinguir la diferencia entre Plantard y el Priorato de Sion.

Con lo que se dice que contienen los DOSSIERS SECRETS, más el contenido de las declaraciones públicas de Plantard y sus socios, se puede reconstruir, en el mejor de los casos, una historia esquemática del Priorato. Se asegura que esta organización secreta fue fundada por GODOFREDO DE BOUILLON en la última década del siglo XI. Parece aceptarse generalmente que el Priorato ordenó la creación de la orden de los CABALLEROS TEMPLARIOS, para separarse de ellos unos cien años más tarde, comenzando de esta manera la línea de grandes maestres autónomos. Alrededor de esa época, el Priorato comenzó a llamarse a sí mismo "Ordre de la Rose-Croix Veritas" (Orden de la verdadera Rosa Cruz), con lo cual se conectan con los ROSACRUCES. El grupo dice que BÉRENGER SAUNIÈRE descubrió los pergaminos que desataron la controversia de RENNES-LE-CHÂTEAU por órdenes directas de Sion. Y proporcionan una lista de grandes maestres desde la separación de los templarios en 1188 hasta Thomas Plantard, el hijo de Pierre.

Sobre este módico esquema, presentado en lenguaje poético lleno de alusiones y en formato cuasi histórico, cientos de autores han proyectado sus especulaciones y teorías sobre el Priorato y su lugar en la historia. Son demasiado numerosos como para citarlos a todos, pero *El Código Da Vinci* se basa en una de las más famosas y persistentes de todas esas ideas, expuesta de manera exhaustiva en *Holy Blood, Holy Grial*: que el Priorato es el antiguo guardián del linaje de Cristo y MARÍA MAGDALENA. Algunas de las demás teorías sostienen que el Priorato es una fachada para otras varias organizaciones esotéricas; otras incluso aseguran que el grupo se inclina por una organización teocrática de los "Estados Unidos de Europa". Todas las acusaciones sobre el verdadero origen o la verdadera naturaleza de este grupo, desde las más comunes hasta las más agresivas, han sido defendidas con contraafirmaciones por parte del Priorato y sus defensores. Parecería que el Priorato existe en lo que un comentador llama "un infierno hermenéutico", una tierra pantanosa de conflictivas interpretaciones e hipótesis, además de pruebas que, por su propia amplitud e indefinición, alejan para siempre la posibilidad de descubrir la verdad. Tal vez sea en esto donde radica el permanente atractivo del Priorato: su verdadera naturaleza, tal como la conocemos, es tan indeterminada que le permite a todos proyectar allí sus esperanzas, sus miedos y sus fantasías para incluirlas en sus interpretaciones.

RED DE VIGILANCIA DEL OPUS DEI (ODAN): Grupo contrario al OPUS DEI que, como lo menciona *El Código Da Vinci*, trata de advertir al público en general sobre las "alarmantes" actividades del Opus Dei. Esta organización también tiene su sitio en Internet.

RENNES-LE-CHÂTEAU: Pocos lugares en la Tierra, desde Stonehenge hasta el Triangulo de las Bermudas, han sido el foco de tantas teorías conspirativas como Rennes-le-Château, un pequeño pueblo francés situado en la cima de una montaña en el borde oriental de los Pirineos. Si bien no aparece en *El Código Da Vinci*, es el centro de la conspiración de la que trata el libro. Rennes-le-Château, como la mayoría de los pueblos y ciudades de Europa, tiene una historia que atraviesa distintas etapas y es muy compleja, que va desde los campamentos prehistóricos hasta las fortalezas medievales pasando por los asentamientos romanos. En los comienzos de la Revolución Francesa, el pueblito había caído, a consecuencia de una complicada serie de casamientos, en manos de la familia Blanchefort. Se rumoreaba que Marie, marquesa d'Hautpol de Blanchefort descendiente titular, por lo menos, del gran maestre templario del mismo nombre, le había pasado un secreto a su cura párroco en el momen-

to de morir. Este sacerdote, el abate Bigou, a quien la revolución obligó a exiliarse en España poco después de la muerte de la marquesa, fue el clérigo antecesor del más misterioso residente de Rennes-le-Château: BÉRENGER SAUNIÈRE.

"REY DE LOS JUDÍOS": Teabing, siempre listo para entregar cataratas de conocimientos sobre la primitiva historia religiosa desde su punto de vista, vuelve a contar la historia según la cual Jesucristo resulta ser descendiente del rey Salomón y del rey David y por lo tanto, es el verdadero rey hereditario de los judíos además de ser el Mesías. Cuando Jesús se casa con María Magdalena, según la historia que cuenta *El Código Da Vinci*, se une a la TRIBU DE BENJAMÍN, un linaje que es continuado por María Magdalena y la hija de ambos hasta convertirse en la dinastía MEROVINGIA. Parte de la leyenda del PRIORATO DE SION es que quienquiera que sea el actual heredero del linaje de Jesús (en la novela se señala a Sophie) es, en efecto, el legítimo rey de Israel y Palestina (o Francia, según lo que se quiera destacar de estos dos mil años de secretos históricos).

ROLLOS DEL MAR MUERTO: Con este nombre se conocen los restos de aproximadamente ochocientos manuscritos descubiertos en cuevas de piedra caliza junto al Mar Muerto en Qumram. Unos beduinos que exploraban el lugar en 1947 fueron los primeros en tropezar con los rollos y vendieron unos pocos de ellos a comerciantes de antigüedades y estudiosos, con lo que dieron comienzo a una carrera para ver quién podía recuperar la mayor cantidad de documentos de aquellos mismos acantilados llenos de cuevas en el menor tiempo posible. Entre 1948 y 1956 se descubrieron diez cuevas más y fueron excavadas descubriéndose más rollos y fragmentos. Los Rollos del Mar Muerto son de una desconcertante variedad; en ellos se hallan desde escrituras religiosas hasta recomendaciones para la vida comunitaria, comentarios de las escrituras, leyes para la vida en comunidad, etcétera. Uno de los manuscritos —llamado "el rollo de cobre" porque, a diferencia de los demás, que son casi todos de pergamino, este texto está grabado en finas láminas de cobre— proporciona instrucciones sobre cómo encontrar grandes tesoros escondidos. Junto con los textos de NAG HAMMADI, los Rollos del Mar Muerto constituyeron uno de los más importantes descubrimientos relacionados con la moderna comprensión tanto del judaísmo como del cristianismo. Buena parte de los textos de Nag Hammadi arroja luz sobre los muchos diferentes aspectos del primitivo movimiento cristiano; los Rollos del Mar Muerto contienen información invalorable sobre el grupo judío no ortodoxo que vivió en los tiempos del esplendor del poder romano y los albores del cristianismo. Muchos estudiosos creen que los Rollos del Mar Muerto fueron escritos por miembros de la secta ascética conocidos con el nombre de esenios, pero esto está todavía en debate. Las desviaciones de estos textos respecto de las escrituras tradicionales judías y ciertas similitudes entre las enseñanzas de Cristo y los edictos de los rollos se convirtieron en un desafío para los estudiosos y teólogos de ambas religiones. La controversia sobre la identidad de los autores, sobre sus fuentes inmediatas, tanto políticas como teológicas, y la razón por la que fueron escondidas en primer lugar, sigue viva hasta este momento.

ROSA: La rosa es rica en simbolismos y *El Código Da Vinci* explora unos cuantos de ellos. Hay una rosa en la tapa de la caja de palisandro con el críptex que Sophie lleva mientras ella y Langdon escapan del banco suizo en una camioneta blindada. Ella asocia esa rosa con grandes secretos y que Langford liga de inmediato con la frase latina *sub rosa* (literalmente "bajo la rosa"), lo cual significa que todo lo que se diga debe ser mantenido en secreto. La rosa ha sido también el símbolo usado por el PRIORATO DE SION como un símbolo del GRIAL. Hay una especie que tiene cinco pétalos, lo que la relaciona con la simetría pentagonal, el movimiento de Venus en el cielo y la DIVINIDAD FEMENINA. Además está su uso como la rosa de la brújula, con el significado de conducirlo a uno en la "verdadera dirección".

Mientras explica esto, Langdon tiene una revelación: se da cuenta de que es muy posible que el Grial esté escondido *sub rosa*, es decir debajo del signo de la rosa en alguna iglesia con sus ventanas en forma de rosetones, los relieves en forma de rosa y las flores decorativas de cinco pétalos que con frecuencia se encuentran en el punto más alto de los arcos, directamente sobre la piedra clave.

Más adelante en el libro, Teabing relaciona estrechamente la rosa con la feminidad. Los cinco pétalos representarían "las cinco etapas de la vida de una mujer: nacimiento, menstruación, maternidad, menopausia y muerte". También les dice a Langdon y Sophie que la palabra *rosa*, en inglés "rose", es idéntica en francés, en alemán y en otros idiomas y el anagrama de la palabra es Eros, el dios griego del amor sexual.

A la rosa se le han atribuido muchos otros significados: emblema de Cristo, símbolo de la natividad y de la profecía mesiánica. En la cultura grecorromana, la rosa representaba la belleza, la primavera, el amor. La rosa también hacía referencia al paso del tiempo, y de este modo se aproximaba a la muerte y al otro mundo. Las festividades romanas de la Rosalia eran una fiesta en honor a los muertos. Las catedrales góticas tienen rosetones con vitrales en las tres entradas, con la figura de Cristo en el centro. En este contexto, se dice que la rosa simboliza la salvación que está en el interior y que ha sido revelada por Dios. El arte cristiano posterior, desde el siglo XIII en adelante a menudo muestra a María sosteniendo una rosa, o en un jardín de rosas, o delante de un tapiz con rosas. Simbólicamente, la rosa representa la unión de Cristo y su Iglesia y la de Dios con Su pueblo.

Finalmente, la rosa tiene el mismo color que la manzana, lo que la conecta otra vez con el argumento de *El Código Da Vinci*. En el último verso del poema escrito por el abuelo de Sophie que conduce a la tumba de Newton, encontramos estas palabras:

El orbe que en su tumba estar debiera;
buscad, os hablará de muchas cosas
de carne rosa y vientre fecundado.

Langdon descubre en este último verso una clara alusión a MARÍA MAGDALENA, "la rosa que lleva la semilla de Jesús".

ROSACRUCES: La doctrina rosacruz fue expuesta por primera vez en *The Universal and General Reformation of the Whole Wide World*, publicado en 1614. Allí se aseguraba que Christian Rosenkreuz, un noble alemán, viajó en su juventud a Oriente, aprendiendo y aficionándose a los conocimientos secretos. Estos conocimientos equivalían a una actitud que proponía una manera de vivir simple, moral, y la adoración común a un ser supremo o dios. Recurría a metáforas alquímicas para simbolizar la transformación mágica del alma humana.

Algunos estudiosos creen que Rosenkreuz fue sólo un invento del teólogo alemán Johann Valentin Andreae, de quien el PRIORATO DE SION asegura que fue su gran maestre desde 1637 hasta 1654. Para muchos fue Andreae quien escribió uno de los libros de Rosenkreuz, *La boda química de Christian Rosenkreuz*, como una sátira de las obsesiones ocultas de la época. Con un padre real o de ficción, los rosacruces siguen existiendo hasta hoy como una sociedad esotérica que se basa en los escritos de Rosenkreuz. Los rosacruces encontraron buena acogida entre los masones del siglo XVIII, cuando éstos incorporaron muchos símbolos rosacruces, sobre todo la ROSA y la CRUZ.

(El uso más notorio de los símbolos de la cruz y la rosa antes de eso, fue probablemente en el escudo de armas de Martín Lutero.) La orden continúa existiendo, aunque en una gran variedad de formas.

ROSSLYN, CAPILLA: Ya en las últimas escenas de *El Código Da Vinci*, el segundo críptex de Saunière conduce a Robert Langdon y a Sophie Neveu a la capilla Rosslyn, cerca de Edimburgo, Escocia. Varios comentadores de lo oculto y de la *New Age* han creído durante años que el SANTO GRIAL está en Rosslyn, adonde habría sido llevado después de la matanza de los TEMPLARIOS en Francia en la primera década del siglo XIV. Algunos grupos masónicos escoceses han sido considerados herederos de la tradición templaria.

Los trabajos para la construcción de la capilla Rosslyn —también conocida como la Catedral de los Códigos— comenzaron en 1446 a instancias de Sir William St. Clair o Sinclair, un gran maestre hereditario de los Masones Escoceses y supuestamente heredero del linaje MEROVINGIO. Sir William dirigió de manera personal la construcción, que se detuvo al poco tiempo de su muerte en 1484. Sólo el coro —la parte de la iglesia donde se ubica el coro y los clérigos, y donde se realizan los servicios— está terminado. La capilla está llena de códigos, símbolos, alfabetos e imaginería que sugieren una suerte de lenguaje simbólico universal. Allí coexisten símbolos judíos y cristianos, junto con expresiones en griego, latín, hebreo y otros lenguajes, así como referencias al nórdico, al celta y a la historia de los templarios. Al terminar su visita a Rosslyn, Robert y Sophie parecen enterarse de que el Santo Grial, si alguna vez estuvo en Rosslyn, ya fue sacado de allí.

SANGREAL / SANGRAAL: Sangreal es la palabra que, según Langdon, se usa para designar los documentos históricos y reliquias que constituyen lo que hoy en día llamamos

SANTO GRIAL. Más tarde, Teabing explica que la palabra fue dividida en algún momento de su prolongado uso en la leyenda y en la teología, dando San Greal, y luego Santo Grial. Pero si la división se hiciera de otra manera —sang real— entonces las palabras significarían "sangre real". Baigent, Leigh y Lincoln, los autores de *Holy Blood, Holy Grial*, aseguran que el Grial es llamado Sanreal o Sangraal. La división de estas palabras también podría producir San Greal o San Graal (Santo Grial) o sang real o sang raal (sangre real). Sin embargo, Sir Thomas Malory, autor de *La Mort d'Arthur* y primer autor citado que usa la palabra en inglés, usa Sangreal y sang royal (que es derivado del inglés medio "real" o "rial") en dos sentidos diferentes: Sangreal es el Santo Grial, y sang royal es sangre sagrada, tal vez echando por tierra las etimologías de Teabing y Langdon.

El *Oxford English Dictionary* afirma que la etimología de dos significados, introducidas por primera vez en el siglo XVII, es espuria.

SANTO GRIAL: Hay tantas teorías acerca de cómo y dónde se originó la historia del Grial como hay Griales. Críticos y escritores han identificado mitos celtas y europeos occidentales precristianos, mitologías bizantinas y tradiciones cristianas ortodoxas orientales, un código para el linaje secreto de Cristo, prácticas de un culto persa antiguo, ceremonias de adoración de la naturaleza en el medio oriente precristiano, simbología alquímica y mucho más, hasta el infinito.

La versión moderna de la historia del Santo Grial fue lanzada en el último cuarto del siglo XII y la primera parte del siglo XIII por varios escritores en una sorprendente variedad de idiomas, entre otros, francés, inglés, alemán, español y galés. El más antiguo romance del Grial que existe es el *Perceval* de Chrétien de Troyes.

El Grial como objeto es descrito de diversas maneras por distintos autores. Ha sido presentado como de piedra, como un objeto hecho de oro y piedras preciosas, como un relicario y como una copa. La búsqueda del Grial también tiene variaciones: una, en la que el guardián del Grial es conocido como el Rey Pescador, encontrarlo significaría el retorno a la salud y la prosperidad para el reino. La búsqueda también es entendida de manera más personal: para muchos significa un viaje interior espiritual hacia la iluminación y la comunión con Dios.

Sea cual fuere su historia y significado como reliquia o idea, todos los personajes en *El Código Da Vinci* están involucrados en su búsqueda, y la versión de Brown de la leyenda va a donde nadie ha ido antes. "El más grande engaño de la historia de la humanidad", exclama Teabing. "No sólo Jesucristo estaba casado, sino que además era padre. Mi querida, MARÍA MAGDALENA era el Recipiente Sagrado. Ella era el CÁLIZ que llevaba la sangre real de Jesús".

SAUNIÈRE, BÉRENGER: Cura párroco de RENNES-LE-CHÂTEAU, instalado allí en 1885, y modelo histórico para el Jacques Saunière de *El Código Da Vinci*. Durante las tareas habituales de restauración de la iglesia del pueblo, Saunière (1852-1917) supuestamente descubrió cuatro pergaminos con mensajes cifrados metidos en una columna del altar de la iglesia. Estos mensajes, al ser descifrados, hacían oblicuas referencias a cosas y a personas que aparentemente nada tenían que ver entre sí: los pintores POUSSIN y TENIERS, el rey MEROVINGIO DAGOBERTO, SION, "MANZANAS azules". Intrigado, el cura presentó los documentos a sus superiores, quienes le ordenaron ir a París y presentar los pergaminos a otros dignatarios de la Iglesia, entre ellos el abate Bieil, director del seminario de SAINT-SULPICE.

Poco se sabe de lo ocurrido durante la visita de Saunière a París (muchos dudan incluso de que realmente haya hecho ese viaje), pero a su regreso a RENNES-LE-CHÂTEAU, se dice que comenzó a gastar cantidades exorbitantes de dinero en proyectos de restauración y una gran casa para él. Sus cambios iban desde lo mundano hasta lo absurdo. Borró la inscripción en la tumba de Marie, marquesa d'Hautpol de Blanchefort (había sido diseñada por el abate Bigou y la inscripción era un perfecto anagrama de uno de los mensajes cifrados que Saunière encontró en el altar). Construyó una torre a la que llamó Torre Magdala, en honor de MARÍA MAGDALENA. Construyó una opulenta casa de campo, la Villa Bethania, que él jamás ocupó. También renovó y redecoró la iglesia, pero sus nuevos toques artísticos eran un tanto heterodoxos: una estatua del diablo sostiene el recipiente con agua bendita; "este lugar es terrible" puede leerse grabado en la piedra de la puerta de la iglesia, y las Estaciones de la Cruz están llenas de detalles incongruentes y desconcertantes.

Rennes-le-Château era una ciudad provinciana, y el salario de Saunière como cura párroco era bastante modesto. ¿De dónde sacó Saunière el dinero para sus renovaciones y reconstrucciones? ¿Por qué lo gastó del modo en que lo hizo? El hombre se llevó las respuestas a estas preguntas consigo a la tumba, y de ese modo comenzaron las cada vez más exóticas especulaciones.

La fortuna de Saunière, según dice el cuento, podría ser atribuida al descubrimiento de un antiguo tesoro visigodo; o al pago por parte de alguna sociedad secreta con algo para esconder en el área; o a la ubicación secreta del SANTO GRIAL; o al famoso Pozo del Dinero de la isla Oak, Nova Scotia. Se han trazado lazos entre Saunière, el PRIORATO DE SION, los masones y los CABALLEROS TEMPLARIOS. Astrónomos y geómetras han catalogado una increíble cantidad de figuras —triángulos, PENTÁCULOS, pentágonos— en todo Rennes-le-Château y sus alrededores. También se han establecido conexiones entre Rennes-le-Château, Stonehenge e innumerables sitios megalíticos en toda Europa y las islas británicas, y muchos aseguran que ese pueblito esconde una suerte de portal matemático que conduce a otra dimensión.

Los pergaminos que desataron esta intriga jamás han sido recuperados; aunque una persona —PIERRE PLANTARD, el difunto gran maestre del Priorato de Sion— aseguraba haberlos colocado en una caja de seguridad en Londres para protegerlos. Saunière y sus misterios han servido de pasto para una gran cantidad de especulaciones históricas y relatos cautivantes para autores como Henry Baigent, Richard Leigh y Henry Lincoln (individualmente y también en grupo en un libro como *Holy Blood, Holy Grial*), Lynn Picknett y Clive Prince, y Tim Wallace-Murphy.

Es claro que algo extraño hay en la atmósfera de Rennes-le-Château, pero, ¿se trata de una conspiración real o se trata de las teorías conspirativas mismas? ¿Acaso llega un punto en que las teorías conspirativas terminan por enterrar todo conocimiento de los hechos reales que se podría haber recuperado? Bérenger Saunièr no ha dicho nada.

SECUENCIA FIBONACCI: Saunière usa la secuencia Fibonacci en el mensaje cifrado que alcanza a escribir antes de morir. La secuencia desordenada le dice a su nieta criptógrafa, Sophie, que se ponga en contacto con Robert Langdon.

La serie Fibonacci comienza con 0 y 1, y luego produce los números siguientes sumando los dos últimos números de la secuencia. Así pues, la secuencia avanza 0, 1, 1, 2, 3, 5, 8, 13, 21, 34... En una clase, Langdon explica a sus alumnos de Harvard que la razón PHI se deriva de cualquier número de la secuencia Fibonacci. Al dividir cualquier número de la secuencia por el número más pequeño que lo precede produce un cociente que se aproxima a 1,618. La serie Fibonacci y la razón Phi se presentan, aparentemente de manera espontánea, en diseños naturales y producidos por el hombre (véase PHI). Pero ésos no son los únicos

434   LOS SECRETOS DEL CÓDIGO

números que se repiten en la naturaleza. Los números Lucas, por ejemplo, se generan usando la misma adición que la secuencia Fibonacci, salvo que los primeros dos números son 1 y 3, de modo que la secuencia es 1, 3, 4, 7, 11, 18, 29, 47, 76, 123. Existe un problema, sin embargo, en cuanto a si Phi es aplicable de manera universal. H. S. M. Coxeter en su *Introduction to Geometry* dice: "Debe admitirse con toda franqueza que en [los esquemas de crecimiento de] algunas plantas, los números no corresponden a los de la secuencia Fibonacci, sino a los de la secuencia de los números Lucas, o incluso a esta secuencia todavía más anómala: 3, 1, 4, 5, 9... o 5, 2, 7, 9, 16... Así pues, tenemos que aceptar el hecho de que [la secuencia Fibonacci] realmente no es una ley universal, sino sólo una tendencia fascinantemente predominante.

SÉNÉCHAUX: Plural de la palabra francesa *sénéchal* (senescal). Se trata de un funcionario o administrador a quien se le han encomendado importantes tareas, habitualmente asociado con grupos o sociedades feudales o eclesiásticos. En *El Código Da Vinci* los *senechaux* son tres funcionarios del PRIORATO DE SION que dependen de Jacques Saunière, el gran maestre del Priorato. Parecen constituir un "círculo íntimo" de confianza. Los *sénéchaux* son asesinados, uno por uno, por Silas, el agente del OPUS DEI. Estos tres senescales y Jacques Saunière son los guardianes del lugar secreto donde se guarda el SANTO GRIAL. Ellos también están entrenados para eludir a los interrogadores con una mentira coordinada sobre la ubicación de ese lugar, para asegurarse así que aun cuando alguna de sus identidades fuera revelada y se lo sometiera a interrogatorio, el Grial permanecería a salvo en su escondite. La hermana Sandrine los llama, uno a uno, cuando se da cuenta de que Silas ha llegado a SAINT-SULPICE para descubrir la PIEDRA CLAVE, pero queda estupefacta cuando en cada una de las llamadas recibe indicaciones de que los senescales han muerto. La idea de los *sénéchaux* en la novela ha sido tomada de la cuestionable lista proporcionada por PLANTARD y también incluida en el sitio en Internet.

SHEKINAH: Palabra hebrea que significa "presencia de Dios" y para muchos se trata del aspecto y atributos femeninos de esa presencia. El concepto cristiano que más se le aproxima sería el de Espíritu Santo. Se creía que Shekinah era la manifestación física de la presencia de Dios en el Tabernáculo y más adelante en el TEMPLO DE SALOMÓN. Cuando el Señor condujo a Israel en la huida de Egipto, se les apareció en "una nube como columna": *shekinah*.

SHESHACH: En *El Código Da Vinci* Sophie recurre al uso del CÓDIGO ATBASH, un código de sustitución en el que la primera letra del alfabeto es reemplazada por la última, la segunda, por la penúltima, y así sucesivamente. Las letras hebreas correspondientes a la transliteración "Sheshach" forman la palabra "Babel" cuando se le agregan las vocales de las que carece la lengua hebrea.

SIMBOLOGÍA: El fallecido antropólogo Leslie White describió a los símbolos como "la asignación arbitraria de un significado a una forma", y es una de las pocas cosas que verdaderamente distingue a los humanos de otras criaturas. Los símbolos son abstracciones. La Biblia y, por supuesto, *El Código Da Vinci* están llenos de simbología: desde el HOMBRE DE VITRUVIO, cuya posición adopta Saunière para morir, hasta la CRUZ y la MANZANA. Se trata de objetos tangibles que significan cosas intangibles y a veces ideas complejas.

Los símbolos son un modo abreviado de comunicación. Así como la ROSA sobre la mesa romana era un símbolo del regalo de Eros a Harpócrates y de ahí la necesidad de mantener ocultos los secretos, símbolos como el de la cruz proporcionan una manera compacta de recordarle a la gente realidades complejas.

En la novela, Langdon estaba trabajando en un ensayo sobre los símbolos de la DIVINIDAD FEMENINA. Al final del libro, cuando están en ROSSLYN, junto a Marie, la viuda de Saunière, el protagonista analiza el papiro que tiene la inscripción:

Bajo la antigua Roslin el Grial
Con impaciencia espera tu llegada.
Custodios y guardianes de sus puertas
Serán por siempre el cáliz y la espada.

Marie traza un triángulo con una punta hacia arriba. Un antiguo símbolo de la espada y de lo masculino. Luego traza un triángulo con la punta hacia abajo. Antiguo símbolo del cáliz y lo femenino. Ella lo conduce a la iglesia donde él finalmente ve la Estrella de David, una combinación de la espada y el cáliz —masculino y femenino, el sello de Salomón— que marca el *Sancta Sanctorum*, el lugar donde se pensaba que estaban YAHVÉH y SHEKINAH.

SMART CAR: Langdon y Sophie, después de escapar del LOUVRE, se meten en el Smart Car de Sophie y parten a toda velocidad. Se trata de auto muy pequeño y compacto desarrollado por primera vez en 1994 como un emprendimiento conjunto entre la fábrica suiza de relojes Swatch y Mercedes-Benz. Uno de los relojes Swatch fue la inspiración para el diseño que en su configuración básica se vende por unos veinte mil dólares y se consigue en toda Europa y en otras partes del mundo.

SOPHIA: Palabra griega que significa "sabiduría". Asociada con las diosas vírgenes, como Atenea. También se la usa como alegoría de la sabiduría en el Espíritu Santo y en MARÍA MAGDALENA.

SUB ROSA: Literalmente "debajo de la rosa". El origen de esta frase es muy posible que provenga de los tiempos romanos cuando, en las comidas formales, las mesas se disponían en forma de U, con el invitado de honor y el anfitrión en el lado opuesto a la abertura. Sobre el centro de la U se colgaba una rosa. Se trataba de un recordatorio de que una rosa le había dado Eros a Harpócrates, el dios del silencio, para evitar que hablara de las indiscreciones de la madre de Eros, Venus. Cualquier cosa que se dijera *sub rosa* (debajo de la rosa) debía permanecer en secreto.

TEMPLO DE SALOMÓN: David, el primer rey de Israel, quería construir un templo para el Rey de reyes, su Dios. En un sueño, Dios le dijo a David que el templo no podría ser construido por él porque era un hombre de guerra y había derramado demasiada sangre. El templo iba a ser levantado por su hijo, Salomón, quien disfrutaría de la paz durante su reinado, lo que le brindaría la posibilidad de levantarlo.

Aunque él no construyó el templo, el rey David lo proyectó y reunió buena parte de los materiales. Después de la muerte de David, Salomón dio las órdenes para la construcción del primer templo. Llamó en su ayuda a los fenicios, que eran expertos constructores y el templo fue efectivamente construido siguiendo los modelos fenicios de la época. La construcción del Templo de Salomón sobre el Monte Moriah, en lo que ahora es Jerusalén, fue una empresa monumental que requirió decenas de miles de personas y tomó siete años. Fue terminado en 953 a. de C.

El templo salomónico se diferenciaba de otros templos antiguos por el hecho de no tener un ídolo. Esto reflejaba la creencia de que los ídolos no eran necesarios para que Dios estuviera presente; el templo se había construido porque era una necesidad de la gente, no de Dios.

La historia siguiente del templo es la de un ciclo regular de destrucción y construcción. El templo original fue destruido por Nabucodonosor en 586 a. de C. Setenta años más tarde, se construyó un segundo templo en el mismo lugar y fue ampliado en 19 a. de C. por el rey Herodes, pero fue destruido por los romanos en 70 d. de C.

En *El Código Da Vinci* Langdon le dice a Sophie que la misión primaria de los CABALLEROS TEMPLARIOS en Tierra Santa no era la de proteger a los peregrinos, sino la de instalarse en el Templo para poder "recuperar los documentos [secretos] que estaban debajo de las ruinas". Luego dice que nadie sabe con seguridad qué fue lo que encontraron, pero se trató de "algo que los hizo sumamente ricos y poderosos, tanto que excede de la imaginación humana".

En la actualidad en ese lugar se alza la mezquita al-Aqsa, el tercer lugar sagrado del Islam.

TENIERS, DAVID, EL JOVEN: Pintor holandés, hijo de David, el Viejo, también pintor. Nacido en 1610, pintaba temas históricos, mitológicos y alegóricos, incluida una serie de obras que representa a San Antonio. Langdon lo menciona en la primera parte del libro junto al pintor POUSSIN, como tema en varios libros escritos por Jacques Saunière.

Parece que estos libros son algunos de los favoritos de Langdon; tratan específicamente de los mensajes escondidos en los trabajos de ambos pintores. Ésta es una directa referencia de Dan Brown a los mensajes cifrados encontrados por el tocayo histórico de Saunière: BÉRENGER SAUNIÈRE, cura párroco de RENNES-LE-CHÂTEAU. Uno de los mensajes codificados que Bérenger Saunière encontró enterrado en el altar de la parroquia de Rennes-le-Château, dice:

PASTORA, NO A LA TENTACIÓN QUE POUSSIN TENIERS TIENEN LA LLAVE; PAZ 681 JUNTO A LA CRUZ Y ESTE CABALLO DE DIOS YO COMPLETO [DESTRUYO] ESTE DEMONIO DEL GUARDIÁN DE MANZANAS AZULES AL MEDIODÍA

Se cuenta que Bérenger Saunière viajó a París después de encontrar los documentos cifrados y que durante ese viaje supuestamente compró reproducciones de algunos cuadros de Teniers, un retrato del papa Celestino V y *Pastores de Arcadia* de Poussin.

TERTULIANO: El primer gran escritor de la cristiandad latina cuya amplia obra se ocupó de todos los temas ideológicos de su tiempo: paganismo y judaísmo, polémica, política, discípulos, moral, y toda la organización de la vida humana según sus interpretaciones de la doctrina cristiana. Fue también un fiero defensor de la disciplina estricta y la vida austera; creía que las mujeres debían abandonar los valiosos ornamentos ya que estos ayudaban a hacer caer a los hombres en el pecado. Para él, la soltería y el celibato eran el mejor estado.

TERTULIANO: Otro padre de la Iglesia que luchó contra la herejía. Tertuliano nos da una idea de cuánta indignación provocaba MARCIÓN en la Iglesia primitiva, cuando escribe: "más sucio que un escita; más vagabundo que un andariego sármata; más cruel que un maságeta, más audaz que una amazona, más frío que su invierno; más frágil que su hielo; más engañoso que el Ister; más escarpado que el Cáucaso. ¿Qué rata del Ponto tuvo jamás tanto poder para roer como la rata que ha roído los Evangelios hasta dejarlos en jirones?"

TRIBU DE BENJAMÍN: Una de las doce tribus de Israel. Descendía del hijo de Jacobo, Benjamín, parte de cuya herencia, según la Biblia, es la ciudad de Jerusalén. La tribu es mencionada en la explicación que Teabing le da a Sophie acerca de la verdadera naturaleza del SANTO GRIAL. Le dice que MARÍA MAGDALENA pertenecía a la tribu de Benjamín, y por lo tanto, su unión con Jesús —un descendiente de la casa real de David y de la tribu de Judá— tenía una importancia política enorme. Cuenta la Biblia en el Libro de los Jueces que la tribu de Benjamín fue atacada por otras tribus de Israel por la protección que les brindaban a ciertos criminales "hijos de Belial". La diezmada tribu sobrevivió, pero los *DOSSIERS SECRETS* sostienen que una parte de la tribu fue reubicada en Europa oriental, primero en la provincia griega de Arcadia, y luego hasta el Danubio y el Rin. En *Holy Blood, Holy Grial* se sugiere que la tribu podría se un antepasado de los francos, y por lo tanto, de los MEROVINGIOS.

VERSO YÁMBICO: El yambo es una unidad poética que alterna un acento fuerte con uno débil en el verso; también se lo llama "pie". La línea del verso yámbico se construye con estos elementos. Cuando hay cinco en una línea, el metro es llamado pentámetro yámbico. Aunque este esquema de acentuar la segunda sílaba es característico de la poesía inglesa, el origen del metro yámbico en poesía se remonta a los antiguos griegos. Algunos entienden la universalidad de este metro debido a su similitud con el latido del corazón humano.

VIERNES 13: Dan Brown menciona en *El Código Da Vinci* un incidente que involucra a los CABALLEROS TEMPLARIOS como el origen de la difundida superstición sobre el viernes 13 como día de mala suerte. El viernes 13 de octubre de 1307, el PAPA CLEMENTE "dictó órdenes secretas y selladas para que fueran abièrtas simultáneamente por sus soldados en toda Europa", escribe Brown. Las fatídicas y terribles órdenes decían que Dios había visitado al Papa en una visión y le dijo que los Caballeros Templarios eran todos herejes, culpables de homosexualidad, sodomía, profanación de la CRUZ y de toda clase de pecados. Los soldados, que en realidad eran los soldados del rey francés FELIPE IV, apresaron a los caballeros y los torturaron para conocer la verdadera dimensión de sus crímenes contra Dios. Aunque Brown describe la captura,

tortura y quema en la hoguera de los caballeros de una manera que parece que todo hubiera ocurrido en un solo y agitado período de veinticuatro horas, estos acontecimientos en realidad se produjeron en un lapso de varios años y no de "un día".

Parece que el verdadero crimen de los Caballeros era su poder. Éstos se habían hecho ricos y poderosos gracias a la combinación de protección papal y actividades financieras, y además se decía que ellos guardaban los secretos relacionados con el SANTO GRIAL. El Papa sentía que la orden de los Templarios constituía una amenaza a su propio poder y tenía que desaparecer, de modo que la mayoría, pero no todos, fueron detenidos aquel viernes 13. Presumiblemente los sobrevivientes continuaron guardando los secretos del Santo Grial.

Si bien Brown cita este incidente como la razón de la superstición que rodea a esa fecha, el viernes 13 ha tenido muchas cosas en contra durante mucho tiempo, incluso cien años antes de esa orden del Papa. En la mitología noruega había trece comensales en un banquete en Valhalla cuando Balder (hijo de Odín) fue asesinado, lo que provocó la caída de los dioses. Alrededor del año 1000 a. de C., Hesíodo escribió en *Los trabajos y los días* que el día 13 no es bueno para cosechar, pero es favorable para plantar. El viernes es el día menos afortunado de la semana para los cristianos, algunos de los cuales creen que Cristo fue crucificado en ese día de la semana. También creen que el número 13 es de mala suerte ya que 13 eran las personas presentes en la Última Cena, entre ellos, el apóstol traidor.

VIRGEN DE LAS ROCAS, LA: Éste es el nombre de uno de dos cuadros, los cuales técnicamente llevan el mismo nombre, *La Virgen de las rocas*. Uno de ellos está en el Louvre, y el segundo, "una representación suavizada" del tema, se exhibe en la Galería Nacional de Londres.

Llevada por la solución del anagrama "NO

VERDAD LACRA IGLESIAS", Sophie busca detrás de este cuadro las claves que su abuelo podría haber dejado y encuentra una llave con la flor de lis y también las iniciales P. S.: el cumplimiento de la promesa de que algún día ella recibiría la "clave" de muchos misterios. Sophie y Langdon escapan del Louvre, perseguidos por los guardias de seguridad y suben al SMART CAR de ella y parten a toda velocidad hacia la casa del abuelo de ella. En el camino, Langdon piensa en voz alta acerca de este nuevo "eslabón en los acontecimientos de interconectado simbolismo de aquella noche".

Lo que él en la novela y los estudiosos en la vida real han destacado, es la compleja historia de la pintura y su agregado de posibles significados escondidos, todo lo cual se agrega a lo que Langdon llama "detalles explosivos y perturbadores", algunos de los cuales él enumera: la situación Juan-bendición-Jesús y María haciendo un gesto aparentemente amenazador sobre la cabeza de Juan.

YAHVEH: Nombre personal de Dios en el Antiguo Testamento. Se forma con la letras hebreas Yod, Heh, Vav y Heh (el tetragrámaton- véase ADONAI). Entre los judíos está prohibido pronunciar el nombre de Dios en la oración, y lo reemplazan por Adonai. Esta restricción proviene de una interpretación del tercer mandamiento que prohíbe "usar el nombre de Dios en vano". Por escrito, la palabra "Señor" reemplaza a Yahveh.

Escribir esta palabra del antiguo hebreo como Yahveh refleja la dificultad de decidir cómo una lengua que no se ha hablado durante más de dos mil años y que carece de vocales, habría de pronunciar las letras Yod, Heh, Vav y Heh para luego transliterarlas al español moderno (o a cualquier otro idioma). Según el argumento en *El Código Da Vinci*, YHVH era en realidad un acrónimo que combinaba los arcaicos nombres de la diosa femenina y el dios masculino, y "Havev", la versión hebrea de "Eva" entremezclada con Yahveh.

Recursos en la Red
Para ahondar en El Código Da Vinci

POR BETSY EBLE

¿Quién estaba realmente sentado a la derecha de Jesús en *La última cena*? ¿Oyó hablar alguna vez del Opus Dei? ¿Hay un linaje real? ¿Existe el Priorato de Sion? ¿Soy la única persona en el mundo que jamás oyó hablar de estas cosas? Usted tiene suerte, las respuestas a todas estas preguntas y muchas más han sido ordenadas por un buscador, enriquecidas con información de orden superior y evaluadas por cientos previos de usuarios. Si usted está empezando a explorar una nueva idea, la Web es el lugar ideal para comenzar.

Esta mañana había 460.000 resultados en una búsqueda de Google sobre "Da Vinci Code". Con estos resultados se puede hallar información que corrobore o invalide casi cualquier afirmación que se haga en el mundo.

Pasé el verano de 2003 investigando las referencias literarias, artísticas e históricas en *El Código Da Vinci*. Luego reuní una colección de material hallado exclusivamente en la Web y la publiqué como textos compilados, *Depth & Details, A Reader's Guide to Dan Brown's* The Da Vinci Code. En este trabajo destaco los sitios más interesantes relacionados con cada capítulo del libro para que el lector pueda cruzar información mientras lee. A continuación se presenta un resumen de los sitios más interesantes para los lectores de este libro.

Símbolos

Vale la pena considerar a www.symbols.com como un sitio para sentarse con una taza de café en la mano y dejarse llevar por la significativa investigación y la hermosa presentación. Aunque no estoy completamente segura respecto de quién va allí en busca de símbolos visuales, con la descripción del símbolo por su simetría, delicadeza de líneas, etcétera, es divertido ver qué es lo que ofrece www.symbols.com cuando uno lo visita. En cuanto al índice de palabras (un sistema más adecuado para aquellos que se inclinan más por lo verbal) todo lo que se requiere para comenzar una interminable sesión de lectura que puede durar horas, es comenzar con uno de los botones alfabéticos. ¡Elija una palabra y déjese llevar! En lo que se refiere a *El Código Da Vinci* se pueden encontrar símbolos del cáliz, de Venus, del pentáculo, cruces paganas y cristianas, símbolos masónicos y mucho más.

Olga's Gallery

Museo de arte On Line, www.abcgallery.com. Si uno busca imágenes de alta calidad de obras de arte famosas, éste es un lugar ideal para visitar. El único problema es que tendrá que vérselas con algunos *pop-unders*. Pero éste es un precio bajo si lo que se quiere es ver esta enorme colección de obras de arte. La mayor parte de las obras están comentadas y con enlaces a otras fuentes. Aquí se pueden ver todas las obras de Leonardo a las que se hace referencia en el libro: la *Virgen de las rocas*, *La última cena* y la *Mona Lisa*, y también obras de artistas mencionados como Monet, Caravaggio, Picasso y El Bosco.

Opus Dei

El Opus Dei es una prelatura de la Iglesia Católica, que tiene un papel importante en la novela. El primer lugar para buscar información sobre esta controvertida organización es el sitio web del mismo Opus Dei, www.opusdei.org. La sección de preguntas frecuentes (FAQ — Frecuently Askled Questions) ayudará al lector a descubrir de un vistazo los temas que más le interesen. Para un estudio más en profundidad de por qué fue creado el Opus Dei, se pueden leer los escritos del fundador de la prelatura, Josemaría Escrivá, www.escrivaworks.org.

Para encontrar una opinión más independiente de la función del Opus Dei, se puede visitar www.rickross.com/groups/opus.html. El Instituto Ross ha reunido una colección de notas y artículos escritos sobre el Opus Dei. La mayoría proviene por lo general de fuentes confiables, como *U.S.News*, el *New York Daily News*, el *Guardian*, y Associated Press, y en conjunto proveen una equilibrada discusión sobre las actividades del Opus Dei.

La biografía del miembro del Opus Dei y espía Robert Hanssen, mencionado en *El Código Da Vinci*, está disponible en el sitio web de Court TV, www.crimelibrary.com/terrorits_spies/spies/hanssen/5.html?sect=23.

Louvre

Si usted se prometió mejorar su francés después de leer *El Código Da Vinci*, ponga en práctica sus conocimientos en www.louvre.org. Si el lector es como yo, el francés aprendido en el colegio secundario le habrá resultado suficiente para entender la mayor parte de los pasajes en francés en el libro, pero no como para navegar el sitio web. Pero hay opción en español, de modo que igual puede hacer el paseo virtual y visitar la Gran Galería y la *Mona Lisa*. Puedo imaginar a Robert Langdon y a Sophie Neveu corriendo por la Gran Galería en la oscuridad, buscando las pistas dejadas por Jacques Saunière.

Después de haber paseado por el Louvre, visite otro sitio virtual con veinticinco webcams instaladas por todo París que proporciona imágenes en tiempo real de muchos de los lugares mencionados en la novela www.parispourvous. net/index.php3?wpe=c3 es la versión en inglés del sitio parispourvous.com (París para usted).

María Magdalena

La autora de *The Woman With the Alabaster Jar*, Margaret Starbird, mencionada en *El Código Da Vinci*, es una importante colaboradora del muy visitado sitio web www.magdalene.org. En este sitio se pueden encontrar artículos, devocionarios, poesía y todo lo referente a María Magdalena. www.beliefnet.com también incluye una sección dedicada a María Magdalena, www.beliefnet. com/index/index_10126.html, con artículos sobre los escritos y las referencias bíblicas a María Magdalena. De particular interés es el enlace a una galería de arte dedicada a María Magdalena. También hay allí secciones sobre Gnosticismo y *El Código Da Vinci*. Uno de los aspectos más entretenidos de la cobertura de www.beliefnet sobre el tema es su presentación de puntos de vista diferentes tanto sobre el papel de María Magdalena en la historia cristiana como en el contenido de *El Código Da Vinci*.

Leonardo

Si bien la mayoría de los temas en *El Código Da Vinci* son motivo de debate, el contenido sobre Leonardo da Vinci ha sido ampliamente investigado y publicado durante siglos. Hasta Bill Gates compró hace algunos años el Códice Leicester —un libro con dibujos de Leonardo— que ha sido comprado y vendido por los millonarios durante siglos. El arte, la arquitectura, la escultura y la ingeniería de Leonardo, también están documentadas en la web. Un sitio muy completo con la vida y los trabajos de Leonardo es www.lairweb. org.nz/leonardo. Se ocupa de temas como su aprendizaje con Verrocchio, preguntas sobre su orientación sexual, sus trabajos y hasta su muerte el 2 de mayo de 1519, a los sesenta y siete años. El sitio tiene también algunos interesantes datos falsos, como el que asegura que Leonardo inventó las tijeras y que necesitó diez años para pintar los labios de Mona Lisa.

Matemáticas, arte y arquitectura

El padre de la secuencia Fibonacci —el código en la escena del crimen en la novela— es analizado estupendamente en http://www-groups.dcs.st-and.

ac.uk/~history/Mathematicians/Fibonacci.html. Es interesante destacar que la mayoría de los enlaces en la web relacionados con Fibonacci hacen referencia a este sitio. Esto es un buen indicador de que para muchos el contenido es correcto.

La divina proporción, también conocida como Número Áureo (o PHI) está también ampliamente documentada en la web. Cualquier historia básica del arte o de la arquitectura siempre incluye un capítulo sobre la divina proporción en el diseño del Partenón y en las pinturas de Leonardo y de Durero. Un buen sitio web con docenas de enlaces sobre PHI, arte y arquitectura se halla en www.mcs.surrey.ac.uk/Personal/R.Knott/Fibonacci/fib1nArt.html. No es un sitio visualmente agradable, lo cual resulta irónico ya que se trata de la belleza de la divina proporción en las obras de arte, pero está bien escrito y los enlaces resultan muy informativos.

Criptografía

Para quienes buscan conocer más acerca de criptografía y cifrados, un lugar de primera es www.murky.org/cryptography/index.shmtl. Allí se puede encontrar información sobre criptografía clásica y moderna y también acertijos Si usted quiere hacer su propio anagrama o criptograma, pruebe en estos dos sitios: constructor de anagramas (*anagram builder*) www.wordsmith.org/anagram/advance.html y constructor de criptogramas (*cryptogam builder*) www.wordles.com/getmycrypto.asp.

Priorato de Sion

El Priorato de Sion es una sociedad cuasi secreta que tiene su base en Europa y que se atribuye la posesión de grandes secretos sobre los orígenes del cristianismo. Esta organización creó a los Caballeros Templarios y posiblemente a la masonería. Se dice que entre sus antiguos grandes maestres se cuentan Isaac Newton y Leonardo da Vinci. Se puede encontrar abundante información sobre los Caballeros Templarios y el Priorato de Sion en www.ordotempli.org/priory_of_sion.htm, el sitio oficial de la International Knights Templar.

Linaje real - Merovingios

El artículo sobre merovingios de Wikipedia.com dice: "Según la esotérica versión de la historia dada a conocer por Michael Baigent, Richard Leigh y Henry Lincoln en su libro *Holy Blood, Holy Grail*, los reyes merovingios eran descendientes directos de María Magdalena y Jesucristo que llegaron al sur de Francia después de la crucifixión y resurrección de Cristo". Los autores aseguran además, que la Iglesia romana eliminó a todos los sobrevivientes de la dinastía —la herejía cátara en el Languedoc, y los templarios— en los tiempos de la Inquisición, para consolidar su poder a través de la dinastía espiritual de Pedro en lugar de hacerlo con la "sangre sagrada" (*sangreal*) de los descendientes de María Magdalena. La mayoría de los historiadores no aceptan estas teorías. Los merovingios fueron efectivamente una dinastía de reyes francos que gobernaron entre los siglos V y VIII. El sitio web de los templarios contiene un árbol genealógico de los reyes merovingios www.ordotempli.org/the_merovingians.htm.

Caballeros Templarios

Los autores de la revista *Templar History* han creado un muy agradable sitio web www.templarhistory.com. Tiene artículos muy completos sobre todos los aspectos de los Caballeros Templarios, que van desde discusiones basadas en hechos históricos hasta una investigación de todos los mitos y cuentos que han florecido alrededor de esta orden monástica. El sitio también proporciona reseñas de libros sobre los Templarios, en caso de que uno quiera profundizar en el tema.

Iglesias

Muchas de las escenas en *El Código Da Vinci* se desarrollan en iglesias como Saint-Sulpice, la capilla Rosslyn, la iglesia del Temple y la abadía de Westminster. La mayoría de estas iglesias tienen su propio sitio web con planos y fotografías. Los templarios de Rosslyn han armado un sitio con imágenes y muy completos análisis de la arquitectura y el simbolismo en la capilla Rosslyn (www.rosslyntemplars.org.uk/rosslyn.htm). Una fascinante y creativa afirmación de que el Templo de Salomón tiene en realidad la forma de un cuerpo humano (con diagramas) puede encontrarse en home.earthenlace.net/~tonybadillo/. Aunque las imágenes son demasiado pequeñas como para ver a los "caballeros enterrados" mencionados en la novela, la iglesia del Temple en Fleet Street en Londres www.templechurch.com/ tiene una sección dedicada a la historia de la iglesia y sus orígenes que vale la pena leer. Saint Sulpice es evidentemente un lugar fotografiado y publicitado con frecuencia. El sitio web para intercambio de fotos y mensajes, pbase.com, tiene varias imágenes en alta resolución y muy impresionante de la iglesia y de París en general. Use la herramienta de búsqueda con palabras clave como *Paris*, *Louvre* y *Sulpice* y obtendrá docenas de imágenes bellamente fotografiadas. Picsearch (www.picksearch.com) es también un valioso recurso para encontrar imágenes.

Sitios web de El Código Da Vinci

Desde que comencé a investigar sobre *El Código Da Vinci* para mi guía para lectores, han aparecido varios sitios nuevos sobre el tema. Cabe destacar el sitio de Random House dedicado al libro y a sus personajes, www.danbrown.com y su búsqueda: www.randomhouse,com/doubleday/davinci/. Si bien www.danbrown.com contiene enlaces a imágenes, investigaciones históricas, etcétera, un sitio web menos pulido, pero con muchos enlaces se encuentra en www.darkprotocols.com/darkprotocols/id36.html. La presentación del contenido es confusa y desorganizada; sin embargo, hay muchas referencias visuales así como enlaces a interesante material complementario de *El Código Da Vinci*.

Colaboradores

DAN BURSTEIN (EDITOR) es fundador y miembro ejecutivo de Millenium Technology Ventures Advisors, una firma de capital de riesgo de Nueva York que invierte en empresas con nuevas e innovadoras tecnologías. También es un periodista premiado y autor de seis libros sobre economía y tecnología global.

Su libro *Yen!*, de 1988, sobre el ascenso del poder financiero japonés, se convirtió en un éxito de ventas internacional en más de veinte países. En 1995 su libro *Road Warriors* fue uno de los primeros en analizar los efectos de Internet y la tecnología digital sobre los negocios y la sociedad. En 1998 escribió, con Arne de Keijzer, el libro *Big Dragon*, en el que se exponía una visión a largo plazo del papel de China en el siglo XXI. Burstein y Keijzer han lanzado hace poco su propia empresa editorial, Squibnocket Press, y están ahora trabajando en una serie llamada *The Best Things Ever Said*, que pronto incluirá títulos sobre el futuro de Internet, *blogs* y *blogging* y nanotecnología.

Mientras trabajaba como periodista independiente en la década de 1980, Burstein publicó más de un millar de artículos en más de doscientas publicaciones, entre ellas el *New York Times*, el *Wall Street Journal*, el *Los Angeles Times*, el *Boston Globe*, el *Chicago Tribune*, las revistas *New York Magazine*, *Rolling Stone* y muchas otras en Estados Unidos, Europa y Asia. También ha sido consultor de ABC News, CBS News, revista *Time* y otras importantes organizaciones de comunicaciones.

En los últimos diez años, Burstein ha sido un activo inversor en nuevos emprendimientos de riesgo, reuniendo una cartera de inversiones de más de veinticinco empresas tecnológicas. Desde 1988 hasta 2000 ha sido consejero senior de The Blackstone Group, uno de los principales bancos industriales privados de Wall Street. Es también un importante consultor de estrategias y ha actuado como tal con altos ejecutivos, equipos de gerenciamiento y corporaciones globales, entre ellas Sony, Toyota, Microsoft, Boardroom Inc. Y Sun Microsystems.

ARNE DE KEIJZER (EDITOR EJECUTIVO) es escritor, ex consultor de negocios en China y socio de Dan Burstein en Squibnocket Press. Es autor de cinco libros, entre ellos una exitosa guía de viajes a China y dos libros con Dan Burstein: *The Rise, Fall, and Future of the Internet Economy* (uno de los títulos de *The Best Things Ever Said*) y *Big Dragon: China's Future — What It Means for Business, the Economy, and the Global Order*. Ha escrito en diversas publicaciones, desde el *New York Times* hasta *Powerboat Reports*.

DIANA APOSTOLOS-CAPPADONA es profesora adjunta de arte religioso e historia de la cultura en el Centro para la Comprensión Musulmán-Cristiana y profesora adjunta y docente de Arte y Cultura en el Programa de Estudios Liberales, ambos en la Georgetown University. La doctora Apostolos-Cappadona fue curadora invitada y autora del catálogo de *In Search of Mary Magdalene: Images and traditions* (2002). Está preparando la introducción para la reimpresión de *Sacred and Profane Beauty: The Holy Art* de Gerardus van der Leeuw; tiene dos volúmenes editados, *Sources and Documents in History of Christian Art* and *Sources and Documents in the History of Religious Art in 19th-century America*; y un libro de texto, *The Art of the World's Religions*. Dicta clases de Arte, Creatividad y lo Sagrado; Cristiandad Ortodoxa Oriental: historia y teología; y La Síntesis Medieval: Arte y Religión en la Edad Media. Con Deirdre Good, ha dictado una serie de talleres y clases especiales sobre el tema de la verdad en *El Código Da Vinci*.

MICHAEL BAIGENT nació en Nueva Zelanda en 1948 y se graduó en psicología en la Universidad de Canterbury, Christchurch. Desde 1976 vive en Inglaterra. Es autor de *Ancient Traces* y *From the Omens of Babylon*. Trabajó con los autores Richard Leigh y Henry Lincoln para dos éxitos internacionales de ventas, *Holy Blood, Holy Grial* y *The Mesianic Legacy*. Es coautor con Richard Leigh, de *The Dead Sea Scrolls Deception*, de *Secret Germany* y de *The Elixir and The Stone*. Su más reciente libro, también escrito con Richard Leigh, es *The Inquisition*.

AMY D. BERNSTEIN es escritora y académica especializada en literatura del Renacimiento. Su tesis doctoral incluyó una nueva edición de los sonetos de Jacques de Billy de Prunay, un monje benedictino y autor de obras muy vendidas, así como traductora de Gregorio Nacianceno y otros escritores patrísticos.

PETER W. BERNSTEIN, socio de Annalyn Swan en A. S. A. P. Media, fue consultor de edición de este libro. Peter ha sido director de *U.S. News and World Report* y la revista *Fortune*. Fue también gerente editorial en Times Books y Random House. Además, es un exitoso autor. Es el creador y actual director y gerente editorial de *The Ernst & Young Tax Guide*. Es coautor de *The Practical Guide to Practically Everything* y coeditor

junto con su mujer Amy, de *Quotations from Speaker Newt: The Red, White and Blue Book of the Republican Revolution*.

DAVID BURSTEIN es estudiante secundario de latín y autor del libro de próxima aparición *Harry Potter and the Prisoner of the New York Times Bestseller List*. Ha escrito un libro de poesía, siete piezas de teatro y ha actuado en las producciones de colegio secundario de *Noises Off*, *The Wind in the Willows*, *Much Ado About Nothing*, *Cinderella* y *Fiddler in the Roof*. También trabaja como director de recolección de fondos del Westport Youth Film Festival.

ETHER DE BOER estudia teología en la Universidad Libre de Amsterdam y actualmente es ministro de las Iglesias Holandesas Reformadas en Ouderkerk aan de Amstel.

DENISE BUDD es diplomada en la Rutgers University en New Brunswick (BA) y en la Universidad de Columbia (PhD). En 2002 terminó su disertación doctoral sobre Leonardo da Vinci, un estudio que se centra en una reinterpretación de las pruebas documentales de la primera mitad de su carrera como artista. La doctora Budd ha sido docente estable de la Universidad de Columbia y en la actualidad enseña en la Rutgers University, mientras continúa con sus investigaciones.

JOHN CASTRO es escritor, editor e investigador. Vive en Nueva York. Ha trabajado en publicaciones del líder de los derechos civiles Jesse Jackson, del periodista Marshall Loeb y del empresario de Internet Chales Ferguson. John es también director de teatro, actor y dramaturgo, con una particular preferencia por Shakespeare. Se diplomó en el St. John's College en Annapolis, Maryland.

MICHELLE DELIO escribe sobre una gran variedad de temas tecnológicos y es colaboradora habitual de la revista *Wired*. También ha colaborado con Salon.com sobre temas que van desde el bloqueo de correo spam hasta motocicletas Harley-Davidson.

JENNIFER DOLL fue investigadora y editora asociada de este libro, funciones que ha desempeñado también para otros libros y revistas. Actualmente es consultora editorial de *Reader's Digest*. También ha aportado su talento a McKinsey & Company, revista *Continental* y The Teaching Commission. En su tiempo libre, escribe ficción y está actualmente trabajando en su primera novela.

DAVID DOWNIE es escritor independiente, editor y traductor. Vive en París. En los últimos veinte años ha estado escribiendo sobre cultura europea, viajes y comidas para revistas y diarios norteamericanos y británicos. Ocasionalmente escribe para publicaciones francesas, italianas y holandesas. Sus trabajos han sido publicados en todo el mundo. Su reciente libro, aclamado por la crítica, titulado *Cooking the Roman Way: Authentic Recipes from the Home Cooks and Trattorias of Rome*, trata sobre la comida y la tradición culinaria de la Roma contemporánea. Actualmente está trabajando en una colección de ensayos de viajes titulado *Paris, Paris*.

BETSY EBLE ha estado inventando cosas desde que tiene memoria, por lo menos desde que hizo sus primeras muñecas de trapo. Durante el día se dedica a la arquitectura de la información y a las interfaces para aplicaciones online. Por las noches y durante los fines de semana, pinta, escribe artículos para su blog, y hace investigaciones sobre ficción histórica. Su *Depth & Details—A Reader's Guide to Dan Brown's* The Da Vinci Code fue la primera guía en forma de libro que proporciona claves de investigación para la novela.

BART D. EHRMAN es profesor "James A. Gray" de Estudios Religiosos en la Universidad de Carolina del Norte en Chapel Hill, donde es docente desde 1988. Es una autoridad en el Nuevo Testamento y en historia del cristianismo primitivo y ha aparecido en CNN, el History Channel, A&E, y otros programas de radio y televisión. Grabó varias series de conferencias muy difundidas para la Teaching Company y es autor o editor de trece libros, entre ellos el más reciente, *Lost Christianities: The Battles for Scripture and the Faiths We Never Knew* y *Lost Scriptures: Books that Did Not Make It into the New Testament*.

RIANE EISLER es cientista social, historiadora de la cultura y teórica evolucionista. Sus libros incluyen el éxito de venta *The Chalice and the Blade: Our History, Our Future*, un estudio multidisciplinario de la cultura humana. Entre sus otros libros figuran *Sacred Pleasure, Tomorrow's Children*, y *The Power of Partnership: Seven Relationships that Will Change Your Life*. Eiler es presidente del Centro de Estudios para Asociaciones, ha enseñado en la UCLA y ha pronunciado conferencias en todo el mundo.

GLENN W. ERICKSON ha enseñado filosofía en la Southern Illinois University, Texas, A&M University, Western Carolina University y en la Escuela de Diseño de Rhode Island, así como en cinco universidades federales en Brasil y Nigeria, en ocasiones como becario Fullbright. Es autor de una docena de libros sobre filosofía (*Negative Dialectics and the End of Philosophy*), lógica (*Dictionary of Paradox*, con John Fossa), crítica literaria (*A Tree of Stories*, con su esposa, Sandra S.F. Erickson), poesía, ficción, cuentos breves, historia del arte (*New Theory of the Tarot*) e historia de las matemáticas.

TIMOTHY FREDKE es diplomado en filosofía, autor de más de veinte libros y es una autoridad en espiritualidad del mundo. Ha sido coautor de cinco libros con Peter Gandy, entre ellos *The Jesus Mysteries and the Lost Goddess*. Da clases y organiza seminarios en todo el mundo, explora la *gnosis* o iluminación espiritual. Para más información sobre los libros y seminarios de Fredke y Gandy, véase www.timfreke.demon.co.uk.

PETER GANDY tiene un master en civilizaciones clásicas, especializado en los misterios de las antiguas religiones paganas. Es particularmente conocido por sus trabajos sobre Jesús, escrito con Timothy Fredke, entre ellos, *Jesus and the Lost Goddess* y *The Jesus Mysteries*.

DEIRDRE GOOD es profesora de Nuevo Testamento en el Seminario General de Teología de la Iglesia Episcopal de la Ciudad de Nueva York. Ha publicado mucho y ha dado clases sobre tradiciones miriámicas y sobre la mujer en textos coptos y gnósticos. Su libro más reciente es *Mariam, the Magdala and the Mother*.

SUSAN HASKINS es escritora, editora, investigadora y traductora. Ha dado clases en todo el mundo, aparece en varios programas de televisión para hablar de María Magdalena y en este momento está traduciendo del italiano y editando *Three Marian Writings* (textos sobre la vida de la Virgen de tres escritoras italianas del siglo XVI). Es autora de *Mary Magdalen: Myth & Metaphor* y editora-traductora de *Three Sixteenth-Century Marian Writings*.

COLLIN HANSEN trabaja como editor permanente en la revista *Christian History*. Con antecedentes académicos de periodismo e historia de la Iglesia, Hansen se ha ocupado de temas como secularismo europeo, la guerra en Irak y la educación superior cristiana.

STEPHAN A. HOELLER, PhD es obispo de la Iglesia Gnóstica y titular de la Transmisión Gnóstica Inglesa en Norteamérica. Es au-

tor de varios libros, entre ellos *Gnosticism, Jung and the Lost Gospels* y *Freedom: Alchemy for a Voluntary Society*. El doctor Hoeller fue titular de la cátedra de Religiones Comparadas en Colegio de Estudios Orientales en Los Angeles durante dieciséis años.

KATHERINE LUDWIG JANSEN es profesora asociada de historia en la Universidad Católica. Es autora de *The Making of the Magdalen: Preaching and Popular Devc ̇on en the Later Middle Ages*.

KAREN L. KING, docente "Winn Professor" de Historia Eclesiástica en la Escuela de Divinidad de la Universidad de Harvard. Es autora de *What is Gnosticism?* y *The Gospel of Mary of Magdala: Jesus and the First Woman Apostle*. Especializada en religiones comparadas y estudios históricos, da clases y hace investigaciones sobre diversas especialidades en la historia del cristianismo y estudios de mujeres. Sus más recientes trabajos *The Gospel of Mary of Magdala* y *What is Gnosticism?* han sido muy elogiados. Se interesa particularmente en la teoría de la formación de la identificación religiosa, en discursos de normatividad (ortodoxia y herejía), y estudios de género.

DAVID KLINGHOFFER es autor de *The Lord Will Gather Me In* y *The Discovery of God: Abraham and the Birth of Monotheism*. Es colaborador habitual de *National Review*.

RICHARD LEIGH es novelista y cuentista. Con Michael Baigent ha escrito varios libros entre ellos *Holy Blood, Holy Grial* (con Henry Lincoln), *The Dead Sea Scroll Deception*, *The Messianic Legacy*, *The Temple and the Lodge*, *Secret Germany: Claus von Stauffenberg and the Mystical Crusade against Hitler*, *The Elixir and The Stone*, y, más recientemente, *The Inquisition*.

HENRY LINCOLN comenzó su carrera como actor, pero para comienzos de la década de

1960 ya estaba escribiendo para televisión, para la que produjo más de doscientos argumentos dramáticos. Su temprana fascinación con la egiptología (aprendió solo a leer jeroglíficos) lo condujo a la exploración de misterios históricos, mitologías y religiones comparadas. Desde que su imaginación fue capturada por el misterio de Rennes-le-Château, presentó varios documentales para la BBC sobre otros misterios históricos, entre ellos *The Man in the Iron Mask*, *Nostradamus* y *The Curse of Tutenkhamun*. También es coautor, con Michael Baigent y Richard Leigh, de *Holy Blood, Holy Grial*.

JAMES MARTIN, S.J. es un sacerdote jesuita y director asociado de *America*, una revista católica de alcance nacional. Es autor de numerosos libros sobre religión y espiritualidad, incluida la memoria *In Good Company: The Fast Track from the Corporate World to Poverty, Chastity and Obedience*.

RICHARD P. MCBRIEN es docente "Crowley-O'Brien" de teología y presidente del Departamento de Teología (1980-91) en la Universidad de Notre Dame. Fue también presidente de la Sociedad de Teología Católica de Norteamérica. Es un estudioso de eclesiología, las relaciones entre religión y política, y de las dimensiones teológicas, doctrinales y espirituales de la tradición católica. El libro más reciente del padre McBrien es *Lives of the Saints: From Mary and St. Francis of Assisi to John XXIII and Mother Teresa*. Es sacerdote en la arquidiócesis de Hartford, Connecticut.

CRAIG M. MCDONALD periodista premiado y editor, ha entrevistado a numerosos escritores, entre ellos, a James Ellfroy, Anne Rice, Dennis Lehane, Walter Mosley, Alistair McLeod y Dan Brown. Sus entrevistas se publican en *Writers on Writing* que se puede visitar en Internet en www.modestyarbor.com.

BRENDAN MCKAY es profesor de ciencia de la computación en la Universidad Nacional Australiana. Se hizo famoso hace algunos años por desmentir la teoría del Código de la Biblia.

LAURA MILLER escribe sobre cine, libros, teatro, cultura digital y temas sociales para revistas y diarios de alcance nacional. Sus trabajos han aparecido en el *New York Times*, el *San Francisco Chronicle*, y las revistas *Harper's Bazaar* y *Wired*. También colabora habitualmente en Salon.com.

SHERWIN B. NULAND es autor de *Leonardo da Vinci*, así como del éxito de ventas *How We Die*, que ganó en 1994 el National Book Award for Non-fiction. Algunos de sus otros libros son: *The Mysteries Within: A Surgeon Reflects on Medical Myths*, *Doctors: The Biography of Medicine* y *The Wisdom of the Body*, publicado en tapa blanda con el título: *How We Live*. Es profesor clínico de Cirugía en la Universidad de Yale, donde también enseña historia médica y bioética.

LANCE S. OWENS, MD es médico clínico y también sacerdote ordenado que cumple funciones en la Ecclesia Gnostica. Completó sus estudios universitarios de historia en la Georgetown University y en la Utah State University y recibió su doctorado en la Columbia University. También mantiene un sitio web, www.gnosis.org.

ELAINE PAGELS es autora del éxito de ventas *The Gnostic Gospels*, que ganó el premio nacional del Círculo de Críticos y el National Book Award, y que ya tiene una nueva edición. Obtuvo un BA en historia y un master en estudios clásicos en la Stanford University y tiene un doctorado de la Universidad de Harvard. La profesora Pagels es autora de *Beyond Belief*, otro éxito, y también de *Adam, Eve and the Serpent* y de *The Origin of Satan*. En la actualidad es docente "Harrington Spear Paine" de Religión en la Universidad de Princeton.

LYNN PICKNETT Y CLIVE PRINCE son escritores, investigadores y docentes de temas paranormales y ocultistas, y de misterios históricos y religiosos. Su libro *The Templar Revelation* es un éxito de ventas y constituye una importante fuente para el libro de Dan Brown. Con Prince, Picknett también ha escrito *Turin Shroud: In Whose Image? The Truth Behind the Centuries-Long Conspiracy of Silence*, que presenta la tesis de que fue Leonardo quien falsificó el adorado sudario. Picknett escribió *Mary Magdalene*. Ambos autores viven en Londres, Inglaterra.

JAMES M. ROBINSON es profesor emérito de Religión en la Claremont Graduate University, y editor general de la *Nag Hammadi Llibrary*. Como una de las principales autoridades en cristianismo primitivo, supervisó el equipo de eruditos y traductores que dio vida a los descubrimientos de Nag Hammadi.

DAVID A. SHUGARTS, periodista con treinta años de experiencia, ha trabajado en diarios y revistas como reportero, fotógrafo, jefe de redacción y director. Es experto en aviación y temas marinos. Ha recibido cinco premios regionales y nacionales de la Aviation/Space Writers Association. Fue el director fundador de la revista *Aviation Safety* en 1981 y de *Powerboat Reports* en 1988.

MARGARET STARBIRD tiene un master de la Universidad de Maryland y estudió en la Universidad Christian Albrechtsen, en Kiel, Alemania, y en la Vanderbilt Divinity School. Ha escrito mucho sobre la idea de la divinidad femenina. Entre sus libros se hallan: *Magdalen's Lost Legacy: Symbolic Numbers and the Sacred Union in Christianity*, *The Goddess in the Gospel: Reclaiming the Sacred Feminine Face of Christianity*, y *The Woman With the Alabaster Jar: Mary Magdalen and the Holy Grial*.

KATE STOHR trabajó como investigadora y editora asociada para este libro. Es también periodista independiente y productora de documentales cuyos trabajos han aparecido en el *New York Times*, *U.S.News & World Report*, el *Christian Science Monitor*, *Time Digital*, *People*, *Rosie* e *In Style*. Sus últimos trabajos han cubierto temas como la granja urbana, migración jubilatoria, gerenciamiento de desperdicios, temas laborales y justicia ambiental.

ANNALYN SWAN, socia de Peter Bernstein en A. S. A. P. Media, trabajó como consultora en la edición de este libro. Escritora y editora profesional, también ha formado parte de la redacción de *Time*, como crítica de música y editora de arte en *Newsweek*, y directora de *Savvy*. Con el crítico de arte Mark Stevens, también escribió una biografía del artista Willem de Kooning, publicada por Knopf en el otoño de 2004.

DAVID VAN BIMA es redactor especial de la revista *Time*, especializado en religión.

BRIAN WEISS ha escrito libros y artículos durante casi treinta años sobre una gran variedad de temas, entre ellos, tecnología, comercio, aviación y farmacología. Ha ocupado importantes cargos editoriales en varias publicaciones de alcance nacional, ha escrito columnas publicadas simultáneamente en varios periódicos de alcance nacional y ha colaborado en la preparación de muchos libros. Su empresa, Word'sworth está en Pasadena, California, y provee comunicaciones de mercadeo y servicios de consultoría a una amplia variedad de firmas.

DAVID WILK fue consultor editorial para este libro. Ha trabajado en el negocio de los libros en distintas funciones: escritor, editor, gerente editorial y distribuidor. Fue director del Programa de Literatura para el National Endowment for the Arts y es actualmente ejecutivo senior de CDS, en la ciudad de Nueva York.

Kenneth L. Woodward, editor colaborador de *Newsweek* y frecuente articulista sobre religión, es autor del reciente libro *The Book of Miracles: the Meaning of the Miracle Stories in Christianity, Judaism, Buddhism, Hinduism and Islam.*

Nicole Zaray realizó investigaciones y fue editora asociada para este libro. Vive en Nueva York y es escritora y cineasta que ha producido y dirigido el documental independiente *Work Life and The Unknowable*, fue coautora de la película en rodaje *Monopolis*, y del espectáculo *off-off* Broadway *Bread and Circus 3099.*

Agradecimientos

Debemos nuestro reconocimiento especial y nuestro profundo agradecimiento a una enorme cantidad de personas que se interesaron en el proyecto de armar este libro y saltaron con nosotros por encima el abismo de todos los obstáculos para lograrlo en tiempo récord.

En primer lugar y sobre todo, debemos agradecer a Gilbert Perlman, Steve Black, y a sus colegas en CDS, por su visión, su apoyo y su espíritu de equipo. Movieron montañas e hicieron que las cosas se lograran dentro de plazos que nunca habíamos visto antes en dos décadas de hacer libros. David Wilk resultó ser el mejor autor que cualquier escritor puede tener. Él coordinó el casi infinito número de fibras involucradas en este proyecto para convertirlas en un trozo coherente de papiro. Gracias también a Kari Stuart, Hope Matthiessen, Kipton Davis, Lane Jantzen, Elizabeth Whiting y Kerry Liebling.

No podríamos haber producido este lilbro sin el magnífico equipo de consultores, editores y colaboradores, y también de investigadores y editores asociados. John Castro, David Shugarts y Brian Weiss prestaron invalorables servicios en innumerables aspectos del libro.

También recibimos enorme ayuda de nuestro equipo editorial en A.S.A.P. Media, entre ellos Peter Bernstein, Annalyn Swan, Kate Stohr, Jennifer Doll y Nicole Zaray.

El equipo de producción trabajó denodadamente para darle vida física a este libro. Muchas gracias a George Davidson, Jaye Zimet, Leigh Taylor, Lee Quarfoot, Nan Jernigan, Gray Cutler, Suzanne Pass, David Kessler, Mike Kingcaid, Ray Ferguson y Jane Elias.

Nuestras familias brindaron todo el tiempo apoyo intelectual, artístico y moral, nos ayudaron con ideas clave, con información, con diseño. Nuestro amor y agradecimiento a: Julie O'Connor, Helen de Keijzer, Hannah de Keijzer, David Burstein y Joan O'Connor.

Numerosos amigos y colegas profesionales promocionaron el proyecto, alentaron cuando las cosas se pusieron feas, nos ayudaron con información importante, nos dieron nuevas ideas acerca de cómo contar la historia y en general nos ayudaron a organizar el resto de nuestras vidas mientras tratábamos de armar este libro: Ann Malin, David Kline, Sam Schwerin, Peter Kaufman, Marry Edelston, Susan Friedman, Carter Wiseman, Stuart Rekant, Ben Wolin, Bob Stein, Gregory Rutchick, Cynthia O'Conner, Petra Talvitie, Ilene Lefland y Jen Prosek. Nuestros mejores deseos de una vida libre de cáncer para Craig Buck y Phil Berman.

Elaine Pagels, una de las principales especialistas en el terreno de los gnósticos y de los evangelios alternativos, nos alentó y apoyó desde el principio mismo de este viaje. Ella es una verdadera mujer del Renacimiento. También queremos agradecer a todos los demás autores y colaboradores. Como grupo, constituyen la espina dorsal de este proyecto: Diane Apostolos-Cappadona, Michael Baigent, Amy Bernstein, Esther de Boer, Denise Budd, Michelle Delio, David Downie, Betsy Eble, Bart D. Ehrman, Riane Eisler, Glenn W Erickson, Timothy Fredke, Peter Gandy, Deirdre Good, Susan Haskins, Collin Hansen, Stephan A. Hoeller, Katherine Ludwig Jansen, Karen L. King, David Klinghoffer, Richard Leigh, Matthew Landrus, Henry Lincoln, James Martin, Richard P. McBrien, Craig McDonald, Brendan McKay, Laura Miller, Anne Moore, Sherwin B. Nuland, the Opus Dei Awareness Network, Lance S. Owens, Elaine Pagels, Lynn Picknett, la Prelatura del Opus Dei, Clive Prince, James Robinson, Margaret Starbird, David Van Biema, y Kenneth Woodward.

Dan Burstein y Arne de Keijzer